Wo Träume wahr werden

MIRA® TASCHENBUCH
Band 20039
1. Auflage: März 2013

MIRA® TASCHENBÜCHER
erscheinen in der Harlequin Enterprises GmbH,
Valentinskamp 24, 20354 Hamburg
Geschäftsführer: Thomas Beckmann

Titel der nordamerikanischen Originalausgaben:

Seductive Fantasy

erschienen bei: Harlequin Books, Toronto

Secret Fantasy

erschienen bei: Harlequin Books, Toronto

Intimate Fantasy

erschienen bei: Harlequin Books, Toronto

Wild Fantasy

erschienen bei: Harlequin Books, Toronto

Published by arrangement with
HARLEQUIN ENTERPRISES II B.V./S.àr.l.

Konzeption/Reihengestaltung: fredebold&partner gmbh, Köln
Umschlaggestaltung: pecher und soiron, Köln
Redaktion: Mareike Müller
Titelabbildung: iStock; Thinkstock / Getty Images, München
Satz: GGP Media GmbH, Pößneck
Druck und Bindearbeiten: CPI – Ebner & Spiegel, Ulm
Printed in Germany
Dieses Buch wurde auf FSC®-zertifiziertem Papier gedruckt.
ISBN 978-3-86278-514-8

www.mira-taschenbuch.de

Janelle Denison

Ein süßes Früchtchen

Roman

Aus dem Amerikanischen von
Christian Trautmann

MIRA®

1. KAPITEL

„Diese verdammte Alexis Baylor!", murmelte Jackson Witt.

Vor vier Jahren hatte er sich geschworen, sich nie wieder von einer Frau hereinlegen zu lassen. Dass dies nun Alexis Baylor, die ihm völlig fremd war, gelungen war, machte ihn unglaublich wütend. Er war sicher, dass seine Wut erst verrauchen würde, wenn er sich gerächt hatte. Und rächen würde er sich, indem er Alexis Baylors größte Schwäche entdeckte und sie gegen sie benutzte.

Die Hinterlistigkeit dieser Frau hatte ihn beruflich wie persönlich getroffen – nämlich mitten ins Herz seiner Firma, Extreme Software. Er war noch immer erschüttert von der Erkenntnis, dass Fred Hobson, der dem Design-Team angehört hatte, sich als Werkspion entpuppt und ihm eine in jahrelanger Arbeit entwickelte Technologie gestohlen hatte. Vor neun Monaten hatte Fred plötzlich gekündigt und bei Gametek angefangen, der Firma, bei der er vorher gearbeitet hatte. Gametek hatte offenbar keine Zeit vergeudet und sich sofort das von Extreme Software entwickelte Programm zunutze gemacht.

Jackson wusste, es war kein Zufall, dass der Code, den Gametek für ihre revolutionäre neue Software benutzte, mit seinem identisch war. Ebenso wenig war es ein Zufall, dass Alexis Baylor, die Besitzerin von Gametek, eine rücksichtslose Geschäftsfrau war, die sogar vor Patentraub nicht zurückschreckte.

Mit einem angewiderten Knurren warf Jackson den ausgedruckten Pressebericht von Gametek beiseite, den er sich vor einer Woche aus dem Internet besorgt hatte – sein erster schockierender Einblick in Gameteks Vergehen. In dem Artikel wurde angekündigt, dass ihr innovatives Action-Abenteuer-Spiel „Zantoid" in diesem Herbst auf den Markt kommen würde – dank Jacksons Technologie. Scheinbar über Nacht war Gametek – ein Unternehmen aus San Diego, das Computerspiele entwickelte und von dem er vor diesem Fiasko nie gehört hatte – zu einem ernsthaften Konkurrenten geworden. Nach Gameteks öffentlicher Ankündigung hatte der Aktienkurs des Unternehmens einen Höchststand erreicht und seither gehalten … bis er auf einen Tiefstand abstürzen würde, nachdem Jackson mit Gametek und Alexis Baylor fertig war.

Es war eine persönliche Angelegenheit, eine unwillkommene Erinnerung daran, dass Frauen ständig etwas von ihm wollten, sowohl seine Mutter als auch die Frauen, mit denen er ausging. Gewöhnlich hatten sie es auf sein Geld abgesehen, und obwohl Alexis Baylor die Hand nicht direkt in seiner Brieftasche hatte, zapfte sie doch seinen Profit an. Er hatte für den Aufbau seines Unternehmens zu hart gearbeitet, um jetzt zuzulassen, dass diese Frau die Früchte seiner Arbeit erntete.

Er schaute zur Uhr an der Wand seines Büros. Es war acht Uhr fünfzig. Ihm blieben noch zehn Minuten, bevor Mike Mansel kam. Mike war sein bester Freund und außerdem der Privatdetektiv, den Jackson mit einem gründlichen, vertraulichen Bericht über Alexis Baylor beauftragt hatte. Er wollte jedes Detail über die Frau erfahren, von ihren Frühstücksgewohnheiten, den Leuten, mit denen sie beruflich und privat verkehrte, bis zu ihren Freizeitaktivitäten und jeder sonstigen Neigung, ganz gleich wie unbedeutend.

Jackson erhob sich und ging vor den deckenhohen Fenstern auf und ab, die eine gesamte Wand seines Hochhausbüros in Atlanta einnahmen, doch seine Unruhe blieb. Er hatte bereits mit seinen Anwälten über eine Klage wegen Verletzung des Copyrights, unlauteren Wettbewerbs, Weitergabe von Betriebsgeheimnissen und einem Haufen anderer juristischer Dinge gesprochen sowie über die Möglichkeit einer einstweiligen Verfügung, um Gametek zumindest davon abzuhalten, ihre Software auf den Markt zu bringen, solange sie vor Gericht kämpften. Während seine Anwälte alle juristischen Möglichkeiten prüften, dürstete es Jackson nach Rache. Er grübelte verzweifelt über einen Weg, es Alexis Baylor heimzuzahlen.

Er wollte ihr etwas nehmen, so wie sie etwas von ihm gestohlen hatte. Es sollte sie persönlich treffen, damit sie nie mehr vergaß, wer er war und was sie ihm angetan hatte. Keine Frau sollte ihn mehr benutzen dürfen und damit durchkommen. Mit Hilfe von Mikes Informationen würde sein Plan Gestalt annehmen.

„Mr Witt“, meldete sich die Stimme seiner Sekretärin über die Sprechanlage auf seinem Schreibtisch, „Mike Mansel ist da.“

Die Spannung verdrängte die Frustration der letzten Wochen. „Danke, Rachel. Schicken Sie ihn in mein Büro, und stellen Sie keine Anrufe mehr durch, bis er gegangen ist.“

„Ja, Sir.“

Keine Minute später schlenderte Mike in Jeans und Polohemd in Jacksons Büro. Trotz seines lässigen Auftretens war Mike ein hoch respektierter Detektiv, den Jackson seit ihrer gemeinsamen Collegezeit nicht nur als Freund schätzte, sondern auch als diskreten Geschäftsmann.

Mike stellte seine abgenutzte Aktentasche auf einen freien Platz auf dem Eichenholzschreibtisch, und Jackson schüttelte ihm die Hand, bevor er sich setzte.

„Danke, dass du dieser Sache Vorrang gegeben hast", sagte er, da er wusste, wie prompt Mikes Dienste gewesen waren.

Mike zuckte mit den Schultern. „Du kannst deine Dankbarkeit zum Ausdruck bringen, indem du mir irgendwann ein Bier ausgibst. Ich schulde eher dir Dank für all die Aufträge, die ich bekomme."

Mike war einer der wenigen Menschen, die von Jackson nichts weiter als Freundschaft erwarteten, daher fiel es ihm sehr leicht, seine Detektei zu unterstützen. „Du schuldest mir gar nichts, und dein Honorar wird dir noch heute überwiesen. Und jetzt verrate mir, was du für mich über Alexis Baylor herausgefunden hast."

„Nicht viel mehr, als dass sie einen sehr geregelten Tagesablauf hat. Außerdem ein paar Hintergrundfakten, die weder auf etwas Illegales noch etwas Anrüchiges hinauslaufen, ob privat oder geschäftlich." Mike streckte sich in einem der beigefarbenen Ledersessel vor dem Schreibtisch aus. „Tut mir leid, dich enttäuschen zu müssen. Die Frau ist absolut sauber."

Jackson glaubte nicht daran, dass Alexis völlig harmlos war und ein vorbildliches Leben führte, frei von Sünden und Vergehen. Nicht nachdem er herausgefunden hatte, dass sie einen ihrer Mitarbeiter als Maulwurf in sein Unternehmen geschleust hatte, um an geheime Informationen zu gelangen.

Er hob einen Mundwinkel zu einem schiefen Grinsen. „Das liegt vielleicht daran, dass sie andere die schmutzige Arbeit machen lässt."

„Schon möglich", räumte Mike ein. „Aber ich habe fünf Tage damit zugebracht, sie zu beobachten und Informationen zu sammeln, auf der Suche nach Beweisen für deine Behauptung, dass diese Frau skrupellos ist. Ich versichere dir, es gab nichts annähernd Skrupelloses an ihr zu entdecken."

„Dann ist sie eine gute Schauspielerin, denn ich habe Gameteks Presseerklärung, und die beweist das Gegenteil. Sie hat mit Hilfe von Fred Hobson meine Technologie gestohlen, und das will ich ihr heimzahlen." Er klopfte ungeduldig mit seinem Kugelschreiber auf die Schreibunterlage. „Nun verrate mir, was du herausgefunden hast."

Mike betrachtete ihn einen langen Moment. Dann öffnete er seine Aktentasche und zog einen Ordner hervor, aus dem er einen akkuraten Stapel Papier nahm. „Das steht alles in meinem Bericht. Aber ich werde dir eine rasche Zusammenfassung geben."

Er warf Jackson den getippten Bericht hin und zählte die wichtigsten Fakten aus dem Gedächtnis auf. „Alexis Baylors Eltern starben, als sie zehn war. Sie wuchs bei ihrem Onkel auf, da er ihr einziger Familienangehöriger war. Martin Baylor hat nie geheiratet und seine ganze Zeit seinem Unternehmen Gametek gewidmet, das zu seinen Lebzeiten nie erfolgreich war. Nach allem, was man hört, war Alexis ein stilles, schüchternes Mädchen, das beruflich in die Fußstapfen ihres Onkels trat. Sie besuchte die San Diego State University, wo sie im Hauptfach Computerwissenschaften studierte und als Beste ihres Jahrgangs abschloss. Anschließend fing sie sofort an, für ihren Onkel zu arbeiten, und entwarf Computerspiele. Als er vor drei Jahren starb, erbte sie die Firma."

Jackson fuhr sich über das frisch rasierte Kinn. „Wie angenehm", bemerkte er.

Mike zuckte mit den Schultern. „Alexis war Martins einzige Verwandte, daher gab es niemanden sonst, der die Firma hätte übernehmen können. Angesichts der Tatsache, dass das Unternehmen fast bankrott war, hat sie in finanzieller Hinsicht nicht viel geerbt. Nach allem, was ich aus anderen Quellen erfahren konnte, hat sie in den letzten vier Jahren an Zantoid gearbeitet. Es gelang ihr nur nicht, die Software auf den Markt zu bringen, weil ihr ein bestimmter Code fehlte, der das Spiel schneller und die grafische Darstellung realistischer macht."

„Mein Code", meinte Jackson mit zusammengebissenen Zähnen.

„Ja", gab Mike mit einem gequälten Lächeln zu. „Es lässt sich nicht bestreiten, dass es dein Code ist und sie die Früchte deiner Arbeit erntet. Seit Ankündigung der Veröffentlichung sind bei ihr Hunderttausende von Bestellungen eingegangen."

Jackson atmete geräuschvoll aus und wedelte mit der Hand, als könnte diese Geste die niederschmetternden Neuigkeiten vertreiben. „Fahr fort mit deinem Bericht", forderte er seinen Freund auf. Er musste sich unbedingt an etwas Konkretes über diese Frau klammern, das er zu seinem Vorteil nutzen konnte. „Was weißt du über Alexis' Privatleben?"

Mike lehnte sich bequem zurück und faltete die Hände über dem Bauch. „Sie wird Alex genannt. Sie ist gerade achtundzwanzig geworden und war nie verheiratet. Gelegentlich geht sie mit einem Mann aus, hatte aber in den letzten fünf Jahren keine feste Beziehung. Allerdings scheint Dennis Merrick, den sie nach dem Tod ihres Onkels zum Vizepräsidenten ihres Unternehmens gemacht hat, ihr sehr zugetan zu sein."

Die Frau hatte in den letzten fünf Jahren keine Beziehung gehabt? Jackson fragte sich, wieso und entschied sich für die plausibelste Erklärung. „Läuft da was zwischen ihr und dem Vizepräsidenten?"

Mike schüttelte den Kopf. „Nein. Nach allem, was ich herausfinden konnte, ist er seit über zehn Jahren in der Firma beschäftigt und war schon die rechte Hand ihres Onkels. Daher war die Beförderung nur logisch. Sie scheint sich ganz auf ihn zu verlassen, und obwohl er offenbar ein guter Freund ist, mit dem sie gelegentlich auch Zeit außerhalb der Firma verbringt, ist das Interesse doch ziemlich einseitig."

In der Hinsicht ist also nichts zu holen, dachte Jackson.

„Sie ist sehr schlicht und bescheiden", fuhr Mike fort. „Die Tage verbringt sie im Büro. Zum Lunch geht sie in einen nahe gelegenen Feinkostladen, meistens allein mit einem Buch. Sie liest Liebesromane, falls es dich interessiert", fügte er grinsend hinzu. „Sie bestellt jeden Tag das Gleiche: ein Sandwich mit Geflügelsalat, dazu Obstsalat und Eistee mit Zitrone. Sie arbeitet bis neun oder zehn im Büro, und wenn sie abends geht, fährt sie stets auf direktem Weg in ihr Zwei-Zimmer-Apartment in San Diego. Immer allein."

Jackson runzelte die Stirn über das langweilige und öde Privatleben dieser Frau. Das von Mike erstellte Profil ähnelte dem Bild eines kalten, skrupellosen Drachen, das Jackson sich von ihr gemacht hatte, nicht annähernd. „Reden wir hier über die gleiche Frau?"

Mike lachte, doch sofort verschwand sein Humor wieder. „Ich weiß nicht, was ich dir sagen soll. Falls die Frau eine skrupellose Seite besitzt oder unmoralische Gewohnheiten, dann verbirgt sie sie sehr gut. Das Einzige, wozu sie sich in der Woche, in der ich sie beobachtete, hinreißen ließ, war eine Schachtel Amaretto-Trüffel und Unterwäsche aus Spitze und Seide, die sie für sich in einer Boutique gekauft hat. Abgesehen davon ist die Frau grundanständig."

Jackson schnaubte und erinnerte sich daran, dass er seine Verlobte auch völlig falsch eingeschätzt hatte. Er dachte daran, wie leicht es ihr gelungen war, ihn mit Äußerlichkeiten und gespielter Zuneigung zu täuschen. Nach außen gab sie sich als hingebungsvolle und liebende Frau, die jedes seiner Bedürfnisse befriedigte und ihn glauben ließ, dass sie in jeder Hinsicht zusammenpassten. Er hatte sie für die lebenslange Partnerin gehalten, der er vertrauen und mit der er sich ein gemeinsames Leben aufbauen konnte. Bis er ihre eigentlichen Motive für ihren Wunsch, ihn zu heiraten, entdeckte. Dem war vor vier Jahren eine sehr hässliche Trennung gefolgt, die ihn dazu brachte, Frauen in Zukunft auf Distanz zu halten.

Jackson fuhr sich mit dem Daumen über das Kinn und versuchte die Erinnerungen wieder zu verdrängen. „Wie sieht Alexis aus?"

„Ich habe mich schon gefragt, wann du dich danach erkundigen würdest." Mike grinste. „Sie sieht nicht so spektakulär aus wie die kultivierten Schönheiten, mit denen du früher zu tun hattest. Sie ist nicht der Typ Frau, nach der man sich auf der Straße zweimal umdreht. Ihr Gesicht ist hübsch, aber kaum geschminkt, und obwohl sie weite, wenig schmeichelhafte Kleidung trägt, ist offensichtlich, dass sich darunter ansehnliche Kurven verbergen."

Mike beugte sich vor, wühlte in seiner Aktentasche und nahm einen Umschlag heraus, in dem sich ein Hochglanzfoto befand, das er Jackson über den Schreibtisch zuschob. „Ich habe mit einem Zoom-Objektiv eine Nahaufnahme für dich geschossen. In dem Umschlag befinden sich noch weitere Fotos, die du dir nachher ansehen kannst."

Jackson betrachtete den Schnappschuss mit kritischen Augen. Das Foto war aufgenommen worden, als sie mittags in Begleitung eines braunhaarigen Mannes in den Dreißigern, der eine Brille mit Metallfassung trug, ihr Bürogebäude verließ. Wie Mike bereits angekündigt hatte, wirkte Alexis sehr unauffällig und entsprach nicht im Entferntesten dem Bild, das Jackson sich von ihr gemacht hatte. Sie trug kaum Make-up und hatte das glänzende schwarze Haar zu einem Zopf zusammengenommen. Sie trug eine weite blaue Bluse, die ihre vollen Brüste lediglich andeutete, über einem fließenden gemusterten Rock, der um ihre Beine und Knöchel wirbelte.

Trotz der unvorteilhaften Kleidung stellte Jackson sich unwillkürlich die Spitzenunterwäsche vor, die sie möglicherweise darunter trug. Er stellte sich warme weiche Haut unter kühler Seide vor, und eine Welle unerwarteter Erregung durchflutete ihn. Verärgert über seine Reaktion verdrängte er diese Fantasien sofort wieder.

Eine weltgewandte, außergewöhnliche Schönheit war sie tatsächlich nicht. Aber er zweifelte nicht an Alexis' Intelligenz. Auf dem Foto lachte sie über etwas, was der Mann offenbar gesagt hatte. Ihre leuchtenden hellblauen Augen schienen zu sagen: „Seht her, ich habe es geschafft!"

Natürlich, sie machte ja auch Millionen, und zwar mit den Früchten seiner harten Arbeit.

„Wer ist der Kerl bei ihr?", wollte Jackson wissen.

„Das ist Dennis Merrick."

Jackson sah genauer hin. Nein, auf dem Foto sahen sie nicht wie Liebende aus. Alexis schien von dem Mann eher amüsiert zu sein, nicht in ihn verliebt. Der Blick des Mannes, mit dem er Alexis ansah, verriet jedoch eindeutig seine Sehnsucht.

Jackson legte das Foto beiseite und deutete auf den Bericht. „Dir ist hoffentlich klar, dass du mir nichts geliefert hast, womit ich etwas anfangen könnte."

„So was kommt nun mal vor." Mikes Ton klang entschuldigend. Er stand auf und schloss seine Aktentasche. „Ich kann dir nur Informationen beschaffen, die verfügbar sind. Ich habe so viel, wie möglich war, über Alexis Baylor herausgefunden. Zwar habe ich keinen Zweifel daran, dass sie dein Programm gestohlen hat, aber ebenso wenig konnte ich etwas Belastendes über sie finden."

Damit war Jackson wieder bei null und ohne die erhoffte Chance, sich an Alexis persönlich rächen zu können. „Ich weiß, dass du dein Bestes versucht hast", meinte er trotz seiner Enttäuschung, da er von Mikes Fähigkeiten überzeugt war. „Danke für deine Zeit und Mühe, die du in diesen Fall gesteckt hast. Auf das Bier komme ich später zurück."

„Ich nehme dich beim Wort." Mike nahm seine Aktentasche vom Schreibtisch und wandte sich zum Gehen. Dann drehte er sich noch einmal um. „Etwas, was zwar in meinem Bericht steht, habe ich vergessen zu erwähnen. Alexis macht ab Samstag für eine Woche Urlaub."

„Wo?", wollte Jackson wissen.

„An einem Ort namens Seductive Fantasy."

„Was, zur Hölle, soll das sein?"

„Es ist eine von vier Urlaubsinseln vor den Florida Keys, auf denen die Fantasien der Urlauber wahr werden – natürlich zu einem gewissen Preis."

Jackson schüttelte ungläubig den Kopf. „Du machst Witze, oder?" Noch nie hatte er von etwas so Albernem und zugleich so Verlockendem gehört.

„Ich habe es überprüft. Fantasies Inc. existiert wirklich, ebenso wie Alexis Baylors Reservierung."

Das gab Jacksons Rachewunsch eine ganz neue Wendung. „Was für eine Fantasie hat Alexis denn?"

„Diese Angaben sind streng vertraulich."

„Es muss doch einen Weg geben, herauszufinden …"

Mike hob die Hand. „Ich habe auf der Urlaubsinsel angerufen. Glaub mir, Merrilee Schaefer-Weston, der das Unternehmen gehört, nimmt es mit der Diskretion sehr genau. Das kann ich ihr kaum verdenken, denn immerhin hat sie mit den intimsten Geheimnissen und Sehnsüchten der Menschen zu tun. Eine faszinierende Vorstellung, findest du nicht?"

„Äußerst faszinierend", erwiderte Jackson. Sein Herzschlag beschleunigte sich, als ihm klar wurde, wie er sich Alexis' Urlaub zunutze machen konnte. Anonymität. Große Nähe. Seine Fantasie … Konnte es wirklich so leicht sein, an Alexis heranzukommen, indem er einfach ein paar Papiere ausfüllte, einen Betrag zahlte und in eine Rolle schlüpfte, die ihn diesmal triumphieren lassen würde?

Es gelang ihm kaum, seine Heiterkeit zu verbergen. „Fliegt sie mit einem Mann auf diese Insel?"

„Sie hat nur einen Platz reserviert, daher nehme ich an, dass sie allein fliegt."

„Ausgezeichnet."

Mike dämmerte, was sein Freund vorhatte. „Ich nehme an, du hast selbst eine Fantasie, um die Mrs Schaefer-Weston sich kümmern soll?"

Jackson grinste selbstzufrieden. „Ich glaube schon."

„Ich weiß ja, dass du wütend bist. Trotzdem ist es ungewöhnlich für dich, so etwas zu tun."

„Was soll ich sagen?", entgegnete Jackson. „Alexis Baylor bedroht mein Unternehmen. Ich habe es satt, von Frauen benutzt zu werden. Diesmal werde ich etwas dagegen unternehmen."

„Sei vorsichtig mit dem, was du dir wünschst", warnte Mike ihn.

„Warum? Weil es in Erfüllung gehen könnte?"

„Ganz recht. So faszinierend die Sache mit den ausgelebten Fantasien auch klingt, ich befürchte, wenn man für etwas bezahlt, was man auf natürliche Weise nicht erreicht, können Dinge dabei herauskommen, mit denen man nicht gerechnet hat. Es ist, als würde man in den Lauf des Schicksals eingreifen."

Oder diese ganze Sache war Schicksal. Jackson ließ sich durch die Warnung seines Freundes nicht beirren. „Aus dir spricht nur das typische Misstrauen des Privatdetektivs." Was konnte dabei schon schiefgehen?

„Kann sein", räumte Mike ein. „Vermutlich bekommst du deine Rache an Alexis Baylor in Form einer Fantasie. Allerdings solltest du bedenken, dass du unter Umständen selbst einen Preis dafür zahlst."

Jackson rollte die Schultern und versuchte die Warnung seines Freundes abzuschütteln. Er hatte wegen Alexis bereits einen Preis gezahlt, und er konnte sich nicht vorstellen, dass er nach einer Woche auf dieser Insel schlechter dastehen würde als jetzt. „Dieses Risiko nehme ich gern in Kauf.

„Na, dann viel Glück. Ruf mich an, wenn du zurück bist, damit wir unser Bier zusammen trinken können."

„Und den Erfolg meiner Rachepläne feiern", fügte Jackson hinzu.

Nachdem Mike fort war, dachte Jackson über die neue Situation nach, die sich ihm so unerwartet eröffnet hatte. Bevor er Fantasies Inc. anrief, musste er sich zunächst einmal über die Art seiner Rache an Alexis Baylor klar werden – nicht, dass er Merrilee Schaefer-Weston einen Einblick in seine wahren Fantasien geben würde. Sie würde ihn von ihrer Insel verbannen, wenn sie seine wahren Motive kannte. Nein, es war unverzichtbar, dass Mrs Schaefer-Weston seine Gründe, mit denen er sie um die Erfüllung einer Fantasie bat, für echt hielt.

Ihm blieben für die Umsetzung seines Plans nur wenige Tage Zeit. Sobald er sich etwas Überzeugendes zurechtgelegt hatte, würde er seinen Anwälten grünes Licht dafür geben, einen Tag vor Alexis' Abreise nach Seductive Fantasy die Klage einzureichen. Auf diese Weise würde Alexis sich zwar der drohenden Klage bewusst sein und des Namens Extreme Software, doch würde ihr nicht mehr die Zeit bleiben, Einzelheiten in Erfahrung zu bringen. Zum Beispiel, wer Jackson war. Das würde er ihr erst enthüllen, nachdem er seine Fantasie ausgelebt hatte. In einer Woche, sobald er zurückgekehrt war, würde er selbst vor Gericht erscheinen. Und jedes Mal, wenn sie ihn während der Verhandlungen sah, würde es für ihn ein weiterer persönlicher Sieg sein, denn sie würde ihm Tag für Tag gegenüberstehen müssen.

Er betrachtete das Bild, das Mike aufgenommen hatte, und erinnerte sich daran, was sein Freund gesagt hatte: Sie hatte seit fünf Jahren keinen festen Partner gehabt. Jackson kannte die Gründe dafür nicht, und im Prinzip spielten sie auch keine Rolle.

Er hatte sich gerade für seine ganz persönliche Fantasie entschieden.

Er wollte schlicht und einfach, dass Alexis sich rasch unsterblich in ihn verliebte. Keine Frau konnte einem Mann widerstehen, der durch und durch romantisch war. Und am Ende, wenn er wüsste, dass er Alexis für sich gewonnen hatte, würde er in der Gewissheit fortgehen, ihr etwas Entscheidendes gestohlen zu haben.

Ihr Herz.

2. KAPITEL

Sieh nicht aus dem Fenster, dann ist alles in Ordnung, ermahnte Alexis Baylor sich unablässig, als das kleine Wasserflugzeug zu seinem fünfzehnminütigen Flug von Miami nach Seductive Fantasy startete. Alexis hielt die Augen geschlossen, seit sie das Flugzeug bestiegen hatte, und zwang sich jetzt, gleichmäßiger zu atmen, während das Flugzeug höher und höher stieg. Sie spürte die Vibrationen des Flugzeugs in ihrem ganzen Körper.

Ihre Muskeln blieben angespannt, ihr Herz raste. Alexis hatte nicht für möglich gehalten, dass sie unter Flugangst leiden könnte. Ihr Flug von San Diego nach Miami war reibungslos verlaufen. In den luxuriösen Ledersitzen der ersten Klasse, mit sanftem Jazz aus den Kopfhörern, hatte sie sich sicher und geborgen gefühlt. Doch in dem Moment, als sie das Zubringerflugzeug von Fantasies Inc. bestieg, hatte sie Platzangst bekommen. Schmerzliche Kindheitserinnerungen, die eine stärkere Wirkung auf sie hatten, als sie gedacht hatte, setzten ihr zu.

Einatmen, ausatmen, einatmen, ausatmen …

Zum Glück hatten sie mittlerweile die Flughöhe erreicht, und die Maschine flog ganz ruhig. Allmählich normalisierte sich auch Alexis' Puls. Trotzdem schaute sie lieber nicht aus dem Fenster, da sie nicht den Wunsch verspürte, den blauen Ozean unter ihr zu sehen oder an die schrecklichen letzten Minuten im Leben ihrer Eltern zu denken, bevor ihre Cessna vor der Küste San Diegos ins Meer gestürzt war.

Sie machte es sich so bequem, wie es mit ihrer Angespanntheit möglich war, und versuchte sich auf erfreulichere Dinge zu konzentrieren … wie zum Beispiel ihre Fantasie, für die sie bezahlt hatte und die sie bald ausleben würde. Aber auch dieser Gedanke war getrübt, da sie die Reise beinah im letzten Moment abgesagt hätte.

Gestern Nachmittag, um genau zu sein. Gleich, nachdem ihr Unternehmen Gametek wegen einer Copyrightverletzung verklagt worden war. Der Kläger, Extreme Software, behauptete, ihm gehöre der Code, den Alexis für ein Spiel einsetzte. Mit der Klage sollte die Vermarktung des Spiels Zantoid verhindert werden. Eine Anhörung war angesetzt für die Woche nach ihrer Rückkehr. Ihre Anwälte hatten ihr versichert, es sei nicht nötig, dabei zu sein. Aber natürlich würde sie trotzdem hingehen und sich ansehen, wer ihr Unternehmen verklagte und mit ihrer Leistung Geld zu machen versuchte.

Doch bis dahin, so hatte ihr Dennis Merrick, der Vizepräsident ihrer Firma, versichert, wäre nichts gewonnen, wenn sie auf ihren Urlaub verzichtete. Er bestand darauf, dass sie flog und sich entspannte, während er sich in ihrer Abwesenheit um alles Weitere kümmerte. Wie immer machte er ihr klar, dass sie sich auf ihn verlassen konnte.

Ein schiefes Grinsen erschien auf ihrem Gesicht. Wenn Dennis den wahren Charakter ihrer Reise kennen würde, hätte er sie sicher nicht so ermutigt. Im Gegenteil, er wäre entsetzt gewesen. Aber seine Meinung spielte keine Rolle. Sie wusste genau, was sie wollte, und nichts konnte daran etwas ändern. Sie wollte verzaubert und verführt werden von einem sexy Mann und schwanger heimkehren mit dem Kind, nach dem sie sich schon seit Jahren sehnte. Ein Kind, das sie bedingungslos lieben würde.

Dennis wäre ihr bei der Erfüllung dieses Wunsches sicher gern behilflich gewesen. Nur wollte sie keine Komplikationen dadurch, dass sie Privates mit Beruflichem vermischte. Außerdem funkte es einfach nicht zwischen ihnen, zumindest von ihrer Seite aus.

Sie wusste seit Jahren, dass Dennis zärtliche Gefühle für sie hegte, aber sie hatte stets darauf geachtet, ihm keine falschen Hoffnungen zu machen. In letzter Zeit war sie zu dem Schluss gekommen, dass sie wohl nie eine leidenschaftliche, hingebungsvolle Liebe erleben würde wie die zwischen ihren Eltern. Daher war dieser Urlaub die letzte Chance, all die erotischen Freuden zu erleben, die ihr bisher verwehrt worden waren, ehe sie sich aufs Muttersein konzentrieren würde. Allein.

Bis dahin würde sie das Gefühl auskosten, begehrt zu werden und begehrenswert zu sein, und zwar mithilfe eines faszinierenden Fremden, der extra für ihr Vergnügen ausgesucht worden war. Wegen des persönlichen, intimen Charakters ihrer Bitte hatte Mrs Schaefer-Weston ihr versprochen, dass sie ihr Bestes tun würde, damit der infrage kommende Mann die gleichen körperlichen Merkmale besaß wie sie – schwarze Haare und blaue Augen –, denn so war die Wahrscheinlichkeit größer, dass ihr Kind diese Merkmale erbte.

Natürlich gab es keine Garantie dafür, dass sie schwanger werden würde. Doch in fünf Tagen würde sie den günstigsten Zeitpunkt für eine Empfängnis erreicht haben, und sie hatte die feste Absicht, das Beste daraus zu machen.

Das Flugzeug sackte unvermittelt in ein Luftloch. Alexis klammerte sich automatisch an die Armlehne zwischen ihrem Sitz und dem nächsten. Doch statt des weichen Polsters berührte sie den muskulösen Unterarm eines Mannes. Der Kontakt mit der warmen Haut erschreckte sie mehr als das kurze Absacken des Flugzeugs.

Verärgert, dass sie sich an einen Fremden geklammert hatte – einen sehr athletisch gebauten Fremden, dem Arm nach zu urteilen –, zog sie die Hand zurück und legte ihre geballte Faust in den Schoß.

„Verzeihung“, murmelte sie, wobei sie die Augen fest geschlossen hielt, als könnte sie auf diese Weise ihre Verlegenheit verbergen. Ihre Augen konnte sie vielleicht verstecken, nicht aber die Röte, die ihren Hals hinauf kroch und sich auf ihren Wangen ausbreitete. Die Hitze, die sie durchströmte, beunruhigte sie auf eine Weise, die sie nicht ganz verstand.

Ehe sie über ihre Reaktion nachdenken konnte, schlossen sich kräftige schlanke Finger um ihre geballte Faust. Ihr Puls spielte verrückt. Der Mann neben ihr hob ihre Hand und bog sanft ihre Finger auseinander. Alexis schluckte, als er ihre Hand zwischen seine Handflächen nahm, in einer seltsamen Mischung aus sinnlicher und tröstender Geste. Sie war schon so lange allein, dass sie sich kaum noch daran erinnern konnte, wann sie zuletzt eine so zärtliche Geste erfahren hatte.

Er fuhr mit dem Daumen über die Adern in ihrem Handgelenk und drückte ihn auf ihren rasenden Puls. „Ihr Herzschlag ist ungleichmäßig. Ist alles in Ordnung mit Ihnen?“

Seine Stimme war tief und sanft. Viel zu verwirrt, um auch nur ein Wort herauszubringen, nickte Alexis nur heftig.

„Dann machen Sie die Augen auf, und sehen mich an, damit ich mich davon überzeugen kann, dass es Ihnen gut geht“, forderte er sie auf.

Zum ersten Mal, seit sie das Wasserflugzeug bestiegen hatte, hob Alexis die Lider … und sah in ein Paar dunkelblauer Augen, gegen die ihre blauen Augen blass wirkten. Ihr Magen zog sich zusammen, und diesmal war es nicht auf ein Luftloch zurückzuführen, in das das Flugzeug geraten war, sondern einzig und allein auf den Mann neben ihr.

Er war attraktiv auf eine Art, die sie angesichts ihres eigenen gewöhnlichen Aussehens verunsicherte. Aus Bequemlichkeit und auch aus Gewohnheit hatte sie für den zehnstündigen Flug nach Florida die Haare zu einem Zopf geflochten und einen bequemen weiten Rock sowie eine Bluse angezogen. Nie zuvor war sie sich ihres Aussehens so bewusst gewesen – und der Tatsache, dass sie einen leicht schlampigen Eindruck machen musste.

„So ist es schon besser." Er lächelte charmant. „Jetzt weiß ich wenigstens, dass Sie nicht ohnmächtig werden."

Das würde sie nicht. Was ihr viel mehr zu schaffen machte, war sein offenkundiges Interesse an ihr. Sie hatte Mühe, ihm mit normal klingender Stimme zu antworten: „Es wird mir schon wieder gut gehen, sobald wir gelandet sind."

„Ich nehme an, das können Sie kaum erwarten, oder?"

Alexis nickte und lachte. „Je eher, desto besser."

Sein Haar, bemerkte sie, hatte einen korrekten Haarschnitt, der gut zu einer Führungskraft passte und seine attraktiven, markanten Gesichtszüge hervorhob. Sein dichtes Haar war tiefschwarz, ähnlich wie ihres. Soweit entsprach er genau dem Bild ihres Traumpartners.

Heftige Erregung durchströmte sie bei diesem Gedanken, obwohl sie nicht sicher sein konnte, dass er der Richtige war. Er konnte auch bloß ein Gentleman sein, der einer Frau beistand.

Er neigte den Kopf und musterte sie neugierig. „Haben Sie Angst vorm Fliegen?"

„So ähnlich", gestand sie. „Meine Eltern starben in einem kleinen Flugzeug wie diesem."

„Oh." Er drückte mitfühlend ihre Hand. „Das tut mir leid."

„Es ist schon lange her." Sie lehnte sich zurück und vermied nach wie vor den Blick aus dem Fenster. „Ich war damals erst zehn. Aber dieser Flug bringt die Erinnerung an ihren Tod zurück."

„Das ist verständlich." Er streichelte die Haut zwischen ihrem Daumen und Zeigefinger, und diese Berührung hatte etwas so Intimes und Sinnliches, dass Alexis erschauerte. „Vielleicht kann ich Sie für den Rest des Fluges ablenken."

Oh, sie war längst abgelenkt … und fasziniert. Seine ganze Aufmerksamkeit galt ihr, was allein schon verführerisch war.

„Am besten fangen wir damit an, uns vorzustellen", sagte er mit einem erneuten sexy Grinsen. „Ich bin Jackson Witt. Und Sie sind …?"

Hin und weg, schoss es ihr durch den Kopf. Sie vermutete, dass so etwas passierte, wenn eine Frau plötzlich im Zentrum der Aufmerksamkeit eines so attraktiven Mannes stand. Natürlich verfügte sie über eine gewisse Erfahrung mit Männern, aber bei keinem hatte sie so schnell und so heftig reagiert.

Sie nahm sich zusammen und brachte ebenfalls ein Lächeln zustande. „Freut mich, Sie kennenzulernen, Jackson. Ich bin Alexis Baylor. Alle nennen mich jedoch Alex."

„Warum?"

Verwirrt hob sie die Brauen. „Warum was?"

„Wieso nennt man Sie Alex, wo Alexis ein so wunderschöner Name ist?"

Einen Moment lang dachte sie über seine Bemerkung nach. Ehrlich gesagt hatte sie sich nie wie eine Alexis gefühlt, da sie mit einem solchen Namen Eleganz und Anmut verband. An die jungenhafte Kurzform ihres Namens gewöhnt, zuckte sie nur mit den Schultern. „Mein Onkel, zu dem ich nach dem Tod meiner Eltern kam, nannte mich immer Alex. Ich nehme an, daraus wurde eine Gewohnheit."

Ein mutwilliges Grinsen breitete sich auf seinem Gesicht aus, und seine Augen funkelten. „Eine, die abzuschaffen ich die Absicht habe ... Alexis."

Er sprach ihren Namen wie eine sinnliche Liebkosung aus. Diese Wirkung wurde noch verstärkt durch das zarte Streicheln seiner Finger. Eine völlig harmlose Berührung, doch durchlief eine wohlige Wärme ihren Körper, die sowohl erregend als auch angenehm war.

„Woher kommen Sie?", erkundigte er sich.

Sie wusste, dass er Konversation zu machen versuchte, und war ihm dankbar für die Ablenkung. „Aus San Diego."

Er hob eine dunkle Braue. „Wie haben Sie es bei Ihrer Flugangst bis nach Miami geschafft? Im Zug?"

Sie lachte, diesmal ungezwungen und fröhlich. Ihre Anspannung war gewichen. „Natürlich bin ich geflogen. Ich habe nur mit kleinen Flugzeugen ein Problem, nicht mit großen Passagiermaschinen. Und woher kommen Sie?"

„Aus Atlanta."

Sie spielte mit ihrem Zopf, der über ihrer Schulter lag und kurz oberhalb ihrer Brust endete. „Ich nehme an, Sie fliegen ebenfalls nach Seductive Fantasy?"

Er nickte und hob den Blick von ihren Fingern, die mit ihrem Zopf spielten, zu ihrem Mund, ehe er ihr in die Augen sah. „Ja."

Dann hatte er also auch eine Fantasie oder war jemandes Fantasie – oder beides. „Um eine Fantasie auszuleben?", fragte Alexis in der Hoffnung, mehr über diesen Mann zu erfahren.

Seine Augen verdunkelten sich zu einem geheimnisvollen Rauchblau. „Allerdings."

Die plötzliche intensive Ausstrahlung, die von ihm ausging, ließ sie erschauern. Wohl wissend, dass sie in seine Privatsphäre eindrang, fragte sie: „Was ist Ihre Fantasie?" War das wirklich ihre Stimme, die so atemlos klang?

Unter ihrer Hand zogen sich seine Muskeln zusammen und straften seine entspannte Miene Lügen. Er warf ihr einen tadelnden Blick zu. „Aber Miss Baylor, schämen Sie sich. Ich glaube, diese Information ist vertraulich, so wie Ihre Fantasie. Es sei denn, Sie möchten mir zuerst Ihre verraten?"

Sie errötete. „Nein, lieber nicht, und ich entschuldige mich dafür, mich nach Ihrer erkundigt zu haben."

„Sie brauchen sich nicht zu entschuldigen", erwiderte er. „Der Charakter dieses Urlaubs macht einen wohl automatisch neugierig. Ich muss gestehen, dass ich schon gern wissen würde, wonach Sie auf Seductive Fantasy suchen."

Nach echter Leidenschaft, hemmungsloser Begierde und einem Vater für mein Baby, dachte sie. Laut antwortete sie: „Sagen wir, ich versuche ein Leben verpasster Gelegenheiten in einer kurzen Woche nachzuholen."

Er drehte ihre Hand, die auf seinem Oberschenkel ruhte, um und fuhr mit dem Finger über ihre Handfläche, was ein sinnliches Prickeln in Alexis auslöste. „Ich hoffe, es gelingt Ihnen, Ihre Fantasien auszuleben."

Sie fühlte sich hoffnungslos verloren in den Tiefen seiner Augen. Nervös befeuchtete sie sich mit der Zungenspitze ihre plötzlich trockenen Lippen. „Das hoffe ich auch", meinte sie heiser.

„Wir sind soeben auf Seductive Fantasy gelandet", meldete sich die Stimme des Piloten aus dem Cockpit. „Bitte bleiben Sie noch einen Moment auf Ihren Plätzen, bis wir angelegt haben."

Alexis war perplex. „Wir sind schon da?"

Jackson schien amüsiert. „Ja, jetzt können Sie getrost aus dem Fenster sehen."

Erstaunt stellte Alexis fest, dass sie tatsächlich gelandet waren und jetzt sanft über den Ozean glitten. Langsam näherten sie sich einem Anleger aus Holz, der vom weißen Strand der grünen Insel ins Wasser ragte. Ein herrliches Hotel im mediterranen Stil erhob sich am Strand, umgeben von tropischen Pflanzen. Der Anblick dieser Schönheit und Eleganz ließ Alexis' Herz höher schlagen, denn es war die Kulisse, wo sie ihren Traum verwirklichen wollte.

„Unglaublich. Ich habe nicht mal bemerkt, wie das Flugzeug gelandet ist."

Ihr Sitznachbar zwinkerte ihr zu. „Dann habe ich es wohl geschafft, Sie abzulenken."

Oh, das hatte er. Doch ihre freudige Erregung schwand, als ihr die Wahrheit dämmerte. Sein Interesse an ihr war nur ein Trick gewesen, um sie von dem kurzen Flug abzulenken. Natürlich. Es war dumm von ihr gewesen, etwas anderes anzunehmen.

„Es hat mich sehr gefreut, Sie kennenzulernen", sagte er, hob ihre Hand an den Mund und küsste sacht ihre Fingerknöchel, ehe er sie endlich losließ.

Sofort vermisste sie seine Wärme. „Gleichfalls", entgegnete sie.

Sobald die Kabinentür geöffnet war, lösten sie ihre Sicherheitsgurte. Erst jetzt bemerkte Alexis die beiden anderen weiblichen Gäste, die mit ihnen in der Maschine gesessen hatten. Alle vier traten auf den Anleger hinaus, und Alexis blinzelte wegen der Spätnachmittagssonne, während zwei Männer das Gepäck ausluden. Das Gepäck der Frauen erschien zuerst und wurde auf einen Wagen geworfen. Jacksons Gepäck kam als Nächstes.

„Hier entlang, Sir", forderte einer der Angestellten ihn auf und ging auf eine ältere Frau zu, die am Ende des Anlegers stand. Ohne einen Blick zurück folgte Jackson dem Angestellten.

Alexis schaute ihm nach, und mit jedem Schritt, den er sich von ihr entfernte, wuchs ihr verzweifeltes Verlangen, noch einmal seine Aufmerksamkeit zu erlangen.

„Jackson!" Der Name war ihr einfach so über die Lippen gekommen.

Er drehte sich um. „Ja?"

„Danke, dass Sie mir den Flug erträglicher gemacht haben."

„Es war mir ein Vergnügen", entgegnete er mit einer sexy Stimme, die jede Frau anziehend gefunden hätte. „Vielleicht begegnen wir uns noch einmal auf der Insel." Mit einem letzten Winken drehte er sich um und ging endgültig davon.

Alexis hatte Schmetterlinge im Bauch und kam sich wie ein verliebtes Schulmädchen vor. Aber was für ein wundervolles Gefühl das war!

„Ja, vielleicht", flüsterte sie und dachte: Ich hoffe es jedenfalls.

Nachdem ihr Gepäck auf einem Handwagen verstaut war, folgte Alexis einem anderen Angestellten. Die Frau, die gerade Jackson begrüßt hatte, schenkte jetzt ihr ein strahlendes Lächeln. Sie schüttelten sich die Hände, und Alexis war die Frau wegen ihrer Freundlichkeit sofort sympathisch.

„Ich bin Merrilee Schaefer-Weston", stellte sie sich vor. „Bitte nennen Sie mich Merrilee. Willkommen auf Seductive Fantasy."

„Danke. Ich bin begeistert, hier zu sein." Aus den Telefongesprächen wusste Alexis, wie sehr Merrilee das Wohl ihrer Gäste am Herzen lag.

„Die Insel steht Ihnen in Verbindung mit Ihrer Fantasie ganz nach Belieben zur Verfügung", fuhr Merrilee fort. Alexis war sicher, dass Jackson die gleichen Worte zu hören bekommen hatte. „Falls ich irgendetwas tun kann, um Ihnen den Aufenthalt angenehmer zu gestalten, rufen Sie mich an." Sie deutete auf den Pieper am Bund ihrer graubraunen Hose. „Meine Gäste und ihr Wohlbefinden haben für mich oberste Priorität, und ich bin vierundzwanzig Stunden am Tag, sieben Tage die Woche, verfügbar. Haben Sie noch irgendwelche Fragen, bevor die Erfüllung Ihrer Fantasie beginnt?"

„Ja, ich habe eine." Alexis biss sich auf die Unterlippe. „Wie erfahre ich, wer mein Traummann ist?"

Ein wissendes Lächeln umspielte Merrilees Lippen. „Er wird ganz Ihren Erwartungen entsprechen und sie sogar noch übertreffen. Er wird Ihnen nachstellen und keine Zweifel an seinen Absichten lassen."

Alexis war erleichtert. „Das ist gut, denn ich bin nicht sehr geschickt darin, den ersten Schritt zu machen."

„Das brauchen Sie auch nicht", versicherte Merrilee ihr. „Wenn ich Ihnen einen Ratschlag mit auf den Weg geben darf – hören Sie auf Ihr Herz. Es könnte Sie zu Orten führen, an denen Sie nie zuvor gewesen sind."

Alexis konnte den Schauer nicht unterdrücken, den Merrilees Worte bei ihr auslösten.

Zwei Stunden später saß Alexis auf dem Balkon ihrer luxuriösen Suite und beobachtete das Farbenspiel des Sonnenuntergangs. Sie dachte über Merrilees Weisheiten nach und fand die Wahl ihrer Worte seltsam, da Liebe und eine feste Beziehung nicht zu ihrer Fantasie gehörten. Sie trat ihren Aufenthalt hier mit ganz praktischen Absichten an, nicht mit unrealistischen Hoffnungen für die Zukunft.

Noch immer verwirrt, aber hungrig, ging sie in ihr Zimmer zurück und schaute in die Speisekarte des Zimmerservice. Sie hatte beschlossen, heute Abend in ihrem Zimmer zu essen, auch wenn das bedeutete, dass sie sich die erste Gelegenheit, den Mann zu treffen, mit dem sie ihre Träume verwirklichen wollte, entgehen ließ. Sie war viel zu müde, um anziehend zu sein oder gar Flirtversuche zu genießen. Außerdem war sie auch noch zu aufgewühlt von ihrer Begegnung mit Jackson, um einem anderen Mann eine Chance zu geben. Nach einer Nacht mit ausgiebigem Schlaf würde sie erfrischt und bereit für Romantik und Abenteuer sein.

Während sie auf ihr Essen wartete, schlenderte sie wieder hinaus auf den Balkon, legte die Hände auf das kühle Geländer und beobachtete die ihr gegenüberliegenden Zimmer. Sie fragte sich, welches davon Jacksons war, und ob er unterwegs war, um seine Fantasie auszuleben ... und vor allem, mit wem.

Jackson ging den von Fackeln und vom Mondlicht beleuchteten gewundenen Pfad entlang, der von seinem Bungalow am Strand zum Swimmingpool der Anlage führte. Die Insel war zweifellos ideal für Romantik, verbotene Verlockungen und erotische Stelldicheins. Unglücklicherweise war Enttäuschung sein einziger Begleiter auf seinem nächtlichen Spaziergang, der ihm die Unruhe nehmen sollte, die ihn seit seiner Ankunft auf Seductive Fantasy an diesem Nachmittag befallen hatte.

Dank Mikes Hilfe hatte er Alexis' Flugzeit herausbekommen und einen Platz auf demselben Zubringerflug zur Insel gebucht, um sicherzugehen, dass sie sich vor der Ankunft auf der Insel kennenlernten. Nachdem die erste Begegnung so gut verlaufen war, hatte er gehofft, seine romantische Verfolgung heute Abend fortsetzen zu können. Doch seit sie sich am Anleger getrennt hatten, war er ihr nicht mehr begegnet.

Seufzend setzte er seinen Weg zur Players' Lounge fort und beschloss, die Suche für heute aufzugeben, wenn er Alexis nicht im Single-Club antraf. Er betrat die Bar, setzte sich auf einen Hocker und bestellte einen Tom Collins. Während er auf seinen Drink wartete, beobachtete er die Gäste und Paare, die zur Musik der Band tanzten, in der Hoffnung, eine schwarzhaarige Frau mit blauen Augen zu entdecken.

„Suchen Sie jemand Bestimmtes?“, erkundigte sich eine weibliche Stimme.

Jackson drehte sich um und war nicht erstaunt, Merrilee zu sehen. Er hatte im Lauf des Tages gesehen, wie sie sich um das Wohl ihrer Gäste kümmerte. Und sich vermutlich nach den Fortschritten beim Ausleben der Fantasien ihrer Gäste erkundigte.

„Ich suche tatsächlich jemanden“, antwortete er.

Ein wissendes Lächeln umspielte ihre Lippen. „Doch nicht zufällig Alexis Baylor?“

„Wie kommen Sie darauf, dass ich nach ihr suche?“ Der Barkeeper brachte seinen Drink, und Jackson dankte ihm.

„Ich habe nur geraten.“ Sie legte den Kopf schräg und musterte ihn mit freundlichen blauen Augen. „Mein Pilot teilte mir mit, dass Sie beide sich während des Flugs von Miami sehr gut verstanden haben. Außerdem sah ich auf dem Anleger, was sich zwischen Ihnen abspielte.“

Er lachte. „Gut geraten, das muss ich zugeben.“ Er trank einen langen Schluck von seinem kühlen, starken Drink und griff nach der Schale ungeschälter Erdnüsse auf dem Tresen. „Ich war tatsächlich auf der Suche nach Alexis.“

„Miss Baylor zog es vor, das Abendessen in ihrem Zimmer einzunehmen“, informierte Merrilee ihn. „Und bald darauf, so wurde mir berichtet, ist sie ins Bett gegangen.“

Jackson fragte sich, weshalb sie ihm so viele Informationen über Alexis gab. „Dann ist meinen Bemühungen, sie heute Abend zu finden, wohl kein Erfolg beschieden.“

„Morgen ist auch noch ein Tag.“

„Das stimmt.“

Merrilee zögerte einen Moment, dann meinte sie: „Bei Ihrer Anmeldung und unserem Telefonat, bevor Sie die Reise gebucht haben, sagten Sie, dass Sie eine Frau finden wollen, der Sie sich öffnen und der Sie vertrauen können.“

„Ja.“ Schuldgefühle stiegen in ihm auf. Die Lüge, die er sich für eine glaubwürdige und akzeptable Fantasie ausgedacht hatte, war notwendig gewesen. Er war nicht besonders stolz darauf, da er Merrilee sehr mochte. Aber um sein Ziel zu erreichen, musste er das Spiel fortsetzen. „Meinen Beziehungen zu Frauen fehlte das. Und ich bin einmal zu oft betrogen worden.“ Das entsprach immerhin der Wahrheit. „Es wäre etwas völlig Neues für mich, wenn ich in der Lage wäre, einer Frau zu vertrauen."

Sie nickte verständnisvoll. „Ich habe Ihnen gesagt, dass Sie auf der Insel selbst sehen müssten, ob sich Ihr Wunsch erfüllt, und dass ich Ihnen keine Garantie geben kann, dass Sie auch wirklich die Frau Ihrer Träume finden werden."

Er schob sich ein paar Erdnüsse in den Mund. „Ich erinnere mich."

„Wie dem auch sei, ich möchte Sie fragen, inwieweit Alexis Ihrer Vorstellung von einer Frau entspricht, der Sie sich öffnen und der Sie vertrauen können."

Um ein Haar hätte Jackson sich an den Erdnüssen verschluckt. Hustend spülte er sie rasch mit einem großen Schluck seines Drinks herunter. Wenn er sich nicht irrte, wählte sie ihn gerade aus und bot ihm exakt das an, was er wollte – eine direkte Verbindung zu Alexis, basierend auf ihrem Kontakt in dem Wasserflugzeug.

Er fand seine Fassung wieder und spielte seine Rolle. „Ich bin ihr erst einmal begegnet, aber Alexis könnte tatsächlich diese Frau sein. Ich würde sie wirklich gern besser kennenlernen. Die Frage ist jedoch, ob ich ihren Vorstellungen entspreche."

„Ich denke schon. Selbstverständlich liegt die Entscheidung, ob sie Sie akzeptiert, ganz allein bei Alexis."

Nach ihrer Reaktion auf ihn im Flugzeug zu urteilen, dürfte das kein Problem sein. „Wie stelle ich es am besten an?", fragte er.

„Nun, ich kann Ihnen ein wenig helfen." Merrilee lächelte mutwillig. „Da ich in Ihre und Alexis' Fantasien eingeweiht bin, kann ich Ihnen jederzeit verraten, wo sie sich gerade aufhält. Ein Anruf bei Stewart an der Rezeption wird Ihnen die nötigen Informationen liefern. Sollte ich jedoch feststellen, dass sie nicht interessiert ist, werden diese vertraulichen Mitteilungen eingestellt."

„Dagegen ist nichts einzuwenden." Jackson begriff, dass Merrilee versuchte, sie beide zusammenzubringen, und ihm im Hinblick auf Alexis vertraute. „Könnte ich als Erstes ihre Zimmernummer bekommen?"

„Zimmer 305 im Hauptgebäude", antwortete sie bereitwillig und legte ihm die Hand auf den Arm. „Ich hoffe, sie ist diejenige, die Sie für all die anderen Frauen in Ihrem Leben entschädigt."

3. KAPITEL

Sollte ihr Traummann auf der Insel sein, musste er erst noch auftauchen. Und dabei war die Hälfte von Alexis' zweitem Tag auf Seductive Fantasy schon vorbei.

Sie atmete frustriert aus und hob den Blick von dem Liebesroman, auf den sie sich ohnehin nicht konzentrieren konnte. Sie beobachtete die Gäste auf den Liegestühlen rund um den Pool, die Pärchen an der schwimmenden Bar, die offenbar ihre Fantasien auslebten, welche auch immer das sein mochten.

Zum x-ten Mal, seit sie vor einer Stunde in dem Restaurant unter freiem Himmel eine leichte Mahlzeit zu sich genommen hatte, hielt sie Ausschau nach einem dunkelhaarigen Mann mit blauen Augen, der sie ansehen und den ersten Schritt unternehmen würde. Ein Mann wie Jackson.

Aus den Augenwinkeln registrierte sie, wie jemand von der anderen Seite des Pools näher kam. Sie hielt den Atem an, als sie erkannte, dass es Jackson Witt war. Er trug eine dunkelblaue Badehose und ein ärmelloses Shirt, das seine breiten Schultern und die schmale Taille betonte. Seine kräftigen Oberschenkel waren gebräunt und muskulös, seine Beine lang und wohlgeformt. Alles an ihm wirkte außergewöhnlich sinnlich und äußerst männlich. Und alles an ihm begeisterte sie.

Sie riss sich vom Anblick seines Körpers los, betrachtete sein attraktives Gesicht und wünschte, er würde keine Sonnenbrille tragen, damit sie seine Miene deuten konnte. Mit einer fließenden Bewegung zog er sich das Shirt über den Kopf, während er gleichzeitig seine Segeltuchschuhe abstreifte. Er warf das Kleiderbündel auf einen Liegestuhl, legte seine Sonnenbrille darauf und marschierte zum Rand des Pools, ohne Alexis eines Blickes zu würdigen. Mit anmutiger Präzision sprang er kopfüber ins Wasser und begann seine Bahnen zu ziehen.

Alexis stöhnte enttäuscht auf und tadelte sich im Stillen für ihr Wunschdenken. Dann richtete sie ihre Aufmerksamkeit wieder auf ihr Buch und kümmerte sich nicht um den Mann, den sämtliche Frauen in unmittelbarer Nähe anstarrten. Es war offensichtlich, dass Jackson sie vergessen hatte, wohingegen er ihre Träume beherrscht hatte, sodass sie sich schon früh an diesem Morgen auf die Suche nach dem Mann ihrer Träume gemacht hatte.

Er ist es offensichtlich nicht, dachte sie und seufzte noch einmal enttäuscht.

Zehn Minuten später, als er an ihrem Ende des Pools aus dem Wasser kletterte, zwang Alexis sich, den Blick auf ihr Buch gerichtet zu lassen und so zu tun, als sei sie darin vertieft. Sie wollte sich einfach nicht die Blöße gegeben und seinen wundervollen Körper anstarren, wenn er an ihr vorbeischlenderte.

Er machte es ihr allerdings schwer, ihn zu ignorieren. Denn statt zu seinem Liegestuhl zurückzukehren, kamen seine nassen Füße in ihr Blickfeld und blieben vor ihr stehen. Sie schluckte, während Wasser von seinen Beinen lief und eine Lache bildete.

Was sollte sie jetzt machen?

Ehe sie die Kraft fand, zu ihm aufzusehen und ihn mit einem höflichen Lächeln zu begrüßen, das die Anziehungskraft, die er auf sie ausübte, nicht verriet, trafen sie Wassertropfen, als er wie ein nasser Hund den Kopf schüttelte.

„He, Sie! Ihretwegen kriege ich eine Gänsehaut!“, protestierte sie und musste unwillkürlich lachen, da sie nicht damit gerechnet hatte, auf diese Weise von ihm geneckt zu werden.

„Tatsächlich?“ Er stellte die Frage ganz unschuldig, doch die Doppeldeutigkeit entging ihr nicht. Wenn er so unverschämt war, würde sie ihm nicht nachstehen. Alexis wollte herausfinden, wie weit er die Dinge zwischen ihnen gehen lassen würde. Bis zu einem zwanglosen Flirt oder etwas Intimerem?

„Allerdings“, erwiderte sie keck.

„Das ist gut.“ Ein zufriedenes Lächeln umspielte seine Lippen. „Sie haben mich bewusst ignoriert.“

Sie wollte schon widersprechen, überlegte es sich jedoch anders und entschied sich für eine bessere Strategie, da sie nun einmal ertappt worden war. „Sie haben mich zuerst ignoriert“, konterte sie und legte das Buch auf den Glastisch neben ihr.

„Mir war heiß, und ich wollte mich abkühlen.“ Jackson zog sich einen Liegestuhl heran und schob ihn in die Sonne, statt zu ihr in den Schatten. Er fuhr sich mit den Fingern durch die nassen Haare und ließ sich auf den Liegestuhl sinken. „Ich hätte Sie ja gefragt, ob Sie mir Gesellschaft leisten, aber Sie haben nicht die richtigen Sachen zum Schwimmen an.“

Sie musste dringend etwas für ihr äußeres Erscheinungsbild tun, und dazu gehörte auch der Kauf eines Badeanzugs, der ihre Kurven vorteilhaft betonte, um die Aufmerksamkeit von Männern wie Jackson auf sich zu ziehen. „Ich bekomme sehr schnell einen Sonnenbrand. Wieso soll ich einen Badeanzug tragen, wenn ich ohnehin nicht in der Sonne sitzen will?"

„Damit ich sehen kann, wie Sie eine Gänsehaut bekommen, wenn ich Sie nass spritze", meinte er amüsiert.

Gut gekontert, dachte sie. „Was gewöhnlich dazu führt, dass man sich in der Sonne tummelt und verbrennt."

„Dafür gibt es ja Sonnencreme. Und falls Sie sich einfach nicht gern in der Sonne aufhalten, gibt es auch noch ein paar schattige Lagunen, die man sich für seine private Badeparty reservieren kann, wie ich hörte."

„Wirklich?" Sie war von dieser Vorstellung ebenso fasziniert wie von dem Funkeln in seinen Augen.

„Ja", bestätigte er mit rauer Stimme. „Mit Wasserfällen, heißen Quellen und sonstigem dekadenten Luxus."

Ihr Blick glitt unwillkürlich zu seinem flachen Bauch, und sie verspürte das unerklärliche Verlangen, mit ihren Fingern durch die Wassertropfen in seinen dunklen Haaren zu fahren, die seinen Nabel umgaben und im Bund seiner Badehose verschwanden. Sie wollte die feuchte Haut auf seiner Brust und seinen Armen berühren …

„Kann ich Ihnen etwas zu trinken bringen?"

Alexis schrak aus ihrem Tagtraum auf und starrte den Kellner in schwarzer Shorts und gestärktem weißen Hemd an. Er lächelte erwartungsvoll, den Stift über dem Block auf seinem Tablett haltend.

Alexis räusperte sich und stellte fest, wie trocken ihr Mund und wie durstig sie plötzlich war. „Ich nehme eine Piña Colada."

Der Kellner notierte die Bestellung. „Und Sie, Sir?"

„Ich nehme einen Tom Collins und eine Schale mit frischen Früchten."

Der Kellner nickte. „Kommt sofort."

Sobald der Kellner verschwunden war, verschränkte Jackson die Arme hinter dem Kopf und richtete seine blauen Augen wieder auf sie. „Und? Genießen Sie Ihren Aufenthalt bis jetzt?"

Sein Ton war wieder ungezwungen und freundschaftlich. Seine unterschiedlichen Signale verwirrten sie. Innerhalb weniger Minuten wechselte er von anzüglich zu nett, und sie wurde einfach nicht schlau daraus, wozu er bei ihr tendierte.

Sie schaltete auf Vorsicht. „Ich bin erst einen Tag hier, aber wie kann man diese herrliche Insel nicht genießen? Der Komfort ist bemerkenswert, die Angestellten sind freundlich.“ Sie winkelte die Beine an und gestand: „Es ist schon lange her, dass ich so verwöhnt worden bin wie hier.“

„Zu viel Arbeit und kein Vergnügen?“, fragte er interessiert.

Sie lächelte. „Ja, so etwas in der Art.“ In den vergangenen Jahren hatte sie sich ganz der Entwicklung von Zantoid gewidmet und dafür gesorgt, dass Gametek nicht bankrottging. Sich zu amüsieren hatte dabei nicht gerade Vorrang gehabt. Und jetzt, wo sie endlich an der Schwelle zum Erfolg stand, versuchte jemand ihre Leistungen zunichtezumachen.

„Entwickelt sich hier alles so, wie Sie gehofft hatten?“

„Nicht ganz“, räumte sie wahrheitsgemäß ein. „Aber ich hoffe, dass sich das schon bald ändert.“ Eine leichte Brise wehte, und sie strich sich ein paar Haare aus dem Gesicht, die sich aus ihrem Zopf gelöst hatten. Ihre Haut prickelte, da Jackson jede ihrer Bewegungen verfolgte. „Wie ist es bei Ihnen?“

„Soweit, so gut.“

„Sie sind zufrieden?“, fragte sie ungläubig und ein wenig neidisch.

Ein träges Grinsen erschien um seine Mundwinkel. „Bis jetzt kann ich nicht klagen. Allerdings habe ich das Gefühl, dass es im Lauf der Woche noch besser wird.“

„Bitte sehr!“, rief der Kellner, der mit ihrer Bestellung zurückgekehrt war. Er reichte Alexis einen weißen Drink mit einem Ananas-Orangen-Kirschenspieß obendrauf, gab Jackson seinen Tom Collins und stellte eine Schale mit frischen, saftigen Früchten auf den Tisch zwischen ihren beiden Liegestühlen. „Genießen Sie Ihren Nachmittag“, sagte er und verschwand wieder.

Jackson schob die Schale mit den Früchten in Alexis’ Richtung. „Bedienen Sie sich.“

Sie schüttelte den Kopf und rührte mit dem Strohhalm in ihrem Drink. „Ich habe gerade zu Mittag gegessen.“

Er hob eine dunkle Braue. „Erzählen Sie mir nicht, Sie seien eine von diesen Frauen, die Kalorien zählen und genau darauf achten, was sie essen.“

Sie lachte leise. „Wenn Sie mich im Badeanzug sehen würden, wüssten Sie, dass ich nicht zu diesen Frauen gehöre.“

Er musterte sie von Kopf bis Fuß. Aber wegen ihrer Kleidung gab es nicht viel zu sehen. „Frauen sollten Kurven haben und nicht nur aus Haut und Knochen bestehen."

Alexis erschauerte und war sich nicht sicher, ob das mit dem eisgekühlten Getränk zusammenhing, das ihre Kehle hinab rann. „Dann gehören Sie also zu den wenigen Männern, die ihre Frauen gern ein wenig üppiger mögen."

Er zuckte mit den Schultern und warf sich ein Melonenbällchen in den Mund. „Das stimmt. Außerdem ist Ihre Figur perfekt."

Sie verdrehte die Augen. „Als könnten Sie das sehen, bei all den Sachen, die ich anhabe."

„Ich verfüge über eine gute Vorstellungskraft, Alexis." Jackson pflückte ein paar Weintrauben vom Stiel und aß sie. „Sie haben gestern zwar eine weite Bluse getragen, aber unter dem Baumwoll-T-Shirt, das Sie jetzt anhaben, zeichnen sich volle Brüste ab und eine schmale Taille. Und trotz Ihres weiten Rocks habe ich keinen Zweifel daran, dass Ihre Hüften wohlgerundet sind und dass Sie lange schlanke Beine haben …"

Zu ihrem Entsetzen verhärteten sich ihre Brustspitzen, als hätte er sie dort nicht nur mit seinen Blicken liebkost. Rasch hob sie die Hand, um seinen erregenden Monolog zu stoppen. „Ich habe schon verstanden."

„Gut", murmelte er und wirkte sehr zufrieden mit sich selbst.

Nach einem langen Schluck stellte er seinen Drink auf das Tablett und machte es sich auf seinem Liegestuhl bequem. Er hakte die Daumen in den Bund seiner Badehose, drehte das Gesicht in die Sonne und schloss die Augen.

Nach einer Weile fragte Alexis: „Womit verdienen Sie Ihren Lebensunterhalt?"

Er blinzelte träge. „Spielt das eine Rolle?"

Soviel zu ihrem Versuch, ihn besser kennenzulernen. „Nein, vermutlich nicht."

Er setzte sich auf und winkte sie mit dem Finger zu sich. „Kommen Sie her."

Seine Bitte brachte Alexis völlig aus dem Gleichgewicht. Unsicher, was er von ihr wollte, aber gleichzeitig neugierig, beugte sie sich zu ihm. „Was ist denn?"

Er streckte die Hand aus und fuhr ihr mit dem Daumen über die

Unterlippe. Ihr Herzschlag beschleunigte sich. Er steckte ihr eine Erdbeere in den Mund, die sie bereitwillig aß. Dann fühlte sie etwas Klebriges auf ihrer Haut und begriff, dass sie sich offenbar mit Erdbeersaft bekleckert hatte.

„Weg“, verkündete Jackson triumphierend und saugte an seinem Daumen. „Hm, lecker.“

Sie atmete schwer aus und rang um Fassung. „Die Erdbeere war sehr süß.“

Er lächelte. „Sie auch.“ Und als hätte er nicht gerade verbotene Gelüste in ihr geweckt, lehnte er sich wieder frustrierend unbekümmert zurück. „Einer der Vorteile an dieser Fantasie-Geschichte ist die damit verbundene Anonymität“, erklärte er, auf ihr anfängliches Gespräch zurückkommend. Er drehte den Kopf zur Seite und sah sie an. „Dass man sein kann, wer und was man will. Dass man seinen Impulsen folgen kann, ohne sich darum zu kümmern, was die anderen sagen oder denken, weil ja niemand etwas anderes kennt, als das, was einem die eigene Fantasie diktiert.“

Erstaunt, dass seine Theorie ihren Gedanken ähnelte, schwieg sie und war neugierig, mehr von diesem Vergleich zu hören.

„Meine Fantasie könnte zum Beispiel sein, dass ich gern ein Selfmademillionär wäre. Wenn ich diese Rolle hier auf der Insel spielen würde, hätte das, womit ich meinen Lebensunterhalt im richtigen Leben verdiene, vermutlich nicht viel mit meiner Fantasie zu tun, oder?“

Das war absolut logisch. Sie nippte an ihrer Piña Colada und verbarg ein Grinsen. „Irgendwie bezweifle ich, dass es Ihre Fantasie ist, ein Selfmademillionär zu sein.“

„Aber Sie wissen es nicht genau, oder?“

„Nein“, gab sie zu.

„Und das Nichtwissen steigert die Spannung, nicht wahr?“

Ein sinnlicher Schauer überlief sie. „Ja, das stimmt.“

„Für mich ist es ebenso aufregend“, versicherte er ihr. Dann stand er auf und streckte sich. „Tja, ich sollte besser gehen.“

„Sie wollen schon weg?“ Die Enttäuschung war ihr deutlich anzuhören.

Er stemmte die Hände in die Hüften und grinste. „Ich finde, ich habe Ihre Zeit genug in Anspruch genommen.“

Nicht annähernd genug! dachte Alexis. „Ich habe mich gern mit Ihnen unterhalten.“

„Ich mich auch mit Ihnen."

Er ging davon, und Alexis war wieder genau dort, wo sie heute Morgen angefangen hatte. Sie war frustriert, ungeduldig und jetzt auch noch erregt von einem Mann, der nicht einmal Teil ihrer Fantasie war. Großartig.

Sie beobachtete, wie Jackson in seine Schuhe schlüpfte, sein T-Shirt aufhob und sich die Sonnenbrille wieder aufsetzte. Unfähig, ihre Unzufriedenheit abzuschütteln, schnappte sie sich ihr Buch und entschied, dass es an der Zeit war, mal mit Merrilee darüber zu sprechen, wie sie ihre Fantasie verwirklichen konnte.

Abrupt stand sie auf, drehte sich um und prallte in ihrer Eile mit einer warmen, muskulösen Brust zusammen.

Erschrocken wich Alexis einen Schritt zurück. „Ich dachte, Sie wären schon weg."

„Ich habe mich gefragt ..." Jackson verstummte und wirkte erstaunlicherweise unsicher.

„Ja?", ermutigte sie ihn.

„Ich habe mich gefragt, ob Sie heute Abend mit mir essen würden?"

Endlich! Da sie nicht vorhatte, diesen Mann noch einmal entwischen zu lassen, platzte sie heraus: „Sehr gern!"

Er schien amüsiert. „Sind Sie sicher, dass Sie nicht noch ein wenig Bedenkzeit für die Antwort brauchen?"

Sie schüttelte entschlossen den Kopf. „Nein, ich bin absolut sicher, dass ich den Abend mit Ihnen verbringen möchte."

„Gut. Ich hole Sie um sieben in Ihrem Zimmer ab."

Schwindelig vor Glück schwebte sie beinah zum Hotel zurück, nicht, um Merrilee anzurufen, sondern um für den Nachmittag einen Termin in der exklusiven Boutique zu machen, wo sie sich beim Kauf einer neuen, sexy Garderobe beraten lassen wollte. Jackson gab ihr zwar das Gefühl, begehrenswert zu sein, aber sie wollte auch so aussehen und hatte keine Ahnung, wie sie das anstellen sollte.

Als sie die klimatisierte Lobby betrat, fiel ihr ein, dass sie Jackson ihre Zimmernummer nicht gegeben hatte. Dann lachte sie. Wenn er wirklich der Mann war, mit dem sie ihre geheimsten Fantasien verwirklichen wollte, würde er auch ohne ihr Zutun herausbekommen, wo sie wohnte.

4. KAPITEL

„Bitte sehr, Mr Witt." Christy, die hilfsbereite Verkäuferin, die Jackson eine Stunde lang bei der Auswahl von Damenbekleidung assistiert hatte, öffnete die Doppeltür, die in einen weitläufigen Raum im hinteren Teil der Boutique führte. Sie winkte ihn hinein. „Sie können in unserem privaten Ankleidezimmer auf Miss Baylors Ankunft warten. Ich hänge die Sachen, die Sie für sie ausgewählt haben, dort auf den Ständer. Falls Sie noch etwas wünschen, drücken Sie den Knopf der Gegensprechanlage an der Wand."

„Danke, Christy." Jackson war noch nie in dem einschüchternden Allerheiligsten gewesen, einem Umkleideraum für Frauen. Aber er fand die Erfahrung äußerst stimulierend. Er schaute sich in dem Zimmer um, das mit seinen Sitzmöglichkeiten in sanften Mauve- und Blautönen und dem erhöhten Podest in der Mitte an ein Boudoir erinnerte. An der einen Wand befanden sich vom Fußboden bis zur Decke reichende Spiegel, die den Raum aus verschiedenen Winkeln spiegelten. Frisch geschnittene Rosen in Kristallvasen unterstrichen mit ihrem Duft die verführerische Atmosphäre.

Die perfekte Kulisse für das, was ihm vorschwebte.

Mit einem zufriedenen Lächeln wandte er sich an die Frau. „Ich möchte Miss Baylor mit meiner Anwesenheit überraschen."

„Ja, Sir", erwiderte Christy. „Ich werde sie hineinschicken, sobald sie selbst ein paar Kleidungsstücke ausgesucht hat."

Nachdem sie fort war, setzte Jackson sich in einen der weich gepolsterten Wildledersessel und wartete auf Alexis. Es dauerte nicht lange, bis er gedämpfte Frauenstimmen hörte, ohne jedoch verstehen zu können, was gesprochen wurde. Ein rascher Blick auf seine Uhr verriet ihm, dass Alexis zu ihrem Termin erschienen sein musste. Nach einigen weiteren Minuten ging die Tür zum Umkleideraum auf, und Alexis trat hinter der Verkäuferin ein. Die Verkäuferin hatte einige Kleidungsstücke über dem Arm, und Alexis folgte ihr zu dem Messingständer, an dem bereits die von Jackson ausgesuchten Sachen hingen. Keine der beiden Frauen schaute in seine Richtung.

Christy hängte die Sachen ans Ende der Stange und strich die Kleider, Röcke und Blusen glatt, die Alexis ausgesucht hatte. „Wenn Sie noch etwas brauchen, lassen Sie es mich wissen."

Alexis atmete tief durch. „Ich bin sicher, dass diese Sachen nur der

Anfang meiner Verwandlung von schlicht und praktisch zu sexy und verlockend sind."

Christy lächelte geheimnisvoll. „Dessen bin ich mir auch sicher."

Alexis hob verwirrt die Brauen, sagte jedoch nichts, während sie der Verkäuferin nachschaute, die den Raum verließ und die Tür hinter sich schloss. Sobald sie weg war, wandte Alexis sich wieder dem Kleiderständer zu und sah neugierig die Sachen durch, die Jackson ausgesucht hatte. Obwohl er ihren Gesichtsausdruck nicht sehen konnte, entging ihm nicht, wie sie sich plötzlich versteifte, als sei ihr klar geworden, dass sie die Auswahl von jemand anderem durchsah.

Sie zog die Hand zurück und trat auf die weiße Lamellentür zu, hinter der sich die Kundin ungestört umziehen konnte, bevor sie sich draußen auf dem Podest betrachtete. „Hallo?", rief sie zögernd. „Ist hier noch jemand in diesem Umkleideraum?"

„Nein", meldete sich Jackson von der anderen Seite des Raumes. „Die Sachen sind alle für Sie."

Erschrocken wirbelte sie herum, sodass ihr Zopf auf ihre Brust rutschte. Alexis' Freude darüber, ihn zu sehen, war unverkennbar, ihr Lächeln echt und sinnlich. Zugleich mischte sich Verwirrung in ihre Freude.

„Jackson, was machen Sie hier?"

„Sie baten um Hilfe bei der Auswahl einer neuen Garderobe für Ihren Aufenthalt auf Seductive Fantasy, und ich erfülle Ihnen nur zu gern diesen Wunsch."

„Woher wussten Sie, dass ich hier bin?"

„Wenn ein Mann etwas nur heftig genug begehrt, wird er einen Weg finden, es zu bekommen."

„Warum tun Sie das?" Sie klang ein wenig atemlos.

Jackson stand auf, durchquerte den Raum und blieb wenige Zentimeter vor ihr stehen. „Wieso ich an Ihrer Verwandlung teilhaben will? Weil ich will, dass Sie sich begehrenswert und schön fühlen. Welche bessere Möglichkeit gibt es da, als einen angenehmen Nachmittag mit Ihnen in einer Boutique zu verbringen und Ihnen dabei zuzusehen, wie Sie für mich verschiedene Sachen anprobieren."

„Sie werden mir zusehen?", wiederholte sie ungläubig.

Er lachte leise über ihre Verlegenheit. „Natürlich haben Sie eine Umkleidekabine für sich. Aber ich würde die Sachen gern an Ihnen sehen, besonders da ich sie ausgesucht habe." Er zwinkerte ihr zu.

„Ich dachte, Sie möchten vielleicht die Meinung eines Mannes hören, was sexy ist."

Sie wandte sich von seinem forschenden Blick ab und sah die Auswahl an Kleidungsstücken auf dem Ständer durch. Sie waren alle sehr geschmackvoll, besaßen jedoch auch eine gewisse erotische Ausstrahlung. Alexis betrachtete besorgt eine legere Kombination in Schokoladenbraun und Beige. Verglichen mit manchen anderen Sachen in der Boutique mochte sie zwar eher unauffällig sein, doch was die Kürze der Shorts und die Knappheit des Tops anging, hatte sie Bedenken.

Unschlüssig sah sie zu Jackson. „Ich muss zugeben, dass Ihr Geschmack sich sehr von meinem unterscheidet."

„Möglicherweise sehe ich Sie einfach mit anderen Augen als Sie sich selbst", konterte er, während sie das nächste Kleidungsstück betrachtete – einen sarongartigen blaugrünen Rock, in dem sie sehr viel Bein zeigen würde. „Seien Sie ein wenig mutig und abenteuerlustig, Alexis."

Amüsiert hob sie die Brauen. „Waren Sie in meinem Kopf?"

Er wurde vorsichtig. War ihm etwas herausgerutscht, was er unmöglich hätte wissen können, es sei denn von Mike? „Wieso fragen Sie das?"

„Weil Sie, seit ich hier auf der Insel angekommen bin, genau zu wissen scheinen, was ich denke."

Er zuckte mit den Schultern und ging im Geist die vorangegangenen Gespräche mit ihr durch. „Haben Sie nicht gesagt, Sie seien hier, um ein Leben verpasster Gelegenheiten in einer Woche nachzuholen?"

„Ja, schon möglich."

„Nun, jetzt haben Sie die Chance dazu."

Sie strich über die Vorderseite eines Tank-Tops aus Seide in kräftigen Violettschattierungen. „Tja, alte Gewohnheiten legt man wohl nur schwer ab."

„Dies ist der richtige Ort, um sich von diesen alten Gewohnheiten zu verabschieden und zu genießen, was immer Ihnen über den Weg läuft."

Sie hob das Kinn, denn ihr Selbstbewusstsein erwachte. „Sie haben vollkommen recht."

„Natürlich." Er berührte ihre Schläfe. „Und nur damit Sie es wissen – ich will tatsächlich in Ihrem Kopf sein. Ich möchte alles über Sie erfahren." Doch vorerst, angesichts des unverhohlenen Verlangens, mit dem sie ihn ansah, konzentrierte er sich ganz darauf, sie in Versuchung zu führen. Mit faszinierender Langsamkeit streichelte er ihre Wange, ihren Hals und ihre Schulter, bis seine Finger ihren Zopf oberhalb ihrer Brust erreichten. Er widerstand dem Impuls, die Wölbung zu berühren und ihre Reaktion darauf zu spüren.

„Ich möchte wissen, was du dir wünschst", fuhr er leise fort. „Ich möchte wissen, wer du bist, was du magst, was dir gefällt."

Ein Schauer durchlief sie. „Du gefällst mir", flüsterte sie.

Er wünschte, ihre Lippen wären seinen nicht so nah. Er wünschte außerdem, er würde sie nicht so heftig begehren, und zwar auf eine Art, die seinem Wunsch nach Rache widersprach.

„Das ist ein ausgezeichneter Anfang." Er trat einen Schritt zurück, schob die Hände in die Hosentaschen und brach so den Bann. „Wieso probierst du nicht etwas an, was dir auf deiner Haut gefällt?"

Sie lächelte verführerisch, und das mutwillige Funkeln in ihren Augen sagte es auch ohne Worte: Seine Hände gefielen ihr auf ihrer Haut.

Er ballte die Fäuste in den Taschen, um der Versuchung zu widerstehen, ihr zu zeigen, wie unglaublich sich seine nackte Haut an ihrer anfühlen würde. „Die Sachen", murmelte er und deutete auf die Kleidungsstücke, die auf sie warteten.

„Natürlich", erwiderte sie und genoss es offenbar, ihre Wirkung auf ihn zu testen. Sie nahm ein Schild von einem der Kleidungsstücke und runzelte erstaunt die Stirn. „Woher wusstest du meine Größe? Du hast zwar behauptet, du hättest eine ausgeprägte Fantasie, aber verfügst du auch über einen Röntgenblick?"

Er lachte, froh darüber, dass sie sich so weit zu entspannen begann, um ihn zu necken und langsam Vertrauen zu fassen. „Nein, so etwas Übernatürliches oder Aufregendes ist es nicht. Als du deinen Termin gemacht hast, hast du der Verkäuferin deine Größe durchgegeben. Ich bin nur einfallsreich."

Sie legte sich einige Sachen über den Arm. „Und voller Überraschungen."

Er legte ein pfirsichfarbenes Nachthemd aus Satin und Spitze mit dem passenden Negligé dazu und fragte sich, ob sie mutig genug war, ihm beides vorzuführen. „Hoffentlich nur erfreuliche."

„Bis jetzt kann ich nicht klagen." Sie betrachtete die Sachen, die er über ihren Arm gelegt hatte. Jackson hatte keinen Zweifel daran, dass sie seine stumme Aufforderung verstanden hatte.

Tief in ihm regte sich etwas, eine Mischung aus Begierde und Vorfreude. Er konnte es kaum erwarten zu sehen, ob Alexis seine Herausforderung annahm. Denn falls sie es tat, würde sie damit jegliche körperliche Distanz aufgeben … und es ihm erlauben, ihr Herz zu erobern.

Die Verwandlung hatte begonnen. Zwar erkannte Alexis noch ihre zu einem Zopf geflochtenen Haare und ihr Gesicht, doch die Frau im Spiegel in dem kurzen Sommerkleid kannte sie nicht. Ein solches Kleid hatte Alexis noch nie im Leben getragen. Allerdings konnte sie nicht leugnen, dass ihr das Gefühl, das dieses Kleid ihr vermittelte, gefiel. Endlich ließ sie ihren vernünftigen, einfachen Lebensstil hinter sich, den sie in jungen Jahren angenommen hatte, und öffnete sich für Ungezwungenheit und Spaß.

Mit einem kleinen Lächeln, das ihr besser gelang als erwartet, drehte sie sich vor dem Spiegel ihrer kleinen Umkleidekabine und genoss, wie der leichte, fließende Stoff ihre Schenkel umspielte. Das Kleid war aus weichem limonenfarbenen Crêpe gefertigt und wirkte äußerst feminin mit der cremefarbenen Spitze am Ausschnitt des miederartigen Oberteils und am Saum. Der bestechend schlichte Schnitt betonte ihre vollen Brüste und schlanken Waden auf eine Weise, zu der Alexis früher nie den Mut gehabt hätte.

Mit einem Gefühl neu gewonnener Freiheit trat sie aus der Kabine, um Jackson das erste Outfit vorzuführen.

Obwohl er in sehr lässiger Haltung in seinem Sessel saß, verfolgte er mit gebannter Miene, wie sie die drei Stufen zum Podest hinaufstieg. Ihre Blicke trafen sich im Spiegel, und Alexis' gerade erst gewonnene Selbstsicherheit geriet ins Wanken. Der Mann sah so umwerfend gut aus, dass sie es kaum glauben konnte, dass er sich tatsächlich für sie interessierte.

Sie atmete tief durch, um sich zu entspannen, fühlte, wie ihre Brüste sich gegen das enge Mieder pressten, und registrierte, dass Jacksons Augen sich auf ihr Dekolleté richteten. „Ich muss zugeben“, sagte sie leicht heiser, „dass ich mir ein solches Kleid nie ausgesucht hätte.“

„Es steht dir ausgezeichnet. Das Kleid ist wundervoll romantisch und wirkt sehr weiblich. Genau wie du.“

Ein warmes Prickeln breitete sich in ihrem Bauch aus. „Du meinst wohl, mit Schmeichelei kommst du weiter“, neckte sie ihn.

„Das hoffe ich.“ Sein Zwinkern deutete an, dass noch mehr Komplimente folgen würden. „Aber ich meine es ganz ernst. Du bist eine sehr sinnliche Frau, und deine Kleidung sollte das unterstreichen."

Es gefiel ihr, was sie im Spiegel sah, und sie nutzte es zu ihrem Vorteil. Mit einem koketten Lächeln in seine Richtung entgegnete sie: „Dein außergewöhnlicher Geschmack ist dabei hilfreich."

Er zuckte mit den Schultern. „Ich weiß, was mir an einer Frau gefällt, und du hast eine wundervolle Figur, die betont werden sollte, nicht versteckt."

Sie fuhr über den schmalen Träger ihres Kleids und stellte fest, dass ihre Haut sogar auf ihre eigene Berührung sensibel reagierte. „Ich arbeite daran."

„Gut." Er stützte die Ellbogen auf die Sessellehnen und formte ein Dach mit seinen Fingern. „Aber warum hättest du für dich ein solches Kleid nicht ausgesucht?"

Ihr erster Impuls war es, ihm zu sagen, dass es nicht ihrem Stil entsprach. Das wäre zwar einerseits wahr, andererseits aber auch eine bequeme Ausrede. Im Grunde hatte es nichts mit der Mode zu tun, sondern damit, dass sie einfach nicht gewusst hatte, wie gut sie sich in einem solchen Kleid fühlen würde.

Etwas in ihr drängte sie, ehrlich zu ihm zu sein und mehr über sich preiszugeben. „Ich habe nie in Betracht gezogen, etwas zu tragen, das so viel ..."

„Haut zeigt?" Er klang amüsiert.

Sie lachte ausgelassen. „Ja. Nach dem Tod meiner Eltern wuchs ich bei meinem alleinstehenden Onkel auf, der keine Ahnung von den Bedürfnissen kleiner Mädchen hatte. Er hat mich sehr praktisch erzogen, und dazu gehörten nun mal keine hübschen Kleider."

Sie lächelte wehmütig, als sie an ihren Onkel Martin dachte, an dessen Liebe sie trotz seiner unkonventionellen Erziehungsmethoden nie gezweifelt hatte. Er hatte sein Bestes getan und die unerwartete Verantwortung übernommen, ein Kind zu großzuziehen, obwohl er eigentlich sein einsames Leben genossen hatte. Er hatte sie zu einem Teil seines Lebens gemacht, das sich im Wesentlichen um seine Firma drehte, und sie hatte gelernt, sich anzupassen.

Alexis sah wieder zu Jackson und bemerkte seinen intensiven Blick. Gedankenverloren spielte sie mit dem Spitzensaum, der ihre nackten Oberschenkel berührte, während sie mit ihren Erklärungen fortfuhr. „Ich trug in der Grundschule und auf der Highschool Jeans und T-

Shirts und wuchs fast wie ein Junge auf.“

„Das klingt, als müsstest du auf Seductive Fantasy eine Menge nachholen“, meinte Jackson.

„Ja, das gehört alles zu den verpassten Gelegenheiten, von denen ich erzählt habe.“

Ein sexy Grinsen erschien auf seinem Gesicht. „Dann lass uns weitermachen mit der Anprobe und sehen, wohin uns das alles bringt.“

Ihr Puls beschleunigte sich. Noch eine Herausforderung. Der Mann verstand sich meisterhaft auf Provokationen und überließ ihr die Entscheidung, darauf einzugehen oder nicht. Sie war keine Spielerin, aber dieser Versuchung konnte sie nicht widerstehen.

Mit einer leichten Drehung, die den Saum wirbeln ließ und Jackson noch mehr Haut zeigte, wandte Alexis sich zu ihrer Umkleidekabine um. Sie spürte seinen glühenden Blick im Rücken und lächelte zufrieden. Plötzlich war sie entschlossen, ihn aus der Fassung zu bringen. Sie wollte eine körperliche Reaktion von ihm und würde alles daransetzen, sie zu bekommen.

Während sie hintereinander alle Kleider anprobierte und vorführte, wurde sie immer wagemutiger. Sie flirtete mit Jackson und neckte ihn auf eine Art, wie sie es noch nie zuvor bei einem Mann getan hatte. Seinem mutwilligen Grinsen nach zu urteilen, gefiel es ihm. Er ermutigte sie, ihre Hemmungen fallen zu lassen, und war voller Lob. Alexis genoss ihre neu gefundene Sinnlichkeit und war immer mehr von ihrer weiblichen Anziehungskraft überzeugt.

Jackson rutschte zwar mehrmals in seinem Sessel herum, blieb aber sitzen. Er war zu weit weg und zu beherrscht.

Frustriert kehrte Alexis in ihre Umkleidekabine zurück. Offenbar brauchte sie eine neue Strategie, um Jackson so zu erregen, dass er aus der Fassung geriet. Sie brauchte unbedingt den Beweis dafür, dass er sie unwiderstehlich fand.

Auf der Suche nach dem geeigneten Kleidungsstück für ihr Vorhaben sah sie das letzte halbe Dutzend Kleider durch. Ihre Suche endete, als sie auf das Nachthemd aus Seide mit dem dazu passenden Negligé stieß. Bisher hatte sie dieses sexy Kleidungsstück, von Jackson selbst ausgesucht, bewusst außer Acht gelassen. Jetzt war ihr klar, dass es das geeignete Mittel war, um die gewünschte Wirkung auf Jackson zu erzielen.

In gespannter Vorfreude zog sie rasch das violette Trägertop und die Caprihose aus, die sie gerade anprobiert hatte, und legte sie auf den Stapel der Sachen, die sie kaufen wollte. Dann schlüpfte sie in das Nachthemd und erschauerte, als der seidige pfirsichfarbene Stoff über ihre Haut glitt. Das spitzenbesetzte Oberteil umschmiegte verführerisch ihre Brüste, deren rosige Knospen unter dem dünnen Stoff hervorschimmerten. Ein Seitenschlitz zeigte viel Bein. Alexis nahm das dazugehörende glänzende Negligé, zog es an und band es zu. Fest darauf vertrauend, dass sie in diesem Aufzug Jackson aus der Reserve locken würde, atmete sie tief durch, trat aus der Kabine und stieg langsam auf das Podest.

Obwohl Jackson sitzen blieb, war sein Erstaunen ebenso wenig zu übersehen wie andere Veränderungen, die mit ihm vorgingen. Seine bisherige lässige Haltung war verschwunden, und er wirkte angespannt.

Alexis gelang es kaum, ihr Triumphgefühl zu unterdrücken. „Du hast nicht damit gerechnet, dass ich es anziehen würde, nicht wahr?"

„Ich war mir nicht sicher", gestand er.

Sie spielte mit dem einen Ende des Bindegürtels und zog ein wenig daran, ohne den Knoten ganz zu lösen. Nie hätte sie für möglich gehalten, dass ihre Unverfrorenheit sie selbst so erregen würde. „Gefällt es dir?"

„Wie sollte es mir nicht gefallen?" Er betrachtete sie mit leidenschaftlichem Blick von Kopf bis Fuß und machte sie atemlos, obwohl er sie noch nicht einmal berührt hatte. „Viel wichtiger ist jedoch, ob es dir gefällt."

„Ja." Um die Distanz zwischen ihnen zu überwinden, riskierte sie noch mehr. „Mir gefällt außerdem, wie du mich ansiehst."

„Und wie sehe ich dich an?"

Sie befeuchtete ihre Lippen mit der Zungenspitze. „Mit glühenden Augen. Als würdest du mich verschlingen, wenn du könntest."

Er gab einen tiefen Laut von sich, der seinen sexuellen Appetit bestätigte. „Du reizt mich."

Sie neigte den Kopf und zog das Gummiband aus ihren Haaren. „Dann funktioniert es also?" Langsam schüttelte sie den Kopf und fuhr sich durch das Haar, sodass es ihr in dichten dunklen Wellen über die Schultern fiel. „Ich war mir nicht sicher, ob ich überhaupt eine Wirkung auf dich habe, da du dich während der ganzen Zeit nicht aus deinem Sessel bewegt hast."

Unvermittelt stand er auf und stieg die Stufen zum Podest hinauf. Erschrocken fragte sie sich, ob sie zu weit gegangen war. Er wirkte so erregt und angespannt und … unglaublich männlich. Etwas Ungezähmtes, das sich allein auf sie richtete, ging von ihm aus.

Er blieb dicht vor ihr stehen und zog die Brauen zusammen. „Das Problem ist, dass du mich zu sehr reizt."

„Wieso ist das ein Problem? Es könnte doch für uns beide von Vorteil sein."

Erstaunt runzelte er die Stirn. „Was schlägst du vor? Eine Affäre? Ist es das, was du willst?"

Eine Affäre. Heiß. Wild. Aufregend. All das widerspiegelnd, was sie in diesem Moment empfand und ganz auskosten wollte. Mit ihm. Sie entschied, dass Offenheit jetzt die richtige Taktik war. „Ja, ich will eine Affäre", erklärte sie und sprach damit einen Teil ihrer Fantasie laut aus. „Und du, Jackson?"

Er berührte ihr offenes Haar, rieb fasziniert eine Strähne zwischen den Fingern. „Mit dir zusammen zu sein ist genau das, was ich will."

Alexis hatte nicht bemerkt, dass sie die Luft angehalten hatte. Jetzt atmete sie geräuschvoll aus. Es war also beschlossene Sache. Es gab keine Zweifel mehr, was seine Absichten betraf. Dieser umwerfend attraktive Mann würde derjenige sein, mit dem sie die Lust und Leidenschaft erleben würde, von der sie bisher nur geträumt hatte. Und falls alles so lief, wie sie es geplant hatte, würde er auch der Vater des Babys sein, das sie sich so sehr wünschte. Ein Baby, das ihr Leben vollkommen machen und ihre Sehnsucht nach der Familie stillen würde, die sie so früh verloren hatte.

Unsicher, was er sich von einer Affäre versprach, fragte sie: „Was hast du davon?"

Er fuhr mit dem Daumen über ihre Wange, ihren Hals hinunter und folgte dem Revers des Negligés bis zum Gürtel. „Fünf Tage mit einer Frau, die mich fasziniert und in mir den Wunsch weckt, ihre intimsten Geheimnisse zu entdecken. Ich will dich verführen, dich erobern."

„Ja", hauchte sie.

Ein träges, zufriedenes Lächeln umspielte seine Mundwinkel. Er zupfte an der Schärpe, sodass sich das Negligé teilte. Alexis schluckte, unfähig, sich auf irgendetwas anderes als die Reaktion ihres Körpers auf Jacksons Berührung zu konzentrieren. Sanft drehte er sie um, sodass sie wieder in den Spiegel blickte. Er stand so dicht hinter ihr, dass er ihren Rücken streifte, ihren Po und ihre Schenkel. Ihre Zehen gruben sich in den weichen cremefarbenen Teppich, während sie darauf wartete, was als Nächstes passieren würde.

Jackson neigte den Kopf, sodass sein Mund dicht an ihrem Ohr war und sein Atem ihre Haare streifte. „Öffne das Negligé für mich, Alexis."

Diese unverblümte Aufforderung jagte ihr heißen Schauer über den Rücken, und ohne zu zögern, tat sie, was er sagte. Mit einem kurzen Schulterzucken ließ sie das Kleidungsstück ihre Arme hinunterrutschen und auf den Boden segeln. Nun war sie lediglich noch mit dem fast durchsichtigen Nachthemd bekleidet.

Sie schnappte erschrocken nach Luft, als er seine Hände auf ihre Taille legte und aufwärts gleiten ließ. Heiß durchströmte es sie, und sie bekam weiche Knie. Sie schwankte benommen und lehnte sich an ihn.

Sie legte ihre Hände auf seine und wünschte, sie hätte den Mut, sie höher zu schieben, zu ihren Brüsten, die sich nach seiner Liebkosung sehnten. Die Knospen waren bereits hart und zeichneten sich deutlich unter dem hauchdünnen Stoff ab.

Sie schloss die Augen vor den erotischen Bildern in den drei Spiegeln, überwand ihre Scheu und schob Jacksons Hände höher. Er gehorchte, umfasste ihre Brüste und rieb die hoch aufgerichteten Brustspitzen zwischen Daumen und Zeigefinger. Alexis stöhnte auf vor Lust.

„Hast du dich je selbst berührt?", flüsterte er.

Ihr Herz schlug schneller. Obwohl es eine sehr persönliche Frage war, konnte sie nicht lügen. „Natürlich."

Seine Daumen strichen über die harten Knospen. Alexis legte den Hinterkopf an seine Schulter, sodass ihre Brüste sich noch fester in seine Hände schmiegten.

„Intim?" Seine Stimme war tief und rau, als würde er gegen sein Verlangen ankämpfen.

Ein Beben durchlief sie, als provozierende, sündige Bilder hinter ihren geschlossenen Augen entstanden. „Ja", gestand sie. Aber noch nie hatte es sich so erregend wie jetzt angefühlt.

Jackson fuhr mit seinen warmen Lippen über ihre Wange bis zu ihrem Hals. „Hast du dabei etwas so Erotisches getragen?" Er küsste ihren Hals und fuhr mit der Zunge über ihre weiche Haut.

Alexis schüttelte den Kopf und brachte mühsam ein Nein heraus.

„Ah, dann ist dies also ein erstes Mal für dich." Rasch wechselte er die Positionen ihrer Hände, sodass ihre jetzt unter seinen lagen. Ihre Finger waren jedoch noch miteinander verflochten, sodass er sie nach wie vor berührte. „Streichle die Seide", drängte er sie und schob ihre Hände nach unten. „Reib sie an deiner Haut, deinem Bauch, deinen Schenkeln …"

Sie tat all das und noch mehr, indem sie sich von Jackson führen ließ. Mit geschlossenen Augen wurde sie mutiger und genoss jede neue Empfindung. Die Seide fühlte sich kühl an ihren Handflächen an, obwohl die doppelte Liebkosung ihre Haut glühen ließ und die Vorfreude auf noch Erotischeres weckte. Und während sie ihre Hemmungen verlor und mit einer ihr bisher fremden Kühnheit weitermachte, spürte sie ihn hart und drängend an ihrem Po. Sie fühlte sich begehrenswert und berauscht von der Entdeckung, wie sehr sie ihn erregte.

Jackson führte ihre Hände zu ihren Schenkeln und schob sie in den Schlitz in dem Nachthemd. Alexis sog scharf die Luft ein, als sie ihre nackte Haut fühlte und stöhnte, als erst ihre Finger, dann seine über ihren Slip strichen.

„Mach die Augen auf und sieh dir die Verwandlung an", forderte er sie mit vor Erregung heiserer Stimme auf.

Gebannt schaute sie in den Spiegel und konnte kaum glauben, dass sie diese sinnliche Frau war. Benommen nahm sie die Flut ihrer Haare wahr, die ihr Gesicht umrahmten, das Verlangen in ihren Augen, die vollen Lippen, die noch immer auf Jacksons Kuss warteten, und ihren Körper, umschmiegt von Seide und Spitze.

Sie biss sich auf die Unterlippe, als er mit ihrer Hand erneut über ihren intimsten Punkt fuhr, und verfolgte fasziniert jede Bewegung im Spiegel.

„Jackson", hauchte sie atemlos, bereits kurz vor dem Höhepunkt, von dem sie überzeugt war, dass es der heftigste ihres Lebens werden würde. Und sie wollte ihn erleben – mit Jackson, hier und jetzt.

Er wusste es, das verriet sein Blick. Aber da war noch etwas, das sie nicht entziffern konnte. Zufriedenheit? Männliche Genugtuung?

Bevor sie weiter darüber nachdenken konnte, lenkte er sie mit einer letzten Liebkosung ab, nur um seine Hand anschließend langsam unter ihrem Nachthemd hervorzuziehen. Er hob ihre Hand an die Lippen und küsste jeden ihrer Finger einzeln. Das alles steigerte ihre Begierde zu fast quälender Intensität.

Eine Begierde, die zu stillen er nicht die Absicht hatte. Nicht hier und nicht jetzt.

„Heute Abend", sagte er nur. Doch diese Worte waren voller Verheißung. Dann küsste er Alexis flüchtig auf die Schläfe, was ein seltsamer Kontrast war zu dem, was sie gerade miteinander erlebt hatten. Ganz zu schweigen davon, dass sie sich nach einem tiefen, gefühlvollen Kuss sehnte.

Jackson ließ sie los, wandte sich ab und verließ ohne ein weiteres Wort den Umkleideraum. Alexis blieb allein auf dem Podest zurück, mit dem Gefühl, dass alles nur ein erotischer Traum gewesen war.

Oder eine verführerische Fantasie, die zum Leben erwacht war.

5. KAPITEL

Exakt fünf Minuten vor sieben schlenderte Jackson in die luxuriöse Lobby des Hotels auf Seductive Fantasy. Er fand den Fahrstuhl und drückte den Knopf für den zweiten Stock, in dem sich Alexis' Zimmer befand. Erst als er allein in der Kabine aus Messing und Spiegeln war, ließ Jackson Zweifel zu an seinen Motiven, seiner Fantasie und seinem Wunsch nach Rache.

Es war nie seine Absicht gewesen, so weit zu gehen. Obwohl Alexis' Wunsch nach einer Affäre es ihm leichter machte, sein Ziel zu erreichen, hatte er doch nur vorgehabt, sie mit Worten zu verführen. Ihre Brüste zu liebkosen, sie intim zu berühren und heftige Lust zu entfachen, von der er bisher nicht einmal geahnt hatte, dass sie existierte, war nicht sein Plan gewesen.

Der Fahrstuhl kündigte mit einem Klingeln seine Ankunft im zweiten Stock an. Jackson trat hinaus und nahm sich fest vor, immun gegen Alexis Baylors Charme zu sein. Sein oberstes Ziel war es, sie völlig für sich einzunehmen. Dazu war es unbedingt nötig, dass seine Gefühle ganz aus dem Spiel blieben und er nicht mit ihr schlief.

Mit diesem Vorsatz und dem Gefühl, die Situation wieder unter Kontrolle zu haben, klopfte er an die weiße Doppeltür mit der goldenen Nummer 305. Sein Vorsatz löste sich in dem Moment in Luft auf, als Alexis Sekunden später vor ihm stand – eine hinreißende Erscheinung in einem sündigen roten Kleid, dazu bestimmt, die Aufmerksamkeit eines Mannes zu erregen.

Und es erregte seine Aufmerksamkeit – von dem tiefen Dekolleté bis zum hautengen Rock des Kleides, der ihre Kurven perfekt modellierte und knapp oberhalb ihrer Knie endete. Schimmernde Strümpfe umschmiegten ihre Beine, und rote Slingpumps, die vorne offen waren, machten Alexis ein Stückchen größer. Ihre Fußnägel waren in demselben sexy Rot lackiert wie ihre frisch manikürten Fingernägel.

Heiß durchströmte es ihn, und er schluckte benommen. „Ich suche nach Alexis Baylor", sagte er und setzte eine verwirrte Miene auf. „Ist sie da?"

Sie lächelte, doch verriet ihre leichte Unsicherheit, dass sie für dieses provozierende Outfit einige Mühe auf sich genommen hatte. „Hör schon auf, Jackson." Sie legte den Kopf schräg, sodass ihr das offene Haar über die Schulter fiel.

Ihm fiel auf, dass es ein wenig kürzer war als am Nachmittag und sorgfältig durchgestuft, um der Frisur mehr Volumen zu geben. Dezentes Make-up betonte ihre Züge und hob die goldenen Sprenkel in ihren Augen hervor. Ihre Lippen waren rot geschminkt, und sie verströmte einen leichten blumigen Duft.

Offenbar hatte zu ihrer Fantasie eine komplette Änderung ihres Aussehens gehört, mit faszinierendem Ergebnis. Jackson hatte das Potenzial für eine umwerfende Schönheit erkannt, und jetzt stand sie in Fleisch und Blut vor ihm. Und sie gehörte ihm.

„Du siehst unglaublich aus." Er strich über einen ihrer Arme und fuhr ihren Ausschnitt entlang zum Ansatz ihrer Brüste, die sich bei jedem Atemzug aufreizend hoben und senkten. „Du steckst voller Überraschungen", stellte er fest. „Ich kann mich gar nicht daran erinnern, dass du heute Nachmittag dieses Kleid ausgesucht hast. Ich würde mich ganz bestimmt daran erinnern, wenn du es anprobiert hättest."

Sie lachte nervös und erleichtert zugleich. „Dann gefällt es dir also?"

Er hob eine Braue und musterte sie erneut von oben bis unten. „Das wäre eine zu harmlose Umschreibung für ein Kleid, in dem du zum Anbeißen aussiehst." Er legte ihr den Zeigefinger unters Kinn. „Wie die reife saftige Erdbeere, die du heute Nachmittag am Pool gegessen hast."

Sie befeuchtete ihre Unterlippe, als würde sie sich an den Geschmack erinnern. „Ich habe dieses Kleid anprobiert, nachdem du die Boutique verlassen hattest, zusammen mit ein paar anderen Sachen, die dir hoffentlich gefallen." Sie lächelte vielsagend.

Trotz seiner Versuche, immun gegen Alexis zu bleiben, erregte ihre neu gefundene Kühnheit ihn auf eine Art, die sich seinem Verstand widersetzte. Außerdem weckte sie in ihm ein so gutes Gefühl, wie er es bisher nicht gekannt hatte. Sie mochte ihn als Mann, nicht als den reichen Unternehmer. Den kannte sie allerdings auch nicht …

Er richtete seine Aufmerksamkeit wieder auf Alexis, deren Nähe er mehr genoss, als klug war. „Nach dieser äußerst verlockenden Bemerkung ist es deine Schuld, wenn ich nicht in der Lage bin, mich zu benehmen und die Hände bei mir zu behalten." Er legte ihr die Hände auf die Taille und ließ sie langsam über ihre Hüften gleiten. „Ich würde zu gern wissen, was sich unter deinem Kleid verbirgt."

Sie fuhr mit ihren schmalen Fingern über die Vorderseite seines

Hemdes, ein keckes Funkeln in den Augen. „Vielleicht lasse ich es dich ja herausfinden."

Der Druck seiner Hände verstärkte sich, und er zog sie an sich. „Damit du es gleich weißt – ich will Dinge von dir, die du keinem anderen Mann je zuvor gegeben hast." Noch eine Wahrheit, die er lieber nicht analysieren wollte. „Ich möchte Dinge mit dir tun, die dich zunächst vielleicht schockieren."

„Ich möchte schockiert werden", erwiderte sie.

Fast hätte er vor Erregung gestöhnt. Dies war sein Spiel, und doch musste er höllisch aufpassen, damit er die Kontrolle behielt. „Wirst du tun, was immer ich verlange?"

Sie nickte, wodurch ihre Haare in Bewegung gerieten und ihn dazu verlockten, seine Finger in der seidigen Masse zu vergraben. „Alles", versprach sie heiser.

Er umfasste ihren Po und drückte sie fest an sich. „An jedem Ort?" Er wollte antesten, ob sie bereit war, sämtliche Hemmungen fallen zu lassen.

Sie schlang ihm die Arme um den Nacken und presste sich an ihn, sodass sich ihre Brüste weich an seinen Oberkörper schmiegten, und fühlte seinen Herzschlag. Ihre Finger glitten durch seine Haare. „Ja", flüsterte sie. „Wirst du auch tun, was immer ich von dir verlange?"

Damit hatte er nicht gerechnet. Aber er würde ihr keine Bitte abschlagen. „Absolut. Allerdings hoffe ich, dass ich dir alles geben kann, was du willst, damit du mich um nichts mehr zu bitten brauchst."

„Bis jetzt hast du es hervorragend verstanden, meine Bedürfnisse zu erahnen." Sie lächelte einladend. „Und was möchte ich jetzt, Jackson?"

Er betrachtete ihre schönen Gesichtszüge, ihre geröteten Wangen und die blauen Augen. Ihre glänzenden Lippen befanden sich nur wenige Zentimeter unter seinen und lockten ihn, sie zu kosten und herauszufinden, wohin das alles führen würde.

Sein Puls beschleunigte sich. Wie hatte es passieren können, dass Alexis ihn so bezauberte, dass er sich in einem Netz verfing, das er doch selbst gewoben hatte, um sie darin zu fangen? War er so überwältigt von seiner Begierde, dass nichts anderes mehr zählte, als dieser Frau Lust zu bereiten und ihrer beider Sehnsucht zu stillen? Das Einzige, woran er im Moment denken konnte, war das, worum ihr Blick ihn bat und was sein eigener Körper von ihm forderte.

Den einen Arm fest um ihre Taille gelegt, strich er mit der freien

Hand zärtlich über ihre Wange. „Jetzt, in diesem Moment, möchtest du geküsst werden."

„Oh, du bist gut", hauchte sie.

„Es ist nur das, was ich auch will", gestand er, da er die Wahrheit nicht zurückhalten konnte. Es fiel ihm nicht leicht, zu lügen und zu betrügen, ganz gleich unter welchen Umständen. Aufrichtigkeit war ihm stets wichtig gewesen, sowohl im Beruf als auch im Privatleben.

Er hatte erwartet, Alexis etwas vorspielen und sie mit schamlosen Taktiken verführen zu müssen. Erstaunlicherweise jedoch hatte er ihr bis jetzt überhaupt nichts vorgemacht, weder was seine Worte betraf noch sein eigenes Verlangen.

„Nur damit du es weißt", warnte er sie mit vor Erregung heiserer Stimme, „ab jetzt habe ich nicht mehr vor, dich um Erlaubnis zu bitten für das, was ich will."

Er fuhr ihr durch die weichen, dichten Haare, umfasste ihren Hinterkopf und presste seine Lippen auf ihre. Der Kuss hätte kurz und unbeteiligt sein sollen, eher Anspruch erhebend statt Erfüllung suchend. Stattdessen nahm er sich viel Zeit und genoss die Hingabe, mit der sie den Kuss erwiderte. Ihre Hände berührten seine Wangen, während sie einladend die Lippen teilte. Quälend langsam steigerte er die Intensität des Kusses, bis sich endlich ihre Zungen fanden. Eine Welle der Erregung durchströmte ihn, viel zu schnell und viel zu machtvoll.

Alexis klammerte sich an ihn und bewegte sich in einem erotischen Rhythmus, der dem Spiel seiner Zunge entsprach. Jacksons Herz pochte, und sein Blut pulsierte wie flüssige Lava durch seine Adern, bis er nur noch die wundervolle Frau in seinen Armen wahrnahm.

Eine Frau, die in ihren Bedürfnissen und Sehnsüchten viel zu offen und aufrichtig war. Ihr Vertrauen war genau das, was er gewollt hatte. Nur hatte er nicht mit seiner Reaktion auf diesen Kuss gerechnet oder dem überwältigenden Verlangen, mit ihr vereint zu sein. Nichts war in diesem Moment gespielt, von keinem von beiden, und diese Erkenntnis bestürzte ihn zutiefst.

Er brauchte dringend Distanz, bevor er etwas Dummes tat ... wie zum Beispiel sie in ihr Zimmer zu drängen, die Tür hinter sich zuzuwerfen und seiner Begierde freien Lauf zu lassen. Ganz gleich, wie heftig sein Verlangen in der kurzen Zeit, in der er Alexis kannte, gewachsen war – mit ihr zu schlafen gehörte weder zu seiner Fantasie noch zu seinem Plan.

Widerstrebend löste er sich von ihr und rang um Fassung. „Wenn wir nicht sofort aufhören, wird es nichts mit dem Essen."

Sie seufzte verträumt. „War das ein Kuss! Bitte gleich noch mal."

Jackson lachte leise, fasziniert von ihrem echten Erstaunen. „Zuerst müssen wir etwas essen."

Ehe er der Versuchung erliegen konnte, die Herausforderung anzunehmen, ließ er Alexis ihren Schal und ihre Handtasche vom Sofa nehmen und ging mit ihr hinunter in die Lobby. Hand in Hand verließen sie das Hotel durch den Haupteingang, wo sie ein kleiner Elektrowagen erwartete, wie man ihn auf Golfplätzen benutzt.

Jackson half Alexis beim Einsteigen, und ein paar Minuten später hielten sie vor seinem Bungalow. Alexis sah ihn neugierig an. Ihre Haare waren durch die leichte Brise ein wenig zerzaust, und ihre Wangen glühten noch vor Verlangen.

„Wo sind wir?", fragte sie und zog ihren Schal fester um die nackten Schultern.

Er zog die Bremse an, drehte sich zu Alexis und legte das Handgelenk auf das Lenkrad. „Bei meinem Bungalow."

Sie hob verwirrt die Brauen. „Ich dachte …"

„Was dachtest du?"

„Ich dachte, wir würden in einem der Restaurants auf der Insel zu Abend essen."

„Ich habe nie gesagt, wo wir essen würden." Er strich ihr ein paar Haare aus dem Gesicht. „Ich wollte ein intimes Abendessen zu zweit hier in meinem Bungalow. Bist du damit einverstanden?"

„Na klar", versicherte sie ihm. „Solange du nicht erwartest, dass ich das Kochen übernehme."

Er stieg aus dem Karren und kam an ihre Seite, um ihr beim Aussteigen zu helfen. „Was? Du kochst nicht?"

Sie seufzte. „Es ist mir peinlich, das zugeben zu müssen, aber meine Kochkünste sind nicht besonders." Sie legte die Hand in seine Armbeuge und ließ sich von ihm über den mit Natursteinen gepflasterten Pfad zu seinem Bungalow führen. „Mein Onkel lebte von Fast Food, weil es schnell und unproblematisch war. Die wenigen Male, die er etwas in der Küche zubereitete, gab es nur Fleisch und Kartoffeln. Ein paar Grundlagen des Kochens habe ich mir durch Experimentieren selbst beigebracht. Aber etwas sagt mir, dass du mit einer Dosensuppe und einem überbackenen Käsesandwich nicht zufrieden wärst."

„Nein, ich würde schon zwei überbackene Käsesandwiches brauchen“, neckte er sie und genoss ihr fröhliches Lachen. Er öffnete die Haustür und bedeutete Alexis einzutreten. „Sei ganz beruhigt, ich erwarte nicht von dir, dass du kochst. Du brauchst hinterher nicht mal beim Aufräumen zu helfen.“

„Nein? Das klingt mit jedem Moment besser.“

Er führte sie durch das kleine Wohnzimmer in das angrenzende Esszimmer und die Kochnische. „Wir haben jemanden, der sich darum kümmert“, verkündete er und stellte ihr einen in schwarzer Hose und gestärktem weißen Hemd gekleideten Kellner vor, der vor einer Anrichte voller zugedeckter Schüsseln und Platten stand. „Dies ist Geoffrey. Er wird uns das Essen servieren.“

Der Mann nickte und lächelte. „Guten Abend, Miss Baylor. Bitte nehmen Sie Platz, ich werde Ihnen Champagner einschenken.“ Geoffrey deutete auf die Glasschiebetür, die auf die Terrasse hinausführte, wo ein mit feinem Leinen, Kristall und Silberbesteck gedeckter Tisch stand. Drei Windlichter mit ihren flackernden Kerzen unterstrichen die romantische Atmosphäre, und sanfte Musik aus versteckten Lautsprechern untermalte das Ganze.

Alexis trat auf die Terrasse hinaus, legte ihren Schal und die Handtasche auf einen in der Nähe stehenden Liegestuhl und ging zum weißen Holzgeländer. „Wow“, meinte sie staunend, als sie auf den hellen Strand und den tiefblauen Ozean blickte. „Was für eine atemberaubende Aussicht!“

„Ja, die Aussicht ist toll“, stimmte er zu, mit Blick auf Alexis’ wohlgerundeten Po und ihre schlanken Beine. Er trat neben sie und freute sich über ihre Begeisterung. „In einer halben Stunde können wir den Sonnenuntergang bewundern. Es ist ein Schauspiel, das man nicht verpassen darf.“

Alexis lachte fröhlich. „Ich habe nicht vor, irgendwohin zu gehen.“

„Das ist gut zu wissen, denn ich werde dich nicht aus den Augen lassen.“ Er rückte einen Stuhl für sie zurecht und bedeutete ihr, sich zu setzen. „Zumindest eine ganze Weile nicht.“

Ihre Miene spiegelte Erstaunen und Freude über diese höfliche Geste wider, als sei es für sie etwas Neues, so verwöhnt zu werden. „Danke“, murmelte sie und setzte sich.

Jackson zog sein Sportsakko aus und hängte es über die Stuhllehne, bevor er neben Alexis Platz nahm. Geoffrey erschien und nahm die gekühlte Champagnerflasche aus dem silbernen Eiskübel. Er entkorkte sie, füllte ihre Gläser und kündigte an, das Essen werde in fünf Minuten serviert. Dann verschwand er wieder im Haus.

Alexis hob ihr Glas und prostete Jackson zu. „Auf unsere Fantasien, die uns zusammengebracht haben."

„Auf uns", wiederholte er und fragte sich, wieso er erneut Schuldgefühle verspürte.

Alexis trank einen Schluck, dann noch einen und stellte ihr Glas wieder ab. Sie lehnte sich lächelnd zurück und schaute aufs Meer. Jackson beobachtete, wie sie langsam die Hand hob und einen ihrer rot lackierten Fingernägel an ihre Lippen legte.

Er lehnte sich ebenfalls bequem zurück. „Ist alles in Ordnung?", erkundigte er sich, nachdem sie einige Sekunden in dieser tranceähnlichen Haltung gesessen hatte.

Sie wandte ihm das Gesicht zu. „Ich fühle mich großartig. Kannst du dir vorstellen, dass ich gerade noch immer die Nachwirkungen unseres unglaublichen Kusses genossen habe? Ich fühle mich, als hätte ich zu viel Champagner getrunken. Dabei waren es nur zwei Schlucke."

Jackson fand es schwer vorstellbar, dass er eine Frau mit einem Kuss so verzaubern konnte. Allerdings war es eine schmeichelhafte Vorstellung. „Es fällt mir schwer zu glauben, dass du noch nie so geküsst worden bist."

„Glaub es ruhig." Sie spielte nervös mit ihrem Besteck. „Andererseits habe ich nicht genug Erfahrung, um wirklich Vergleiche anstellen zu können."

Ein schrecklicher Gedanke kam Jackson, einer, der ihm nie gekommen wäre, weil diese Vorstellung nicht mit seinem ursprünglichen Bild von Alexis Baylor vereinbar gewesen wäre.

„Du bist doch nicht etwa …" Er verstummte. Gütiger Himmel, er konnte das Wort nicht einmal aussprechen!

Ihre leuchtenden Augen weiteten sich, als ihr klar wurde, was er zu fragen versuchte. „Jungfrau?" Lachend schüttelte sie den Kopf. „Nein, nicht im physischen Sinn. Ich hatte schon Sex. Aber durch dich wird mir erst bewusst, wie viel mir entgangen ist und dass ich wahrscheinlich noch nie mit jemandem ‚Liebe gemacht' habe."

Jacksons Kehle war wie zugeschnürt. Er brachte kein Wort heraus, wusste nicht, was er auf ihr Geständnis erwidern sollte, ein Geständnis, das ihn völlig unvorbereitet traf. Sie hielt sehr viel von ihm. Zwar

war es in den letzten zwei Tagen sein Ziel gewesen, ihr Vertrauen zu gewinnen, doch hatte er weder damit gerechnet, dass es so leicht sein würde, noch dass er sich ebenfalls danach sehnen würde, mit ihr zu schlafen.

Zum Glück kam der Kellner mit ihrem Abendessen und stellte die Teller vor sie, auf denen sich reichliche Portionen von Hummerschwanz, Reispilaw und gebutterten grünen Bohnen befanden. Die Unterbrechung gab Jackson die Gelegenheit, seine Fassung zurückzugewinnen.

Nachdem alles serviert war, stellte Geoffrey eine kleine Messingglocke auf den Tisch. „Falls Sie noch etwas wünschen, klingeln Sie nach mir.“ Dann zog er sich zurück.

Neugierig, mehr über Alexis herauszufinden, als in Mikes Bericht stand, fragte er sie: „Du hattest also nur wenige Beziehungen?“

Sie zuckte mit den Schultern, schnitt ein Stück vom Hummerschwanz ab und tunkte es in die Buttersoße auf ihrem Teller. „Ja. Eigentlich nur eine.“ Sie schob sich das Fleisch in den Mund und seufzte angesichts des köstlichen Geschmacks. Mit der Zungenspitze leckte sie sich einen Tropfen Butter von der Unterlippe.

Etwas in Jackson zog sich zusammen. Er starrte auf sein Essen und stocherte mit der Gabel in seinem Reispilaw. „Etwas Ernstes?“

„Eine Beziehung auf dem College“, antwortete sie und trank einen Schluck Champagner. „Es hielt aber nicht lange. Danach konzentrierte ich mich ganz auf mein Studium statt auf Männer. Nicht, dass sie vor meiner Tür Schlange standen. Ich war unscheinbar und still. Wenn ich meine Nase nicht in die Bücher steckte, arbeitete ich halbtags für die Computerfirma meines Onkels.“ Bevor Jackson diese Chance nutzen und sich nach der Firma ihres Onkels erkundigen konnte, fügte sie mit einem zärtlichen Lächeln hinzu: „Und dann gibt es da noch den lieben, treuen Dennis.“

„Wer ist Dennis?“

„Ein guter Freund, der gern mehr wäre.“ Alexis tupfte sich die Mundwinkel mit der Serviette ab. „Er arbeitet für meine Firma. Ich habe das Unternehmen von meinem Onkel geerbt. Dennis ist schon seit Jahren in der Firma und war auf die eine oder andere Art stets für mich da.“

„Aber du bist nicht interessiert?“

„Unglücklicherweise nein, nicht in romantischer Hinsicht.“ Es klang ein wenig bedauernd. „Versteh mich nicht falsch. Er ist ein netter Kerl. Ich mag ihn sehr als Freund, und er ist ein wichtiger Teil meines Lebens. Außerdem ist er bestimmt ein toller Ehemann, der eines Tages die richtige Frau glücklich machen wird."

„Aber nicht dich."

Alexis war mit dem Essen fertig und legte Messer und Gabel an den Tellerrand. „So dumm es vielleicht klingt und so unrealistisch es vermutlich ist – ich will das, was meine Eltern gehabt haben."

Jackson dachte an seine Eltern, doch da waren nur traurige Erinnerungen an den Verlust eines wundervollen, liebevollen Vaters, der gestorben war, als Jackson erst acht Jahre alt gewesen war. Ansonsten gab es nur bittere Erinnerungen an eine selbstsüchtige Mutter, die ihre Zeit damit verbrachte, den nächsten Mann zu finden, der sich finanziell um sie kümmerte, während Jackson sich selbst überlassen blieb. Mit sechzehn, als er seinen ersten Job bei einer Elektronikfirma antrat, hatte seine Mutter alle Verantwortung an ihn abgetreten und sich mit ihrem neuesten Millionär auf und davon gemacht – nur um Jahre später nach Jackson zu suchen, nachdem die Kette gut betuchter Liebhaber abgerissen war und sie entdeckt hatte, wie reich ihr Sohn geworden war.

Jackson war ebenfalls mit dem Essen fertig, schob den Teller von sich und verdrängte die unerfreulichen Erinnerungen.

„Was hatten deine Eltern, was du auch für dich willst?", fragte er. Er wollte wirklich glauben, dass es durchaus auch glückliche Ehen gab, auf Liebe, gegenseitigem Respekt und Vertrauen basierend.

Alexis beobachtete den herrlichen, spektakulären Sonnenuntergang am Horizont. Die Glut der Sonne verlieh ihrer Haut die Farbe eines reifen Pfirsichs. „Soweit ich mich erinnern kann, waren meine Eltern sehr verliebt. Ihre Zuneigung füreinander war spürbar. Ich fühlte mich von ihrer Beziehung nie ausgeschlossen, sondern als Teil ihrer Liebe. Das ist seit ihrem Tod in meinem Herzen geblieben." Sie sah Jackson traurig an. „Ich bin sicher, dass ihre Art von Ehe und Beziehung nur wenigen Menschen vergönnt ist, die das Glück haben, vom Schicksal zusammengeführt zu werden. Bis jetzt habe ich nicht zu diesen Glücklichen gehört. Mit weniger als echter Liebe und einer Beziehung, die auf gegenseitigem Respekt und Vertrauen basiert, werde ich mich jedoch nicht zufriedengeben."

Jacksons Einschätzung nach war das ein ziemlich hoher Anspruch. Was Alexis ersehnte, entsprach so gar nicht dem Bild der rücksichtslosen Geschäftsfrau, das er von ihr gehabt hatte. Wie konnte sie jemandem etwas stehlen und zugleich Respekt und gegenseitiges Vertrauen in einer Beziehung fordern? Das passte nicht zusammen und trug nur zu seiner Verwirrung bei.

Alexis beobachtete die letzten Sonnenstrahlen über dem Meer und fuhr fort: „Ich habe in den letzten Jahren all meine Zeit und Energie darauf verwandt, das Unternehmen meines Onkels vor dem Bankrott zu bewahren. So blieb mir kaum Zeit, mit Männern auszugehen oder romantische Beziehungen aufzubauen."

Sie klang sehr nüchtern, doch Jackson registrierte die Sehnsucht dahinter. Es war offensichtlich, dass sie sich einen Mann wünschte, der sie umwarb und betörte. „Und deshalb bist du hier, auf Seductive Fantasy, um zu finden, was dir entgangen ist."

Sie nickte und richtete den Blick auf ihn. Das Kerzenlicht auf dem Tisch flackerte und ließ ihr ebenholzfarbenes Haar schimmern. „Ja, das ist einer der Gründe, weshalb ich hier bin."

Da war noch mehr, und Jackson konnte nicht bestreiten, dass sie ihn neugierig gemacht hatte. „Welche Gründe gibt es noch?"

Sie faltete die Hände über dem Bauch. „Private und Persönliche", antwortete sie ausweichend. Dann lächelte sie. „Es sei denn, du möchtest mir zuerst deine Gründe für deinen Aufenthalt hier verraten."

Er lachte. „Touché." Sie hatten beide verborgene Motive. Zwar war es offensichtlich, dass sie in gewisser Hinsicht den Fantasien des anderen entsprachen. Trotzdem war keiner von beiden bereit, zu viel von sich preiszugeben.

Der Kellner kehrte zurück, um die Teller abzuräumen und jedem eine Portion des köstlichen Desserts zu servieren, das Jackson extra für dieses Abendessen bestellt hatte.

Während Geoffrey Champagner nachschenkte, probierte Alexis ihr Dessert. Ihre Augen weiteten sich vor Erstaunen und Entzücken. „Oh Jackson, das ist wundervoll!"

Er hatte auf diese Reaktion gehofft. „Freut mich, dass du es magst", sagte er. Geoffrey zündete hinter ihnen die drei Fackeln entlang des Terrassengeländers an, die genau die richtige Menge Licht spendeten. „Es ist Crême Brulée mit Amaretto. Der Koch hat mir versichert, sie sei himmlisch."

Alexis nickte zustimmend und aß genussvoll den zweiten Bissen. „Ich liebe den Geschmack von Amaretto. Woher wusstest du das?"

Er zuckte mit den Schultern, nahm seinen Löffel und tauchte ihn ins Dessert. „Ich habe geraten."

Sie kniff die Augen zusammen. „Es sind deine hellseherischen Fähigkeiten, nicht wahr?"

„Ich gebe nichts zu", wehrte er ab. Vor allem würde er ihr nicht verraten, woher er diese persönliche Information hatte.

Nachdem Geoffrey die Fackeln entzündet hatte, dankte Jackson ihm für seine Dienste und entließ ihn, sodass sie nun allein waren. In den nächsten Minuten beobachtete er, wie sie das Dessert genoss. Sie aß es auf und hatte keine Skrupel, auch noch die Hälfte seines Desserts zu verzehren, als er es ihr anbot.

Als sie fertig war, trank sie einen Schluck Champagner und lehnte sich zufrieden seufzend zurück. Zumindest ein Appetit war offenbar gestillt. Um andere Begierden würde er sich später kümmern.

Sie neigte den Kopf und lächelte ihn träge an. „Was ist mit dir, Jackson?"

Er runzelte die Stirn, da er keine Ahnung hatte, was sie meinte. „Was soll mit mir sein?"

„Na ja, ich habe dir von meinen Beziehungen erzählt." Sie musterte ihn mit gedämpfter Neugierde. „Wie kommt es, dass dich noch keine Frau zum Altar geschleppt hat?"

„Ich bin keine Jungfrau mehr, falls du das meinst."

Sie lachte. „Auf den Gedanken wäre ich auch nie gekommen."

Er drehte den Stiel des Glases zwischen den Fingern und streckte die langen Beine unter dem Tisch aus. „Ich nehme an, es ist das gleiche alte Klischee, das jeder benutzt. Ich habe einfach noch nicht die Richtige gefunden."

„Suchst du denn?"

„Nein." Die Antwort kam schroffer als beabsichtigt. In sanfterem Ton fuhr er fort: „Vor ein paar Jahren war ich verlobt, und ich bin nicht scharf darauf, diese Erfahrung so bald zu wiederholen."

„Was ist passiert?"

Er rieb sich das Kinn und holte tief Luft. „Ich dachte, ich würde sie kennen. Natürlich vertraute ich ihr. Einige Wochen vor der Hochzeit fand ich heraus, dass sie nicht mich wollte, sondern mein Geld." Zu spät erkannte er, wie viel er gerade von sich preisgegeben hatte. Andererseits bedauerte er nicht, etwas offenbart zu haben, das ihn in den letzten vier Jahren gequält hatte. Tatsache war, dass es gut tat, einen Teil der Bitterkeit endlich herauszulassen.

Alexis schien sein Groll nicht zu beunruhigen. „Und deshalb …?“, sagte sie, um mehr über ihn zu erfahren und darüber, wie sehr die Erfahrung mit seiner ehemaligen Verlobten seine Einstellung zu Beziehungen geprägt hatte.

„Und deshalb fällt es mir schwer, Frauen und ihren Motiven zu trauen.“

„Jackson“, meinte sie mitfühlend. „Nicht alle Frauen sind wie deine ehemalige Verlobte.“

Er wappnete sich gegen ihre tröstende Logik, doch irgendwie überwand Alexis mit ihrem Verständnis und ihrer sanften Art diese Barrieren. „Mag sein“, räumte er ein, „aber meine Erfahrung ist, dass die meisten Frauen etwas von mir wollen. Daher habe ich gelernt, sehr vorsichtig zu sein.“

Sie schob ihren Stuhl zurück, ging ans Geländer und schaute auf den dunklen Strand und das Meer. Jackson ließ sie einen Moment allein, denn auch er brauchte einen Augenblick für sich. Seine Gefühle waren ein einziges Durcheinander; er empfand Dinge, die er nicht empfinden sollte – Zweifel, Zärtlichkeit und zu viel Verbundenheit. Er hätte sich Alexis nicht öffnen dürfen, doch sie hatte ihm die Worte mit unglaublicher Leichtigkeit entlockt.

Er nahm sich zusammen. Es wurde Zeit, den Abend und seine Fantasie wieder ins richtige Verhältnis zu rücken. Und das bedeutete, sich darauf zu konzentrieren, Alexis zu verführen.

6. KAPITEL

Alexis schloss die Augen und atmete tief den Geruch der Luft, des Sandes und des Ozeans ein. Sie spürte die Wärme der Fackeln und eine sanfte schwüle Brise, die wie die Hand eines Liebhabers über ihre Haut strich. Was sie wollte, war Jacksons Berührung. Doch bezweifelte sie, dass er mit ihr irgendetwas würde zu tun haben wollen, wenn er ihre ursprünglichen Motive kennen würde. Genau wie die anderen Frauen in seinem Leben wollte sie etwas von ihm, auch wenn es nicht sein Geld war.

Nein, nicht sein Geld – sondern ein Baby. Ein Kind für sich, entstanden aus einer leidenschaftlichen Affäre, an die sie sich stets erinnern würde. Ein Kind, das sie bedingungslos lieben und das der Mittelpunkt ihres Lebens sein würde.

Sie umklammerte das Holzgeländer. Nie hatte sie damit gerechnet, wegen ihres Vorhabens Schuldgefühle zu bekommen. Andererseits hätte sie auch nie gedacht, dass sie sich so schnell und heftig in den Mann verlieben würde, den sie sich als Vater des Babys ausgesucht hatte – einen Mann, der ihr das Gefühl gab, wunderschön und etwas Besonderes zu sein. Jackson war nicht nur attraktiv, sexy und im besten Alter, sondern besaß Charakterzüge, die sie sehr bewunderte. Zum Beispiel Aufrichtigkeit und Rechtschaffenheit. Und in ihren Gesprächen hatte er immer wieder angedeutet, dass er diese Charaktereigenschaften schätzte.

Er hatte außerdem klargemacht, dass er sich nicht gern benutzen ließ.

Obwohl es ihr nicht leichtfiel, verdrängte sie ihre Unsicherheiten und versuchte, ihr Gewissen zu beruhigen. Sie waren beide aus freien Stücken auf dieser Insel. Für alle Beteiligten, die sich dazu entschlossen, am Ausleben einer Fantasie teilzuhaben, gab es ungenannte Risiken. Denn es war abgemacht, dass die Wünsche der Teilnehmer geheim blieben, es sei denn, man entschied sich anders. Das war die Grundlage dieses Urlaubs. Alle Gäste waren sich des Risikos bewusst, und Jackson und sie hielten ihre wahren Absichten noch immer voreinander geheim. Im Wesentlichen bedeutete das, dass sie sich gegenseitig benutzten.

Risiken. Es gab Dutzende davon. Sie ging ein Risiko ein, indem sie mit Jackson zusammen war und ihn als den Mann erwählte, der ihr alles über Leidenschaft und Begierde beibringen sollte. Im Gegenzug ging auch er mit ihr ein Risiko ein. Am Ende der Woche würden sie ihre Fantasien ausgelebt haben und ohne Reue oder Schuldgefühle auseinandergehen. Anders konnte es nicht sein.

Sie hörte das Knarren seines Stuhls und seine leisen Schritte, als er hinter sie trat. Sofort ließ seine Nähe sie erschauern. Doch sie drehte sich nicht um. Er legte seine Hände neben ihre auf das Geländer, hielt Alexis in seiner Umarmung gefangen. Sie spürte seine Wärme, und in diesem Moment verschwanden auch die letzten Zweifel, die sie wegen ihres Plans noch gehabt haben mochte.

Ganz gleich, wie selbstsüchtig es war, sie wollte diese Zeit mit Jackson und allem, was er ihr zu bieten hatte. Sie hatte so viele Jahre ihrem Onkel, dem Unternehmen und ihren Mitarbeitern gewidmet. Jetzt war sie an der Reihe, zu nehmen und zu genießen.

Er neigte den Kopf, sodass seine Wange ihre Haare streifte. Dann flüsterte er ihr ins Ohr: „Bist du bereit, dein Versprechen aus der Boutique zu halten?"

Sie hielt den Atem an, benommen von erotischen Bildern, die vor ihr entstanden. „Welches Versprechen war das?"

Er streichelte ihren Rücken und ließ seine Hände über ihre Taille, die Hüften und Oberschenkel gleiten. Dann schob er sie langsam nach vorn, spreizte die Finger auf ihrem Bauch und zog sie an sich, sodass ihr Po sich an sein Becken schmiegte.

Alexis sog scharf die Luft ein und grub die Nägel in das Holzgeländer. Deutlich fühlte sie seine Erregung und erschauerte. Ihr Herz pochte wie verrückt, als er mit seinen Lippen spielerisch über ihre Wange strich.

„Du hast mir versprochen, dass du mich herausfinden lässt, was du unter diesem Kleid trägst."

Ein sinnliches Prickeln überlief sie, und sie hob die Hand an seine Wange und drehte den Kopf. Ihre Blicke trafen sich. Alexis sah die Glut in seinen Augen und lächelte verführerisch. „Ich sagte ‚vielleicht'."

Ein mutwilliges Grinsen umspielte seine Mundwinkel. „Diese Herausforderung nehme ich an, Miss Baylor."

„Genau das hatte ich gehofft." Sie wusste, dass er nicht groß überzeugt werden musste. Trotzdem war sie gespannt darauf, wie seine Methode wohl aussehen würde.

Seine Hände glitten über den Samt, der ihre Rundungen verhüllte.

Er machte sich daran, durch den Stoff ihres Kleides jedes Teil ihrer Unterwäsche zu identifizieren, sie mit seinem Tastsinn zu entdecken, statt sie zu sehen. Seine Finger formten ihre Brüste nach und tauchten in ihren Ausschnitt, um den Stoff ihres BHs zu erfühlen.

„Hübsch und aus Spitze", meinte er zufrieden. „Nicht, dass mich das überrascht. Ich tippe darauf, dass er schwarz ist."

Ihre Brustspitzen richteten sich auf, und sie bog den Rücken durch in der Hoffnung, dass er seine Finger noch ein wenig tiefer schob und die pulsierenden Knospen berührte. Doch stattdessen zog er sie zurück.

Frustriert stöhnte Alexis auf und umklammerte das Holzgeländer. „Nachdem du mich so gereizt hast, wirst du es selbst herausfinden müssen."

Er lachte leise. „Zweifle nicht daran, dass ich es tun werde. Alles zu seiner Zeit."

Er hatte es keineswegs eilig, sondern reizte sie gnadenlos, indem er sie gemächlich erforschte. Er ließ die Hände von ihrer Taille zu ihrer Hüfte hinuntergleiten. Alexis schob sie instinktiv vor, doch er ignorierte ihr stummes Flehen und setzte den erregenden Weg seiner Hände fort. Er knickte ein wenig in den Knien ein, um den Saum ihres Kleides zu umfassen und richtete sich wieder auf, wobei er langsam über ihre Schenkel fuhr, während sich der Stoff um seine Handgelenke bauschte.

Ihre Haut glühte, ihr Atem ging unregelmäßig in Erwartung der Richtung, die seine geschickten Hände einschlugen. Seit dem Nachmittag sehnte sie sich nach dieser Berührung. Er entdeckte ihre Strümpfe, hielt jedoch nicht inne, sondern streichelte mit dem Daumen die Innenseite ihrer Schenkel, auf dem Weg zu ihrem Slip. Langsam schob er ihr das Kleid bis zur Taille hoch.

Jackson stand so dicht hinter ihr, dass sie den rauen Baumwollstoff seiner Hose an ihren nackten Schenkeln spürte. „Halterlose Strümpfe mit Spitzenborte, und ein Seidenslip mit Spitzenbesatz", beschrieb er flüsternd ihre Unterwäsche. „Ebenfalls schwarz, wie ich vermute."

Statt ihn zu ermutigen, brachte sie diesmal nur ein leises Stöhnen heraus.

Er schob die Daumen unter das Elastikbündchen ihres Slips, und als er ihn behutsam ein wenig herunterzog, biss sie sich auf die Unterlippe. Er hielt inne, als der Spitzensaum die Wölbung ihres Pos erreichte, und klang genauso atemlos wie Alexis.

„Ich will ihn dir ausziehen.“ Seine Stimme klang heiser vor Beherrschung.

Sich seiner Bitte zu widersetzen, kam für sie nicht mehr infrage, nicht nachdem sie schon so weit gegangen war. „Ja“, hauchte sie.

Quälend langsam schob er den Slip ihre Beine herunter, bis er um ihre Füße lag, die noch in den Pumps steckten. Der Saum ihres Kleids fiel wieder herunter, doch fühlte Alexis sich nach wie vor entblößt.

„Steig heraus, Liebes“, forderte er sie auf, und ohne zu zögern gehorchte sie.

Er bückte sich, hob das winzige Dessous auf und hielt es hoch. Er rieb den Stoff zwischen den Fingern. „Schwarze Spitze, genau, wie ich vermutet habe.“

Sie lachte, allerdings nicht annähernd so gelöst und heiter, wie sie es beabsichtigt hatte. „Du hast gewonnen.“

Er beugte sich vor, küsste ihre Schläfe. Eine zärtliche Geste, die im Kontrast stand zur brennenden Begierde, die von Alexis Besitz ergriffen hatte. „Ich würde gern denken, dass du bei dieser Sache auch gewinnst“, sagte er und trat zurück.

Was meinte er damit? Und wieso ließ er sie allein, nachdem er sie so erregt hatte, wie sie noch niemals zuvor jemand erregt hatte? Spielte er nur mit ihr? Frustration breitete sich in ihr aus und mischte sich mit anderen verwirrenden Empfindungen, die sie im Moment nicht unter Kontrolle bekam.

In dem Glauben, dass er in seinen Bungalow zurückkehren wollte, drehte sie sich um und sah, wie er ihren Schal und die Handtasche von dem Liegestuhl nahm. Mit einer Lässigkeit, die seine Erregung Lügen strafte, setzte er sich auf den Liegestuhl, dessen Lehne aufgerichtet war, und ließ grinsend ihren Slip vom Zeigefinger baumeln.

Eine leichte Brise wehte und bauschte Alexis’ Kleid, sodass der weiche Stoff ihren nackten Po kitzelte. Die verlockende Berührung, die ihr viel zu gut gefiel, ließ sie erschauern. Sie wollte sehen, wie weit Jackson mit seinem sexy Spiel gehen würde. Daher deutete sie amüsiert auf den Slip und meinte: „Was muss ich tun, um ihn wiederzubekommen?“

Der Fackelschein warf flackernde Schatten auf Jacksons markante Züge und ließ ihn geheimnisvoll und atemberaubend männlich wirken. „Ich bin mir gar nicht sicher, dass ich ihn dir wieder zurückgeben werde.“ Er schob den hauchdünnen Slip in seine Hosentasche. „Ich finde, er ist ein nettes Andenken an unsere gemeinsame Zeit."

Er neckte sie nur und stellte sie auf die Probe. Alexis wollte es jetzt nicht enden lassen, da sie sich so sehr nach mehr sehnte. „Und was bekomme ich als Souvenir?"

Er winkte sie mit dem Finger heran. „Komm her, dann zeige ich es dir."

Unfähig, ihm zu widerstehen, ging sie auf ihn zu, bis sie vor dem Liegestuhl stand. Er streckte die Hand aus und streichelte ihre Kniekehle. Sie schnappte nach Luft, überrascht über das erregende Prickeln, das diese Berührung auslöste.

Er platzierte ihr Knie neben seinem Oberschenkel auf dem Liegestuhl und hob die Hand in stummer Aufforderung. Sie nahm sie, da sie wusste, was er wollte. Mit seiner Hilfe setzte sie sich rittlings auf seine muskulösen Oberschenkel.

„Komm näher", forderte er sie auf, packte ihre Hüften und zog sie langsam weiter zu sich heran, bis ihre Knie sich links und rechts seiner Taille befanden und sie nur noch durch den Stoff seiner Hose getrennt waren. Dadurch, dass er sie zu sich herangezogen hatte, war ihr Kleid ihre Schenkel hinaufgerutscht, sodass die Spitzenborte ihrer Strümpfe sichtbar wurde, ihr intimster Punkt jedoch durch das Kleid noch verborgen blieb. Das machte diese Stellung noch erotischer.

Alexis beugte den Kopf nach vorn, sodass ihre Haare über ihre Schultern fielen und ihr Gesicht umgaben. Mit den Händen stützte sie sich auf seine Brust. Sie war froh, festzustellen, dass sein Herz genauso heftig pochte wie ihres. Ihre Blicke trafen sich. Seine Augen hatten sich verdunkelt, seine Züge waren angespannt vor ungezügeltem Verlangen. Dass Alexis die Fähigkeit besaß, einen Mann dazu zu bringen, sie so sehr zu begehren, war aufregend. In diesem Moment fühlte sie sich völlig hemmungslos und zu allem bereit.

Sie atmete tief durch. „Vielleicht sollten wir lieber drinnen weitermachen."

Er schüttelte den Kopf, legte ihr die Hände auf den Rücken und drückte sie weiter zu sich herunter. „Wir sind ganz allein, dafür habe ich gesorgt. Nur wir beide und die Natur werden wissen, was hier draußen geschieht."

Dadurch beruhigt, hielt sie ihn nicht auf, als er ihr Kleid an den Ärmeln herunterzog. Als ihre Brüste befreit und seinem hungrigen Blick ausgeliefert waren, erschauerte er vor Lust. Er umfasste ihre Brüste mit beiden Händen und streichelte die harten rosigen Knospen mit den Daumen.

Alexis warf den Kopf in den Nacken und stöhnte. Jackson bewegte sich unter ihr und presste seine heißen Lippen auf ihren Hals. In dem Bedürfnis, ihn ebenfalls zu berühren, machte sie sich an seinen Hemdknöpfen zu schaffen. Irgendwie gelang es ihr, ihm das Hemd bis zum Bauch aufzuknöpfen. Sie zog das Hemd auseinander und ließ ihre Hände über seine muskulöse Brust und seinen Bauch gleiten. Er gab ihr nicht viel Gelegenheit, seinen Körper zu erforschen, denn er hob ihre Brüste leicht an, um an einer ihrer hoch aufgerichteten Brustspitzen saugen zu können.

Alexis öffnete den Mund, doch kein Laut kam heraus. Das Spiel seiner Zunge und Zähne war zu überwältigend. Sie presste die Schenkel an seine und seufzte vor Lust.

In diesem Moment löste er sich von ihr und sah zu ihr hoch, sichtlich erstaunt über die Heftigkeit ihrer Reaktion auf seine Liebkosung. Seine flachen Atemzüge erregten sie noch mehr. Aber dann presste er plötzlich die Lippen zusammen, als müsse er sich unbedingt zusammenreißen. In diesem Augenblick beschloss sie zu handeln.

„Nein, nein, nein“, flüsterte sie beschwörend, um diesen Moment mit Jackson, nach dem sie sich so sehr gesehnt hatte, nicht enden zu lassen. Sie führte seine Hand in stummer Einladung, umfasste sein Gesicht und küsste ihn. „Bitte“, flehte sie verzweifelt und küsste ihn erneut mit glühender Leidenschaft.

Als ihre Zunge seine traf, kapitulierte er und gab ihr genau das, wonach sie sich verzehrte. Bei der ersten vorsichtigen intimen Berührung wurde sie von einer mächtigen Welle der Lust durchflutet. Dann drang Jackson mit einem Finger tief in sie ein, während er gleichzeitig mit dem Daumen ihren empfindsamsten Punkt reizte. Alexis schrie auf dem Gipfel der Lust, überwältigt von einem Höhepunkt, wie sie ihn nie für möglich gehalten hätte.

Erstaunlicherweise ebbte ihre Lust gar nicht erst vollkommen ab, sondern erwachte rasch von Neuem, obwohl Jackson seine Hand unter ihrem Kleid hervorgezogen hatte. Ihr Verlangen war noch heftiger als zuvor, so intensiv und drängend, dass es sie schockierte – und unglaublich erregte. Sie unterbrach den Kuss, warf den Kopf zurück und rieb sich an seiner pulsierenden Härte, die sie deutlich durch seine Hose hindurch spürte. Mit verschleiertem Blick bewegte sie die Hüften in einem Rhythmus, der so sinnlich war wie der echte Liebesakt.

Jackson biss die Zähne zusammen und umfasste ihre Taille, um diese Verführung zu stoppen. „Alexis …“ Seine Stimme bebte, aber ob sein Ton warnend oder flehend war, vermochte Alexis nicht mehr zu deuten. Seine Miene verriet, wie sehr er um Beherrschung rang.

Da sie rittlings auf ihm saß, hatte sie in gewisser Hinsicht die Oberhand, und sie nutzte ihre überlegene Position, um ihn zu verführen, indem sie sich erneut in den Hüften wiegte und mit ihren Brüsten über seine Brust strich. „Bitte“, hauchte sie. „Nur einmal noch.“

Mit glühendem Blick sah er ihr in die Augen und lachte erstickt auf. „Du bist ja unersättlich. Ich glaube nicht, dass ich es noch einmal aushalte.“

„Dann folg mir.“ Und damit machte sie sich daran, ihn so zu reizen, wie er es mit ihr getan hatte. Sie fand den Mut, ihm Lust zu bereiten, indem sie ihren ganzen Körper einsetzte und jede weibliche List, um ihn zum Gipfel zu locken … nur um sich selbst zu beweisen, dass sie dazu imstande war.

Leise fluchend packte er sie um die Hüften, diesmal nicht, um Alexis aufzuhalten, sondern um sie zu führen und ihre Bewegungen mit seinen in Einklang zu bringen. Die Intensität seiner Erregung zu fühlen, die pulsierende Glut zwischen ihnen, trieb sie in eine andere Dimension … ebenso wie ihn. Seine Muskeln zogen sich zusammen und er bog sich ihr entgegen, immer wieder, immer schneller, bis sich Leidenschaft wild und heftig entlud.

Alexis gelangte ebenfalls zum Höhepunkt, der diesmal länger anzuhalten schien als vorhin. Langsam sank sie auf Jackson herab und schmiegte sich an seine nackte, warme Brust. Sie barg das Gesicht an seinem Hals, während die Schauer des Entzückens allmählich abklangen.

Jackson strich ihr durch das dichte Haar und drückte sie sanft an sich. „Alexis“, flüsterte er schwer atmend.

Trotzdem fühlte er sich noch angespannt an, wohingegen sie völlig erschöpft war. Verwirrt fragte Alexis sich, ob sie seine Reaktion falsch gedeutet hatte. Sie hätte schwören können, dass sie gemeinsam zum Höhepunkt gekommen waren …

Neugierig hob sie den Kopf und bemerkte seine angespannte Miene. „Jackson, bist du …?“

Er schloss verlegen die Augen, um ihr strahlendes Gesicht nicht mehr sehen zu müssen. Er konnte nicht fassen, dass er tatsächlich ihrer Überzeugungskunst erlegen war. Aber es war einfach unmöglich gewesen, dem heftigen körperlichen Verlangen zu widerstehen, das ihn mit der unvorhersehbaren Gewalt eines Hurrikans erfasst hatte.

Und genau das bereitete ihm Sorge. Körperliche Begierde zu befriedigen, die auf gegenseitiger Anziehung basierte – damit konnte er umgehen. Aber sich echten, tiefen Gefühlen hinzugeben, war seinem eigentlichen Ziel, Rache an Alexis zu nehmen, nicht gerade förderlich.

„Ja, das bin ich", gestand er schroff, betroffen von seinem Mangel an Selbstbeherrschung, wenn es um Alexis ging. Irgendwann war der Verführer zum Verführten geworden, und das war das Letzte, womit er gerechnet hatte. „So etwas habe ich nicht mehr getan, seit ich ein Teenager war."

Sie strich ihm mit dem Finger über die Unterlippe und schenkte ihm ein Lächeln, das sofort wieder sein Verlangen weckte. „Ich bin froh, dass ich diesmal nicht allein war."

„Ich auch", hätte er fast erwidert, nahm sich jedoch rechtzeitig zusammen. Diese Frau schaffte ihn und ließ ihn vergessen, dass dies eigentlich eine List sein sollte, nichts Echtes.

Aber sie war nun mal echt, aus Fleisch und Blut, mit weicher Haut, einer sinnlichen Art und leuchtenden Augen, die bis in die Tiefen seiner Seele hinabzuschauen schienen. Er riss sich zusammen und gab dem Schutz der Dunkelheit und Alexis' Anschmiegsamkeit die Schuld an seinen abwegigen Gedanken, zu glauben, dass dieser Abend mehr war als eine Fantasie. Zu gern hätte er sich an die Illusion geklammert, dass die Frau in seinen Armen tatsächlich so offen, liebenswert und hingebungsvoll war, wie sie es vor wenigen Momenten gewesen war. Er begann sich ernsthaft zu fragen, ob sie einen Zwilling hatte und er aus irgendeinem Grund an die gute Schwester geraten war statt an die böse.

Im Schein der brennenden Fackeln sah sie ihm ins Gesicht. „Jackson ... ich möchte mit dir schlafen."

Er musste seine ganze Selbstdisziplin aufbringen, um sich nichts anmerken zu lassen. Schon wieder stellte sie ihn vor ein Problem, dass er irgendwie lösen musste. Mit ihr zu schlafen hatte nie zu seinem Plan gehört. Der heutige Abend mit ihr war unerwartet stürmisch verlaufen, und er würde ziemlich viel Kraft und Selbstbeherrschung aufbringen müssen, damit so etwas nicht noch einmal passierte.

Er fuhr ihr mit dem Finger über die kecke Nase. „In Anbetracht dessen, was wir beide gerade getan haben, kommt es im Augenblick wohl nicht infrage, dass wir miteinander schlafen." Was den Rest ihrer gemeinsamen Zeit anging, würde er schon einen Weg finden, eine solche Situation zu vermeiden.

Sie lachte, sodass ihre nackten Brüste verlockend bebten und Jackson erneut in Versuchung führten. Alexis umkreiste träge mit dem Zeigefinger eine seiner flachen Brustwarzen. „Für heute bin ich mehr als zufrieden", meinte sie mit einem koketten Blick. „Und du auch. Nur muss ich wissen, dass ..."

„Was musst du wissen?" Ihr plötzliches Zögern erstaunte ihn. Unfähig, noch länger ihre wundervollen Rundungen zu betrachten, ohne sie zu berühren, was zweifellos zu der Art von Problemen führen würde, die er vermeiden wollte, zog er den Ausschnitt ihres Kleides wieder hoch.

Sie atmete tief ein und wieder aus, als sammle sie Kraft, um fortzufahren. „Ich hatte eine vollständige ärztliche Untersuchung, bevor ich hierherkam, und bekam die Bescheinigung, dass ich absolut gesund bin." Sie machte erneut eine Pause und schluckte nervös. „Wann hast du dich zum letzten Mal ... ich meine ..."

„Untersuchen lassen?" Er fand ihre Scham viel zu anziehend, und ihm wurde klar, dass sie so etwas nicht oft machte. Allerdings sollte ihn diese Erkenntnis nicht so freuen, wie es der Fall war. „Vor acht Monaten", antwortete er. „Es war alles in Ordnung, und seitdem war ich mit niemandem zusammen."

Sie wirkte erleichtert und schmiegte sich wieder an seine Brust. „Wundervoll", meinte sie seufzend.

Jackson legte automatisch den Arm um sie. Ja, dieser Moment war wundervoll. Viel zu wundervoll, als dass er hätte Frieden finden können.

Mit beschwingten Schritten betrat Alexis am Nachmittag die Hotellobby, nachdem sie die Shops durchstöbert und Souvenirs für Dennis und ein paar Freunde gekauft hatte. Natürlich nicht die Art von Souvenirs, die Jackson ihr letzte Nacht gestohlen und später zurückgegeben hatte, sondern lustige Geschenke, die man so aus dem Urlaub mitbrachte.

Ah, letzte Nacht, dachte sie und lächelte über die erotischen Erinnerungen, die noch frisch und lebendig waren. Noch immer durchliefen ihren Körper wohlige Schauer, in die sich erregende Vorfreude mischte. Mit Jackson schlafen. Sie sehnte sich so sehr nach ihm und wusste, dass es die aufwühlendste Erfahrung ihres Lebens werden würde. Eine Erfahrung, die sie ganz und gar auskosten wollte.

Sie schaute auf ihre Uhr und stellte fest, dass ihr noch eine halbe Stunde Zeit blieb, bis sie sich mit Jackson treffen würde. Daher ging sie durch die Glasschiebetüren, die in einen dschungelartig bepflanzten Innenhof führten. Die Hände hinter dem Rücken verschränkt, schlenderte sie über den kopfsteingepflasterten Weg und freute sich an den bunten Farben der tropischen Pflanzen und der friedlichen Szene, zu der künstliche Wasserfälle und ein Teich mit japanischen Karpfen gehörte.

Ein lautes Krächzen erschreckte sie, und als sie sich umdrehte, entdeckte sie einen bunten Papagei, der auf seiner Stange auf und ab lief, um Alexis' Aufmerksamkeit zu erlangen. „Guten Tag!", begrüßte sie ihn.

Er bewegte den rot und grün gefiederten Kopf auf und ab. „Schöne Lady! Schöne Lady!"

Entzückt von dem Vogel, trat sie näher an die Felsgrotte. Hinter dem Papagei bildete ein Wasserfall einen glänzenden Vorhang aus kristallblauem Wasser, und die Luft war erfüllt vom Duft der Gardenien. „Du bist mir vielleicht ein Charmeur."

Er krächzte erneut, zuckte mit dem Schwanz und plusterte sich für sie. „Freddy will einen Cracker!"

Alexis lachte und hielt die Hände mit den Handflächen nach oben. „Tut mir leid, Freddy, aber die Cracker sind mir gerade ausgegangen."

Offenbar beleidigt, dass sie ihm nichts zu naschen mitgebracht hatte, wandte er sich vor sich hinplappernd ab. Alexis schüttelte den Kopf und grinste.

„Das ist genau der Ausdruck, den ich auf den Gesichtern meiner Gäste sehen möchte."

Alexis fuhr herum und entdeckte Merrilee, die anscheinend den lebhaften Wortwechsel zwischen ihr und dem Papagei verfolgt hatte. „Und welcher Ausdruck ist das?", fragte Alexis.

„Der Ich-verbringe-eine-herrliche-Zeit-Ausdruck. Eigentlich ist es eher ein Strahlen, das ich überall erkenne."

Alexis hatte tatsächlich das Gefühl, von innen heraus zu strahlen.

Und nur Jackson war für ihr neu gefundenes Selbstbewusstsein und ihre Freude verantwortlich. „Ich kann nicht bestreiten, dass ich eine wundervolle Zeit verbringe. Was das Strahlen angeht ... Nun, ich bin rundum zufrieden."

Merrilee hob eine ihrer eleganten Brauen. „Dann nehme ich an, dass mit Jackson alles gut läuft?"

Alexis nickte, keineswegs überrascht, dass Merrilee von der Beziehung zwischen ihr und Jackson wusste. Schließlich war es der Job der Chefin von Fantasies Inc., die Wünsche ihrer Gäste zu kennen und dafür zu sorgen, dass sie ihre Fantasien ausleben konnten.

„Sie hatten recht", sagte Alexis, während sie mit Merrilee weiter den Weg entlangschlenderte. „Er erfüllt meine Erwartungen und übertrifft sie sogar noch."

„Das freut mich zu hören." Merrilee sah sie nachdenklich an. „Wollen Sie den zweiten Teil Ihrer Fantasie nach wie vor in die Tat umsetzen?"

Alexis atmete tief durch. Sie wusste genau, worauf Merrilee anspielte. „Ja." Sie setzte sich auf eine Bank mit Blick auf den Teich und den darin schwimmenden Karpfen. Merrilee folgte ihrem Beispiel. Ihre Miene war verständnisvoll, aber auch warnend. „Mehr als alles andere will ich ein Baby, mein eigenes Kind."

Mehr als alles andere ... auch mehr als Jackson? meldete sich eine leise Stimme in ihrem Kopf. Alexis war sich nicht hundertprozentig sicher, wie die Antwort darauf lautete. Jackson gehörte ihr für die Dauer des Urlaubs, weil er selbst eine Fantasie ausleben wollte. Aber von einer dauerhaften Beziehung zwischen ihnen war nicht die Rede. Es ging einzig und allein um das Ausagieren ihrer geheimsten Wünsche. Nur das hatte sie zusammengebracht. Für eine Woche, nicht länger.

Er führte sein eigenes Leben in Atlanta, und sie wohnte Tausende von Meilen entfernt in Kalifornien. Allein die Entfernung zwischen ihnen war schon abschreckend für eine Beziehung. Sie hatte keine Ahnung, womit Jackson seinen Lebensunterhalt verdiente, doch war es unrealistisch zu glauben, dass eine Teilzeitbeziehung auf Dauer funktionieren konnte.

Sie wollte ein Baby. Aber sie wollte auch Jackson.

Ihr schwirrte der Kopf von all den Sehnsüchten und Bedürfnissen, die sie nie zuvor empfunden hatte. Trotzdem lief alles darauf hinaus, dass sie ihren Aufenthalt mit Jackson auf Seductive Fantasy genoss und anschließend nach San Diego in die Realität zurückkehrte, mit nichts weiter als der wundervollen Erinnerung. Dann würde sie wieder ihr gewohntes Leben aufnehmen, sich auf ihr Kind freuen – vorausgesetzt, sie wurde wirklich schwanger – und sich mit den Anschuldigungen gegen ihre Firma befassen.

Die Klage gegen Gametek. Bei dem Gedanken daran zog sich Alexis' Magen zusammen. Wenn sie mit Jackson zusammen war, schien die Realität ganz weit weg zu sein. Doch irgendwer bedrohte ihr Unternehmen, und daher erwartete sie zu Hause eine Schlacht. Eine, die sie die Absicht hatte zu gewinnen. Sie durfte das Unternehmen, das ein so wichtiger Teil ihres Lebens war, nicht verlieren.

„Wissen Sie, mein Mann und ich hatten keine Kinder", meinte Merrilee und brachte Alexis damit zurück in die Gegenwart.

„Wollten Sie keine?"

„Doch, sehr sogar", gestand Merrilee mit einem wehmütigen Lächeln. „Aber mein Mann war zeugungsunfähig, und vielleicht war es in gewisser Hinsicht am Ende ganz gut so."

Alexis tauchte die Fingerspitzen in den Teich. Das kühle Wasser war ein angenehmer Kontrast zur Schwüle dieses Tages. „Inwiefern?"

„Mein Mann war stets sehr mit sich selbst beschäftigt und außerdem viel älter als ich. Wir heirateten aus Vernunftgründen, nachdem die Liebe meines Lebens gestorben war. Oliver hätte einem Kind nie die Zeit und Aufmerksamkeit gewidmet, die es verdient hätte."

Alexis runzelte die Stirn. „Aber Sie hätten das Kind geliebt." So wie sie vorhatte, ihr Kind mit der Liebe und Aufmerksamkeit zu überschütten, nach der sie sich ihre Kindheit hindurch gesehnt hatte.

„Zweifellos", bestätigte Merrilee. „Anfangs fühlte ich mich auch betrogen, weil ich kein Kind haben konnte. Doch als mein Mann und ich uns im Lauf der Jahre immer weiter auseinanderlebten, gelangte ich zu der festen Überzeugung, dass ein Kind nach Möglichkeit zwei liebende Eltern haben sollte. Ein Kind ist ein Geschenk für die zwei Menschen, die es gezeugt haben. Und diese Freude und Verantwortung sollten sie miteinander teilen."

Alexis wusste, dass Merrilee sie und ihr Vorhaben nicht verurteilte, sondern nur ihre Meinung äußerte, in die sie unterschwellig einen Rat von Frau zu Frau einfließen ließ. Denn sie war selbst einmal an dem Punkt gewesen, an dem Alexis sich jetzt befand. Sie respektierte Merrilees Bemerkungen, die ihr in den nächsten Tagen weiteren Stoff zum

Nachdenken geben würden.

„He, da bist du ja."

Jacksons tiefe, sexy Stimme ließ Alexis sofort vor Freude erschauern, obwohl sie nur einige Stunden getrennt gewesen waren. Sie sah ihn näher kommen. In seinem roten Poloshirt und dunkelblauen Shorts sah er fantastisch aus. Seine Haut wirkte noch brauner, nachdem er heute Morgen einige Zeit am Strand verbracht hatte.

Alexis sprang von der Bank auf und lief zu ihm. „Woher wusstest du, wo ich bin?"

Er gab ihr einen zärtlichen Kuss auf die Wange, der prompt das Feuer des Verlangens in ihr entfachte. „Hast du denn immer noch nicht begriffen …"

„… dass du deine Methoden hast?", beendete sie den Satz für ihn und lachte.

Er zwinkerte ihr zu. „Die Empfangsdame verriet mir, dass du in diese Richtung gegangen bist. Außerdem wiederholte der Papagei ständig ‚schöne Lady', daher dachte ich mir, dass du hier irgendwo sein müsstest."

„Freddy ist vielleicht einer", bemerkte Merrilee und stand ebenfalls auf. Sie betrachtete die beiden, offenbar zufrieden über die Entwicklung der Dinge. „Hat Danielle sich zu Ihrer Zufriedenheit um alles gekümmert?", wandte sie sich an Jackson.

„Ja, vielen Dank." Er verflocht seine Finger mit Alexis' und drückte ihre Hand. „Alles ist so vorbereitet, wie ich es wollte."

„Wunderbar." Der Pieper an Merrilees Hosenbund piepte, und sie schaute auf das Display, um die Nachricht zu lesen. „Wenn Sie mich entschuldigen würden, ich muss mich um einen anderen Gast kümmern. Ich wünsche Ihnen noch viel Spaß."

„Den werden wir haben", versicherte Alexis ihr. Sobald Merrilee fort war, wandte sie sich tadelnd an Jackson. „Was führst du im Schilde?"

„Wer? Ich?", rief er in gespielter Unschuld.

Sie bohrte ihm den Zeigefinger in die Brust. „Ja, du."

Er zuckte nur mit den Schultern. „Es ist eine weitere Überraschung. Diesmal für morgen."

Sie stöhnte enttäuscht. „Du lässt mich einen ganzen Tag lang zappeln, bevor ich erfahre, was es ist?"

„Vorfreude ist die schönste Freude. Da müssen wir dich bis dahin wohl beschäftigen. Hier gibt es noch so viel, was man unternehmen kann. Zum Beispiel Krocket spielen, am Strand spazieren gehen, reiten, zu Abend essen, tanzen ..."

„Wir machen alles", schlug sie vor. Sie fühlte sich lebendig und energiegeladen und wollte ihn heute nicht noch einmal aus den Augen lassen. „Wir wollen so viel unternehmen, dass wir anschließend vor Erschöpfung umfallen."

Er grinste. „Mir soll es recht sein."

7. KAPITEL

Pack eine Reisetasche mit Sachen für eine Übernachtung, einen Badeanzug und jede Menge Sonnencreme ein", forderte Jackson am nächsten Morgen Alexis auf, als er sie vor ihrem Zimmer für einen weiteren gemeinsamen Tag abholte. Vorher hatte er ihr ein Frühstück aufs Zimmer geschickt, während er im Fitnessraum trainierte. Auf dem Tablett hatte eine Nachricht gelegen, in der er ihr einen abenteuerlichen Nachmittag versprach.

„Du machst Witze, oder?", fragte sie ungläubig. Obwohl sie letzte Nacht erst spät ins Bett gegangen war, sah sie frisch und unternehmungslustig aus. „Den Badeanzug und die Sonnencreme kann ich ja noch verstehen, da wir von Pools und dem Ozean umgeben sind. Aber welche Unternehmung auf dieser Insel erfordert es, dass ich eine Reisetasche packe?"

Jackson wackelte mit den Brauen. „Tja, wart's ab."

Alexis stemmte die Hände in die Hüften und kniff die Augen zusammen. Ein freches Lächeln umspielte ihre Mundwinkel. „Hat dir eigentlich schon mal jemand gesagt ..."

Bevor sie den Satz beenden konnte, legte er den Arm um sie und drückte sie an sich. Die unerwartete Bewegung ließ ihr hübsches Sommerkleid um ihre Beine wehen.

„Dass ich unwiderstehlich bin?", schlug er vor.

„Ich dachte eher an fies und gemein ..."

Er streichelte zärtlich ihren Rücken und ihren Po, und als sie sich an ihn presste, erwachte sein Verlangen und eine tiefere Sehnsucht, die seine Seele berührte. „Und du bist sehr ungeduldig."

„Ich habe nicht so viele Überraschungen in meinem Leben bekommen", erwiderte Alexis und spielte mit seinem Hemdkragen. „Zumindest keine angenehmen. Ich glaube, ich werde die Spannung nicht aushalten."

„Ich verspreche dir, es wird dir gefallen."

Sie schenkte ihm ein verführerisches Lächeln. „Bis jetzt mochte ich deine Überraschungen."

„Dann vertrau mir auch diesmal."

„Das tue ich", entgegnete sie, ohne den geringsten Zweifel an ihm.

Erneut verspürte Jackson ein Schuldgefühl, diesmal heftiger als je zuvor. Es wurde immer schwieriger, die kleine Stimme in seinem Innern zu ignorieren, die ihm ständig ins Bewusstsein rief, dass er Alexis belog. Noch schlimmer war jedoch, dass er auch Merrilee etwas vormachte, um Rache nehmen zu können.

Sein Gewissen damit zu beruhigen, dass es sich nur um eine Fantasie handelte, funktionierte auch nicht mehr, besonders da die Grenzen zwischen Fantasie und Realität sich immer mehr zu verwischen begannen. Seine Fantasie war es, eine Rechnung mit Alexis zu begleichen. Doch die Realität hatte ihm noch nicht die selbstsüchtige, rücksichtslose Geschäftsfrau gezeigt, die fähig war, ein fremdes Unternehmen zu infiltrieren und dessen Technologie zu stehlen.

Nein, die Frau in seinen Armen war genau die Art von Frau, von der er Merrilee erzählt hatte, dass er sie kennenlernen wollte. Eine Frau, der er sich öffnen und der er vertrauen konnte. Und das bereitete ihm am meisten Sorgen, denn Alexis war es nicht nur mühelos gelungen, ihm persönliche Dinge zu entlocken, die er niemals jemandem hatte anvertrauen wollen – schon gar nicht ihr –, sondern er fürchtete außerdem, dass er sich in sie verlieben könnte … falls dass nicht schon passiert war.

Sie schlang ihm die Arme um den Nacken und fuhr ihm durch die Haare. „Wieso hast du dich letzte Nacht davongestohlen?"

„Ich? Du bist doch förmlich vor Erschöpfung zusammengebrochen." Zum Glück, fügte er im Stillen hinzu.

„Das stimmt, ich war müde", räumte sie ein. „Andererseits hatten wir gestern auch ein volles Programm."

Ihr Wunsch, an einem Tag so viel wie möglich zu unternehmen, war seine Rettung gewesen und hatte es ihm ermöglicht, den Körperkontakt auf ein Minimum zu reduzieren. Natürlich hatten sie sich gelegentlich berührt und geküsst, nur waren sie nie lange genug allein gewesen, als dass sich daraus mehr entwickeln konnte. Nach dem, was sich in seinem Bungalow abgespielt hatte, war Jackson fest entschlossen, nicht noch einmal die Beherrschung zu verlieren.

Soweit, so gut. Gestern hatte es funktioniert, aber heute war ein neuer Tag. Zwar hatte er den Nachmittag und den Abend so verplant, dass sie beschäftigt sein würden, doch würde es schwer werden, Alexis' Annäherungen abzuwehren. Sie hatte ihm deutlich gezeigt, dass sie mit ihm schlafen wollte, und er besaß nur noch ein Ass im Ärmel, das ihn vor sexuellen Aktivitäten mit ihr bewahren konnte. Und dieses Ass wollte er sich für heute Abend aufsparen, wenn sie allein waren und

Alexis den nächsten logischen Schritt in ihrer Affäre einleiten wollte.

Jackson durfte auf keinen Fall mit ihr schlafen, ganz gleich, wie sehr er sich inzwischen danach sehnte.

„Du hast gesagt, du wolltest so viel wie möglich unternehmen", erinnerte er sie.

„Das stimmt. Und wir haben uns prächtig amüsiert, nicht wahr?" Sie lächelte bei der Erinnerung an den Spaß, das gemeinsame Lachen und all die wundervollen Momente, die sie miteinander erlebt hatten. Ihre Wangen glühten vor Freude und Glück. „Dass ich am Ende so geschafft war, lag vermutlich daran, dass ich abends in der Players' Lounge eine Piña Colada zu viel getrunken habe."

„Da hast du wohl recht." Er faltete die Hände auf ihrem Rücken. „Als die Band ihren letzten Song spielte, warst du ein kleines bisschen beschwipst, und so etwas habe ich bei einer Frau noch nie ausgenutzt. Ich brachte dich auf dein Zimmer und ins Bett, und dann hast du mich um ein Glas Wasser gebeten. Als ich zurückkam, hast du tief und fest geschlafen und geschnarcht."

„Ich schnarche nicht!", protestierte sie in gespielter Empörung.

Er musste ein Grinsen unterdrücken. „Woher weißt du das?"

„Ich bin mir eben sicher."

„Na ja, wenn du es sagst", meinte er besänftigend.

„Du bist wirklich fies und gemein."

„Nein, unwiderstehlich", flüsterte er ihr ins Ohr.

Sie erschauerte. „Ja, das auch", murmelte sie und schmiegte sich an ihn, was sofort seine Begierde weckte. Ihr wissendes Grinsen verriet ihm, dass auch sie das erotische Prickeln verspürte. „Nun, Mr Unwiderstehlich, wie wäre es mit einem Gutenmorgenkuss, da ich wegen deiner Kavaliersehre gestern Nacht nur einen Kuss auf die Wange bekommen habe?"

„Ich glaube, das kann ich wieder gutmachen." Er sagte sich, dass er ihr diese Bitte schlecht abschlagen konnte, ohne sie misstrauisch zu machen. Doch schon, als er den Kopf neigte und seine Lippen auf ihre presste, war ihm klar, dass er diesen Kuss mindestens ebenso wollte wie sie – wenn nicht noch mehr.

Dieser Kuss begann langsam und zärtlich, verwandelte sich jedoch rasch in ein provozierendes, erotisches Spiel ihrer Zungen. Alexis schlang ihm die Arme um den Nacken und stellte sich auf Zehenspitzen, um ihm näher zu sein, und ihre Brüste kitzelten seine Haut.

Jackson umfasste ihren Po mit beiden Händen und drängte behutsam einen Oberschenkel zwischen ihre Beine. Sie hielt die Luft an und atmete zitternd wieder aus. Wilde Begierde erfasste Jackson. Es war, als könnte er von Alexis nicht genug bekommen – von ihrem wundervollen Duft, ihrem wohlgeformten Körper, der sich an seinen presste, und den glutvollen Küssen, die an seiner Selbstbeherrschung zerrten. Sein Puls beschleunigte sich und warnte ihn, dass er bald an den Punkt kommen würde, wo es kein Zurück mehr gab.

Beherrschung, ermahnte er sich und nahm sich zusammen, bevor es zu spät war und er Alexis das gab, was sie wollte ... und was er wollte.

Aus tiefster Seele.

Der Gedanke erschreckte ihn und riss ihn aus seiner sinnlichen Benommenheit. Er löste sich von Alexis, die ihn verträumt ansah. Ihre Lippen waren geöffnet und feucht, und er musste die Zähne zusammenbeißen, um sie nicht erneut an sich zu drücken und wieder zu küssen.

Sehr sanft ließ er sie los. „Geh und pack deine Tasche, bevor wir uns völlig vergessen und du nie herausfindest, woraus meine Überraschung besteht."

„Ich bin gleich wieder da", versprach sie und verschwand im angrenzenden Schlafzimmer.

Jackson fuhr sich übers Gesicht und durchstreifte das Wohnzimmer, um seine Unruhe abzuschütteln und sich wieder auf seine ursprünglichen Absichten zu konzentrieren. Schließlich sollte Alexis sich in ihn verlieben, während er die Insel am Ende des Urlaubs mit intakten Gefühlen verließ.

Jackson ging gerade am Couchtisch vorbei, als das Telefon klingelte. Mit dem Gedanken bei anderen Dingen, nahm er automatisch den Hörer ab und meldete sich. „Hallo?"

Am anderen Ende der Leitung herrschte Schweigen.

„Hallo?", probierte er es erneut, schon ein kleines bisschen ungeduldiger.

Sehr zögernd antwortete eine männliche Stimme. „Ist dort Alexis Baylors Suite?"

Das brachte Jackson abrupt in die Realität zurück, und ihm wurde klar, wo er sich befand, und dass er einen Anruf für Alexis entgegengenommen hatte. „Ja, das ist ihre Suite", bestätigte er und war neugierig darauf, wem die männliche Stimme gehörte. Aus den Augenwinkeln sah er Alexis aus dem Badezimmer kommen, die gepackte Reisetasche in der Hand. „Wer ist denn dort?“

„Dennis.“ Er klang jetzt kühl und sehr kurz angebunden. Offenbar war er nicht gerade begeistert, sich einem Mann in Alexis’ Zimmer erklären zu müssen.

„Einen Moment.“ Jackson hielt ihr den Hörer hin. „Es ist Dennis.“

Erfreut nahm sie den Hörer. „He, Merrick, wie läuft es so?“ Sie schwieg einen Moment und lauschte Dennis’ Antwort. Dann sah sie mit einem zärtlichen Lächeln zu Jackson, errötete und sagte: „Oh, das war nur ein Freund, den ich auf der Insel kennengelernt habe.“

Ein Freund. Jackson versuchte erst gar nicht zu ergründen, weshalb die unverbindliche Umschreibung seiner Beziehung mit Alexis ihn ärgerte. Oder weshalb das den Wunsch in ihm weckte, sie auf eine Art zu berühren, die sie veranlassen würde, die Wahl ihrer Worte noch einmal zu überdenken.

„Natürlich vermisse ich dich“, versicherte sie und wickelte sich die Telefonschnur um den Finger. „Es ist das erste Mal, dass wir beide so lange getrennt sind.“

Obwohl Jackson wusste, dass sie Dennis nur versöhnlich stimmen wollte, empfand er unberechtigterweise heftige Eifersucht, zusammen mit einem besitzergreifenden Gefühl, das zu empfinden er kein Recht hatte. Doch als er ihrem unbekümmerten, angeregten Gespräch mit dem Mann lauschte, der sich nicht nur als Geschäftspartner für Alexis interessierte, verstärkte sich seine Wut. Er atmete tief durch und verdrängte diese verrückten Gedanken.

Alexis sah zu Jackson und verdrehte die Augen, während sie weiter mit Dennis sprach. „Es ist doch erst ein paar Tage her, seit ich angerufen habe, Merrick“, meinte sie lachend. „Dies soll eigentlich mein Urlaub sein, daher dachte ich, ich müsste nicht jeden Tag einen Kontrollanruf machen. Ich dachte, du hättest alles im Griff, bis ich wieder zurück bin, und dass du schon anrufen würdest, wenn etwas Wichtiges passiert wäre.“ Plötzlich wurde ihre Miene ernst, als hätte Dennis sie gerade darüber informiert, dass tatsächlich etwas Wichtiges passiert sei.

„Warte mal einen Moment“, bat sie Dennis, hielt die Sprechmuschel zu und wandte sich mit besorgter Miene an Jackson. „Gib mir eine oder zwei Minuten. Es ist was Berufliches.“

Er begriff, dass sie ungestört sein wollte, daher nickte er und ging auf den Balkon hinaus. Er ließ die Glasschiebetüren jedoch ein wenig offen, damit er die Unterhaltung weiter verfolgen konnte. Er machte es sich auf einem der Stühle bequem, sodass er Alexis zwar noch sehen, zugleich aber so tun konnte, als würde er den prachtvollen Blumengarten unter ihrer Suite betrachten.

„Fahr fort", forderte sie Dennis auf und setzte sich auf das Sofa. Einige Sekunden später schnappte sie erschrocken nach Luft. „Fred Hobson?", rief sie ungläubig und hörte stirnrunzelnd weiter zu. „Ermitteln die Anwälte, wie wahrscheinlich das ist?" Erneut folgte Schweigen. Dann schloss sie die Augen und legte die Fingerspitzen an die Stirn. „Gütiger Himmel, Dennis, ich hoffe, die irren sich in dieser Sache. Allein die Vorstellung …" Sie beendete den Satz nicht und schüttelte beunruhigt den Kopf. „Die Vorstellung macht mich ganz krank."

Welche Vorstellung? fragte sich Jackson frustriert und versuchte sich zusammenzureimen, worum sich das Gespräch drehte. Fred Hobson war ein ehemaliger Mitarbeiter seines Unternehmens, der früher für Alexis gearbeitet hatte und dort erneut anfing, nachdem er bei Extreme Software gekündigt hatte. Fred Hobson war der Mann, von dem Jackson glaubte, dass Alexis ihn bei Extreme Software eingeschleust hatte, um die Technologie zu stehlen, die sie für ihr neues Computerspiel brauchte.

Er behielt sie im Auge und hörte ihr aufmerksam zu. Was ihn stutzig machte, war, dass sie längst nicht so besorgt wirkte, wie sie es aufgrund eines so schweren Vorwurfs sein müsste. Sie wirkte eher aufgebracht und schockiert, statt feindselig, defensiv oder boshaft.

Jackson war verwirrt und empfand plötzlich das Bedürfnis, sie mit der ganzen Situation zu konfrontieren. Aber das ging nicht. Er konnte ihr seine wahre Identität nicht verraten. Nicht eher, bis er mehr über sie herausgefunden hatte.

Sie fuhr sich durch die Haare und seufzte. „Ich weiß, dass du mir den Urlaub nicht verderben willst, Dennis, und ich kann dir nicht sagen, wie sehr ich es zu schätzen weiß, dass du dich während meiner Abwesenheit um diese Angelegenheit kümmerst." Ein schwaches Lächeln erschien auf ihrem Gesicht, als sie ihrem Mitarbeiter weiter zuhörte. „Okay, das werde ich. Aber lass mich wissen, falls du oder die Anwälte neue, stichhaltige Informationen habt. Wir bleiben in Kontakt."

Nach einem kurzen Abschied legte sie auf. Sie faltete die Hände im Schoß und sah völlig benommen aus. Jackson ging wieder ins Wohnzimmer.

„Ist alles in Ordnung?“, erkundigte er sich.

„Zu Hause läuft es nicht so gut.“ Sie sah ihn an, als überlege sie, wie viel sie ihm anvertrauen konnte. „Meine Softwarefirma ist in einen Rechtsstreit verwickelt, der für mich gerade komplizierter geworden ist.“ Sie schüttelte den Kopf und holte tief Luft. „Etwas Unerwartetes wurde über einen meiner Mitarbeiter aufgedeckt, als meine Anwälte mit der Prüfung der Schadensersatzforderung begannen. Die Neuigkeiten, über die Dennis mich gerade unterrichtet hat, erstaunen mich sehr. Ich kann nur hoffen, dass alles nur ein großes Missverständnis ist.“

Jackson schob die Hände tief in die Taschen seiner Kakishorts. „Möchtest du darüber reden?“ Er hoffte, dass sie ihn über das Gespräch zwischen ihr und Dennis ins Vertrauen ziehen würde, damit seine Zweifel endlich verschwanden. Doch zu seiner Enttäuschung tat sie es nicht.

„Ehrlich gesagt möchte ich die Probleme, die mich zu Hause erwarten, jetzt lieber vergessen. Solange ich hier bin, kann ich ohnehin nicht viel tun.“ Sie stand auf, und ihre Energie und Entschlossenheit kehrten zurück. „Ich habe Badeanzug und Sonnencreme eingepackt, wie du es verlangt hast. Ich verlasse mich darauf, dass du mich weiterhin ablenkst und wir zusammen Spaß haben.“

Er nahm ihre Reisetasche. „Ich werde selbstverständlich mein Bestes tun.“

Jackson hatte für sie beide ein Boot gemietet, eine schlanke, zehn Meter lange Segeljacht, die Sea Sprite hieß und über die gleichen Annehmlichkeiten verfügte wie die Suiten auf der Insel. Alexis war sofort begeistert von Jacksons Plänen, die nächsten anderthalb Tage zwischen den Nachbarinseln zu segeln. Sie würden tun und lassen, wozu sie Lust hätten, ob sonnenbaden, schwimmen oder mit dem Dingi zu den Inseln fahren, um Strände und Gelände zu erkunden.

Alexis beobachtete Jackson, der am Ruder stand und das Boot auf die andere Seite von Seductive Fantasy lenkte. Er schien sich am Ruder wohlzufühlen wie ein erfahrener Seemann. Außerdem sah er nur mit einer dunkelblauen Badehose bekleidet wieder umwerfend sexy aus. Der Wind zerzauste seine Haare, seine nackte breite Brust war sonnengebräunt, und das Lächeln, das er ihr schenkte, verursachte ihr Schmetterlinge im Bauch.

Doch obwohl er jetzt entspannt wirkte, schien er seit dem Anruf von Dennis ein wenig gedankenverloren und distanziert zu sein. Alexis hatte keine Ahnung, was der Grund dafür war, und versuchte ihn aus seiner nachdenklichen Stimmung zu reißen.

„Woher weißt du bloß immer wieder genau, was mir Spaß macht?" Sie strich sich die Haare aus dem Gesicht, die sich aus der Haarspange gelöst hatten. „Jetzt verrate mir, woher du ein so tolles Boot für uns bekommen hast?"

„Ich habe festgestellt, dass auf Merrilees Insel alles möglich ist", antwortete er, suchte das andere Ende der Insel ab und warf Alexis mit zusammengekniffenen Augen einen kurzen Blick zu. „Ich habe Merrilee gefragt, ob ich für einen Tag ein Boot mieten könnte. Ihre Assistentin rief daraufhin jemanden in St. Lucie an, der bereit war, das Boot zur Insel zu bringen. Ich dachte, es wäre ganz nett, sich mal aus dem Staub zu machen."

„Ja", stimmte sie zu und ließ ein Bein seitlich am Sitz herunterbaumeln. Zufrieden registrierte sie, dass er ihre verführerische Pose bemerkte. „Und hier draußen auf dem Ozean ganz ungestört zu sein."

Er zwinkerte ihr zu. „Das auch."

Sie wollte diese Ungestörtheit nutzen, sobald der richtige Zeitpunkt da war. „Du scheinst genau zu wissen, was du tust. Ich bin beeindruckt von deinen Fähigkeiten als Segler."

Seine langen Finger glitten über das polierte Ruder. „Ich kann ganz gut so tun als ob."

Sie lachte. „Im Ernst, wo hast du segeln gelernt?"

Er zuckte mit den Schultern, doch es wirkte nicht ganz so lässig, wie er vermutlich beabsichtigt hatte. „Ich besitze einen etwas kleineren Kreuzer, mit dem ich an den Wochenenden segle. Das ist meine Flucht, wenn mein Leben zu hektisch oder stressig wird."

„Du führst ein hektisches Leben?", fragte sie, neugierig auf mehr Details.

„Tun wir das nicht alle?", erwiderte er für Alexis Begriffe viel zu vage.

Soviel zu ihrem Versuch, mehr Informationen aus ihm herauszulocken. „Ich bin seit meiner Kindheit nicht mehr auf einem Boot gewesen“, gestand sie. Jackson schien ihr sehr aufmerksam zuzuhören. „Seit dem Tod meiner Eltern, um genau zu sein. Sie besaßen ein Boot, und an den Wochenenden segelten wir die Küste San Diegos entlang. Sie segelten und flogen gern und waren überhaupt gern in der Natur.“ Jetzt, als Erwachsene, verstand sie ihre Eltern. Die frische Luft, die Weite – all das zusammen half einem, sich zu entspannen und den Kopf freizubekommen. „Mir ist bis jetzt gar nicht klar gewesen, wie sehr ich das Segeln vermisst habe.“

„Was ist nach dem Tod deiner Eltern aus dem Boot geworden?“

„Mein Onkel hat es verkauft. Er interessierte sich nicht fürs Segeln oder sonstige Freizeitaktivitäten im Freien.“ Amüsiert erinnerte sie sich. „Die wenige Male, die er an einem Bootsausflug teilnahm, hing er die meiste Zeit grün im Gesicht über der Reling.“

Jackson lachte. Das Boot hüpfte über eine Welle, die sie beide mit kühlendem Wasser besprühte. Die Feuchtigkeit glänzte auf Jacksons nackter Haut, trocknete jedoch schnell in der Sonne.

„Hast du jemals daran gedacht, dir selbst ein Boot anzuschaffen?“, fragte er.

Bis zum heutigen Tag hatte sie nie daran gedacht. Doch inzwischen hatte sie erkannt, wie langweilig ihr Leben lange Zeit verlaufen war, während sie sich ganz auf ihren Onkel und Gametek konzentriert hatte, statt sich auch einmal um ihr Vergnügen zu kümmern. „Eines Tages werde ich das vielleicht machen, wenn es jemanden in meinem Leben gibt, der genauso gerne segelt wie ich.“ Jemand wie du, dachte sie, obwohl sie wusste, wie sinnlos dieser Gedanke war. Ihre Zeit mit Jackson war begrenzt. Sie hatte kein Recht, sich mehr zu wünschen.

8. KAPITEL

Alexis lehnte sich bequemer an Jacksons muskulöse, warme Brust und trank einen Schluck aus dem Glas Wein, das sie sich teilten. Sie saßen auf der gepolsterten Bank eine Stufe unterhalb des Decks und entspannten sich nach einem weiteren aufregenden gemeinsamen Tag. Die Nacht war hereingebrochen, und der Vollmond stand hoch am Himmel, an dem die Sterne wie auf schwarzem Samt funkelten. Das Boot schaukelte sanft auf den Wellen, die leise gegen die Bordwand plätscherten.

Ein weiterer Tag war viel zu schnell vergangen. Sie hatten das Dingi genommen und den Nachmittag auf der anderen Seite von Seductive Fantasy verbracht. Sie waren Pfade entlanggewandert und hatten die Schönheit der Insel genossen. Sie hatten in den Riffen geschnorchelt, waren den Strand entlanggeritten und hatten Felsgrotten erkundet. Alexis hatte Jackson sogar dazu überredet, mit ihr eine Sandburg zu bauen, was mit einer Sandschlacht endete. Nachdem sie ihn dreimal getroffen und sich zur Siegerin erklärt hatte, hatte er sie auf die Arme gehoben und ins Wasser getragen, um den Sand abzuwaschen. Seine Hände waren über ihre Arme und Beine geglitten, bis sie sauber und atemlos vor Verlangen gewesen war. Sie hatte diesen Gefallen erwidert und ihn aufreizend gestreichelt, bis er einen Waffenstillstand verkündete, bevor sie an einem öffentlichen Strand zu weit gehen konnten.

„Weißt du", meinte sie träge, „langsam frage ich mich, ob du mich heute wieder bewusst zu erschöpfen versucht hast, genau wie gestern."

Sie fühlte, wie sich seine Muskeln anspannten. „Ich will nur, dass du dich amüsierst. Vergiss nicht, dass du mir aufgetragen hast, dich abzulenken."

„Na ja, ich amüsiere mich schon und kann mir noch andere angenehme Ablenkungen vorstellen, die wir noch nicht ausprobiert haben." Sie drehte den Kopf so, dass ihre Lippen nur noch wenige Zentimeter voneinander entfernt waren. Dann streckte sie den Arm aus, griff in sein feuchtes Haar und küsste ihn. Zärtlich streiften ihre Lippen seinen Mund, und er spürte Alexis' Sehnsucht, den Kuss zu vertiefen, sobald er ihr entgegenkam. Dennoch hielt Jackson sich eisern zurück, auch wenn sein Körper protestierte.

Mit einem kaum unterdrückten Seufzen, das ihre Enttäuschung wiedergab, beendete sie den Kuss. Jackson nahm das Glas Wein, das er auf das Deck gestellt hatte, und trank einen Schluck. Dann reichte er ihr das Glas. Der köstliche Wein schmeckte ihr, und tief in ihr breitete sich Wärme aus. Allerdings schwächte er nicht im Mindesten das Verlangen ab, das Jackson so mühelos in ihr weckte.

Sie schaute hoch zum nächtlichen Himmel und lächelte, als sie den Großen Bären fand. „Es gab Zeiten, in denen meine Eltern abends ohne mich mit dem Boot hinausfuhren. Jetzt weiß ich, warum. Es ist sehr romantisch, sich hier draußen auf dem Ozean treiben zu lassen, ganz allein mit dem Meer und dem Himmel."

„Das klingt, als hätten sie sich sehr geliebt."

„Ja, das haben sie wohl." Das hatte sie ihm bereits an jenem Abend bei ihrem gemeinsamen Essen erzählt. Doch etwas in seinem Ton ließ sie vermuten, dass er an die Existenz einer solchen Liebe nicht glaubte.

Bevor sie in eine Unterhaltung gerieten, die sich wieder nur um sie drehte, wandte sie sich um und sah ihn an. Das Licht von der Kajütstreppe beleuchtete sein Gesicht. „Mir kommt es so vor, als würde immer nur ich solche persönlichen Dinge erzählen."

„Ich habe dir auch etwas über mich erzählt", verteidigte er sich.

„Ein kleines bisschen", räumte sie ein und streichelte seine Brust. Sie wünschte, er würde kein T-Shirt tragen, damit sie seine nackte Haut fühlen konnte. „Erzähl mir eine Kindheitserinnerung, Jackson. Etwas für dich Herausragendes."

Er runzelte die Stirn. „Was denn?"

„Na ja, irgendwas", meinte sie ungeduldig. Sein Widerstreben, etwas von sich preiszugeben, war deutlich spürbar. Alexis entschied, ihre Taktik zu ändern. Sie verflocht ihre Beine mit seinen und schmiegte sich an seine Seite. Ihr Gesicht war jetzt in etwa auf gleicher Höhe mit seinem, sein Arm lag nach wie vor um ihre Taille. „Also gut. Wie wäre es, wenn ich dir eine Kindheitserinnerung erzähle, etwas, das ich noch nie jemandem anvertraut habe. Aber dafür musst du mir auch etwas von dir erzählen." Obwohl er nicht in Worten zustimmte, betrachtete sie es als abgemacht. „Weißt du, wieso ich den Geschmack von Amaretto so mag?"

Ein Lächeln hob einen seiner Mundwinkel. „Ich habe keine Ahnung."

Sie spielte mit seinen Haarspitzen. „Als ich etwa sieben Jahre alt war, fand ich eine Schachtel Pralinen in der Schreibtischschublade meines Vaters. Es waren Amaretto-Trüffel. Jeden Tag nach der Schule naschte ich heimlich eine. Mein Vater verlor nie ein Wort darüber, dass er seine Trüffel vermisste, und wenn sein Vorrat zur Neige ging, tauchte stets eine neu gefüllte Schachtel auf. Wir haben nie darüber gesprochen, dass ich diese Trüffel naschte. Es war unser kleines Geheimnis."

Diese sentimentale Erinnerung machte sie ein wenig traurig. „Als ich vom Tod meiner Eltern erfuhr, nahm ich als Erstes die Amaretto-Trüffel aus dem Schreibtisch meines Vaters und versteckte sie, damit niemand sie fand. Ich hob diese Schokolade so lange wie möglich auf und aß nur kleine Bissen, bis die Schachtel irgendwann leer war. Nachdem alle Trüffel aufgegessen waren und sich die Schachtel nicht auf wundersame Weise wieder füllte, wurde mir langsam klar, dass meine Eltern nie mehr zurückkommen würden."

Sie atmete tief durch und brachte ein Lächeln zustande. „Heute empfinde ich den Geschmack von Amaretto als tröstlich, denn er bringt jedes Mal die Erinnerung an meinen Vater zurück."

Jackson streichelte ihre Wange, offensichtlich gerührt von ihrer Geschichte. „Ich wünschte, ich könnte dir auch so eine Geschichte erzählen."

„Da gibt es doch bestimmt etwas, an das du dich ganz besonders erinnerst."

Er sagte nichts. Das Plätschern des Meeres und das Knarren der Takelage waren die einzigen Geräusche in dieser schwülen Nacht.

Statt erneut frustriert zu sein, nahm Alexis die Richtung ihres Gesprächs selbst in die Hand. „Hast du noch Geschwister?"

„Nein." Nach einem kurzen Moment erneuter Stille fügte er leise hinzu: „Ich bin Einzelkind, genau wie du."

Diese winzige Information war wenigstens ein Anfang, durch den sie sich ihm gleich näher fühlte. „Leben deine Eltern noch?"

„Mein Vater starb an einem Herzinfarkt, als ich ein kleines Kind war." Diesmal antwortete er, ohne lange zu zögern. „Soweit ich mich erinnere, war er ein freundlicher, fürsorglicher Mann."

Sie wartete darauf, dass noch mehr kam, aber ihr war bereits klar, dass sie ihm jede Kleinigkeit mühsam entlocken musste. „Und deine Mutter?"

„Lebt noch."

„Hast du keinen Kontakt mehr zu ihr?"

Er lachte bitter. „Nur wenn sie etwas von mir will, was gewöhnlich Geld ist."

Alexis löste sich von ihm, schockiert von seinen Worten und seiner Bitterkeit. Er ließ sie los, setzte sich auf die Bank und stellte beide Füße auf den Boden. Sie setzte sich neben ihn, und ehe sie etwas zu seiner Äußerung sagen konnte, fuhr er fort.

„Als mein Vater starb, hatten wir nicht viel Geld. Wir lebten in einem kleinen Haus, das wir offenbar gemietet hatten, denn ich erinnere mich, dass meine Mutter mir nach dem Tod meines Vaters eröffnete, wir könnten dort nicht länger wohnen bleiben. Also gab sie meinen Hund weg, der mein bester Freund gewesen war, und wir zogen in eine Zweizimmerwohnung." Er stützte die Arme auf die Oberschenkel und starrte finster auf einen unsichtbaren Punkt zwischen seinen Füßen. „Irgendwann fand meine Mutter einen Job als Sekretärin. Eines Tages, als ich aus der Schule nach Hause kam, überraschte ich sie mit ihrem Boss im Schlafzimmer. Ich saß im Wohnzimmer und wartete, bis sie fertig waren. Als der Kerl herauskam, beachtete er mich gar nicht und verschwand einfach. Ich war wütend auf meine Mutter, weil mein Vater noch nicht lange tot war, aber sie sagte nur, dass ihr Boss ihr Geld geben würde, das sie dringend brauchte, um aus dem Loch, in dem wir lebten, herauszukommen."

Er fuhr sich mit beiden Händen übers Gesicht und atmete schwer aus. Alexis tat es leid, was er als kleiner Junge hatte durchmachen müssen, und sie hatte den schlimmen Verdacht, dass es noch mehr Negatives gab. Sie zog die Füße an, schlang die Arme um die Beine und widerstand dem Wunsch, ihn zu berühren und zu trösten. Jetzt, wo er sich endlich öffnete, wollte sie es nicht riskieren, diesen Moment des Vertrauens zwischen ihnen zu zerstören.

Jackson rollte die Schultern und schaute in die Dunkelheit. „Anscheinend bekam sie von ihrem Boss nicht genug Geld, denn wir blieben noch weitere fünf Jahre in diesem Apartment wohnen." Seine Stimme war voller Groll. „Die Affäre dauerte auch nicht an. Aber das hielt meine Mutter nicht davon ab, sich andere Liebhaber zu suchen, um sich finanziell unterstützen zu lassen. Nachts ließ sie mich ständig allein, während sie durch die Bars zog und nach dem nächsten reichen Typen Ausschau hielt."

Seine Miene verhärtete sich so, dass sich die Sehnen in seinem Hals anspannten. „Ich hasste, was meine Mutter tat, und dass ich erst an zweiter Stelle kam nach den Männern, denen sie ziemlich offen nachstellte. Ich erinnere mich daran, wie ich nachts im Bett lag und darauf wartete, dass sie nach Hause kam. In diesen langen Stunden entwickelte ich einen Plan. Ich wollte mich um sie kümmern und derjenige sein, auf den sie angewiesen ist. Daher nahm ich in jenem Sommer Gelegenheitsarbeiten in der Nachbarschaft an. Ich reinigte Swimmingpools, mähte Rasen für ein paar Dollar und suchte in den Mülltonnen nach Aluminiumdosen, für die ich in der Recyclingfabrik Geld bekam. In dem Sommer schaffte ich es, fast zweihundert Dollar zusammenzubekommen. Jung und naiv, wie ich war, glaubte ich, das sei genug, damit meine Mutter uns ein Haus und alles andere, was wir brauchten, kaufen konnte. Ich dachte, jetzt würde ich für sie ein Held sein."

Endlich sah er Alexis wieder an, und sein Blick verriet den Kummer. „Weißt du, was sie mit dem Geld gemacht hat?"

Sie schüttelte den Kopf. Ihr Herz zog sich bereits zusammen, vor Mitgefühl über das, was er ihr gleich erzählen würde.

Er verzog das Gesicht zu einem bitteren Grinsen. „Sie kaufte sich ein neues Kleid, ging aus und kam nach Mitternacht mit einem Kerl zurück, der nicht besonders glücklich darüber war, am nächsten Morgen ein Kind in der Wohnung zu entdecken."

„Oh Jackson ..." Alexis schluckte, da ihre Kehle wie zugeschnürt war und es ihr nicht gelang, ihr Bedauern in Worte zu fassen. So sehr ihr Onkel auch in seiner eigenen Welt gelebt hatte, sie war wenigstens mit einem Gefühl der Sicherheit aufgewachsen. Sie konnte sich nur vorstellen, wie schrecklich es für Jackson gewesen sein musste.

„Das war die erste von vielen Lektionen, die ich durch meine Mutter gelernt habe", erklärte er. „Als ich sechzehn wurde und einen Job nach der Schule fand, beschloss meine Mutter, dass ich fortan für mich selbst sorgen könnte, während sie einem reichen Kerl nach Louisiana folgte. Sie überließ mich mir selbst. Monatelang hatten wir keinen Kontakt, und als sie mich schließlich anrief, sagte sie mir, wie leid es ihr tue, dass sie mich allein gelassen hatte und dass sie so eine schlechte Mutter sei. Und natürlich bat sie um Geld. Wie ein Dummkopf gab ich es ihr, in der Hoffnung, dass diesmal alles anders würde, was nie der Fall war. Sie brauchte mich nur für eines, mein Geld, und daran hat sich bis heute nichts geändert. Alles, was ich je von ihr wollte, war ihre Liebe und Anerkennung, statt ausgenutzt zu werden."

Ein Wangenmuskel zuckte in seinem Gesicht. „Jedes Mal, wenn ich die Vergangenheit loslassen will und jemandem zu vertrauen beginne, erlebe ich einen neuen Reinfall. Dabei sollte ich aus den Erfahrungen mit meiner Mutter und meiner Exverlobten doch gelernt haben."

Er „lernte" nicht, weil er ein guter, aufrichtiger Mann war, der an das Gute im Menschen glauben wollte. Und Alexis' Meinung nach war das eine bewundernswerte, kostbare Eigenschaft. Obwohl er nach außen stark und unbekümmert wirkte, besaß Jackson einen sehr verletzlichen Kern. Der Schmerz, den sie in seinem Gesicht gesehen hatte, zeigte die tiefen emotionalen Wunden, die er erlitten hatte, und weckte in ihr Mitleid für alles, was er durchgemacht hatte.

„Dies sind meine Erinnerungen", erklärte er. „Von der Kindheit bis heute. Es sind keine sehr erfreulichen Erinnerungen, nicht wahr?"

Das konnte sie kaum bestreiten. „Nein, das sind sie nicht", flüsterte sie.

Er betrachtete sie eine Ewigkeit, wie ihr schien. Das Mondlicht erhellte seine männlichen Gesichtszüge, die eine Mischung aus Wut, Frustration und Begierde widerspiegelten. Das Letzte verstand sie am besten, weil sie es ebenfalls empfand.

Doch dann schüttelte er unvermittelt den Kopf und stand auf, als würde ihm erst jetzt klar werden, was er alles von sich erzählt hatte. „Ich gehe duschen", verkündete er schroff und verschwand über die Kajütstreppe nach unten.

Alexis zog ihre Beine fester an die Brust und legte das Kinn auf die Knie. Sie fragte sich, ob das, was Jackson ihr gerade über sich erzählt hatte, etwas mit seiner Fantasie zu tun hatte. Ob es sein Wunsch war, um seiner selbst willen gemocht zu werden, statt für seinen Besitz. Angesichts seiner Erfahrungen mit Frauen war das wahrscheinlich. Doch wusste sie es nicht genau und hatte kein Recht, weiter zu bohren. Sie konnte nur Vermutungen anstellen.

Sie biss sich auf die Unterlippe und überlegte, was sie tun sollte – Jackson in Ruhe lassen oder ihm nach unten folgen. Rasch traf sie eine Entscheidung und folgte dem sanften Lichtschein aus der Kombüse. Diesmal würde sie nicht zulassen, dass er ihr wieder aus dem Weg ging. Sie wollte ihm seine schmerzlichen Erinnerungen nehmen und durch schöne ersetzen. Dann würde er auch etwas mitnehmen können, wenn sie diese Insel wieder verließen.

Nachdem er hastig T-Shirt und Badehose ausgezogen hatte, trat Jackson in die kleine Duschkabine. Er legte die Handflächen an die Kunststoffbordwand, hielt den Kopf unter den Duschstrahl und ließ sich von dem lauwarmen Wasser das Meersalz aus den Haaren und von der Haut spülen. Er wünschte, die Massagedüsen, deren Strahl seine Schultern und seinen Rücken trafen, könnten auch seine Zweifel, seine Verwirrung und das erschreckende Verlangen fortwaschen, das ihn bei Alexis so leicht erfasste.

Er hatte keine Ahnung, was er sich dabei gedacht hatte, Alexis die dunkelsten Punkte seiner Vergangenheit anzuvertrauen. Schließlich hatte er sich geschworen, emotional auf Distanz zu ihr zu bleiben. Noch nie hatte er mit jemandem über diese Dinge gesprochen. Doch Alexis hatte ihm das Verständnis und Mitgefühl gegeben, nach dem er sich immer gesehnt hatte. Ihr Interesse war echt gewesen, was ihm umso mehr ins Bewusstsein rief, dass er sie betrog und ein Geheimnis vor ihr hatte. Ein Geheimnis, das immer stärker an seinem Gewissen nagte.

Zerknirscht griff er nach der Shampooflasche, gab etwas Shampoo in seine Hand und rieb es in seine Haare. Wann war alles so kompliziert geworden? Sein ursprüngliches Bild von Alexis Baylor war in den letzten Tagen vollständig in sich zusammengefallen. Außerdem entwickelte er Gefühle für diese Frau, die er besser nicht empfinden sollte – er war dabei, sich in Alexis zu verlieben.

Wenn er an ihre bisherige gemeinsame Zeit dachte, konnte er sich nicht erinnern, jemals so viel Spaß mit einer Frau gehabt zu haben. Er musste nicht einmal so tun, als sei er gern mit ihr zusammen. Zu leicht gelang es ihr, ihn seine eigentlichen Absichten vergessen zu lassen. Und wenn er sich diese Absichten wieder ins Gedächtnis rief, misstraute er plötzlich seinem sonst so sicheren Urteilsvermögen. Nachdem er das beunruhigende Gespräch zwischen ihr und Dennis über Fred Hobson belauscht hatte, war Jackson geneigt zu glauben, dass hinter dieser verwickelten Patentraubgeschichte mehr steckte, als Alexis ahnte.

Nur wusste er es nicht mit Sicherheit, und das machte ihm am meisten zu schaffen.

Er seifte sich ein und fragte sich, was er hinsichtlich der Anziehung zwischen ihnen unternehmen sollte. Vielleicht sollten sie lieber wieder auf die Insel zurückkehren, statt den Rest des Abends damit zu verbringen, der Verlockung aus dem Weg zu gehen. Wenn er allein war, würde er hoffentlich in der Lage sein, seine Gedanken zu ordnen. Außerdem würde es ihm die Gelegenheit geben, zu Mike Kontakt aufzunehmen und ihn zu bitten, Informationen über Fred Hobson zu sammeln. Er brauchte Antworten und stichhaltige Beweise für Alexis' Unschuld.

In seinem Herzen wusste er längst, dass sie nicht schuldig war. Sein Instinkt drängte ihn, seinen Gefühlen und Alexis zu trauen. Gleichzeitig machte es ihm Angst, weil er schon einmal in einer solchen Situation gewesen und sein Vertrauen verraten worden war.

Da er mit duschen fertig war und beschlossen hatte, nach Seductive Fantasy zurückzukehren, wollte er gerade das Wasser ausdrehen, als der Plastikvorhang geöffnet wurde. Sein Magen zog sich zusammen, als er Alexis vor sich sah. Sie war vollkommen nackt und wunderschön. Bei ihrem Anblick durchströmte es ihn heiß. Er biss die Zähne zusammen und ermahnte sich streng, ihr zu widerstehen.

Wortlos stieg sie zu ihm in die Duschwanne, die eigentlich nur für einen gedacht war, und drängte ihn gegen die hintere Wand, sodass es für ihn kein Entkommen gab. Sie stand so dicht vor ihm, dass seine pulsierende Härte ihren Oberschenkel streifte. Dann trat sie unter den Duschstrahl. Sie schloss die Augen, legte den Kopf zurück und hob die Arme. Fasziniert beobachtete er, wie das Wasser über ihre Haare rann, über ihr Gesicht, ihre Schultern und ihre vollen Brüste.

Jackson atmete schwer. Alexis machte es ihm nicht leicht, die Hände bei sich zu behalten. Er zweifelte nicht im Geringsten daran, dass genau das ihre Absicht war.

Langsam öffneten sich ihre Lider wieder. Sie legte ihre Hand auf seine Brust, direkt über seinem pochenden Herzen, und fuhr seinen Körper hinunter, über seinen festen Bauch, bis ihre Finger sich verwegen um ihn schlossen. Jackson hatte äußerste Mühe, sich noch zu beherrschen.

Alexis leckte sich Wasser von den Lippen. „Hast du etwas dagegen, wenn ich dir Gesellschaft leiste?", fragte sie in verführerischem Ton, während sie schon begann, ihn mit beiden Händen zu liebkosen.

Es kostete Jackson einige Kraft, die Kontrolle zu wahren. Er packte ihr Handgelenk, um sie aufzuhalten, doch brachte er die Worte nicht heraus, die diese süße Qual beendet hätten.

„Sag nicht Nein", bat sie, als würde sie seine Gedanken lesen und sein Zögern spüren. „Ich will mit dir zusammen sein. Du … du bedeutest mir mehr, als du es solltest, wenn man bedenkt, dass dies alles ist, was wir zusammen haben werden. Aber ich kann an meinen Gefühlen nichts ändern oder so tun, als existierten sie nicht." Mit der freien

Hand fuhr sie seinen Arm hinauf, über die Schulter, und legte sie ihm um den Nacken. „Und ich glaube, du brauchst es ebenso sehr wie ich."

Jackson schloss die Augen. Ein prickelnder Schauer durchlief ihn. Verzweifelt versuchte er die Willenskraft aufzubringen, die nötig war, um Alexis zu widerstehen. Verdammt, er hatte keine Ahnung mehr, was er tat. Er wusste nur noch, dass er diese Nähe wollte, die Alexis ihm anbot. Und ihre Offenheit und Aufrichtigkeit, sogar wenn es um Sex ging. Nein, darum, sich zu lieben, verbesserte er sich im Stillen. Denn es war nicht mehr bloßer Sex; zu tief war er gefühlsmäßig bereits verstrickt.

Ihre Lippen streiften seine, süß und verheißungsvoll, während sie ihn so geschickt reizte, dass er es vor Begierde kaum noch aushielt.

„Bitte", hauchte sie.

Dieses eine Wort brach seinen letzten Widerstand, und er gab sich ganz seinem Verlangen hin. Mit einem heiseren Stöhnen presste er Alexis gegen die Wand, sodass ihre vollen Brüste sich an ihn schmiegten und seine pulsierende Härte sich zwischen ihre leicht gespreizten Schenkel schob. Er vergrub die Hände in ihren nassen Haaren und küsste Alexis mit glühender Leidenschaft. Seine Zunge umspielte stürmisch ihre, und es schien, als könnte Jackson nicht genug davon bekommen, Alexis' Mund zu erobern.

Seine Sehnsucht beherrschte jeden seiner Gedanken und ließ ihn alles um sich herum vergessen, bis auf diese Frau, die sich an ihn klammerte. Es gab für ihn nur noch den Wunsch, sich mit ihr zu vereinigen, ihren wundervollen Körper ganz und gar zu spüren. Trotz aller Bemühungen gelang es ihm nicht mehr, ihr noch länger zu widerstehen. Dieser Gipfel, auf den die letzten Tage hinausgelaufen waren, würde wie ein alles verzehrendes Feuer sein.

Ihre Zunge erwiderte die erotische Herausforderung, und Jackson schob das Becken vor, sodass sie ihn hart an ihrem intimsten Punkt spürte. Alexis sog scharf die Luft ein. Dann folgte ein lang gezogenes Stöhnen, als sie begann, sich dem Rhythmus seiner Bewegungen anzupassen. Ihre Hüften vollführten kreisende, erotische Bewegungen, die ein heißes Prickeln in seinem Bauch auslösten, das sich langsam in seinem ganzen Körper ausbreitete. Lange würde er das nicht mehr aushalten, daher musste er schnellstens etwas unternehmen.

Er unterbrach den Kuss und schaffte es, einige Zentimeter Abstand zwischen sich und Alexis zu bringen. Der Körperkontakt war dadurch zwar unterbrochen, doch sah Jackson nun, wie das Wasser über ihren nackten Körper strömte. „Wir müssen es langsamer angehen", warnte er sie schwer atmend.

Sie blinzelte benommen. Ihre Lippen waren rosig und geschwollen vom Küssen, ihre Haut war warm und glänzte. „Wie wäre es dann, wenn wir uns zunächst eine Weile auf etwas anderes verlegen?" Sie griff nach dem Duschgel, doch Jackson hielt sie auf.

Er würde es niemals aushalten, ihre Hände überall auf seinem Körper zu spüren. Außerdem war das, was sie vorschlug, genau das, was er mit ihr vorhatte. „Ich bin bereits sauber, also gewähre mir das Vergnügen, dich zu waschen."

Der Vorschlag ließ ihre Augen vor Freude aufleuchten. „Ich gehöre ganz dir."

Jackson nahm den Massageduschkopf aus der Halterung und drückte ihn ihr in die Hand. Er grinste, als sie ihn verblüfft ansah.

„Ich werde dich einseifen, und du duschst dich ab, wenn ich es dir sage", erklärte er.

Sie zuckte mit den Schultern. „Einverstanden", sagte sie unbekümmert – zu unbekümmert, da sie nicht wusste, was Jackson mit ihr vorhatte.

Aber das gehörte mit zum Spiel, und wenn diese Nacht alles war, was er mit Alexis haben würde, wollte er jeden einzelnen Moment auskosten und genießen. Er seifte seine Hände ein, drehte Alexis um, und fuhr mit den Händen über ihren Rücken, wobei er ihre weiche Haut mit den Fingerspitzen massierte. Sie stützte sich mit der freien Hand an der Wand ab, senkte den Kopf und stöhnte vor Wonne.

Seine Hände setzten ihr Werk fort, massierten und streichelten ihren Po. Instinktiv reckte sie ihm ihren Po entgegen und bot sich ihm auf eine Weise dar, für die er schon immer eine Schwäche gehabt hatte. Nur knapp gelang es ihm, dieser ganz besonderen Versuchung zu widerstehen.

„Jetzt spül dich ab", befahl er mit vor Erregung heiserer Stimme.

Sie hob den Duschkopf über die Schulter und ließ das Wasser ihren Rücken hinunterfließen. Jackson folgte dem Weg des Seifenschaums mit seinen Händen und küsste ihren Nacken, sobald dort keine Seife mehr war. Er presste seinen Mund dorthin und leckte das Wasser von ihrer Haut.

Alexis erschauerte. Langsam drehte er sie um, damit sie ihn ansah, während er erneut seine Hände einseifte. Ihre Blicke trafen sich. Sie sahen sich in die Augen, als er die Hände oberhalb ihrer Brüste spreizte und sie quälend langsam tiefer gleiten ließ, über die Wölbung ihrer Brüste, deren Spitzen er genüsslich zwischen Daumen und Zeigefinger rollte.

Alexis öffnete den Mund und seufzte. Jackson küsste sie auf den Mund mit der gleichen Langsamkeit, mit der er seine Hände hinunter zu ihrem Bauch schob. Mit den Daumen umspielte er ihren Nabel, bis Alexis sich wand. Dann umfasste er ihre Taille. Diesmal brauchte er sie nicht aufzufordern, sich abzuspülen, und als das Wasser in Kaskaden ihren Körper hinabfloss, folgte er dem Weg erneut mit dem Mund. Seine Lippen glitten über ihre Halsbeuge und ihr Schlüsselbein. Die zärtlichen Küsse wechselten ab mit sanften Liebkosungen seiner Zunge, die sie vor Lust aufstöhnen ließen.

Ihren nassen Brüsten und den harten Knospen widmete er die gleiche großzügige Aufmerksamkeit, während Alexis das Wasser über seine Schultern laufen ließ. Er küsste die Wölbung ihrer Brüste und umspielte mit der Zunge die hoch aufgerichteten Brustspitzen, bevor er behutsam an einer zu saugen begann. Alexis stöhnte ungeduldig und frustriert auf, als er weitermachte, ihren Bauch küsste und mit der Zunge in ihren Nabel tauchte, ehe sein Mund sich wieder aufwärts bewegte.

„Jackson“, hauchte Alexis, mit fiebrigem Glanz in den Augen, das Gesicht vor Erregung gerötet und am ganzen Körper bebend.

Er schüttelte den Kopf und legte ihr zwei nasse Finger auf den Mund. „Ich bin noch nicht fertig.“

Mit dem Fuß spreizte er ihre Beine und kniete sich vor sie, sodass er ihren intimsten Punkt vor sich sah. Kleine Wassertropfen hingen in den dunklen seidigen Haaren. Ihr Anblick beschleunigte seinen Puls.

Doch er begann mit ihren Füßen, arbeitete sich langsam hoch, von ihren festen Waden über ihre Knie bis zu den Oberschenkeln, um wieder an dem dunklen Dreieck anzugelangen, in dem sich das Zentrum ihrer Lust verbarg. Glühende Begierde erfasste ihn.

Unfähig, sich noch länger zu beherrschen, schob er die Finger zwischen ihre Beine. Alexis atmete schneller. Ohne dass er sie dazu aufgefordert hätte, richtete sie den Duschstrahl auf ihren Bauch, um die Seife fortzuspülen. Fasziniert und gebannt beobachtete er, wie der weiße Schaum ihre Schenkel, ihre Waden und ihre Füße hinabglitt und im Abfluss verschwand.

Die zarte, sensible Stelle zwischen ihren Beinen vergaß sie jedoch, und Jackson wollte sich dieses erotische Vergnügen nicht vorenthalten lassen. Sie sollte sich jetzt nicht verstecken und scheu sein. Er legte eine Hand auf ihren Bauch und drückte sie sanft mit dem Rücken an die Wand. Dann hob er eines ihrer Knie und legte sich ihr Bein über die Schulter. Er streichelte die Unterseite ihres Schenkels und ihren Po. Behutsam begann er schließlich, ihren intimsten Punkt mit den Fingern zu liebkosen.

Alexis sog scharf die Luft ein, protestierte jedoch nicht, seinem Blick so ausgesetzt zu sein, ganz gleich wie verletzbar sie sich in dieser Position fühlte. Sie vertraute ihm, und diese Gewissheit demütigte ihn auf eine Weise, die er jetzt lieber nicht genauer analysierte.

Er sah zu ihr auf und las die Erregung in ihren Augen. „Du hast ein paar Stellen vergessen", neckte er sie.

Sie schluckte hart und akzeptierte schweigend diese Herausforderung. Sie nahm den Duschkopf und richtete den Strahl zunächst auf ihren Oberschenkel, ehe sie ihn langsam nach oben lenkte, bis der vibrierende Strahl das Zentrum ihrer Lust traf.

Beim ersten Kontakt bog sie sich dem Strahl entgegen, warf den Kopf in den Nacken und schloss die Augen. Sie biss sich auf die Unterlippe, und ihre Atmung wurde unregelmäßig. Zu beobachten, wie sie sich lustvoll dem Wasserstrahl darbot, erregte Jackson zutiefst.

Plötzlich war alles, was für ihn zählte, dass er ihr dieses Vergnügen bereitete. Er wollte sie kosten und liebkosen, bis sie den Gipfel der Lust erreichte. Unfähig, einfach nur passiv ihre Ekstase mitzuerleben, nahm er ihre Hand fort und ersetzte den Duschstrahl durch seine Zunge. Ein Beben durchlief Alexis, als er mit zwei Fingern in sie eindrang. Sie ließ den Duschkopf fallen und fuhr mit beiden Händen in seine Haare, während er sie verwöhnte. Er war ungestüm und wild, und sie gab sich ganz dieser überwältigenden Lust hin.

Er steigerte ihre Erregung immer mehr, zögerte den Moment der Erfüllung hinaus, bis er ihr schließlich gab, was sie so ersehnte. Als er den Druck seiner Lippen verstärkte und ein letztes Mal tief mit den Fingern in sie eindrang, gelangte sie zu einem Höhepunkt, der ihr die Sinne raubte.

Sie stieß einen ekstatischen Schrei aus, und als die Schauer des Glücks abebbten, richtete er sich auf, damit sie sich an ihm festhalten konnte. Sie schlang ihm die Arme um den Nacken. Er drückte sie fest an sich und küsste sie ungestüm. Als sie beide endlich nach Luft schnappten, sah Alexis ihm in die Augen, in denen er Leidenschaft und noch etwas Tieferes entdeckte. Zögernd berührte sie seine Wange, fuhr mit dem Daumen über seine Unterlippe, die noch feucht vom Küssen war.

„Ich brauche dich“, flüsterte sie.

Dies löste tief in ihm etwas Mächtiges, Ursprüngliches aus. Noch nie hatte jemand ihn gebraucht, jedenfalls nicht auf diese aufrichtige, gefühlvolle Weise. Er sah in ihr ehrliches Gesicht und vergaß alles um sich herum, bis auf Alexis und diesen bedeutsamen Moment, der alles zwischen ihnen ändern würde.

Alexis schluckte, dann sagte sie die Worte, die sein endgültiges Verderben waren. „Jackson, bitte schlaf mit mir.“

Sein Verlangen war so stark, dass es nicht mehr aufzuhalten war. Jackson drehte das Wasser ab. Tropfnass stolperten sie zusammen in die angrenzende kleine Kabine, die nur von einer Lampe an der Wand schwach beleuchtet wurde. Sanft drückte er Alexis auf das Doppelbett, auf dem eine weiche Steppdecke lag. Er betrachtete Alexis, wie sie verlockend und wunderschön vor ihm lag, dann legte er sich zu ihr, spreizte behutsam ihre Schenkel mit seinem Bein.

Er hielt ihre Hände über dem Kopf auf die Decke gedrückt und sah ihr in die Augen. Alexis atmete schwer, ihr Blick war vor Sehnsucht verschleiert. Plötzlich hielt Jackson inne, als ihm klar wurde, was er da tat. Er sehnte sich so sehr danach, mit Alexis zu schlafen. Doch das war nicht möglich. So sehr er sich auch wünschte, mit ihr auf diese Weise vereinigt zu sein – er hatte die ganze Geschichte bewusst so geplant, dass sie nicht miteinander schlafen konnten, weil er keine Kondome dabei hatte.

Er fluchte leise und wollte sich zurückziehen. Alexis erkannte seine Absicht jedoch und schlang die Beine um seine Hüften, um ihn aufzuhalten.

Sie verflocht ihre Finger mit seinen und schüttelte heftig den Kopf. „Nein, Jackson …“

Tiefes Bedauern erfasste ihn, und er ärgerte sich, dass er es so weit hatte kommen lassen, nur um am Ende doch aufhören zu müssen. „Liebes, ich habe keine Kondome.“

Es dauerte einige Sekunden, bis sie seine Bemerkung verarbeitet hatte. „Das macht nichts", erwiderte sie schließlich lächelnd. „Du brauchst keine."

Er wollte schon protestieren, als ihm ihr Gespräch über die ärztlichen Untersuchungen wieder einfiel. Da begriff er, dass sie offenbar vorbereitet in diesen Urlaub geflogen war. Erleichtert atmete er auf, denn jetzt zählte nur noch, eins mit Alexis zu sein. Sie hob den Kopf und küsste ihn mit glühender Leidenschaft. Nur zu bereitwillig ließ er sich von ihr wieder herunterziehen und drang geschmeidig in sie ein.

Alexis wand sich unter ihm und gab leise Laute der Ungeduld von sich, was Jackson noch mehr anspornte. Nun gehorchte er nur noch seinem Körper und überließ sich dem Rhythmus ihres ungestümen Liebesspiels. Immer schneller wurden seine Bewegungen, und auf dem Höhepunkt der Lust schmiegte er das Gesicht an ihre Halsbeuge, während er wieder und wieder erschauerte.

Zum ersten Mal in seinem Leben fühlte er sich wirklich geliebt.

9. KAPITEL

Der Tagesanbruch kam für Alexis viel zu schnell. Wie konnte sie auch das Ende einer Nacht herbeisehnen, die eine der aufregendsten Erfahrungen ihres Lebens war? Es war genau das, worauf sie beim Buchen der Reise nach Seductive Fantasy gehofft hatte.

Sie seufzte zufrieden und schmiegte sich enger an Jackson. Die Nähe seines muskulösen, männlichen Körpers, seine Wärme, sein Duft, ließen sie von Neuem erschauern. Mühelos erwachte ihr Verlangen aufs Neue, obwohl sie in dieser Nacht jede Art erotischer Sehnsucht nach der anderen gestillt hatten.

Zärtlich legte sie ihm die Hand auf sein Herz und genoss den friedlichen Moment mit diesem Mann, der ihr das Gefühl gegeben hatte, eine begehrenswerte Frau zu sein. Sie spürte das gleichmäßige Pochen seines Herzens und seine tiefen, regelmäßigen Atemzüge. Alexis lächelte, denn sie war ähnlich erschöpft und zufrieden.

Zwar war ihre gemeinsame Nacht ein gegenseitiges Geben und Nehmen gewesen, doch war sie auch sicher, dass es ihr gelungen war, Jacksons böse Erinnerungen durch angenehmere zu ersetzen. Im Gegenzug hatte er ihr gezeigt, wie aufregend und wundervoll Sex sein konnte – mit dem richtigen Partner. Und irgendwann im Lauf dieses Abends hatte sie sich hoffnungslos in Jackson Witt verliebt. Er war genau der Mann, nach dem sie immer gesucht hatte. Dabei war ihr erst klar geworden, dass sie einen solchen Mann suchte, als sie ihn gefunden hatte. Trotzdem war eine dauerhafte Verbindung höchst unwahrscheinlich, vor allem in Anbetracht der vielen Tausend Meilen, die zwischen ihren Wohnorten lagen.

Aber was, wenn sie feststellte, dass sie schwanger war?

Natürlich hatte es zu ihrem Plan gehört, ein Kind zu bekommen. Nur war es in dieser Nacht das Letzte gewesen, woran sie gedacht hatte. Ihre einzige Sorge war es gewesen, Jackson den Schmerz der Vergangenheit vergessen zu lassen und ihm Vertrauen und Glauben zu geben – in sie. Jetzt musste sie die Möglichkeit einer Schwangerschaft berücksichtigen.

Eine Entscheidung zu treffen fiel ihr leicht, da sie einzig und allein auf Liebe beruhte. Falls sie schwanger sein sollte, war sie es Jackson schuldig, es ihm mitzuteilen. Und zwar ohne Forderungen, Verpflichtungen oder irgendwelche Erwartungen an ihn. Inzwischen erkannte sie die Fehler in ihrem ursprünglichen Plan, ein Baby zu bekommen. Jetzt sah sie, wie dumm es gewesen war zu glauben, sie könnte schwanger werden, ohne den Vater des Kindes zu informieren. Anders als sie geplant hatte, würde sie es nicht fertigbringen, Jackson etwas so Wichtiges wie ein Kind zu verschweigen, nicht nach all dem, was er in seinem Leben hatte durchmachen müssen.

Doch bis sie in einigen Wochen Gewissheit darüber hatte, ob sie schwanger war oder nicht, konnte sie nichts unternehmen. Ihr blieben nur noch heute und morgen mit Jackson, und sie hatte die Absicht, das Beste aus ihrer gemeinsamen Zeit zu machen und dafür zu sorgen, dass er am Ende des Urlaubs genau wusste, was sie für ihn empfand.

Jackson bewegte sich neben ihr. Die Muskeln in seinem Arm spannten sich an, als er zur Seite rollte und Alexis an sich drückte, sodass sie nun in Löffelchenstellung nebeneinanderlagen. Sie wartete darauf, dass er etwas sagte oder tat, woraus sie schließen konnte, dass er wach war. Aber offenbar hatte er noch Schlaf nachzuholen.

Alexis entspannte sich in seiner Umarmung und genoss den Moment, der, wie sie wusste, ohnehin viel zu schnell vorbei sein würde. Sie musste etwas tun, um diese Erinnerung fest in ihrem Gedächtnis zu verankern. Daher schloss sie die Augen und flüsterte die Worte, die sie aus tiefstem Herzen fühlte: „Ich liebe dich." Es erstaunte sie keineswegs, dass dieses Geständnis ihr so leicht über die Lippen kam, als würde sie die Worte schon seit Jahren zu Jackson sagen, nicht erst seit diesem Tag.

„Ich liebe dich."

Fünf Stunden später klangen Jackson diese Worte noch immer im Gedächtnis nach. Wieder zurück auf der Insel, folgte er dem Pfad zu seinem Bungalow, nachdem er Alexis an ihrem Hotel abgesetzt hatte, mit dem Versprechen, sie in einer Stunde zum Essen abzuholen. Ihre Liebeserklärung war wie die süßeste Verheißung – und verstärkte doch die Schuldgefühle, die seine Scharade ihm verursachte. Er war kurz vorm Aufwachen gewesen, als er ihre leise, verschlafene Stimme die drei lebensverändernden Worte hatte sagen hören. Zuerst hatte er geglaubt, er würde träumen. Doch dann war ihm erschreckend klar geworden, dass er bereits wach war.

Sie liebte ihn. Er hatte genau das bekommen, was er sich vorgestellt hatte – Alexis' Herz gehörte ihm. Jetzt musste er ihr nur noch enthüllen, wer er wirklich war, und sie anschließend sitzen lassen. Dann hätte er sein Ziel erreicht. Wieso fühlte er sich dann absolut mies, statt den Sieg auszukosten?

Natürlich kannte er die Antwort auf diese Frage, denn seit Tagen kämpfte er gegen seine eigenen Gefühle an. Irgendwann waren seinem Rachedurst seine Gefühle für Alexis in den Weg geraten. Sie war ihm zu wichtig geworden, um sie bewusst so tief zu verletzen. Es gelang ihm nicht mehr, das Geschenk der Liebe und Akzeptanz, das sie ihm gemacht hatte, zurückzuweisen. Außerdem glaubte er längst nicht mehr, dass sie direkt für den Diebstahl seiner ausgeklügelten Software verantwortlich war. Er besaß zwar noch keine stichhaltigen Beweise für ihre Unschuld, doch sein Instinkt sagte ihm, dass sie nichts mit dieser üblen Sache zu tun hatte. Jetzt, wo er Alexis intim kannte, war er fest davon überzeugt, dass ein derartiger Patentraub einfach nicht ihrem Charakter entsprach.

In seinem anfänglichen Zorn und wegen früherer Verletzungen hatte er überstürzt gehandelt und Alexis sofort verurteilt. Jetzt musste er schleunigst die Sache bereinigen und konnte nur darauf hoffen, dass er Alexis nicht verlor.

Mit diesen quälenden Gedanken nahm er die Magnetkarte aus seiner Tasche, zog sie durch den Schlitz an der Eingangstür seines Bungalows und betrat das kühle Innere des Hauses. Ganz gleich, wie er die Situation auch analysierte, es war nicht zu vermeiden, dass Alexis irgendwann auf seine wahre Identität stieß. Sie war nicht dumm, würde zwei und zwei rasch zusammenzählen und seine ursprünglichen Motive für seinen Urlaub auf Seductive Fantasy durchschauen. Und es gab nichts, was er jetzt noch tun konnte, um das zu verhindern ... es sei denn, er entschied sich für den ehrbaren Weg und die gute, altmodische Aufrichtigkeit. Wann er das tun sollte, war jedoch eine andere Frage. Er verzog widerwillig das Gesicht. Doch um die Wahrheit kam er nicht herum, wenn er überhaupt eine Chance erhalten wollte, ihre Beziehung zu retten.

Ihre Beziehung. Er hatte fest damit gerechnet, dass es ihm Angst machen würde, sich etwas Dauerhaftes mit Alexis zu wünschen. Stattdessen machte ihm jetzt nur die Vorstellung Angst, sie könnte ihn hassen, wenn alles herauskam. Dazu hatte sie angesichts seines miesen Verhaltens auch jedes Recht. Da er selbst schon oft ähnliche Enttäuschungen erlebt hatte, kannte er den Schmerz, der damit verbunden war, nur zu gut.

Er ignorierte das unheilvolle Pochen in seinen Schläfen und nahm im Wohnzimmer den Telefonhörer ab. Er tippte Mikes Privatnummer in Atlanta ein. Sein Auftrag an Mike, Fred Hobson gründlich zu durchleuchten, um belastende Beweise gegen diesen Mann zusammenzutragen, war der Beginn seiner Wiedergutmachung an Alexis.

„Ich hörte, morgen Abend gibt es eine Abschiedsparty", sagte Alexis und schob ihre Gabel in den Geflügelsalat, den sie in dem Restaurant mit Blick auf den dschungelartig bepflanzten Innenhof bestellt hatte. „Hast du Lust dazu?"

Jackson dachte ernsthaft über ihre Frage nach, während er trotz seines fehlenden Appetits von seinem Hamburger abbiss. Hatte er Lust, die letzten Stunden, die ihm mit Alexis blieben, unter Fremden zu verbringen? Nein. Er wollte jede Sekunde mit ihr zusammen sein, sowohl jetzt als auch morgen Nachmittag, bevor sie abreisen würden. Er wollte mit ihr reden, ihre zarte Haut berühren, ihre sinnlichen Lippen küssen, mit ihr schlafen. Ja, das vor allem.

Sofort meldete sich sein Gewissen wieder. Sosehr er sich auch wünschte, sich die nächsten vierundzwanzig Stunden dem erotischen Vergnügen mit ihr hingeben zu können, wusste er doch, dass er mit ihr reden und die Dinge klären musste, bevor sie wieder miteinander schliefen. Er durfte die Sache nicht noch schlimmer machen, als sie ohnehin schon war, indem er sein Geständnis noch weiter hinauszögerte. Nicht, wenn er die Chance auf eine Zukunft mit Alexis wahren wollte. Und diese Zukunft wollte er, so sehr, dass er sich ihre Vergebung für seine Fehler verzweifelt ersehnte – bevor sie entdeckte, was er getan hatte.

„Hallo, Erde an Jackson", neckte sie ihn und brachte ihn so zurück in die Gegenwart.

„Entschuldige bitte." Er straffte die Schultern und sah sie an. Sie wirkte lebhaft und strahlte förmlich. In dieser einen Woche war sie für ihn zu einer glücklichen Frau erblüht. „Ich hatte gehofft, dass wir den Abend zu zweit verbringen würden."

„Die Idee gefällt mir auch. Sehr sogar." Sie trank einen Schluck von ihrem Eistee und tupfte sich mit der Serviette die Lippen ab. „Wir könnten den Abend in deinem Bungalow verbringen, uns den Sonnenuntergang anschauen und anschließend ein Picknick im Mondschein am Strand machen."

„Das klingt fantastisch." Und während des Picknicks würden sie reden … nicht sich küssen oder miteinander schlafen.

„Du bist fantastisch, Jackson", erwiderte sie. „Merrilee meint, du seist absolut das, was ich mir von diesem Urlaub erhofft hatte, und noch viel mehr. Und so ist es auch."

„Mir geht es genauso", versicherte er ihr aufrichtig, wohl wissend, dass sie seine Worte für eine Lüge halten würde, sobald sie erst die Wahrheit über ihn erfahren hatte.

Sie spielte mit ihrem Messer, das neben ihrem Salatteller lag. „Weißt du, mich beschäftigt etwas, das ich dir gern sagen würde", begann sie zögernd.

Eine heftige Anspannung erfasste ihn, und er fragte sich, worauf diese Unterhaltung hinauslaufen würde. Vielleicht war sie mutig genug, ihm ihre Gefühle zu gestehen. So gefasst wie möglich schob er seinen halb aufgegessenen Hamburger zur Seite und lehnte sich zurück. „Was beschäftigt dich?"

Eine leichte Röte stieg ihr in die Wangen. „Na ja, wir haben uns außergewöhnlich gut verstanden, und ich hatte gehofft, dass wir nach dem Urlaub vielleicht fortsetzen könnten, was immer zwischen uns ist." Sie sah ihn erwartungsvoll an, und ihre Augen spiegelten klar und deutlich ihre Gefühle für ihn wider. „Ich weiß, dass wir an entgegengesetzten Enden des Landes leben, und Beziehungen auf solche Entfernungen zu führen ist schwierig. Aber vielleicht können wir einen Weg finden, dass es klappt?"

Ja. Er atmete tief durch in dem Bewusstsein, dass er ihr keine Versprechungen machen konnte, weil er nicht das Recht dazu hatte. Zumindest jetzt noch nicht. „Alexis …"

Plötzlich wirkte sie unsicher, und sie hob die Hand, um seine vermeintliche Abfuhr zu stoppen. „Gib mir jetzt noch keine Antwort. Denk einfach darüber nach." Er lachte nervös, und sie fuhr hastig fort: „Ich meine, ich habe ja noch immer keine Ahnung, was deine Fantasie ist, und es könnte ein wenig anmaßend von mir sein, zu denken, dass diese Woche für dich ebenso einzigartig war wie für mich. Wenn sie dir nicht so viel bedeutet wie mir, dann warte ich lieber bis morgen, bis diese wundervolle Fantasie endet. Und wenn sie mit einem Abschied endet, dann werde ich das akzeptieren. Falls du aber herausfinden möchtest, wohin all das noch führen kann, weißt du ja bereits, wie ich empfinde."

Oh ja, er wusste genau, wie sie empfand. Dabei verdiente er in diesem Moment ihre Liebe nicht. Ihm blieben nur noch vierundzwanzig Stunden, um Alexis davon zu überzeugen, dass er all das wert war, was sie ihm in dieser Woche gegeben hatte.

„Miss Baylor?"

Sie erschrak, da sie sich ganz auf Jackson konzentriert hatte, und sah zu der Hotelangestellten auf, die mit einem schnurlosen Telefon an ihren Tisch getreten war. „Ja, ich bin Miss Baylor", bestätigte sie.

„Entschuldigen Sie, dass ich Sie beim Essen störe, aber da ist ein dringender Anruf von einem Dennis Merrick für sie. Ich sah Sie durch die Lobby ins Restaurant gehen, und Mr Merrick weigert sich, eine Nachricht zu hinterlassen."

Alexis' Miene drückte Besorgnis aus. „Ich nehme den Anruf entgegen. Danke." Stirnrunzelnd hielt sie den Apparat ans Ohr. „Dennis, ist alles in Ordnung?"

Sie lauschte schweigend einige Sekunden, die Jackson jedoch wie Stunden vorkamen. Er beobachtete, wie ihr Gesichtsausdruck von besorgt zu ungläubig und schließlich zu wütend wechselte.

„Ich kann es nicht fassen, dass Fred Hobson für Extreme Software gearbeitet hat! Wie ist das möglich?"

Oh, das war schon möglich. Jackson zuckte innerlich zusammen, doch war Alexis viel zu sehr mit ihrer Wut beschäftigt, um sein Unbehagen zu bemerken. Offenbar hatten ihre Anwälte bei den Nachforschungen über Fred Hobson keine Zeit verloren. Und obwohl er einen Tag zu spät den Auftrag für seine Ermittlungen gegeben hatte, um die Verbindung zwischen Fred, Gametek und seiner Firma zu ergründen, war er froh und erleichtert, dass ihn sein Instinkt in Bezug auf Alexis nicht getäuscht hatte.

Sie fuhr sich mit zitternden Fingern durch die Haare. „Ich wusste, dass er nach Atlanta gegangen war, nachdem er bei Gametek gekündigt hatte. Aber als ich ihn wieder einstellte, hieß es, seine letzte Beschäftigung sei bei einer Elektronikfirma gewesen." Damit bestätigte sie Jacksons Vermutung, dass sie von Freds Diebstahl keine Ahnung gehabt hatte. Sie vergrub das Gesicht in ihrer Hand und stöhnte gequält. „Oh Gott, Dennis, was für eine Katastrophe!" Plötzlich richtete sie sich kerzengerade auf und hörte Dennis gebannt zu. Ihr Blick ging zu

Jackson, und sie schnappte nach Luft. Sofort krampfte sich sein Magen zusammen, da er ahnte, was gleich auf ihn zukam. „Wie, sagtest du, lautet der Name des Besitzers von Extreme Software?“, fragte sie mit einer Stimme, die nur noch ein heiseres Krächzen war.

Jackson fluchte leise. Seine Zeit war abgelaufen, seine Tarnung aufgeflogen.

Alle Farbe wich aus ihrem Gesicht, als ihr die Wahrheit dämmerte. Sie wirkte am Boden zerstört. Ein Schauer durchlief ihren Körper, als müsste sie gegen aufsteigende Übelkeit ankämpfen. Verrat, das wusste Jackson nur zu gut, konnte einen körperlich krank machen.

„Dennis, ich muss Schluss machen. Ich rufe dich später an.“ Sie beendete das Gespräch, legte den Apparat neben ihren Teller und schloss die Augen. Jackson hatte sich noch nie einsamer gefühlt als in diesem Moment. Er hatte unfassbare Angst, etwas zu verlieren, was ihm lebenswichtig geworden war.

„Was habe ich getan?“, flüsterte sie.

Er hielt es für besser, jetzt nicht darauf zu antworten. Sie hatte sich in ihn verliebt, hatte ihm ihren Körper gegeben, ihr Herz und ihre Seele. Und dafür war er ihr auch dankbar. Nur würde sie das nicht sehen, und er konnte es ihr kaum verübeln, dass sie alles, was zwischen ihnen war, für eine Täuschung hielt. Er wusste nicht, was er in diesem Moment sagen sollte, daher wartete er, was passieren würde, sobald sie ihren anfänglichen Schock überwunden hatte.

Allmählich fing sie sich. Als sie ihn wieder ansah, wirkte sie unglaublich gefasst und frustrierend nüchtern. Ihr Lächeln war kühl und passte zu ihrem distanzierten Blick. Verschwunden war die liebevolle Frau, die letzte Nacht so sanft und weich in seinen Armen gelegen hatte.

„Es ist schön, endlich den Mann persönlich kennenzulernen, der hinter der Klage gegen Gametek wegen Verletzung des Urheberrechts steht“, sagte sie schließlich in einem Ton, als würden sie über das Wetter plaudern und nicht darüber, dass er fast ihre Firma ruiniert hätte. Oder über die emotionale Zerstörung, die er angerichtet hatte.

Er griff nach ihrer Hand, die noch auf dem schnurlosen Telefon ruhte, doch sie zog den Arm hastig zurück, bevor er sie berühren konnte. Ohne ein weiteres Wort schob sie ihren Stuhl zurück, stand auf und ging hoch erhobenen Hauptes in den Innenhof.

Jackson stieß eine Reihe übler Flüche aus, ohne sich darum zu kümmern, wer ihn hörte. Kurz entschlossen folgte er ihr in den üppigen Garten und holte sie in der Nähe des Wasserfalls ein. Er verzichtete lieber darauf, sie anzufassen. Außerdem hatte er nicht länger das Recht dazu, sie zu berühren. Daher stellte er sich ihr einfach in den Weg, um sie aufzuhalten.

Alexis blieb unvermittelt stehen und hob das Kinn. „Wenn du mich nicht sofort vorbeilässt, rufe ich den Sicherheitsdienst."

Jackson atmete frustriert aus. Zu jedem anderen Zeitpunkt hätte er ihre Kaltblütigkeit bewundert. Jetzt allerdings verhinderte sie nur, dass er sie erreichte. „Alexis, lass es mich erklären ..." Als gäbe es eine Erklärung für seine Rache durch Verführung oder eine Entschuldigung dafür, dass er ihr nicht schon viel früher die Wahrheit gesagt hatte.

Sehr zu seiner Überraschung wies sie ihn bei seinem Versuch einer Rechtfertigung weder ab, noch rief sie den Sicherheitsdienst. „Nur zu, Mr Witt. Erklären Sie es", forderte sie ihn ruhig auf.

Ihm wäre es lieber gewesen, sie würde toben und schreien oder ihn in den Magen boxen. Irgendetwas, um ihre Wut herauszulassen. „Ja, es stimmt, ich habe diese Reise ursprünglich gebucht, weil ich geglaubt habe, du seist für den Diebstahl des Programms, das du für die Entwicklung deines neuen Spiels brauchtest, aus meinem Unternehmen verantwortlich. Für mich sah es so aus, als hättest du Fred Hobson dazu benutzt, diesen Diebstahl zu begehen. Er hat für deine Firma in San Diego gearbeitet, kam zu uns nach Atlanta und kündigte später bei Extreme Software, um wieder bei Gametek anzufangen. Da schien es mir doch eindeutig mehr als ein Zufall zu sein, als Gametek ein neues Spiel ankündigte, das ohne die von mir entwickelte Software gar nicht funktioniert."

Sie verschränkte die Arme vor der Brust und wartete. Sie bestritt weder seine Behauptungen, noch verteidigte sie sich oder ihr Unternehmen, wozu sie jedes Recht hatte.

Er schluckte, da seine Kehle wie zugeschnürt war, und zwang sich fortzufahren. „Ich fand heraus, dass du hier Urlaub machen würdest und betrachtete es als die perfekte Gelegenheit, persönlich Rache an dir zu nehmen, bevor die Gerichte die Angelegenheit regeln würden."

Schmerz flackerte in ihren Augen auf, doch sofort unterdrückte sie diese Gefühlsregung. „Eine persönliche Rache durch Verführung", bemerkte sie, um ihn dazu zu drängen, die Wahrheit laut auszusprechen.

„Ja." Er ballte die Fäuste und stemmte sie in die Hüften, um der

Versuchung zu widerstehen, Alexis zu berühren. „Mein Leben lang habe ich mich benutzt gefühlt, und diesmal war das Maß einfach voll. Es war einmal zu oft passiert. Ich wollte mich und meine Technik nicht benutzen lassen, damit eine andere Firma davon profitieren konnte. Und so entschied ich, dass ich demjenigen, der hinter allem steckte, auch etwas nehmen würde. Dieser jemand warst du."

Sie zuckte gleichgültig mit den Schultern. „Dann hast du ja genau das bekommen, was du wolltest."

Ihr reservierter Ton erschreckte ihn. Trotzdem fuhr er mit seinen Erklärungen fort, bevor sie beschloss, nichts weiter von ihm hören zu wollen, und sich einfach umdrehte. „Genau wie du war ich nicht darauf gefasst, wie sich die Dinge entwickeln würden. Von unserer ersten Begegnung an wusste ich, dass du nicht so bist und völlig anders, als ich mir dich vorgestellt hatte. Die ganze Woche über kämpfte ich mit meinem Gewissen. Ich habe mich in dich verliebt, Alexis, und zwar so sehr, dass es mir Angst macht. Du weißt mehr über mich als irgendjemand sonst, den ich kenne. Und jetzt erscheint alles so kompliziert, weil ich dir nicht wehtun wollte und dennoch wusste, dass du am Ende meine wahre Identität herausfinden würdest."

Sie bedachte ihn mit einem skeptischen Blick. Offenbar traute sie weder ihm noch seinen Gefühlen für sie. Aber Jackson wusste nicht, wie er sie anders überzeugen sollte. Eine lange Minute sah sie ihn nur an, und er wartete auf ein Zeichen der Vergebung und des Verständnisses. Er bekam keines von beiden.

„Nur zu deiner Information, und ob du es mir glaubst oder nicht: Fred Hobson hat die Technologie deines Unternehmens ohne mein Wissen gestohlen." Ihr Ton war nach wie vor kühl, die Wortwahl präzise.

„Das weiß ich inzwischen auch, und ich glaube dir." Auch wenn es aufrichtig war, klang es doch nach einer mageren Entschädigung für eine Woche Lüge.

„Als er sie meinem Team von Designern präsentierte und behauptete, sie selbst entwickelt zu haben, gab es für uns keinen Grund, ihm nicht zu glauben. Offenbar war er sich sehr sicher, dass man ihm nie auf die Schliche kommen würde." Sie berichtete ihm die Fakten, als säßen sie in einem Sitzungszimmer bei einer geschäftlichen Besprechung. „Laut Dennis wird man Fred anklagen. Als Präsidentin von Gametek muss ich mich jedoch für jeglichen persönlichen und finanziellen Schaden entschuldigen, den du oder dein Unternehmen durch diese Angelegenheit erlitten habt."

Ihre Worte machten ihn wütend. Glaubte sie wirklich, dass es ihn jetzt interessierte, welcher Schaden dabei entstanden war? „Das ist mir alles gleichgültig!", erwiderte er mit zusammengebissenen Zähnen.

Sein Ausbruch rührte sie nicht im Mindesten, was ihn noch wütender machte.

„Wie kann es dir gleichgültig sein?", fragte sie ruhig. „Dieser Spielchip bedeutete dir offensichtlich sehr viel, wenn du zu solch extremen Mitteln greifst."

Ihr vernünftiger Ton machte ihn wahnsinnig. „Verdammt, Alexis, ich halte das nicht aus!"

Sie blinzelte. „Was hältst du nicht aus?"

„Das alles." Er vollführte eine ungeduldige Geste mit der Hand. „Ich will irgendeine Gefühlsregung von dir. Wut. Trauer. Irgendetwas. Selbst wenn du mich schlagen würdest, wäre das noch besser als diese kühle Haltung."

Sie seufzte, und es war eine Spur Traurigkeit darin zu hören. „Worüber soll ich mich aufregen? Du hast mir genau das gegeben, weshalb ich hierher gekommen bin: eine wilde, stürmische Affäre. Einen besseren, aufmerksameren Liebhaber als dich hätte ich mir nicht wünschen können."

Ihre Worte trafen ihn tief ins Herz. Aber er hatte es nicht besser verdient.

„Mir waren die Risiken bewusst, als ich diesen Urlaub plante", fuhr sie wohl überlegt fort. „Und ich akzeptierte sie. Daher kann ich niemandem außer mir die Schuld dafür geben, dass es so weit gegangen ist."

Jackson verspürte den verzweifelten Wunsch, ihre Fassade einzureißen. „Was ist mit dem, was du mir im Restaurant gesagt hast? Über mich und uns?"

„Diese Dinge habe ich zu Jackson Witt gesagt, dem Mann meiner Träume. Jetzt bin ich mir jedoch nicht mehr sicher, dass ich noch weiß, wer der richtige Jackson Witt ist." Sie holte tief Luft. „Wenn du mich jetzt bitte entschuldigen würdest, ich habe noch einiges zu erledigen."

Diesmal ließ er sie vorbei. Er schaute ihr nach, und ein Gefühl des Verlustes überkam ihn. Gleichzeitig ging ihm die Ironie des Ganzen auf, die darin bestand, dass er derjenige war, der nach seinem Rachefeldzug am Boden zerstört war. Wie hatte er jemals glauben können, es würde ihn befriedigen, wenn Alexis litt?

Ein schmerzvolles Schluchzen stieg tief aus Alexis' Kehle auf, und Tränen, die sie vor Jackson nicht hatte vergießen wollen, brannten jetzt in ihren Augen. Sie blinzelte sie fort und weigerte sich, sich ihrer Trauer hinzugeben, da sie Merrilee finden musste, um sie zu bitten, die Insel einen Tag früher verlassen zu können. Unter keinen Umständen konnte sie auf Seductive Fantasy bleiben und riskieren, Jackson noch einmal über den Weg zu laufen. Alles, was es zwischen ihnen zu sagen gegeben hatte, war im Innenhof gesagt worden.

Gefasst eilte sie an den Shops in der Lobby vorbei zu Merrilees Büro, das am Ende eines Ganges neben dem Empfangsbereich lag. Alexis hoffte, dass Merrilee auch da war. Falls nicht, würde sie ihren Pieper anrufen und sie so aufspüren. Dies war zweifellos ein Notfall, da ihr Herz gebrochen war und sie dringend so viele Meilen, wie möglich zwischen sich und Jackson bringen musste.

Sie konnte sich zwar selbst die Schuld dafür geben, dass sie sich in ihn verliebt hatte, aber sie konnte ihre Gefühle oder gar ihre Fantasie, die noch weit übertroffen worden war, nicht bereuen. Sie konnte seine ursprünglichen Gründe für den Wunsch, sich zu rächen, sogar nachvollziehen. Auch dass er sie zunächst für den Diebstahl seiner Technologie verantwortlich gemacht hatte, konnte sie verstehen. Jacksons Weigerung, an sich selbst zu glauben, machte ihr viel mehr zu schaffen.

Sie wusste, dass sie ihm etwas bedeutete, schenkte sogar seinem Geständnis Glauben, dass er sich in sie verliebt habe. Die Gefühle, die er ihr auf dem Boot gezeigt hatte, gepaart mit ihrem intensiven Liebesspiel und seiner Hingabe, waren zu echt gewesen, um gespielt zu sein. Unglücklicherweise litt er noch viel zu sehr unter früheren schlimmen Erlebnissen, um daran glauben zu können, dass eine Frau ihn um seiner selbst willen akzeptierte. Deshalb würde er immer nach verborgenen Motiven suchen, wenn es um Frauen ging. Ehe er nicht in der Lage war, seinen Gefühlen zu trauen, würde er niemals fähig sein, mit einer Frau eine Beziehung einzugehen. Und wenn er Alexis nicht vertrauen konnte, dann verband sie nichts außer den Erinnerungen an diese gemeinsame Woche.

10. KAPITEL

Merrilee fand Jackson im Fitnesscenter der Ferienanlage, wo er verbissen trainierte. Seine Züge verrieten wütende Konzentration, und die Muskeln in seinen Armen und Beinen wölbten sich bei jedem Schritt, den er machte. Zweifellos versuchte er seine Gewissensbisse abzureagieren. Zumindest hoffte sie, dass er das tat, denn wie ein Mann, der seinen Sieg genoss, sah er nicht aus. Zum Glück!

Entschlossen bahnte sie sich den Weg zwischen den sperrigen Geräten, Gewichten und anderen Gästen hindurch, bis sie vor Jacksons Maschine stand. Er musterte sie wachsam. Das sollte er ruhig, denn sie war momentan keineswegs besonders gut auf ihn zu sprechen. Sie hoffte, dass er im Lauf des Gesprächs mit ihr einiges wieder gutmachen und so ihr Vertrauen in ihn wieder herstellen konnte. Zwar war sie erbost, dass er sie belogen hatte, um an einen ihrer Gäste heranzukommen. Andererseits glaubte Merrilee, dass nicht nur Alexis in dieser einen Woche Gefühle investiert hatte. Jedes Mal, wenn sie die beiden zusammen gesehen hatte, schienen sie sich sehr zueinander hingezogen zu fühlen und im vollkommenen Einklang miteinander, auf eine Art, die man ihrer Ansicht nach nicht vortäuschen konnte.

„Ich nehme an, Sie suchen nach mir?“, sagte er zwischen zwei Atemzügen und brachte die Maschine langsam zum Stillstand.

Merrilees Miene war ernst. „Angesichts der Tatsache, dass wir ein kleines Problem haben mit der Fantasie, die Sie auszuleben wünschten, sollten wir beide uns einmal unterhalten.“

Er stieg vom Stairmaster und trocknete sich das Gesicht mit dem Handtuch um seinen Hals ab. Sein Mund bildete eine grimmige Linie. „Alexis hat mit Ihnen geredet.“ Es war keine Frage, sondern eine Feststellung.

Merrilee nahm die Schuldgefühle, die sie in dem intensiven Blau seiner Augen las, als gutes Zeichen. Ja, sie hatte mit Alexis geredet und alles erfahren, von Jacksons Täuschung bis zu Alexis' tiefsten Gefühlen für diesen Mann, der jetzt vor Merrilee stand. Alexis hatte ihr gestanden, dass sie ihn trotz allem, was er getan hatte, noch liebte. Aber der nächste Schritt lag ganz allein bei Jackson.

„Sie klingen überrascht. Aber das sollten Sie nicht sein. Alexis wollte die Insel einen Tag früher als geplant verlassen, und ich wollte sie nicht eher gehen lassen, bis ich die Gründe für diesen Wunsch kenne."

Panik zeichnete sich auf seinem attraktiven Gesicht ab. „Sie ist fort?"

Zufrieden registrierte sie seine Angst und ließ ihn noch einen Moment im Ungewissen. Seine Reaktion bestärkte sie in ihrem Optimismus, dass es noch Hoffnung auf ein Happy End für die beiden gab. Allerdings nur, falls Jackson bereit war, etwas dafür zu tun.

Sie deutete zur Terrasse, die zum Strand hinaus lag, geschützt vor neugierigen Ohren und Augen. Merrilee wollte nicht, dass die anderen Gäste etwas von dieser Unterhaltung mitbekamen. Jackson folgte ihr, anscheinend äußerst interessiert an dem, was immer sie über Alexis zu berichten hatte.

Merrilee drehte sich am Geländer zu ihm um. „Haben Sie wirklich erwartet, dass sie bleiben würde, nachdem sie erfahren hat, was Sie getan haben?"

Er seufzte resigniert. „Ich hatte gehofft, wenn ich ihr ein wenig Zeit lasse ..."

„Dass sie dann zur Vernunft kommt, obwohl Sie sie so getäuscht haben?"

Seine Miene verfinsterte sich, da sie nicht aufhörte, ihn daran zu erinnern. Aber sie wollte nun einmal, dass er ganz genau begriff, was er getan hatte, und wie wenig sie davon hielt.

Er packte beide Enden des Handtuchs um seinen Hals. „Ich fühle mich bereits wie ein elender Wurm, vielen Dank."

„Das ist gut zu wissen."

Seine Miene wurde noch finsterer. „Ich dachte, sie würde die Dinge im richtigen Licht sehen, wenn sie eine Weile für sich allein gewesen ist. Ich hoffte, sie würde erkennen, dass ich anfangs zwar Rache nehmen wollte, aber später nicht mehr. Ganz und gar nicht."

Sein aufrichtiges Geständnis war genau das, was Merrilee hören wollte. Trotzdem musste sie noch ein paar Dinge mehr wissen. „Verraten Sie mir etwas, Jackson. War an der Fantasie, die Sie mir geschildert haben, überhaupt etwas Wahres? Sie sagten, dass Sie eine Frau finden wollen, der Sie sich öffnen und der Sie vertrauen können. Oder war das alles nur ein Trick, um auf die Insel und an Alexis heranzukommen?"

Er schloss die Augen für einen Moment. Es war unverkennbar, wie elend er sich fühlte. „Anfangs war das alles nur vorgeschoben. Doch je mehr Zeit ich mit Alexis verbrachte, desto mehr wurde mir bewusst, wie viel Wahrheit sich hinter meinem angeblichen Wunsch verbarg.

Ich meinte, was ich sagte, als ich Ihnen erzählte, dass in meinen früheren Beziehungen zu Frauen etwas fehlte und ich zu oft betrogen worden bin. Ich dachte, Alexis sei nur eine weitere Frau, die es auf mein Geld abgesehen hat. Doch schon nach den ersten Nächten mit ihr sah ich deutlich, dass sie anders war. Und so öffnete ich mich ihr auf eine Art, wie ich es noch nie zuvor bei einer Frau getan hatte. In gewisser Hinsicht lebte ich also meine Fantasie aus, wie ich es nie erwartet hätte."

Merrilee verschränkte die Arme vor der Brust. „Dann war also nicht alles zwischen Ihnen Theater?"

„Nein." Er schüttelte den Kopf. „Nichts war Theater. Nur dass ich der Besitzer von Extreme Software bin, der Firma, die gegen ihr Unternehmen klagt, habe ich ihr verschwiegen. Das war das einzig Unaufrichtige. Alles andere war absolut aufrichtig."

Sie neigte den Kopf und musterte ihn nachdenklich. Dann hatte er sich also auch verliebt. Vielleicht war ihm noch nicht klar, wie sehr. Aber Merrilee betrachtete sich in solchen Dingen als Expertin und konnte es ihm außerdem ansehen. Wehmütig erinnerte sie sich an ihre große Liebe, die vor fünfunddreißig Jahren ein jähes Ende gefunden hatte. Sie wollte nicht, dass diese beiden Menschen, die einander so brauchten, das kostbarste Geschenk des Lebens wieder verloren. Die Frage war nur, ob Jackson bereit war, ein paar Risiken einzugehen und dafür ein Leben voller Glück zu bekommen? Diese Entscheidung konnte nur er treffen.

„Merrilee …" Seine tiefe Stimme riss sie aus ihren Überlegungen. „Ich muss mich bei Ihnen dafür entschuldigen, dass ich Sie irregeführt habe."

„Ja, das müssen Sie."

Er grinste reumütig. „Es tut mir sehr leid." Da sie zum Zeichen dafür, dass sie seine Entschuldigung annahm, nickte, fuhr er fort: „Und ich entschuldige mich auch dafür, Alexis getäuscht zu haben."

Merrilee erkannte ihre letzte Gelegenheit, ihn in die richtige Richtung zu lenken. „Ich glaube, ihr schulden Sie eine ganze Menge mehr als nur die Bitte um Verzeihung."

„Ich habe dir ja gesagt, sei vorsichtig mit dem, was du dir wünschst", erinnerte Mike ihn, setzte die Flasche Bier an die Lippen und trank einen langen Schluck.

Jackson knurrte, wischte die kondensierte Feuchtigkeit von seiner Flasche und sah seinen Freund an, mit dem er in seiner Stammkneipe saß. Er brauchte Mikes „Das habe ich dir gleich gesagt" nicht noch zusätzlich zu seinem Kummer. Aber er hatte es nicht besser verdient. Ja, er hatte auf Seductive Fantasy genau das bekommen, was er sich gewünscht hatte. Und Mike hatte absolut recht gehabt, als er ihm gesagt hatte, es könnte gut sein, dass er für das Ausleben dieser Fantasie einen hohen Preis zahlen würde. Jackson war nach Seductive Fantasy gekommen, um sich an Alexis zu rächen. Stattdessen war er am Ende derjenige, der zahlen musste – mit dem Verlust einer Frau, die ihn um seiner selbst willen liebte und nichts dafür erwartete.

Jackson hätte nie für möglich gehalten, wie viel für ihn auf dem Spiel stehen und wie hoch der Preis sein würde. Jetzt wusste er es, und er hatte schon viel zu viel Zeit damit verbracht, sich Vorwürfe zu machen. Er bereute, was er getan hatte, und wünschte, er wäre die Dinge anders angegangen. Aber er hatte ja nicht voraussehen können, dass sein Plan einen solchen Bumerangeffekt haben und ihn mit einem Gefühl der Leere zurücklassen würde, wie er es noch nie zuvor empfunden hatte.

Fast drei Wochen waren vergangen, seit Jackson die Insel verlassen hatte und nach Atlanta zurückgekehrt war. In dem Versuch, Wiedergutmachung zu leisten, hatte er Alexis einen riesigen Blumenstrauß mit einer schriftlichen Entschuldigung geschickt. Gehört hatte er seither trotzdem nichts von ihr. Natürlich war es feige, die Dinge auf diese Weise klären zu wollen. Aber seine größte Angst war, dass sie ihn inzwischen verachtete. Und bei einem Anruf Verachtung in ihrer Stimme zu hören, hätte er nicht ertragen. Da sie in keinster Weise auf sein Friedensangebot reagiert hatte, nahm er an, dass es das Beste sei, wenn er sie in Ruhe ließ und ganz aus ihrem Leben verschwand.

Heute hatte er von Gametek das Angebot einer außergerichtlichen Einigung erhalten, obwohl er die Klage gleich nach seiner Rückkehr zurückgezogen hatte. Doch offenbar glaubte Alexis, dass sie ihm in geschäftlicher Hinsicht mehr schuldete, und das ärgerte ihn ebenfalls.

„Du wirst mir nicht glauben, was ich heute bekommen habe", sagte er zu Mike, der ihn mit hochgezogenen Brauen neugierig ansah. „Das Angebot einer außergerichtlichen Einigung von Gametek in sechsstelliger Höhe."

„Donnerwetter." Mike trank sein Bier aus und dachte über Jacksons Worte und deren Tragweite nach. „Was wirst du tun?"

Er brauchte nicht groß zu überlegen. „Das Angebot ablehnen, natürlich. Ich will ihr Geld nicht. Was Alexis betrifft, weiß ich es allerdings noch nicht. Hast du irgendwelche Vorschläge, großer Weiser?"

Mike zuckte mit den Schultern. „Die Antwort scheint mir ziemlich einfach zu sein. Du fährst nach San Diego und findest heraus, ob du dich wieder mit ihr versöhnen und den Schaden, den du angerichtet hast, wieder gutmachen kannst."

Jackson war nach wie vor unentschlossen. „Ich will Alexis' Hass einfach nicht zu spüren bekommen", gestand er seinem Freund.

„Ich fürchte, dieses Risiko musst du eingehen, oder du wirst es für den Rest deines Lebens bedauern." Mike lehnte sich nach vorn und stützte die Arme auf den Tisch. „Was glaubst du, weshalb sie dir eine außergerichtliche Einigung angeboten hat? Denk doch mal drüber nach, Jackson. Wenn sie weiß, dass die Frauen in deinem Leben immer nur etwas von dir gewollt haben, sagt dir diese Geste dann nicht eine ganze Menge darüber, was für eine Sorte Frau Alexis ist?"

Jackson wusste ganz genau, was für eine Sorte Frau sie war. Sie war fürsorglich, offen und aufrichtig und das genaue Gegenteil der Frauen, die er in der Vergangenheit kennengelernt hatte. Sie hatte ihm zugehört, war für ihn da gewesen und hatte sich schließlich in ihn verliebt. Ihre Großzügigkeit und ihr geschäftlicher Anstand überraschten ihn daher nicht, denn das entsprach ganz ihrem Charakter. Und plötzlich wurde ihm mit schmerzlicher Klarheit bewusst, dass sie ihm nichts genommen, sondern im Gegenteil viel mehr gegeben hatte, als sie selbst erhalten hatte. Und jetzt bot sie ihm so viel Geld an, dass die Sicherheit ihres Unternehmens gefährdet sein würde. Diese Geste war so selbstlos wie die Frau, die sie anbot.

„Ich liebe dich." Diese Worte verfolgten ihn seit jenem Morgen, als er sie von ihr gehört hatte, und sie brachten Gefühle in ihm zu Vorschein, die er lange tief in sich vergraben hatte. Er brauchte Alexis so sehr, dass es ihm Angst machte. Andererseits war die Aussicht darauf, den Rest seines Lebens ohne sie verbringen zu müssen, noch beängstigender.

Mike hatte recht, ebenso wie Merrilee. Er war Alexis etwas schuldig, mehr als nur eine knappe Entschuldigung auf einer Karte mit einem Strauß Blumen. Er schuldete ihr Aufrichtigkeit und Wahrheit. Und letztlich sein Vertrauen. Er würde ihr gar nicht erst die Chance lassen, ihn zurückzuweisen.

„Noch ein Bier?", fragte Mike und hob seine leere Flasche. „Die Runde geht auf mich."

„Ich glaube, ich werde passen." Jackson stand auf, absolut bereit, alles für die Frau zu riskieren, die sein Herz erobert hatte. „Da gibt es noch die ein oder andere Fantasie zwischen mir und Alexis, die ich ausleben möchte."

Mike grinste. „Das wurde aber auch höchste Zeit, dass du zur Vernunft kommst."

Alexis saß in ihrem Büro bei Gametek und starrte auf die Telefonnummer, die Merrilee ihr gegeben hatte. Vor drei Tagen, um genau zu sein, und jetzt konnte sie das Unausweichliche nicht länger hinauszögern. Sie hatte sich geschworen, Jackson die Wahrheit zu sagen, falls sie schwanger sein sollte. Und genau das hatte ihr der Arzt bestätigt. Es stand zweifelsfrei fest, dass sie ein Kind bekam.

Die Nachricht hatte sie überglücklich gemacht, denn endlich würde sie jemanden haben, mit dem sie ihren Traum von einem glücklichen Familienleben verwirklichen konnte. Doch die Erkenntnis, dass sie von Jackson ein Baby erwartete, weckte auch eine ganze Reihe von Bedenken in ihr. Es war durchaus möglich, dass Jackson kein Interesse daran hatte, am Leben seines Kindes teilzuhaben. Zwar konnte sie es sich nicht vorstellen, dass er sein eigen Fleisch und Blut zurückwies, doch die Möglichkeit bestand immerhin. Ebenso wie die Möglichkeit einer Sorgerechtsklage, falls er beschließen sollte, dass er zwar das Baby, nicht aber sie wollte. Doch trotz ihrer Ängste hatte er ein Recht darauf zu erfahren, dass er Vater werden würde, und wie mit allen anderen Dingen in ihrem Leben würde sie sich auch diesmal den Konsequenzen stellen.

Ihre Kehle war wie zugeschnürt, und das Herz wurde ihr schwer, als sie an Jackson dachte. Sie schob diese Gefühlsregung auf ihre Hormone. Sie hatte Blumen und eine schriftliche Entschuldigung von ihm erhalten. Das war zwar eine nette Geste von ihm gewesen, aber es hatte nicht gereicht, sie davon zu überzeugen, dass er sie ebenso sehr liebte wie sie ihn. Sie wollte, brauchte seine Liebe, sein Vertrauen. Doch in der kurzen Nachricht von ihm war absolut kein Hinweis darauf gewesen, dass er ihre Sehnsüchte erfüllen würde.

Sie spielte mit dem Stück Papier, auf dem Jacksons Telefonnummer stand, während sie in Gedanken zum Lunch mit Dennis gestern zurückkehrte. Ihr Vizepräsident hatte sich beinah an seinem Sandwich verschluckt, als sie ihm berichtet hatte, dass sie schwanger war. Sie waren stets offen zueinander gewesen, und schließlich würde sie ihren Zustand nicht ewig verheimlichen können. Zum ersten Mal seit ihrer Rückkehr aus Florida hatte sie Dennis die Einzelheiten ihres Urlaubs und ihrer Beziehung zu Jackson anvertraut. Zu behaupten, dass Dennis schockiert gewesen war, wäre eine Untertreibung. Er war sprachlos gewesen. Doch sobald er sich erholt hatte, waren seine Beschützerinstinkte erwacht, und seitdem verhätschelte er sie – was ihre angegriffenen Nerven ebenso auf die Probe stellte. Alexis wusste, dass es nur eine Frage der Zeit war, bis Dennis sie bitten würde, ihn zu heiraten. Und dann würde sie ihn abweisen müssen, da es nur einen Mann gab, den sie liebte und sie keinen anderen heiraten würde, nur weil es angenehmer war.

Dennis verstand auch nicht, weshalb sie Jackson ein so großzügiges Angebot einer außergerichtlichen Einigung machte. Aber seine Verwirrung darüber kümmerte sie wenig, denn der Einzige, der die Bedeutung dieses Opfers erkennen musste, war Jackson. Doch da sie von ihm nichts gehört hatte, seit ihre Anwälte Extreme Software das Angebot gemacht hatten, vermutete sie, dass er von ihrem Angebot und dem, was es symbolisierte, nicht sonderlich beeindruckt war.

Gähnend sank sie in ihrem Sessel nach vorn, faltete die Hände auf dem Schreibtisch und legte ihren müden Kopf auf die Arme. Es war erst elf Uhr vormittags, doch in letzter Zeit wollte sie nur schlafen. Die vergangenen drei Wochen waren nicht nur körperlich erschöpfend gewesen, sondern auch emotional, und so war es kein Wunder, dass sie sich völlig erledigt fühlte. Ihre Lider sanken herab. Nur ein paar Minuten schlummern, dann würde sie Jackson anrufen und ihm von dem Baby erzählen …

Eine Weile später drangen laute Stimmen aus dem Empfangsbereich herüber und rissen sie aus dem Schlaf. Langsam richtete sie sich auf, streckte sich und versuchte einen klaren Kopf zu bekommen. Die männlichen Stimmen wurden lauter. Es waren Dennis und noch jemand, der sehr fordernd und beharrlich klang. Besorgt schob sie ihren Sessel zurück und stand auf, um sich des Problems anzunehmen. Sie hatte ihr Büro gerade zur Hälfte durchquert, als die Tür aufflog und Jackson mit einer schwarzen Leinentasche hereinkam, dicht gefolgt von Dennis.

Erschrocken blieb Alexis stehen und schüttelte den Kopf, überzeugt, dass sie noch schlief und ihr im Traum der umwerfend attraktive Mann erschien, den sie so vermisst hatte. Dieser muskulöse Körper, die sinnlichen Lippen, die blauen faszinierenden Augen, von denen sie hoffte, dass ihr Sohn oder ihre Tochter sie erben würden. Ja, das war ein wundervoller Traum.

Ihre Blicke trafen sich, und für einen Moment schien die Zeit stillzustehen. Ihr rasender Puls und sein Duft, an den sie sich so gut erinnerte, machten ihr klar, dass sie hellwach war und er real.

„Sie können nicht einfach hier hereinplatzen, wie es Ihnen gefällt, Mr Witt“, beschwerte sich Dennis und zerstörte so den magischen Augenblick zwischen ihnen. Offenbar hatte sich Jackson ihrem Vizepräsidenten vorgestellt, der jedoch keineswegs begeistert davon war, den Mann kennenzulernen, mit dem sie eine herrliche Woche verbracht hatte.

Jackson wandte sich ruhig an Dennis. „Das habe ich trotzdem gerade getan. Und falls es Ihnen nichts ausmacht, würde ich mit Alexis gern unter vier Augen sprechen.“ Ein leichter Schubser gegen Dennis' Brust ließ ihn zwei Schritte zurück auf den Gang taumeln. Jackson schloss die Tür und verriegelte sie.

Dann sah er Alexis an, mit dunklen intensiven Augen, und ein Kribbeln breitete sich in ihrem Bauch aus. Ihr war nur allzu bewusst, dass sie jetzt allein waren. Als er auf sie zutrat, erwachte sie aus ihrer Benommenheit. Unsicher wich sie zurück und erschrak, als Dennis gegen die Tür hämmerte.

„Ich verlange, dass Sie sofort wieder aufmachen, oder ich rufe die Polizei!“ Die Tür bebte, und Alexis zuckte zusammen, als Dennis am Türknopf rüttelte. „Alexis, ist alles in Ordnung mit dir dort drinnen?“

Sie fühlte sich durch Jacksons Anwesenheit nicht bedroht, nur fürchtete sie, dass ihr Herz noch mehr brechen könnte. „Es ist alles in Ordnung, Dennis“, rief sie. „Ich sage dir Bescheid, falls es ein Problem gibt.“

Sie hörte ihren Vizepräsidenten murren, bevor es still wurde im Flur.

„Er ist dir wirklich sehr zugetan.“ Ein amüsiertes Lächeln umspielte Jacksons Mundwinkel. „Ich kann es ihm nicht verübeln, dass er dich vor mir zu beschützen versucht.“

Der heisere Klang seiner Stimme ließ sie erschauern. „Er begreift leider nicht, dass ich mir auch allein zu helfen weiß.“

„Das ist eines der Dinge, die ich an dir bewundere."

Sie runzelte die Stirn und fühlte sich ein wenig aus dem Gleichgewicht gebracht durch seinen unangekündigten Besuch und seine gelassene, freundschaftliche Art – als hätte er sie nicht die drei längsten Wochen ihres Lebens hängen lassen, nur um dann in ihrem Büro aufzutauchen, als sei das etwas ganz Normales. Nach wie vor blieb die große Frage, weswegen er hier war. Um Abstand zu gewinnen, zog sie sich hinter ihren Schreibtisch zurück, wobei sie bei jedem Schritt seinen glühenden Blick förmlich auf ihrem Körper spürte.

„Du trägst wieder deine weiten fließenden Kleider", bemerkte er leichthin.

Sie drehte sich zu ihm um und zuckte mit den Schultern. „Sie sind bequem." Besonders am Bauch. Zwar hatte sie durch die Schwangerschaft noch nicht zugenommen, doch gab es in ihrem Unternehmen niemanden, den sie beeindrucken wollte. Daher hatte sie sich für praktische Kleidung entschieden. Die Sachen, die sie auf Seductive Fantasy getragen hatte, waren in ihrem Schrank verstaut, Erinnerungen an eine andere Zeit, einen anderen Ort … und an einen Mann, der ihre sinnlicheren Seiten zum Leben erweckt hatte.

Er ließ den Blick über sie gleiten und hielt bei ihren Lippen inne. „Dein Haar trägst du aber noch offen. Ich mag es so."

Es gelang ihr kaum, ihre Gereiztheit unterdrücken. „Es fällt mir schwer zu glauben, dass du Tausende von Meilen hierher gereist bist, um mein Aussehen zu studieren."

Er stellte die schwarze Tasche auf ihren Schreibtisch und schlenderte zum Fenster, von dem aus man die Stadt überblicken konnte. „Nein, deswegen bin ich nicht gekommen. Ich bin aus geschäftlichen Gründen hier."

Ihr Magen zog sich zusammen, und Angst erfasste sie. Sie setzte sich in ihren Sessel und bereitete sich innerlich auf das Schlimmste vor. Insgeheim hatte sie gehofft, dass er aus privaten Gründen hier war. Aber nun war es offenkundig, dass die verfahrene Geschichte zwischen Gametek und Extreme Software noch nicht vorbei war, obwohl Fred Hobson bereits wegen Patentraubs angeklagt war.

Alexis schluckte, da ihr Mund ganz trocken war. „Hast du mein Angebot einer außergerichtlichen Einigung erhalten?"

Er schob die Hände in die Hosentaschen und neigte den Kopf. „Ja, habe ich."

Sie wartete auf weitere Erklärungen, doch er fügte seiner Antwort nichts weiter hinzu. Schließlich verlor sie die Geduld. „Weshalb bist du dann hier?“ Eigentlich hatte sie nicht verärgert klingen wollen, doch ihre Nerven waren durch seine Nähe überstrapaziert. Es war schwer, so dicht bei ihm zu sein und ihn nicht berühren, nicht küssen und ihm nicht versichern zu können, wie sehr sie ihn liebte.

„Um dir ein Gegenangebot zu machen“, sagte er.

Sie sog scharf die Luft ein. Der Schmerz, der sie durchfuhr, war unerträglich. Er war gar nicht ihretwegen hier, er wollte nur mehr herausschlagen, als sie ihm angeboten hatte. Grundgütiger! Gametek stand ohnehin schon kurz vor dem Bankrott wegen ihres ursprünglichen Angebots. Die finanzielle Sicherheit ihres Unternehmens würde dadurch ernsthaft gefährdet werden. Jeder darüber hinausgehende Betrag würde sie völlig ruinieren.

Wie es ihr trotz ihres inneren Aufruhrs gelang, nach außen hin ruhig zu bleiben, war ihr selbst ein Rätsel. „Hätten sich unsere Anwälte nicht mit deinem Gegenangebot auseinandersetzen können?“

„Das hätten sie sicher, nehme ich an. Aber ich hatte einen Termin mit einem Makler wegen eines Ferienhauses in La Jolla. Außerdem überlege ich gerade, mir eine Segeljacht zuzulegen. Ich hörte, es sei selbst im Winter warm in San Diego. Das könnte eine angenehme Abwechslung sein zu den Wintern in Atlanta.“

Das mit dem Ferienhaus und dem Boot in der Nähe von San Diego musste ein Witz sein. Seine Miene war jedoch ernst. Aber wieso erzählte er ihr das alles? Um sie noch mehr zu quälen?

Sie faltete die Hände auf dem Schreibtisch und presste die Finger fest aneinander. „Wie lautet dein Gegenangebot, Jackson?“

Er rieb sich das Kinn und sah sie an. „Ich will Gametek kaufen.“

Sie machte den Mund auf, doch es kam kein Wort heraus. Ungläubig starrte sie Jackson an. Dann begriff sie und wurde wütend. Auf keinen Fall würde sie die Firma aufgeben, für die sie so hart gekämpft hatte! Jedenfalls nicht kampflos. „Nein!“

„Warum nicht?“ Er ging zu ihr und blieb vor dem Schreibtisch stehen. „Deine Spielesoftware hat keine Chance auf dem Markt, weil sie nicht über meine Technik verfügt, die perfekt zu deiner Software passen würde. Zantoid stand kurz davor, äußerst erfolgreich zu werden, und ich kann mir keinen besseren Weg vorstellen, wie wir beide die Früchte unserer harten Arbeit ernten sollten.“

Er wollte ihr das Unternehmen und den letzten Rest Würde nehmen. Doch das würde sie nicht zulassen. Die Emotionen der letzten Wochen kochten in ihr hoch. Unvermittelt stand sie auf, ging um den Schreibtisch und blieb nur wenige Zentimeter vor Jackson stehen, sodass er deutlich ihren Zorn spüren konnte.

„Du verdammter Kerl!" Sie stach mit dem Zeigefinger auf seine Brust ein und registrierte zufrieden, dass er zusammenzuckte. „Wie kannst du es wagen, hierherzukommen in dem Glauben, mich und meine Situation ausnutzen zu können!"

Er hielt ihr Handgelenk fest. „Ich fand, es ist eine großartige Idee", entgegnete er sanft.

Sie musterte ihn und fragte sich, ob sie sich den zärtlichen Ausdruck in seinen Augen nur einbildete.

Mit dem Daumen strich er über ihren rasenden Puls, und seine Stimme wurde, wie sein Blick, noch sanfter. „Vielleicht habe ich vergessen zu erwähnen, dass du ein Teil dieses Geschäftes sein sollst."

Ihre Wut verrauchte, doch die Verwirrung blieb. „Du willst, dass ich für dich arbeite?"

Ein sexy Grinsen erschien auf seinem Gesicht. „Für mich arbeiten, mich heiraten ... das bleibt sich gleich."

Ihn heiraten. Ihre Welt geriet aus den Fugen. Während einerseits Erleichterung sie durchflutete, war sie nach wie vor verwirrt und musste unbedingt wissen, dass nicht nur die Verbindung der beiden Unternehmen hinter seinem Antrag stand.

Da sie nichts erwiderte, meinte er mit ironischer Miene: „Ich glaube, ich bin dir einige Erklärungen schuldig, oder?"

Sie nickte heftig, um es ihm nicht zu leicht zu machen. Sie wollte sich ihm außerdem nicht in die Arme werfen, was er offensichtlich erwartete – zumindest nicht eher, bis sie alles, was sie ersehnte, von ihm bekommen hatte.

Widerstrebend ließ er ihre Hand los. „Ich bin keine Fantasiegestalt", begann er, „sondern ein ganz gewöhnlicher Mensch. Und jeder Mensch macht Fehler. Meiner bestand darin, mir ein Urteil über dich zu erlauben, noch bevor ich dich kennengelernt hatte. Dieses Urteil basierte lediglich auf den Erfahrungen der Vergangenheit, die nichts mit dir zu tun hatten. Außerdem habe ich dich verletzt, was mir unendlich leidtut. Wirst du mir jemals vergeben können?"

„Das habe ich längst", flüsterte sie.

„Dann kann ich mich glücklich schätzen." Zärtlich streichelte er ihre Wange. „Mein ganzes Leben lang hatte ich das Gefühl, aus dem einen oder anderen Grund benutzt zu werden. Doch jetzt möchte ich geben und teilen. Mit dir. So lange, bis du im Gegenzug mein wahres Ich akzeptierst."

Für seine Verletzlichkeit liebte sie ihn noch mehr. „Ich will den wahren Jackson, keinen Fantasie-Mann. Und es gibt nur eines, was ich jemals von dir will."

Er fuhr mit dem Daumen über ihre Unterlippe und weckte prickelndes Verlangen in ihr. „Und was ist das?"

„Deine Liebe."

„Die hast du längst. Ich brauchte lange, bis ich meine Gefühle eingestehen konnte, dir und mir selbst, aber ich liebe dich." Er nahm ihre Hand und drückte sie auf seine Brust. „Ich liebe dich, Alexis Baylor, von ganzem Herzen." Die Aufrichtigkeit seiner Worte wischten alle Zweifel zwischen ihnen weg.

„Was ist mit deinem Vertrauen?"

Er kam näher, sodass sie gegen die Schreibtischkante gedrängt wurde. Seine muskulösen Schenkel wurden an ihre gepresst. „Ich wäre nicht hier, wenn ich dir nicht vertrauen und an dich glauben würde."

Ein heißer, sinnlicher Schauer durchfuhr sie, und sie hatte Mühe, sich auf wichtige Dinge zu konzentrieren. „Das weiß ich, aber ich wollte sichergehen, dass du es auch weißt."

„O, das tue ich", versicherte er ihr.

Er legte den Arm um ihre Taille und hob sie auf die Schreibtischkante. Überrascht schnappte sie nach Luft. Jackson grinste sexy und küsste sie zärtlich auf den Mund.

„Ich hoffe, ich kann etwas tun, um dir eindeutig meine Liebe zu beweisen", flüsterte er zwischen zwei Küssen, „und wie sehr ich dir vertraue und an uns glaube, ein ganzes Leben lang."

Sie schloss die Augen und teilte die Lippen, über die er sacht mit der Zungenspitze fuhr. „Unsere Unternehmen vereinigen?"

Er hob ihren Rock an, sodass er sich zwischen ihre Beine drängen konnte und sie sich auf intimere Weise nah waren. „Nein, uns."

Sie schlug die Augen auf. Ihr Herz war von Glück erfüllt. Sie schlang die Beine um seine Hüften und die Arme um seinen Nacken. „O, das klingt gut." Sie sehnte sich danach, seine Wärme und Kraft zu spüren. Sie zog ihn für einen glutvollen Kuss fest an sich, und sie verloren sich beide in dem wundervollen Gefühl, endlich wieder zusammen zu sein.

Erst eine ganze Weile später löste er sich trotz ihres Protests von Alexis. Er legte die Stirn an ihre und versuchte, seine Selbstbeherrschung wiederzuerlangen. „Du lenkst mich völlig von meinem ursprünglichen Vorhaben ab."

Sie küsste seine Wange und knabberte an seinem Ohrläppchen, während sie seinen festen Po streichelte. „Du sprachst gerade davon, uns zu vereinigen", hauchte sie.

„Ach ja." Er stöhnte, als sie sich eng an ihn schmiegte und seine Erregung noch steigerte. „Alexis, eins nach dem anderen." Er brachte sie dazu, in ihren Bewegungen innezuhalten und sah ihr tief in die Augen. „‚Ich liebe dich' vereinigt unsere Herzen. Aber ich will dir auch etwas geben, das unsere Seelen vereinigt."

„Aber danach vereinigen wir unsere Körper?", fragte sie ungeduldig.

Sein Lachen klang angespannt. Er zog den Reißverschluss der Tasche auf ihrem Schreibtisch auf und kramte darin herum. „Oh ja, das wird der beste Teil. Aber hab Geduld und lass mich das in der richtigen Reihenfolge machen." Endlich fand er, was er suchte und überreichte ihr eine flache, rechteckige, mit Goldfolie überzogene Schachtel von der Größe ihrer Hand, mit einem glänzenden goldenen Band drum herum.

Alexis schaute erfreut und verwirrt zugleich von dem Geschenk auf. „Was ist das? Noch eine Überraschung?"

„Die beste von allen." Er strich ihr ein paar Haare aus dem Gesicht, um sie erneut berühren zu können. „Es ist der Beweis meiner Liebe und Bindung an dich." Da sie die Schachtel weiterhin nur anstarrte, stieß er die Schachtel an. „Mach sie auf, Liebes."

Sie zog an dem Band, das sich sofort löste, hob den Deckel und spähte wie ein neugieriges Kind am Heiligabend hinein. Verblüfft starrte sie auf den Inhalt. Mitten in der Pralinenschachtel befand sich ein zweikarätiger Diamantring.

„Oh Jackson!", hauchte sie. Tränen stiegen ihr in die Augen, als ihr die Bedeutung dieses Geschenks dämmerte. „Amaretto-Trüffel." Sie schluckte, konnte jedoch nicht verhindern, dass eine erste Träne ihre Wange hinunterkullerte.

Er wischte sie mit dem Daumen fort. „Und ein Verlobungsring", erklärte er, um sicherzugehen, dass sie genau wusste, um was für einen Ring es sich handelte. Er nahm den Ring und hob ihre zitternde Hand. „Heirate mich, Alexis. Ich verspreche dir, dass diese Schachtel mit Trüffeln immer gefüllt sein wird, solange du mich hast."

Sie biss sich auf die Unterlippe und nickte heftig. „Ja, ich will dich heiraten."

Ein unerklärliches Gefühl breitete sich in Jackson aus, als er ihr den funkelnden Ring auf den Finger steckte und diese unglaubliche Frau zu seiner machte. „Du sollst glücklich sein, nicht weinen."

„Ich bin glücklich", versicherte sie ihm schniefend. „Das Weinen hat sicher mit dem Durcheinander meiner Hormone zu tun. Es ist einfach ein Schwangerschaftssymptom."

Es dauerte einen Moment, bis er die Tragweite ihrer Worte erfasst hatte. „Du bist schwanger?"

Sie nickte und wirkte ein wenig besorgt. „Das war ursprünglich Teil meiner Fantasie", gestand sie. „Ich wollte ein Baby, etwas, das ich mein Eigen nennen kann. Ich sehnte mich nach dieser Nähe, die es nur in einer Familie gibt … Jackson, schwanger zu werden hatte ich jedoch nicht im Sinn, als wir miteinander schliefen. Aber es tut mir nicht leid, dass ich dein Kind unterm Herzen trage. Nicht, wenn ich dich so sehr liebe."

Unendliche Erleichterung breitete sich in ihm aus. Er umfasste ihr Gesicht mit beiden Händen, damit sie ihm ins Gesicht sah. „Eine Familie", sagte er voller Ehrfurcht. „Alexis, du hast mir das größte Geschenk überhaupt gemacht. Du hast mir mehr gegeben, als ich je zu träumen gewagt hätte."

Sie legte eine Hand auf ihren Bauch und lächelte. „Von diesen Geschenken gebe ich dir so viel, wie du willst. Ich persönlich wäre mit einem halben Dutzend glücklich."

„Oh, ja." Noch immer erstaunt, dass er ein solches Wunder geschaffen hatte, ließ er die Hände sinken und schob sie langsam unter ihre Bluse. Er streichelte ihre Rippen und zog den Rockbund ein wenig nach unten, damit er ihren Bauch berühren konnte, in dem das neue Leben heranwuchs. Seine Kehle war wie zugeschnürt. „Wie habe ich es nur solange ohne dich ausgehalten?", flüsterte er.

„Ich glaube, wir haben beide aufeinander gewartet", erwiderte sie, und er wusste, dass es so war. „Die Vergangenheit ist vorbei, Jackson, und von nun an braucht keiner von uns beiden mehr einen Tag allein zu verbringen. Du hast unsere Herzen vereinigt, unsere Seelen, unsere Unternehmen. Jetzt fehlt nur noch eines, um alles vollkommen zu machen.“

Ihr frecher Gesichtsausdruck neckte und provozierte ihn. Er grinste, bereit, ihr zu geben, was sie wollte – für den Rest ihres gemeinsamen Lebens.

„Jawohl, Ma’am.“ Er hob sie vom Schreibtisch und trug sie zum Sofa am anderen Ende des Büros, wo er die nächste Stunde damit verbrachte, eine lebenslange Abmachung zu besiegeln.

– ENDE –

Carly Phillips

1000 Wünsche hast du frei

Roman

Aus dem Amerikanischen von
Christian Trautmann

MIRA®

PROLOG

Merrilee Schaefer-Weston blätterte in den gerade eingetroffenen Unterlagen auf ihrem Schreibtisch. Der Ordner enthielt detaillierte Informationen über Juliette Stanton – ihre Vorlieben, Abneigungen, Kleider- und Schuhgröße. Alles, was zur Vorbereitung nötig war, um die heimlichen Fantasien einer Frau wahr werden zu lassen. Juliette Stanton, die Tochter des allseits geachteten Senators Stanton, war unfreiwillig zu einer Person des öffentlichen Interesses geworden, dank des Skandals um ihre in letzter Minute geplatzte Hochzeit mit Stuart Barnes. „Chicagos Braut, die sich nicht traut", so nannte die Presse sie.

Merrilee las Juliettes Antwort auf die erste Frage, die sie allen Kunden stellte: Was ist Ihre ganz spezielle Fantasie? Denn genau darum ging es bei ihrer Reiseagentur „Fantasies, Inc.". Auf den vier luxuriösen Urlaubsinseln, die dem Unternehmen gehörten, drehte sich alles darum, die geheimen Wünsche der Gäste zu erfüllen.

Die Antworten der Gäste auf die Frage nach ihren persönlichen Fantasien waren meistens recht allgemein gehalten. In Juliette Stantons Fall lautete sie: „Ich wünsche mir, von einem ganz besonderen Mann verwöhnt und begehrt zu werden. Ich möchte mich geliebt fühlen, im Mittelpunkt seiner Aufmerksamkeit stehen und den Schmerz einer aufgelösten Verlobung vergessen."

Obwohl sie Juliette nur das geben konnte, was sie suchte, bemühte sich Merrilee doch immer, noch einen Schritt weiter zu gehen, indem sie ihren Gästen ein Happy End bereitete, das ihr selbst verwehrt geblieben war.

Jemand klopfte an ihre Tür. Sie stand auf. „Herein."

Die Tür wurde geöffnet, und ein großer, imposanter Mann betrat den Raum. „Mr Houston?" Auf sein Nicken hin bedeutete sie ihm, näher zu treten. „Ich bin Merrilee Schaefer-Weston. Willkommen auf Secret Fantasy. Ich hoffe, Sie hatten einen angenehmen Flug."

Er machte es sich in dem Sessel vor ihrem Schreibtisch bequem. „Ausgezeichnet. Nennen Sie mich bitte Doug." Er schenkte ihr ein charmantes Lächeln, das bei jeder jüngeren Frau sicher Wunder wirkte.

Merrilee faltete die Hände auf dem Tisch und kam gleich zur Sache. „Ich nehme an, Sie haben eine Fantasie, die Sie ausleben möchten?"

„Hat das nicht jeder?"

„Allerdings. Und davon lebt mein Unternehmen.“ Obwohl er lachte, registrierte Merrilee die zögernde Bereitschaft ihres Besuchers, über sich zu reden. „Möchten Sie die Insel lieber erst besichtigen, bevor Sie mir von Ihrer Fantasie erzählen?“

Doug schüttelte den Kopf und rutschte unbehaglich in seinem Sessel herum. „Ich bin Reporter bei der „Chicago Tribune“.“

Interessant, dachte Merrilee. Und als er ihr in die Augen sah, erkannte sie, dass sein Unbehagen echt war. „Bitte fahren Sie fort.“

Er räusperte sich. „Ich habe eine Beziehung hinter mir, die unglücklich endete. Ich war in den letzten zwei Jahren mit einer Frau zusammen, aber nicht bereit zu heiraten. Nur habe ich ihr das nicht gesagt.“ Er fuhr sich durch die schwarzen Haare. „Dennoch, ich dachte, alles liefe gut. Leider kann der Schein manchmal trügen.“

„Und Beziehungen können manchmal sehr kompliziert sein.“

„So ist es.“

Merrilee nickte, denn sie verstand ihn besser, als er dachte. Sie sah auf den schmalen, mit Rubinen besetzten Goldreif an ihrem Ringfinger – das Symbol einer Liebe, die durch den Vietnamkrieg jäh beendet wurde. Ihr Leben war nicht so verlaufen, wie sie es geplant hatte, aber wessen Leben tat das schon, wenn das Schicksal es anders wollte? „Welchen Bezug hat Ihre jüngste Vergangenheit zu Ihrem jetzigen Wunsch?“, fragte sie Doug.

„Meine Expartnerin und mich verband Arbeit und Vergnügen. Wir verstanden uns ausgezeichnet, und da sie sehr gute Verbindungen zu gewissen gesellschaftlichen Kreisen besaß, traute ich ihren Informationen.“ Er schüttelte frustriert den Kopf.

„Ich nehme an, sie war nicht zuverlässig?“

„Sie war zuverlässig, bis sie mich rundheraus fragte, wann ich bereit sein würde, sie zu heiraten. Das war ich nicht. Sie schien es aber zu akzeptieren. Zumindest dachte ich das. Wie sich herausstellte, war sie von da an der Ansicht, ich würde sie benutzen, um an bestimmte Storys heranzukommen. Daher fütterte sie mich mit Informationen, doch als die Story veröffentlicht war, stellte sich plötzlich heraus, dass sie auf falschen Tatsachen beruhte.“ Er grinste schief. „Die typische Rache einer verschmähten Frau.“

„Und wie denken Sie heute darüber? Ich meine, haben Sie Ihre Geliebte benutzt?“

Doug überlegte. Dass er nicht sofort mit Nein antwortete, zeigte

Merrilee, dass er die Wahrheit ebenso sehr schätzte wie sie.

Er seufzte leise. „Damals hätte ich diese Frage verneint. Rückblickend nehme ich jedoch an, dass mir die Beziehung zu einem großen Teil deshalb so reizvoll erschien, weil ich so Einblick in gewisse gesellschaftliche Kreise erhielt."

Merrilee musste seine Aufrichtigkeit anerkennen und nickte verständnisvoll. „Und jetzt sind Sie hier. Bitte verraten Sie mir, was Ihre Fantasie ist."

Er beugte sich vor. „Ich möchte wieder gutmachen, was ich getan habe. Ich möchte mir wieder im Spiegel ins Gesicht sehen können." Er holte tief Luft. „Ich muss wissen, dass ich die Bedürfnisse einer Frau über meine eigenen stellen kann."

„Sie bitten mich also …"

„… mich mit Juliette Stanton, ‚Chicagos Braut, die sich nicht traut', zusammenzubringen. Ich weiß, dass sie einen Aufenthalt hier gebucht hat."

Merrilee kniff die Augen zusammen. „Woher wissen Sie das?" Denn wenn er sich die Mühe gemacht hatte, Juliette aufzustöbern und Informationen zusammenzutragen, die andere Reporter nicht hatten, würde er möglicherweise sowohl ihr als auch Juliette Stanton nichts als Ärger bereiten.

„Durch einen Tipp von jemandem, der der Ansicht war, ich sollte es wissen. Sehen Sie, die Story, von der ich Ihnen eben erzählte, betrifft Juliette Stantons Verlobten. Ich kann einfach nicht glauben, dass ihre Flucht so kurz vor der Trauung reiner Zufall gewesen ist oder auf einer momentanen Laune beruht. Die Klatschspalten machen sich lustig über sie, und die Radiostationen veranstalten Wetten über die Gründe, weshalb sie aus der Kirche gerannt ist. Mein Gefühl sagt mir, dass die Frau in ihrem Innersten verletzt ist und ich der Grund dafür bin. Ich will ihr helfen, darüber hinwegzukommen."

„Und was ist mit Ihrem journalistischen Instinkt? Woher weiß ich, dass Sie nicht einfach über sie berichten wollen, so wie alle anderen Reporter? Woher weiß ich, dass Sie die Informationen nicht für einen Artikel benutzen werden?" Merrilees Ruf als diskrete Reiseveranstalterin sowie Juliettes Wohlbefinden hingen von seiner Aufrichtigkeit ab. Merrilee beobachtete Doug prüfend, damit ihr keine Regung, die sich in seinem Gesicht zeigte, entging.

Doch er hielt ihrem Blick stand. „Sie wissen es nicht. Jeder Mann, mit dem Sie sie zusammenbringen, könnte dieselben Informationen über sie herausfinden und sie gegen sie verwenden, ob er nun Reporter ist oder nicht."

Merrilee nickte, da er recht hatte. Theoretisch konnte jeder die Gründe dafür aufdecken, weshalb Juliette die Hochzeit hatte platzen lassen, und sie veröffentlichen, um persönliche Vorteile daraus zu ziehen. Dessen musste sich Juliette bewusst sein, wenn sie ihre Fantasie auslebte. Sie hatte keine Einschränkungen gemacht, was den Mann betraf, mit dem sie ihre Fantasie ausleben wollte. Merrilee neigte den Kopf und wartete, dass Doug fortfuhr.

Er enttäuschte sie nicht. „Hören Sie, ich bin Ihnen gegenüber vollkommen ehrlich, und ich gebe Ihnen mein Wort – ich habe nicht vor, ihr wehzutun."

Merrilee nickte langsam. „Verraten Sie mir eines, Doug. Glauben Sie an ewige Liebe?" Merrilee musste mehr über Doug Houstons Charakter und Absichten erfahren, bevor sie sich einverstanden erklärte, ihn mit Juliette Stanton zusammenzubringen.

Er zog die Brauen zusammen, und seine Miene wurde angespannt. „Ja, Ma'am, das tue ich. Meine Eltern feiern dieses Jahr ihren vierzigsten Hochzeitstag."

„Das ist wundervoll, aber eine ausweichende Antwort. Nicht, dass mich das überrascht, schließlich sind Sie Reporter. Aber was ich wissen will, ist, ob Sie es für möglich halten, eine solche Liebe selbst zu erleben?"

„Wenn ich eines Tages die richtige Frau treffe und sie mich so nimmt, wie ich bin, dann ja." Er blickte Merrilee unverwandt an. Dann stand er auf, offenbar zufrieden darüber, seinen Standpunkt dargelegt zu haben. „Ich werde Ihre Zeit nicht länger beanspruchen. Aber ich wäre Ihnen dankbar, wenn Sie über meine Bitte nachdenken und sich bei mir melden würden."

„Das werde ich." Merrilee stand ebenfalls auf und schüttelte Doug die Hand, bevor er ging.

Nachdem er die Tür hinter sich geschlossen hatte, setzte sie sich wieder, faltete die Hände über Juliette Stantons Akte und dachte nach. Merrilee war schon lange in diesem Geschäft, und ihre Entscheidungen beruhten auf Erfahrung, Instinkt und Vertrauen. Sie konnte Doug Houstons Bitte abschlagen. Dieses Risiko war er eingegangen, indem er seine Karten offen auf den Tisch gelegt hatte. Oder sie konnte das

Schicksal entscheiden lassen.

Juliette brauchte Trost. Doug brauchte die Chance, Wiedergutmachung für seinen Fehler zu leisten. Vielleicht würde er dann erkennen, dass Menschen wichtiger waren als eine Karriere.

Und dass Liebe das Wichtigste von allem war.

1. KAPITEL

„Zupf den Rock zurecht. Er ist am Saum umgeschlagen.“ Juliette Stanton seufzte, strich den Jeansminirock glatt, den sie sich von ihrer temperamentvolleren Schwester geliehen hatte, und zupfte ihr weites Baumwolltop zurecht, das ihr an einer Schulter heruntergerutscht war. „Das ist absoluter Wahnsinn.“ Sie zog den Reißverschluss ihres Koffers zu und drehte sich zu Gillian, ihrer Zwillingsschwester, um. „Sag mir noch einmal, wieso du dein hart erspartes Geld ausgegeben hast, damit ich Urlaub machen kann.“ Juliette liebte ihre Schwester sehr, aber sie wollte nicht, dass sie sich ihretwegen Sorgen machte, nur weil sie gerade eine schwierige Zeit durchlebte. Juliette überprüfte den Namensanhänger ihres Koffers, murmelte etwas und wartete nicht auf Gillians Antwort. „Sosehr ich die Geste auch zu schätzen weiß – ich will keinen Urlaub. Ich brauche keinen. Ich muss einfach nur wieder in mein altes Leben zurückfinden.“

Gillian lachte. „Absolut richtig. Du sollst dein Leben wieder genießen, und genau aus diesem Grund machst du diese Reise.“ Sie stemmte die Hände in die Hüften und zerknitterte auf diese Weise den cremefarbenen Hosenanzug, den sie sich von Juliette geborgt hatte. Die Zwillinge hatten heimlich die Rollen getauscht, als Teil eines sorgsam ausgearbeiteten Plans, damit Juliette den Reportern entfliehen und unbemerkt zum Flughafen gelangen konnte.

Juliette warf ihrer Schwester einen verärgerten Blick zu, doch ihr Ton wurde sanfter. „Ich mache diese Reise, weil du sie für mich arrangiert hast.“

„Und du musst zugeben, dass es verlockend ist, der Boulevardpresse und den Gerüchten zu entfliehen“, fügte Gillian hinzu.

Da ihre Schwester natürlich recht hatte, drückte Juliette sie an sich.

„Du weißt, dass ich dich liebe“, sagte Gillian.

Das wusste Juliette. Ohne die Unterstützung ihrer Zwillingsschwester hätte sie die letzten Wochen nicht überstanden. Seit dem Tag, an dem Juliette aus der Kirche geflohen war, hatten die Reporter sie rücksichtslos verfolgt und sowohl Juliettes Haus als auch Gillians Apartment observiert, in der Hoffnung auf einen Bericht über die geflohene Braut. Aber niemand außer Gillian und dem Bräutigam wusste, wieso Juliette die Hochzeit hatte platzen lassen.

Und niemand sonst würde etwas davon erfahren. Zumindest nicht eher, bis sie herausgefunden hatte, wie sie ihren Vater schützen konnte, damit er sich ohne Schädigung seines guten Rufs aus dem Senat zurückziehen konnte. Danach konnte die Presse ruhig über Stuart Barnes herfallen und sich über seine schmutzigen Geschäfte verbreiten.

„Hast du etwas von dem Mistkerl gehört?“, fragte Gillian, schnappte sich ein Kissen und setzte sich.

Juliette schüttelte den Kopf. Die aufsteigenden Gefühle schnürten ihr die Kehle zu. Obwohl sie keinesfalls behaupten konnte, dass sie Stuart geliebt hatte, war ihre Beziehung doch angenehm und sicher gewesen, wenn auch sehr oberflächlich, wie ihr inzwischen klar war.

Rückblickend erkannte sie ganz genau die Gründe für diese Beziehung. Es waren zwei einfache Gründe. Sie liebte ihre Mutter und ihren Vater, deren liebevolle Beziehung für sie das Ideal war. Sie waren wunderbare Eltern, denen es gelungen war, eine intakte Familie zu haben, obwohl sie ein Leben in der Öffentlichkeit führten. Juliette wollte ein harmonisches Familienleben und eine glückliche Ehe, wie ihre Eltern sie hatten. Sie hatte geglaubt, diesen Traum mit Stuart verwirklichen zu können, den sie seit ihrer Kindheit kannte.

Und dann war da der zweite Grund, weshalb sie sich verlobt hatte – der, den sie sich nur ungern eingestand. Zwar hatten weder ihre Mutter noch ihr Vater sie je darum gebeten, sich zu opfern, doch hatte sie stets die in sie gesetzten Erwartungen erfüllt. Vielleicht weil Gillian die Wildere von beiden gewesen war, hatte Juliette, die wenige Minuten Ältere, die Rolle der Vernünftigen übernommen. Als Stuart seine Absichten bekundete, hatte sie sofort zugestimmt. Nachdem ihr kurz vorher ein Mann wehgetan hatte, der mehr am Namen und den Verbindungen ihres Vaters interessiert gewesen war, war ihr Stuart, der immer zu ihrem Leben gehört hatte, als eine sichere Wahl erschienen. Und weil ihre Eltern ihn mochten und ihm vertrauten, waren sie begeistert und verkündeten, sie hätten schon die ganze Zeit gewusst, dass Stuart und Juliette zusammengehörten.

Aber sie gehörten nicht zusammen, und wenn Juliette genau hingesehen hätte, wären ihr die Zeichen auch nicht entgangen. Doch sie hatte ihre Beziehung nie infrage gestellt, nicht einmal den lauwarmen Sex, für den sie sich insgeheim die Schuld gab. Ihre vorangegangene unglückliche Affäre hatte ihr Selbstbewusstsein in dieser Hinsicht nicht gerade gestärkt. Möglicherweise hätte sie bei genauerer Betrachtung rasch festgestellt, dass sie ihren Fehler nur wiederholte. Stuart strebte nach Einfluss, und das hieß für ihn, er wollte ihrem Vater im Amt folgen, sobald dessen Senatorensitz frei wurde. Mehr wollte er nicht. Juliette begehrte er nicht, sie war für ihn nur ein Mittel zum Zweck.

„Erde an Juliette." Gillian schnippte mit den Fingern.

Juliette schüttelte den Kopf. „Entschuldige. Ich denke zu viel nach. Nein, seit dem Streit in der Kirche habe ich nichts mehr von ihm gehört. Aber was soll er auch schon sagen? ‚Danke, dass du mir die Presse vom Hals hältst, damit ich im November den Platz deines Vaters im Senat übernehmen kann.'?"

Gillian schnaubte angewidert. „Er könnte sagen: ‚Ich bin ein Mistkerl.' Das wäre zumindest ein Anfang."

„Da stimme ich dir zu. Und da er gedroht hat, Dad mit in die Sache hineinzuziehen, vertraut er darauf, dass ich den Mund halte." Stuart war der Protegé ihres Vaters gewesen, der von ihm selbst auserwählte Nachfolger für sein Amt. Wenn Stuarts Machenschaften ans Licht kamen, würde das den Ruf ihres Vaters schädigen und einen Schatten auf seine ganze Amtszeit werfen.

Gillian biss die Zähne zusammen. „Er spekuliert auf deine Liebe zu Dad."

Juliette lachte bitter. „Da hast du recht." Sie hatte geglaubt, dass Stuart und sie, basierend auf den Jahren ihrer Freundschaft, eine liebevolle und rücksichtsvolle Beziehung führten. Selbst als die Presse über den Skandal berichtete und man Stuarts Geschäftspartner, dem Kongressabgeordneten Haywood, vorwarf, mit Hilfe von Coffee Connections, ihrer Import-Export-Firma, Mafiageld zu waschen, hatte sie den Beteuerungen ihres Verlobten geglaubt. In diesem Moment hatte sie zwar die Augen nicht vor der Wahrheit verschlossen, aber genau wie ihr Vater an Stuarts Integrität geglaubt. Und da Stuart nicht als Mitbeschuldigter bezeichnet wurde und man die Vorwürfe gegen den Kongressabgeordneten Haywood später zurückzog, vertraute sie ihrem Instinkt.

Wie sehr sie sich geirrt hatte! Sie hatte Stuart dabei ertappt, wie er mit seinem Geschäftspartner und einem bekannten Mafiaboss wenige Minuten vor der Trauung in der Kirche zusammenkam.

Also stellte sie Stuart zur Rede und verschwand. Und obwohl ihre Eltern für ihre Entscheidung und ihren Wunsch nach Ruhe Verständnis aufbrachten, wusste sie, dass auch sie auf eine Erklärung warteten.

Gillian stöhnte auf. „Wir sind uns beide einig, dass die Sache geheim bleibt, bis du einen Plan hast. Allerdings gefällt es mir nicht, dass Stuart einfach zusieht, wie die Presse aus dir ‚Die Braut, die sich nicht traut', macht." Sie hielt das Video des gleichnamigen Films hoch. „Auch wenn du ähnliche Haare wie Julia Roberts hast. Habe ich dir schon gesagt, wie gut ich deine Locken finde?" Sie zupfte an einer von Juliettes langen Locken. „Du ahnst ja nicht, wie froh ich bin, dass ich heute zum letzten Mal meine Lockenpracht stundenlang glatt föhnen musste, um die Reporter täuschen zu können."

Juliette lachte. „Danke für dein Kompliment." Sie mochte ihre neue Frisur.

Insgeheim hatte sie ihre Schwester um die Fähigkeit beneidet, sich über Konventionen hinwegzusetzen und ungeachtet der Presse ganz sie selbst zu sein. Juliette hoffte, dass die leichte Dauerwelle, die sie jetzt mit ihrer Schwester gemeinsam hatte, sowohl ihr Aussehen als auch ihre Einstellung zu der bevorstehenden Reise ändern würde. Wenn es eine Zeit gab, lockerer zu werden, dann in diesem Urlaub.

„Hast du alle Sachen, die ich brauche, für mich eingekauft?", fragte Juliette ihre Schwester. Wenn ihr Verlobter daran interessiert gewesen wäre, in die Flitterwochen zu fahren, statt eine Wahlkampagne zu planen, hätte sie nun die geeignete Kleidung besessen. Aber Stuart hatte darauf bestanden, dass sie nicht fahren konnten. Jetzt wusste sie, warum.

„Ich habe alles in deinem Koffer verstaut, als du vorhin telefoniert hast. Du wirst stolz auf mich sein, weil es mir gelungen ist, diese Reise zu arrangieren, ohne dass jemand Wind davon bekommen hat." Gillian grinste, zufrieden mit sich selbst.

Juliette verzog das Gesicht. „Ich bin sicher, dass ich das gar nicht genau wissen will. Anscheinend bringt momentan jeder Opfer für mich, um mir Unannehmlichkeiten zu ersparen." Sie fand es schrecklich, was die anderen ihretwegen über sich ergehen lassen mussten. Ihr Stylist hatte sich bereit erklärt, ihr das Haar bei ihr zu Hause zu machen, weil er nicht wollte, dass sein Salon von der Presse gestürmt wurde. Und jetzt lief ihre Schwester auch noch wie eine Undercoveragentin herum – und genoss jede Minute.

„Es sind keine Opfer, sondern Gefälligkeiten. Wir lieben dich, also mach dir deswegen keine Gedanken. Aber es gefällt mir nicht, dass du dich im Haus verkriechen musst." Gillian klopfte ungeduldig mit dem Fuß auf den Holzfußboden. „Verdammt, ich wünschte, wir könnten diese Story der Presse zuspielen. Aber das geht nicht."

„Noch nicht. Dad blickt auf eine lange Dienstzeit zurück. Er ist allgemein beliebt und wird respektiert. Er hat sich seinen Platz in der Geschichte verdient. Ich werde auf keinen Fall zulassen, dass sein Ruf durch diesen Skandal beschädigt wird. Das verdient er nicht."

Gillian nickte. „Da gebe ich dir recht."

Um ihres Vaters willen würde das Geheimnis noch eine Weile gewahrt bleiben müssen. Juliette atmete tief durch. „Ich bin bereit."

„Gut." Gillian stand auf und nahm eine Tasche.

„Lass mich unseren Plan noch einmal zusammenfassen. Ich fahre deinen Wagen, angezogen wie du, während du auf dem Beifahrersitz sitzt und meine Rolle übernimmst", sagte Juliette.

„So weit, so gut."

„Wir fahren an den Reportern vorbei zu deinem Apartment, wo der Rest der Meute wartet. Dort verschwinden wir in der sicheren Tiefgarage."

Gillian nickte. „Zu der sie keinen Zugang haben." Sie lachte übermütig bei der Vorstellung, die Presse auszutricksen. „Sie glauben, du besuchst mich, und um diesen Eindruck zu verstärken, gehe ich, gekleidet wie du, hinauf in die Lobby und zum Lebensmittelladen an der Ecke hinaus, bevor ich ins Haus zurückkehre. Sie werden nicht damit rechnen, dass wir irgendwohin gehen, da wir ja offenbar bei mir, sprich Juliette Stanton, sind."

„In der Zwischenzeit schlüpfe ich auf den Rücksitz von Dads Wagen, den sein Chauffeur fährt, verstecke mich unter einer Decke und lasse mich zum Flughafen fahren", ergänzte Juliette.

„Und falls dich jemand zufällig sieht, werden sie denken, sie hätten Gillian Stanton vor sich, und der werden sie nicht folgen, denn sie sind ja hinter dir her. Und dann bist du frei."

Juliette breitete die Arme aus. „Und bereit für eine herrliche Woche voll mit Sonnenschein und Spaß. Allein. Ist das nicht wundervoll?

Ihre Schwester grinste schief. „Was die ersten beiden Dinge angeht, liegst du richtig."

Juliette kniff die Augen zusammen. Sie kannte ihre abenteuerlustige Schwester viel zu gut. Irgendetwas führte sie im Schilde. „Was soll das nun wieder heißen?"

„Überhaupt nichts." Gillian schaute auf ihre Uhr. „Wir müssen los, wenn du deinen Flug nicht verpassen willst."

Juliette schnappte sich ihre Handtasche. „Na schön. Und falls ich es noch nicht gesagt habe, weil ich so mit Jammern beschäftigt war – ich bin zutiefst gerührt, dass du dein Erspartes für mich ausgegeben hast. Ich werde es dir zurückzahlen." Obwohl beide Frauen Treuhandfonds besaßen, die nach dem Letzten Willen ihrer Großmutter eingerichtet worden waren, rührten sie das Stammkapital nicht an. Beide hatten beschlossen, ihren Weg aus eigener Kraft zu gehen, Juliette als PR-Beraterin bei einem Pharmakonzern, Gillian als Lehrerin.

„Wenn du mir das Geld zurückgibst, ist es doch kein Geschenk mehr. Betrachte es als mein Geschenk zur gescheiterten Hochzeit."

Juliette drückte ihrer Schwester die Hand. „Ich bin so froh, dass ich dich habe."

Gillian grinste. „Dazu hast du auch allen Grund."

Sie gingen in die Doppelgarage, die zu dem alten Haus gehörte, das Juliette gemietet hatte. Dort stand Gillians Wagen.

„Versprichst du mir etwas?", meinte Gillian. „Auf der Insel bist du ungestört, und wenn wir alles richtig gemacht haben, werden dir keine Kameras folgen, und keine Presse wird da sein, um dir Fragen zu stellen. Entspann dich, und sei ganz du selbst, ja?"

„Du liest meine Gedanken." Juliette war nicht überrascht, dass die geheimnisvolle Verbindung, die zwischen den meisten eineiigen Zwillingen besteht, wieder einmal funktionierte. Sie lachte, da sie längst beschlossen hatte, diesen Inselaufenthalt zu nutzen, um herauszufinden, wer Juliette Stanton wirklich war. Sie setzte sich auf den Fahrersitz, schob den Schlüssel ins Zündschloss und drehte ihn um.

„Also", sagte sie über das Brummen des Motors hinweg, „lassen wir das Abenteuer beginnen."

Eine Woche nach seinem ersten Besuch bei Merrilee Schaefer-Weston stand Doug Houston in der beeindruckenden Freilichtlobby des Hauptgebäudes auf Secret Fantasy und erwartete das Objekt seiner heimlichen Fantasien.

Schuldgefühle nagten an ihm bei dem Gedanken an diese Reise und die Scharade, die er würde aufführen müssen, um seine Story zu bekommen. Schuldgefühle waren ihm eigentlich fremd, besonders wenn es um seinen Job ging. Diesmal war es anders. Aber diese Sache war zu wichtig, um sich durch ein schlechtes Gewissen aus dem Konzept bringen zu lassen.

Er befand sich auf Secret Fantasy, um Juliette Stanton, „Chicagos Braut, die sich nicht traut", aufzuspüren und dadurch belastendes Material über ihren Exverlobten zu sammeln. Und genau darin lag der Grund für seine Schuldgefühle. Sicher, er konnte sich mit der Tatsache trösten, dass er ja kein belastendes Material über Juliette zusammentragen würde und dass er Merrilee zumindest in dieser Hinsicht nicht belogen hatte. Nur sagte Dougs Instinkt ihm, dass Juliettes Gründe für ihre Flucht vor der Hochzeit mit seinem jüngsten Ärger zu tun hatten – und sein Adoptivvater hatte ihm beigebracht, stets auf seinen Instinkt zu hören.

Doug war kein Anfänger mehr und war ständig auf der Hut vor unzuverlässigen Quellen. Dass seine letzte Story sich als falsch erwies, kam für ihn völlig überraschend. Sein Adoptivvater, ein Journalist, der großes Ansehen genoss, hatte ihn dazu erzogen, der Beste zu sein. Umso schlimmer war es für Doug, in Ungnade zu fallen, nachdem er über die verhängnisvolle Verbindung des Kongressabgeordneten Haywood zu einem berüchtigten Mafiaboss und die Geldwäsche durch ein Import- und Exportunternehmen berichtet hatte.

Der Kongressabgeordnete war der Geschäftspartner von Juliette Stantons Verlobten, des Mannes, der nach dem Sitz von Juliettes Vater im Senat trachtete. Ein Mann, der Dougs Ansicht nach ebenso korrupt wie sein Partner war. Doug war nach wie vor fest davon überzeugt, dass seine Story der Wahrheit entsprach. Nur verfügte er über keinerlei Beweise, die seine Behauptungen stützten. Beweise, von denen er ganz sicher war, dass Juliette sie ihm liefern konnte.

Doug fuhr sich durch die kragenlangen, vom Wind zerzausten Haare – ein weiterer Teil seiner Scharade. Kein Haarschnitt, keine Rasur, bis sein Aufenthalt auf dieser Insel vorbei war. Bis er sicher war, dass Senator Stantons Tochter ihn nicht anhand eines Fotos über seiner Tribune-Kolumne erkennen würde.

Eine Woche auf einer tropischen Insel zu verbringen wäre nicht so schlimm, wenn sein Vater nicht im Krankenhaus läge. Doug, der unter normalen Umständen so ein Paradies wie Secret Fantasy lieben würde, musste so rasch wie möglich wieder von hier verschwinden, nachdem er dem Tipp in Bezug auf Juliette nachgegangen war. Ein Tipp, von dem er glaubte, dass niemand sonst ihn bekommen hatte. Und nachdem er ein wenig Geld an die richtigen Leute verteilt hatte, hoffte er der Einzige zu sein, der wusste, dass Juliette die Stadt verlassen hatte. Der Einzige, der eine ungestörte Woche allein mit der entflohenen Braut verbringen würde – sobald er das endgültige Okay von Merrilee bekommen hatte. Sie hatte ihn zwar nicht von der Insel gejagt, obwohl er zu einem Zeitpunkt auftauchte, der mit Juliettes Besuch zusammenfiel, aber er wusste, dass Merrilee ihn mit Argusaugen beobachten würde.

Er hatte einem alten Kriegskameraden seines Vaters viel Geld gezahlt, damit er Merrilees Sicherheitssystem überwand und ihm die benötigte Information beschaffte – Juliette Stantons Eintragungen über die Fantasie, die sie auf Secret Fantasy zu verwirklichen hoffte. Dabei hatte Doug festgestellt, dass man ihr wehgetan hatte – woran er nicht unschuldig war.

Sosehr er sich auch einredete, dass er Juliette helfen würde, ihren Schmerz zu vergessen, und dass er nicht die Absicht hatte, ihr wehzutun – es ließ sich nicht leugnen, dass er eine Frau benutzte, um an Informationen zu gelangen. Wieder einmal.

Aber Doug blieb keine andere Wahl. Diese Story würde ihn wieder zum Ass unter den politischen Reportern der „Tribune“ machen. Und genau danach sehnte er sich verzweifelt. Nicht aus Eitelkeit. Einen Schlag gegen sein Ego hätte er durchaus verkraften können. Aber nicht die Enttäuschung seines Adoptivvaters, des Mannes, dem er so viel verdankte. Doug war zehn Jahre alt gewesen, als seine Mutter starb, und er war gerade aus einem Heim weggelaufen, als Ted Houston ihn bei dem Versuch erwischte, seine Brieftasche zu stehlen. Doug war der Ansicht gewesen, dass er dringender etwas zu essen brauchte als der Mann mit all seinen Fragen sein Bargeld. Doch innerhalb einer Stunde kannte der gewiefte Journalist Dougs Lebensgeschichte und hatte ihn in sein Zuhause und sein Herz aufgenommen.

Dieses Herz war jetzt krank, und der Stress durch Dougs berufliche Probleme hatte seinen Tribut von Ted gefordert, ebenso von Dougs Mutter – der Frau, die ihn wie ihren eigenen Sohn großgezogen hatte. Was bedeutete, dass Doug herausfinden musste, was die flüchtige Braut über ihren Exverlobten und dessen schmutzige Geschäfte wusste. Wenn er den anderen Zeitungen zuvorkam, würde er wieder ganz oben sein. Doug gab sich keinen Illusionen hin. Er wusste, dass die Wiederherstellung seines Rufes seinen Vater nicht heilen konnte. Aber gute Nachrichten würden dem alten Mann seelischen Auftrieb geben und seine Genesung vorantreiben. Dieser Ansicht waren zumindest die Ärzte. Und sie hatten recht. Denn schon allein das Wissen, dass Doug versuchte, seine Behauptungen zu untermauern, hatte Wunder für die psychische Verfassung seines Vaters gewirkt. Und das wiederum hatte Doug den nötigen Anstoß gegeben, auf der Insel zu bleiben und sein Bestes zu versuchen. Außerdem war er es der „Tribune" und seinem Boss dort schuldig, exakte Beweise für seine Story zu liefern.

Jetzt erwartete er also seine Beute. Dank der Schwarz-Weiß-Fotos in den Zeitungen und der Farbfotos, auf die er bei seiner Recherche gestoßen war, wusste er, wie Juliette aussah. Das glatte rotbraune Haar, das markante Profil, die Eleganz, mit der sie auftrat – eine Eleganz, wie man sie praktisch von klein auf antrainiert bekommt, wenn man in einer prominenten Familie aufwächst. Bis zu ihrer Flucht vor der Hochzeit war Juliette die Perfektion in Person gewesen. Und für einen Mann wie Doug, der gleichzeitig eine Romanze mit ihr beginnen und Enthüllungen über ihren dubiosen Verlobten in Angriff nehmen wollte, war sie überaus reizvoll.

Jetzt betraten Merrilee, ihre Assistentin und eine Frau, die Doug noch nie zuvor gesehen hatte, die Lobby. Die Frau hatte lange, vom Wind leicht zerzauste Korkenzieherlocken, die ihr bis auf den Rücken reichten. Durch den Wind und die Luftfeuchtigkeit sahen ihre Haare aus wie am Morgen nach einer heißen Liebesnacht. Jenem Moment, in dem eine Frau besonders sinnlich wirkt und leicht zu erregen ist. So erregt wie Doug jetzt, allein durch ihren Anblick.

Der weiße Rüschensaum an ihrem Jeansminirock wehte provozierend im Wind, und als ihr weißes Baumwolltop ihr von einer Schulter rutschte, entblößte es cremefarbene Haut, die einen starken Kontrast zu ihren rotbraunen Haaren bildete. Haare, die Doug nur zu gern gestreichelt hätte.

Dann kam sie näher, und er betrachtete ihr Profil, registrierte die hohen Wangenknochen, die vollen Lippen, die immer ein wenig aussahen, als zöge sie einen Schmollmund.

Er war so sicher gewesen, dass er Juliette auf den ersten Blick erkennen würde. Und obwohl er jetzt sah, dass sie ihrer Zwillingsschwester ähnelte, war ihr Aussehen doch zu charakteristisch, um sie mit irgendeiner anderen Frau zu verwechseln. Es war nicht nur die prächtige Mähne, die sie verändert hatte, sondern auch das Gefühl des Befreitseins, das sich durch eine lebhaftere Mimik und Gestik ausdrückte. Ihre Hände fuhren durch die Luft, während sie sich mit Merrilee unterhielt.

Ihre Augen funkelten vor Erstaunen und Bewunderung, während sie der älteren Frau zuhörte.

Juliette ähnelte nicht mehr der unauffälligen Verlobten von Stuart Barnes oder der fügsamen Senatorentochter. Diese Frau strahlte Temperament und Intensität aus. In ihr schien es zu brodeln.

Seit ihrer Beinahe-Heirat hatte sie eine Wandlung durchgemacht, und die Gründe dafür interessierten Doug mindestens ebenso wie die Story.

Das war also Secret Fantasy. „Cool", wie die Schüler ihrer Schwester sagen würden. Schon der Name der Insel hätte Juliette verraten müssen, dass dies nicht irgendeine Ferienanlage war. Überhaupt hätte sie wissen müssen, dass ihre Schwester nichts Gutes im Schilde führte, als sie ihr das Versprechen entlockte, lockerer zu werden. Und Juliette eine Woche Dekadenz und Sex zu bescheren – auf Letzteres würde es hinauslaufen, wenn man sie mit einem aufregenden Fremden zusammenbrachte –, war eindeutig nichts Gutes.

Oder doch? Juliette kaute auf ihrer Unterlippe, denn sie erkannte die Chance, all das nachzuholen, was ihr entgangen war, indem sie stets den sicheren und von ihr erwarteten Weg eingeschlagen hatte.

„Offenbar waren Sie darauf nicht eingestellt. Falls Sie sich entschließen wieder abzureisen, erhalten Sie eine vollständige Kostenrückerstattung." Merrilee Schaefer-Weston schüttelte den Kopf und lachte. „Oder sollte ich besser sagen, dass ich Ihrer Schwester die Kosten zurückerstatte? Ich muss gestehen, dies wäre das erste Mal für „Fantasies, Inc.", dass so etwas passiert." Sie berührte Juliettes Arm. „Aber bitte bleiben Sie wenigstens als mein Gast über Nacht. Vielleicht erschließt sich Ihnen der Zauber der Insel ja doch noch."

Juliette sah die ältere, aber immer noch schöne Besitzerin der Anlage an. „Zauber?", wiederholte sie gequält.

Merrilees Augen leuchteten. „Wie würden Sie eine Woche fern von neugierigen Blicken sonst nennen? Eine Woche ganz für Sie allein, in der niemand weiß, was Sie sagen oder tun?"

„Mit Ausnahme des Mannes, mit dem ich hier zusammen sein werde." Juliette erschauerte wohlig bei der Aussicht, ihren Urlaub mit einem attraktiven Fremden zu verbringen. Kein Stuart, kein Skandal, keine Reporter … „Ich werde die Woche bleiben", entschied sie spontan.

Falls Merrilee überrascht war, zeigte sie es jedenfalls nicht. „Wunderbar! Sie werden es nicht bereuen."

Das hoffte Juliette auch. Denn eigentlich entsprach Spontanität nicht ihrem Charakter. Aber was hatte ihr sorgfältig planendes, braves Benehmen aus ihr gemacht? Eine enttäuschte Frau, die sich ausgenutzt fühlte. Niemand würde für möglich halten, dass die so konservative Juliette Stanton, die sonst jeden Schritt vorher genau durchdachte, einem Impuls folgte. Doch wie Merrilee sagte und ihre Schwester ihr bereits versichert hatte – jetzt hatte sie die Chance dazu.

„Einen Moment, ich werde mal nachschauen, wo wir Sie untergebracht haben." Merrilee ließ sie im Zentrum der Lobby stehen, die eine Kombination aus üppigen tropischen Pflanzen, gemustertem Marmorfußboden und Säulen war. Eine schöne Zufluchtstätte auf der Insel.

Juliette neigte den Kopf und sah nach links, weil sie spürte, dass sie intensiv beobachtet wurde, und zwar von einem Mann mit dunkler Sonnenbrille und noch dunkleren Haaren. Einem gebräunten Mann, der eine Badehose trug und sonst nichts. Sie schluckte.

Er setzte seine Brille ab, und ihre Blicke trafen sich. Wärme durchströmte Juliette, die nichts mit dem herrlichen Wetter zu tun hatte.

„Es ist alles bereit." Merrilees Stimme überraschte sie. „Wir haben Hütten in ungestörter Lage, die Ihnen sicher gefallen werden."

Widerstrebend löste Juliette den Blick von dem Fremden. „Es wird mir bestimmt gefallen, und ich bin Ihnen dankbar, dass Sie mich vor neugierigen Blicken schützen." Sie drehte sich noch einmal um, musste jedoch zu ihrer großen Enttäuschung feststellen, dass er fort war.

„Keine Sorge, ich habe den Verdacht, dass Sie ihn wieder sehen werden", bemerkte Merrilee leichthin.

Juliette gab sich ahnungslos. „Wen wieder sehen?"

Merrilee lachte nur. „Lassen Sie mich Ihnen die Hütten zeigen. Ihr Gepäck wird Ihnen gleich nachgebracht."

Sie führte Juliette einen gewundenen Pfad entlang, der von grünen Blätterpflanzen und pinkfarbenen Blumen gesäumt war, deren Namen sie zwar nicht kannte, die sie jedoch wunderschön fand. Während sie am Pool und verschiedenen Restaurants vorbeikamen, hielt sie Ausschau nach *ihm*.

Ihre Schwester war der Ansicht, dass sie ihr Leben genießen sollte. Und jetzt würde sie anscheinend damit anfangen.

2. KAPITEL

Nachdem sie ein kurzes Nickerchen gehalten und rasch ausgepackt hatte, zog Juliette sich um und machte sich auf den Weg zum Strand. Unterwegs blieb sie stehen, um die Aussicht zu genießen. Vor ihr lagen ein weißer Sandstrand und das blaue Meer, das sich bis zum Horizont erstreckte, wo es mit dem azurblauen Himmel zusammentraf, an dem sich nur wenige winzige weiße Wolken zeigten, die Wattebäusche glichen. Zu ihrer Linken befanden sich üppige Blumengärten und zu ihrer Rechten ein riesiger, unsymmetrischer Pool mit einem Wasserfall in der Mitte.

„Ein echter Garten Eden", murmelte sie.

„Adam und Eva müssen dumm gewesen sein, ihn jemals zu verlassen", bemerkte eine tiefe männliche Stimme.

Juliette wusste sofort, wer neben ihr stand, und ihr Herz schlug schneller. „Wenn ich mich recht erinnere, verließen sie ihn nicht freiwillig. Sie wurden verbannt."

„Weil sie zu neugierig waren und von der verbotenen Frucht gekostet hatten."

Seine Worte ließen Juliette erschauern, und sie musterte ihn verstohlen.

Schon von Weitem hatte er gut ausgesehen, doch aus der Nähe betrachtet, war er geradezu umwerfend sexy. Seine Augen waren leuchtend blau, seine Züge besaßen eine raue Attraktivität. Im Gegensatz zu ihrem Exverlobten wirkte dieser Mann verwegen mit seinen dunklen Haaren, der gebräunten Haut und den Bartstoppeln.

Juliettes Gedanken überschlugen sich. Dies war der Mann, der nachts in ihren Träumen zu ihr kam. Der ihr Herz im Sturm eroberte und sie zum Mittelpunkt seiner Welt machte. Für den nichts anderes mehr zählte.

Er streckte die Hand aus. „Ich bin Doug. Und Sie sind?"

„Erfreut, Sie kennenzulernen", erwiderte sie mit einem zögernden Lächeln. „Ich bin Juliette." Da er seinen Nachnamen nicht genannt hatte, verzichtete sie ebenfalls darauf und reichte ihm die Hand. Sofort durchströmte es sie heiß. Dem Aufflackern in seinen Augen nach zu urteilen, ging es ihm ähnlich. Erschrocken über die Intensität der Anziehung zwischen ihnen versuchte sie zurückzuweichen.

Doch er ließ ihre Hand nicht los. „Freut mich ebenfalls, Sie kennenzulernen, Juliette.“

Sein Daumen strich kurz über ihren Puls, bevor Doug ihre Hand losließ. Ein Gefühl der Freude breitete sich in Juliette aus, wie sie es noch nie zuvor empfunden hatte.

Es gefiel ihr, was sie empfand. Sie genoss jedes Prickeln, jeden Schauer. Nach den Qualen der letzten Wochen merkte sie erst jetzt, wie sehr sie sich danach sehnte, sich schön und begehrenswert zu fühlen. Sie lechzte danach, zu erfahren, dass sie nicht zweite Wahl war. Und dieser Mann, das spürte sie, konnte ihr die dringend benötigte Selbstbestätigung geben.

Doch eine Angst blieb. Obwohl sie auf diese Insel geflohen war, konnte Juliette nicht sicher sein, dass sie auch die Paparazzi abgeschüttelt hatte. Das Letzte, was sie wollte, war, ihrem Vater noch mehr Ärger zu bescheren, indem man sie auf dieser Insel aufspürte.

„Wohin wollten Sie?“, erkundigte sich Doug und riss sie aus ihren Gedanken.

„Ich hatte vor, mich an den Strand zu legen.“ Sie deutete auf die aufgespannten Sonnenschirme.

„Und ich hatte vor, Ihnen Gesellschaft zu leisten.“ Er grinste. „Falls Sie nichts dagegen haben.“

Sie sah ihm in die Augen. Als sie sich entschieden hatte, auf Secret Fantasy zu bleiben, hatte sie gleichzeitig beschlossen, darauf zu vertrauen, dass sie hier geschützt war. Aber sie würde außerdem auch ihre üblichen Hemmungen fallen lassen müssen. Beim Auspacken hatte sie festgestellt, dass ihre Schwester ihre vernünftigen Kleidungsstücke durch unpraktische, sehr aufreizende Sachen ersetzt hatte. Äußerlich war Juliette also von jeglichem Zwang befreit.

Nun würde ihre innere Einstellung folgen müssen. Das war leichter gesagt als getan. Und es würde ihr um einiges leichter fallen, wenn sie nicht auf das sehr offenherzige Dekolleté ihres knappen Bikinis achten würde.

Sie räusperte sich. „Um ehrlich zu sein, ich hätte gern Gesellschaft.“ Sie zögerte, dann erinnerte sie sich daran, dass dieser Mann sie ja nicht kannte. Also konnte sie sich völlig ungezwungen verhalten.

Daher legte sie ihre Hand in seine, und sie gingen zum Strand hinunter.

„Woher kommen Sie?“, fragte sie nach einem Moment.

„Aus Michigan“, antwortete er. Was technisch gesehen auch stimmte. Er war in Detroit geboren und hatte dort die ersten drei Monate seines Lebens verbracht. Dann hatte sein Vater die Familie verlassen, und seine Mutter war mit ihrem Sohn nach Chicago gezogen.

Natürlich konnte er Juliette nicht sagen, dass er aus Chicago kam, weil sie sonst möglicherweise misstrauisch wurde und sich zurückzog. Ebenso wenig konnte er ihr seinen Nachnamen nennen, da sie ihn eventuell von seinen Artikeln in der „Tribune“ kannte. Deshalb umging er die Wahrheit so knapp wie möglich. Je aufrichtiger er war, desto geringer die Gefahr, dass ihm ein Fehler unterlief. Außerdem hoffte er, dadurch nicht so sehr von seinen Schuldgefühlen geplagt zu werden.

Sie nickte. „Ich bin in Chicago geboren.“

Sie schlenderten ein paar Holzstufen hinunter und gelangten so auf den weißen Sandstrand. „Das wirkt fast unwirklich“, meinte Juliette und deutete auf die endlose Weite des blauen Ozeans vor ihnen.

Doug sah sie an, betrachtete ihren knappen dunkelblauen Bikini, der einen großzügigen Blick auf ihre Brüste, ihren flachen Bauch und die unglaublich langen Beine bot. Er bekam einen trockenen Mund. „Ja, allerdings.“

Röte schoss ihr in die Wangen, und Doug erkannte, dass er einen Fehler gemacht hatte. Er musste es langsam angehen lassen und einen kühlen Kopf bewahren. Was er brauchte, waren Informationen, keinen Sex. Verdammt. Schließlich war er auch nur ein Mann. Und wenn er ehrlich zu sich selbst war, musste er sich eingestehen, dass er durchaus auch Sex brauchte. Doch ganz gleich, wie anziehend er Juliette fand, Sex gehörte nicht zu seinem Plan. Er war hier, um ihre Fantasie wahr werden zu lassen – um sie zu verzaubern und zu umschwärmen, während er gleichzeitig ihr Vertrauen so weit gewann, dass sie ihm die Wahrheit über ihren Exverlobten sagte. Sie hatte unbestreitbar eine heftige Wirkung auf ihn. Doch mit ihr zu schlafen, das kam nicht infrage. Es wäre ihr gegenüber unfair und selbstsüchtig. Nein, diesen Weg wollte er nicht noch einmal gehen.

Diese Gedanken erstaunten ihn. Der Doug Houston, den er kannte, würde für eine Story so weit gehen, wie es nötig war. Wieso sollte es bei Juliette anders sein?

Weil *sie* anders war. Er hatte keine Ahnung, wieso, aber Juliette und ihre charmante Naivität verhalfen, ihm zu einem Blick in sich selbst und seine nicht allzu ruhmreiche Vergangenheit. Eine Vergangenheit, aus der er lernen sollte. Er hatte nicht nur Erin sehr wehgetan, indem er ihr etwas vorgemacht hatte, sondern würde auch ihre Rache nie vergessen. Diese Rache war der Grund, weshalb er sich überhaupt hier auf dieser Insel befand. Rückblickend betrachtet konnte er es Erin jedoch nicht verdenken. Sie hatte keinen Grund zu der Annahme gehabt, dass er nicht heiraten wollte, aber nur, weil er sich ihr nie offenbart hatte. Er hatte mit ihr geschlafen, weil er an ihr interessiert war. Bei ihr geblieben war er – das hatte er inzwischen begriffen –, weil es angenehm war, sowohl in persönlicher wie in beruflicher Hinsicht. Aber geliebt hatte er sie nicht.

Er betrachtete seine Begleiterin. Juliette Stanton war wunderschön. Doug ahnte, wenn er sich mit ihr einließ, würde er diesmal derjenige sein, der am Ende dafür bezahlte. Und er hatte nicht die Absicht, eine solche Erfahrung zu machen.

Er half Juliette, einen Liegestuhl aufzustellen, und breitete ein Badelaken darüber. „Kann ich Ihnen etwas zu trinken holen?"

Sie schüttelte den Kopf. „Ich glaube, ich genieße einfach die Schönheit um mich herum."

Sein Blick fiel von ihren geröteten Wangen auf ihre Brüste, die sich in dem raffiniert geschnittenen Bikinioberteil wölbten wie zwei verlockende, pralle Äpfel. „Das würde ich auch gern." Aber er widerstand der Versuchung, es sich neben ihr bequem zu machen.

Er hatte einen Eindruck bei ihr hinterlassen. Das war genug für den ersten Tag. Für sie und für ihn.

„Merrilee erwähnte vorhin, dass heute Abend noch eine kleine Strandparty stattfindet."

„Jetzt sagen Sie nicht, dass Sie beim Wet-T-Shirt-Wettbewerb mitmachen." Das würde er nämlich nicht überstehen.

„Ich fürchte, dann würden die Männer von Merrilee ihr Geld zurückverlangen." Ein halbherziges Lächeln umspielte ihre Mundwinkel.

Er zwang sich, nicht schon wieder auf ihre Brüste zu schauen. „Ich finde, Sie unterschätzen Ihre Wirkung auf das andere Geschlecht."

„Oh, ich glaube, ich bin mir meiner Wirkung auf Männer durchaus bewusst." Sie schloss die Augen, um sich ihre Gefühle nicht anmerken zu lassen.

Doug setzte sich zu ihr auf den Rand des Liegestuhls. „Davon bin ich überzeugt." Er legte ihr die Hand auf den Oberschenkel und spreizte seine Finger. „Wieso habe ich trotzdem den Eindruck, dass Sie sich von der Ansicht anderer Leute haben beeinflussen lassen?"

„Vielleicht weil Sie zu lange in der Sonne waren?" Sie sah ihn mit ihren grünen Augen an und klang amüsiert.

„Ich bin noch nicht so lange in der Sonne, um zu fantasieren. Andererseits war ich lange genug mit Ihnen zusammen, um zu wissen, welche Wirkung Sie auf mich haben." Sein Daumen strich über ihre weiche Haut.

Sie sog scharf die Luft ein. „Es ist heiß hier draußen."

„Ja, das ist es." Und wenn er nicht schleunigst seine Hand fortnahm, würde ihnen beiden noch heißer werden – soviel stand fest.

„Ich denke, Sie haben Ihren Standpunkt klargemacht." Juliette befeuchtete ihre Lippen mit der Zungenspitze, und Doug musste ein Stöhnen unterdrücken.

„Das freut mich. Denn ich kenne Sie zwar nicht gut, aber ich kann Ihnen versichern, dass Sie auf jeden Mann eine heftige Wirkung haben würden."

Sie grinste. „Das höre ich gern. Und dass Sie mich noch nicht gut kennen, können wir jederzeit ändern." Sie schüttelte offenbar verlegen den Kopf, sodass ihre langen Locken wippten und über ihre Brüste fielen.

„Soll das eine Einladung sein?", fragte er.

Errötend nickte sie. „Ich glaube schon. Zur Strandparty und dazu, mich besser kennenzulernen." Sie mied seinen Blick. „Es sei denn, Sie finden das anmaßend von mir."

Diese letzte Bemerkung ließ Doug ahnen, dass es ihr nicht leicht fiel, sich zu provozierend zu geben. Er begriff, wie sehr ihr Stolz und ihr Selbstbewusstsein durch den Skandal gelitten hatten. Auch wenn sie es war, die die Hochzeit hatte platzen lassen, sein journalistischer Instinkt, der ihn noch nie getrogen hatte, sagte ihm, dass irgendetwas Gravierendes passiert war, was sie zu diesem dramatischen Schritt gezwungen hatte.

Er nahm ihre Hand. „Nun, Juliette, ich nehme Ihre Einladung sehr gern an." Er schenkte ihr ein charmantes Lächeln, um die gleiche Mischung aus Interesse und Vorfreude in ihr auszulösen, die er empfand. Und damit sie sich begehrt fühlte.

„Das freut mich." Erneut fuhr sie sich mit der Zungenspitze über die Unterlippe. Es war eine faszinierende Geste, sinnlich und unschuldig zugleich.

„Soll ich Sie abholen, oder treffen wir uns dort?"

Sie winkelte die Knie an. „Ich habe vorher noch einiges zu erledigen. Wir treffen uns dort, einverstanden?"

Er nickte. Jetzt fortzugehen fiel ihm schwerer, als es sollte, da er sie doch in wenigen Stunden schon wieder sehen würde. Niemals hätte er damit gerechnet, dass die sonst so zurückhaltende Juliette Stanton den ersten Schritt machen würde. Aber er konnte nicht leugnen, dass sie ihn seinem Ziel ein ganzes Stück näher gebracht hatte.

Merrilee saß an ihrem Schreibtisch und betrachtete den riesigen Strauß roter Rosen mit Schleierkraut und Grün, den man ihr nach Secret Fantasy geliefert hatte. Die dazugehörige Karte war nicht unterschrieben, der Absender anonym.

Jemand klopfte leise an die Tür zu ihrem Büro. „Herein."

Juliette Stanton trat ein. Sie war gekleidet, als käme sie gerade vom Strand. „Hallo. Tut mir leid, dass ich Sie störe, aber ich habe mich gefragt, ob Sie wohl eine Minute Zeit für mich … Oh, was für wunderschöne Blumen!" Sie ging zu dem riesigen Blumenstrauß.

„Danke." Merrilee lächelte. „Das finde ich auch. Allerdings wüsste ich gern, wer sie mir geschickt hat."

Juliette beugte sich vor und atmete den Duft ein. „Ein heimlicher Verehrer? Wie romantisch!"

Merrilee neigte den Kopf. „Eher geheimnisvoll."

„War eine Karte dabei?", erkundigte sich Juliette, winkte aber sofort ab. „Entschuldigen Sie, das geht mich ja schließlich nichts an."

„Oh, es macht mir nichts aus, Ihre Frage zu beantworten. Schließlich haben Sie mir ja auch Ihren Wunschtraum für Ihren Urlaub anvertraut. Ja, es war eine Nachricht dabei." Merrilee nahm die weiße Karte, die zusammen mit den Blumen überbracht worden war, und las sie vor. „Rosen, rot wie Rubine. Weil sie deine Lieblingsblumen sind."

Juliette setzte sich in den Lehnsessel vor dem Schreibtisch. „Und sind es Ihre Lieblingsblumen?"

Merrilee nickte. Rote Rubine erinnerten sie an Charlie. Sie sah auf ihren Ring. Aber Charlie war schon lange tot, wie sie nur zu gut wusste. Wegen so einer Geste sentimental und wehmütig zu werden, würde ihn nicht zurückbringen. Und obwohl sie sich natürlich fragte, wer ihre Geheimnisse kannte, war dies nicht der richtige Zeitpunkt, um es herauszufinden. Sie nahm ein Kosmetiktuch aus der Schachtel auf ihrem Schreibtisch und betupfte sich die Augen. „Was kann ich für Sie tun?"

Juliette wirkte verlegen. „Vielleicht ist dies doch nicht der richtige Moment. Ich kann später wiederkommen."

Merrilee beruhigte sie. „Es ist alles in Ordnung. Erzählen Sie ruhig."

Juliette knetete ihre Hände im Schoß. „Na ja, ich bin nicht vertraut damit, wie diese Sache mit den Fantasien läuft, aber ich habe eine Bitte, die vielleicht ein wenig ungewöhnlich ist."

Merrilee lächelte, damit Juliette sich unbefangener fühlte. „Glauben Sie mir, als Verantwortliche für die Erfüllung von Fantasien in meinen Ferienanlagen gibt es wenig, was ich noch nicht gehört oder gesehen habe."

„Na gut." Juliette atmete tief durch. „Ich wollte mich nach Doug erkundigen. Seinen Nachnamen weiß ich nicht. Ich glaube, er ist der Mann, mit dem ich meine Fantasie ausleben könnte."

Merrilee war klar, dass Juliette Doug Houston meinte, der sich durch Anonymität tarnte. Nach seiner Abreise eine Woche zuvor hatte Merrilee ein paar Erkundigungen angestellt und war somit recht vertraut mit den Hintergründen seiner Fantasie. Schon bevor sie sich einverstanden erklärt hatte, ihn auf der Insel bleiben zu lassen, hatte sie herausgefunden, dass er ihr die Wahrheit gesagt hatte. Das sprach für ihn. Trotzdem war sie auf der Hut.

Merrilee wusste, dass Juliette die Flucht ergreifen würde, wenn sie erfuhr, dass sie sich ausgerechnet für den Mann entschieden hatte, der den Artikel über den Geschäftspartner ihres Exverlobten verfasst hatte. Aber vielleicht wäre ihr Verlangen auch größer als die Angst vor neuen Enthüllungen.

„Sie meinen den Mann aus der Lobby?", fragte Merrilee, um sicherzugehen.

„Ja", erwiderte Juliette. „Sie sagten, ich würde ihn bestimmt wieder sehen, und das möchte ich gern. Doch vorher wollte ich mich vergewissern, dass er auch wirklich der Mann ist, den Sie für mich ausgesucht haben. Oder ist er bereits vergeben?"

„Offenbar besteht eine starke Anziehung zwischen Ihnen beiden."

Juliette errötete und wandte den Blick ab. „Ich bin mir nicht sicher, ob ich schon jemals so empfunden habe." Sie lachte unbehaglich. „Ich fühle mich, als hätte mich der Blitz getroffen, und jetzt bin ich unsicher, was ich als Nächstes tun soll."

„Außer ihn nicht mehr gehen zu lassen?“ Merrilee war sowohl amüsiert als auch zufrieden, dass Juliette so stark auf Doug ansprach.

Juliette lächelte. „Ganz genau.“

Das machte Merrilee die Entscheidung sehr leicht. Da Diskretion bei Fantasies, Inc. oberstes Gebot war, durfte sie Juliette nichts über Doug Houstons Hintergrund verraten. Diese Dinge mussten die beiden allein klären, wenn die Zeit dafür reif war. Doch hatte sie Doug den ganzen Nachmittag über mit Juliette beobachtet.

Er mochte vielleicht nicht ganz das sein, was zu sein er vorgab, doch glaubte Merrilee auch nicht, dass er Juliette wehtun wollte. „Nun, ich sehe da kein Problem. Was immer auch Dougs Fantasie ist – Sie werden sicher verstehen, dass ich sie Ihnen nicht verraten kann –, eine andere Frau ist nicht im Spiel.“

Juliette war erleichtert. „Dann ist er also …“

„Zu haben.“

Sie lachte. „Ich wollte sagen ‚mein‘.“

Merrilee lehnte sich zurück. „Irgendetwas sagt mir, dass der Mann nicht weiß, wie ihm geschieht.“

Juliette grinste. „Es heißt, man darf den Spieß auch durchaus einmal umdrehen. Ich dachte mir, wieso soll ich es nicht mit dem Mann versuchen, der mich am meisten interessiert, solange ich seiner Fantasie entspreche?“

„Und ich nehme an, dass er Ihrer Fantasie auf jeden Fall entspricht?“

„Sie meinen, ob er mir das Gefühl gibt, nichts und niemand sei ihm wichtiger als ich?“ Sie nickte. „Darin ist er sehr gut.“

„Ich schulde meiner Schwester Dank dafür, dass sie mir diesen Urlaub ermöglicht hat und ich den Problemen zu Hause entfliehen kann.“

Merrilee nickte verständnisvoll. „Meine Hoffnung ist stets, dass die Gäste von hier mit einer neuen Lebenseinstellung weggehen.“

„Ich hoffe, mit einer neuen Einstellung zu sehr vielen Dingen von hier wegzugehen.“

„Nun, falls ich noch irgendetwas für Sie tun kann, schauen Sie gern wieder vorbei.“

„Danke. Für alles. Und bis Sie herausgefunden haben, wer Ihr heimlicher Verehrer ist, freuen Sie sich einfach über die nette Geste“, fügte Juliette hinzu.

Merrilee erhob sich lächelnd. „Genießen Sie Ihren Aufenthalt auf der Insel und stürzen Sie sich ins Vergnügen."

„Das werde ich", versprach Juliette und verließ das Büro.

Juliette trat aus ihrer Hütte in die schwüle Abendluft, die erfüllt war vom typischen schweren Blumenduft der Insel. Sie ging den schmalen Pfad entlang, der von den Hütten zum Strand führte, wo die Festlichkeiten des heutigen Abends sie erwarteten. Und hoffentlich auch Doug.

Fackeln säumten den Pfad und die kleine Treppe, der orangefarbene Schein der Flammen bildete einen starken Kontrast zum tintenschwarzen Himmel. Juliette ging die wackeligen Holzstufen hinunter und blieb stehen. An einem Teil des Strandes brannte ein Lagerfeuer, und eine Band spielte auf einer behelfsmäßigen Bühne Musik, die nach den Beach Boys klang. Die Gäste standen paarweise oder in Gruppen zusammen, einige schlenderten allein umher. Juliette war nicht in der Stimmung, sich mit Fremden zusammenzutun, es sei denn mit einem ganz bestimmten, nach dem sie Ausschau hielt.

„Suchen Sie jemanden?", fragte er plötzlich hinter ihr.

Sofort schlug ihr Herz schneller. „Ich schaue mich nur um."

„Wenn Sie das sagen." Er lachte.

Die tiefe männliche Stimme ließ sie erschauern.

„Ich habe jedenfalls nach Ihnen gesucht", gestand er. Sein Ton war sinnlich, doch es war die Wahl seiner Worte, die ein warmes Gefühl in ihr auslöste.

„Sie haben mich gefunden. Ich wollte mich gerade ein wenig umschauen."

„Klingt gut." Er bedeutete ihr mit einer Geste, dass sie vorgehen sollte.

„Möchten Sie einen Cocktail?", fragte einer der Kellner und hielt ihnen ein Tablett voller bunter Drinks entgegen.

„Piña Colada? Tequila Sunrise?" Doug betrachtete prüfend das Sortiment. „Oder möchten Sie wie ich lieber an die Bar gehen und etwas anderes trinken?"

„Entscheiden Sie."

Er nahm zwei hohe Gläser vom Tablett, reichte ihr einen cremefarbenen Drink und behielt selbst einen. Der Kellner ging weiter und ließ sie allein. „Piña Colada."

Sie nahm das kühle Glas und probierte das hübsch dekorierte Getränk. „Hm, ist das süß", sagte sie erstaunt.

Doug lachte. „Ich dachte, es ist besser, wenn Sie langsam anfangen."

„Was hat mich verraten?"

„Erstens Ihr neugieriger Blick. Sie haben dieses Tablett angeschaut, als hätten Sie so etwas noch nie vorher gesehen."

Ihre Unerfahrenheit in so banalen Dingen wie Cocktails machte sie verlegen. „Ich kenne mich eher mit Wein und Champagner aus." Tropische Cocktails waren etwas völlig Neues für sie.

„Irgendetwas sagt mir, dass Sie ein sehr behütetes Leben geführt haben."

Juliette zuckte die Schultern. „Eher ein äußerst ruhiges, im Gegensatz zu meiner Zwillingsschwester, die schon alles Mögliche mitgemacht hat." Sie lenkte das Gespräch auf Gillian, weil sie es einfacher fand, über ihre Schwester zu reden als über sich.

„Nun, nach dieser Woche wird das anders sein."

Ein Grinsen umspielte ihre Mundwinkel. „Das will ich hoffen. Ich bin hier, um Erfahrungen zu machen." Jede, die er ihr zu bieten hatte. „Was können Sie mir also noch zeigen?"

Ein Schauer durchlief Doug. Er verkniff sich eine Bemerkung darüber, was er ihr gern alles zeigen würde. Kein Sex! ermahnte er sich.

Doch jedes Mal, wenn er Juliette betrachtete, bekam er einen trockenen Mund. Der sarongartige, an einer Hüfte zusammengebundene Rock zeigte viel nacktes Bein, während das bikiniähnliche Oberteil ihren flachen, gebräunten Bauch freiließ und ihre vollen, wohlgerundeten Brüste betonte. Ihre Kleidung unterschied sich nicht sehr von der der meisten Frauen am Strand heute Abend. Aber Juliette war nicht wie die meisten Frauen. Keine von ihnen hatte eine solche Wirkung auf ihn.

„Schauen wir uns mal an, was es hier zu essen gibt", schlug er vor und deutete zu den Ständen mit den Strohdächern, unter denen Buffets aufgebaut waren. „Es geht doch nichts über eine große Auswahl. Was möchten Sie? Hamburger, Hotdogs oder lieber Seefisch, die Spezialität Floridas?"

Juliette atmete die verschiedenen Düfte ein und rümpfte die Nase, als sie den typischen Fischgeruch wahrnahm. „Ich glaube, ich nehme einen Hamburger."

Er lachte. „Ich nehme an, konservative Mädchen halten nichts von der Kunst, einen Fisch zu fangen, zu entschuppen und dann auszunehmen."

Sie schnaubte, als sei sie beleidigt, doch ihr Lächeln verriet sie. „Ich habe nicht behauptet, konservativ zu sein. Ich habe lediglich gesagt, dass ich ein sehr zurückgezogenes Leben geführt habe. Das ist ein großer Unterschied. Und was Sie betrifft, Sie sind so entspannt, dass ich bei Ihnen nicht unbedingt die herkömmliche Erziehung vermute. Habe ich recht?"

„Ziemlich." Vielleicht würde sie mehr über sich erzählen, wenn er ein wenig von sich selbst preisgab. „Ich bin adoptiert, und meine Adoptiveltern sind ziemlich unkonventionell."

„Auf etwas in der Art würde ich auch tippen, besonders wenn Sie von einem der beiden Ihren Geschmack für Kleidung geerbt haben", witzelte sie und musterte seine wild gemusterten Shorts und das absolut nicht dazu passende kurzärmelige Hawaiihemd.

„Finden Sie es hässlich?", fragte er.

„Na ja, sagen wir ... anders", erwiderte sie und wickelte sich grinsend eine ihrer langen Locken um den Finger.

Doug fragte sich, wann er die Gelegenheit bekommen würde, herauszufinden, ob die Locken so weich waren, wie sie aussahen. „Inwiefern anders?"

„Wo ich herkomme, tragen die Männer dreiteilige Anzüge und Krawatten oder exklusive Freizeitkleidung vom Designer."

„Tja, falls in meiner Familie jemand Anzug und Krawatte getragen haben sollte, habe ich davon nichts mitbekommen." Ted Houston hatte nie einen Anzug getragen, nicht einmal, als ihm der Ehrenpreis der renommierten Nachrichtenagentur „Associated Press" verliehen wurde. Zum Glück hatte Politik nie zum Ressort seines Vaters gehört. Doug hingegen verstand es, sich gut zu kleiden. Doch hier auf der Insel machte es ihm Spaß, mal wieder den Rebellen zu spielen, der auf die Konventionen pfiff. „Mein Adoptivvater ist farbenblind", erklärte er. „Diese Gabe habe ich wohl geerbt."

Juliette lachte über diesen Witz.

Er genoss den fröhlichen, unbekümmerten Klang ihres Lachens. Allein in ihrer Nähe zu sein half ihm, zum ersten Mal seit langer Zeit ein bisschen abzuschalten. Bis zu diesem Moment war ihm gar nicht klar gewesen, wie dringend er nach dem Fiasko mit dem Artikel und dem Herzinfarkt seines Vaters Entspannung gebraucht hatte.

„He verstehen Sie mich nicht falsch. Ihr Stil ist mal eine Abwechslung. Genau wie Sie selbst", fügte Juliette leise hinzu und trank einen

Schluck von ihrem Drink. Der Kellner hatte die Strohhalme vergessen, oder Doug hatte sie auf dem Tablett übersehen. Wie dem auch sei, es war ihm egal, denn es gab ihm die Möglichkeit, Juliette zu berühren. Das ließ er sich nicht entgehen. Er streckte die Hand aus und wischte ihr mit dem Daumen den Schaum von der Oberlippe.

Sie hielt erschrocken inne, und der Ausdruck in ihren Augen verriet ihm, dass sie das Gleiche empfand wie er. Sein Verstand sagte ihm, dass er die knisternde Atmosphäre zwischen ihnen zu seinem Vorteil nutzen sollte, da Juliette ihm bisher kaum etwas über sich verraten hatte. Im Gegenteil, es war ihr sogar gelungen, den Spieß umzudrehen und ihn auszufragen. Doch sein Herz pochte laut in seiner Brust und drängte ihn, den Augenblick einfach nur zu genießen.

Er zog die Hand zurück, und während Juliette ihn beobachtete, leckte er den süß schmeckenden Schaum von seinem Daumen. Sie gab einen leisen, atemlosen Laut von sich, der ihn erschauern ließ.

Dann wurde über die Lautsprecheranlage das Essen angekündigt. Die Leute strömten zum Buffet, und Doug kam zur Vernunft. Er hatte sich die perfekte Chance entgehen lassen, Juliette unter dem Vorwand, sie besser kennenlernen zu wollen, weitere Informationen zu entlocken. Es war ihm nicht nur ein Rätsel, wieso er es nicht getan hatte, sondern er war auch völlig aus der Fassung. „Vom Gong gerettet", murmelte er.

„Wie bitte?"

Er schüttelte den Kopf. „Nichts. Wollen wir uns etwas zu essen holen?"

„Gute Idee."

Es war schon deshalb eine gute Idee, weil er dringend Abstand von ihr brauchte. Und in welche Schwierigkeiten konnte er schon geraten, wenn er nur mit ihr aß?

Eine halbe Stunde später hatte er seine Antwort. Zu viele Schwierigkeiten. Mit voll beladenen Tellern gingen sie an den Picknicktischen vorbei und, auf Juliettes Vorschlag hin, weiter den Strand hinunter. Sie wählte zielsicher eine abgeschiedene Stelle aus und bat Doug, für ihr kleines privates Picknick zwei Liegestühle zusammenzustellen.

Doug begriff allmählich, dass er ihr nichts abschlagen konnte, wenn dieses aufgeregte Funkeln in ihren Augen erschien. Denn es verriet ihm, dass das, was sie taten, ihr neu war, und das rührte ihn. Bei ihm war es anders; ihre fast kindliche Begeisterungsfähigkeit lag ihm fern.

Er war schnell erwachsen geworden, zuerst auf der Straße, wo er Entbehrungen kennengelernt hatte, später an Ted Houstons Seite, durch den er das Handwerk des Journalismus gelernt hatte. Er hatte gelernt, wie man selbst dem Teufel Informationen entlockte oder an private Unterlagen gelangte. Von der Straße bis zu vornehmen Banketts kannte Doug alles.

Doch ein Leben wie Juliettes konnte er sich nicht vorstellen. Ihm war nicht klar gewesen, wie viel einem Menschen entging, der so behütet aufwuchs wie sie. Zu seiner Überraschung war er froh, dass er ihre schmerzlichen Erinnerungen mit neuen, erfreulicheren Erfahrungen vertrieb. Erinnerungen, an denen er Schuld trug. Er wünschte nur, es fiele ihm nicht so schwer, die Hände von Juliette zu lassen. Ihm wurde schon heiß, wenn er sie nur ansah.

Schließlich legte sie die Serviette beiseite und gähnte hinter dezent vorgehaltener Hand. „Entschuldigen Sie. Ich schwöre, es liegt nicht an Ihnen."

„Es liegt an der Reise. Ich bin überrascht, dass Sie so lange durchgehalten haben. Möchten Sie sich noch die klägliche Interpretation der Beach Boys anhören oder lieber ins Bett gehen?" Doug war nicht sicher, was er hoffte, wie ihre Wahl ausfallen würde. Aber eine Nacht lang seine Strategie neu überdenken zu können wäre keine schlechte Sache.

Juliette seufzte. „So ungern ich das auch sage, ich glaube, es wäre das Beste für mich, für heute Schluss zu machen."

Enttäuschung und Erleichterung hielten sich die Waage. „Ich verstehe."

Nachdem sie ihr Pappgeschirr und den Müll weggeworfen hatten, meinte Juliette: „Ich habe den Abend wirklich sehr genossen."

„Ich auch. Aber er ist erst zu Ende, wenn ich Sie bis zu Ihrer Hütte gebracht habe."

„Das brauchen Sie nicht. Aber ich würde mich freuen, wenn Sie es tun."

Und er würde gern ins kalte Meer springen. Während er Juliette zu ihrer Hütte begleitete, kam er sich wie ein Teenager bei seinem ersten Date vor, nicht wie ein erfahrener Reporter, der es auf eine Story abgesehen hatte. Aber Rom war auch nicht an einem Tag erbaut worden, und ebenso wenig würde er heute Abend bekommen, was er brauchte.

„Da wären wir." Juliette drehte sich um und lehnte sich mit dem

Rücken gegen die Tür, die Hände hinter sich verschränkt.

Doug streichelte ihre Wange und wickelte sich eine ihrer Locken um den Finger. Ihr Haar war so seidig, wie er vermutet hatte, und ihre Haut fühlte sich so zart an wie ein Pfirsich.

Behutsam zog Doug Juliette an sich. Würde der Gutenachtkuss, der ihm vorschwebte, außer Kontrolle geraten? Nach wie vor schwor er sich, dass Sex nicht infrage kam – nicht, solange er Juliette als Informationsquelle betrachtete. Er war Profi und hatte seine Prinzipien.

Doch sie jetzt zu küssen hatte nichts mit seiner Story zu tun, sondern ausschließlich mit seiner Begierde. Er beugte sich vor, bis ihre Lippen sich berührten. Ihr Mund war weich, aber fest. Sie erwiderte seinen Kuss, ohne zu zögern und mit einer Hingabe, die ihn erstaunte.

Ihre Zungen fanden sich zu einem erotischen Spiel, und Doug drängte Juliette gegen die Tür. Ihre Hände glitten seine Hüften hinauf, ihre Fingernägel gruben sich durch seine Kleidung in die Haut.

Einen kurzen Moment lang ließ er seinen Körper mit ihrem verschmelzen. Einen kurzen Moment lang ließ er sie fühlen, wie sehr sie ihn erregte. Dann wich er zurück und unterbrach den Kuss, obwohl es ihm sehr schwer fiel. Er legte seine Stirn an ihre und wartete darauf, dass sich sein Herzschlag wieder beruhigte.

„Du bist gut", flüsterte Juliette.

Doug musste unwillkürlich lachen. „Du bist auch nicht schlecht." Er hob den Kopf und sah ihr in die Augen.

Sie fuhr ihm mit dem Finger über die Lippen. Ein prickelnder Schauer durchlief ihn. „Das nehme ich als Kompliment."

„Es war auch als Kompliment gemeint." Seine Lippen brannten noch von ihrem Kuss, und sein Kopf war voller widerstreitender Gedanken. „Du solltest jetzt schlafen gehen." Und er sollte sich zurückziehen und sammeln.

Er nahm ihr den Schlüssel aus der Hand und öffnete die Tür. Doch als Juliette an ihm vorbeiging und ihm ein „Gute Nacht" ins Ohr flüsterte, blieb Doug draußen stehen.

Er presste die Lippen zusammen, als sie die Tür hinter sich schloss. „Verdammt." Er brauchte eine neue Strategie, und zwar dringend. Andernfalls bestand die Gefahr, dass er den Kopf verlor und völlig vergaß, wie wichtig die Informationen für ihn waren, die er von Juliette benötigte.

3. KAPITEL

Juliette rollte sich auf die Seite und stellte fest, dass es bereits Morgen war. Einer der Vorteile dieser luxuriösen Ferienanlage war, dass hier alles viel komfortabler war als in anderen Hotels. Die Matratze war so fest wie die zu Hause, die Kissen groß und weich. Juliette breitete die Arme aus und streckte sich. Das Bett war groß genug für zwei, und letzte Nacht hatte sie noch lange wach gelegen und sich gewünscht, sie wäre nicht allein. Sie hatte sich gewünscht, den Mut zu besitzen, Doug hineinzubitten.

Doch sie hatte ihn nicht gefragt, und er hatte in keiner Weise angedeutet, dass ihm so etwas vorschwebte. Er war eben ein Gentleman – und das gefiel ihr an ihm.

Sie zwang sich aufzustehen und ins Badezimmer zu gehen. Vom Verstand her wusste sie, dass Stuarts Beruf schuld daran war, dass sie an sich zweifelte und sich fragte, ob sie noch begehrenswert war. Trotzdem hatte sie sich danach gesehnt, dass Doug ihr bewies, dass er ebenso an ihr interessiert war wie sie an ihm.

Was diesen Mann betraf, waren ihre Sehnsüchte alles andere als gestillt, und dabei dachte sie nicht nur an körperliches Verlangen. Sie wollte mehr über ihn wissen und erfahren, welches seine Fantasie war und ob sie da hineinpasste. Da One-Night-Stands nicht ihrem Stil entsprachen, war sie froh über die Chance, ihn näher kennenzulernen.

Nachdem sie sich kaltes Wasser ins Gesicht gespritzt und die Zähne geputzt hatte, war sie wach genug, um den Tag in Angriff zu nehmen. Jemand klopfte an ihre Tür, und sie erschrak. Dann fiel ihr ein, dass sie gestern Abend die Karte für den Zimmerservice rausgehängt hatte.

„Herein!“ Wenn sie gegessen und ihren Kaffee getrunken hatte, würde sie dem Strandleben besser gewachsen sein – sprich ihrem Bikini – in dem sie sich viel zu nackt vorkam – und Doug, wenn auch nicht unbedingt in dieser Reihenfolge.

Sie ging zum Schrank, um sich etwas über das kurze Nachthemd zu ziehen. Ihren langen Frotteebademantel hatte Gillian durch einen knappen Morgenmantel aus Seide ersetzt – ein unpassendes Kleidungsstück, um darin an die Tür zu gehen. Juliette wühlte in den Sachen herum, in der Hoffnung, einen Jogginganzug oder sonst etwas zu finden, was sie ein wenig mehr bedeckte. Aber ihre Schwester hatte sämtliche bequemen Sachen gegen sexy Kleidung ausgetauscht.

Erneut wurde geklopft, diesmal lauter.
„Ich komme“, rief sie noch einmal.
Seufzend schlüpfte sie in den knappen Morgenmantel.
Rasch öffnete sie die Tür, bevor der Kellner mit dem Frühstück wieder verschwand. Doch der Mann, der vor ihr stand, war kein Kellner.
Es war Doug. Ihr Herz schlug schneller, und Juliette erkannte, dass es sie schwer erwischt hatte. Er trug die Sonnenbrille, die er aufgehabt hatte, als sie ihn zum ersten Mal gesehen hatte. Doch aus der Nähe betrachtet, mit den Bartstoppeln im Gesicht und dem sinnlichen Grinsen auf den Lippen, verlieh er dem Wort „sexy“ eine ganz neue Bedeutung.
Und zu wissen, dass sie genau diese Lippen geküsst hatte ... Sie erschauerte und zog instinktiv die Aufschläge ihres Morgenmantels zusammen – als könnte irgendetwas sie gegen Dougs faszinierende männliche Ausstrahlung schützen.
Als würde ich davor geschützt werden wollen, dachte sie sarkastisch. Er neigte den Kopf nach vorn, und trotz der Sonnenbrille wusste sie, dass er ihren Versuch, sich zu bedecken, registriert hatte. Sie spürte, wie sein Blick über ihren Körper glitt.
„Du hast den Zimmerservice bestellt?“, fragte er.
Sie war so fasziniert davon, ihn wieder zu sehen, dass sie erst jetzt das Frühstückstablett und den Strauß exotischer Blumen bemerkte, den er sich unter den Arm geklemmt hatte.
Er hielt ihr die Blumen hin, und sie nahm sie und atmete ihren Duft ein. „Danke.“
„Gern geschehen.“ Er räusperte sich. „Ich kann das Tablett auf die Terrasse stellen, und wir können dort essen. Wir können auch drinnen frühstücken. Oder ich stelle das Frühstück auf die Kommode und lasse dich allein. Aber hab Mitleid mit mir, denn dieses Tablett ist ganz schön schwer.“
Juliette bezweifelte, dass er ihre Fantasie kannte. Und doch schien er ihr jeden Wunsch zu erfüllen. Er verstand es, ihr das Gefühl zu geben, etwas ganz Besonderes zu sein, und sich ganz auf sie zu konzentrieren. Und Juliette war ziemlich überzeugt, dass er sich kaum Sorgen darüber machte, sie könnte ihn wegschicken. Wieso sollte er auch nach gestern Abend? Sie wollte ihn hier ebenso, wie er offensichtlich bleiben wollte.
Sie lächelte. „Wenn ich in der warmen Sonne frühstücke, mit Blick auf den tropischen Garten, dann würde ich es nur ungern allein tun.

Die Terrassentür ist offen. Wieso stellst du das Tablett nicht dort ab?“ Sie ließ die Hand sinken, sodass sich der Morgenmantel teilte und ihr Nachthemd mit dem Spitzensaum zum Vorschein kam.

Doug schluckte. Er hatte geglaubt, eine Nacht lang darüber zu schlafen, würde ihn die Dinge wieder klarer und distanzierter sehen lassen. Schließlich war er Profi, und sein Vater brauchte ihn zu Hause. Es gab jede Menge Gründe, sich ganz und gar auf sein Ziel zu konzentrieren. Außerdem durfte er nicht vergessen, dass Merrilee ihn beim kleinsten Fehler, den er machte, von der Insel verbannen würde.

Doch als er Juliettes sexy Morgenmantel sah, wurde ihm klar, dass es ihm sehr schwer fallen würde, Distanz zu wahren. Bevor er etwas tun konnte, was er später bereuen würde, trat er ein und ging auf direktem Weg auf die Terrasse. Er ignorierte die offene Schlafzimmertür und das zerwühlte Bett, in dem Juliette geschlafen hatte.

„Davon habe ich geträumt.“ Ihre heisere Stimme war hinter ihm.

„Von Brötchen und Butter?“ Er hob das Tablett und ließ sie ihre Frühstücksauswahl sehen.

„Davon, mit einem attraktiven Mann auf einer tropischen Insel zu frühstücken.“ Sie hielt die Schiebetür mit einer Hand auf und ging zu ihm auf die Terrasse, die einen Blick über die Gartenanlagen bot. „Und wie kannst du ein üppiges kontinentales Frühstück ‚Brötchen und Butter‘ nennen?“

Sie setzte sich auf einen weißen schmiedeeisernen Stuhl, schlug die Beine übereinander und entblößte so viel nackte Haut, dass Doug um Fassung rang.

„Weil ich süße Sachen bevorzuge“, sagte er, und seinem Ton war die Wirkung, die Juliette auf ihn hatte, deutlich anzuhören.

Sie nahm eine Erdbeere aus einer Schale mit frischen Früchten. „Solche süßen Sachen?“, fragte sie und drehte die reife rote Frucht zwischen zwei Fingern. „Oder eher solche?“ Sie hob ein mit Zuckerguss überzogenes Gebäckteilchen aus dem Korb.

„Nein.“ Er ging zu ihr und stützte sich auf die Stuhllehne, sodass sein Gesicht dicht vor ihrem war. „Eher solche.“ Seine Lippen berührten sacht ihre. Es sollte ein harmloser Kuss werden.

Und das war er auch, federleicht und neckend zart. Es gelang Doug, die Kontrolle zu wahren – bis Juliette seufzte. Seine Bedenken verflogen, sodass er ausgiebig ihren sinnlichen Mund küsste, bevor er sich zurückzog.

Er hob den Kopf und stellte fest, dass sie lächelnd zu ihm aufsah. „Süß genug?“, fragte sie.

„Fürs Erste.“ Er zuckte die Schultern, obwohl er wusste, dass sein Versuch, sich lässig zu geben, kläglich gescheitert war. Aber jetzt, nachdem er einen Appetitanreger bekommen hatte, konnte er zufrieden sein und sich wieder auf das Wesentliche konzentrieren. Er ignorierte die Stimme in seinem Kopf, die ihn einen Narren nannte. Er ging um den Tisch und setzte sich Juliette gegenüber. „Genießt du deine Ferien?“

„Mit jeder Minute mehr.“ Ihre Lippen zuckten, da sie ein Lächeln zu unterdrücken versuchte. Offenbar war ihr genau bewusst, welche Wirkung sie auf ihn hatte. „Kaffee?“

„Lass mich das machen. Ich serviere dir das Frühstück, schon vergessen?“ Er nahm die Kanne.

„Du hast das Frühstück mitgebracht, aber das heißt nicht, dass ich mich nicht selbst bedienen kann. Ich bin keine hilflose Frau.“

Er lehnte sich zurück und verschränkte die Hände hinter dem Kopf. „Wenn das so ist, hätte ich gern eine Tasse Kaffee. Schwarz.“

Sie grinste, nahm die weiße Kanne und goss ihm ein.

„So, du bist also keine hilflose Frau, und ich weiß bereits, dass du keine verbissene Feministin bist …“

„Woher weißt du das so genau?“ Sie goss sich ebenfalls eine Tasse voll, gab Milch dazu und rührte um, während sie gespannt auf seine Antwort wartete.

„Weil ich gestern Abend deinen Schlüssel genommen und dir die Tür aufgehalten habe, zum Beispiel.“

Sie lachte. „Glaub, was du willst. Aber solltest du jemals auf meinen Rechten herumtrampeln, wirst du schon sehen, wie energisch ich sein kann.“

„Ich bezweifle nicht, dass du dich zu behaupten weißt. Aber zurück zu meiner ursprünglichen Frage. Du bist nicht hilflos und auch keine radikale Feministin. Was bist du denn dann? Willst du mir das verraten?“

„Im wirklichen Leben?“ Sie brach ein Stück von ihrem Donut ab und schob es sich in den Mund. Sie deutete auf ihre vollen Wangen und hob den Finger.

Sie zögerte die Antwort hinaus. Er kannte diese Taktik. „Ja, im wirklichen Leben. Ich werde es dir leicht machen, indem ich zuerst etwas über mich erzähle.“ Er trank einen Schluck Kaffee und sagte: „Ich bin Schriftsteller.“

Ich bin PR-Beraterin bei einen Pharmakonzern“, erklärte sie. „Und ich bin Single.“

Um ein Haar hätte Doug sich an seinem Kaffee verschluckt.

„Ich dachte nur, das würdest du wissen wollen.“ Sie klimperte kokett mit den Wimpern.

Er grinste. „Das bin ich auch. Single, meine ich.“

„Warst du jemals verheiratet?“

„Nein.“ Es erstaunte ihn, dass sie persönliche Dinge ansprach und somit die Tür für seine Fragen öffnete.

„Warst du jemals kurz davor?“, wollte sie wissen, bevor er die Gegenfrage stellen konnte.

Verdammt, sie war gut. Sie verstand es, eine Frage direkt zu stellen, sodass er nervös wurde. Die Frau verfügte über journalistische Instinkte, von denen sie selbst nichts ahnte. Er betrachtete sie genauer. Sie wirkte ruhig, genoss ihr Frühstück und wartete auf seine Antwort.

Gern hätte er sich ihr anvertraut. Nur würde das seinen Zielen vollkommen zuwiderlaufen. Trotzdem antwortete er ihr, ohne den Blick abzuwenden und seine Gefühle zu verbergen. „Ist das möglich, wenn man nie die Absicht hatte, zu heiraten?“

„Ja, wenn man sich mitreißen lässt.“ Juliette wusste das nur zu gut. Sie war so eingelullt gewesen von dem, was sie für die Realität hielt, dass sie für die Wahrheit blind gewesen war.

„Es war eher so, dass meine Freundin und ich verschiedene Dinge wollten. Nur wurde es uns erst klar, als es schon zu spät war.“

„Zu spät wofür?“

„Zu spät, um keinem von beiden wehzutun.“ In seinem Ton schwang Reue mit.

Juliette seufzte leise. „Ich weiß, wie das ist.“

Seine Miene verriet Neugier. „Dann haben wir wohl wenigstens das gemeinsam.“

„Hm.“ Sie hatte keine Ahnung, wieso sie ihn Dinge fragte, über die sie selbst nicht sprechen wollte. Doch sie freute sich ebenso wie er, dass sie etwas miteinander verband. Allerdings war sie nicht bereit, mehr von sich preiszugeben, ganz gleich, wie sehr sie sich wünschte, ihm näher zu kommen.

Bevor er sie erneut etwas fragen konnte, tupfte sie sich die Lippen mit der Serviette ab und meinte: „Was hast du für heute geplant?"

Er schien das Thema nur widerstrebend zu beenden. Doch er schob seinen Stuhl zurück und stand auf. „Ich dachte, wir probieren ein paar der Aktivitäten aus, die hier angeboten werden."

„Weil es zu mehreren sicherer ist?", neckte sie ihn.

Er lachte, sah ihr jedoch nicht in die Augen. „Hat dir schon mal jemand gesagt, dass du schrecklich clever bist?"

„In letzter Zeit nicht." Die Ereignisse in ihrem Leben sprachen auch nicht gerade für seine Behauptung.

„Mach dich nicht kleiner, als du bist, nur weil andere dir irgendetwas einreden wollen."

Das war Balsam für ihre Seele, nach allem, was sie mit Stuart erlebt hatte. Sie freute sich schon darauf, die Insel mit Doug zu erkunden. „Ich muss mich duschen und umziehen."

„Und ich muss noch einiges mit Merrilee klären."

Im Hinblick auf seine Fantasie oder seinen Aufenthalt auf der Insel? Zu gern hätte Juliette das gefragt. Doch sie schwieg, denn wenn sie seine Fantasie respektierte, würde er vermutlich dasselbe mit ihrer machen. Dann brauchten sie ihre Niederlagen nicht zu diskutieren oder die Gründe für ihre Reise auf die Insel, es sei denn, sie wollte ihm die Geschichte anvertrauen.

„Ich bringe dich zur Tür."

Er schüttelte den Kopf. „Entspann dich. Ich gehe außen rum und treffe dich später."

Sie lächelte. „Das hoffe ich."

„Verlass dich drauf." Er zwinkerte ihr zu und ging.

Juliette schaute ihm nach und bewunderte seinen festen Po in den Jeansshorts und seine gebräunten, muskulösen Arme. Gütiger Himmel war dieser Mann sexy!

Ob es nun klug war oder nicht, sie wollte alles, was er ihr zu geben hatte. Sie wollte ihre tiefste Sehnsucht stillen. Und momentan waren ihre Bedürfnisse ziemlich einfach.

Sie wollte in seinen Armen liegen und sich nicht nur begehrt fühlen, sondern auch beschützt und sicher. Sie spürte instinktiv, dass Doug ihr Geborgenheit geben konnte. Und dann wollte sie ihm den Schmerz eingestehen, unter dem sie litt, und sich mit seiner Hilfe davon befreien.

Doug brauchte eine Verschnaufpause. Er ging an den Strand, legte sich auf einen der Liegestühle und ließ sich von der morgendlichen Brise und dem Rauschen des Meeres beruhigen. Nachdem er sich von Juliette verabschiedet hatte, hatte er zu Hause angerufen, um sich nach seinem Vater zu erkundigen.

Der alte Mann war noch nicht aus dem Krankenhaus entlassen worden, weil der Arzt weitere Untersuchungen durchführte. Dougs Mutter bestand darauf, dass er seine Arbeit fortführte, da sich der Zustand seines Vaters nach Dougs Abreise und der Aussicht auf eine Rückkehr mit guten Neuigkeiten erheblich gebessert hatte. Außerdem konnte ohnehin nichts unternommen werden, bis die Untersuchungsergebnisse vorlagen. Erst dann würde eine Entscheidung getroffen werden, ob man ihn operieren musste. Bis jetzt ging es seinem Vater also relativ gut.

Was Doug von sich nicht behaupten konnte.

Er hatte gesehen, wie Juliettes Augen leuchteten, als er mit dem Frühstücktablett und den Blumen vor ihrer Tür stand, und hatte selbst Herzklopfen bekommen. Das gehörte nicht zu seinem Plan und verunsicherte ihn sehr.

„Guten Morgen, Mr Houston", sagte eine vertraute Stimme hinter ihm. Merrilee ging um ihn herum und setzte sich neben Doug. „Genießen Sie die Ruhe?"

„Ich genieße alles an diesem Ort."

„Danke." Sie klang stolz. „Sie fragen sich sicher, wie meine Entscheidung lautet."

„Ich vertraue auf Ihr Urteilsvermögen. Ich hoffe, Sie können sich dazu durchringen, mir zu vertrauen." Er wollte sie mit einem Lächeln und seinem Charme umgarnen, brachte es jedoch nicht fertig. Mittlerweile fragte er sich, was nur auf einmal in ihn gefahren war.

Merrilee schlug die Beine übereinander und sah ihn an. „Interessant, dass Sie scharfsinnig genug sind, um zu wissen, dass Vertrauen beiderseitig sein muss. Ich verlasse mich darauf, dass Sie sich daran erinnern, wenn Sie mit Juliette zusammen sind."

Doug dachte an seine Unterhaltung mit Juliette vorhin. „Sie ist sehr klug und entlockt mir mühelos Informationen, ohne dass ich die Gelegenheit bekomme, ihr Fragen zu stellen."

Merrilee lachte. „Heißt das, Sie haben endlich Ihren Meister gefunden?"

Er ging nicht auf ihre Bemerkung ein. „Wollten Sie mir sagen, dass ich bleiben kann?“ Er setzte sich auf.

„Mr Houston, um nichts auf der Welt würde ich mir das entgehen lassen, Ihre Begegnung mit Juliette Stanton zu beobachten. Aber verstehen Sie mich nicht falsch – falls Sie Juliette wehtun, statt sie während ihrer Zeit auf dieser Insel glücklich zu machen, werden Sie sich vor mir und meinen Anwälten rechtfertigen müssen.“

Doug verdrängte die erneut aufsteigenden Schuldgefühle wegen seines geheimen Vorhabens und versuchte sein Gewissen zu beruhigen, indem er wenigstens in einem Punkt die Wahrheit sagte. „Sie haben mein Wort. Ich habe nicht die Absicht, Juliette Stanton wehzutun.“ Er gab Merrilee die Hand.

Sie nickte. „Bitte kommen Sie in mein Büro und unterschreiben Sie die Papiere, in denen Ihr Traumziel für diese Ferien dokumentiert ist.“

„Mit dem allergrößten Vergnügen. Mir ist aufgefallen, dass heute noch einige Gäste eingetroffen sind. Sind Sie nicht die ganze Woche ausgebucht?“

„Zum Glück bin ich seit Eröffnung der Anlage jede Woche ausgebucht. Aber ich habe ein paar Leute außer der Reihe aufgenommen, weil ich fand, sie haben es dringend nötig. Manchmal mache ich so etwas.“

Doug schüttelte ihr die Hand. „Sie sind wirklich eine ehrliche, fürsorgliche Seele.“

Sie lachte. „Und Sie sind ein Charmeur. Wissen Sie, ich habe genug erlebt, um Freude und Schmerz anderer Menschen zu erkennen. Ich denke, dieses Gespür für andere hat entscheidend zum Erfolg meines Unternehmens beigetragen.“

„Verzeihen Sie mir meine Unverblümtheit, aber bei unserer ersten Begegnung habe ich eine Traurigkeit in Ihrem Blick bemerkt.“

Merrilee lächelte. „Sie sind Reporter, Ihrem scharfen Blick entgeht wohl kaum etwas. Ja, Sie haben recht mit ihrer Beobachtung.“ Sie schaute zu Boden und spielte nachdenklich mit einer Franse ihres langen Rocks. „Ich habe meinen Verlobten im Vietnamkrieg verloren. Ich habe zwar später geheiratet, aber das war ein Fehler. Ich habe mein Leben damit zugebracht, mich auf Kosten meiner Bedürfnisse um die eines anderen zu kümmern.“ Sie sah wieder auf.

„Mit dieser Ferienanlage tun Sie das auch.“

„Ja, aber es bereitet mir Vergnügen, zu sehen, wie andere ihre Fantasien ausleben. In neun von zehn Fällen ist das Ergebnis am Ende nicht das, was sie beabsichtigt haben, aber dafür besser, als sie es gehofft haben."

Doug gefiel diese Frau und ihre Lebensphilosophie. „Das klingt rätselhaft."

„Sprechen Sie noch einmal mit mir, wenn die Woche vorbei ist." Merrilee stand auf, und Doug folgte ihrem Beispiel. „Aber zögern Sie nicht, in meinem Büro vorbeizuschauen, wenn Ihnen danach ist. Ich mag Sie."

„Das beruht auf Gegenseitigkeit."

Merrilee tätschelte seine Hand. „Dann enttäuschen Sie mich nicht." Sie schlenderte den Strand hinunter.

Doug blickte ihr nachdenklich hinterher. Merrilee erbat nicht mehr, als sie erwarten durfte. Sie verlangte nicht einmal mehr, als er von sich selbst verlangte. Dennoch wurde er das Gefühl nicht los, sich auf sehr unsicherem Boden zu bewegen. Und das ahnte Merrilee.

Auf seinem Weg in die Lobby machte er beim Empfang Halt, um für den Abend etwas Besonderes zu arrangieren. Anschließend ging er zum Pool. Obwohl der Pool inzwischen gut besucht war und überall Handtücher auf den Liegestühlen lagen, hatte er keine Mühe, Juliette in der Menge zu entdecken. Niemand sonst hatte ihre Haarfarbe, und zu keiner anderen Frau fühlte er sich so hingezogen.

Als er sich ihrem Liegestuhl näherte, stellte er fest, dass sie schlief. Er zog sich einen Stuhl vom Nachbartisch heran, stellte seine Füße auf ihren Liegestuhl und betrachtete Juliette. Zum ersten Mal in seinem Leben war er, der stets auf dem Sprung war, damit zufrieden, einfach nur still dazusitzen und eine schlafende Frau anzusehen.

Ihre Brüste waren perfekt gerundet, die Knospen zeichneten sich deutlich unter dem Oberteil des Bikinis ab. Im Kontrast zu ihrem sinnlichen Körper in dem knappen Bikini wirkte ihr ungeschminktes, von Sonnenmilch glänzendes Gesicht beinah unschuldig, und das berührte etwas in ihm.

Er verschränkte die Arme über dem Bauch, betrachtete Juliette und fragte sich, wieso sie eine solche Anziehungskraft auf ihn ausübte. In diesem Moment flatterten ihre Lider. Sie seufzte und bewegte sich unruhig. Er streckte die Hand aus, um sie beruhigend zu streicheln, entschied sich aber dagegen, da sie friedlich weiterschlief. Er fragte sich, ob sie träumte, und wenn ja, wovon. Oder von wem.

Minuten später schreckte sie aus dem Schlaf hoch. Trotz der Hitze überlief sie ein Schauer. Fasziniert beobachtete Doug, wie sie allmählich zu sich kam. „Du bist wach."

Erschrocken sah sie ihn an. Ihre Wangen waren leicht gerötet. „Wie bist du …" Sie schüttelte den Kopf. „Schon gut. Das will ich bestimmt nicht wissen."

Er grinste, nicht über ihre Verlegenheit, sondern weil er sich so an ihr freute. „Ich bin erst seit Kurzem hier, und falls du dich fragst, du schnarchst nicht."

„Wie beruhigend."

„Hast du gut geschlafen?"

Sie nickte und wich seinem Blick aus, sodass Doug sich erneut fragte, was sie wohl geträumt hatte. „Bist du immer noch daran interessiert, dir die Insel anzuschauen und das Freizeitangebot hier kennenzulernen?"

Juliette zog die Knie bis unters Kinn. „Na klar. Aber erst mal will ich schwimmen, und dann möchte ich einen kühlen Drink. Was schwebt dir denn vor?"

„Zuerst Beachvolleyball. Und danach gibt es dann eine kleine Überraschung."

„Ich liebe Überraschungen."

„Dann lass uns loslegen. Wer zuerst am Pool ist?" Doug zog sein T-Shirt aus und warf es auf ihre Strandtasche.

Gebannt verfolgte Juliette seine Bewegungen und betrachtete seine nackte Brust.

„Wenn du mich weiter so ansiehst, wird mich nicht mal der Pool abkühlen können."

„Es gibt noch mehr Möglichkeiten als den Pool, um sich deines Problems anzunehmen." Ein sinnliches, unmissverständliches Funkeln erschien in ihren Augen.

Zum ersten Mal seit ihrer Bekanntschaft wandte sie den Blick nicht ab, als sie mit einer provozierenden Erwiderung konterte. Und obwohl ihre Wangen leicht gerötet waren, wirkte sie entschlossen. Doug begriff, dass sie sich in seiner Gegenwart wohlfühlte, und zwar so sehr, dass sie ihre Wachsamkeit vergaß. Die anfängliche Verlegenheit war verschwunden.

Der Himmel möge ihm jetzt beistehen.

4. KAPITEL

Juliette tauchte in den warmen Pool. Zum Glück war das Wasser noch kühl genug, um sie nach ihrem erotischen Traum in die Realität zurückzuholen. Und was für ein Traum das gewesen war! Im Mittelpunkt hatten Doug und seine erotischen Talente gestanden. Sie war in Gedanken an ihn eingeschlafen, insofern war der Traum durchaus verständlich. Doch in dem Traum hatte er ein so unerträgliches Verlangen in ihr geweckt, dass sie abrupt aufgewacht war. Zu ihrem Schrecken hatte sie feststellen müssen, dass er neben ihr saß und sie beobachtete.

Sie tauchte am tiefen Ende des Pools auf und strich ihre nassen Haare zurück.

Doug kam dicht neben ihr aus dem Wasser. „Wie wäre es jetzt mit einem Drink?" Er deutete zum Wasserfall und der Bar dort.

„Ich glaube, ich werde noch eine Weile warten." Es war ihr zu unsicher, wie sie auf die Kombination aus Alkohol, Sonne und Doug reagieren würde. Sie ließ sich auf dem Rücken im Wasser treiben und genoss es, die Sonne auf ihrem Gesicht zu spüren.

„Wollen wir uns stattdessen ein Floß teilen?"

Sie hob den Kopf und sah, dass er sich eine simple Luftmatratze geschnappt hatte, die irgendjemand im Pool vergessen hatte. Juliette hielt sich an der einen Seite fest und wartete, bis er sich an der anderen Seite festhielt. Dann trieben sie langsam zum tieferen Ende. „Was für ein Leben!" Sie seufzte zufrieden.

„Auf jeden Fall besser als die tägliche Tretmühle." Doug strich sich die nassen Haare zurück.

„Du sagtest, du seist Schriftsteller."

„Ich bin in die Fußstapfen meines Vaters getreten."

Sie legte ihr Kinn auf den Plastikrand. „Macht es dir was aus, wenn ich frage, welcher Vater?"

„Ich rede von meinem Adoptivvater", erwiderte Doug mit sanfter Stimme. „Er ist der einzige Vater, den ich habe. Mein leiblicher Vater verschwand, also gibt es keinen Grund, mich an ihn zu erinnern."

„Aber du und deine Adoptiveltern, ihr steht euch nah?"

„Sie sind die Besten."

Sie lächelte. „Meine Eltern auch. Es ist ein wundervolles Geschenk, wenn man zurückblicken kann und weiß, dass man es gut hatte." Sie dachte an ihren Vater, seine freundliche, fürsorgliche Art und das regelmäßige Frühstück am Sonntagmorgen mit seinen „Mädchen", wie er Juliette, Gillian und ihre Mutter nannte.

Er hatte ihnen so viel Liebe und Verständnis gegeben – was vermutlich der Grund war, weshalb es ihr jetzt so wichtig war, ihn zu schützen. „Hast du jemals das Gefühl gehabt, deinen Eltern etwas schuldig zu sein? Nicht nur dafür, dass sie dir ein Dach über dem Kopf gegeben haben?" Gedankenverloren fuhr sie mit der Hand durchs Wasser.

„Ich weiß, dass ich ihnen etwas schuldig bin. Schließlich haben sie mich von der Straße geholt." Doug räusperte sich.

„Wie das?"

„Ich war zehn Jahre alt und hatte seit Tagen nicht geschlafen, es sei denn, man zählt die Stunden mit, die ich auf Parkbänken gedöst hatte. Gegessen hatte ich noch länger nichts. Ich stand kurz davor, verhaftet zu werden." Er schaute blinzelnd zum Himmel hinauf. „Manchmal wache ich nachts hungrig auf und muss mich erst wieder daran erinnern, dass unten ein voller Kühlschrank steht und ich kein zehnjähriger Junge mehr bin, der Taschendiebstähle begehen muss, um etwas zu essen zu bekommen."

Juliette war verlegen. „Als ich dir die Frage stellte, dachte ich an meinen Dad und wie ich ihm helfen könnte. Ich habe mir nicht mal vorstellen können ..." Sie verstummte, da sie nicht wusste, was sie noch sagen sollte. Obwohl sie ihren Vater erwähnt hatte, wenn auch nicht namentlich, bereute sie es nicht, da Doug sie so tief in sein Leben hatte blicken lassen.

„Wenn man das Glück hat, gute Eltern zu haben – und glaub mir, ich kenne den Unterschied –, gibt es nicht viel, was man nicht für sie tun würde."

Juliette nickte. Sicher verstand er ihr Bedürfnis, die Menschen zu beschützen, die sie großgezogen hatten.

„Das klingt, als seist du hier, um etwas zu klären. Etwas, das mit deinem Vater zu tun hat?" Er drückte ihre Hand, als wollte er sie bitten, ihm zu vertrauen.

„Das kann man wohl sagen." Sie fragte sich, was Doug ihr raten würde, wenn er die Wahrheit wüsste über sie und über das, was sie durchgemacht hatte. Außerdem fragte sie sich, ob sie ihrem Herzen trauen sollte, das heftig pochte und ihr riet, sich auf Doug einzulassen. Schließlich hatte sie schon zu viele Fehler begangen, um ihrem Urteilsvermögen hundertprozentig vertrauen zu können. Doch irgendetwas sagte ihr, dass dieser Mann anders war und sie nicht so benutzen würde, wie Stuart es getan hatte.

Ein lautes Pfeifen ertönte. „Beachvolleyball!", rief eine Frau den Gästen zu und zerstörte so den intimen Augenblick zwischen ihnen. „Noch zehn Minuten bis zum Spiel!"

Juliette war nicht sicher, ob ihr etwas erspart geblieben war oder nicht. „Das nennt man organisiertes Vergnügen. Etwas für Leute, die keinen Müßiggang ertragen."

„Und die Menschenmengen mögen", murmelte Doug, ehe er untertauchte und die Flucht ergriff.

Es war ihm ein Rätsel, wie Juliette es schon wieder geschafft hatte, dass er sich ihr öffnete und ihr so viel über sich erzählte. Dabei sollte es genau umgekehrt sein, denn er war derjenige, der Informationen von ihr brauchte. Aber kaum hatte er angefangen zu reden, konnte er nicht mehr aufhören.

Und das verstand er nicht. Noch nie zuvor hatte er jemandem von seiner schmerzlichen Vergangenheit erzählt, schon gar keiner Frau. Dabei wäre Erin so dankbar gewesen, wenn sie mehr über ihn erfahren hätte. Aber Doug hatte nie den Wunsch verspürt, sich Erin anzuvertrauen, obwohl sie immerhin zwei Jahre lang seine Lebensgefährtin gewesen war. Aber schon nach einem Tag kannte Juliette einige seiner intimsten Geheimnisse. Doug war jedoch nicht dumm und wusste, dass es von hier aus noch ein langer Weg war, bis er ihr Vertrauen gewonnen und sie davon überzeugt hatte, sich ihm ebenfalls zu öffnen.

Er wünschte nur, sein Bedarf an Informationen über ihren Exverlobten wäre der einzige Grund, weshalb er sich ihr zuerst geöffnet hatte. Er wünschte, ihre mitfühlende Art würde ihn nicht so für sich einnehmen. Außerdem war alles, was er tat, von Schuldgefühlen begleitet.

Doug tauchte wieder auf, schüttelte das Wasser ab und hielt sich wieder an der Luftmatratze fest. „Interessiert Beachvolleyball dich?"

„Ich weiß, du hast gesagt, du willst ein paar Aktivitäten auf der Insel mitmachen. Aber Beachvolleyball werde ich auslassen." Juliette sah ihm in die Augen. „Ich ziehe die Gesellschaft einer bestimmten Person der einer großen Menge vor."

Doug verstand die Andeutung. Obwohl Beachvolleyball sicherer war, stand er zu kurz davor, ihr Vertrauen zu gewinnen, um ihr jetzt einen Korb zu geben und sie damit womöglich zu verprellen. „Ich habe etwas Besonderes für uns geplant. Schon vergessen?“

„Wirst du es mir verraten?“

Er grinste. „Bald. Vorerst musst du nur zurück in deine Hütte gehen. Dort erwartet dich alles, was du für heute Abend brauchst.“

„Wenn ich nicht aufpasse, gewöhne ich mich noch an diese Art von Aufmerksamkeit.“

„Es gibt keinen Grund, weshalb du das nicht tun solltest. Eine Frau wie du verdient das Beste.“ Er schlang seine Beine unter Wasser um ihre und wurde mit einem strahlenden Lächeln belohnt.

Sein Herz schlug schnell, und er wusste, dass er verloren war. Er hätte es schon in dem Moment wissen müssen, als er ihr seine Kindheitserlebnisse anvertraut hatte. Doch mit diesem einen Lächeln, das nur ihm allein galt, war es endgültig um ihn geschehen.

Woher weiß er das? dachte Juliette. Sie stand vor den Schranktürspiegeln und betrachtete sich. Sie trug Jeans, ein weißes Oxfordhemd und schwarze Stiefel. Alle Sachen waren bequem und hatten genau die richtige Größe. Erneut fragte sie sich, woher Doug wusste, wie sehr sie sich nach so einfachen Sachen sehnte, die ein ganz normales Leben symbolisierten.

So schlichte Sachen hatte sie seit dem College nicht mehr getragen. Inzwischen besaß sie keine einzige Jeans mehr. Immer im Bewusstsein der öffentlichen Aufmerksamkeit, besonders seit sie mit Stuart zusammen war, hatte sie das Haus nie verlassen, ohne konservativ-elegant gekleidet zu sein.

Als es klingelte, rannte sie zur Tür, um Doug überschwänglich zu danken. Doch als sie ihm die Arme um den Nacken schlang und er die Hände auf ihre Taille legte, wurde aus simpler Dankbarkeit mehr. Etwas Ursprüngliches, Elementares, Wildes und Ungezügeltes.

Sie legte den Kopf zurück, um zu ihm aufzusehen, doch das Ergebnis war, dass ihre Körper sich noch intimer aneinander schmiegten. Sein breiter Oberkörper, den ein Jeanshemd bedeckte, wurde an ihre Brüste gepresst, was Juliettes sinnliches Empfinden noch steigerte.

Doug schnappte nach Luft ein, unterbrach den engen Körperkontakt jedoch nicht. „Womit habe ich diese begeisterte Begrüßung verdient?“

„Du hast meine Bedürfnisse vorausgeahnt.“

„Woher willst du das wissen, wenn ich dir noch gar nicht erzählt habe, was ich für heute Abend geplant habe?"

„Allein die Jeans beweisen es."

Er hielt ihre Hand und ließ Juliette sich einmal um sich selbst drehen. Er pfiff leise. „Sitzt alles ausgezeichnet."

Sie errötete.

„Hast du noch nie anerkennende Pfiffe gehört?"

„Doch schon, nur galten sie nie mir."

„Dann müssen die Männer in Chicago blind sein. Jetzt sag nicht, eine wunderschöne Frau wie du hatte noch nie eine feste Beziehung."

Juliette seufzte. Plötzlich wurden ihre jüngste Vergangenheit und ihre gespielte Unbeschwertheit eine zu schwere Last. Sie sehnte sich danach, sich jemandem anzuvertrauen. „Wahrscheinlich war ich noch näher daran, zu heiraten, als du."

„Wie nah?"

„Nah genug, um ein Brautkleid zu tragen."

„Was für ein Narr hat dich dann noch gehen lassen?"

„Einer, der nach Höherem strebte, als er verdiente", erwiderte Juliette und schüttelte den Kopf, sodass ihre langen Locken über ihre Schulter fielen. Mit einem frustrierten Stöhnen nahm sie die Haare und band sie zu einem Pferdeschwanz zusammen, was Dougs Aufmerksamkeit auf ihr hübsches Profil lenkte. „Was hast du denn nun für heute Abend geplant?"

Doug musste den Themenwechsel akzeptieren. Immerhin hatte sie ihm nach nur einem Tag schon viel mehr anvertraut, als er für möglich gehalten hatte.

Er griff in die Tasche und zog ein rotes Halstuch heraus. „Gibt dir das einen Hinweis?"

Neugierig betrachtete sie das Tuch. „Kein bisschen."

„Ich bin enttäuscht. Nimm die Kleidung und das Halstuch ..."

Sie lachte. „Ich habe noch immer keine Ahnung."

Er runzelte die Stirn. „Dann musst du mir wohl vertrauen." Er faltete das Tuch zusammen, trat hinter sie und verband ihr die Augen. „Jetzt ist es eine echte Überraschung." Er gab ihr im Scherz einen Klaps auf die Hände, als sie sie hob.

„Aber es ist dunkel!", beklagte sie sich.

„Das soll es ja auch sein. Nimm meine Hand." Er führte sie hinaus und half ihr beim Einsteigen in den Elektrowagen, der vor ihrer Hütte wartete. Dann schnallte er sie an, wobei er ihren verlockenden Duft einatmete, und legte ihre Hände aufs Armaturenbrett, damit sie sich abstützen konnte. „Alles in Ordnung?"

„Ich sterbe vor Neugier. Aber sonst ist alles in Ordnung."

„Gut. Vorfreude ist die beste Freude." Doug schwang sich auf den Fahrersitz. „Achtung, festhalten." Er fuhr einen einsamen Pfad entlang zu dem Platz, den Merrilees Mitarbeiter ihm genannt hatten.

„Wir sind da." Er hielt an und stellte den Motor ab.

Juliette schnupperte. „Es riecht nach …" Bevor sie zu Ende sprechen konnte, nahm Doug ihr das Tuch ab. Sie blinzelte in die untergehende Sonne und schaute sich um. „Pferde! Es riecht nach Pferdeäpfeln!" Sie lachte. „Wir sind bei einem Stall!" Sie sprang aus dem Wagen. „Ich wollte schon immer reiten. Als kleines Kind bettelte ich meinen Vater um ein Pferd an. Aber er kaufte mir stattdessen einen Welpen. Mein Vater musste zu oft zwischen Washington, D.C., und zu Hause pendeln, um sich oder uns die Verantwortung für ein Pony aufzubürden. Trotzdem habe ich nie aufgehört, mir eins zu wünschen." Ihr Ton verriet ihre Freude.

In ihrer Aufregung hatte sie gar nicht gemerkt, wie sie ihren Vater mit Washington, D.C., in Verbindung brachte und somit neue Fragen aufwarf. Doug verzichtete jedoch vorerst darauf, sich nach ihrem Vater zu erkundigen, um diesen Augenblick nicht zu zerstören. Er genoss es viel zu sehr, sie glücklich und begeistert zu sehen. Wieder einmal siegten seine Gefühle über berufliche Notwendigkeiten.

„Ich wusste gar nicht, dass es hier Pferde gibt."

„Merrilee hat eben an alles gedacht."

„Und was hast du geplant?"

„Einen Abendritt am Strand."

Juliette strahlte. „Etwas Besseres kann ich mir überhaupt nicht vorstellen."

Der Stallbursche warnte Doug vor einem heraufziehenden Gewitter, wie es für diese Jahreszeit durchaus üblich war. Der düstere Himmel in der Ferne unterstrich die Warnung. Doug versprach, rechtzeitig zurückzukehren oder in einem der Unterstände entlang der Strecke Schutz zu suchen. Am vernünftigsten wäre es, einen kurzen Ausritt mit Juliette zu machen und dann schnell wieder zurückzukommen. Aber wenn es um Juliette ging, konnte er sich auf seine Vernunft offenbar nicht mehr verlassen.

Nachdem sie die Ställe besichtigt hatten, brachen sie auf. Je weiter sie sich von der Anlage entfernten, desto unberührter wirkte der Strand. Da Doug reiten konnte und Juliettes Pferd gutmütig und leicht zu führen war, ritten sie allein und folgten dem Pfad, den die Mitarbeiter angelegt hatten. Wegen des aufkommenden Unwetters war das Meer kabbelig, und Doug hielt die Pferde von der steigenden Flut fern.

Obwohl er diesen Ausritt für Juliette geplant hatte, war er selbst überwältigt von der Schönheit, die ihn umgab. Und damit meinte er nicht nur die Brandung des endlosen blauen Meeres oder den Delfin, den sie in den Wellen entdeckten. Nein, er war überwältigt von Juliettes kindlicher Freude über die kleinen Dinge des Lebens – wie Jeans und einen Ausritt. Erneut war es ihre Unschuld, die ihn an ihr besonders faszinierte.

Ihm war klar geworden, dass er viel von Juliette lernen konnte. Schon jetzt kam es ihm so vor, als würde er die Welt zum ersten Mal betrachten, denn ihre Art, die Dinge zu sehen, färbte auf ihn ab.

Wegen der lauten Brandung genossen sie den Ausritt schweigend. Doug hätte auch gar nicht sprechen können, selbst wenn er es gewollt hätte. Dafür war er viel zu nachdenklich. Zu Abend essen, ein paar gezielte Fragen stellen und dann schnell wieder zurück – er erinnerte sich, dass das sein ursprünglicher Plan gewesen war. Einer, der das Risiko einer gefühlsmäßigen Verstrickung gering hielt. Obwohl Doug den Verdacht hatte, dass er seine übliche emotionale Distanz längst verloren hatte.

Schließlich erreichten sie ihr Ziel auf der anderen Seite der Insel und übergaben die Pferde einem Stallburschen.

„Wo sind wir?“, wollte Juliette wissen.

Statt zu antworten, nahm Doug ihre Hand und führte sie an den Ställen vorbei. Wie große Teile Floridas schmückten pastellfarbene Gebäude mit Stuckfassaden die Insel. Als Kind der Großstadt fühlte Doug sich daher nicht ganz in seinem Element. Er ging auf ein gelbes Haus mit einem üppigen tropischen Garten zu.

„Dieses Restaurant gehört einem Ehepaar, das früher in einem New Yorker Restaurant gearbeitet hat und irgendwann der Hektik überdrüssig war. Sie schlossen sich mit Merrilee zusammen, zogen hierher und richten jetzt private Essen aus“, erklärte er.

„Dann sind nur wir hier?“

„Ich könnte die Kavallerie rufen, wenn du lieber nicht mit mir allein sein möchtest“, neckte er sie.

„Es gibt keinen Ort, an dem ich jetzt lieber wäre“, erwiderte Juliette.

Als Kind hatte sie vom Reiten geträumt, doch hatte sie nicht geahnt, welche Emotionen das machtvolle Tier als Erwachsene in ihr wecken konnte. Es war aufregend gewesen, auf dem Pferd zu reiten und sowohl die herrliche Landschaft zu genießen als auch die prickelnde Nähe des wundervollen Mannes neben ihr. Der Ausritt hatte wie ein Aphrodisiakum gewirkt, dessen Wirkung nicht nachgelassen hatte, seit sie vom Pferderücken in Dougs ausgebreitete Arme geglitten war. Und jetzt erregte sie die Aussicht auf einen Abend in trauter Zweisamkeit.

Zwei Stunden später, satt vom Hummer und beschwingt nach einem Glas Wein, empfand sie noch immer so. Sie hatten sich die ganze Zeit wie bei einem ersten Rendezvous angeregt unterhalten.

„Bist du bereit für den Rückweg?“, fragte er schließlich.

Sie schüttelte den Kopf. „Haben wir es denn so eilig? Du willst doch nicht, dass ich mich in beschwipstem Zustand aufs Pferd schwinge, oder?“

Doug lächelte. „Mir war nicht klar, dass ein Glas Wein zu einem zweistündigen Abendessen dich betrunken machen würde.“

„Darf ich dir ein Geheimnis verraten?“ Sie faltete die Hände vor sich und beugte sich vor. Dann krümmte sie einen Finger, zum Zeichen, dass er es ihr gleichtun sollte.

Er kam näher, sodass sie nur noch durch eine kleine Tischecke voneinander getrennt waren. Doch bevor er tun konnte, was sie verlangte, trat der Kellner an den Tisch. „Entschuldigen Sie bitte.“

„Ja?“, meinte Doug mit zusammengebissenen Zähnen.

„Ich habe eine Nachricht aus dem Hauptgebäude erhalten. Das Gewitter nähert sich schneller als erwartet. Die Pferde sind bereits im Stall und in Sicherheit. Sie werden daher mit dem Wagen zurückfahren müssen. Er wartet vorn auf Sie und ist bereit, wenn Sie es sind.“

„Danke“, sagte Doug. Der Kellner nickte und entfernte sich.

Gewitter. Juliette atmete tief durch. Ihre Angst vor Gewitter war das Ergebnis einer Dummheit in ihrer Kindheit, bei der die achtjährigen Mädchen Gillian und Juliette in einem Baumhaus im Garten saßen, als es draußen schon längst nicht mehr sicher war. Die Angst vor dem Ärger war größer gewesen als die vor dem Regen, und als den Mädchen die Heftigkeit des Gewitters klar wurde, verhinderten Blitz und Donner eine leichte Rückkehr. Ihr Vater hatte sie schließlich gefunden, aber erst nachdem der Blitz in einen nahen Ast eingeschlagen hatte. Seitdem hatte Juliette Angst vor Gewitter. Die Strafe der Eltern war ihr im Vergleich dazu mild vorgekommen.

„Siehst du?“, meinte Doug. „Wir werden zurückgefahren. Du brauchst dir wegen des Reitens keine Gedanken mehr zu machen.“

Sie zwang sich zu einem Lächeln und verdrängte ihre Ängste fürs Erste. „Aber es gibt noch andere Dinge, um die ich mir Gedanken mache.“

„Spann mich nicht auf die Folter.“

„Es ist nicht der Wein, der eine solche Wirkung auf mich hat ...“ Juliette nahm all ihren Mut zusammen. Sie war schon sehr viel lockerer geworden, seit sie auf der Insel war. Eine andere Frau würde das vielleicht anders sehen, aber Juliette wusste, dass sie einen großen Schritt nach vorn gemacht hatte. Das Problem war nur, dass sie noch nicht so weit gegangen war, wie sie gern gegangen wäre, und sie wollte später nichts bereuen.

Jetzt, wo Doug ihr nicht nur einen kurzen Einblick in sein Leben gegeben hatte, sondern ihr auch von den in der Kindheit erlittenen Verletzungen erzählt hatte, fühlte sie sich noch wohler in seiner Nähe und wusste, dass sie bereit für den nächsten Schritt war. Den Schritt, den Doug, der Gentleman, offenbar bisher vermieden hatte. Aus Angst, sie zu beleidigen? Sie kannte die Antwort darauf nicht, aber es war Zeit, sie herauszufinden.

Er legte seine Hand auf ihre. „Sondern?“

„Du bist es. Du machst mich benommen und übermütig. Ich wollte dir nur sagen, dass ich nicht zurück will, wenn das bedeutet, dass du nach dem Gutenachtkuss wieder gehst.“ Endlich hatte sie es gesagt. Juliette hielt den Atem an und wartete. Die Zeit schien still zu stehen.

Doug rang mit sich. Einerseits fühlte er sich sehr zu ihr hingezogen, andererseits hatte er sich versprochen, keinen Sex mit ihr zu haben, um an sein Ziel zu kommen. Aber – rief er sich ins Gedächtnis – er war auch auf dieser Insel, um Juliettes geheimste Fantasie wahr werden zu lassen. Und wenn er ehrlich war, begehrte er Juliette ebenso sehr wie sie ihn.

Er stand auf und zog sie mit sich hoch. „Wir sollten uns auf den Weg machen und uns im Wagen weiter unterhalten.“

Sie nickte.

Doug hatte erwartet, dass die Gegenwart eines Fahrers die erotische

Spannung zwischen ihnen ein wenig dämpfen würde. Nur hatte die Zentrale keinen Kleinbus oder einfachen Wagen geschickt, sondern eine Limousine mit Trennscheibe zwischen Fahrer und Fahrgästen. Dem Funkeln in Juliettes Augen nach zu urteilen erkannte sie sofort, welche Möglichkeiten sich dadurch boten.

Doch als sie zum dunkler werdenden Himmel hinaufsah, schauderte sie. „Gewitter machen mir Angst“, flüsterte sie.

Überrascht hob er eine Braue.

„Eine Angst aus meiner Kindheit. Es ist albern, ich weiß.“ Noch einmal blickte sie argwöhnisch zu den düsteren Wolken hoch.

„Das Gewitter sollte viel später losbrechen.“

Juliette zuckte die Schultern. „So was kommt vor.“ Damit stieg sie in die Limousine, und Doug folgte ihr.

Kaum hatte der Fahrer die Tür hinter ihnen geschlossen, begann es zu regnen, und Doug war plötzlich allein mit einer Frau, die aussah, als würde sie ihm beim ersten Donnergrollen auf den Schoß hüpfen.

Einer Frau, die er heftig begehrte.

5. KAPITEL

Es donnerte. Juliette knetete ihre Hände im Schoß. Gütiger Himmel war ihr das peinlich. Wie sollte sie einen Mann verführen, wenn sie zu viel Angst hatte, um sich zu rühren? Und sie hatte Doug verführen wollen.

Er legte seine Hand auf ihre Hände. „Entspann dich." Er nahm ihre Hand und legte sie auf seinen Oberschenkel. Als Ablenkung funktionierte das fabelhaft. Durch den Stoff seiner Jeans fühlte sie das Spiel seiner Muskeln unter ihren Fingern. Langsam atmete sie aus.

„Du hast den letzten Blitz verpasst", meinte er amüsiert.

„Ich habe auf etwas anderes geachtet."

Er lachte. „Genau das war meine Absicht."

Ein erneutes Donnern überraschte sie. Sofort war sie wieder angespannt und grub ihre Finger in seinen Oberschenkel. „Wusstest du, dass man bestimmen kann, wie weit das Zentrum des Gewitters entfernt ist, indem man die Sekunden zwischen Blitz und Donner zählt?"

„Stimmt das wirklich, oder ist das nur ein Märchen?"

„Ich habe keine Ahnung." Trotzdem hatte sie oft nächtelang wach gelegen und sich auf diese Gleichung konzentriert. „Aber dank dir habe ich etwas anderes, auf das ich mich konzentrieren kann – zumindest während des Gewitters." In ihrem Ton schwangen Übermut und Verlangen mit.

„Was immer es ist, wird es dir die Angst nehmen?"

Sie nickte und drehte sich so, dass sie ihn ansah. Dann legte sie ihm die Hände auf die Schultern. „Ich werde viel zu beschäftigt sein, um noch ans Wetter zu denken." Das dunkle Innere des Wagens machte ihr Mut.

„Na, dann sollten wir unbedingt anfangen, dich abzulenken." Beim Klang seiner heiseren Stimme überlief sie ein prickelnder Schauer.

Mit vor Erregung zitternden Händen begann sie, sein Hemd aufzuknöpfen. Zwei Knöpfe waren bereits offen, sodass ihre Finger die Haare auf seiner Brust streiften. Er sog scharf die Luft ein.

Juliette begriff, dass sie einen Mann erregen konnte, was sie schon ernsthaft bezweifelt hatte. Doug war die Wichtigkeit dieser Entdeckung vielleicht nicht klar, aber sie würde dieses Geschenk, diesen Moment und diesen Mann niemals mehr vergessen.

Sie löste einen Knopf nach dem anderen. Während der ganzen Zeit spürte sie Dougs warmen Atem an ihrer Wange, bis er den Kopf zurücklehnte und die Augen schloss.

Ihre zärtlichen, zögernden Berührungen und ihre Fähigkeit, ihre Angst zu vergessen und sich ganz der sinnlichen Erkundung seines Körpers zu widmen, brachten ihn fast um den Verstand.

Er machte die Augen wieder auf, als sie ihm das Hemd von den Schultern streifte und seine nackte Brust betrachtete. Mit den Fingern fuhr sie durch die dunklen Haare, umspielte seine flachen Brustwarzen zuerst mit den Fingerspitzen, dann mit ihrer Zunge. Doug erschauerte.

Es blitzte und donnerte um sie herum. Nach Juliettes Formel befanden sie sich jetzt im Zentrum des Gewitters. Doch Juliette war viel zu beschäftigt, um es zu registrieren. Und Doug genoss ihre zärtlichen Liebkosungen viel zu sehr, um sie darauf aufmerksam zu machen. Sich ihren streichelnden Händen auszuliefern war nicht gerade das, was er im Sinn gehabt hatte, als er sie beruhigen und ihr die Angst nehmen wollte. Sein Puls beschleunigte sich, und plötzlich war er derjenige, der beruhigt werden musste. Nur würde er diese Ruhe nicht finden, wenn Juliette in diesem Tempo weitermachte.

Mit ihrer Zunge fuhr sie seine Brust hinauf, seinen Hals und hielt bei seinem Ohr inne. „Jetzt bin ich abgelenkt", flüsterte sie.

„Davon bin ich überzeugt." Er legte seine Hände rechts und links neben sich. Zum einen, weil er sich fest vorgenommen hatte, nicht mit ihr zu schlafen, und zum anderen, weil es ihr ausgezeichnet gelang, sich von ihrer Angst vor Gewitter abzulenken. Sie brauchte seine Hände also nicht auf ihrem Körper oder seinen Mund auf ihren Lippen … Doug biss die Zähne zusammen angesichts all der erotischen Möglichkeiten, die ihm in den Sinn kamen.

„Macht dich das an?" Zärtlich biss sie ihn ins Ohrläppchen und sandte so weitere Schauer der Lust durch seinen Körper.

„Wir sind da", verkündete der Fahrer über die Sprechanlage. „Juliettes Hütte ist der erste Halt."

Irgendwie arbeitete Dougs Verstand noch genug, um zu registrieren, dass der Fahrer Juliettes Nachnamen nicht genannt hatte. Er schützte ihre Anonymität, was Doug wieder daran erinnerte, wo er war und was er gerade tat. Oder besser nicht tun sollte.

Der Wagen hielt, doch der Fahrer stieg nicht aus, um ihnen die Tür zu öffnen, sondern wartete noch diskret.

„Das war's dann wohl", meinte Doug.

Mit einem mutwilligen Grinsen zog sie ihm sein Hemd wieder über die Schultern. „Das muss es noch nicht gewesen sein. Denk dran, was ich vorhin gesagt habe. Ich will nicht, dass du wieder draußen bleibst." Ihre Worte waren bestimmt, doch das leichte Zittern in ihrer Stimme verriet ihre Verletzlichkeit.

„Diesmal würde ich ja nicht draußen bleiben, sondern trocken im Wagen." Er gab sich entspannter, als er war.

Ganz gleich, wie sehr sie ihn begehrte – wenn sie wüsste, dass er der Mann war, der die Story über den Geschäftspartner ihres Exverlobten verfasst hatte, würde sie vor ihm die Flucht ergreifen. Er wollte ihr helfen, ihre Fantasie auszuleben, doch noch wichtiger war ihm, seine Selbstachtung zu behalten.

Daher begann er, sein Hemd zuzuknöpfen. Doch Juliette gab ihm einen Klaps auf die Hände und machte es selbst.

Als sie fertig war, sagte sie: „Ein echter Gentleman würde mich zur Tür bringen. Und wenn er schon mal dort wäre, würde er mich dann wirklich allein ins Haus gehen lassen wollen?"

Ja. Nein. Was der Gentleman wollte, spielte keine Rolle. Außerdem wusste Doug sehr gut, dass er kein Gentleman war.

Erneut zuckte ein Blitz am dunklen Himmel. Juliettes Augen leuchteten hoffnungsvoll und baten stumm, ihr keine Abfuhr zu erteilen. Heftiges Donnergrollen folgte dem Blitz, und Doug sah ein, dass er verloren war. Unter keinen Umständen konnte er sie ins Haus gehen und sie den Rest der Nacht bei diesem Gewitter allein lassen. Dabei hatte er ihre Einladung vorhin nur deshalb abgelehnt, weil er nobel sein wollte. Himmel, wie kompliziert das alles war!

Statt Juliette zu antworten, stieß er die Tür auf und trat in den Regen hinaus. Er war nicht erstaunt, dass der Fahrer sofort an seiner Seite erschien. Juliette zögerte und schaute zum Himmel hinauf.

„Du hast lange genug gebraucht für deine Entscheidung. Es macht mir nichts aus, allein zu sein. Ich bin erwachsen, ganz gleich, wie albern ich mich benehme, und bis jetzt habe ich noch jedes Gewitter allein überstanden."

Er bot ihr die Hand, doch sie ignorierte sie störrisch. „Willst du warten, bis ich völlig durchnässt bin?", fragte er.

Ihre Miene war entschlossen. „Ich will nicht, dass du aus Mitleid mitkommst."

Energisch nahm er ihre Hand und zog sie hoch in seine Arme. Ohne auf den Fahrer oder den Regen zu achten, drückte er sie fest an sich. „Fühlt sich das vielleicht an, als hätte ich bloß Mitleid mit dir?", flüsterte er ihr ins Ohr.

Ihre Augen weiteten sich.

„Ich weiß nicht, wieso du so erstaunt bist. Schließlich hast du die letzte halbe Stunde damit zugebracht, mich heißzumachen."

„Du fühlst dich wirklich erregt an."

„Durch dich."

„Ach ja?" Sie grinste, und er musste sie einfach küssen.

Sie lachte und legte Doug die Arme um den Nacken und teilte die Lippen. Ganz vage registrierte er, dass der Wagen abfuhr.

Doug nahm Juliettes Hand und zog sie unter den überdachten Vorbau ihrer Hütte, doch der war sehr klein und bot ihnen kaum Schutz vor dem Regen. „Wir sollten reingehen."

Juliette leckte sich die Regentropfen von den Lippen. „Das sollten wir, und das könnten wir auch – aber dann würde ich meine Angst vor Gewitter nie überwinden. Wenn wir allerdings die schlechten Erlebnisse durch etwas Schöneres ersetzen würden ..."

„Dann hätten wir ein Heilmittel gegen Phobien. Wir könnten es vermarkten und Millionen damit verdienen."

Sie lachte. „Ich bin bereit, wenn du es bist."

Doug seufzte und gab sich geschlagen. Er war hier, und falls er nicht im Regen in das Gebäude laufen wollte, wo sich sein Zimmer befand, würde er hier bleiben müssen. Außerdem würde er keinen Rückzieher machen können, ohne ihr einen falschen Eindruck zu vermitteln und sie zu verunsichern und zu verletzen.

„Was soll's?", murmelte er und küsste sie erneut.

Obwohl er sich im Klaren darüber war, dass er dies nicht damit rechtfertigen konnte, nur ihre heimlichen Wünsche zu erfüllen, war es ihm in diesem Moment egal. Nichts zählte mehr, außer Juliette im Arm zu halten und den Regen auf ihren Lippen zu kosten.

Der Donner war schon nicht mehr so laut wie vorhin, doch versteifte Juliette sich sofort wieder. „Ganz ruhig."

Sie entspannte sich, und Doug streichelte ihre Arme, um sie zu wärmen. Trotzdem fröstelte sie, ein Zeichen, dass sie zu lange hier draußen gestanden hatten. Aber sie konnten noch nicht ins Haus gehen, ehe er ihre Bitte erfüllt und ihre Ängste durch etwas Wundervolles ersetzt hatte – prickelnde Erregung und aufwühlende Gefühle. Etwas, was sie weder vergessen noch jemals fürchten würde.

Mit diesem Gedanken schob er seine Hand zwischen ihre Schenkel. Er wartete auf ein Signal der Zustimmung oder Ablehnung. Beides würde er akzeptieren. Doch als Juliette sich ihm instinktiv entgegenbog, hoffte er inständig, dass sie es sich nicht anders überlegte.

Sie stöhnte leise auf und spreizte leicht die Beine. Er hatte ihre Zustimmung gewollt, und jetzt bekam er ihre Hingabe. Sie vertraute ihm voll und ganz. Ein seltsames Gefühl breitete sich in ihm aus. Was sie in ihm auslöste, sollte ihn eigentlich die Flucht ergreifen lassen, doch befand er sich längst jenseits jeglicher Vernunft. Nichts zählte mehr für ihn außer dieser Frau.

Juliette erschauerte unter seiner zärtlichen Berührung. Trotz ihrer Jeans spürte sie seine Hand deutlich an ihrem intimsten Punkt. Eine nie gekannte Erregung breitete sich in ihr aus, und sie klammerte sich an seine Schultern, da sie glaubte, dass sonst ihre Knie nachgeben würden.

Das also war echte Begierde. Ein wirbelndes Durcheinander sinnlicher Empfindungen, die sie benommen und schwindelig machten, ihr Herzklopfen verursachten und eine glühende Sehnsucht nach mehr weckten.

Er strich ihr die feuchten Haare aus dem Gesicht. „Wo bist du jetzt?“

Ein zärtliches Lächeln erschien auf ihren Lippen. „In einem Wirbelsturm des Verlangens.“

„Hast du keine Angst?“

„Gibt es denn etwas, wovor ich Angst in diesem Augenblick haben müsste?“

Als wollten sie Juliette auf die Probe stellen, wählten die Elemente diesen Augenblick, um wieder auf sich aufmerksam zu machen. Obwohl kein Blitz den finsteren Himmel erleuchtete, donnerte es. Juliette klammerte sich so fest an Doug, dass ihre Fingernägel sich tief seine Schultern bohrten, doch sie wusste, dass sie in Sicherheit war.

Er umfasste ihr Kinn und schob sanft ihren Kopf nach hinten, damit sie ihn ansah. „Nicht, solange du bei mir bist. Vor mir brauchst du nie Angst zu haben.“

Juliette sah in seine wundervollen blauen Augen und glaubte ihm. Ohne Vorwarnung lenkte er ihre Aufmerksamkeit wieder auf sie selbst, indem er sein sie aufregendes Streicheln fortsetzte. Heiße Schauer der

Lust durchströmten sie, und sie sehnte sich schmerzlich nach Erfüllung.

„Wo bist du?", wiederholte er seine Frage, während er sie weiter streichelte.

Nur mit Mühe brachte sie ein paar Worte heraus. „Doug, bitte." In stummem Flehen drängte sie sich an ihn.

„Sag mir einfach, wo du bist", flüsterte er heiser. „Mach deine Augen auf, und sieh dich um."

Waren ihre Augen geschlossen? Juliette zwang sich, sie zu öffnen und schaute über die Schulter in die dunkle Nacht. „Ich bin draußen."

Er belohnte ihre Antwort mit einer Bewegung seiner Hand, die ihre Lust noch weiter entfachte. Juliette hielt sich an Doug fest und warf den Kopf zurück.

„Regnet es?", fragte er.

„Ja", hauchte sie. Seine wunderbaren Hände brachten sie immer näher an den Rand der Ekstase.

„Blitzt es?"

Sie war kurz vor dem Höhepunkt. Sie wollte nicht mehr sprechen, nur noch fühlen und sich ganz in seinen erotischen Zärtlichkeiten verlieren. „Nein, die Blitze haben aufgehört."

Rasch veränderte er ihre Position, indem er Juliette gegen die Tür lehnte und seine Hand wieder zwischen ihre Beine schob. Die Tür gab ihr besseren Halt, sodass er Juliette noch leidenschaftlicher streicheln konnte.

„Donnert es noch?" Seine Stimme klang rau und erregt.

„Ja." Das Pulsieren tief in ihr wurde heftiger, und mit kreisenden Bewegungen ihrer Hüften presste Juliette sich seiner Hand entgegen. „Oh ja."

„Woran wirst du denken, wenn es das nächste Mal gewittert?"

„An dich", erwiderte sie auf dem Gipfel der Lust.

Er senkte seine Lippen begierig auf ihre, mit einer so glühenden Leidenschaft, dass der Blitz sie hätte treffen können, und es wäre Juliette egal gewesen.

Langsam kam sie wieder zu sich und kehrte in die Realität zurück. Sie hatte sich diesem Mann auf eine Art hingegeben, die ihr völlig fremd war, und er hatte ihr unglaubliches Vergnügen geschenkt. Doch so sehr sie es auch genossen hatte, so verlegen war sie jetzt und wusste nicht, wie sie ihm wieder in die Augen sehen sollte.

„Der Kaffee ist fertig." Juliette ging mit zwei weißen Bechern zur Sitzecke in der kleinen Hütte.

Sie trug ein seidenes zweiteiliges Outfit, das mehr verhüllte, als Doug lieb war, jedoch wunderbar ihre Kurven betonte. Kurven, die er berühren wollte, ohne die Barriere ihrer Kleidung.

Er räusperte sich. „Danke. Heißer Kaffee ist großartig."

„Frierst du noch?" Sie stellte die Becher auf den Couchtisch.

Im Gegensatz zu Juliette hatte Doug sich nicht umziehen können, sondern seine nassen Sachen anbehalten müssen. Die Jeans war nicht allzu nass, aber sein Hemd war durchweicht, sodass er es ausgezogen und sich ein Handtuch um den Nacken gelegt hatte.

Er nahm den Becher und ließ sich von dem heißen Getränk wärmen. „Jetzt fühle ich mich schon besser." Nicht nur wegen des Kaffees, sondern wegen Juliettes Anblick.

Ihr Haar fiel in weichen Locken über ihre Schultern, ihr Gesicht war ungeschminkt, und sie erregte ihn mehr als jede Frau es vermocht hätte, die sich für einen aufregenden Abend in der Stadt zurechtgemacht hat.

„Diese Ferienanlage erstaunt mich. Sie hat allen Komfort wie zu Hause, und zugleich habe ich mich noch nie so weit von meinem Leben entfernt gefühlt."

„Mir geht es ähnlich", gestand er.

„Ich wünschte, ich hätte etwas Wärmeres für dich zum Anziehen. Aber ich kenne die Sachen in meinem Koffer selbst kaum. Glaub mir, es ist nichts dabei, was dir annähernd passen könnte."

„Hast du dir lauter neue Sachen für diese Reise gekauft?", erkundigte er sich, ihre Bemerkung über die Kleidungsstücke in ihrem Koffer aufgreifend.

„Wohl kaum." Ihre Antwort enthielt einen sarkastischen Unterton, und plötzlich fragte Doug sich, ob sie Sachen trug, die für ihre Flitterwochen gedacht waren. Der knappe Bikini, in dem sie immer zum Anbeißen süß aussah, und ihr sexy Morgenmantel waren vielleicht für eine ganz andere Reise vorgesehen. Mit einem anderen.

Bei der Vorstellung zog sich sein Magen zusammen. Ob sie nun diese enge Seidensachen trug oder vom Regen durchnässt war – Doug wollte der einzige Mann sein, der all die verschiedenen Facetten von Juliette Stanton sah. Verdammt! Woher kamen denn auf einmal dieser Besitzdrang, diese Eifersucht? Und wie wurde er diese Gefühle wieder los?

Er sah auf, gerade als sie sich mit der Zungenspitze über die Unterlippe fuhr. „Diese Reise war eine Überraschung meiner Schwester", erklärte sie. „Und meine Garderobe auch."

Ihre Antwort erleichterte ihn. Auf indirekte Weise war diese Kleidung also für ihn allein bestimmt. „Deine Schwester scheint ein außergewöhnlicher Mensch zu sein."

„Ja, sie ist etwas Besonderes. Wir sind übrigens eineiige Zwillinge. Was ist mit dir? Hast du noch Brüder oder Schwestern?"

Er schüttelte den Kopf. „Meine Adoptiveltern konnten keine Kinder bekommen, deshalb nahmen sie mich auch so gern auf." Obwohl er ihnen dafür ewig dankbar sein würde, hatte er sich oft gefragt, wie es wohl wäre, einen Bruder oder eine Schwester zu haben. Jemanden, der ungefähr in seinem Alter war und sich um ihn kümmerte, wenn die Zeiten schlecht waren, oder ihm auf die Schulter klopfte, wenn alles in Ordnung war. „Hast du dich immer mit deiner Schwester verstanden?"

„Ja, sie ist meine beste Freundin. Sie hat mir geholfen, die schlimmsten Zeiten durchzustehen. Gillian ist die extrovertiertere von uns beiden." Sie verstummte, und Doug ahnte, dass sie an ihre gemeinsamen Augenblicke im Gewitter dachte. Eine leichte Röte färbte ihre Wangen.

„He." Er berührte ihr Kinn, sodass sie ihn ansehen musste. „Was vorhin zwischen uns passiert ist, sollte die schlechten Erinnerungen in deinem Leben vertreiben, nicht dich verlegen machen."

Sie errötete noch mehr. „Es ist nur so, dass ..."

„Sag es." Er war neugierig zu erfahren, was ihr Unbehagen bereitete.

Sie atmete tief durch. „Es ist so, als hätte ich um etwas gebeten, und du hast es mir gegeben, ohne dass du im Gegenzug etwas bekommen hättest."

Hatte sie wirklich keine Ahnung? Für ihn war ihr Höhepunkt so überwältigend gewesen, dass er fast die Kontrolle über sich verloren hätte. Nie zuvor hatte er derart heftig auf eine Frau reagiert, nie zuvor war ihm das Vergnügen seiner Partnerin wichtiger gewesen als sein eigenes. „So habe ich das nicht empfunden."

„Soll das heißen, dass es nicht einseitig war?"

„Wir haben beide unseren Fantasien, Juliette." Was hatte er zu Merrilee gesagt? *„Ich muss wissen, dass ich die Bedürfnisse einer Frau über meine eigenen stellen kann."*

Damals war das nur ein Teil seiner Strategie gewesen, um mit Juliette zusammenzukommen, auch wenn die Worte eine ganze Menge Wahrheit enthalten hatten.

Juliette beugte sich vor, bereit, ihm zuzuhören.

Und er war bereit, es ihr zu sagen. Er hatte nicht damit gerechnet, Juliette seine Fantasie zu offenbaren, doch sie weckte in ihm den Wunsch, sich ihr zu öffnen. „Vor Kurzem habe ich einer Frau wehgetan. Aus ihrer Sicht habe ich sie nur benutzt, und so ganz falsch lag sie damit wohl nicht. Deshalb will ich mir jetzt beweisen, dass ich die Bedürfnisse einer Frau über meine eigenen stellen kann."

„Die irgendeiner Frau?"

„Nein, ganz und gar nicht. Außerdem bist du nicht irgendeine Frau. Für mich jedenfalls nicht."

Sie spreizte die Finger auf ihrem Schenkel und spielte mit dem Seidenstoff. „Aber du kannst nicht bestreiten, dass es vorhin einseitig war. Hast du mich da nur benutzt, um dir etwas zu beweisen?"

„Nicht mehr, als du mich vermutlich zum Ausleben deiner Fantasie benutzt." Er lachte. „Du bist wirklich stur. Ja, technisch betrachtet war es einseitig. Aber …" Er hielt inne, um ihre Neugier zu wecken.

„Aber was?"

Doug beugte sich vor, sodass nur noch wenige Zentimeter zwischen ihnen lagen. „Aber …" Er berührte ihre Hand. „Du bist mir innerhalb sehr kurzer Zeit sehr wichtig geworden. Ich habe es genossen, dich zu beobachten und dir zuzuhören. Weißt du eigentlich, dass du diese kleinen Laute von dir gibst? Seufzer und leises, lustvolles Stöhnen?"

Ihre Pupillen weiteten sich, und sie errötete heftig. Ihre Lippen formten sich zu einem kleinen „Oh", doch dann machte sie den Mund wieder zu, ohne etwas zu sagen. Heiß durchströmte es Doug. Bei dem Versuch, sie zu beruhigen, hatte er seine eigene Erregung von Neuem entfacht. „Und weißt du was?"

„Was?", hauchte sie.

„Diese Laute erregen mich."

Juliette schluckte. Er tut es schon wieder, dachte sie benommen. Er beruhigte sie und vertrieb geschickt alle unangenehmen Gefühle. Offenbar war er fest entschlossen, sie davon zu überzeugen, dass ihr Vergnügen auch seines gewesen war.

„Doug?"

„Ja?"

Angesichts der kurzen Zeit, die ihnen noch auf der Insel blieb, nahm sie ihren Mut zusammen. „Bist du noch immer erregt?“

Er sog scharf die Luft ein. „Ja“, flüsterte er.

Juliette nahm die Enden des Handtuchs um seinen Hals und zog ihn zu sich heran. Sie atmete den unbeschreiblich angenehmen Duft seiner Haut wahr und reagierte sofort darauf. Ihre Brustspitzen richteten sich auf, und Verlangen breitete sich in ihr aus – beides vertraute Reaktionen auf diesen Mann. Vertraut … In dieser kurzen Zeit war Doug ihr vertrauter geworden, als es ihr Exverlobter ihr je gewesen war. Wieso war sie bereit gewesen, sich mit weniger zufriedenzugeben?

„Diesmal sollst du etwas von mir bekommen.“ Sie sprach die Worte, während sie ihre Lippen auf Dougs presste. Sie wollte ihn so erregen und berühren, wie er es mit ihr getan hatte.

Er legte ihr die Hände auf die Schultern, und Juliette spürte seine Unentschlossenheit an der zurückhaltenden Art, mit der er sie küsste und sie festhielt, um intimen Körperkontakt zu vermeiden. Nur weil Juliette jetzt die Gründe für sein Zögern kannte, hieß das noch lange nicht, dass sie sich abweisen lassen würde. Sie probierte es mit einem weiblichen Trick, indem sie ihm mit der Zunge über die Lippen fuhr.

Offenbar hatte sie Erfolg, denn plötzlich begann er sie mit ganzer Leidenschaft zu küssen. Juliette fand, dass sie Fortschritte machte. Und als er sich ihren Bewegungen anpasste und ihre Zungen sich zu einem erotischen Spiel fanden, hörte sie ganz auf zu denken.

6. KAPITEL

Gütiger Himmel, dachte Doug. Wieder einmal raubte ihm Juliettes warmer, sinnlicher Mund den Atem. Er hörte die Alarmglocken in seinem Kopf schrillen, doch konnte er sich nicht dazu durchringen, darauf zu achten. Er ließ seine Hände von ihren Schultern über ihren Rücken zu ihrer Taille gleiten, wo er langsam den Seidenstoff hob, um endlich Juliettes nackte Haut zu streicheln.

Sie umfasste seine Handgelenke und hielt ihn auf. „Ich bin dran, schon vergessen?"

Ihre Stimme drang durch seine Benommenheit und holte ihn in die Realität zurück. Er wollte alles, was sie zu geben hatte. Nur durfte er es nicht nehmen. „Ich habe dir doch schon erklärt, dass ich nichts als Gegenleistung erwartet habe."

„Das weiß ich. Du hast mir etwas gegeben, weil du es wolltest, auch wenn du dir damit etwas bewiesen hast. Jetzt will ich dir etwas geben." Sie atmete tief durch – um sich Mut zu machen, nahm Doug an. Dann legte sie die Hand auf seine Hose.

Er presste die Lippen zusammen. Offenbar spürte sie deutlich sein heftiges Verlangen, denn sie umfasste ihn fester und bewegte ihre Hand aufreizend langsam. Mit einer Mischung aus Selbstsicherheit und Zögern erforschte sie ihn, ihre Berührungen entflammten ihn so sehr, dass er sich kaum noch beherrschen konnte.

„Willst du etwa bestreiten, dass dir das gefällt?"

Überwältigt von seinem Verlangen, konnte er weder etwas zugeben noch etwas bestreiten. „Ich würde sagen, die harten Fakten sprechen für sich."

Sie lachte unbeschwert, doch als sie sich an dem Knopf an seiner Jeans zu schaffen machte, begriff Doug, dass er dem Ganzen ein Ende bereiten musste. Und zwar auf der Stelle, bevor die Dinge außer Kontrolle gerieten. Andererseits war ihm klar, dass er sie verletzen würde, wenn er sie abwies. Denn obwohl er ihr seine Fantasie verraten hatte, würde sie nicht verstehen, weshalb er das Ganze jetzt stoppte.

Sich zurückhalten und auf das verzichten, was Juliette ihm anbot – so kannte er sich selbst nicht. Er hatte nicht viel im Leben getan, worauf er stolz sein konnte. Mit allen möglichen Mitteln Fakten zu ergattern, selbst wenn sie die Schwächen anderer entblößten, machte ihn kaum zum Heiligen.

Und doch versagte er sich jetzt, was er am meisten begehrte, was er mehr ersehnte als die Informationen, die Juliette besaß. Denn jetzt wollte er nur, was für sie das Beste war.

Juliette brachte etwas Gutes in sein Leben. Ironischerweise stehe ich dafür in ihrer Schuld, dachte er. Und dies war die einzige Möglichkeit, ihr etwas zurückzugeben.

Sie öffnete seinen Jeansknopf und begann den Reißverschluss aufzuziehen. Doug atmete tief ein und fragte sich, wie er sie aufhalten sollte.

„Erinnerst du dich daran, dass ich dir von meiner Verlobung erzählt habe?"

Das überraschte ihn völlig, doch gelang es ihm, wenigstens zu nicken.

„Was ich dir nicht erzählt habe war, dass es zwischen uns überhaupt nicht gefunkt hat." Juliette zog seinen Reißverschluss herunter. Doug ballte die Fäuste.

„Es war nicht aufregend." Sie legte die Hände an den Bund seiner Jeans. „Da war keine echte Begierde."

Zum Glück hielt sie inne, denn er wollte sich ganz auf ihre Worte konzentrieren, was kaum möglich war, wenn sie ihn dabei auszog. Und aufhalten konnte er sie nicht, weil sie sonst nicht weitererzählen und er womöglich nie einen tieferen Einblick in ihr Inneres bekommen würde.

Einen Einblick, den er aus persönlichen Gründen wollte, nicht aus beruflichen. Ganz ohne Hintergedanken. Er wollte hören, was sie zu sagen hatte, weil er die Quelle ihres Schmerzes kennen musste, um sie zu heilen. Nicht weil es seine sogenannte Fantasie war, sondern weil er drauf und dran war, sich in sie zu verlieben. Und er hatte nicht die leiseste Ahnung, wie er damit umgehen sollte.

„Ich kann mir nicht vorstellen, dass ein Mann dich nicht begehrt", meinte er aufrichtig.

Juliette biss sich auf die Unterlippe. „Glaub mir, es war so. Er wollte mich nicht. Und ich dachte, es sei meine Schuld. Ich hatte so etwas Ähnliches schon einmal durchgemacht. Er wollte nicht mich, sondern nur das, was ich ihm bieten und für ihn tun konnte."

Dougs journalistischer Instinkt erwachte und sagte ihm, dass er kurz davor stand, die Wahrheit zu erfahren. Es war durchaus möglich, dass sie ihr Geheimnis preisgab. Doch das Adrenalin, das durch seine Adern rauschte, hatte nichts mit seinem ursprünglichen Ziel zu tun, sondern mit dem Schmerz in ihren Augen.

Er berührte ihre Wange. „Du musst wissen, dass ich dich begehre."

„Das weiß ich." Ein schwaches, aber vertrauensvolles Lächeln umspielte ihre Mundwinkel. „Da wir uns gerade unsere Fantasien eingestehen, sollst du auch wissen, dass ich meine mit dir ausleben kann. Und das ist ein wundervolles Geschenk."

„Inwiefern?"

„Du hast mir mein Vertrauen in mich selbst wiedergegeben", sagte sie und konzentrierte sich plötzlich wieder auf ihr Vorhaben, indem sie am Bund seiner Jeans zog.

Doug packte ihre Handgelenke und hielt sie fest. „Wenn ich dein Vertrauen in dich selbst wiederhergestellt habe, heißt das, dass du mir glaubst?"

„Selbstverständlich."

So einfach, dachte er. Und so kompliziert. „Und du glaubst mir auch, dass ich dich will."

Sie nickte und errötete leicht. „Ich kenne die harten Fakten, wie du dich ausgedrückt hast."

Er zog sie an sich, sodass er sie in die Arme schließen und gleichzeitig der Versuchung widerstehen konnte. „Glaubst du mir dann auch, dass ich dich lieber besser kennenlernen möchte, als von dir eine Gegenleistung zu empfangen? Zumindest vorerst", fügte er hinzu und räusperte sich.

„Ja, ich glaube dir." Juliette schmiegte den Kopf an seine Brust.

„Das solltest du auch. Ich bin nicht derjenige mit der Angst vor Gewitter. Wenn ich nicht hier sein wollte, könnte ich einfach gehen."

Was er sagte, klang einleuchtend. Natürlich konnte er einfach gehen. Im Gegensatz zu den anderen Männern in ihrem Leben wusste er nicht, wer sie war. Also konnte er von ihr auch nichts anderes wollen außer Sex und ihre Gesellschaft. Wie lieb von ihm, dass er sie erst mal besser kennenlernen wollte, bevor er den nächsten Schritt machte. Sie entspannte sich und vertraute ihm noch mehr.

„Was willst du von mir wissen?", fragte sie.

„Wie wäre es, wenn wir als Erstes mit deiner rätselhaften Angst vor Gewitter beginnen?"

Sie fühlte sich in seinen Armen sicher und geborgen, ohne das Prickeln ignorieren zu können, das seine Nähe auslöste. „Dad hatte uns ein Baumhaus gebaut, als wir acht waren. Wir waren begeistert, und Gillian und ich verbrachten viel Zeit darin. Zu viel Zeit, daher schränkten Mom und Dad die Stunden ein. Aber wir waren Kinder, wir mussten einfach darin spielen, ob es erlaubt war oder nicht."

„Und ich dachte du seist ein durch und durch braves Kind gewesen."

„Gillian war die Wilde, wodurch ich die Rolle der braveren Tochter übernahm. Aber das kam erst später, als ich älter wurde. Mit acht wollte ich einfach nur meinen Spaß."

„Dagegen ist ja auch nichts einzuwenden." Er legte sein Kinn auf ihren Kopf, und Juliette seufzte.

Sie genoss die ungezwungene Stimmung. Doug hatte nicht nur Verständnis, er interessierte sich wirklich für sie. Sie bedeutete ihm etwas. „Eines Tages spielten wir bei Stuart ..."

„Stuart?", unterbrach er sie.

„Mein Nachbar ... der Exverlobte", gestand sie. Eigentlich hatte sie nicht von Stuart sprechen wollen. Andererseits wollte sie aufrichtig sein. Bevor Doug sie nach Stuart fragen konnte, fuhr sie fort. „Es wurde spät, und als es anfing zu regnen, schickten seine Eltern uns nach Hause."

Doug stöhnte. „Lass mich raten. Ihr habt einen Umweg gemacht."

„Ja. Und dann fing es richtig an zu schütten."

„Aha."

„Tja, als Gillian und ich den Regen hörten, war es schon so spät, dass wir Angst hatten, nach Hause zu gehen. Mit acht Jahren hat man Angst vor Bestrafung. Wir verbrachten zu viel Zeit damit, uns darüber zu streiten, was wir tun sollen. Ehe wir uns versahen, blitzte und donnerte es, und Wind peitschte den Regen. Wir waren nass, ängstlich und wollten nach Hause." Bei der Erinnerung daran schüttelte sie den Kopf. „Dad fand uns schließlich."

„Natürlich. Ihr wart ja auch im wahrscheinlichsten Versteck."

Sie grinste. „Ich sagte ja, wir waren acht Jahre alt. Ich habe nicht behauptet, dass wir schlau waren. Dad rettete uns, nachdem der Blitz in einen Ast des Baumes eingeschlagen hatte. Ich glaube, solche Angst hatte ich noch nie. Ich klammerte mich an Gillian und weinte, während sie das Abenteuer ihres Lebens genoss." Sie zuckte die Schultern. „Und deshalb habe ich Angst vor Gewitter. Vermutlich hätte ich damals schon wissen müssen, dass ich für so viel Aufregung nicht gemacht bin."

„Oh, ich finde, du wirst mit Aufregung ganz gut fertig."

Da war wieder jener sinnliche Unterton in seiner Stimme, der ihr Verlangen nach ihm weckte. „Kommt darauf an, mit wem ich die aufregenden Dinge erlebe."

„Momentan wohl mit mir."

Sie legte den Kopf an seine Schulter. „Du wirst mich nicht widersprechen hören." Sie streckte die Beine aus, und er folgte ihrem Beispiel. Obwohl ein wenig beengt, fühlte sie sich entspannter denn je.

Vielleicht hatte Doug den Druck von ihnen genommen, indem er sie von dem Anspruch befreit hatte, gleich Sex zu haben. Wegen Stuart hatte Juliette den Drang entwickelt, sich zu beweisen, dass sie das Interesse eines Mannes wecken konnte. Doch jetzt, wo sie Doug kannte, gab es keinen anderen, der sie interessierte. Er hatte ihr gerade auf eine sehr liebenswerte Art sein Interesse bekundet, und dafür war sie dankbar. Genug, um sich in seinen Armen zu entspannen, während der Regen aufs Dach trommelte und ihr die Lider immer schwerer wurden.

Sie wurde hochgehoben und getragen. Juliette hatte gar nicht gemerkt, dass sie eingeschlafen war. Jetzt wachte sie erschrocken auf und fand sich in Dougs Armen wieder. „Was tust du?"

„Mich bewegen, bevor ich völlig verknotet bin."

Sie lachte. „Du hättest mich auch einfach aufwecken können."

„Und mir die Gelegenheit entgehen lassen, dich in meinen Armen zu halten? Auf keinen Fall."

Er trug sie ins Schlafzimmer und legte sie ins Bett und deckte sie sorgfältig zu. Dann setzte er sich auf die Bettkante und wickelte sich eine ihrer Locken um den Finger. „Der Regen hat aufgehört", bemerkte er leise.

„Du gehst", stellte sie enttäuscht fest.

„Mir bleibt keine andere Wahl." Sein Blick glitt von ihrem Gesicht zu ihren Brüsten. Seine Finger folgten dem Weg seiner Augen, fuhren von ihrem Schlüsselbein herunter, streiften ihre Brüste und verweilten in der Mulde zwischen ihnen.

Seine gebräunten Finger bildeten einen starken Kontrast zu ihrer hellen Haut. Obwohl die Berührung zärtlich war, lag eindeutig eine erotische Absicht darin. Heiß durchströmte es Juliette. Sie spürte den

Seidenstoff an ihren hoch aufgerichteten Brustspitzen. Nichts würde ihre Anspannung lösen, außer seiner Berührung. Aber seiner entschlossenen Miene nach zu urteilen, würde das jetzt nicht geschehen.

„Natürlich hast du eine Wahl. Du kannst bleiben."

Er biss die Zähne zusammen. „Noch nicht."

Am liebsten hätte sie ihn danach gefragt, was für eine Art von Schmerz er jemandem in der Vergangenheit glaubte zugefügt zu haben, oder wieso er jetzt das Gefühl hatte, es wieder gutmachen zu müssen. „Wieso ..."

Bevor sie die Frage beenden konnte, neigte er den Kopf und presste die Lippen zu einem seiner betörenden Küsse auf ihre. Zu einem jener Küsse, die sie schwach werden und ihren Verstand aussetzen ließen; Küsse, die ihr versicherten, dass die Gründe, weswegen er heute Nacht nicht bei ihr blieb, nichts mit mangelndem Interesse zu tun hatten.

Während er sie leidenschaftlich küsste, schob er die Finger in ihr Hemd und ließ sich auch von ihrem hauchdünnen BH nicht aufhalten. Behutsam rieb er eine ihrer harten Knospen zwischen zwei Fingern und entfachte so Juliettes Begierde.

Sie hob die Arme, suchte ihn, doch er drückte ihre Hände auf die Matratze. Daher blieb ihr nichts anderes übrig, als ihm durch die Art, wie sie seinen Kuss erwiderte, zu zeigen, dass sie seine Liebkosungen genoss und sich nach mehr sehnte.

„Ich will nicht gehen." Er schmiegte seine Stirn an ihre.

Sein Geständnis weckte Hoffnung in Juliette. „Dann bleib."

„Man hat dir erst vor Kurzem wehgetan."

Bei der Erinnerung daran versteifte sie sich. „Das habe ich nie behauptet."

„Dein Exverlobter war nur daran interessiert, was du für ihn tun konntest, nicht an dir selbst. Das muss wehgetan haben."

„Und du weißt, wie das ist?"

„So ungefähr."

Sie gab sich mit seiner vagen Antwort vorerst zufrieden und hob sich weitere Fragen für später auf.

Er legte ihr den Zeigefinger unters Kinn. „Wir wissen beide, worauf es hinausläuft, wenn ich bleibe."

Sie nickte, und ein Schauer überlief sie.

„Aber um deinetwillen musst du dir sicher sein."

„Ich weiß, was mein Körper mir sagt." In diesem Moment verzehrte sie sich vor Sehnsucht nach Dougs Berührung.

Doug lachte, doch es klang keineswegs amüsiert. „Ich möchte, dass dein Verstand es dir auch sagt. Und das braucht Zeit."

Es ist wohl eher so, dass *du* Zeit brauchst, dachte Juliette. So schwer es auch war, sie akzeptierte die Grenzen, die Doug ihr setzte. Allerdings würde sie diese Insel nicht verlassen, ohne diese Grenzen überschritten zu haben. Sie erbebte innerlich bei der Vorstellung, mit ihm zu schlafen, denn sie wusste, dass sie danach nicht mehr dieselbe sein würde.

Er hob die Decke und steckte sie um sie herum fest. Dann beugte er sich über Juliette und gab ihr einen kurzen Kuss. „Gute Nacht."

Sie seufzte. Zu wissen, was gut und notwendig war, machte den Abschied nicht leichter.

Als das Telefon klingelte, befand Juliette sich in einer anderen Welt. Sie war mit Doug auf einer einsamen Insel, umgeben von hellem Sonnenschein und tropischen Blumen mit den zartesten Blüten – für die Doug eine originelle und erregende Verwendung fand. Sie wollte nicht gestört werden, doch das beharrliche Klingeln hörte nicht auf.

Juliette nahm den Hörer von der Gabel. „Hallo." Wenn sie schon geweckt wurde, hoffte sie, dass es wenigstens Doug war.

„Als ich dich auf diese Reise schickte, dachte ich, du würdest dich mal melden. Wie geht es dir?" Gillians besorgte Stimme war laut und deutlich am anderen Ende der Leitung zu vernehmen.

„Im Paradies sollte es keine Telefone geben", jammerte Juliette. Andererseits konnte sie nicht bestreiten, dass sie sich freute, von ihrer Schwester zu hören, auch wenn sie gehofft hatte, Doug sei der Anrufer.

Sie schloss die Augen, doch ihr Traum entglitt ihr immer mehr. An seine Stelle trat die Realität in Form eines wegen der Klimaanlage zu kalten Zimmers, eines leeren Platzes neben ihr im Bett und einer anhaltenden Leere in ihrem Innern, weil der Traum viel zu früh geendet hatte.

„Wenn du im Paradies bist, wieso hörst du dich dann so traurig an?", wollte Gillian wissen.

„Nicht traurig." Nur sehnsüchtig nach dem Mann, der gestern Abend viel zu schnell verschwunden war. Juliette setzte sich im Bett auf und ließ sich von den Sonnenstrahlen wärmen, die durch die Jalousien hereinfielen. „Außerdem kann ich mich daran erinnern, dir am

Tag meiner Ankunft hier eine Nachricht auf dem Anrufbeantworter hinterlassen zu haben."

Gillian räusperte sich. „Na ja, ich war gar nicht zu Hause und hatte zu viel um die Ohren, um zurückzurufen."

„Du hattest bloß Angst vor meinem Kommentar dazu, dass du, ohne mich zu fragen, diesen Urlaub für mich gebucht und meine komplette Garderobe ausgetauscht hast."

„War die Idee so schlecht?"

Da Gillian ein wenig unsicher klang, beschloss Juliette, ihrer Schwester nicht weiter zuzusetzen. Abgesehen davon brauchte sie Gillians Rat. „Wahrscheinlich war es die beste Idee, die du in deinem Leben gehabt hast", gestand sie.

„Wow! So gut? Na ja, ich habe über „Fantasies, Inc." in einer Zeitschrift gelesen. Kannst du dir vorstellen, dass es sogar Paare gibt, die nach so einem Urlaub geheiratet haben? Apropos heiraten – oder besser gesagt, nicht heiraten – du solltest wissen, dass Stuart verdächtig still ist, seit du weg bist."

„Inwiefern? Ich hatte ohnehin keinen Kontakt mehr zu ihm seit unserer sogenannten Vereinbarung, dass ich unter allen Umständen Stillschweigen bewahre."

„Er rief am Tag deiner Abreise an."

„Er rief mich an?" Gillian wohnte in Juliettes Haus, um die Reporter von ihrer Spur abzulenken. „Wieso sollte Stuart mit mir zu tun haben wollen?"

„Vermutlich wollte er dich nur überprüfen. Und glaub mir, er hat es mir nicht abgekauft, als ich mich mit Juliette gemeldet habe."

Trotz allem musste Juliette lachen. „Er kennt uns eben schon zu lange."

„Sei unbesorgt, ich habe keine Geheimnisse ausgeplaudert. Er hat es noch ein paar Mal versucht und es dann aufgegeben. Aber genau das macht mich misstrauisch."

Juliette zupfte an der Tagesdecke und fand, dass Gillian aus einer Mücke einen Elefanten machte. „Wie geht es Dad und Mom?"

„Gut. Mach dir um die keine Sorgen. Dad verrät deinen Aufenthaltsort nicht. Sosehr er Stuart auch respektiert, dich liebt er mehr."

Juliette schluckte. „Er wird schrecklich desillusioniert sein, wenn er die Wahrheit erfährt."

„Besser desillusioniert von dieser miesen Ratte als besorgt um dich."

Juliette stöhnte. Natürlich waren ihre Eltern besorgt, nachdem sie die Hochzeit hatte platzen lassen, ohne dass sie auch nur die leisesten Anzeichen dafür hatten kommen sehen. Juliette hatte niemandem einen Hinweis darauf gegeben, das die Beziehung zu Stuart enden würde, ganz einfach deshalb, weil sie es selbst nicht geahnt hatte. Hinzu kam, dass der plötzliche Aufbruch in den Urlaub völlig untypisch für sie war. Sie fragte sich, was ihre Familie wohl dazu sagen würde, dass sie sich mit einem Fremden eingelassen hatte.

„Hast du inzwischen eine Idee, wie du diese Geschichte ohne allzu große negative Auswirkungen enthüllen kannst, oder bist du zu sehr mit deinem Fantasie-Mann beschäftigt? Ich hoffe auf Letzteres – dafür habe ich dich ja schließlich dort hingeschickt."

Trotz ihrer Beziehung zu Doug hatte Juliette viel über die Probleme zu Hause nachgedacht. Leider hatte sie noch immer keine Lösung gefunden. „Tatsächlich habe ich jemanden kennengelernt, der mir vielleicht einen Rat geben kann. Eine unbeteiligte dritte Partei, sozusagen."

Gillian lachte. „Ein unbeteiligter Er oder eine unbeteiligte Sie?"

„Als wenn du das nicht wüsstest. Immerhin hast du diesen Urlaub arrangiert."

„Den Urlaub, nicht den Mann", konterte Gillian. „Also, wie ist er?"

„Außergewöhnlich." Und dass sie ihn überhaupt kennengelernt hatte, verdankte Juliette ihrer Schwester. „Was hast du über meine Fantasie geschrieben?" Sie griff in die Nachttischschublade und nahm eine Kopie von Merrilees Unterlagen heraus, die auf Wunsch in die Hütte geliefert wurde. Juliette war neugierig gewesen, was für eine Fantasie sie nach Meinung ihrer Schwester ausleben sollte. „Aha, da haben wir es." Sie las laut vor: „Ich wünsche mir, von einem ganz besonderen Mann verwöhnt und begehrt zu werden. Ich möchte mich geliebt fühlen, im Mittelpunkt seiner Aufmerksamkeit stehen und den Schmerz einer aufgelösten Verlobung vergessen." Juliette hielt inne. „Woher wusstest du das?"

„Aufgrund unserer ganz speziellen inneren Verbindung. Wenn es dir schlecht geht, geht es mir auch schlecht. Und wenn ich das durchgemacht hätte, was du hinter dir hast, hätte ich mir dasselbe gewünscht."

Das brachte Juliette auf einen anderen Gedanken. „Hast du mich etwa aus Schuldgefühlen auf diese Reise geschickt? Weil ich mit Stuart zusammen war, nicht du?"

Ihre Schwester seufzte schwer. „Wenn ich nicht immer die Wildere von uns beiden gewesen wäre, die man ständig bremsen musste und die dauernd in Schwierigkeiten geriet, hättest du nicht alles daran gesetzt, das zu kompensieren. Du hast Dads Miene gesehen, als Stuart sich für dich interessierte, und darin sahst du einen Weg, ihm Freude zu bereiten. Du hast gehandelt, ohne auf die Stimme deines Herzens zu hören. Dafür fühle ich mich verantwortlich."

„Ich treffe meine eigenen Entscheidungen, auch wenn es manchmal die falschen sind. Du brauchst dich nicht schuldig zu fühlen." Juliette lachte. „Außerdem hat sich ja alles zum Guten gewendet. Ich habe Doug kennengelernt."

„Wer immer er ist, du hörst dich glücklich an. Mehr wollte ich nicht."

Juliette zog die Knie an die Brust. „Es ist nur eine Urlaubsromanze. Nichts Dauerhaftes", erklärte sie, als könnte sie so ihre törichten Hoffnungen, Doug auch nach dieser Woche zu sehen, im Keim ersticken. „Er kommt aus Michigan."

„Mach dir darum erst später Gedanken und genieße es jetzt einfach."

„Das habe ich auch vor."

„Ich nehme an, dieser Doug ist die unbeteiligte dritte Partei, die dir helfen kann, einen Plan zu entwickeln, Dad zu helfen. Vertraust du Doug?"

Juliette zögerte nicht mit der Antwort. „Ja. Mir ist klar, dass meine Menschenkenntnis in der Vergangenheit oft versagt hat, aber glaub mir, dieser Mann ist etwas Besonderes. Außerdem weiß er nichts über meine Herkunft. Er kann unmöglich etwas anderes wollen als mich."

„Mich brauchst du nicht zu überzeugen. Du hörst dich so glücklich an, dass es für sich selbst spricht. Amüsier dich, und tue nichts, was ich nicht auch tun würde."

Juliette verdrehte die Augen. „Da müsste ich noch allerhand anstellen."

„Ganz recht", erwiderte Gillian und klang sehr selbstzufrieden.

Juliette legte auf und verspürte eine Unruhe in sich. Nachdem sie sich geduscht hatte, band sie ihre Haare zu einem lockeren Pferdeschwanz zusammen, zog die legersten Sachen an, die sie finden konnte – ein hellgrünes Trägerkleid und Sandaletten –, und verließ ihre Hütte. Vielleicht würde ein kleiner Spaziergang sie beruhigen.

Außerdem musste sie noch eine Stunde herumkriegen, bevor in einem der Restaurants Frühstück serviert wurde.

Draußen war es schwül und still, bis auf den Gesang der Vögel und das leise Rascheln des sanften Windes in den Bäumen. Juliette hatte das Gefühl, als gehöre die Insel ihr ganz allein. Eine halbe Stunde später war ihr Kopf klar, ihr Körper entspannt. Plötzlich vernahm sie ein lautes Rascheln in den Büschen hinter ihr, zu laut, um von einer Eidechse oder einem anderen kleinen Tier verursacht zu sein. Erschrocken drehte sie sich um, konnte jedoch nichts entdecken.

„Merkwürdig." Obwohl sie wusste, dass die Insel sicher war, fühlte sie sich plötzlich nicht mehr wohl, so allein spazieren zu gehen. Daher machte sie sich auf den Weg zum Hauptgebäude. Das Gefühl, nicht mehr allein zu sein, blieb allerdings.

Doch als sie zum Pool kam, verschwand ihre Angst. Doug schwamm allein in dem großen Becken seine Runden. Die Freude, ihn wieder zu sehen, verdrängte alles andere. Sie wählte einen Stuhl am anderen Ende des Pools, um ihn in Ruhe zu beobachten.

Er schwamm mit Anmut und Leichtigkeit, jedoch nicht mit den ruhigen Zügen eines Mannes, der seine morgendlichen Bahnen zog. Stattdessen schien es, als würde er irgendeinen Frust abreagieren.

Juliette fragte sich, ob sie sich das nur einbildete. Doch als er schließlich den Kopf lange genug aus dem Wasser hob, um sie zu bemerken, wendete er und kraulte verbissen weiter, statt zu winken oder sie zu grüßen.

7. KAPITEL

Juliette war der letzte Mensch, den Doug jetzt sehen wollte. Er schwamm mit dem einzigen Ziel, sich so sehr zu erschöpfen, dass er nicht mehr so stark auf Juliettes ungekünstelte Schönheit ansprach und sich endlich auf die Antworten konzentrieren konnte, die er von Juliette brauchte. Bis jetzt hatte er sie nicht gedrängt, Informationen preiszugeben.

Bisher hatte er sie das Tempo bestimmen lassen, in dem sie sich ihm öffnete. Er hatte sie in keiner Weise gedrängt oder interessiert nachgehakt, nicht einmal, als sie den Namen ihres Exverlobten genannt hatte. Du bist ein schöner Reporter, tadelte er sich und wendete am Ende des Pools, um eine weitere Bahn zu ziehen.

Er dachte an seinen Anruf heute Morgen im Krankenhaus und seine erschöpfte Mutter. Die Untersuchungen hatten ergeben, dass sein Vater einen Bypass brauchte, und letzte Nacht hatte man eine Notoperation durchgeführt. Da seine Mutter Doug nicht hatte erreichen können, hatte sie das lange Warten im Krankenhaus allein durchstehen müssen. Doug fand, er hätte bei ihr sein müssen.

Möglicherweise wäre er das auch gewesen, wenn er sein eigentliches Ziel im Auge behalten hätte, statt sich in Juliette Stanton zu verlieben – die Frau, die die Informationen besaß, die er benötigte, um diesen Job zu beenden und nach Hause zurückzukehren, wo er gebraucht wurde.

Er tauchte auf, um Luft zu holen, und sah sie am Beckenrand knien. „Das Training nützt dir nicht viel, wenn du dabei ohnmächtig wirst."

Er wischte sich die nassen Haare aus dem Gesicht. „Ich musste mich ein wenig abreagieren."

„Es sah eher so aus, als wolltest du dich umbringen. Was ist los?" Sie setzte sich auf den Betonboden, ohne darauf zu achten, dass ihr Kleid nass wurde, und legte das Kinn in die Hände, während sie auf seine Antwort wartete.

„Schlechte Nachrichten von zu Hause."

„Deine Eltern?"

Er verzog das Gesicht. Es gab keinen Grund zu lügen. „Mein Vater. Er hatte vor Kurzem einen Herzinfarkt und musste letzte Nacht operiert werden."

„Oh Doug, das tut mir leid." Juliette berührte tröstend seine Hand. „Gibt es irgendetwas, was ich für dich tun kann?"

Er bezweifelte, dass sie begeistert sein würde, wenn er ihr eröffnete, dass er vor allem Informationen brauchte. Daher schüttelte er nur den Kopf. „Trotzdem danke, dass du gefragt hast."

„Musst du abreisen?" In ihre Besorgnis mischte sich deutlich Enttäuschung, und sein ungerechter Zorn auf sie verflüchtigte sich.

„Nein, nicht jetzt." Die Operation war gut verlaufen, und sein Vater erholte sich. Möglicherweise hatte die Operation ihm noch einige Jahre verschafft. „So schlecht sieht es gar nicht aus."

„Das freut mich. Ich weiß, wie sehr du deine Eltern liebst." Sie wirkte erleichtert. „Ich würde dich vermissen, wenn du schon abreisen müsstest."

Ihr aufrichtiges Geständnis löste die Anspannung, die ihn schon den ganzen Morgen quälte. Er durfte Juliette einfach nicht für seine missliche Lage verantwortlich machen. Außerdem hatte ihm das Schwimmen geholfen, seinen Frust abzubauen. Juliette hier bei sich zu haben, half noch mehr.

„Jetzt verrat' mir doch mal, weshalb du schon so früh auf bist."

Sie zuckte die Schultern. „Ich konnte nicht schlafen." Ihre Blicke trafen sich, und etwas flackerte in ihren grünen Augen auf.

„Ich habe ebenfalls eine ziemlich unruhige Nacht verbracht", gestand er.

„Wegen deines Vaters?", fragte sie, als hätte sie tatsächlich keine Ahnung, wie schwer es ihm gefallen war, sie gestern allein zu lassen.

„Nein, ich habe den Anruf ja erst heute Morgen erhalten." Er hatte sich ihretwegen schlaflos im Bett gewälzt.

„Und jetzt? Bist du besorgt und in Gedanken woanders?"

„Besorgt schon, aber nicht mit den Gedanken woanders." Nicht mehr. „Du hast mir gefehlt letzte Nacht." Ihr strahlendes Lächeln entschädigte ihn für die schlaflose Nacht.

„Tja, wie heißt es so schön? Abwesenheit verstärkt die Zuneigung", meinte sie.

Er stöhnte. „Du bringst mich noch um den Verstand."

„Das hoffe ich nicht. Es gibt noch zu viele andere Dinge, die ich vorher mit dir tun will."

Doug wollte lieber nicht fragen, da die Antworten einen Mann, der sich Enthaltsamkeit auferlegt hatte, nur in Schwierigkeiten bringen würden. Er tat es trotzdem. „Was für Dinge?" Seine Stimme klang heiser vor Verlangen.

„Nun, zum einen will ich mehr von deinen heißen Küssen." Juliette zwinkerte ihm übermütig zu.

Das genügte. Er umfasste ihre Taille und zog sie in den Pool. Erschrocken kreischte sie und fiel in seine Arme.

„Das ist nicht fair!", beklagte sie sich, musste jedoch selbst lachen. Doug ließ sie nicht los, auch als sie im Wasser Boden unter den Füßen hatte.

Doug grinste. „Kann schon sein, aber dafür habe ich dich endlich dort, wo ich dich haben wollte. Du bist in meinen Armen, und ich habe dir Kühlung verschafft. Was von beidem passt dir nicht?"

Juliette bespritzte ihn mit Wasser. „Aber musst du mich deshalb gleich in den Pool werfen?"

Er hielt die Hände vor sich, als wollte er sich verteidigen. „Du hast selbst gesagt, du willst alles kennenlernen. Ich helfe dir nur dabei." Sein Ton wurde sanfter. „Außerdem will ich mit dir zusammen sein, und hier sind wir ganz allein."

Sie legte ihm die Arme um den Nacken und schmiegte sich aufreizend an ihn. Sein Körper reagierte sofort auf diese intime Nähe. Aber Doug durfte sich nicht beklagen. Er hatte damit angefangen, indem er sie ins Wasser gezogen hatte. Jetzt musste er auch die Konsequenzen tragen.

„Wie kann eine Frau einem Mann widerstehen, der zu solchen extremen Mitteln greift, um sie in den Armen zu halten?", meinte sie.

„Gar nicht." Er schob sie ein Stück von sich, sodass er sie von oben bis unten betrachten konnte. Der hellgrüne Baumwollstoff klebte an genau den richtigen Stellen ihres Körpers und war so durchsichtig geworden, dass sich ihre aufgerichteten Brustspitzen deutlich darunter abzeichneten. Plötzlich erschienen ihm die heißen Küsse, die Juliette vorhin erwähnt hatte, äußerst verlockend.

„War es das, was du meintest?" Doug hielt ihr Gesicht in beiden Händen und küsste sie zärtlich auf die Lippen.

Sie seufzte leise und drängte sich sehnsüchtig an ihn. Doch sein Kuss fiel längst nicht so tief aus, wie sie es sich wünschte. „Nicht mal annähernd", murmelte sie.

„Und wie ist es damit?"

Mit der Zungenspitze fuhr er über ihre geschlossenen Lippen. Juliette hatte Schmetterlinge im Bauch und glaubte, ihre Knie würden gleich nachgeben. Doug verstand es wie kein anderer, ihre Lust zu wecken, ohne sie zu stillen. Es war eine süße Qual, die sie kaum ertragen konnte. Er hatte die in ihr schlummernde Sinnlichkeit geweckt, hatte ihr das verlorene Selbstbewusstsein wiedergegeben und den Glauben an die Liebe. Und jetzt wollte sie jede Facette der Leidenschaft mit ihm erleben.

Kein Mann, das wusste sie, kann einer Herausforderung widerstehen, schon gar nicht, wenn es darum geht, erotisches Talent unter Beweis zu stellen. „Das kannst du besser."

„Du hast ja keine Ahnung." Er legte den Arm um ihre Taille, zog Juliette an sich und küsste sie so wild, dass sie glaubte, vor Begierde dahinzuschmelzen. Das war die Art von Kuss, nach der sie sich gesehnt hatte, ein Kuss, der keinen Zweifel mehr daran ließ, dass sie beide das Gleiche wollten.

Doug schob die Hände unter ihr Kleid und fuhr höher, bis er die Unterseite ihrer Brüste fühlte.

Heiß durchströmte es sie. „Oh ..."

„Bist du nun zufrieden?", fragte er mit vor Erregung heiserer Stimme und küsste zärtlich ihren Hals.

Sie würde nie zufrieden sein, nicht eher, bis sie ihn tief in sich spürte. „Mit dem Kuss? Ja. Aber sonst absolut nicht." Zwischen den Küssen sog sie scharf die Luft ein. „Was ist mit dir?"

„Zufrieden sein bedeutet, dass man von etwas genug bekommen hat. Aber von dir werde ich nie genug bekommen können."

Seine Worte rührten ihr Herz. Entschlossen schob sie ihre Hand in seine Badehose.

„Juliette ..."

Kein Mann zuvor hatte ihren Namen mit solcher Inbrunst ausgesprochen. Und sie würde auch nie einen anderen Mann so sehr brauchen wie ihn. Sie brauchte ihn in sich, damit er ihre Sehnsucht stillte und die Leere in ihrem Innern ausfüllte. Ihre Finger schlossen sich um seine pulsierende Härte und begannen ihn behutsam zu liebkosen.

Plötzlich hörte sie hinter sich ein Rascheln in den Büschen, das sie aus ihrer sinnlichen Benommenheit riss. Juliette nahm ihre Umgebung wieder deutlich wahr, vom leeren Pool bis zu den sich bewegenden Blättern. Es war ein ähnliches Geräusch wie das, was sie vorhin bei ihrem Spaziergang gehört hatte. Hastig zog sie ihre Hand zurück und löste sich von Doug.

Er tauchte unter, um sich abzukühlen und zu verstecken, wie sie glaubte. Ein Pärchen lief Händchen haltend über das Poolgelände, sah jedoch nicht in ihre Richtung.

Als Doug schließlich wieder auftauchte, legte Juliette ihm die Hände auf die Schultern. „Das war knapp“, bemerkte sie.

„Ja, wir hätten uns beinah geliebt.“

Juliette legte den Kopf schräg. „Und das macht dir zu schaffen?“

Er fuhr sich frustriert durch die nassen Haare, antwortete jedoch nicht.

„Deine Fantasie, und dass wir miteinander schlafen … müssen sich diese beiden Dinge gegenseitig ausschließen?“

Er sah ihr in die Augen. „Ich bin mir nicht sicher.“

„Ich aber. Du hast gesagt, du willst deine eigenen Bedürfnisse über die einer Frau stellen. Das hast du bei mir getan. Du bist gegangen, obwohl dein Gefühl dir etwas anderes befahl. Du hast dir meine Geschichten und halbherzigen Antworten zu meinem Exverlobten und meiner Familie angehört, ohne mich zu drängen.“

„Na ja, es ist auch nicht so, dass ich dir alles über mich offenbart hätte“, gab er zu Bedenken.

Lächelnd streichelte sie seine Wange. „Ich habe dir von meiner Angst vor Gewitter und von dem Baumhaus erzählt, das mein Vater uns gebaut hat. Du hast mir verraten, dass du adoptiert bist und auf der Straße gehungert hast. Das kann man kaum vergleichen.“

„Schon möglich. Aber du hast mir zugehört und Verständnis gezeigt, ohne zu urteilen.“ Ein zögerndes, aber umwerfendes Lächeln hob seine Mundwinkel.

„Das war leicht. Du interessierst mich.“ Juliette bewegte sich zum Beckenrand. Ihr Kleid war nass und schwer und behinderte sie beim Gehen.

„Wohin willst du?“

Nachdem sie sich hochgezogen hatte, wrang sie den nassen Baumwollstoff aus. Sie erschauerte und war erstaunt, dass sie jetzt fröstelte, obwohl die Luft vorhin so heiß und schwül gewesen war. „Zurück in meine Hütte, um ausgiebig heiß zu duschen.“

„Hört sich gut an.“ Offenbar stellte er sich gerade das Gleiche vor wie sie: dass sie gemeinsam unter der Dusche standen.

Juliette sehnte sich verzweifelt danach. Aber sie wusste, dass sie auf den richtigen Zeitpunkt warten musste. Und der war noch nicht gekommen. Doug begehrte sie zweifellos, doch seine Fantasie verhinderte, dass sie sich so nah kamen, wie sie es sich wünschte. Sie suchte nach ihren Sandaletten und entdeckte, dass sie im Pool schwammen. Sie zuckte die Schultern, da sie mit ihnen jetzt ohnehin nichts mehr anfangen konnte. „Du brauchst erst einmal Abstand und Zeit zum Nachdenken. Wenn wir uns nachher sehen, solltest du eines jedoch wissen."

„Und was?"

Sie hielt seinem Blick stand und hoffte, dass ihr Verlangen für ihn sichtbar war. „Unsere Fantasien sind miteinander vereinbar, und ich weiß auch, wie ich dich davon überzeugen kann. Wenn ich damit fertig bin, wirst du keine Zweifel mehr haben." Inzwischen fiel es ihr viel leichter, mutig zu sein. „Ach, und Doug?"

Er schluckte hart. „Ja?"

„Deine Sehnsucht wird danach auch nicht mehr ungestillt sein." Bevor sie erröten oder sonstwie ihre Unsicherheit verraten konnte, wandte sie sich ab und ließ ihn allein im Pool zurück.

Allein, voller Sehnsucht und Verlangen nach Juliette. Doch wenn es nach ihr ging, würden sie nicht mehr lange getrennt sein.

Doug schaute Juliette nach und fragte sich, ob ihr klar war, dass ihr mutiges Auftreten ihn keine Sekunde lang getäuscht hatte. Sicher, sie lernte, freimütiger zu sein. Je näher sie sich kamen, desto selbstsicherer wurde sie, und er war froh, dass er etwas Gutes bei ihr bewirkte.

Er schnappte sich die Sandaletten und legte sie an den Beckenrand. Noch immer hallte in seinen Ohren Juliettes fröhliches Lachen nach, als er sie ins Wasser gezogen hatte.

Er zog sich am Beckenrand hoch und machte sich auf den Weg zu seinem Zimmer. Den restlichen Tag verbrachte er mit Zeitungslektüre in seinem Zimmer und grübelte über sein Leben und seine Gefühle.

Gefühle für Juliette. Ihre Wirkung auf ihn war nicht zu leugnen. Wie ein Komet war sie in sein Leben getreten. Bevor er ihr begegnet war, hatte er nur an seine Karriere gedacht. Sobald es um eine Story ging, hatten ihn die Gefühle anderer herzlich wenig interessiert. Bis auf die seines Vaters. Dabei entging ihm die Ironie des Ganzen nicht. Niemand hatte ein so großes Herz wie Ted Houston, und erst Juliette hatte Doug erkennen lassen, dass er nicht nur in journalistischer Hinsicht so sein wollte wie sein Vater.

Juliette ... Offenbar hatte sie es sich zum Ziel gesetzt, ihn zu verführen. Sie glaubte, wenn er mit ihr schlief, geschah das nicht auf ihre Kosten, sondern zu ihrem Vergnügen.

Sein Puls beschleunigte sich. Sie war so überzeugend wie schön. Im Pool hatte er die Hände nicht von ihr lassen können, trotz seines Vorsatzes. Und zum ersten Mal, seit er sie kennengelernt hatte, war es ihm egal. Warum? Er schlug mit der Faust auf sein Bett. Wieso? Vielleicht deshalb, weil er dabei war, sich in „Chicagos Braut, die sich nicht traut" zu verlieben?

Doug zuckte bei der Vorstellung zusammen. Seine früheren Beziehungen hatten so wenig mit Liebe zu tun gehabt, dass er vermutlich gar nicht mitbekommen würde, wenn er tatsächlich einmal Liebe empfand. Und doch saß er hier und dachte genau über diese Möglichkeit nach. Das war eine Komplikation, mit der er nie gerechnet hätte.

Jemand klopfte an die Terrassentür. Als hätte er sie durch seine Gedanken herbeigezaubert, entdeckte er Juliette. Sie stand vor der geschlossenen Glasschiebetür in einem weiten zitronengelben Rock und einer Bluse. Offenbar war sie nervös, da sie ihre Hände knetete. Es gelang ihr einfach nicht, ihre Gefühle zu verbergen, und das liebte er an ihr.

Er winkte sie herein. Sie trat ein und zog die Schiebetür hinter sich zu. „Hallo."

„Selber hallo." Er stand vom Bett auf und fragte sich, ob dieses Timing vom Schicksal vorherbestimmt war. Denn dadurch war er gezwungen, sich seinen Gefühlen zu stellen.

„Doug? Was ist los mit dir? Du siehst mich an, als hättest du mich noch nie zuvor gesehen."

Eine passende Umschreibung. Juliette konnte seine Gedanken viel zu gut lesen. Er musste diese Empfindungen unbedingt verdrängen und sich darauf konzentrieren, was Doug, der Reporter, brauchte.

Als wenn ihm das gelingen würde. Es war unmöglich, seinem Vorsatz treu zu bleiben und Abstand zu ihr zu halten – denn diesen Vorsatz hatte er vor einer Ewigkeit gefasst. Vor seiner erschütternden Erkenntnis. Und mit jeder Sekunde wuchs seine Gewissheit: Er hatte sich in Juliette Stanton verliebt. Damit hatte sich die Lage drastisch verändert. Er brauchte zwar nach wie vor die Informationen, die nur sie ihm geben konnte, doch war ihm inzwischen absolut klar, dass er Juliettes Belange über seine stellen würde. Denn er liebte sie.

Er umfasste ihren Arm. „Willkommen. Es ist nicht so groß wie deine Hütte, aber es reicht."

Sie schaute sich um, betrachtete die dunklen Möbel, den Holzfußboden, die beigefarbenen Vorhänge und lächelte. „Es passt zu dir. Da fragt man sich, ob Merrilee nicht nur die Fantasien ihrer Gäste erfüllt, sondern ihnen auch die zu ihnen passende Unterkunft zuteilt."

Doug lachte, obwohl er sich mit seinen Geheimnissen und Lügen, die zwischen ihnen standen, keineswegs unbeschwert fühlte, und der Erkenntnis, was sein wahrer Wunschtraum war – Juliette. Er dachte nicht darüber nach, was das für seine Story und seine berufliche Zukunft bedeutete, denn er wusste, dass er darauf keine Antwort hatte. „Was führt dich hierher zu mir?", fragte er stattdessen.

Sie biss sich auf die Unterlippe. „Ich muss mit dir reden."

„Das klingt beunruhigend."

„Das ist es eigentlich nicht. Aber du musst Nachsicht mit mir haben." Sie ging im Zimmer auf und ab, während Doug geduldig wartete und ihr Zeit ließ. Schließlich setzte sie sich auf sein Bett und zog die Knie an. „Ich hatte vor, dies auf die verführerische Art zu machen. Aber ich stelle fest, dass ich das nicht kann."

Ihre schlichte Bluse war nur so weit offen, dass gerade mal ein bisschen Spitze hervorblitzte, und doch war das ein äußerst verführerischer Anblick für ihn. Diese Frau konnte von Kopf bis Fuß eingehüllt sein, und trotzdem würde ihr Anblick ihn erregen. Aber anscheinend hatte sie jetzt etwas anderes im Sinn, als ihn herauszufordern. „Was denn?"

„Nun, was ist intimer als Sex?", fragte sie.

Er verschluckte sich fast, als er das Wort aus ihrem Mund hörte. „Ich bin mir nicht sicher. Sag du es mir."

„Wahrheiten. Geheimnisse. Private Offenbarungen. Sobald Menschen sich solche Dinge anvertraut haben, teilen sie etwas Tieferes und Bedeutungsvolleres miteinander als bei einer körperlichen Vereinigung. Du hast mir dieses kostbare Geschenk bereits gemacht, indem du mir von deiner Vergangenheit erzählt hast."

Er nickte, unfähig zu sprechen. Er hatte ihr einiges erzählt, aber längst nicht alles. „Sprich weiter."

„Ich möchte mich dafür revanchieren." Juliette zögerte einen Moment, doch dann nahm sie all ihren Mut zusammen und fuhr fort: „Ich habe Geheimnisse, die niemand außer meiner Zwillingsschwester kennt, weil es niemanden gab, dem ich traute. Bis jetzt. Dir vertraue ich. Denn du hast meine Bedürfnisse über deine gestellt und mir das Gefühl gegeben, etwas Besonderes zu sein."

„Weil du das bist", bekräftigte Doug.

„Dank dir glaube ich das. Aber für den Fall, dass du dich fragst, wieso ich dir das plötzlich anvertraue – es hat nicht nur damit zu tun, dass ich dir näher kommen möchte. Ich brauche außerdem deinen Rat. Denn was ich dir erzählen werde, kann Auswirkungen auf das Leben vieler Menschen haben."

Doug räusperte sich. „Ich muss gestehen, dass du meine Neugier geweckt hast." Dabei ahnte sie nicht, dass die Menschen, auf deren Leben es die größte Auswirkung haben würde, hier zusammen in diesem Zimmer saßen.

Doug, der Reporter, stand kurz davor, die Informationen zu bekommen, die er brauchte. Und genau aus diesem Grund war er überhaupt auf diese Insel gereist. Doug, der Mann, stand dagegen kurz davor, Juliette in seine Arme zu ziehen und sie zu lieben.

Zugleich konnte er alles verlieren, was ihm inzwischen wichtig war, denn er bekam diese Informationen nur, weil er ihr nach wie vor etwas vorspielte.

Aber es war kein Spiel mehr, das dazu diente, seine Karriere zu retten. Er liebte Juliette und wollte sie nicht verlieren.

8. KAPITEL

Mein Name ist Juliette Stanton", begann sie.

Halt dich an die Wahrheit, ermahnte Doug sich im Stillen. Tu nicht so, als hättest du keine Ahnung, wer sie ist. „Du bist Senator Stantons Tochter."

„Ja. Er ist ziemlich bekannt, nicht wahr?"

Doug hörte die Liebe in ihrer Stimme. „Er ist einer der wenigen Politiker, die nicht nur wegen ihrer fachlichen Leistungen, sondern auch wegen ihrer moralischen Einstellung geachtet werden. Ich sehe viele Ähnlichkeiten zwischen dir und ihm."

„Das ist ein nettes Kompliment." Juliette lächelte. „Du hast die Verbindung noch nicht hergestellt. Kann es sein, dass die Neuigkeiten Michigan noch nicht erreicht haben?"

Eine weitere Lüge fiel auf ihn zurück. „Ich weiß, du bist Chicagos berühmte ‚Braut, die sich nicht traut'. Ich wollte es dir bloß nicht sagen, weil ich dachte, dass es dir unangenehm ist."

„Dann hast du mich vorher gar nicht erkannt?" Sie klang hoffnungsvoll.

Doug erinnerte sich an den ersten Tag auf der Insel. „Dein Haar ist anders als auf den Fotos."

Juliette senkte den Blick. „Alle denken, ich sei davongelaufen, weil ich auf einmal kalte Füße gekriegt habe. Oder weil ich einen Liebhaber hatte. Wusstest du, dass die lokalen Radiosender in Chicago Wetten mit ihren Hörern darauf abgeschlossen haben? Es war schrecklich. Ich konnte mein Haus nicht mehr verlassen, ohne verfolgt zu werden. Haben die Leute nichts Besseres zu tun, als sich für mein Leben zu interessieren?" Sie schüttelte angewidert den Kopf.

„Man weiß nie, was das Interesse der Leute weckt."

Sie sah ihm ins Gesicht. „Du hast mich nicht gefragt, warum ich davongelaufen bin."

„Wenn du es mir erzählen willst, wirst du es tun." Wenn sie auf diese Unterhaltung zurückblickte, sollte sie sich daran erinnern, dass sie sich ihm anvertraut hatte, ohne von ihm gedrängt worden zu sein. Denn wenn sie die Wahrheit erfuhr, sollte sie ihm verzeihen können.

„Ich will es dir erzählen. Ich weiß bloß nicht, wo ich anfangen soll."

Der Schmerz war ihr deutlich anzusehen, und Doug wollte es ihr so einfach wie möglich machen. „Ich weiß von dem Zeitungsartikel, der den Geschäftspartner deines Exverlobten mit Geldwäsche für die Mafia in Zusammenhang gebracht hat."

Sie verzog das Gesicht. „Dann weißt du sicher auch, dass dieser Artikel wegen mangelnder Beweise widerrufen wurde."

Doug nickte nur.

„Ich glaubte an Stuarts Unschuld. Ich glaubte auch, sein Partner, der Kongressabgeordnete Haywood, sei unschuldig."

„Dann muss der Widerruf doch ein Segen gewesen sein."

„Zuerst schon. Aber dann ..."

Doug hielt den Atem an. Das war es, die Information, die ihn wieder an die Spitze der Reporter bringen, seinen Vater beruhigen und den Schaden reparieren würde, den er dem Ruf der „Chicago Tribune" zugefügt hatte. Trotzdem dämpfte diese Aussicht seine Schuldgefühle nicht.

Juliettes Blick ging in die Ferne. „Wir kamen früh in die Kirche. Ich fühlte mich plötzlich beengt und ließ meine Mutter und meine Schwester in dem Hinterzimmer zurück, um Luft zu schnappen. Die Kirche war zwar noch nicht voll, aber ich wollte niemandem über den Weg laufen. Deshalb ging ich hinten hinaus zu einem Platz, an dem Stuart, Gillian und ich uns früher getroffen hatten, als wir noch Kinder waren. Und dort sah ich sie."

Adrenalin schoss durch Dougs Adern. „Wen hast du da gesehen?"

„Stuart, den Kongressabgeordneten Haywood und Paul Costa." Sie ballte die Fäuste. „Der Zeitungsartikel spielte auf Mafiaverbindungen und Geldwäsche an, aber es wurden keine Namen genannt. Doch Costa soll angeblich ein Mafiaboss sein. Dann war da noch das, was ich von der Unterhaltung aufschnappte. Es ging darum, dass der Artikel widerrufen und der Reporter zum Schweigen gebracht werden sollte." Juliette erschauerte. „Es bestand kein Zweifel, dass Stuart in die Sache verwickelt war."

Doug hörte ihr ungläubig zu. Sein Instinkt hatte ihm gesagt, dass sie etwas wusste, was Barnes mit Haywood und illegalen Geschäften in Zusammenhang brachte. Allerdings hatte er nicht damit gerechnet, dass sie Zeugin gewesen war.

„Haben sie dich gesehen?" Bei dieser Vorstellung zog sich sein Magen zusammen.

„Würdest du eine Braut im Hochzeitskleid übersehen?", erwiderte sie spöttisch. „Stuart entdeckte mich und zog mich in die Kirche. Wir hatten einen heftigen Streit. Ich sagte die Hochzeit ab, und er ..." Sie atmete tief durch.

„Was?" Doug nahm ihre Hände in seine. Er hatte seine Story. Jetzt musste er sich um Juliette kümmern. Später würde er sich dann überlegen, wie er ihr die Wahrheit am besten beibrachte, ohne ihr wehzutun und ihr Vertrauen zu verlieren. „Hat er dich bedroht?"

Sie schüttelte den Kopf. „Ich glaube nicht, dass ich so am Boden zerstört oder durcheinander gewesen wäre, wenn ich das Opfer gewesen wäre. Aber er drohte meinen Vater mit in die Sache hineinzuziehen, falls ich etwas verraten würde. Das genügte, damit ich den Mund hielt."

Doug drückte ihre Hände. „Verzeih mir die Frage, aber ist dein Vater irgendwie in die Sache verwickelt?"

„Nein. Aber wenn Senator Stantons Protegé verhaftet wird, wird das den Ruf meines Vaters schädigen und alles Gute in den Hintergrund drängen, was er in seiner Amtszeit erreicht hat. Auch wenn er unschuldig ist, wird er als jemand in die Geschichte eingehen, dessen Rückzug aus der Politik von Skandalen und Verdächtigungen begleitet war."

Doug stöhnte. Ihre Worte bedeuteten, dass er seinen Plan, Barnes und seinen Partner, den Kongressabgeordneten, bloßzustellen, nicht verwirklichen konnte. Ein Artikel, in dem Juliette als Zeugin genannt wurde, würde ihren Vater zerstören. Und alles, was Senator Stanton traf, würde auch Juliette treffen. Das konnte er nicht. Den hartgesottenen Reporter, der er gewesen war, bevor er Juliette kennengelernt hatte, gab es nicht mehr. Doug musste diese Wahrheit akzeptieren.

Er hatte keine Ahnung, wie es weitergehen sollte, er wusste nur, dass ihm schnell etwas einfallen musste. Abgesehen von seinen persönlichen Gründen, Barnes und Haywood festzunageln, gab es noch einen dringenderen Grund – ihre illegalen Aktivitäten durften nicht ungehindert weitergehen. Und er musste sie aufdecken, bevor Barnes zum Senator gewählt wurde. Denn die Chancen dazu standen nicht schlecht, da ihm die Tatsache, dass man ihn vor dem Altar verlassen hatte, zusätzliche Stimmen aus Mitgefühl bringen würde. Doug musste seine Wahl verhindern, ohne Juliette oder ihre Familie mit hineinzuziehen.

„Du bist so still. Ich habe dich schockiert."

Doug schüttelte den Kopf. „Ich wusste immer, dass du etwas Besonderes bist. Aber was du auf dich nimmst, um deinen Vater zu schützen …"

„Er würde, ohne zu zögern, das Gleiche für mich tun. Deshalb muss ich ja auch unbedingt einen Ausweg finden. Ich kann nicht zulassen, dass Stuart Senator wird. Aber ich kann auch meinem Vater nicht wehtun. Ich brauche deine Hilfe und deinen Rat. Gemeinsam fällt uns vielleicht eine Lösung ein." Sie zögerte. „Ich habe außerdem gehofft, wir könnten zuerst etwas anderes zusammentun."

Die Raumtemperatur schien um einige Grad, zu steigen, die Atmosphäre wurde sinnlich. Dougs Stimmung schlug in Sekunden von besorgt zu erregt um. Juliette empfand offenbar dasselbe, denn sie kniete auf dem Bett und rutschte näher. Sie legte ihm die Hände auf die Schultern und flüsterte ihm ins Ohr. „Begreifst du die Ungeheuerlichkeit dieses Geheimnisses? Verstehst du, dass ich es nicht irgendwem anvertrauen kann?"

Wenn sie wüsste, wem sie sich gerade anvertraut hatte! Schuldgefühle nagten an ihm, obwohl er sich mit der Tatsache zu trösten versuchte, dass er auf ihrer Seite war. „Juliette …"

„Doug …", hauchte sie. „Du hast mir das Gefühl gegeben, dass ich dir alles anvertrauen kann. Das muss dir im Zusammenhang mit deiner Fantasie doch etwas bedeuten."

Es bedeutete, dass sie glaubte, ihm vertrauen zu können. Und obwohl das einerseits stimmte, betrog er sie andererseits nach wie vor. Das war etwas, was sie nie verstehen würde. „Solche Wunschträume sind kompliziert", sagte er.

„Sie müssen es nicht sein." Juliettes Lippen streiften die sensible Stelle hinter seinem Ohr.

Schon wieder war Ironie am Werk. Juliette hatte ihm all das erzählt, damit sie sich näher kamen. Aber eigentlich hätte er jetzt Zeit und Ruhe gebraucht, um sich über alles klar zu werden und eine Lösung zu finden, wie er ihre Informationen am besten verwendete. Doch wenn er Juliette jetzt fortschickte, würde er sie mindestens so verletzen, wie die Wahrheit es tun würden. Eine Wahrheit, die er ihr nicht gestehen konnte, ehe er nicht wusste, wie er ihr helfen sollte, den Ruf ihres Vaters zu retten und gleichzeitig ihre Beziehung aufrechtzuerhalten.

„Doug, wenn es wirklich deine Fantasie ist, die Bedürfnisse einer Frau über deine eigenen zu stellen, dann schlaf mit mir."

In diesem Moment brach sein Widerstand zusammen. Er würde

schon einen Ausweg finden – nachdem er ihre Bitte erfüllt hatte.

Er umfasste ihre Hüften und warf Juliette aufs Bett. „Du neckst und provozierst mich schon seit zwei Tagen."

Ihre Augen funkelten vor Erregung. „Ach ja? Ich habe es versucht, aber ich hatte eher den Eindruck, dass ich nicht besonders erfolgreich war."

„Und ob du das warst." Er legte ein Bein über ihre Taille und drückte sie auf die Matratze. „Nur besitze ich das, was man Disziplin nennt."

Juliette lächelte. „Mit der scheint es jetzt nicht mehr weit her zu sein." Sie schmiegte sich demonstrativ mit den Hüften an ihn und stöhnte anerkennend auf. „Und so fühlt es sich auch an", murmelte sie atemlos.

„Du hast noch viel zu viel an."

„Dann zieh mich aus." Sie breitete die Arme aus.

Wieder fiel sein Blick auf den feinen Spitzenstoff, der im Ausschnitt ihrer Bluse hervorlugte. Bei solchen Spitzendessous musste er sofort an leidenschaftliche Nächte denken.

Er schob die Hand unter ihre Bluse, bis er ihre vollen Brüste erreichte. „Kein BH?", fragte er.

„Darauf habe ich heute verzichtet."

Doug nickte zustimmend. „So komme ich leichter an dich heran."

Es durchströmte sie heiß. „Das habe ich damit beabsichtigt."

Doug überraschte sie, indem er ihre leicht geröteten Wangen küsste und sich fest an sie presste, dass sie deutlich seine Erregung spüren konnte.

„Möchtest du es langsam angehen?", fragte er heiser.

„Ich finde, wir haben es bereits langsam genug angehen lassen, oder?"

Statt einer Erwiderung packte er mit seinen starken Händen die Aufschläge ihrer Bluse und riss sie mit einer einzigen Bewegung auf, sodass die Knöpfe absprangen und der Stoff zerriss. Das Geräusch ging Juliette durch und durch, und Verlangen erfasste sie.

Doug lächelte. „Dein Wunsch sei mir Befehl. Schließlich bin ich hier, um deine Wünsche wahr werden zu lassen."

Sie befeuchtete sich die trockenen Lippen mit der Zunge. „Wusstest du, dass angeblich jede Frau insgeheim davon träumt, einmal von einem Höhlenmenschen geliebt zu werden?"

„Diese Fantasie solltest du unbedingt ausleben." Er schob ihre Bluse auseinander, sodass sich ihre Brüste seinem Blick darboten.

Juliette hatte sich im Spiegel betrachtet und gesehen, wie sich ihre dunklen Knospen unter der Spitze aufrichteten. Dougs angespannter Miene nach zu urteilen sah er es auch – und es gefiel ihm.

„Was würde dein Höhlenmensch tun, nachdem er dich in seine Höhle geschleift hat?"

„Er würde mich küssen." Verlangen, heftiger als sie es je zuvor empfunden hatte, erfasste sie und flehte danach, gestillt zu werden.

„Wo würde er dich küssen?", wollte Doug wissen. „Er kann deine Begierde nicht stillen, wenn er nicht weiß, was dir gefällt." Er betrachtete sie und wartete, während er mit dem Finger Kreise um eine ihrer dunklen Knospen zog. Neckend. Erregend. Wartend.

Atemlos hob Juliette sich ihm entgegen. „Ich dachte, wir hätten uns darauf geeinigt, es nicht langsam angehen zu lassen."

„Du sagst mir, was du magst, und ich verspreche dir, dass es stürmisch und wild wird." Sie schnappte leise nach Luft, und er wiederholte seine Frage. „Wo würde er dich küssen?"

Konnte sie wirklich ihre intimsten Begierden laut aussprechen? Einerseits hatte sie Zweifel, andererseits hatte sie ihm schon weit mehr vertraut. Wie konnte sie sich ihm jetzt verweigern? „Er würde meine Brüste küssen", hauchte sie.

Doug küsste eine hoch aufgerichtete Brustspitze, ehe er sie mit der Zunge umspielte. Juliette stöhnte auf und wand sich unter ihm. Das Blut in ihren Adern schien sich in glühende Lava zu verwandeln. Ja, er war stürmisch und wild, und sie wusste, dass er sich noch steigern würde.

Erst als Doug ihr das seidene Unterhemd hochzog, merkte sie, dass sie die Augen geschlossen hatte. Sie richtete sich ein wenig auf, sodass er es ihr über den Kopf ziehen konnte. Ein sinnliches Prickeln überlief ihre Haut.

„Du bist wunderschön", meinte er mit vor Erregung heiserer Stimme, die ihren Herzschlag beschleunigte.

Verlegen wich Juliette seinem Blick aus. Sanft umfasste er ihr Kinn und drehte ihren Kopf so, dass sie ihn ansah. „Ich bin nicht wie dein Ex. Ich will auch nicht den Senatorenposten deines Vaters. Ich will nur dich."

Ihr wurde warm ums Herz. Seine Worte entschädigten sie für all die Enttäuschungen, die sie erlitten hatte.

„Wenn ich dich ansehe, sehe ich die Frau, die ich bewundere." Er legte seine Hände auf ihre Brüste, spürte die harten Knospen unter seinen Handflächen. „Die Frau, die mir etwas bedeutet."

Die Frau, die er liebte? Überraschend kam Juliette dieses Wort in den Sinn. Aber wann kamen Gefühle nicht überraschend? Sie hatte den beunruhigenden Verdacht, dass sie gerade über ihre eigenen Gefühle nachdachte. Falls man es überhaupt „denken" nennen konnte, wenn lustvolle Empfindungen den Verstand immer mehr ausschalteten.

Und sie wollte mehr von diesen Empfindungen. Sie griff nach dem Saum ihres Seidenrocks. Doug verstand den Hinweis und richtete sich auf, um seine Jeans auszuziehen, während Juliette dasselbe mit ihrem Rock tat.

Er drehte sich wieder zu ihr um und hielt erschrocken den Atem an. „Kein Slip."

„Hm", erwiderte sie nur und versuchte ihre Unsicherheit mit einem Schulterzucken zu überspielen, denn Doug war splitternackt. „Du trägst ja auch keinen."

„Der Unterschied ist nur, dass ich bis vorhin noch einen anhatte." Doug lächelte schief und ging aufs Bett zu.

Ihr Puls beschleunigte sich, und im nächsten Moment spürte sie seine nackte Haut an ihrer und fühlte ihn hart und pulsierend an der Innenseite ihres Schenkels. Doug hielt ihren Kopf mit beiden Händen und küsste sie voller Leidenschaft. Ihre Zungen fanden sich zu einem stürmischen erotischen Spiel, das die Begierde zwischen ihnen weiter anfachte.

Dann schob er eine Hand zwischen ihre Beine. „Ich habe dir versprochen, dass es wild und stürmisch wird", flüsterte er.

Juliette bog sich ihm sofort entgegen, um ihre Bereitschaft zu signalisieren.

Sein sexy Lächeln war umwerfend. „Und ich halte stets mein Wort." Nachdem er sich ein Kondom übergestreift hatte, spreizte er ihre Schenkel weit und drang tief in sie ein.

Juliette schloss die Augen, überwältigt von den Gefühlen, die dieser Moment in ihr auslöste. Sie spürte ihn in sich und bewegte sich ein wenig, um ihn noch tiefer in sich aufnehmen zu können. Es war nicht nur eine Vereinigung ihrer Körper, sondern auch ihrer Herzen, und zugleich vermischten sich Fantasie und Realität miteinander.

Juliette war bereits jetzt kurz vor dem Höhepunkt, und die kehligen

Laute, die Doug ausstieß, verrieten, dass es ihm ähnlich ging. Doch ihre emotionale Reaktion war noch weitaus heftiger als die körperliche. Denn mit Doug zu schlafen erschütterte ihre Welt. Sie war keine Jungfrau mehr, aber sie hätte es ebenso gut sein können, so neu und aufregend war alles, was sie erlebte.

Liebe.

Da war dieses Wort schon wieder. Diesmal hatte sie jedoch keine Zeit, sich darüber Gedanken zu machen, wieso es ihr in den Sinn kam, denn Doug richtete sich langsam auf und begann den Rhythmus seiner Bewegungen zu steigern. Instinktiv schlang sie die Beine um seine Hüften, um ihn so intensiv wie irgend möglich zu spüren.

„Doug", flüsterte sie hingerissen.

„Ist es das, was du dir vorgestellt hast?", fragte er atemlos, ohne innezuhalten.

„Ja", hauchte sie, kaum noch fähig zu sprechen. So war es also, wenn das ganze Sein von Leidenschaft beherrscht wurde.

Er stützte sich links und rechts ihres Kopfes auf die Hände. Seine Miene verriet seine Anspannung. Juliette schlang die Beine um seine Taille, während seine Bewegungen immer schneller und heftiger wurden. Ihr Atem ging stoßweise, und als sie den Höhepunkt erreichte, krallte sie ihre Finger in seinen Rücken. Gemeinsam gaben sie sich der Ekstase hin, und es war, als würde der süße Sinnesrausch kein Ende nehmen.

Später schmiegte sie sich in Dougs Arme, während sich ihr Herzschlag ganz allmählich wieder normalisierte. Doch Juliette wusste ohne den geringsten Zweifel, dass alles andere sich geändert hatte.

Nach Stuarts Verrat hatte sie geglaubt, Liebe sei das Letzte, was sie wollte oder jemals finden würde. Ihre Fantasie – nachdem ihr erst einmal klar geworden war, dass sie eine hatte – drehte sich darum, den Schmerz zu überwinden und zu wissen, dass sie begehrenswert war. Und zwar nicht wegen ihrer Familie und der politischen Verbindungen, sondern um ihrer selbst willen. Stattdessen hatte sie sich unsterblich verliebt.

Und jetzt, wo es passiert war, weigerte sie sich, ihrem Leben und ihrer Zukunft gegenüber eine abwartende Haltung einzunehmen. Vielleicht hatte ihre neu gefundene Entschlossenheit, die Dinge in die Hand zu nehmen, mit Stuarts Forderung zu tun, Stillschweigen zu bewahren und seinem festen Glauben, dass sie sich daran halten würde. Möglicherweise hatte es aber auch mehr mit der Liebe zu einem ganz besonderen Mann zu tun, den sie auf keinen Fall verlieren wollte, nachdem dieser Urlaub vorbei war. Zumindest nicht kampflos.

Sie hatte die Absicht, Doug ihre Liebe zu gestehen. Mit ein bisschen Glück empfand er dasselbe, sodass eine glückliche Beziehung nicht mehr länger nur ein Traum für sie sein würde. Und für diesen Traum würde sie alles tun.

Doug lag noch lange wach, nachdem Juliette eingeschlafen war. Er atmete den Duft ihrer Haare ein. Sie hatten das Abendessen ausfallen und sich stattdessen etwas vom Zimmerservice bringen lassen. Anschließend hatten sie sich noch einmal geliebt. Sein körperliches Verlangen war vorerst gestillt, doch seine Herz fand noch längst keine Ruhe. Wie sollte es auch, wenn so vieles unsicher war?

Er musste herausfinden, ob es eine gemeinsame Zukunft für sie gab. Das war jedoch nur möglich, wenn er ihr alles gestand und darauf hoffte, dass sie ihn verstehen würde und ihm verzeihen konnte. Angesichts der Tatsache, dass sie erst kürzlich von einem Mann benutzt und verletzt worden war, hatte Doug allerdings Zweifel. Andererseits wollte er sich nicht in die gleiche Kategorie wie Stuart Barnes stecken lassen, denn er, Doug, liebte Juliette und hatte nie die Absicht gehabt, sie zu verletzen. Er musste ein Lachen unterdrücken. Er war ein Meister darin, Menschen für seine Arbeit zu benutzen, und wenn er jetzt verlor, was er am meisten ersehnte, geschah ihm das vermutlich ganz recht. Ganz gleich, wie gut und aufrichtig seine Absichten sein mochten – ursprünglich war es durchaus seine Absicht gewesen, Juliette zu benutzen, genau wie ihr Exverlobter.

Sie seufzte und bewegte sich in seinen Armen. Er strich ihr die zerwühlten Haare aus dem Gesicht und zog sie noch fester an sich. Er mochte vielleicht nicht wissen, was sie zum Frühstück aß, wenn sie morgens spät dran war, oder wie ihre Lebensgewohnheiten allgemein mit seinen zusammenpassten, doch bezweifelte er nicht, dass eine dauerhafte Beziehung zwischen ihnen funktionieren würde. Und er war sicher, dass er mit ihr nicht bloß eine Affäre wollte, sondern eine Bis-dass-der-Tod-uns-scheidet-Beziehung, wie seine Eltern sie hatten. Noch nie hatte er für einen anderen Menschen so viel empfunden wie für Juliette. Mit ihr war es etwas völlig anderes als mit seinen früheren Freundinnen.

Vorsichtig, um sie nicht zu wecken, stieg er aus dem Bett. Sie drehte sich um und kuschelte sich wieder in das Kissen. Er nahm einen Schreibblock aus der Schreibtischschublade und begann sich Notizen zu machen. Er schrieb Möglichkeiten auf, Juliette, die Zeugin, zu schützen, und skizzierte Ideen für seinen Artikel.

Schließlich packte er alles zusammen, verstaute die Notizen in seinem Koffer und kehrte ins Bett zurück. Zu seiner Freude kuschelte Juliette sich sofort in seine Arme. Kurz darauf ging ihr Atem wieder gleichmäßig.

„Ich liebe dich“, flüsterte er, da sie schlief. Er wollte nur ausprobieren, wie es war, diese Wort einmal laut auszusprechen. Es kam ihm richtig vor, und erneut war er sich sicher. Er schloss die Augen und entspannte sich.

Bald würde der Morgen heraufdämmern. Dann musste er sich der Wahrheit stellen. Und Juliettes Reaktion.

Doch er wachte allein auf. Am Digitalwecker lehnte eine Nachricht, die die Uhrzeit verdeckte. Zumindest hatte Juliette dafür gesorgt, dass er die Nachricht nicht übersah. Er streckte sich und griff nach dem Stück Papier.

Soweit ich weiß, mögen die meisten Männer es nicht, wenn die Frau über Nacht bleibt.
Wollte uns die Verlegenheit am Morgen danach ersparen, daher bin ich zurück in meine Hütte gegangen, um zu duschen und mich umzuziehen.
Frühstück bei mir? Die Tür ist offen. Juliette
PS: Die Nacht mit Dir war unglaublich.

„Unglaublich“ umschrieb es nicht annähernd. Doug zerknüllte den Zettel.

Er war nicht wie die meisten Männer. Zumindest nicht, wenn es um eine ganz bestimmte Frau ging. Er hatte nicht nur neben Juliette aufwachen wollen, sondern er hatte derjenige sein wollen, der sie weckte. Auf sinnliche, erregende Weise, um ihr zu zeigen, was er für sie empfand – bevor er ihr die Wahrheit offenbarte und sein Leben in ihre Hände legte.

Allerdings bot ein Frühstück auch Vorteile, und Doug war sehr erfinderisch. Ihm fielen lauter erotische Varianten ein, ein gemeinsames

Frühstück zu genießen, sodass Juliette keine Zweifel mehr an seinen Gefühlen hegen würde. Nachdem er kurz geduscht hatte, verließ er sein Zimmer über die Terrasse und ging den Pfad zu den Hütten hinunter.

Doug war schon lange Reporter. Es war ihm zur zweiten Natur geworden, nach einer Story zu graben, Menschen zu beobachten, genau zuzuhören und nach versteckten Bedeutungen oder Anspielungen zu suchen. Er verstand es, jemandem in diskretem Abstand zu folgen, und da oftmals Kollegen die gleiche Fährte verfolgten, wusste er, wann er Gesellschaft hatte.

Genau dieses unangenehme Gefühl hatte er in diesem Moment. Er war nicht allein, und damit meinte er nicht die übrigen Gäste auf Merrilees abgelegener Insel. Von den Gästen würde ihn niemand heimlich verfolgen. Er schaute sich um, doch ihm fiel nichts Ungewöhnliches auf. Gleichzeitig wusste er, dass das Rascheln in den Büschen, das er eben gehört hatte, nicht von einem Tier verursacht worden war.

Statt auf direktem Weg zu Juliettes Hütte zu gehen, beschloss er, seinen Verdacht zu überprüfen. Daher schlug er den Weg zum Pool ein und wählte einen kaum begangenen, überwachsenen Pfad. Hier entlang konnte ihm niemand folgen, ohne gehört zu werden. Und tatsächlich, nach der Hälfte der Strecke begann das Rascheln erneut, hörte unvermittelt auf und fing wieder an. Danach herrschte Stille. Wer immer hinter ihm war, war stehen geblieben, als ihm klar wurde, das Doug ihn bemerkt hatte. So verhielt sich nur ein Amateur oder ein blutiger Anfänger.

Doug lief blitzschnell zurück, um zu sehen, ob er den Verfolger stellen konnte. Doch der hatte sein Vorhaben offenbar rechtzeitig geahnt und war nirgends zu entdecken, was Doug wiederum daran zweifeln ließ, dass es sich um einen Amateur handelte. Wer immer ihm gefolgt war, hatte zwar Lärm wie ein Elefant im Porzellanladen gemacht, jedoch zugleich die Schnelligkeit besessen, nicht entdeckt zu werden. Stille umgab Doug, und nur das Zwitschern der Vögel und gelegentliches Lachen von vorbeigehenden Spaziergängern war zu hören.

Doug gehorchte jedoch stets seinem Instinkt. Hatte Merrilee nicht von einigen Leuten gesprochen, die sie außerhalb der Reihe unterbringen wollte? Er hatte keine Ahnung, wer hierher gekommen war. Eines erschien ihm jedoch sicher: Der oder die Betreffende hatte es auf Juliette abgesehen. Keiner von ihnen würde begeistert sein, sie mit dem

Reporter anzutreffen, der die ursprüngliche Story verfasst hatte und nach wie vor die Möglichkeit hatte, ihnen zu schaden. Er musste die Liste eingrenzen, und zwar schnell.

Sein erster Gedanke war, dass es sich um einen anderen Journalisten handelte. Aber bei näherer Betrachtung erschien ihm das unwahrscheinlich. Wenn ein Kollege so clever gewesen war, ihnen auf die Spur zu kommen, dann würde er auch clever genug sein, außer Hör- und Sichtweite zu bleiben. Außerdem würde er eher Juliette als Doug beobachten.

Es konnte der Kongressabgeordnete Haywood sein, falls Stuart seinem Geschäftspartner erzählt hatte, was Juliette in der Kirche gehört und gesehen hatte. Aber auch das war nicht sehr wahrscheinlich. Haywood hätte Juliettes Ex geschickt, um Einfluss auf sie zu nehmen, falls sie wankte.

Diese Überlegung führte ihn zu Stuart Barnes selbst, der seine Exverlobte überprüfen wollte. Das war schon wahrscheinlicher. Und als zukünftiger Senator mit weißer Weste, der immerhin dumm genug gewesen war, sich mit der Mafia einzulassen, würde er wohl auch nicht so schlau sein, andere die Drecksarbeit machen zu lassen. Und sobald er die Teile des Puzzles zusammengesetzt hatte, würde er sich mehr für Juliette als für Doug interessieren.

Die Mafia. Verdammt. Doug hatte keine Ahnung, ob sie von Juliette wusste oder nicht. Aber er ging kein Risiko ein und rannte los. Er musste rasch zu ihr und dafür sorgen, dass sie in Sicherheit war. Dann musste er ihr die Wahrheit gestehen, nicht nur, weil er sie liebte, sondern damit sie sich selbst schützen konnte.

9. KAPITEL

Juliette führte den Kellner hinaus auf die Terrasse und ließ ihn den Tisch für zwei decken. Anschließend versprach er, mit ihrer Frühstücksbestellung zurückzukehren, sobald sie anrief. Und das würde sie, wenn Doug da war.

Sie atmete tief ein. Orangefarbene tropische Blumen umgaben die Terrasse, und Juliette hatte den Tisch mit Hibiskusblüten geschmückt, deren wohlriechender Duft die Luft erfüllte. Sie war mehr denn je von Hoffnung und Optimismus erfüllt, und das hatte sie Doug zu verdanken. Letzte Nacht hatte sie ihn in ihrem Traum die magischen drei Worte sagen hören.

Sie ging wieder in die Hütte und wählte ihre Kleidung für diesen Tag. Nachdem sie die Sachen auf dem Bett ausgebreitet hatte, zog sie sich aus und ging unter die Dusche. Nur widerstrebend ließ sie das Wasser die Spuren ihrer Liebesnacht mit Doug abwaschen. Doch bei der Aussicht darauf, dass die letzte Nacht erst der Anfang gewesen war, breitete sich prickelnde Vorfreude in ihr aus.

„Juliette."

Sie glaubte, jemanden ihren Namen rufen zu hören und hielt den Duschvorhang vor sich.

„Juliette." Erneut war die Stimme zu hören, doch diesmal identifizierte sie sie als Dougs.

„Ich bin hier drin." Nachdem sie wusste, dass er der Besucher war, entspannte sie sich. Bis die Badezimmertür aufflog und sie begriff, dass sie ihn hereingebeten hatte. In die Dusche.

„Ist alles in Ordnung mit dir?", rief er ins Badezimmer.

„Warum sollte es nicht so sein?" Sie spähte hinter dem undurchsichtigen Vorhang hervor, blieb jedoch dahinter.

Er lehnte am Türrahmen und wirkte aufgelöst und außer Atem. „Du bist allein." Seine Erleichterung war ihm deutlich anzumerken.

Sie schüttelte den Kopf. Ihre nassen Locken fielen ihr über die Schultern. „Wer sollte denn bei mir sein? Was ist denn los mit dir?"

„Du solltest deine Tür nicht offen lassen", meinte er und kam näher.

Juliette atmete seinen aufregenden Duft ein. „Hast du einen Marathonlauf hinter dir?", scherzte sie.

Er kickte seine Schuhe fort und zog sich das T-Shirt über den Kopf. Dann riss er den Duschvorhang auf und stieg in die Duschwanne, ohne auf das laufende Wasser und seine restliche Kleidung zu achten. Mit seinen starken Armen hielt er Juliette und zog sie an sich. „Ich dachte … ach, egal." Und dann lagen seine Lippen auf ihren.

Juliette seufzte, schmiegte sich an ihn und gab sich dem Kuss hin. Seine Hände glitten in fieberhafter Eile über ihren Körper, als könnte er nicht glauben, dass mit ihr wirklich alles in Ordnung war. Sie kannte die Gründe für seine offenkundige Besorgnis und Angst nicht, aber sie musste zugeben, dass ihr seine besitzergreifende Art gefiel, wenn sie sich auf diese Weise äußerte. „Mir geht es gut."

Er löste sich von ihr. „Wir müssen uns unterhalten."

Das sollte wohl ein Witz sein. Erst stieg er zu ihr unter die Dusche, küsste sie mit atemberaubender Leidenschaft und weckte ihr Verlangen. Und dann wollte er reden? Entschlossen griff sie nach dem Knopf seiner Shorts. „Reden wird allgemein überschätzt."

„Juliette." Er stöhnte rau, es klang fast wie ein tiefes Grollen.

„Habe ich dir eigentlich schon mal gesagt, was dieses tiefe Grollen mit mir macht?" Sie bekam den Knopf auf, zog den Reißverschluss auf und schob die Shorts und den Slip nach unten. „Es klingt so sexy."

Doug stieß den erstickten Laut noch einmal aus, als sich ihre Finger um seine männliche Härte schlossen. „Es gibt Dinge, über die du dir im Klaren sein solltest", sagte er.

„Später." Sie küsste seine nackte Brust. „Wir haben nicht ewig heißes Wasser, und ich will es ausnutzen, solange welches da ist."

Sie will eher ausnutzen, dass *ich* da bin, dachte Doug, ihren zärtlichen Liebkosungen hilflos ausgeliefert. Er kickte die Kleidungsstücke um seine Knöchel fort. Obwohl er ihr wirklich die Wahrheit gestehen musste, jetzt, wo sie allein waren und er Gewissheit hatte, dass sie in Sicherheit war, konnten die Neuigkeiten noch warten. Ihre Lippen bewegten sich von der Mitte seiner Brust auf direktem Weg hinunter zu seinem Bauch und von dort noch ein Stück weiter, sodass sie ihn mit ihrer Zunge necken und ihm süße Qualen bereiten konnte.

Doug legte den Kopf in den Nacken und stöhnte. Solange sie zusammen waren, würde sie sicher sein, und noch eine weitere Stunde mit der großen Aussprache zu warten würde jetzt auch nicht mehr ins Gewicht fallen. Denn jetzt zählte nur noch, was in diesem Moment zwischen ihnen geschah. Juliette umfasste seine Taille mit beiden Händen, während sie ihn gekonnt mit dem Mund verwöhnte. Doug glaubte, es vor Begierde keine Sekunde länger mehr aushalten zu können.

So viel Offenheit und Hingabe hatte er nicht verdient. Allerdings weigerte er sich, allein den Gipfel der Ekstase zu erklimmen. So überwältigend das Vergnügen auch war, das Juliette ihm bereitete, den Höhepunkt wollte er lieber in inniger Umarmung mit ihr erleben.

Daher zog er sie hoch, schloss sie in die Arme und stieg mit ihr aus der Dusche. Langsam, um jeden Zentimeter ihres wundervollen Körpers zu spüren, ließ er sie an sich hinuntergleiten, bis ihre Füße den Boden berührten. Ihre vollen Brüste, deren Spitzen hoch aufgerichtet waren, kitzelten seine Haut.

„Was hast du vor?“, fragte sie.

Mit ihrem verschleierten Blick und der heiseren Stimme erregte sie Doug noch mehr. Selbst die kühle Luft störte ihn nicht im Mindesten, da er seine Umgebung jetzt kaum noch wahrnahm.

Er drängte sie behutsam an die Wand und hielt sie an den Schultern fest. „Ich kann das, was ich mit dir tun will, nicht in der Dusche tun.“

Ein sexy Lächeln erschien auf ihren Lippen. „Verrate mir, was es ist.“

„Ich zeige es dir lieber.“ Er neigte den Kopf und küsste sie ungestüm, während er sich mit sinnlichen Bewegungen an ihrem Bauch rieb.

Juliette stöhnte auf und passte sich dem Rhythmus seiner Bewegungen an, indem sie sich ihm aufreizend entgegenbog. Atemlos vor Erregung küssten sie sich und hielten nur kurz inne, damit Doug ein Kondom aus dem Badezimmerschrank nehmen konnte. Ihm war längst aufgefallen, dass man alle Zimmer der Ferienanlage damit versorgt hatte. Ungeduldig packte er anschließend ihre Hüften und hob Juliette an, um sie in die richtige Position zu bringen, damit sie sich auf ihn herabsenken und ihn tief in sich aufnehmen konnte.

Sie zitterte und schlang ihm die Beine um die Taille. Die Wand hinter ihr stützte sie zusätzlich, sodass Doug seinen stürmischen Rhythmus beibehalten konnte. Das Tempo seiner Bewegungen steigerte sich immer mehr, bis ein Beben durch Juliettes Körper lief und sie sich auf dem Gipfel der Lust wie eine Ertrinkende an ihn klammerte.

Jetzt hielt auch Doug sich nicht länger zurück und gelangte mit ihr gemeinsam zu einem überwältigenden Höhepunkt, der nicht nur seinen Körper mit einbezog, sondern auch sein Herz und seine Seele.

Juliette lag mit Doug im Bett und malte mit dem Finger träge Kreise auf seine Brust. Um sie herum herrschte Stille, doch verspürte sie kein Bedürfnis zu reden. Was sie eben miteinander erlebt hatten, sprach für sich selbst. Jetzt lag sie glücklich und zufrieden da, bis das Telefon klingelte und sie unvermittelt aus ihrem Zustand glücklicher Benommenheit riss.

Sie griff nach dem Hörer. „Hallo?", meldete sie sich. Es war die Hotelküche, die sich erkundigte, wann sie ihre Bestellung geliefert haben wollte. Juliette seufzte, denn sie wusste, dass sie sich jetzt wieder in der Realität befand und die Zeit gekommen war, ihren Mut zusammenzunehmen und Doug ihre Gefühle zu gestehen. „In fünf Minuten würde es mir ausgezeichnet passen", sagte sie dem Mann am anderen Ende der Leitung.

Dann legte sie auf und drehte sich wieder zu Doug um. „Frühstück", erklärte sie. „Ich hatte dich doch eingeladen."

Er rollte sich herum und legte den Arm auf ihre Seite. „Ich dachte, wir hätten gerade gegessen." Wie um seine Worte zu bestätigen, begann er an ihren Lippen zu knabbern, was sie, wie er wusste, unwiderstehlich fand.

„Hm", seufzte sie und erwiderte seinen Kuss. Auch sie verspürte noch kein Bedürfnis, die körperliche Verbindung zwischen ihnen schon zu unterbrechen. Aber da der Zimmerservice unterwegs war, blieb ihr keine andere Wahl. Sanft schob sie ihn von sich, um unter ihm hervorkriechen zu können. „Ich bin sicher, du kannst diesen Appetit später noch einmal wecken."

„Und ob ich das kann." Er umfasste eine ihrer Brüste.

Ein sinnlicher Schauer durchströmte sie. „Der Zimmerservice kommt gleich", erinnerte sie ihn, auch wenn es ihr schwerfiel. „Ich wollte dich überraschen. Aber das ist jetzt leider nicht mehr möglich. Gib mir trotzdem zwei Minuten, alles fertig zu machen, ja?"

In Wahrheit brauchte sie einige Minuten für sich allein, um ihre Gedanken zu ordnen. Denn während des Frühstücks wollte sie ihm ihre Gefühle für ihn gestehen und herausfinden, wie es nach dieser Woche zwischen ihnen weiterging. Und das konnte sie nicht, wenn sie mit ihm im vom Liebesspiel noch zerwühlten Bett lag oder Dougs Gefühle von den Nachwirkungen körperlicher Erfüllung beeinflusst waren. Nein, sie mussten beide einen klaren Kopf haben.

„Kein Problem." Doch sein widerstrebendes Stöhnen strafte seine Worte Lügen. „Ich muss ohnehin zu Hause anrufen." Er sah ihr in die Augen. „Wir müssen uns beim Frühstück wirklich unterhalten."

Etwas in seiner Stimme ließ sie stutzen. „Das lässt ja Schlimmes ahnen. Aber du hast recht, wir müssen miteinander reden." Sie stieg aus dem Bett, schlüpfte nackt in den seidenen Morgenmantel und ging zur Schlafzimmertür.

„Juliette."

Sie drehte sich um. „Ja?"

„Es ist nur schlimm, wenn du es so auffasst."

Sie runzelte die Stirn über diese rätselhafte Bemerkung und verließ das Zimmer.

Sie ging durchs Wohnzimmer auf die Terrasse, wo der Kellner bereits das Frühstück auftrug. Wieder einmal war Juliette von Merrilee und ihren Mitarbeitern verblüfft. Sobald er fertig war, zog sich der Kellner wieder zurück.

Juliette schenkte die Drinks ein, nahm das Tuch von dem Korb, in dem Brötchen, Croissants und Blätterteigtaschen lagen, und erinnerte sich an ihr Gespräch über süße Sachen. Damals war diese Unterhaltung eine erotische Einleitung für all das gewesen, was danach kam. Auch für diesen Morgen, an dem sie ihn intensiver geliebt hatte, als sie es je für möglich gehalten hatte. Nie zuvor hatte sie das Bedürfnis verspürt, sich einem Mann auf diese Weise hinzugeben.

„Hallo, Juliette."

„Stuart!" Einen Moment lang glaubte sie, seine Stimme durch ihre Gedanken heraufbeschworen zu haben. Doch als sie sich umdrehte, stand sie ihm tatsächlich gegenüber. Geschockt starrte sie ihn an. „Was machst du denn hier?"

„Ich lebe eine Fantasie aus, genau wie du." Er betrat die Terrasse. Seine Schuhe glänzten in der Sonne. Er war nicht gekleidet wie die meisten Gäste, sondern trug eine gebügelte braune Hose, einen Designergürtel und wie üblich ein tadellos gebügeltes Hemd.

Seine seriöse, konservative Kleidung machte Juliette bewusst, wie spärlich bekleidet sie war. Hastig zog sie ihren Morgenmantel fester um sich. „Was für eine Fantasie bringt dich denn hierher?", fragte sie. Dabei war sie überzeugt, dass es absolut nichts mit einer Fantasie zu tun hatte, sondern einzig und allein mit ihr.

„Dass du weiterhin schweigst, natürlich." Sein Blick war durchdringend. „Was ich Mrs Schaefer-Weston natürlich nicht auf die Nase gebunden habe."

Juliette schluckte. „Ich habe dir doch schon gesagt, dass ich dich nicht bloßstellen würde. Gibt es einen Grund dafür, dass du dich auf mein Wort nicht verlässt?“

„Dein plötzliches Verschwinden hat mich beunruhigt. Es ist nicht deine Art, einfach davonzulaufen.“

Ihr entging die Doppeldeutigkeit seiner Worte nicht. „Du hast mir nicht gerade eine Wahl gelassen. Schließlich hast du mich belogen, und die Ehe basiert nun mal auf Vertrauen.“ Und auf Liebe, fügte sie im Stillen hinzu.

„Wie kann ich dir also ohne Eheversprechen trauen?“, konterte er.

„Weil du mich kennst. Stuart, wieso bist du in schmutzige Geschäfte mit der Mafia verstrickt?“

Er schüttelte den Kopf. „Du begreifst es tatsächlich nicht, was? Es mag ja sein, dass wir Tür an Tür aufgewachsen sind, aber du stammst aus einem reichen Elternhaus und bekamst alles in den Schoß gelegt. Ich musste mir alles hart erarbeiten.“

„Was du auch getan hast. Du bist fast am Ziel.“

Er seufzte. „Ich dachte, durch Bobs Verbindungen komme ich an das Geld, das mich besser hätte dastehen lassen. Und dadurch bin ich immer tiefer in den Sumpf geraten.“

„Dann befreie dich. Es ist noch nicht zu spät.“

„Doch, das ist es, wenn ich nicht alles verlieren will. Und das werde ich nicht zulassen. Dein Schweigen wird dafür sorgen, dass meine Träume wahr werden.“ Stuart nahm eine Hibiskusblüte, mit der sie den Tisch geschmückt hatte, drehte sie und betrachtete die Blüten. „Was ist denn deine Fantasie? Was suchst du, was ich dir nicht geben kann und wovon ich nichts ahnte?“

Juliette zwang sich zu einem Lachen. Sie hatten lächerlich wenig voneinander gewusst. Doug verstand sie nach knapp einer Woche besser, als Stuart es nach all den Jahren vermocht hatte. Sie zuckte die Schultern. „Gillian hat mich mit dieser Reise überrascht. Sie hat sich eine Fantasie ausgedacht. Ich lebe sie nur aus.“ Sie hoffte, dass er es dabei belassen würde.

„Deine Fantasie dreht sich um einen Mann.“

Juliette hob die Brauen und fragte sich, woher er das wusste. Dann fiel ihr der romantisch gedeckte Tisch und ihr dünner Morgenmantel ein. „Ich kann mir nicht vorstellen, dass du eifersüchtig bist, da ich dir ja ohnehin nur für die Wahl nützlich sein sollte.“

„Eifersucht ist das falsche Wort“, entgegnete Stuart und streckte die Hand nach ihr aus. Doch Juliette wich zurück. „Ich meine es ernst.

Ich bin wirklich besorgt. Du solltest darauf achten, mit wem du dich umgibst und was du sagst. Andernfalls werde ich dich nicht beschützen können, selbst wenn ich davon überzeugt bin, dass du den Mund hältst."

„Ich habe den Mund gehalten, und deine Besorgnis ist zwar rührend, aber unbegründet." Sie stützte sich auf die Lehne eines der weißen schmiedeeisernen Stühle und fühlte das kühle Metall unter ihrer Handfläche. Ihre Lüge war ihr ebenso unangenehm wie seine Reise hierher und seine angebliche Sorge. „Ich bin mit niemandem zusammen, der eine Bedrohung für dich und deine Partner darstellen würde."

„Wenn das stimmt, kannst du mir ja ruhig seinen Namen nennen", schlug Stuart vor.

Sie zwang sich, nicht in die Hütte zu schauen und damit Dougs Anwesenheit zu verraten. Er konnte jeden Moment herauskommen. Sie könnte auch schreien, und er wäre innerhalb von Sekunden bei ihr. Doch wenn es irgend möglich war, wollte sie eine Szene vermeiden.

Dass Stuart ihr etwas tun wollte, hielt sie für unwahrscheinlich. Er wollte nur seine wohlbegründeten Ängste beruhigen. „Mit wem ich mich treffe, geht dich nichts mehr an."

„Ich sagte doch schon, dass ich mir deinetwegen Sorgen mache."

Juliette lachte. „Du meinst wohl eher, du machst dir Sorgen um das, was ich eventuell ausplaudern könnte."

„Das versteht sich von selbst, wenn man bedenkt, mit wem du dich eingelassen hast." Er trat näher und sah sie durchdringend an.

„Zuerst fragst du mich, mit wem ich zusammen bin, und jetzt hörst du dich an, als wüsstest du das längst. Was denn nun?" Allmählich hatte sie genug von Stuart und seinen Spielchen.

„Ich bat dich lediglich, mir seinen Namen zu nennen. Denn ich fragte mich, ob du ihn selbst weißt."

„Natürlich weiß ich ihn. Er heißt Doug ..." Sie verstummte. „Seinen Nachnamen kenne ich nicht", gestand sie widerstrebend.

„Houston", informierte Stuart sie. „Douglas Houston, der Reporter der „Chicago Tribune", der den Artikel über die angebliche Verbindung meines Geschäftspartners zur Mafia verfasst hat."

Unmöglich, dachte sie und schüttelte den Kopf. Ihr Magen zog sich zusammen, doch sie ignorierte es. „Du verwechselst ihn mit jemand anderem. Sein Name ist Doug, das stimmt. Aber er kommt aus Michigan, nicht aus Chicago."

Trotzdem, seinen Nachnamen hat er nicht genannt, dachte Juliette. Nicht einmal, nachdem sie ihm ihre tiefsten Geheimnisse offenbart hatte. Auch nicht, nachdem sie sich geliebt hatten. Ihr Herz sagte ihr, dass es ein Zufall sei. Doch ihr Verstand erinnerte sie daran, dass sie schon einmal verletzt und benutzt worden war – von dem Mann, der vor ihr stand.

„Er ist Reporter“, beharrte Stuart. „Und falls er unter Vorspiegelung falscher Tatsachen hier mit dir zusammen war, ist er auch noch ein Lügner.“

„Das musst du gerade sagen“, murmelte sie. „Doug ist Schriftsteller.“ Ihr Magen zog sich erneut zusammen. Doug hatte gesagt, er sei in die Fußstapfen seines Adoptivvaters getreten. „Und seine Familie?“, fragte Juliette leise. „Gibt es in seiner Familie auch Reporter?“

„Jede Menge. Bist du jetzt zufrieden?“

Sie glaubte ihm, aber zufrieden war sie keineswegs. Der Betrug setzte ihr schwer zu, und sie war angewidert von sich selbst. Wann würde sie endlich lernen? Was Männer anging, besaß sie keine gute Menschenkenntnis. So war es immer gewesen, und das würde sich wohl auch nie ändern.

Juliette sank auf den am nächsten stehenden Stuhl. „Geh, Stuart. Du hast erreicht, was du wolltest. Doug ist Reporter der „Tribune“ und die letzte Person, der ich mein Geheimnis anvertrauen sollte. Jetzt, wo ich weiß, dass er genauso eine verlogene Schlange ist wie du, brauchst du dir keine Sorgen mehr zu machen, nicht wahr?“

Stuart wirkte sehr erleichtert. Wenn sie sich nicht so elend gefühlt hätte, hätte sie laut gelacht.

Er trat zu ihr und kniete sich vor sie. „Du musst wissen, dass ich dir niemals wehtun wollte. Wir waren Freunde, und ich dachte, wir könnten ein gutes Leben haben.“

Juliette verzog das Gesicht. „Ich habe dir nichts mehr zu sagen. Du kannst doch jetzt beruhigt sein, nicht wahr?“ Sie entließ ihn mit einer Handbewegung.

„Du bist intelligent, Juliette. Das warst du schon immer. Und du liebst deinen Vater. In diesem Fall wird dir diese Kombination sehr dienlich sein.“ Nachdem er seine indirekte Drohung ausgesprochen und offensichtlich bekommen hatte, weswegen er gekommen war, verschwand Stuart zufrieden und ließ Juliette mit der schmerzlichen Wahrheit allein zurück.

Doug beobachtete, wie Stuart Barnes sich verabschiedete. Mit pochendem Herzen beschloss er, Juliette ein paar Minuten Zeit zu geben, um die Informationen zu verarbeiten und ihre Fassung wiederzugewinnen, bevor er ihr gegenübertrat. Das war das Mindeste, was er tun konnte. Abgesehen davon brauchte er selbst einen Augenblick für sich.

Er hatte ihre Bedürfnisse über seine stellen wollen. Er hatte in der Lage sein wollen, weiterhin in den Spiegel zu sehen. Aber das war vorbei. Er würde sich selbst nie wieder ins Gesicht sehen können.

Juliette jetzt gegenüberzutreten, würde der Anfang seiner lebenslänglichen Strafe sein – denn sie würde nicht mehr zu seinem Leben gehören. Er trat auf die sonnige Terrasse hinaus. „Juliette."

Sie drehte sich zu ihm um. Ihre sonst so fröhlichen Augen blickten ausdruckslos. „Es scheint, als seien wir einander noch nicht in aller Form vorgestellt worden", erklärte sie und stand auf. „Wer ich bin, wissen wir beide ja bereits." Sie hielt ihm steif und förmlich die Hand hin.

Übelkeit stieg in ihm auf, doch da er nicht wusste, was er sonst machen sollte, nahm er ihre Hand.

Sie schüttelte sie, als wäre er ein Fremder. Dann ließ sie ihn los. „Ich würde ja sagen, dass es mich gefreut hat, Sie kennenzulernen, Mr Houston. Aber das wäre gelogen." Der Schmerz über seinen Verrat war ihr deutlich anzusehen.

Eines war jedoch noch schmerzlicher als alles andere. Nach allem, was sie miteinander erlebt hatten, nach der Intimität zwischen ihnen, sah Juliette ihn nicht nur wie einen Fremden an, sondern als könnte sie seinen Anblick nicht ertragen.

„Ich würde es dir gern erklären."

Sie wandte den Blick ab. „Das Offensichtliche bedarf keiner Erklärung. Das hat mein Vater zumindest immer gesagt. Aber dann hat er uns doch erklären lassen. Also kannst du es ebenso gut auch tun." Sie machte eine Handbewegung wie zu einem kleinen Kind, das sein schlechtes Benehmen rechtfertigen wollte.

Doug versuchte ihre Hand zu nehmen, doch sie wich vor ihm zurück. Frustriert verzog er das Gesicht. „Wieso habe ich das Gefühl, dass es überhaupt keine Rolle spielt, was ich sagen werde?"

„Sollte es denn?" Juliette ging auf der Terrasse auf und ab. „Wieso mache ich es dir nicht leicht? Du musstest eine Story schreiben und deinen Namen reinwaschen. Ich verfügte über die nötigen Informationen. So einfach war das."

„Wenn du dich genau erinnerst, wirst du leicht feststellen, dass ich zu keinem Zeitpunkt versucht habe, diese Informationen aus dir herauszubekommen."

Sie verdrehte die Augen. „Das brauchtest du ja auch nicht. Ich habe es dir so leicht gemacht."

„Du hast dich mir anvertraut. Das hast du selbst gesagt. Wir haben uns die wichtigsten Dinge in unserem Leben anvertraut. Ich habe dir von meiner Kindheit erzählt, du mir von deiner jüngsten Vergangenheit. Ich bin Reporter, aber ich habe dir keine einzige Frage gestellt, um an Informationen zu gelangen. Und willst du wissen, wieso?"

Sie betrachtete ihn, doch ihrer verschlossenen Miene konnte er nichts entnehmen. Sein Herz pochte wie wild in seiner Brust, als er sich an seine letzte Chance klammerte. „Weil ich dich liebe."

Tränen glänzten in ihren Augen. „Dass du mich ein Mal zum Narren gehalten hast, kann ich dir ankreiden. Hältst du mich zwei Mal zum Narren, bin ich selbst schuld." Sie atmete tief durch. „Eines muss ich dir jedoch lassen."

Hoffnung regte sich in ihm. „Und was?"

„Du bist verdammt gut in deinem Job."

Doug biss die Zähne zusammen. Er hatte sie in sein Herz blicken lassen, und sie glaubte ihm nicht. Nicht, dass er es ihr verübeln konnte. Sie hatte ja recht. Er hatte seinen Job verdammt gut erledigt.

„Juliette …"

„Spar dir deine Worte." Sie kehrte ihm den Rücken zu.

Mit ihrem Zorn, ihrem Missfallen oder ihren Vorwürfen wäre er fertig geworden. Aber nichts dergleichen kam. Stattdessen strafte sie ihn mit Gleichgültigkeit, und dagegen war er machtlos.

„Könntest du bitte gehen?" Sie schlang die Arme um sich, als wollte sie sich dadurch vor ihm schützen.

Auch wenn er der letzte Mensch war, der ihr wehtun würde – sie würde ihm niemals glauben. Zumindest vorläufig nicht.

„Zuerst möchte ich, dass du etwas verstehst. Ich bin für eine Story über deinen Ex hierher gekommen. Es war nie meine Absicht, dir wehzutun oder dich zu benutzen …" Er verstummte, da er selbst merkte, wie schwach seine Verteidigung klang. Und wenn er auch nur ein bisschen nachgedacht hätte, wäre ihm klar geworden, dass er sie unausweichlich verletzen würde. Jetzt blieb ihm nichts weiter zu tun, als wenigstens ihren Wunsch zu respektieren. „Ich werde gehen“, sagte er daher und ließ sie allein.

Juliette warf das letzte Kleidungsstück in ihren Koffer und zog den Reißverschluss zu. Entspann dich, und sei ganz du selbst, dachte sie voller Selbstironie. Offenbar spielte es überhaupt keine Rolle, ob sie die pflichtbewusste Tochter spielte, die Verlobte eines jungen, aufstrebenden Politikers oder nur Juliette Stanton, die Frau, war – sie war stets dazu prädestiniert, benutzt zu werden.

Als es an der Tür klopfte, atmete sie erleichtert auf. Sie hatte einen Abendflug für heute nach Chicago gebucht und nach jemandem geklingelt, der ihr Gepäck zum Hauptgebäude der Anlage brachte. Doch statt des Pagen stand Merrilee vor ihrer Tür.

„Ich hörte, Sie reisen vorzeitig ab“, sagte die ältere Frau.

„Meine Pläne haben sich geändert.“ Juliette trat zur Seite und ließ die Besucherin herein.

„Das Leben verläuft selten nach Plan.“

Juliette runzelte die Stirn. „Das können Sie laut sagen.“ Sie hatte nicht damit gerechnet, sich zu verlieben, schon gar nicht erneut in einen Mann, der sie von Anfang an belog.

„Würden Sie mir glauben, wenn ich Ihnen sage, dass das Unerwartete oft besser ist als alles, was man geplant hat?“

„In diesem Moment? Sicher nicht.“ Juliette versuchte zu lachen und brach stattdessen in Tränen aus. Die Emotionen, die sie in den letzten Stunden unterdrückt hatte, brachen mit aller Macht hervor.

Merrilee legte ihr die Hand auf den Rücken, und Juliette versuchte ihre Besorgnis wegzuwischen wie ihre Tränen. Doch beides ließ sich nicht so leicht abtun, und schließlich erzählte sie Merrilee in groben Zügen, was in den letzten beiden Tagen passiert war.

„Ich komme mir lächerlich vor“, sagte Juliette, nachdem sie sich ausgeweint hatte. Schniefend nahm sie ein Taschentuch.

„Ich wüsste nicht, wieso. Wir machen alle mal schlechte Zeiten durch. Aber wieso sind Sie so fest davon überzeugt, dass Doug nicht meinte, was er sagte? ‚Ich liebe dich‘ kommt einem Mann gewöhnlich nicht so leicht über die Lippen.“

„Mein Misstrauen hat etwas mit meinen schlechten Erfahrungen zu tun“, erwiderte Juliette.

„Sie meinten mit Ihrem Exverlobten?“

„Ja. Stuarts Liebeserklärung war für ihn bloß ein Weg, sich in meine Familie einzuschleichen und die Gunst meines Vaters zu erlangen."

„Und Doug? Ich hatte den Eindruck, dass Sie ihm wirklich etwas bedeuten."

„Auch Doug wollte etwas von mir."

„Er hat es bekommen. Aber er hat sein Wissen noch nicht benutzt", erinnerte Merrilee sie. Juliette hatte ihr nur erzählt, dass er bestimmte Informationen von ihr haben wollte, nicht, worum genau es sich handelte.

„Das kann sich schnell ändern."

Merrilee tätschelte ihre Hand. „Es gibt viele Möglichkeiten, eine Geschichte zu erzählen. Darf ich Ihnen einen Rat geben?"

Juliette nickte. Da ihre Schwester und ihre Eltern zu weit weg waren, um ihr beizustehen, würde sie jeden Rat annehmen, den diese gütige Frau anzubieten hatte.

„Bleiben Sie unvoreingenommen, und, was noch wichtiger ist, verschließen Sie Ihr Herz nicht." Merrilee sah Juliette eindringlich an. In ihren Augen lag eine Weisheit, wie sie nur Menschen entwickeln, die schon alle Höhen und Tiefen erlebt haben. „Sind Sie sicher, dass ich Sie nicht davon überzeugen kann, doch noch länger zu bleiben?"

Juliette seufzte. „Ja. So schön dieser Ort auch ist, ich muss wirklich nach Hause. Ich schiebe einige Dinge schon zu lange vor mich her und muss endlich handeln." Einen Moment lang zog sie in Erwägung, Merrilee von Stuart zu erzählen, entschied sich letzten Endes aber dagegen. Das Schicksal hatte nicht grundlos einen bestimmten Weg eingeschlagen. Zumindest war Juliette jetzt im Besitz aller Fakten.

„Nun, ich hoffe trotzdem, dass Sie sich eines Tages gern an Ihren Aufenthalt bei uns erinnern", meinte ihre Gastgeberin.

„Ob Sie es glauben oder nicht, das tue ich bereits." Immerhin hatte Juliette sehr viel über sich selbst gelernt und über ihre Fähigkeit, sich zu öffnen und zu vertrauen, auch wenn sie sich dafür den falschen Mann ausgesucht hatte. Aber wenn er der Falsche war, wieso dachte sie dann ständig an den verletzten Ausdruck in seinen Augen und daran, wie nachdrücklich er beteuert hatte, er habe ihr nie wehtun wollen?

„Ich liebe dich" – das hatte er gesagt, nachdem seine Lügen längst aufgeflogen waren. Juliette schlang die Arme um ihre Taille. Noch lange, nachdem er gegangen war und sie allein gelassen hatte, hatte sie in Gedanken jeden einzelnen Moment ihrer gemeinsamen Zeit auf der

Insel durchgespielt. Jede Berührung, jeden Kuss, jedes Gespräch.

Doug war zweifellos mit einer bestimmten Absicht auf die Insel gekommen. Doch war es möglich, dass sich seine Gefühle geändert hatten? Auf sie traf das ganz sicher zu. „Merrilee?"

Die Hand schon an der Tür, drehte ihre Gastgeberin sich noch einmal um. „Ja?"

„Darf ich Sie etwas fragen? Gibt es Dinge in Ihrem Leben, die Sie bereuen?"

Merrilee nickte. „Dass ich nie die Chance bekam, meinem Herzen zu folgen."

Noch lange, nachdem Merrilee fort war, musste Juliette über diese Worte nachdenken. Trotz seiner Lügen liebte sie Doug. Doch zwei Mal hatte man sie in letzter Zeit als Mittel zum Zweck benutzt, und die Narben auf ihrer Seele waren noch nicht mal ansatzweise verheilt. Wie konnte sie da auch nur daran denken, den Worten eines Mannes Glauben zu schenken, der sie gerade erst getäuscht hatte?

10. KAPITEL

Wenn es Beweis genug für seine Liebe wäre, von Secret Fantasy nach Miami, von Miami nach Chicago und von Chicago nach Washington, D.C., zu fliegen, und zwar innerhalb von achtundvierzig Stunden, würde Juliette jetzt in Dougs Armen liegen. Unglücklicherweise hatte Juliette einen Vorsprung und den letzten Platz in der letzten Maschine von Miami nach Washington bekommen. Nach stundenlangem Warten auf Flughäfen und viel zu wenig Schlaf bereitete Doug sich darauf vor, Senator Stanton gegenüberzutreten.

Tatsache war, dass seine Reise erst begonnen hatte. Und als er vor Juliettes Vater stand, dämmerte ihm, wie schwierig das Ganze werden würde.

Senator Stanton erhob sich hinter seinem Schreibtisch. „Ich sollte Sie nicht einmal empfangen." Trotz des Alters und der ergrauenden Haare entdeckte Doug Ähnlichkeiten zwischen Juliette und dem älteren Mann. Wie bei seiner Tochter drückten die Augen des Senators selbst bei Missbilligung eine gewisse Herzlichkeit aus.

Doug hielt ihm die Hand hin, und der Senator schüttelte sie. „Ich nehme an, Sie haben bereits mit Ihrer Tochter gesprochen", sagte Doug.

„Lange genug, um zu wissen, dass Sie sehr fleißig waren."

Doug nahm die Kritik hin. „Nicht so fleißig, wie ich vermutlich gewesen wäre, wenn ich die letzten anderthalb Tage an meinem Artikel gearbeitet hätte, statt herumzureisen, um Sie aufzusuchen."

„Dann haben Sie mir sicher etwas Wichtiges zu sagen." Senator Stanton bedeutete ihm, sich zu setzen und nahm selbst wieder in seinem Ledersessel hinter dem Schreibtisch Platz. „Erzählen Sie mir nicht, Sie wären den ganzen Weg hergekommen, um mich vor Ihren Enthüllungen zu warnen. Für solche Höflichkeiten sind Journalisten gewöhnlich nicht bekannt."

„Vor allem die nicht, die einer unschuldigen Frau wehtun, meinen Sie?"

„Touché. Das sind Ihre Worte, nicht meine. Aber in diesem Fall passen sie."

„Sir, ich habe eine Idee, wie ich Ihre Tochter völlig aus den Zeitungen heraushalten kann. Zumindest aus der „Chicago Tribune". Leider habe ich keinen Einfluss auf das, was die anderen drucken. Aber ich habe einen Einfluss auf das, was ich schreibe." Und Juliettes Güte und Einfühlungsvermögen hatten ihn gelehrt, seine Worte sorgfältig zu überprüfen.

Der Senator beugte sich vor. „Und wieso sollten Sie das wollen?"

Doug holte tief Luft. „Weil ich sie liebe." Zum zweiten Mal in zwei Tagen sprach er diese Worte laut aus.

Sein Herz schlug schneller, als ihm klar wurde, wie viel ihm die rothaarige Schönheit bedeutete. Der Mann, der ihm gegenübersaß, war seine einzige Chance, es ihr zu beweisen. Juliette musste wissen, dass sie nicht erneut auf jemanden hereingefallen war.

Senator Stanton klopfte mit seinem Füllhalter auf seinen Zedernholzschreibtisch. „Angenommen, ich glaube Ihnen – und ehrlich gesagt, ich habe noch Vorbehalte – erwarten Sie nicht, dass ich für Sie eintrete. Juliette muss ihre eigenen Entscheidungen treffen, besonders in Anbetracht der Tatsache, dass Sie ihr sehr wehgetan haben, auch wenn Sie behaupten, sie zu lieben."

Doug nickte. „Anders würde ich es auch nicht wollen. Außerdem bin ich Journalist. Ich erwarte, dass meine Worte für mich sprechen." Besser gesagt, sein Artikel. Denn falls alles wie geplant lief, konnte er seine Story veröffentlichen, ohne Juliette Stantons Namen zu erwähnen.

„Sie werden mehr als schöne Worte brauchen, um meine Tochter jetzt noch umzustimmen."

Doug sah den anderen Mann an. Er hatte schon früher mit dem Senator zu tun gehabt, doch nie auf so vertraulicher Ebene. Er respektierte ihn und mochte die Art, wie der Senator seine Tochter in Schutz nahm.

„Darf ich noch etwas hinzufügen, Sir?"

Der Senator nickte.

„Ich möchte mir nicht herausnehmen, Sie um etwas zu bitten – nur um Ihre Zustimmung, sollte es mir gelingen, Ihre Tochter zu überzeugen."

Widerstrebende Bewunderung flackerte im Blick des Senators auf. „Ich habe die niederschmetternde Wahrheit über meinen Protegé erst vor Kurzem erfahren. Danach erfuhr ich von Ihrer Rolle. Wissen Sie, unter anderen Umständen würde ich Sie vielleicht sogar mögen, Houston."

Doug musste grinsen und fühlte sich sofort viel optimistischer als nach seinem Abschied von Juliette auf Secret Fantasy. „Geben Sie mir zehn Minuten …“

„Hm, das ist köstlich. Ich habe kein gutes Brötchen mehr gegessen seit …“

„… über einer Woche“, meinte Gillian lachend. „Hast du auf der Insel denn nichts gegessen?“

Juliette schluckte den Bissen herunter. Ihr Vater war an diesem Wochenende nach Hause gekommen, um seine Töchter zu sehen und mit seinen „Mädchen“ am Sonntag zu frühstücken. Vier Tage waren vergangen seit Juliettes Rückkehr, ohne dass sie auch nur ein Wort von Doug gehört hatte.

Die Reporter belagerten nach wie vor ihr Haus und verfolgten sie. Diesmal spekulierten sie, weshalb sie für ein paar Tage verschwunden war. Weiter südlich als bis Miami verfolgten sie ihre Spur allerdings nicht. Merrilee war es gelungen, ihre Spur von dort an zu verwischen. Auch wenn das in Juliettes Augen schon an ein Wunder grenzte, war es nur eine Frage der Zeit, bis alles herauskommen würde. Aber wenigstens hier, im Haus ihrer Eltern um acht Uhr morgens, war alles friedlich. Ein typisches Familienfrühstück war keine berichtenswerte Neuigkeit für die Reporter.

Juliette wusste ihre Familie in diesen Tagen mehr zu schätzen denn je. „Auf der Insel gab es andere Sachen. Süße Sachen, wie Blätterteiggebäck.“ Und Küsse, dachte sie. Lange, leidenschaftliche Küsse.

„Und bestimmt frisch gepressten Saft von Orangen aus Florida“, meinte Annabelle Stanton. „Ich finde, wir sind auch urlaubsreif. Was meinst du, Len?“

Juliettes Vater legte seine Hand auf die seiner Frau. „Sobald ich es irgendwie einrichten kann, ja?“

Juliette beobachtete wehmütig die echte Liebe und Zuneigung zwischen ihren Eltern. Genau das hatte sie für sich und Doug gewollt. Obwohl sie sich erst so kurze Zeit kannten, hatte sie geglaubt, dass sie beide genug Kraft besaßen, damit eine Beziehung zwischen ihnen funktionierte. Nur hatte sie nicht mit den Lügen gerechnet.

Ihre Mutter lachte. „Lüg mich nicht an, Len.“

Ein kalter Schauer überlief Juliette bei diesen Worten.

„Ich weiß schon, wir planen eine Reise, und dann kommt etwas dazwischen und du musst in Washington, D.C., bleiben.“ Annabelle lachte erneut. „Glaub ja nicht, ich wüsste inzwischen nicht, wie das läuft. Du sagst immer, was ich deiner Meinung nach hören will, und behältst den Rest für dich, damit ich am Ende nicht allzu enttäuscht bin.“

Sie waren ein altes Ehepaar, das sich so gut kannte, dass sie einander samt ihrer Fehler akzeptierten. Juliette seufzte.

„Wenigstens setzt du dich bald zur Ruhe“, fuhr ihre Mutter fort. „Was meint ihr, Mädchen, können wir euren Vater so beschäftigen, dass er Washington nicht vermissen wird?“

Während Gillian und ihre Mutter Aktivitäten aufzuzählen begannen, die ihr Vater mochte, beugte er sich zu Juliette. „Eine Woche zu Hause, und ich werde die Wände hochgehen.“

Sie lachte. „Du wirst es überstehen, Dad. Es gibt so viel Gutes, was du außerhalb des Senats tun kannst.“

„Das ist mein Mädchen. Immer bemüht, das Richtige zu tun. Wenn ich mich nicht irre, hast du dir auf diese Weise auch die Verlobung mit Stuart eingebrockt.“ Er lachte, doch seine Augen blickten ernst und besorgt. „Vielleicht ist es an der Zeit, einmal nicht ganz so korrekt zu handeln.“

Sie verdrehte die Augen. „Ich habe es dir doch schon erzählt. Ich habe es versucht und mich dabei verletzt.“ Juliette war vom Flughafen direkt zum Haus ihrer Eltern gefahren, weil er am nächsten Morgen nach Washington fliegen würde und das, was sie ihm zu berichten hatte, nicht warten konnte.

Sie saßen stundenlang zusammen, sie, ihre Mutter und ihr Vater, während Juliette ihnen ihr Herz ausschüttete, so wie sie es auch als Kind immer getan hatte. Ihr Vater war enttäuscht von Stuart gewesen und hatte verstanden, dass Juliette die Hochzeit platzen lassen musste. Er hätte sich nur gewünscht, dass sie früher zu ihm gekommen wäre, um sich weiteren Kummer zu ersparen. Ihr Vater hatte ihr schließlich versprochen, nichts zu unternehmen, bevor er sorgfältig über die Situation nachgedacht und einen Weg gefunden hatte, jeden zu schützen, der durch die Informationen Schaden erleiden konnte. Allerdings war ihm bewusst, dass Doug ebenfalls sämtliche Informationen besaß und die Zeit daher knapp war.

Jetzt fragte Juliette sich, was über das Wochenende geschehen war. Aber ein normales Familienfrühstück war ihr zu wichtig, um sich danach zu erkundigen. Die Realität würde sie schon früh genug wieder einholen. Sie betrachtete die Menschen um sich herum, die ihr am nächsten standen. Sie konnte sich wirklich glücklich schätzen mit dem Los, das sie gezogen hatte. Im Gegensatz zu Doug.

„Juliette."

Sie hatte gar nicht mitbekommen, dass ihr Vater sie ansprach. „Tut mir leid. Ich war in Gedanken."

„Bei diesem Mann."

„Dieser Mann hat einen Namen." Sie sah, dass ihr Vater grinste. „Ich weiß nicht, was daran so komisch ist."

„Er beschäftigt dich, Liebes. Das ist nicht komisch, sondern ernst."

„Was du nicht sagst."

„Tja, es hat den Anschein, als wären da noch ein paar Dinge zwischen euch zu klären", stellte ihr Vater fest.

„Was soll es da noch zu klären geben?"

Ihr Vater zuckte die Schultern. „Das kannst nur du wissen. Du allein musst entscheiden, ob das, was zwischen euch gesagt worden ist, wichtiger ist als das, was ungesagt geblieben ist."

„Ich liebe dich", hatte Doug gesagt. Und sie hatte darauf nichts erwidert. „Wir haben uns die wichtigsten Dinge in unserem Leben anvertraut. Ich habe dir von meiner Kindheit erzählt, du mir von deiner jüngsten Vergangenheit." Und dann hatte sie über sein Geständnis gespottet.

„Was hast du von deiner Mutter und unserer Beziehung gelernt?", fragte ihr Vater. „Was war das Wichtigste, was wir euch Mädchen beigebracht haben?"

Erst jetzt bemerkte Juliette, dass ihre Mutter und ihre Schwester aufmerksam zuhörten.

„Ihr habt uns beigebracht, unserem Herzen zu folgen", erwiderte sie leise.

„Und hast du das getan? Bei diesem Jungen auf dem College? Oder bei Stuart? Bist du da deinem Herzen gefolgt? Oder dem, was du für die Erwartungen deiner Eltern gehalten hast?"

Die Antwort darauf war klar, das wussten sie beide. Bei Stuart war sie die pflichtbewusste Tochter gewesen. Bei Doug hingegen … Ihr fiel wieder ein, was Merrilee am meisten bedauerte: dass sie nicht die Chance gehabt hatte, ihrem Herzen zu folgen.

Bei Doug war Juliette ihrem Herzen gefolgt. Es hatte sie zu einem

Mann geführt, von dem sie geglaubt hatte, er habe nichts mit den Problemen zu tun, mit denen sie gerade kämpfte. Ein Mann, bei dem sie endlich ganz sie selbst sein konnte, ein Mann, der ihr half, ihre Angst vor Gewitter zu überwinden, und dem sie vertraut hatte.

Jetzt fragte sie sich, ob sie eines Tages wirklich zurückblicken und feststellen wollte, dass sie sich die Chance hatte entgehen lassen, ihrem Herzen zu folgen. Entsetzen packte sie, und sie fragte sich, ob es dafür bereits zu spät war.

„Ich würde gern einen Blick in die Morgenzeitung werfen“, sagte ihr Vater. Da er sein Leben lang Politiker gewesen war, wusste er, wann ein strategischer Rückzug angebracht war. Er deutete zur Zeitung auf dem Küchentresen.

Juliette brauchte ohnehin einen Moment für sich allein. „Bleib sitzen, Dad“, sagte sie daher. „Ich hole sie dir.“ Auf ihren dicken Socken ging sie zum Küchentresen.

Die Schlagzeile und Dougs Name fielen ihr sofort ins Auge. „Widerrufene Widerrufung“, und gleich daneben: „Enthüllt! Die schmutzigen Geschäfte des Kongressabgeordneten“. Juliettes Magen zog sich zusammen beim Anblick von Dougs Foto. Innerhalb des Artikels war ein weiteres Foto, das Stuart und den Kongressabgeordneten Haywood zusammen zeigte.

Ihre Reaktion auf Dougs Bild, auch wenn es sich nur um ein kleines Schwarz-Weiß-Foto handelte – auf dem er rasiert war und konservativer gekleidet –, zeigte ihr, wie sehr er sie noch beschäftigte.

Sie schaute über die Schulter und sah, dass ihr Vater in eine Unterhaltung mit ihrer Schwester vertieft war. Aber sie brauchte seinen Rat jetzt ohnehin nicht mehr. Folge deinem Herzen, hatten ihre Eltern ihr stets gesagt. Indem sie Doug nicht aufgab, obwohl er offensichtlich die Informationen benutzt hatte, würde sie ihrem Herzen folgen. Überdeutlich wurde ihr klar, dass sie Dougs Beteuerung, er habe ihr nicht wehtun wollen und er liebe sie, glauben musste.

Sie nahm all ihren Mut zusammen und reichte ihrem Vater die Zeitung.

„Möchtest du es nicht lesen?“, fragte er.

Juliette schüttelte den Kopf. „Ich habe alle Antworten, die ich brauche, hier drin.“ Sie zeigte auf ihre Brust.

Ihr Vater stand auf und umarmte sie. „Du hast dein Herz entscheiden lassen. Als dein Vater sage ich dir, dass es die richtige Entscheidung ist. Wenn du den Artikel liest, wirst du dich ganz sicher wieder in ihn verlieben."

Juliette drückte ihn und rannte zur Tür. „Wohin willst du?", rief Gillian ihr nach.

„Ein bisschen durch den Regen laufen." Und versuchen, ihre Ängste zu überwinden. Vorausgesetzt, Doug gab ihr noch eine Chance.

Dougs Ruf war wie erwartet wieder hergestellt, und sein Vater war aus dem Krankenhaus entlassen worden und guter Dinge.

Wieso fühlte Doug sich dann so bedrückt? Er hob die Zeitung von der obersten Stufe vor seinem Apartment auf und warf sie in der Küche auf den Tisch. Die Ereignisse der vergangenen Tage hatten in dem wichtigsten Artikel seiner Karriere gegipfelt, was zu einem Großteil Juliettes Vater zu verdanken war.

Auf Dougs Vorschlag hin hatte Senator Stanton mit seinem Schützling Stuart Barnes gesprochen und ihn überredet, sich zu stellen. Er hatte Barnes davon überzeugt, dass seine Selbstachtung wichtiger war als ein Sitz im Senat, und dass das, was immer er mit Haywood und dessen Partnern getan hatte, ungeschehen gemacht werden könne. Im Gegenzug hatte der Senator ihm versprochen, weiter hinter ihm zu stehen. Daraufhin war Barnes zur Polizei gegangen. Doug war sicher, dass irgendein hoch bezahlter Anwalt dafür sorgen konnte, dass Barnes' Bereitschaft, mit den Strafverfolgungsbehörden zu kooperieren, zu einer Strafminderung führte.

In der Zwischenzeit hatte Dougs Exklusivbericht ihn rehabilitiert und die Verbindung zwischen Barnes, Haywood und der Mafia aufgedeckt – ohne Juliette Stantons Namen zu erwähnen.

Natürlich konnte man schlussfolgern, weshalb Juliette die Hochzeit hatte platzen lassen, aber es war kein Thema, das Doug aufgegriffen hatte. Er hatte bewusst darauf verzichtet, um die Frau zu schützen, die er liebte. Wann hatte Doug Houston jemals deftige Details einer Story ausgelassen, nur aus Rücksicht auf einen Beteiligten? Er musste zugeben, dass er sich deswegen sehr gut fühlte. Und das hatte er Juliette zu verdanken, denn durch sie hatte er gelernt, rücksichtsvoller zu sein.

Normalerweise wäre er nach einem solchen Artikel zufrieden. Stattdessen fühlte er sich jedoch nur einsam. Er beschloss, frische Luft zu schnappen, um einen klaren Kopf zu bekommen. Er nahm die Schlüssel vom Tisch und verließ die Wohnung. Draußen musste er allerdings feststellen, dass ein Spaziergang im Regen nur Erinnerungen weckte. Traurig erkannte er, dass er bei Juliette letztlich die Fehler aus seiner Vergangenheit wiederholt hatte. Er hatte sie ebenso benutzt wie Erin, nur war er diesmal auch verletzt worden. Er hatte sich verliebt und die Frau, die er liebte, verloren. Und ihm war klar, dass er es nicht besser verdient hatte, auch wenn er durch Juliette gelernt hatte, die Bedürfnisse eines anderen Menschen über seine zu stellen.

Als er sich auf dem Rückweg den Stufen zu seinem Apartment näherte, entdeckte er dort eine Frau mit rotbraunem Haar. Er verlangsamte seine Schritte und kam sich vor wie im Traum. Doch als er die Hand ausstreckte und Juliette berührte, begriff er, dass sie tatsächlich da war.

„Hallo", sagte er benommen.

„Selber hallo." Ein schüchternes Lächeln umspielte ihre Lippen, ein Lächeln, das er in der letzten Woche so sehr vermisst hatte.

Der Regen wurde heftiger. Doug suchte in seinen Taschen nach dem Schlüssel. „Du sitzt im Regen. Lässt deine Angst vor Gewitter nach?"

Sie zuckte die Schultern. „Schönere Erinnerungen haben sie verdrängt."

Er hielt ihre Hand in seiner und strich mit dem Daumen über ihren Puls. „Wartest du schon lange auf mich?"

Sie leckte sich die nassen Lippen ab. „Nur mein ganzes Leben."

Ohne ein weiteres Wort zog er sie hoch und schloss die Tür auf. Drinnen drückte er Juliette gegen die Wand, und sie küssten sich mit einer Leidenschaft, die Doug bewies, dass sie ebenso tief für ihn empfand wie er für sie.

„Du hast mir gefehlt", flüsterte sie.

„Du mir auch." Er umfasste ihre Taille und zog sie fest an sich. „Ich weiß, dass wir noch einige Dinge klären müssen."

„Ja, viele Dinge", hauchte sie und küsste seinen Hals. „Aber nichts, was nicht warten könnte."

„Mit dem Reden zu warten ist eine gute Idee", stimmte er zu. „Mit allem anderen nicht."

„Ich bin nicht diejenige, die Zeit mit Reden vergeudet."

Nein, sie war diejenige, deren Hand sich bereits halb in seiner Hose befand. Von schüchtern zu draufgängerisch, alles im Lauf von gut vierzehn Tagen … Er hätte über ihre Wandlung gelacht, wenn das Ganze nicht so ernst gewesen wäre.

Ihre Finger umschlossen seinen sensibelsten Körperteil, und er stöhnte auf. Die Lady wusste, was sie wollte.

„Wer zuerst bei der Couch ist?", schlug Doug vor.

„Na endlich." Lachend duckte sie sich unter seinem Arm und rannte zur Couch, wobei sie sich unterwegs schon auszog.

Doug folgte ihrem Beispiel. Auf dem Sofa fanden sie zueinander, und Juliettes Wärme erfüllte ihn, vertrieb die Kälte in ihm, die schon viel länger existierte, nicht erst seit dem Tag, an dem Juliette ihn auf der Insel zurückgelassen hatte. Eine Kälte, die nur sie in Glut und Wärme verwandeln konnte.

Doug hob ihre Arme über ihren Kopf und verflocht seine Finger mit ihren. „Ich habe keine Kondome."

„Das ist kein Problem für mich. Und für dich?"

Er hörte deutlich die Herausforderung in ihren Worten. In der Vergangenheit hätte ihn in einem solchen Moment Panik erfasst. Diesmal empfand er tiefe Freude. „Das scheint dich nicht sonderlich zu stören."

„Warum sollte es?" Sie spreizte einladend die Schenkel. „Eines Nachts auf der Insel, als wir zusammen waren und ich im Halbschlaf war, hätte ich schwören können, dass ich geträumt habe, du hättest etwas Wichtiges zu mir gesagt. Später sagtest du es noch mal. Da war ich zwar wach, aber nicht bereit, es zu hören. Falls es dein Ernst war, muss ich es noch einmal von dir hören."

An ihrer Stimme erkannte Doug ihre Angst und Unsicherheit. Denn sie riskierte, erneut verletzt zu werden, falls sie sich irrte. Doug wusste, wie das war, denn er hatte es selbst erlebt. Nur würde einer dem anderen niemals wehtun. Nicht, wenn es nach ihm ging.

Er schob eine Hand zwischen ihre Beine und streichelte ihren intimsten Punkt. Juliette seufzte leise, ohne den Blick von ihm abzuwenden.

„Keine Fragen, keine Unsicherheiten mehr zwischen uns, Juliette. Nie mehr." Behutsam schob er sich zwischen ihre Beine und drang geschmeidig in sie ein. „Ich liebe dich." Diese Worte kamen direkt aus seinem Herzen und machten die Vereinigung zu einem überwältigenden Erlebnis. Doug liebte sie stürmisch und leidenschaftlich, und als Juliette zum Höhepunkt gelangte, folgte er ihr.

Später, nachdem ihre Lust verebbt war, nahm er eine Wolldecke von der Sofalehne und breitete sie über ihnen aus. Juliette schmiegte sich eng an ihn. „Du musst wissen, dass ich dich auch liebe."

„Das war mir so ziemlich klar, als du das letzte Kleidungsstück auf dem Weg zum Sofa abgelegt hast." Er lachte, wurde aber sofort wieder ernst. „Ich verstehe nur nicht, wie ich so viel Glück haben kann, nach allem, was ich getan habe. Der Artikel muss besser gewesen sein, als ich dachte."

Um ihm in die Augen zu sehen, rollte sie auf die Seite, was ein Fehler war, da sie dadurch beinah vom Sofa fiel. Daher rollte sie sich wieder auf Doug. „Ich habe den Artikel nicht gelesen."

Erstaunt runzelte er die Stirn. „Was hat dann deine Meinung über mich geändert?"

„Du." Sie streichelte seine Wange. „Du hast gesagt, dass du mich liebst, zu einem Zeitpunkt, an dem es für dich nichts mehr zu gewinnen gab. Dass du mich liebst, hätte mir schon viel eher klar sein müssen, lange bevor Stuart aufgetaucht ist."

„Aber ich habe dich benutzt."

Seine Offenheit rührte sie. „Du bist wegen einer Story nach Secret Fantasy gekommen. Aber du bist nicht verschwunden, sobald du sie hattest. Weitere Argumente?"

Er presste die Lippen zusammen. „Meine Fantasie war eine Lüge … zumindest anfangs."

„Und später?"

Sie legte ihre Hände an seine Wangen. „Ich wollte deine Bedürfnisse über meine stellen und dir helfen, deinen Schmerz zu überwinden. Stattdessen wiederholte ich alte Fehler und tat dir noch mehr weh." In den Tiefen seiner Augen erkannte sie echte Reue.

Indem er ihr wehgetan hatte, hatte er auch sich wehgetan. Wenn das keine Liebe war … „Oh Doug, wer macht denn keine Fehler? Ich habe meine gemacht, als ich einem nicht existierenden Plan für mein Leben folgte, von dem ich glaubte, meine Eltern hätten ihn für mich entworfen. Das einzig Gute daran ist, dass es mich zu dir geführt hat. Oh, und was deine Fantasie angeht, dass du meine Bedürfnisse über deine stellen und meine Träume wahr werden lassen wolltest, so möchte ich gern, dass du diese Fantasie noch für die nächsten fünfzig oder sechzig Jahre auslebst."

Seine Hände lagen auf ihren Hüften, damit sie nicht von ihm herunterfiel. „Ist das ein Heiratsantrag?"

„Absolut, denn ich könnte jetzt durchaus schwanger von dir sein."

Er grinste. „Einen solchen Antrag kann ich unter gar keinen Umständen ablehnen. Schon gar nicht von einer Frau, die mich so akzeptiert, wie ich bin."

„Und das tue ich." Ihre Miene wurde ernst. „Wie geht es deinem Vater?"

„Er ist zu Hause und kann es kaum erwarten, die Frau kennenzulernen, die meine Welt auf den Kopf gestellt und mich unausstehlich gemacht hat, weil sie mich verlassen hat."

Ihr Herz schlug schneller. „Das klingt ja, als hätte mich da jemand vermisst."

„Du kannst dir nicht vorstellen, wie sehr. Aber dir ist hoffentlich klar, dass du nicht einmal weißt, ob ich die Zahnpastatube oben oder unten drücke."

Sie lachte. „Versuchst du mir Angst einzujagen?"

Er schüttelte den Kopf. „Dazu wäre wohl mehr nötig als ein paar komische Angewohnheiten." Er küsste sie zärtlich.

„Es gibt noch viel, was wir aneinander entdecken können." Um ihren Worten noch mehr Nachdruck zu verleihen, schob sie ihre Hand nach unten, um den Körper zu erforschen, den sie so begehrte.

„Und wir haben ein Leben lang Zeit dazu." Er beantwortete die Reise ihrer Hände mit einigen erotischen Bewegungen, die Juliette dazu brachten, sich auf ihm zu winden.

„Ich bin bereit", brachte sie mühsam hervor, da erneut Verlangen in ihr erwachte.

„Und ich bin glücklich." Der Ausdruck in seinen Augen verriet seine Liebe. „Aber findest du nicht, du solltest den Artikel lesen? Du wirst nicht darin erwähnt. Es gibt keinen einzigen Hinweis über dich. Alles dreht sich im Grunde um die Weisheit deines Vaters."

Ihr Vater. Er hatte gesagt, wenn sie den Artikel lesen würde, würde sie sich noch einmal in Doug verlieben. Da hatte sie geglaubt, er würde ihren Mut loben, weil sie um den Mann kämpfen wollte, den sie liebte. Doch jetzt dämmerte ihr, dass ihr Vater bei ihrer Versöhnung mit Doug vermutlich die Hände im Spiel hatte.

„Juliette?"

Er brauchte ihr nichts mehr zu beweisen, und indem sie ihm vertraute, ohne vorher den Artikel gelesen zu haben, hoffte sie, ihm das zeigen zu können.

Außerdem war es leicht, Doug zu vertrauen, denn inzwischen hatte sie gelernt, sich selbst zu vertrauen. „Ich weiß längst, dass ich einen intelligenten Mann habe, der meine Bedürfnisse über seine stellt."

Dougs Herz füllte sich mit Liebe, und Zufriedenheit breitete sich in ihm aus. Zufriedenheit darüber, dass er seine andere Hälfte gefunden hatte. Eine Frau, die er über alles liebte und die ihm ihr ganzes Vertrauen schenkte. Er würde nur dafür sorgen müssen, sie niemals zu enttäuschen.

„Ich verspreche dir, den Artikel zu lesen", sagte sie.

Doch stattdessen begann sie, sich auf sinnliche Weise auf ihm zu bewegen und den Rücken durchzubiegen, sodass sie sich ihm einladend darbot. Doug zögerte nicht, diese erotische Herausforderung anzunehmen.

Sie schloss genüsslich die Augen und seufzte. „Hm, ich glaube, ich werde ihn lieber später lesen."

„Sehr viel später", murmelte Doug, unfähig, ihr zu widerstehen. Er wusste, so würde es immer mit ihr sein.

– ENDE –

Julie Kenner

Lass dich unter Sternen lieben

Roman

Aus dem Amerikanischen von
Christian Trautmann

MIRA®

PROLOG

Charlie „C.J." Miller warf einen Seitenblick auf seinen dösenden Passagier. Das arme Mädchen war dank der Gewitter in Texas und gestrichener Flüge seit über sechsunddreißig Stunden wach gewesen. Nachdem sie vor dem Abheben noch höflich Konversation gemacht hatte, hatte sie es sich schließlich mit dem Kissen bequem gemacht, das er ihr angeboten hatte, ohne den Spiralblock auf ihrem Schoß loszulassen.

Obwohl er neu in dem Job war, hatte C.J. bereits etwa ein Dutzend Leute vom Anleger in Miami zu einer der Urlaubsinseln geflogen, die zusammen Fantasies, Inc. ergaben – Seductive Fantasy, Secret Fantasy und das heutige Ziel, Intimate Fantasy. Sein neuester Passagier, Kyra Cartwright, besaß eine natürliche Schönheit, war im Alter seiner ältesten Tochter und hatte hellbraune Haare, die ihr in sanften Wellen über die Wangen fielen. Ihr Mund war im Schlaf leicht geöffnet, als sei sie völlig sorgenfrei.

Natürlich wusste C.J. es besser. Fantasies, Inc. existierte nur aus einem Grund – um Träume wahr werden zu lassen, Wünsche zu erfüllen und Sehnsüchte zu stillen. Und eine junge Frau, deren Sehnsucht groß genug war, um sie auf eine der Inseln zu treiben, hatte ganz sicher die eine oder andere Sorge.

Als einziger Pilot der Inseln war C.J. in die Fantasien jedes Gastes genügend eingeweiht, um nicht aus Versehen etwas Falsches zu sagen oder den Gast in Verlegenheit zu bringen. Über Miss Cartwrights Bewerbung hatte er grinsen müssen. Sie hatte eine Frage formuliert – wieso sollte eine erfolgreiche Karrierefrau, deren Familie eine Kette von Radiosendern gehörte, eine Woche auf der Suche nach Abenteuern auf einer sonnigen Insel verbringen wollen? –, um anschließend die Gründe darzulegen. Unter ihnen listete sie die Abenteuer auf, die ihr vorschwebten, in absteigender Reihenfolge von reizvoll bis am wenigsten reizvoll.

Zwar ähnelte die Liste einem Geschäftsplan, doch alles in allem war die Bewerbung keineswegs trocken und geschäftsmäßig. In ihrer ordentlich getippten Liste hatte Kyra Cartwright viel über sich offenbart und erklärt, wie sie das Familienunternehmen zu retten versuchte, indem sie den Heiratsantrag ihres Freundes annahm. Doch statt aufgeregt oder nervös zu sein wegen der bevorstehenden Hochzeit, fühlte sie sich nur verloren.

C.J. ahnte, was in ihr vorging. Sie wollte ihre Unruhe loswerden und die leise Stimme in ihr zum Schweigen bringen, die ihr ständig sagte: „He, Mädchen, wir reden hier über den Rest deines Lebens. Bist du dir sicher, dass du genau weißt, was du tust? Solltest du dich nicht erst mal ein wenig umschauen?"

Fantasies, Inc. würde ihr dabei helfen. Die Besitzerin, Merrilee Schaefer-Weston, wählte jeden Gast einzeln nach dessen Bewerbung aus, in der detailliert die jeweilige Fantasie beschrieben war. Nach dem Tod ihres Mannes hatte Merrilee Millionen geerbt und ihre Leidenschaft in Fantasies, Inc. gesteckt. Jetzt war sie erfolgreich, indem sie anderen Menschen die Möglichkeit gab, ihr Glück zu finden.

„Intimate Basis an Alpha-Victor-null-null-neun, bitte melden. C.J., wo steckst du?"

Die Stimme meldete sich in seinem Kopfhörer, und er schob das Mikrofon näher an seinen Mund, damit er antworten konnte, ohne Miss Cartwright aufzuwecken. „Hier Alpha-Victor-null-null-neun. Ich komme von Osten herein."

„Verstanden", sagte Chris aus dem Büro auf Intimate Fantasy.

C.J. spähte nach unten zu dem Haufen grüner Inseln, die zu Fantasies, Inc. gehörten, und entdeckte die Lagune von Intimate Fantasy. Selbst nach fast vierzig Jahren im Cockpit erstaunte es ihn immer noch, wie friedlich die Welt aus der Luft aussah. Natürlich sahen die Florida-Keys auch vom Boden aus friedlich aus. Doch es hatte etwas Magisches, wie sich die üppigen grünen Inseln aus dem kristallblauen Ozean erhoben. „Habe das Landegebiet in Sicht."

„Es steht dir offen, nach eigenem Ermessen zu landen."

„Verstanden." Hinter ihm regte sich etwas. Sein Passagier war aufgewacht.

„Willkommen zurück", sagte er. „Wie fühlen Sie sich, Miss Cartwright?"

Sie lächelte. „Kyra, bitte. Mir geht es schon viel besser, Mr …"

„Miller", half er ihr. „C.J. Miller."

Sie bewegte den Arm, unter dem sich der Notizblock auf ihrem Schoß befand. Er erhaschte einen Blick auf eine sorgfältige Liste, deren einzelne Punkte alle mit einem Häkchen versehen waren: Flugticket, Taxigeld, Trinkgeld für den Pagen, Zeitschrift fürs Flugzeug, Unterwäsche und Make-up.

C.J. schaute aus dem Fenster, um sein Grinsen zu verbergen. Sie erinnerte ihn immer mehr an seine Tochter. Als er sich ihr wieder zuwandte, wirkte sie schon etwas weniger nervös.

Mit großen grauen Augen sah sie ihn an. „Ich kann mir noch immer nicht vorstellen, dass wir auf dem Wasser landen werden."

„Glauben Sie mir, Ma'am, in diesem Flugzeug wollen Sie ganz bestimmt nicht auf festem Boden landen."

„Na ja, schließlich bin ich wegen eines Abenteuers zu Fantasies, Inc. gekommen." Ihr Lachen war warm und fröhlich, doch die Art, wie sie ihre Hände knetete, verriet, dass sie ihre Nervosität nur gut zu überspielen verstand.

„Ich verspreche Ihnen, dass ich weiß, was ich tue."

Verlegen senkte sie den Blick und löste ihre Hände voneinander. „Tut mir leid. Es stimmt schon, dass ich nicht gerade scharf bin auf kleine Flugzeuge, aber …" Sie verstummte und zuckte halbherzig eine Schulter.

Er grinste. „Aber das ist nicht alles, weswegen Sie nervös sind."

Ihr Zögern war Antwort genug. „Ich nehme an, Sie erleben so etwas häufiger. Gäste, die Angst vor ihrer eigenen Fantasie haben."

„Nicht allzu oft. Nervosität, ja, die erlebe ich oft." Er sah sie an. „Haben Sie denn wirklich Angst?"

Sie bedachte die Frage. „Nein, nicht wirklich. Jedenfalls nicht wegen des Urlaubs." Sie schaute auf ihre Hände, die sie erneut knetete. „Ich habe mich entschlossen, bald zu heiraten, und ich nehme an, das macht mich ein wenig nervös. Aber ich bin alle Vor- und Nachteile durchgegangen." Sie drückte den Notizblock an die Brust. „Ich bin überzeugt, das Richtige zu tun. Aber ich brauche wohl noch eine Woche für mich allein, bevor ich es tue."

„Das verstehe ich vollkommen."

„Wirklich?"

Er nickte. „Absolut."

„Danke." Ihr Lächeln war beinah scheu. „Ich muss zugeben, dass ich schrecklich neugierig bin, wie sich alles entwickeln wird. Aber ich vertraue Mrs Schaefer-Weston."

„Das können Sie auch beruhigt."

„Ja, das habe ich gleich gemerkt." Kyra runzelte die Stirn, als überlege sie, ob sie noch mehr sagen sollte oder nicht. „Meinem Dad und meinem Bruder habe ich erzählt, dass ich zu einer Geschäftskonferenz fliege. Manchmal frage ich mich, was sie sagen würden, wenn sie wüssten, dass ich in einer Fantasie-Ferienanlage Urlaub mache. Vermutlich würden sie mich für verrückt halten."

C.J. wollte ihr sagen, dass sie nur der Stimme ihres Herzens folgen sollte. Doch stattdessen lächelte er nur. „Nein, das ist keineswegs verrückt. Ich denke, Sie sind nur aufrichtig." Er tätschelte ihre Hand. „Wenn Sie meine Tochter wären, wäre ich stolz auf Sie. Es gehört einiger Mut dazu, zu erkennen, dass unser Leben vielleicht auch in anderen Bahnen verlaufen kann. Es ist nicht selbstsüchtig, wenn man ein paar Erfahrungen sammeln möchte, bevor man einen neuen Lebensabschnitt beginnt."

„Danke", sagte sie, und es war fast nur ein Seufzen.

„Gern geschehen. Und danke dafür, dass Sie mir während des Fluges Gesellschaft geleistet haben."

„Schöne Gesellschaft." Sie lachte, und ihre Wangen röteten sich. „Es sei denn, ich rede im Schlaf."

Er stimmte in ihr Lachen ein und deutete aus dem Fenster. „Sind Sie bereit?"

„Habe ich eine Wahl?"

„Nicht, wenn Sie nicht mit dem Fallschirm abspringen wollen."

„Dann bringen Sie uns herunter, Mr Miller."

Wasserlandungen waren immer unruhig, aber diese verlief glücklicherweise sanfter als die meisten. Er fuhr zum Anleger und stellte den Motor ab, während die Angestellten das Flugzeug vertäuten und Kyra beim Aussteigen halfen. Am Anleger wartete bereits Merrilee Schaefer-Weston, die Kyra freundlich lächelnd willkommen hieß. „Ich bin sicher, Sie werden Ihren Aufenthalt genießen."

„Ich weiß, dass ich das werde", entgegnete Kyra und nickte C.J. zu. „Danke noch mal, Mr Miller, besonders für die Landung."

Grinsend tippte er sich an den Schirm seiner Kappe.

Merrilee nahm Kyras Arm. „Stuart wird Sie zu Ihrer Hütte bringen. Nachdem Sie sich eingerichtet haben, werden wir gemeinsam zu Abend essen, und ich gebe Ihnen eine kurze Einführung."

1. KAPITEL

Von der Tür ihrer Hütte aus schaute Kyra auf den Strand, dessen fast weißer Sand die Sonne reflektierte. Der Sprühdunst über den sich brechenden Wellen erzeugte winzige Regenbogen in der Luft.

Ein magischer Ort voller Verheißungen.

Der ideale Ort zum Ausleben einer Fantasie.

Ein Schauer überlief Kyra, und sie schlang die Arme um sich. „Das ist es, Mädchen“, flüsterte sie. „Jetzt oder nie.“

Entschlossen streifte sie sich das Jackett ihres Lieblingskostüms von Anne Klein ab und warf es in die Ecke. Im Nu hatte sie den Reißverschluss geöffnet, und der Rest folgte. Der Rock wurde zu einem Haufen edlen Stoffs auf dem Boden.

Kyra kickte den Rock in Richtung des Jacketts und wusste sehr wohl, dass noch vor Ablauf einer Stunde beide Sachen ordentlich auf Kleiderbügeln im Schrank hängen würden. Doch bis dahin würde sie sich der Magie der Insel hingeben. Jetzt stand sie im Türrahmen ihrer abgelegenen Hütte und atmete tief durch, mit nichts weiter bekleidet als einer Seidenbluse, BH und Slip.

Frei. Eine Woche lang keine Termine, keine Verpflichtungen.

Es war herrlich. Eigenartig und ungewohnt, aber herrlich.

Erneut stiegen Schuldgefühle in ihr auf, die sie jedoch sofort wieder verdrängte. Sie hatte sich diese Woche verdient. In den letzten sechzehn Jahren hatte sie die Erwartungen ihres Vaters und ihres Bruders erfüllt, hatte die Familie zusammengehalten, war der Fels in der Brandung gewesen, wie sie es ihrer Mutter versprochen hatte, als diese erkannte, dass sie bald an Krebs sterben würde.

Das war eine schwere Last für die Schultern einer Zehnjährigen gewesen, aber sie hatte sich niemals beklagt. Weder als sie die Hausarbeit übernommen hatte, statt mit den Nachbarkindern zu spielen, noch als die schlechte Gesundheit ihres Vaters sie zwang, ihre Freundschaften auf dem College zu opfern, um ihm bei der täglichen Arbeit bei Cartwright Radio zu helfen. Sie hatte sich nicht einmal darüber beklagt, dass sie auf ihren Abschluss in Betriebswirtschaft verzichten musste, damit ihr Bruder Medizin studieren konnte.

Sie liebte ihren Vater und ihren Bruder, und sie liebte die Arbeit im Radio. Aus diesen Gründen hatte sie ihre Entscheidungen auch nie als Opfer empfunden.

Jetzt allerdings …

Die Gesundheit ihres Vaters hatte sich verschlechtert. Dreißig Jahre lang war Milton Cartwright das Rückgrat der familieneigenen Kette von Radiostationen gewesen. Seine in seinen Sendern ausgestrahlte Show war der Geldesel des Unternehmens gewesen. Fast jeder im ganzen Land schaltete ein, um Miltons Mischung aus derbem texanischem Humor und großstädtischem Witz zu hören.

Allerdings bekamen die Leute nicht mit, wie sehr es in den letzten Jahren mit der Gesundheit des Radiogurus bergab ging. Jetzt war all das, wofür Kyras Vater gekämpft hatte, in Gefahr. In dem Moment, wo Milton aufhörte und die Show endete, würden die Werbeeinnahmen versiegen. Und das wiederum würde das Ende des Familienunternehmens bedeuten.

Natürlich wusste Milton Cartwright das ebenso gut wie die Geier, die bereits über seinen Büros in Dallas kreisten. Zu Kyras unendlicher Frustration war ihr Dad entschlossen, ihnen diese Genugtuung nicht zu geben. Er würde bis zur allerletzten Sekunde im Radio bleiben.

Sosehr sie sich auch wünschte, das Familienunternehmen möge überleben, so entschlossen wollte sie andererseits dafür sorgen, dass ihr Dad so lange wie möglich am Leben blieb. Seinen Ärzten zufolge bedeutete das jedoch den vorzeitigen Ruhestand. Dummerweise war ihr Dad sehr stur, und solange Kyra keinen Weg fand, mit den Radiostationen weiter Werbeeinahmen zu erzielen, würde er niemals einem anderen die Leitung seines Unternehmens überlassen.

Nachdem Kyra monatelang gegen Wände angerannt war, hatte sie bereits aufgeben wollen. Doch dann war ihr die Lösung eingefallen – ein Glücksbringer im Nadelstreifenanzug. Harold Stovall, Präsident und Aufsichtsratsvorsitzender von United Media Corporation. Als langjähriger Freund hatte er erst kürzlich versprochen, Cartwright Radio nicht nur einen, sondern zwei seiner Top-Radiomoderatoren anwerben zu lassen.

Und so viel hatte er dafür im Gegenzug wirklich nicht verlangt. Schließlich bedeutete das Unternehmen ihrem Vater alles und Milton Cartwright bedeutete Kyra alles.

Sie hielt sich am Türrahmen fest bei dem Gedanken an das, was vor ihr lag. Sicher, Harry war ein Schatz, und fünfzehn Jahre waren auch kein allzu großer Altersunterschied. Sie waren sogar eine Weile miteinander ausgegangen, als Kyra in New York gelebt hatte, wo sie sich mit der Arbeit in einem großen Radiosender vertraut gemacht hatte.

Was spielte es schon für eine Rolle, dass er ihre Zehen nie zum Kribbeln brachte oder ihr nie weiche Knie bescherte? Er war stets sanft und freundlich gewesen. Und er liebte sie aufrichtig.

Das Wichtigste aber war, dass er das Unternehmen ihres Vaters so schützen würde, als sei es sein eigenes. Und das war etwas, was Kyra allein nicht konnte. Ohne Harold würde sie alles verlieren.

In gewisser Hinsicht legte Harold ihr die Welt zu Füßen. Da war es nur fair, wenn sie sich im Gegenzug ihm schenkte.

Daher hatte sie beschlossen zuzustimmen. Nach dieser Reise würde sie es ihm sagen, und schon in wenigen Monaten würde sie Mrs Harold Stovall sein. Sie würde sich in eine Ehe fügen, die auf Respekt gründete, wenn schon nicht auf Liebe.

Sie hatte sich immer in die Arbeit gestürzt, und jetzt würde die Arbeit ihr Leben sein. Nur gab es da noch einen kleinen Teil ihres Ichs, der dagegen rebellierte. Sie hasste es, nicht in der Lage zu sein, diesen Teil zu ignorieren, der sich nach etwas sehnte, was sie nicht benennen konnte.

Ihre beste Freundin, Mona, hatte gesagt, dass Kyra nach Intimate Fantasy flog, um sich auszutoben. Aber das allein war es nicht. Sie hatte ihr ganzes Leben wie in einem Kokon verbracht. Einem warmen, angenehmen Kokon, sicher, aber das machte die Fesseln nicht weniger eng.

Ihr ganzes Leben lang hatte sie das Richtige getan, war das gute Mädchen gewesen. Und ihre Zukunft hielt genau das Gleiche für sie bereit. Eine Woche lang wollte Kyra jedoch herausfinden, was die Welt sonst noch bereithielt.

Sechsundzwanzig Jahre lang hatte sie ein perfekt geordnetes Leben geführt und getan, was die anderen von ihr erwarteten.

Ja, sie würde Harold heiraten und ihr Eheversprechen halten, sobald sie es gegeben hatte.

Hier und jetzt aber …

Jetzt befand sie sich auf einer Insel, wo Träume wahr wurden. Sie hatte die Wertpapiere verkauft, die ihre Mutter ihr vermacht hatte, ihre mageren Ersparnisse zusammengekratzt und war hierher gekommen, um ihre geheimsten Fantasien auszuleben. Es war weder verantwortungsbewusst noch vernünftig, doch sie musste es einfach tun.

Entschlossen zog sie sich die Seidenbluse über den Kopf, warf sie zum Rest ihrer Kleidung und öffnete ihren BH.

„Chic-a-boom, chic-a-boom, chic-a-boom, boom, boom!“ Sie wirbelte ihn über ihrem Kopf und ließ ihn durch den Raum segeln. Er landete auf einer pinkfarbenen Lampe, deren Fuß aus einer Schneckenmuschel bestand.

Erleichtert lachte Kyra auf, bis ihr klar wurde, dass sie fast nackt und für alle Welt sichtbar im Türrahmen stand.

Sie huschte hinter die Wand, spähte hinaus und versuchte zu entscheiden, ob der Strand tatsächlich so einsam war, wie Mrs Schaefer-Weston versprochen hatte. Niemand war zu sehen, kein Geräusch zu hören, außer dem rhythmischen Rauschen der Wellen am Strand.

„Kyra“, flüsterte sie, „es wird Zeit, dass du deinen Worten Taten folgen lässt.“

Sie schob die Finger unter den elastischen Bund ihres Slips, wackelte ein wenig mit den Hüften und ließ ihn zu Boden fallen. Dann stieg sie aus ihren Sandaletten und versuchte die Entfernung bis zum Meer abzuschätzen, während sie auf den Fußballen wippte und ihren Mut zusammennahm.

Einerseits waren solche wilden Sachen genau der Grund, weswegen sie auf dieser Insel war: um Abenteuer und prickelnde Erregung zu erleben. Auf der anderen Seite wäre es ihr äußerst peinlich, wenn jemand sie jetzt sähe.

Einerseits würde das Wasser herrlich sein. Andererseits hatte sie keine Ahnung, ob es in den Gewässern um Florida Quallen gab.

Einerseits hatte Stuart sie auf den Erste-Hilfe-Kasten in der Hütte hingewiesen, andererseits …

„Tu es einfach!“ Ehe sie es sich anders überlegen konnte, stürmte sie los und rannte splitternackt über die Dünen direkt in den Ozean. Das Wasser fühlte sich wundervoll an ihrer nackten Haut an. Sie watete hinaus, bis es zu tief war, um darin zu stehen.

Kyra legte den Kopf zurück, genoss das Gefühl des Wassers an ihrer Haut und lauschte den Wellen. Sie sollte sich eine Muschel suchen, dann konnte sie sie, wann immer sie wollte, ans Ohr halten und sich an diese Woche erinnern.

Mit geschlossenen Augen bewegte sie träge die Arme, gerade genug, um nicht unterzugehen. Am Strand war es ruhig. Sie war allein und frei. Es gab nur sie und die Natur.

Natur? Sie öffnete die Augen und schaute in das klare blaue Wasser zu ihren Füßen hinunter und zu dem graublauen Schatten darunter. War das der Meeresboden? Oder etwas anderes? Mit Entsetzen erinnerte sie sich an die Anfangsszene von „Der weiße Hai". Ein Mädchen, nackt im Ozean. Ein Hai. Eine gruselige Titelmelodie.

Schneller als sie für möglich gehalten hatte, gelangte sie halb rennend, halb schwimmend ins flache Wasser und rettete sich an den Strand, wo sie atemlos zusammensank.

Das war nicht der Adrenalinkick, den sie im Sinn gehabt hatte. Sie schloss die Augen und ließ sich von der warmen Sonne trocknen. Niemand sonst befand sich in der Nähe. Es gab keinen Grund, weshalb sie nicht hier liegen und den Nachmittag genießen sollte.

Der Jeep sprang über das unebene Gelände, und Kyra hielt sich am Überrollbügel fest. Nach einer ausgiebigen Dusche hatte sie ein Strandkleid angezogen, das sich nun mit den Bewegungen des Fahrzeugs bauschte. Die Haare hatte sie zu einem Pferdeschwanz zurückgebunden, aus dem der Wind bereits einige Strähnen gelöst hatte. Sie strich sich die widerspenstigen Haare aus dem Gesicht.

Auf dem Fahrersitz saß ihr nach Kokosnussöl duftender Chauffeur im Studentenalter, eine Hand lässig am Lenkrad. „Es ist nur dieser Weg, der so holprig ist", versicherte Stuart ihr. Mit seinen von der Sonne gebleichten Haaren und der tiefen Bräune sah er eher so aus, als sollte er Wellen reiten, statt einen Jeep zu fahren.

Er deutete auf eine Ansammlung von Palmen, die wie Wachen vor dem Eingang einer kleinen Bucht standen. „Die Straße befindet sich direkt hinter diesen Bäumen, und dann ist das Restaurant keine Meile mehr entfernt."

„Mir geht es bestens", erwiderte Kyra aufrichtig. Die berauschende Inselatmosphäre hatte von ihr Besitz ergriffen. Sie fühlte sich lebendig und beschwingt, und daran würde auch eine holprige Fahrt nichts ändern.

„Die Straße zu den abseits gelegenen Hütten ist noch nicht fertig." Er sah sie an. Das Zinkoxid auf seiner Nase spiegelte sich in den Gläsern seiner leuchtend orangefarbenen Sonnenbrille wider. „Aber der Weg ist sicher, also machen Sie sich keine Sorgen."

„Sorgen?"

Er warf ihr einen kurzen Blick zu und sah sofort wieder geradeaus, wobei er das Lenkrad mit beiden Händen umklammerte. „Ach nichts. Wirklich. Ein paar Leute haben sich nur hier draußen verirrt, bis *er* sie fand. Aber solange Sie vorsichtig sind und auf dem Pfad bleiben, ist alles in Ordnung. Vergessen Sie also, dass ich etwas gesagt habe, ja? Es ist wirklich sicher."

Kyra hatte keine Ahnung, wer *er* war, doch der Ehrfurcht in Stuarts Stimme nach zu urteilen, musste der Mann ziemlich beeindruckend sein. „Wer?"

Sein Hals wurde rot, was angesichts seiner Bräune bemerkenswert war, doch er hielt den Mund fest geschlossen.

Das weckte erst recht ihre Neugier. „Kommen Sie schon, Stuart. Verraten Sie es mir. Das können Sie ruhig, wo Sie schon damit angefangen haben."

Er schüttelte den Kopf.

„Stuart ..."

„Oh, Mann, ich hätte lieber nichts sagen sollen."

Sie sah ihn nur an, mit fragend gehobener Braue.

„Schon gut, schon gut", gab er nach, und Kyra musste ein triumphierendes Grinsen unterdrücken.

Stuart bog auf die Hauptstraße ein und meinte mit leiser, ernster Stimme: „Der Retter."

„Der Retter?"

Er konzentrierte sich wieder auf die Straße. „Das ist natürlich nicht sein Name, aber ich nenne ihn gern den Retter, weil er so cool ist. Warten Sie, ich zeige es Ihnen." Er griff nach hinten und holte einen zerschlissenen Matchbeutel vom Rücksitz. Mit einer Hand am Steuer kramte er in dem Matchbeutel auf seinem Schoß, ohne sonderlich auf die Straße zu achten. Schließlich fand er eine zerknitterte Skizze und warf sie Kyra auf den Schoß.

Die Skizze war zwar offenbar hastig erstellt, aber dennoch gut. Durch die kühnen Striche und feinen Schattierungen war es dem Künstler nicht nur gelungen, das Bild eines Mannes im Schatten zu zeichnen, sondern ebenso eine geheimnisvolle Aura wiederzugeben.

Kyra war sofort vom Gesicht des Mannes angezogen, das sich zum Großteil hinter einer tief in die Stirn gezogenen Kappe und dichten Bartstoppeln verbarg. Ein Auge war nach Piratenart von einer Augenklappe bedeckt, doch trotz der seltsamen Kleidung besaß er das Gesicht eines ernsten, entschlossenen Mannes. Er schien Kyra von der

Zeichnung geradezu durchdringend anzusehen, mit einem Blick, der die Geheimnisse einer Frau lesen konnte. Er war die Art von Mann, der die Fantasien einer Frau wahr werden lassen konnte …

Ihr Puls beschleunigte sich, und sie befeuchtete sich die Lippen. Seufzend versuchte sie ihre Atmung wieder unter Kontrolle zu bekommen. Es war gefährlich, ihre Gedanken in diese Richtung wandern zu lassen – gefährlich und faszinierend. Nie zuvor in ihrem Leben hatte sie so heftig auf einen Mann reagiert. Dabei handelte es sich nicht einmal um einen Mann, sondern um die Vorstellung von einem Mann. Sie erschauerte und malte sich aus, dieser geheimnisvolle, maskierte Fremde sei tatsächlich der Mann ihrer Fantasie.

Stuart nahm eine scharfe Kurve, und die abrupte Bewegung brachte Kyra wieder zurück in die Realität. Verwirrt von der erotischen Richtung ihrer Gedanken, versuchte sie sich auf den technischen Aspekt der Zeichnung zu konzentrieren. Sicher war die Intensität ihrer Reaktion auf die Fähigkeiten des Künstlers zurückzuführen. Kyra betrachtete Stuart mit neuen Augen. „Haben Sie das gemacht?“

Er zuckte die Schultern. „Ein Hobby.“

„Sie sind gut.“

„Danke. Es ist ganz ordentlich geworden. Ich will es irgendwann noch farbig machen. Michael hat nämlich die erstaunlichsten grünen Augen.“

„Michael?“

Stuarts Lächeln war breit und stolz. „Ja. Ich saß zeichnend am Anleger. Er bemerkte mich erst später, und als ich ihn nach seinem Namen fragte, nannte er ihn mir. Mrs Schaefer-Weston meint, ich sei albern, aber ich nenne ihn gern den maskierten Retter.“

Kyra lachte und fragte sich, wie viele Comics Stuart in seinem Spind aufbewahrte.

„Das da ist Marias kleiner Neffe. Michael hat ihn gerade gerettet.“ Er deutete auf die Zeichnung.

„Oh, ja.“ Verlegen stellte Kyra fest, dass sie von dem geheimnisvollen Mann zu fasziniert gewesen war, um die Frau und das Kind an seiner Seite zu bemerken. „Gerettet?“

Stuart umfuhr ein Schlagloch. „Ja. Maria arbeitet im Verwaltungsgebäude. Das Kind ihrer Schwester war zu Besuch. Irgendwie gelang es dem Jungen zu verschwinden, und alle suchten nach ihm. Ohne Erfolg. Es stellte sich heraus, dass Carlos heimlich in eines der kleinen

Boote geklettert war. Michael erwischte ihn, gerade als er sich aufrichten wollte. Das Boot kippte um und, na ja …“ Er sog scharf die Luft ein. „Wenn Michael nicht rechtzeitig aufgetaucht wäre, könnte der Junge jetzt tot sein.“

Kyras Herz zog sich zusammen. Der kleine Junge konnte sich glücklich schätzen. „Wer ist dieser Mann? Ein Gast? Wie kommt es, dass er zur Stelle war? Und wozu die Augenklappe?“

Stuart zuckte die Schultern und konzentrierte sich auf die Straße vor ihnen. „Ich habe keine Ahnung. Er lief davon, nachdem Maria aufgetaucht war. Wie ich schon sagte, ich hatte Glück, einen guten Blick auf ihn zu bekommen, ganz zu schweigen davon, dass ich seinen Namen erfahren habe. Er bleibt nie lange genug für eine Unterhaltung.“

Kyra fuhr mit dem Finger über das grobe Papier, während ihr ein Schauer über den Rücken lief. Sie stellte sich vor, sie wäre in dem gekenterten Boot gewesen. Sie schloss die Augen. Ihr Körper spannte sich an bei der Vorstellung, wie sich seine Arme unterhalb ihrer Brüste fest um sie legten und sein warmer Atem ihren Nacken streifte. Er hätte sie ihn sein Boot gezogen und sich über sie gebeugt. Dann hätten sich seine Lippen ihren genähert, und dann …

Gütiger Himmel. Sie musste ihre Fantasie unter Kontrolle bekommen. Dieser Mann, diese Insel ließen ihre Libido verrücktspielen.

„Ziemlich wild, was?“, meinte Stuart.

„Ja, sehr“, erwiderte sie leise und war entschlossen, alle erotischen Vorstellungen aus ihrem Kopf zu verbannen. Stattdessen suchte sie nach einem unverfänglicheren Thema. „Sie sind nur den Sommer über hier?“, erkundigte sie sich.

„Ja.“ Stuart lenkte den Jeep elegant um eine Baumreihe und schaltete. „Ich studiere im vierten Semester an der University of California in Los Angeles.“

„Sie sind weit weg von zu Hause.“

„Meine Großeltern leben in Tampa, und der Job hier ist großartig.“

„Studieren Sie Kunst?“

„Nein, Schauspiel“, antwortete er. „Ich bin Schauspieler.“ Kyra stellte amüsiert fest, dass er erneut errötete. Wenn er darauf hoffte, einmal ein Star zu werden, würde er seine Schüchternheit überwinden müssen.

Sie fuhren eine Auffahrt hinunter, die von Palmen gesäumt war, in denen Papierlaternen hingen. Obwohl die Dämmerung gerade erst eingesetzt hatte, brannten die Laternen bereits und glühten orange vor dem rosa und violett verfärbten Himmel. Vor ihnen erhob sich majestätisch eine umgebaute spanische Missionsstation.

„Das ist das Restaurant", verkündete Stuart.

„Es ist wunderschön."

„Ja, es wurde originalgetreu restauriert." Er brachte den Jeep abrupt zum Stehen und nahm ein Klemmbrett, auf dessen Rückseite „Was ist Ihre Fantasie?" gedruckt war. „Tja, da wären wir. Sie sind zu einem Abendessen mit Mrs Schaefer-Weston verabredet. Die Hostess wird Sie zu ihrem Tisch bringen."

Ein Parkhelfer öffnete die Tür, und Kyra stieg aus dem Wagen. „Danke, Stuart."

„Viel Spaß", sagte er, legte den Gang ein und fuhr die Auffahrt hinunter.

Kyra folgte der Hostess durch das elegante Restaurant zu einem abgelegenen Tisch, der mit feinem Geschirr und Silberbesteck gedeckt war. Mrs Schaefer-Weston empfing sie lächelnd. „Hallo, meine Liebe."

„Dies ist ein wundervoller Ort, Mrs Schaefer-Weston."

Die ältere Frau deutete auf den Stuhl ihr gegenüber. „Bitte nennen Sie mich Merrilee. Ich hoffe, Ihre Unterkunft ist angemessen", fügte sie hinzu, während Kyra sich setzte.

„Fantastisch. Die Hütte ist herrlich, und der Strand ist vollkommen."

„Das freut mich sehr", sagte Merrilee. Der Kellner erschien und schenkte ihnen Rotwein ein. „Wir versuchen unser Bestes, um unsere Gäste zufriedenzustellen." Sie hob ihr Glas. „Auf die Fantasien."

„Auf die Fantasien", wiederholte Kyra und probierte einen Schluck. „Château du Maurier, 1992. Mein Lieblingswein." Und sehr schwer zu bekommen.

„Ich weiß." Merrilees Mundwinkel hoben sich zu einem Lächeln.

Kyra trank einen weiteren Schluck und erinnerte sich daran, wie viel Merrilee über sie wusste. Um ihren Job richtig machen zu können, musste Merrilee die tiefsten Sehnsüchte ihrer Kunden kennen. Jetzt wusste Merrilee mehr über Kyra als irgendjemand sonst auf der Welt, einschließlich Evans und ihres Vaters. Sogar mehr als Mona und ganz sicher mehr als Harold.

Dieser Gedanke war beruhigend und beunruhigend zugleich.

Sie nahm ein Brötchen aus dem Brotkorb, brach ein Stück ab und schaute sich in dem gut ausgestatteten Raum um. Es gab nur wenige Tische, jeder erhellt vom Schein eines Wandleuchters an den Steinwänden. Die geringe Zahl der Gäste war nicht überraschend, da die Insel ein exklusiver Urlaubsort war. Es waren nie zu viele Gäste da, von denen außerdem bestimmt einige lieber in privater Atmosphäre aßen.

Merrilee räusperte sich. „Nun denn. Sie haben selbstverständlich die Materialien gelesen, aber ich lerne alle neuen Gäste gern persönlich kennen. Fantasies, Inc. ist keine typische Ferienanlage. Ich habe festgestellt, dass die Gäste gern die Gelegenheit nutzen, Fragen zu stellen, bevor ihre Fantasie beginnt."

Die Erinnerung an Michael war Kyra noch frisch im Gedächtnis. Der Mann hatte eine Saite in ihr zum Klingen gebracht. Er war die Verkörperung des Abenteuers, ein galanter Ritter, entschlossen, die Unschuldigen zu beschützen. Vielleicht konnte er Kyras nicht ganz so unschuldigen Fantasien wahr werden lassen?

Sie stellte ihn sich als romantischen Einsiedler vor, der nur nach seinen eigenen Gesetzen lebte. Ein Mann, der seinen Weg ging, statt mit dem Strom zu schwimmen.

Kyra empfand Neid und überlegte, ob dieser geheimnisvolle Mann selbst eine Fantasie auslebte. Wichtiger war jedoch, ob er eine Rolle in der Fantasie spielte, die Merrilee für sie entworfen hatte.

Doch sie verkniff es sich, danach zu fragen. Merrilee war es gelungen, ihren Lieblingswein aufzutreiben, daher zweifelte Kyra nicht daran, dass sie ihr auch einen mindestens ebenso beeindruckenden Mann zum Ausleben ihrer Fantasien präsentieren würde.

Aber wie? Und wen? Michael? Insgeheim hoffte sie es.

„Kyra?"

„Ich glaube, ich habe keine Fragen." Keine außer der einen großen: Was wird geschehen? Und wann? Sie spielte mit ihrer Salatgabel. „Wirklich."

Merrilee trank einen Schluck Wein und stellte ihr Glas ab. „Verzeihen Sie meine Unverblümtheit, aber das nehme ich Ihnen nicht ab."

Kyra errötete. „Ich habe mich nur gefragt ..."

„Sie möchten wissen, was passieren wird", meinte Merrilee sanft. „Welche Art von Abenteuer ich für Sie vorgesehen habe. Und mit wem Sie es erleben werden."

Kyra nickte und bewunderte im Stillen die brillante Frau ihr gegenüber.

„Es gibt nur eine Regel hier, meine Liebe, und die lautet, dass es keine Regeln gibt.“ Sie lächelte. „Wenn jemand mit Fantasien handelt, ist es besser, nicht zu sachlich zu sein.“

„Das leuchtet mir ein“, meinte Kyra, jetzt nur noch neugieriger.

„Ich kann Ihnen ebenso wenig sagen, wie sich Ihre Fantasie entwickelt, wie ich Ihnen sagen kann, was in Ihrem Herzen vorgeht. Das können nur Sie.“

„Aber ...“ Sie hielt unentschlossen inne. „Aber die Formulare, all die Fragen ... Ich habe Ihnen so viel darüber erzählt, was ich möchte, wie ich empfinde.“

„Und ich versichere Ihnen, dass alle Ihre Informationen analysiert und verwendet wurden.“ Merrilee schob ihren Brotteller beiseite und nahm Kyras Hand. „Vergessen Sie nicht, dass es sich um Ihre Fantasie handelt. Ein Großteil muss von Ihnen kommen. Ich bin nur ...“, sie wedelte mit der freien Hand, als suche sie nach dem richtigen Wort, „... der Regisseur eines improvisierten Stückes. Der Rahmen ist vorgegeben, aber sehr viel von der Geschichte kommt von den Schauspielern selbst.“

Sie lächelte beruhigend, doch es half nicht, Kyra die Nervosität zu nehmen. „Und wenn ich mein Stichwort verpasse?“

Merrilee drückte sanft ihre Hand und ließ sie los. „Das werden Sie nicht.“

Kyra nickte schwach und fragte sich, ob sie die Gelegenheit, ihre Träume zu verwirklichen, erkennen würde, wenn sie sich präsentierte. Noch entscheidender war jedoch, ob sie überhaupt den Mut haben würde, ihre Fantasien auszuleben.

Die Antwort darauf war ein entschiedenes und nachdrückliches Ja.

„Wir beide haben eine Abmachung“, sagte Merrilee, als könnte sie ihre Gedanken lesen. „Meine Rolle besteht darin, die Bühne vorzubereiten.“

„Und meine Rolle?“, fragte Kyra. Eine nervöse Erregung breitete sich in ihr aus.

„Die ergibt sich vielleicht, wenn Sie am wenigsten damit rechnen. Aber Sie werden es wissen, wenn der richtige Zeitpunkt gekommen ist. Und das, meine Liebe, ist der Moment, zur Tat zu schreiten.“

2. KAPITEL

Anthony Michael Moretti klemmte sich das Handy zwischen Schulter und Ohr und versuchte das Gleichgewicht zu behalten, während er eine schwarze Jeans anzog.

„Also komm schon, Kumpel", beharrte Alan. „Gib's zu. Hatte ich nicht recht? War ein bisschen Abwechslung nicht genau das, was du brauchtest?"

Tony lachte leise und stellte fest, wie sehr er die Neckereien seines Freundes in der letzten Woche vermisst hatte. Acht Monate lang hatte er in der Hölle gelebt, in der Alan sein einziger Lichtblick gewesen war. Amy jedenfalls war nicht für ihn da gewesen. Obwohl sie zwei Jahre lang zusammengewohnt hatten, war sie an dem Tag davongelaufen, an dem er nach dem Unfall aus dem Krankenhaus kam.

„Die Idee war wirklich nicht schlecht", gab Tony zu. Tatsache war jedoch, dass er, obwohl er zur Erholung und Entspannung hergekommen war, hier viel mehr bekommen hatte als erwartet.

Dank Merrilee fühlte er sich fast wieder normal, sobald die Dunkelheit über die Insel hereinbrach. Und darüber konnte er nicht klagen. Tagsüber jedoch … nun, am Tage war er noch der gleiche alte Tony, ein zernarbter, gebrochener Mann.

„Ich habe dir ja prophezeit, dass ein Inselurlaub genau das ist, was du brauchst. Verdammt, Moretti. Strände voller Bikini-Schönheiten, die sich in der Sonne aalen … Kein Wunder, dass sie diesen Ort eine Fantasie-Insel nennen."

„Das stimmt", erwiderte Tony unverbindlich, während er in den auf dem Boden der Hütte verstreuten Kleidungsstücken wühlte. Es schien, als sei alles, was er besaß, entweder schwarz oder weiß, was die Suche noch erschwerte.

„Ich habe dich auf diese Insel geschickt, obwohl ich selbst hätte fahren können", erklärte Alan. „Du bist nicht der Einzige, der ein bisschen Urlaub gebrauchen kann."

„Dann komm und leiste mir Gesellschaft."

„Ha! Damit ich dir alle hübschen Frauen stehle? Auf keinen Fall."

Tony lächelte, da Alan ihn nur aufzog. Sein Freund wusste am besten, wie sehr der Unfall Tony erschüttert hatte. Schließlich hatte er ihn auf diese Insel geschickt, nachdem lange Gespräche, Bier und schlechte Filme nicht geholfen hatten.

„Bist du noch da?“ Alan klang besorgt, und Tony fühlte sich schuldig. Schließlich ging diese Reise auf Alans Kosten, also sollte er wenigstens versuchen, fröhlich zu klingen.

„Ich bin noch da. Ich habe nur den Strand beobachtet. Ein paar Mädchen spielen Volleyball.“

Alan stieß einen anerkennenden Pfiff aus. „Aha! Ich hatte recht, nicht wahr? Du hörst dich tatsächlich schon viel besser an.“ Er machte eine Pause. „Dir geht es doch besser, oder?“

„Klar“, versicherte Tony ihm, nicht sicher, ob die Antwort die Wahrheit oder eine Lüge war. Wahrscheinlich von beidem etwas. „Mir geht es gut.“

„Das freut mich zu hören.“ Ein leises Klingeln war zu hören. „Kannst du einen Moment dranbleiben? Ich geh nur mal kurz an die Tür.“

Tony lachte. „Sicher.“

Das stumme Telefon am Ohr ließ Tonys Gedanken schweifen. Was zur Hölle tat er eigentlich? Eigentlich war er doch nur auf Intimate Fantasy, um seinen Freund nicht zu enttäuschen. Wie war es dann dazu gekommen, dass er eine geheime Fantasie auslebte, deren Existenz er vor sieben Tagen noch nicht einmal geahnt hatte?

Doch irgendwie hatte Merrilee genau gewusst, was er brauchte. Irgendwie hatte sie sich durch den Wirrwarr an Informationen in den Formularen gearbeitet und ihm schließlich seine Fantasie präsentiert.

Und dafür würde er ihr ewig dankbar sein.

Auch wenn es nicht real, sondern nur gespielt war – in gewisser Hinsicht hatte sie ihm sein Leben zurückgegeben.

Der Unfall war zwar schlimm gewesen, doch mit den Schmerzen konnte er leben. Womit er nicht leben konnte, war das, was nach dem Unfall gekommen war – die mitleidigen Blicke, sobald Fremde und Freunde die frisch vernarbte Haut um sein Auge bemerkten, und schließlich die verdammten Ärzte, die ihm sagten, dass er mit seinem Rücken nicht mehr arbeiten konnte. Dauerhafte Erwerbsunfähigkeit. Mit Bitterkeit erinnerte er sich an die offizielle Mitteilung, die drei Monate nach dem Unfall mit der Post gekommen war.

Sein ganzes Leben lang hatte er Feuerwehrmann sein wollen, und er hatte hart gearbeitet, um dorthin zu gelangen. Der Job füllte ihn aus. Durch den Unfall hatte er das alles verloren. Statt sich, wie erhofft, wieder in den Sattel zu schwingen, hatte er nach dem Krankenhaus monatelang in seinem kleinen Apartment vor sich hinvegetiert und die Zeit abwechselnd mit schlechten Fernsehprogrammen verbracht und damit, in Ermangelung eines besseren Sündenbocks auf Alan loszugehen.

Er könnte am Schreibtisch arbeiten oder einen Beraterjob annehmen, aber das war nicht das Leben, das er sich ausgesucht hatte. Wie er es auch drehte und wendete – indem man Formulare in dreifacher Ausfertigung ausfüllte, rettete man kein Leben.

Ohne eigene Schuld war sein Leben zerstört worden. Einst ein Held war er jetzt nur noch mitleiderregend. Statt gebraucht zu werden, war er nutzlos. Und er hasste es.

Der Psychologe hatte ihm erklärt, der Zorn sei normal. Schon möglich, aber Tony war auch nicht zornig auf das Gebäude, darauf, dass es gebrannt hatte, oder auf den Brandstifter, der es angezündet hatte. Nein, Tony war wütend auf die Welt gewesen. Und irgendwie hatte Merrilee das verstanden.

Als er bei Fantasies, Inc. ankam, hatten sie zusammen zu Abend gegessen, und Merrilee hatte ihm eine hübsch verpackte Schachtel überreicht. „Eine Möglichkeit", hatte sie auf seinen fragenden Blick geantwortet. „Falls Sie einfach nur am Pool im Schatten liegen und sich entspannen wollen, ist das Ihre Sache. Aber diese Schachtel enthält eine zweite Chance. Eine Chance, jemand anders zu sein." Sie zuckte die anmutigen Schultern. „Oder möglicherweise sogar, Sie selbst zu sein."

Zwei Tage lang hatte die Schachtel ungeöffnet in seiner Hütte gelegen. Aber dann …

„He, Tony! Spielen die Süßen immer noch Volleyball?"

Alans gereizte Stimme holte ihn zurück in die Gegenwart. „Entschuldige. Was hast du gesagt?"

„Ich habe dich gefragt, ob du dich auf deine letzte Woche freust."

„Ja", antwortete Tony abwesend, während er weiter suchte. Die Sonne ging bereits unter. Wo war es nur?

„Na ja, ich muss Schluss machen. Ich bin für heute Abend verabredet."

„Wie schön für dich."

„Tja, ich rufe dich in ein paar Tagen noch mal an", versprach Alan, „und erkundige mich nach deiner Bräune und ob du dir eine Inselschönheit geangelt hast. Das würde dir guttun."

„Sicher", meinte Tony, bevor Alan auflegte, obwohl er am liebsten gesagt hätte: „Höchst unwahrscheinlich."

Der Tony Moretti, der praktisch der Vorzeigemann für die jährliche Cranston-Township-Junggesellenversteigerung gewesen war, existierte nicht mehr. Das war die harte Wahrheit. Außerdem irrte Alan sich. Tony brauchte nicht bloß eine Frau für ein sexuelles Abenteuer. Er sehnte sich nach etwas Größerem, das er jedoch nicht hätte definieren können, und diese Sehnsucht hatte Merrilee geweckt.

Natürlich kannte Alan nicht die ganze Geschichte, und Tony hatte nicht die Absicht, sie ihm momentan zu erzählen. Es war einfacher, ihn glauben zu lassen, dass er sein angeschlagenes Ego mit erfundenen Frauen aufmöbelte, denen sein Gesicht egal war. Schließlich würde sich das jeder Mann wünschen.

Dank Merrilees Päckchen war Tony sozusagen ein bekanntes Gesicht auf der Insel geworden. Er war wieder ein Held.

Es hatte vielleicht nicht ganz die Leere in seinem Innern gefüllt, aber er mochte das Gefühl sehr. Und auf keinen Fall hatte er die Absicht, es zu zerstören, indem er sich mit einer Frau einließ, die irgendwann die Wahrheit würde wissen wollen und dann davonlief, wie Amy es getan hatte. Manche Dinge mussten im Verborgenen bleiben, so wie manche Menschen allein bleiben mussten.

„Da bist du ja", flüsterte er, als er endlich fand, wonach er gesucht hatte – eine schwarze Augenklappe, die zusammen mit einer schwarzen Kappe und einer leuchtend grünen Kontaktlinse in Merrilees Paket gelegen hatte.

Er stand vor dem Spiegel, nickte seinem Spiegelbild zu und hasste die Narbe, die sein linkes Auge umgab. Die Haut war nicht mehr empfindlich, doch die Narbe sah noch immer frisch aus. Und für Tony war sie das auch nach wie vor.

Ein glühender Stahlträger war mit dem einstürzenden Dach heruntergefallen. Tony hatte sich mit einem Sprung retten können und sich dabei den Rücken verrenkt. Als wäre das noch nicht genug gewesen, war der Stahlträger hochgesprungen und hatte ihn verbrannt.

Trotz Legionen von Ärzten war seine Prognose nicht gerade rosig. Sein Rücken war geschädigt, und plastische Chirurgie kam wegen seiner Allergien für sein Gesicht nicht infrage. „Tut mir leid", hatte sein Arzt gesagt, „aber vergessen Sie nicht, wie viel Glück Sie haben, überhaupt noch am Leben zu sein. Seien Sie dankbar, Junge."

Leicht gesagt.

Langsam, als würde er ein uraltes Ritual vollziehen, band er sich die Augenklappe um. Die Narben verschwanden. Er legte die Kontaktlinse ein, glättete seine Haare mit Gel, um sie dunkler zu machen. Als er die Kappe aufsetzte, war er ein neuer Mensch.

Tony Moretti war fort. Geblieben war ein Held.

Stuart hielt mit dem Jeep vor dem Restaurant und hupte, was nicht nötig gewesen wäre, da Kyra bereits draußen stand. „Fertig für die Rückfahrt?"

Sie zögerte. „Ich weiß nicht. Ich überlege, ob ich nicht lieber laufen soll."

Er runzelte die Stirn und stellte den Motor aus, wobei er die Scheinwerfer anließ, die einen hellen Pfad in die Dunkelheit schnitten. „Sind Sie sicher? Es ist ein langer Weg, und es riecht nach Regen."

Auch Kyra hatte das bemerkt. Die Atmosphäre wirkte wie elektrisch aufgeladen. Es schien, als hätten sie und die Natur etwas gemeinsam. Beide standen sie im Begriff, ihre angestaute Energie in einem stürmischen Ausbruch zu entladen.

„Ja, ich bin mir sicher", erwiderte sie. „Ein bisschen Regen macht mir nichts." Im Gegenteil, er würde ihr sogar willkommen sein. Sie hatte viel zu viel Zeit damit verbracht, an den geheimnisvollen Michael zu denken. Das hatte ihre Lust entfacht, und wenn sie sich jetzt nicht wenigstens ein bisschen abkühlte, würde sie sich womöglich noch dem nächstbesten Mann an den Hals werfen, bevor der auch nur „Hallo", sagen konnte.

Über ahnungslose Männer herzufallen war allerdings sicher ein klein wenig abenteuerlicher als das, was Merrilee vorgeschwebt hatte. Die Vorstellung passte auch gar nicht zu Kyras sonst so ruhiger und vernünftiger Art. Sie musste ein Grinsen unterdrücken.

Stuart trommelte mit den Fingern aufs Lenkrad, um ihre Aufmerksamkeit zu bekommen, und sah demonstrativ zum Himmel hinauf.

„Ich gehe zu Fuß", erklärte sie. „Ich habe mich entschlossen."

Obwohl er nicht gerade glücklich wirkte, murmelte er nur: „Wie Sie wollen", und deutete in die Richtung, in der die Hütten lagen. „Aber verlaufen Sie sich bloß nicht." Er warf ihr eine Jacke zu.

Kyra fing sie mit einer Hand auf. „Danke."

„Wenn es regnet, werden Sie mir nicht mehr danken. Das Ding wird

Sie kaum trocken halten."

„Ich werde schon zurechtkommen."

„He, der Gast hat immer recht", sagte er und legte den Gang ein. „Selbst wenn er klitschnass ist."

Er fuhr los, und Kyra ging in die gleiche Richtung, bis sie das Restaurant hinter ihr nicht mehr sehen konnte. Ihre Hütte lag am Weststrand, und sobald sie den kleinen Holzpfeil entdeckte, der den Pfad entlangwies, bog sie von der Hauptstraße ab.

Der gewundene Schotterweg, der zu ihrem Strand führte, war von kleinen Laternen gesäumt. Eine leichte Brise wehte inzwischen, und der Wind fuhr durch ihr Kleid und ließ es flattern, während die Steine unter ihren Sandaletten knirschten.

Nach einer Weile lichtete sich die üppige Vegetation um sie herum, und sie erkannte die Rückseite ihrer Hütte und den ruhigen Strand, der jetzt im schwindenden Mondlicht schimmerte. Die Stimmung war geheimnisvoll, friedlich, und sie erinnerte sich an ihren ersten Eindruck – der perfekte Ort zum Ausleben einer Fantasie.

Passend zu ihren Gedanken knisterte plötzlich die Luft, und Tausende von Volt entluden sich mit einer Wildheit, die Kyra auch fühlen wollte. In der Hoffnung, dem Gewitter zu entkommen, eilte sie zur Rückseite ihrer Hütte. Erneut wurde der Himmel von einem Blitz erhellt – und etwas kleines Schwarzes rannte ihr über den Weg.

„Oh!" Kyra erschrak und presste eine Hand an die Brust. Als ihr Herzschlag sich beruhigte, erkannte sie, dass es sich lediglich um eine Katze handelte, deren grüne Augen unter den breiten Blättern einer Pflanze leuchteten.

„He, Kleines, komm doch mal her."

Fauchend zog die Katze sich weiter zurück, die Augen zu schmalen Schlitzen verengt. Der Himmel erhellte sich lange genug, dass Kyra die Wunde am Ohr der Katze sehen konnte.

„Armes Ding. Warst du in einen Kampf verwickelt? Möchtest du etwas zu fressen?" Zur Hütte gehörte eine gut ausgestattete Küchenzeile. Bestimmt gab es in einem der Schränke eine Dose Thunfisch.

Große Tropfen klatschten auf den Weg, noch vereinzelt genug, dass Kyra ihnen praktisch ausweichen konnte. Doch schon bald würde es heftig regnen.

Über ihr hingen riesige Wolken, in denen die Blitze zuckten. Trotz des drohenden Regengusses kniete Kyra sich hin und klopfte auf den

Boden vor ihr. Das Kätzchen begann auf sie zuzulaufen, doch von einem neuen Blitz erschreckt, machte es kehrt und kletterte einen Baum hinauf.

„Na toll." Kyra überlegte, ob sie nicht in ihre Hütte gehen sollte. Offenbar suchte die Katze keine Gesellschaft.

Doch als sie losging, begann die Katze jämmerlich zu miauen. Kyra schaute mit finsterer Miene zurück. Die Katze schien auf dem Baum festzusitzen und nicht einmal den Versuch unternehmen zu wollen, herunterzuklettern. Falls Kyra es nicht vom Baum holte, würde das arme Tier vom Regen völlig durchnässt werden.

Sie sah noch einmal sehnsüchtig zu ihrer Hütte, dann schaute sie hinauf zur Katze. „Dafür bist du mir was schuldig."

Intimate Fantasy war angelegt wie ein Wagenrad, bei dem die Büros, die Freizeitanlagen und Restaurants das Zentrum bildeten. Die Hauptstraße, der einzige gepflasterte Weg, bildete den Durchmesser. Die übrigen Speichen des Wagenrads waren unbefestigte, mehr oder weniger holprige Straßen, die zu den verschiedenen Hütten der Gäste und Angestellten führten.

Tony kannte bereits jeden Pfad, jeden Schatten, und er ging in Gedanken den Plan der Insel durch, als er die zum Restaurant umgewandelte alte Missionsstation umrundete. Inzwischen war ihm sein Revier vertraut. Einmal um jedes Gebäude, jeden Schatten überprüfen, einmal zu jedem Pool und Whirlpool, schließlich die Hauptstraße hinunter zum Strand. Mit einem Durchmesser von weniger als zwei Meilen war der Rundgang um die Insel etwa acht Meilen lang. Er konnte seine Runde in zwei Stunden schaffen und danach die Pfade entlangschlendern, bis ihn die Erschöpfung zurück zu seiner Hütte trieb.

Heute Nacht war alles ruhig. Er hatte kaum jemanden gesehen, schon gar nicht jemanden, der seine Hilfe brauchte. Vermutlich lag es am Gewitter. Die Paare genossen das Feuerwerk der Natur von ihren gemütlichen Zimmern aus. Die Singles unter den Gästen hatten sich wahrscheinlich alle im Restaurant eingefunden, in der Hoffnung, dass ihre Fantasie irgendwie mit dem Unwetter des Jahrhunderts zu tun hatte.

Tony ging im Schutz der Bäume den Weststrand entlang und lauschte auf mögliche Anzeichen, dass jemand in Schwierigkeiten steckte.

Wenn er ehrlich war, glaubte er nicht, dass die bisherigen Zwischenfälle alle Zufall gewesen waren. Nachdem er eine der Restaurantkellnerinnen vor dem Ertrinken im Pool gerettet hatte, hatte Merrilee ihm erklärt, dass die hauptsächlich aus College-Studenten bestehenden Sommerarbeitskräfte zur Unvorsichtigkeit neigten und man ein Auge auf sie haben musste. „Vielleicht macht der Vollmond sie leichtsinnig", hatte sie gesagt.

Tony hatte nur genickt. Es kam ihm ein wenig seltsam vor, dass so viele Leute auf der Insel in Schwierigkeiten gerieten. Er war erst sieben Tage auf der Insel und bereits zu einem Magneten für Leute in Not geworden.

Bis jetzt hatte er einige Personen vor dem Ertrinken gerettet, ein außer Kontrolle geratenes Lagerfeuer gelöscht, das die Mitarbeiter zu dicht bei einer Baumgruppe gemacht hatten, und einer jungen Frau geholfen, die sich im dichten Laubwerk der Insel verirrt hatte. Er hatte sogar eine Schlange aus dem Pool geholt, die das warme Wasser zu ihrem Zuhause erkoren hatte – eine Erfahrung, die er nicht unbedingt wiederholen wollte.

Ein paar große Regentropfen klatschten auf seine Kappe, und er wischte sich die Feuchtigkeit aus dem Gesicht. Wie jedes Mal war er überrascht, die frischen Bartstoppeln zu fühlen, da er sich normalerweise längst rasiert hätte. Die Stoppeln gehörten jedoch zu seiner Tarnung.

Er war kein Narr und wusste trotz Merrilees Erklärungen, dass die Vorfälle auf der Insel wohl eher mit ihm als mit dem Mond zu tun hatten. Schließlich hatten sich Merrilee und einige eingeweihte Mitarbeiter – Danielle, die für die Details zuständig war, und Stuart, der die Geschichte verbreitete und notfalls ein Alibi lieferte – diese Fantasiefigur ausgedacht. Sie hatten aus ihm den mysteriösen Helden gemacht, der heimlich durch die Nacht schlich. Und was war ein Held ohne Heldentaten?

Nachdem er die Sachen ausgepackt hatte, hatte er die Verkleidung einfach ignoriert. „Für die Stunden zwischen Abend- und Morgendämmerung" hatte auf dem beiliegenden Zettel gestanden.

Tonys Ansicht nach waren diese Stunden auch nicht anders als der Tag – einsam und ruhig. Doch schließlich waren Neugier und Stolz stärker gewesen. Sobald die Sonne untergegangen war, hatte er sich rasch umgezogen und war nach draußen gegangen.

In jener Nacht hatte er eine Frau gerettet, die leichtsinnigerweise nachts schwimmen gegangen war. Ihr Liebhaber war am Strand eingeschlafen und hatte ihre Schreie nicht gehört, nachdem sie sich in einer Angelschnur verwickelt hatte.

Die Dankbarkeit der Frau war Tony allerdings echt vorgekommen. Aber am nächsten Tag hatte er Merrilee darauf angesprochen. Sie hatte lediglich die Schultern gezuckt. „Die Frau lebt. Wie real wollen Sie es denn noch?“

Das war eine rhetorische Frage gewesen und für Tony fast ein Geständnis, dass Merrilee die Fäden zog.

Trotzdem wusste er es nicht mit Sicherheit. Die nächtliche Schwimmerin war tatsächlich gefangen gewesen. Es hatte ihn seine ganze Kraft gekostet, sie über Wasser zu halten und zu befreien. Und der kleine Junge, den er vor ein paar Tagen aus einem gekenterten Boot gerettet hatte, hatte fast den halben Ozean geschluckt.

Alles in allem vermochte Tony nicht zu sagen, wo die Inszenierung endete und die Realität anfing. Für ihn bedeutete das, dass alles real war. Auf jeden Fall war es real genug, wenn er morgens eine Schmerztablette nehmen und seinen schmerzenden Rücken mit Eis kühlen musste. Auch sein Stolz und seine Zufriedenheit über die Rettungen waren nicht zu leugnen.

Wie aufs Stichwort zerriss ein schriller Schrei die Nacht. Tony hielt inne und versuchte zu bestimmen, woher der Schrei gekommen war.

Jetzt konnte er außer dem Rauschen der aufgewühlten Wellen, dem Donner und dem Rascheln der Blätter nichts mehr hören. Offenbar bereitete die Natur ihr Schauspiel vor. Wer immer geschrien hatte, würde nicht allzu froh darüber sein, sich mitten darin zu befinden.

Von seinem Standpunkt aus konnte er überhaupt nichts sehen. Frustriert rannte er zur nahe gelegenen Hütte und benutzte eine etwas schief gewachsene Palme als Leiter. Den ständig präsenten Schmerz in seinem Rücken ignorierend, kletterte er aufs Dach, um besser Ausschau halten zu können.

Ein Blitz zuckte über ihm am Himmel, und dann entdeckte er sie – eine Frau, die kopfüber an den Knien vom Ast eines majestätischen Baumes hing, dort, wo sich der Pfad zum Strand öffnete. Ihr Rock hing ihr übers Gesicht, und der kurze Blick, den Tony im Licht des Blitzes auf ihre Beine erhaschte, war äußerst verlockend.

Eine kleine schwarze Katze mit großen grünen Augen hockte ein Stück daneben und säuberte sich in aller Ruhe das Fell. Tony musste über die Ironie der Situation grinsen. Entgegen dem Klischee hatte er während seiner Zeit als Feuerwehrmann nie eine Katze von einem Baum gerettet, geschweige denn eine Frau.

Er kletterte vom Dach und lief zu dem Baum, wobei er aus Versehen auf eine zerknüllte Windjacke trat, die die Frau sich ausgezogen haben musste. „Ist alles in Ordnung mit Ihnen?“

Er hörte eine undeutliche Erwiderung, während sie erfolglos versuchte, den nassen Rock, der ihr ins Gesicht hing, wegzuschieben.

„Miss?“ Wie immer bei seinen nächtlichen Patrouillen senkte er seine Stimme und sprach tiefer als gewöhnlich.

„Natürlich ist alles in Ordnung mit mir. Ich hänge bloß kopfüber an einem Ast“, sagte sie, und ihre Stimme klang eigenartig gedämpft durch den nassen Stoff.

Tony verbarg ein Lächeln hinter seiner Hand. „Das sehe ich.“

„Na fabelhaft.“

Er konnte ihr Gesicht nach wie vor nicht sehen, doch ihr Ton ließ vermuten, dass sie die Augen verdrehte.

„Möchten Sie, dass ich Ihnen herunterhelfe?“

„Wozu? Meine Lage ist absolut bequem.“

Tony lachte und war noch faszinierter. „Gut, dann mache ich mich mal lieber wieder auf den Weg, bevor es anfängt zu schütten.“ Er wandte sich ab und ging geräuschvoll den Pfad hinunter, damit sie es hörte.

„Warten Sie!“

„Ja?“

„Vielleicht könnten Sie mir doch helfen, wenn Sie schon mal da sind.“

„Sind Sie sicher? Ich will mich nicht aufdrängen.“

Schweigen. Dann: „Es tut mir leid. Ich werde schnell ruppig, wenn ich verlegen bin. Das müssen Sie nicht persönlich nehmen.“

„Lady, ich nehme Frauen, die von einem Ast hängen und mir ihre Unterwäsche zeigen, niemals persönlich.“

Diesmal war ihr Lachen echt, und sie schüttelte sich so sehr, dass ihre Beine ein Stück vom Ast rutschten.

Er machte sich bereit, sie aufzufangen, doch es gelang ihr, sich wieder zu stabilisieren.

„Vielleicht könnten Sie mir jetzt helfen?“

Er grinste und stellte sich unter sie. „Wie Sie wünschen.“ Sie schob den Stoff vor ihrem Gesicht zur Seite. Ausdrucksvolle schiefergraue Augen kamen zum Vorschein. In ihnen spiegelten sich die Lichter vom Pfad, und in ihrem Blick las er neben Angst auch Lebenslust.

Eine Sekunde lang starrte sie ihn mit zusammengezogenen Brauen an. Dann weiteten sich ihre Augen. „Sie sind es!"

„Ich?"

„Stuarts geheimnisvoller Mr Michael!"

„Wieso machen wir uns nicht miteinander bekannt, wenn Sie wieder mit beiden Beinen auf dem Boden stehen?"

Sie nickte. „Was soll ich tun?"

Das war eine gute Frage. Normalerweise wäre er auf den Baum geklettert. Doch durch den Regen würde das Holz rutschig sein, sodass er nicht sicher war, ob er hinaufkommen würde, geschweige denn die Frau herunterbekommen. „Können Sie den Ast greifen und sich wieder aufrichten?"

„Das habe ich schon versucht. Aber ich schaffe es nicht. Sport war auf der Highschool mein schlechtestes Fach."

„Dann bleibt uns nur eine Chance. Vertrauen Sie mir?"

Sie fing seinen Blick auf und presste die Lippen zusammen. „Ja", antwortete sie nach kurzem Zögern.

„Ich möchte, dass Sie einfach loslassen."

„Wie bitte?" Sie klang beinah hysterisch. „Sind Sie verrückt?"

„Wenn Sie sich nicht aufrichten können, ist das der einzige Weg nach unten." Er sprach in sachlichem Ton. „Ich werde Sie auffangen", versprach er und hoffte, sein lädierter Rücken würde ihn nicht zum Lügner machen.

Er registrierte ihre Angst, dann ihre Kapitulation. „Sie lassen mich nicht fallen?"

Er hob die Hände, sodass seine Fingerspitzen ihre berührten. „Ganz bestimmt nicht."

Ein Muskel zuckte in ihrem Hals. Sie nickte. „Na gut."

„Auf drei", erklärte er. „Eins. Zwei."

„Drei." Sie sprachen das letzte Wort gemeinsam aus, und Tony stellte sich mit gespreizten Beinen hin, als sie sich rückwärts fallen ließ.

Ehe er reagieren konnte, lag sie schon in seinen ausgestreckten Armen. Ein heißer Schmerz durchzuckte seinen Rücken. Tony schwankte zwar auf dem unebenen Boden, doch er hielt sein Versprechen und ließ sie nicht fallen.

„Danke." Noch immer in seinen Armen sah sie ihn lächelnd und mit großen Augen an. Ihr Atem ging rasch. Er hielt sie fest an sich gedrückt und gab ihr spontan einen raschen Kuss auf die Stirn, wobei er ihren schwachen Erdbeerduft einatmete. Ihre Haare hatten sich zum Großteil aus dem Pferdeschwanz gelöst und klebten ihr jetzt nass im Gesicht.

Sein erster Gedanke war, dass sie wunderschön war. Sein zweiter, dass sie gefährlich war. Trotz seines schmerzenden Rückens hatte er das Gefühl, ewig so dastehen und sie einfach nur halten zu können.

Oh ja, sie war gefährlich.

Sie bewegte sich, und diese Bewegung löste eine heftige körperliche Reaktion in ihm aus.

Sehr, sehr gefährlich.

„Sie können mich jetzt herunterlassen." Ihre Stimme war sanft, als sei ihr bewusst, dass reden diesen Moment zerstören würde. Es gibt keinen Moment oder sonst etwas, schalt er sich im Stillen. Er hatte lediglich einer attraktiven Frau aus einer Notlage geholfen.

„Richtig", meinte er. Sein Rücken begrüßte die Entscheidung.

Sobald sie wieder festen Boden unter den Füßen hatte, lächelte sie beinah formell, als würde auch sie versuchen, dieses Gefühl einer geheimnisvollen Verbindung zwischen ihnen abzuschütteln. „Tja, dann sollte ich mich wohl besser mal vorstellen." Sie bot ihm die Hand. „Ich bin Kyra Cartwright."

Er zögerte, da er wusste, dass das Gefühl zurückkehren würde, sobald er ihre Hand nahm. Trotzdem tat er es.

Kyra befeuchtete sich die Lippen und sah auf ihre Hände herunter. Mit einem sanften Ruck befreite sie ihre Hand aus seiner. Statt ihm in die Augen zu sehen, schaute sie zum Baum hoch. „Offenbar habe ich ganz umsonst meinen Hals riskiert."

Er folgte ihrem Blick und stellte fest, dass die Katze verschwunden war. „Ich bin sicher, die Katze weiß Ihre Bemühungen zu schätzen."

„Kann sein. Aber ich hoffe, sie erwartet keine Schale Milch, wenn sie an meiner Hintertür auftaucht, nachdem sie mich so in die Klemme gebracht hat."

Er trat einen Schritt auf sie zu und registrierte erfreut, dass sie nicht zurückwich. „Ich wette, Sie geben ihr trotzdem etwas."

„Ja, wahrscheinlich." Sie hielt seinem Blick stand, diesmal lächelnd. „Vermutlich bin ich einfach dumm."

„Absolut nicht."

Er sah, dass ihr tausend Fragen durch den Kopf gingen, die sie sich jedoch alle verkniff. Stattdessen stellte sie sich auf die Zehenspitzen, küsste ihn auf die Wange und flüsterte: „Danke."

Auch nachdem sie zurückgetreten war, spürte er die hauchzarte Berührung ihrer Lippen noch, so als sei er sanft gebrandmarkt worden. Kyra wirkte fast scheu. Unwillkürlich fragte er sich, ob sie ihn auch geküsst hätte, wenn sie die Wahrheit über ihn wüsste und den wahren Tony unter der Maske gesehen hätte.

Er unterdrückte ein Seufzen. Was zählte, war, dass er ihr geholfen hatte und sie ihn als Helden betrachtete, nicht wie einen Aussätzigen.

Sie sah in ihm den Mann, der er früher gewesen war, nicht den gebrochenen Mann, zu dem er geworden war. Alles, wonach er sich sehnte und was er brauchte, lag in ihrem Blick.

Aber nichts davon war real.

Kein Wunder, dass er sich noch immer innerlich leer fühlte.

3. KAPITEL

Kyra fühlte sich gedemütigt.

In sechsundzwanzig Jahren hatte sie genügend Gelegenheit gehabt, peinliche Dinge zu tun. Aber kopfüber von einem Baum zu hängen und ihre Unterwäsche im Wind flattern zu lassen, das war wirklich der Gipfel. Besonders wenn sie es vor einem umwerfenden Mann tat, dessen whiskeyraue Stimme ihren Puls beschleunigte. Ein Mann, der durchaus die lebendige Verkörperung ihrer Fantasie sein konnte.

Ohne nachzudenken, hatte sie ihn auf die Wange geküsst – taten Frauen, die gerettet werden mussten, so etwas nicht? –, und das war ein Fehler gewesen. Er duftete wie die Ozeanbrise, die sie schon den ganzen Tag geneckt hatte. Und seine raue Wange ließ ihre Lippen prickeln und weckte das Verlangen nach mehr. Und das beunruhigte sie.

Er war dunkel, geheimnisvoll und faszinierend, und sie kam sich vor wie eine Schülerin, die plötzlich allein war mit dem Star der Footballmannschaft.

Stopp! Sie war hergekommen, um eine Fantasie auszuleben, und hier war er. Sie musste sich zusammennehmen. Musste sich daran erinnern, sich sexy und welterfahren zu benehmen – so wie es in den Artikeln des „Cosmopolitan", stand. Genau das musste sie tun.

Sie strich ihren Rock glatt. „Ich … normalerweise mache ich solche dummen Sachen nicht." Er sollte wissen, dass sie nicht verrückt war.

„Einer Katze aus der Klemme helfen?"

Sie schaute auf und bemerkte trotz seines im Schatten verborgenen Gesichts, dass er lächelte. „Nein. Selbst in der Klemme zu sitzen. Gewöhnlich bin ich nicht so ungeschickt."

„Es ist doch nichts verkehrt daran, wenn man gelegentlich ein wenig Hilfe braucht."

„Das stimmt." Immerhin hatte sie vor, Harry zu heiraten, weil sie ein wenig Hilfe brauchte. Daher konnte sie diesem Mann kaum widersprechen. „Ich habe nur nicht damit gerechnet, dass mir so etwas passiert."

Er kam näher und legte seinen Arm um sie, warm und besitzergreifend. „Ist alles in Ordnung mit Ihnen?"

Sie nickte und bemerkte erst jetzt, dass sie zitterte.

„Hm." Er klang nicht überzeugt. „Ich hätte Sie nicht gleich aufrecht stehen lassen sollen, nachdem Sie so kopfüber gehangen haben."

Sie schüttelte den Kopf und hoffte, Ordnung in ihre durcheinanderwirbelnden Gedanken zu bringen. „Mir geht es gut." Sie wollte sich aus seinem Arm befreien, doch er hielt sie fest. Seine Umarmung war sowohl beunruhigend als auch verlockend.

„Ich bringe Sie zu Ihrer Hütte."

Zu ihrer eigenen Überraschung widersprach sie nicht. Er führte sie den Pfad entlang, und sie bewegten sich, als seien sie diesen Weg schon tausend Mal zusammengegangen.

Es kam ihr so richtig vor. Die Art, wie sie zusammenpassten, wie sie sich zusammen bewegten, und mit jedem Schritt verschwanden ihre Furcht und ihr Zögern mehr.

Sie hatte das Licht angelassen, sodass ihre Hütte jetzt von Weitem in der dunklen, feuchten Nacht einladend und gemütlich aussah. Kyra beschleunigte ihre Schritte, in der Hoffnung, zur Vernunft zu kommen.

Dachte sie gerade etwa wirklich daran, ihren Retter hineinzubitten?

Tatsächlich, daran hatte sie gedacht. Und das war erschreckend.

„Warten Sie!", rief er hinter ihr.

Sie blieb stehen und drehte sich zu ihm um. „Was ist denn?" Sie versuchte seine Miene zu deuten, doch es war zu dunkel.

„Nicht ins Licht." Er wich zurück in den Schutz einer Palme.

Neugierig folgte sie ihm in die Schatten und teilte mit ihm die sie umgebende Dunkelheit wie Liebende eine Decke miteinander teilen mochten.

„Sie rauben mir den Atem", flüsterte er. Seine Worte klangen rau und waren im Rascheln der Palmblätter kaum hörbar. „Ich weiß nicht, ob dies eine so gute Idee ist."

„Ob was eine gute Idee ist?", fragte sie. Es war eine dumme Frage, denn sie wusste genau, was er meinte.

„Das." Er streichelte ihre Wange mit seinem Daumen. Sie erschauerte, als er die Konturen ihres Gesichts nachzeichnete. Die Berührung beschleunigte ihren Puls und ließ das Blut heiß durch ihre Adern strömen.

„Oh." Ihre Stimme zitterte. „Das. Natürlich." Sie schien die Kontrolle über ihre Gedanken und ihre Stimme zu verlieren. Nie zuvor in ihrem Leben hatte sie ein solches Verlangen nach einem anderen Menschen verspürt. Nie zuvor hatte sie das Bedürfnis gehabt, sich in die Arme eines Mannes zu werfen, um seinen Körper an ihrem zu spüren.

„Nein, das ist wahrscheinlich keine gute Idee", stimmte sie zu, wich jedoch nicht zurück.

„Wahrscheinlich nicht." Der Klang seiner tiefen, heiseren Stimme ging ihr durch und durch. Er hörte nicht auf, sie zu berühren. Sie schloss die Augen, genoss den Moment und fürchtete, dass er gleich enden würde. Noch mehr fürchtete sie jedoch, dass er nicht endete.

Beinah unbewusst näherte sie sich ihm und suchte seine Wärme. Seine Finger glitten über ihre Halsbeuge, hinunter zu ihrem Schlüsselbein. Den freien Arm legte er um ihre Taille und zog Kyra an sich.

Ihr Herz pochte wild. Plötzlich war sie unsicher und fühlte sich unbehaglich.

„Kyra?" Es klang wie eine Liebkosung aus seinem Mund. „Verrate mir, was du willst."

Der Himmel möge ihr beistehen, sie wollte ihn. Und diese Empfindung tobte in ihr wie ein Hurrikan – wild, ungebändigt und sehr beängstigend.

Sie nahm ihren Mut zusammen, atmete tief durch und hielt seine Hand. „Ich sollte jetzt gehen."

Er nickte. Seine Traurigkeit war beinah spürbar. Und doch schien er erleichtert zu sein. „Ja." Ein ironisches Lächeln umspielte seine Lippen. „Das solltest du."

Sie löste sich von ihm, doch ehe sie sich umdrehen konnte, packte er ihre Arme und zog sie erneut an sich. Ihr Atem ging stoßweise, und ihre Vernunft sagte ihr, dass sie dem Ganzen jetzt ein Ende machen musste, dass er sie sonst an einen gefährlichen Ort führen würde. Gefährlich für ihr Herz, verwirrend für ihre Seele.

Sie musste gehen, aber sie konnte es nicht. Sie wollte es, doch als sich sein Mund auf ihren senkte, schmiegte sie sich seufzend an Tony.

Ihr Mund war weich und süß. Sie stöhnte leise, ein sexy Laut, der Tonys Blut erhitzte. Er spürte die sinnlichen Rundungen ihres Körpers an seinem. Sie passten perfekt zusammen. Ihre Hüften schmiegten sich an seine, ihre vollen Brüste drückten sich weich an ihn.

Er wollte sie. Trotz allem, was er sich noch vor einigen Stunden in seiner Hütte gesagt hatte, wollte er sie. Diese Frau. Diesen Moment.

Ein primitives Verlangen hatte ihn mit solcher Macht gepackt, dass es ihm den Atem raubte. Seine Erregung war beinah überwältigend, und er wusste, dass sie deutlich spürte, wie sehr er sie begehrte.

Ihre Lippen schmeckten köstlicher als der erlesenste Wein, und

Tony drang mit der Zunge vor, um ihren Mund zu erobern. Kyra gab sich voller Leidenschaft diesem Kuss hin. Tony war benommen von der Tatsache, dass sie in seinen Armen lag und ihn offenbar ebenso sehr begehrte wie er sie.

Die leisen Laute, die sie von sich gab, steigerten seine Erregung. Ihre Hände glitten hinunter in seine Gesäßtaschen und drückten ihn fester an sich. Er wollte die Kontrolle verlieren und sehnte sich danach, ihr so nah wie irgend möglich zu sein, alles zu vergessen bis auf diese wundervolle Frau in seinen Armen.

Nur war das alles eine Lüge.

Die Wahrheit drängte sich wieder in sein Bewusstsein, und er beendete den Kuss. Er vergrub sein Gesicht in ihren Haaren und versuchte die Kraft aufzubringen, sich von ihr zu lösen. Dies alles war falsch. Er war schwach und dumm.

Monatelang hatte er allein gelebt und sich eingeredet, es mache ihm nichts aus, dass Amy gegangen war, dass Frauen ihn nicht einmal mehr ansahen. Doch der Himmel möge ihm beistehen, es machte ihm etwas aus.

Eine Welle der Traurigkeit überkam ihn. Es war alles nur eine Illusion. Sie war nicht mit Tony Moretti zusammen. Sie kannte ihn nicht einmal. Denn wenn sie die Wahrheit kennen würde, würde sie einfach davonlaufen.

Es fiel ihm schwer, die nötige Kraft aufzubringen. „Kyra, ich …“

„Bitte nicht.“ Sie wich zurück und befreite sich sanft aus seinen Armen. Sie sah auf zu ihm, dann senkte sie den Blick wieder. „Wir sollten nicht … Ich will ja, aber …“ Als sie erneut aufschaute, schimmerten Tränen in ihren Augen. „Es tut mir leid“, sagte sie, drehte sich um und rannte in ihre Hütte, ohne sich noch einmal umzudrehen.

Tony sah ihr nach und wartete auf dem Pfad, bis sich die Tür hinter ihr geschlossen hatte. Er wartete auch noch, bis die Lichter erloschen waren und ihre Hütte im Dunkeln lag. Der Regen wurde dichter, und der Wind frischte mit dem unvermeidlichen Gewitter auf.

Tony stand da, von tiefer Traurigkeit erfüllt. Angewidert riss er sich die Kappe vom Kopf, verfluchte seine Augenklappe und auch Merrilee. Sie hatte ihm alles gegeben, wonach er sich gesehnt hatte. Aber er konnte nur eine Kostprobe bekommen. Gerade genug, um seinen Appetit zu wecken. Gerade genug, um ihn daran zu erinnern, was er alles verloren hatte.

Kyra erwachte im Sonnenlicht, mit einem geschmolzenen Schokoriegel auf dem Gesicht und in den Haaren und hämmernden Kopfschmerzen.

Sie fühlte sich orientierungslos und empfand eine unbestimmte Wehmut. Es dauerte einen Moment, bis sie sich an den Grund dafür erinnerte – Michael.

Nachdem sie davongelaufen war – wobei sie ihre ganze Selbstbeherrschung hatte zusammennehmen müssen, um nicht umzukehren und ihn zu bitten, ihr zu folgen –, hatte sie den Aufruhr ihrer Hormone mit Wein, Schokolade und einigen Seiten ihres Lieblingsliebesromans zu beruhigen versucht. Anscheinend hatte sie die Schokolade nicht ganz aufgegessen.

Sie setzte sich auf, wischte sich die Schokolade von der Wange und strich sich die zerzausten, verklebten Haare hinter die Ohren. Sie fühlte sich leer, weil sie ihn stehen gelassen hatte. Aber es war die richtige Entscheidung gewesen.

Oder etwa nicht?

Sie nagte an ihrer Unterlippe, ging barfuß ins Badezimmer und betrachtete sich im Spiegel. Das war vielleicht ein Anblick! In ihren Haaren hingen Schokoladenklumpen, in ihrem Gesicht waren Kissenabdrücke, und eine Wange war mit Schokolade beschmiert.

Jetzt würde Michael sie ganz bestimmt nicht wollen. Sie sah kein bisschen mehr aus wie das romantische Klischee der Jungfrau in Bedrängnis. Und genau das war es gewesen – ein Moment der Leidenschaft, entstanden durch eine Ausnahmesituation, die mit der Realität wenig zu tun hatte. Sie würde das alles vergessen und sich weiter um ihre Fantasie kümmern.

Kyra drehte den Wasserhahn auf, nahm einen Waschlappen und wusch sich das Gesicht.

Mit finsterer Miene betrachtete sie ihr Spiegelbild. „Es war gut, dass du davongelaufen bist."

Ihr Spiegelbild schien nicht überzeugt zu sein.

„Wirklich." Sie schloss die Augen und versuchte sich einzureden, dass sie das Richtige getan hatte, so sehr sie sich auch danach gesehnt hatte, seine Hände auf ihrer nackten Haut zu spüren …

Die Erinnerung ließ sie erschauern. Obwohl sie sich einerseits dazu beglückwünschte, vernünftig gehandelt zu haben, verfluchte sie sich andererseits dafür, dass sie davongelaufen war. Sie öffnete die Augen und betrachtete sich skeptisch im Spiegel. Keine Frage, sie hatte das Richtige getan.

Oder?

Seufzend stützte sie sich aufs Waschbecken und beugte sich zum Spiegel vor. Sie musste mit jemandem darüber sprechen. Sie musste zu Merrilee.

Nach dem Duschen trocknete sie ihre Haare und nahm sie zu einem Pferdeschwanz zusammen. Dann schlüpfte sie in ein Strandkleid und zog ein T-Shirt darüber. Das war nicht gerade Haute Couture, aber wozu sollte sie sich schick machen, wenn sie nur ins Verwaltungsgebäude wollte?

Außerdem war es ein klein wenig wie ein zusätzliches Abenteuer, sich so lässig zu kleiden. In Dallas würde niemand sie in etwas anderem als in tadelloser Kleidung erleben. Daher tat diese kleine Moderebellion gut. So wie eine Affäre mit Michael gut tun würde. Sie runzelte die Stirn und versuchte die eigensinnige leise Stimme in ihr zu ignorieren.

Entschlossen schlüpfte sie in ein Paar Turnschuhe, warf Schlüssel und Notizblock in ihre Tragetasche und machte sich auf den Weg.

Merrilees Büro befand sich in einem kleinen Gebäude hinter dem Restaurant. Es war schlicht, bot jedoch einen Blick auf den Ozean, bei dem Grundstücksmaklern das Wasser im Munde zusammenlaufen würde.

Zögernd trat sie durch die Glastüren in den luftigen Empfangsbereich, in dem sich niemand befand. Nur sie und eine dösende gelbe Katze auf einem Aktenschrank.

„Hallo?" Ihre Stimme hallte durch das Büro. „Ist hier jemand?"

Keine Antwort. Dann hörte sie das unverkennbare Klickklack von hohen Absätzen auf dem Gehsteig. Im nächsten Moment sah Kyra Danielle, Merrilees Assistentin, auf die Tür zueilen, ihr Klemmbrett vor sich haltend.

„Kyra!", rief sie, als sie von ihrem Klemmbrett aufsah. „Schön, Sie zu sehen. Es gibt doch kein Problem, oder?"

„Nein. Doch. Ich meine, nicht direkt." Kyra kaute auf ihrer Unterlippe und versuchte sich daran zu erinnern, weshalb sie Merrilee so dringend sprechen wollte.

Danielle legte das Klemmbrett auf den Tresen und schenkte Kyra ihre ganze Aufmerksamkeit. „Möchten Sie darüber reden? Manchmal brauchen die Gäste ein oder zwei Tage, um sich an den Urlaub bei

Fantasies, Inc. zu gewöhnen. Die Mitarbeiter sind stets zu einem Gespräch bereit."

„Eigentlich hätte ich gern mit Merrilee geredet", gestand Kyra und hoffte, damit Danielles Gefühle nicht zu verletzen.

„Das verstehe ich vollkommen, nur ist sie gerade nicht da." Danielle deutete auf ihr elegantes Geschäftskostüm. „Glauben Sie mir, so laufe ich auf der Insel normalerweise nicht herum. Aber wir haben heute ein Meeting mit einem potenziellen neuen Lieferanten. Merrilee ist gestern Abend mit dem Boot hinübergefahren, und ich treffe sie heute Morgen."

„Oh. Na ja, es kann warten." Außerdem war sie sich nicht einmal sicher, was sie überhaupt wollte. Die Bestätigung, dass Michael ihr Fantasie-Mann war? Die Zustimmung zu einer wilden Affäre?

Was das betraf – wusste Merrilee womöglich längst, dass Kyra ihre Chance vermasselt hatte? Dass sie nicht nach dem Unerwarteten gegriffen hatte?

„Kyra?"

Sie zuckte die Schultern und fuhr fort: „Ich frage mich, wie viel Merrilee von den Vorgängen auf der Insel weiß."

Danielle lächelte und antwortete ausweichend: „Sie weiß genau, wie man diesen Ort zu einem der romantischsten Plätze auf der Erde macht."

Das war es wirklich, und Kyra seufzte. Romantik – das war wohl etwas, was sie nur hier erleben würde. Harold respektierte und begehrte sie, aber in ihrer Beziehung gab es keine romantischen Gesten, keine zärtlichen Worte, die sie dahinschmelzen ließen.

Die Wahrheit war, dass sie diese Dinge gar nicht wollte. Zu einer Romanze gehörten zwei, und obwohl sie Harold ihrerseits respektierte und ihn sogar auf freundschaftliche Art liebte, konnte sie sich solche romantischen Dinge mit ihm nicht vorstellen.

Mit Michael jedoch … nun, mit ihm war so etwas durchaus vorstellbar.

Sie erschrak. Dieser Mann hatte es geschafft, ihr unter die Haut zu gehen. Damit hatte sie nicht gerechnet, zumindest nicht, als sie noch in ihrem schicken Büro in Dallas gesessen und diesen Urlaub geplant hatte. Sie erschauerte. Nein, damit hatte sie absolut nicht gerechnet.

Danielle fragte: „Möchten Sie mit mir reden? Oder Merrilee eine Nachricht hinterlassen?"

„Eine Nachricht?“ Kyra runzelte die Stirn. „Nein, danke. Ich werde es schon irgendwie klären.“

Danielle lächelte, ging zu einem der Schränke und nahm ein Handy heraus, das sie Kyra gab. „Hier.“

„Wofür?“

„Auf Intimate Fantasy gibt es in den Unterkünften der Gäste keine Telefone. Daher verteilen wir von Zeit zu Zeit Handys an unsere Gäste. Sie müssen es nicht benutzen. Es ist nur so, dass viele Gäste sich besser fühlen, wenn sie mit einem Freund über ihre Fantasie gesprochen haben. Das ist nichts Ungewöhnliches. Hier rufen mehr Leute ihre Freunde an als bei ‚Wer wird Millionär?‘.“

Kyra betrachtete das Handy in ihrer Hand. Die Einzige, die sie anrufen konnte, war Mona, und Kyra wusste schon genau, was ihre Freundin ihr sagen würde: „Du hast dir eine wilde Nacht mit einem Traummann entgehen lassen? Bist du verrückt?“

Nein, Mona würde ihr keine Hilfe sein. Doch statt das Telefon zurückzugeben, steckte Kyra es zu ihrer eigenen Überraschung in ihre Tragetasche. „Danke.“

„Gern geschehen. Ach, und Kyra“, fügte Danielle hinzu, „denken Sie daran, was Merrilee gesagt hat. Fantasien sind keine Wissenschaft. Letztlich ist Ihr Urlaub hier das, was Sie daraus machen.“

4. KAPITEL

Tony lag auf einem der Liegestühle unter einem riesigen Sonnenschirm am Pool. Er hatte kaum geschlafen letzte Nacht, weil er immer wieder an Kyra gedacht hatte. Jetzt ließ er sich von den Geräuschen der Leute, die im Pool planschten oder an der Bar Drinks bestellten, einlullen.

„He, Tony!"

Er hielt die Augen geschlossen und stellte sich schlafend.

„He, Moretti!" Diesmal bespritzte ihn der Rufer mit Wasser.

Er setzte sich auf und schaute über den Rand seiner Sonnenbrille in Stuarts grinsendes Gesicht.

„Wir stellen gerade Mannschaften fürs Wasservolleyball zusammen. Wollen Sie mitmachen?"

„Nein danke."

Stuart zog sich aus dem Pool. Seine blonden Haare glänzten in der Sonne. Im Gegensatz zu Tony würde Stuart nie das Problem haben, dass die Frauen den Blick abwandten.

Stuart kam zu ihm und hinterließ eine Spur nasser Fußabdrücke auf den Steinen. „Wollen Sie bloß hier im Schatten sitzen?"

Tony nickte und veränderte seine Position so, dass Stuart die heile Seite seines Gesichts sah. „Ja." Stuart hatte die Narben schon gesehen, und Tony musste ihm zugutehalten, dass er nicht zusammengezuckt war. „Ich werde einfach hier im Schatten sitzen."

Stuart ließ sich in den Liegestuhl gegenüber Tony fallen. „Ach kommen Sie schon. Das macht doch keinen Spaß. Heute Nacht soll ein neues Gewitter aufziehen und das schlechte Wetter möglicherweise morgen noch anhalten. Sie sollten noch ein bisschen die Sonne genießen, solange Sie können."

„Ich weiß Ihre Sorge um meine Bräune zu schätzen, aber ich bin hier im Schatten vollkommen zufrieden."

„Es geht mir nicht um Ihre Bräune. Wir brauchen noch jemanden für unser Team. Haben Sie wirklich keine Lust?"

„Stuart", unterbrach ihn eine tiefe Stimme. „Er hat doch schon Nein gesagt."

Tony drehte den Kopf und erkannte C.J., den Piloten.

„Hallo, C.J.", begrüßte Stuart ihn mürrisch. „Wir brauchen aber noch einen Spieler. Wie ist es mit Ihnen?"

„Das glaube ich kaum“, erwiderte C.J. lachend. Er duckte sich unter den Schirm und nahm den Liegestuhl an Tonys schlechter Seite ein. Tony fühlte sich unbehaglich, aber es bestand keine Möglichkeit mehr, seinem Blick auszuweichen. Daher begnügte er sich damit, einfach seine Sonnenbrille fest aufzusetzen.

C.J. hingegen nahm seine Pilotenbrille ab, unter der lebhafte blaue Augen zum Vorschein kamen. Kleine Fältchen um die Augen verliehen seinem Gesicht einen ständig amüsierten Ausdruck, obwohl sie vermutlich nur bedeuteten, dass er zu viel Zeit in der Sonne verbracht hatte.

„Ach, was soll's“, meinte Stuart. Er wusste, wann er verloren hatte und begann schon, nach einem anderen Opfer am Pool Ausschau zu halten.

Tony hatte sich gerade an C.J. gewandt, als Stuart den Arm hob. „Kyra! He! Hierher!“

Tonys Magen krampfte sich zusammen. Kyra? Seine Kyra? Er nahm sich zusammen und setzte eine unbeteiligte Miene auf, ehe er sich in ihre Richtung umdrehte.

Diesmal trug sie kein Kleid, sondern mit Blumen bedruckte Shorts und eine Jacke über etwas, das aussah wie ein dazu passender Badeanzug. Die Shorts umschmiegte ihre Hüften, das Oberteil hob die Rundungen ihrer Brüste hervor. Tony versuchte ruhig zu atmen bei der Erinnerung daran, wie sie sich mit ihrem wundervollen Körper an ihn geschmiegt hatte.

„Hierher!“, rief Stuart erneut.

Sie winkte und kam in ihre Richtung – in Tonys Richtung. Jeder Muskel in seinem Körper spannte sich an, und er kämpfte gegen den Impuls, einfach zu fliehen, aus Furcht, sie könnte ihn wiedererkennen. Denn dann wäre jede Chance dahin, dass Michael Moretti eine weitere Nacht mit ihr verbrachte.

Er schüttelte über sich selbst den Kopf. Wahrscheinlich würde sie ihn nicht einmal ansehen, und ganz sicher würde sie ihn nicht wiedererkennen.

Entschlossen nahm er seine Sonnenbrille ab und warf sie auf den Tisch. Dann richtete er die Rückenlehne des Liegestuhls auf, um Kyra anzusehen und ihrem Blick standzuhalten.

Lächelnd begrüßte sie die anderen beiden. „Hallo, C.J., hallo, Stuart.“

Tony wollte sich gerade dazu beglückwünschen, sie richtig eingeschätzt zu haben – sie würde ihn tatsächlich ignorieren –, als sie ihren Blick auf ihn richtete. Sie streckte die Hand aus und legte den Kopf ein wenig schräg.

„Hallo, ich bin Kyra."

„Tony", stellte er sich vor und klang schroffer als beabsichtigt. Er nahm ihre Hand, und seine Hoffnung schwand, das Knistern zwischen ihnen gestern Abend hätte vielleicht nur etwas mit dem Gewitter zu tun gehabt. Plötzlich gab es wieder nur sie beide und die Berührung ihrer Hände. Er wollte sie ebenso sehr in seine Arme schließen wie er ihr zurufen wollte, dass sie verschwinden und nie wiederkommen sollte.

„Tony?" Stuart stieß den Liegestuhl an. Erst jetzt registrierte Tony, dass er noch immer ihre Hand hielt. Er ließ sie abrupt los.

Sie rieb sich die Hände, den Blick nach wie vor auf sein Gesicht gerichtet. Er spürte ihren Blick förmlich auf seiner Narbe.

„Es ist bloß eine Narbe, okay?"

Sie wirkte verständnislos. „Was?"

Er zeigte darauf. „Es ist nur eine Narbe."

Jetzt begriff sie und schien entsetzt. „Oh! Nein. Es tut mir leid. Ich habe Sie nicht deshalb angestarrt." Sie sog scharf die Luft ein. „Sie kamen mir nur so vertraut vor. Sind wir uns schon einmal begegnet?"

„Nein", antwortete Tony rasch und fühlte sich mies. „Ich bin sicher, dass ich mich an Sie erinnern würde."

Trottel. Er hatte sie völlig falsch eingeschätzt. Was war, wenn sie zwei und zwei zusammenzählte?

Sie runzelte die Stirn. „Vielleicht im Restaurant. Ich bin mir nicht sicher. Da ist etwas …"

„Im Restaurant kann es nicht gewesen sein", sagte Stuart. Tony konnte förmlich sehen, wie sein Verstand arbeitete. „Tony hat gestern den ganzen Tag auf einer der anderen Inseln verbracht. Er ist erst heute Morgen zurückgekommen."

„Ich habe sie für einen Freund ausgekundschaftet", erklärte Tony, zufrieden, dass Merrilees Versprechen, Stuart und Danielle würden ihm Alibis liefern, funktionierte. „Möglicherweise sind wir uns am Anfang der Woche begegnet?"

„Nein, ich bin gestern erst angekommen." Sie lächelte. „Na ja, ich freue mich jedenfalls, Sie kennenzulernen."

„Freut mich auch", erwiderte Tony und entspannte sich. Sein Alibi war sicher. Selbst wenn sie sich über seine Narbe und Michaels Augenklappe wunderte, würde sie den Zusammenhang jetzt nicht durchschauen. Merrilee machte ihre Arbeit sehr gut.

„Das Spiel, Leute", meldete sich Stuart beinah flehend erneut zu Wort. „Es wartet."

„Was für ein Spiel?", wollte Kyra wissen.

Stuart seufzte tief auf und deutete mit einer ungeduldigen Kopfbewegung zum Pool. „Volleyball. Sie sind in meiner Mannschaft."

„Volleyball", wiederholte sie erschrocken. „Oh nein, ich weiß ja gar nicht, wie das geht." Sie nahm ein Handy aus ihrer Tasche. „Außerdem wollte ich gerade jemanden anrufen."

„Kann das nicht warten?", meinte Stuart. „Wohin wollen Sie denn telefonieren?"

„Wie bitte?" Sie sah C.J. und dann Tony hilfesuchend an. Tony zuckte die Schultern. Er hatte absolut nichts dagegen, Kyra im Pool zu sehen.

„Wohin wollen Sie telefonieren?"

„Nach Texas", entgegnete sie und stemmte eine Hand in die Hüfte. „Möchten Sie vielleicht auch noch Namen und Telefonnummer?"

„Nein." Entweder war ihm ihr gereizter Ton entgangen, oder er ignorierte ihn. „Es ist nur so, dass wir eine Stunde Zeitunterschied zu Texas haben. Also ist es dort erst zehn. Außerdem ist heute Sonntag, daher sollten Sie vielleicht lieber noch eine Stunde warten. Lassen Sie, wen immer Sie anrufen wollen, noch ein wenig schlafen und spielen Sie mit uns."

Ihr Gesicht drückte leichtes Entsetzen aus. „Aber ich habe noch nie … ich weiß doch gar nicht, wie das Spiel funktioniert."

Offenbar nahm Stuart das als Ja, denn er sprang auf und half ihr, die Jacke auszuziehen. Er warf sie in Tonys Richtung. „Es ist ganz einfach, Sie werden sehen."

„Ja, aber …" Sie sah zu C.J., dann zu Tony und ließ den Blick auf ihm ruhen.

Er grinste. „Viel Spaß."

„Danke. Sie waren mir wirklich eine Hilfe."

Sein Grinsen wurde nur breiter, und als Stuart mit ihr ging, wurde ihm klar, wie sehr er es genoss, in ihrer Nähe zu sein. Es war herrlich gewesen, sie gestern Nacht in den Armen zu halten, aber er wollte sie nicht nur in seinem Bett haben. Er wollte viel mehr. Und er hatte nicht die leiseste Ahnung, wie er sie bekommen sollte.

„Nettes Mädchen", bemerkte C.J. trocken, sodass Tony sich von dem reizvollen Schauspiel, wie Kyra ihre Shorts auszog, losriss.

„Was?"

C.J. lachte leise. „Ich sagte, nettes Mädchen."

„Kyra?" Tony tat gleichgültig. „Ja, ich nehme es an."

„Geben Sie es auf, mein Junge. Sie reden mit einem Mann, der selbst schon das ein oder andere Mal im Leben in eine Frau vernarrt war."

„Mir war nicht klar, dass ich so leicht zu durchschauen bin." Er sah zum Pool und fragte sich, ob Kyra froh war, von diesem zernarbten Kerl wegzukommen, der offenbar scharf auf sie war.

„Keine Sorge, mein Junge. Ich glaube nicht, dass sie es bemerkt hat."

„Lesen Sie beruflich die Gedanken anderer Leute?"

„Ich würde es eher als Hobby bezeichnen." Er stand auf. „Denken Sie an meinen Rat. Wenn Sie Miss Cartwright näher kennenlernen wollen, müssen Sie daran arbeiten."

„Und wenn sie mich nicht will?"

C.J. zuckte die Schultern. „Überzeugen Sie sie. Finden Sie einen Weg, dass sie Sie will." Verschwörerisch fügte er hinzu: „In der Liebe und im Krieg ist alles erlaubt."

„Meinen Sie wirklich, dass ich das kann?"

C.J. lächelte. „Ich glaube, im Leben kommt ein Punkt, an dem man einfach für das kämpfen muss, was man will, ohne Rücksicht auf die Konsequenzen." Er klopfte Tony auf die Schulter und beugte sich zu seinem Ohr hinunter. „Nehmen Sie diesen Rat von einem, der es weiß – es ist besser, diese Lektion in jungen Jahren zu lernen. Dann hat man weniger nachzuholen."

Tony sah zu C.J. auf, doch der hatte seine verspiegelte Pilotenbrille bereits wieder aufgesetzt, die es unmöglich machte, seine Miene zu deuten. Er nickte Tony noch einmal zu. „Denken Sie darüber nach."

Und Tony dachte darüber nach, während er Kyra dabei zusah, wie sie die Regeln des Wasservolleyballs zu lernen versuchte. Ihr Gesicht strahlte. Sie könnten Freunde sein, das hatte er in ihren Augen gelesen. Doch niemals würde eine Frau an dem zernarbten, gebrochenen Tony Moretti als Liebhaber interessiert sein. Nicht einmal eine so besondere Frau wie Kyra. Ihr geheimnisvoller Michael jedoch …

Er strich sich über das Kinn. Vielleicht konnten Tony Moretti und Kyra Freunde sein, während sie und Michael ein Liebespaar wurden.

Kyra ging am Strand barfuß durch die Brandung. Sie hielt das Handy am Ohr und wartete darauf, dass Mona etwas sagte.

„Mona? Was ist denn los?"

Am anderen Ende der Leitung herrschte immer noch Schweigen. Dann: „Bist du verrückt?"

Das passte schon eher zu Mona. In den fünf Jahren, seit sie befreundet waren, hatte sie den Discjockey noch nie sprachlos erlebt. Vom Charakter her hatten sie nichts gemeinsam. Mona war im Gegensatz zu Kyra temperamentvoll und immer sehr direkt. Eigentlich hätten sie keine Freundinnen sein können. Es widersprach jeder Logik. Doch irgendwie ergänzten sie sich perfekt, und im Lauf der Jahre hatte Kyra sich auf Mona verlassen wie auf sonst niemanden.

„Vielleicht bin ich verrückt geworden", sagte Kyra. „Ich weiß es nicht. Deswegen rufe ich ja an. Du musst mir sagen, was richtig ist."

„Du weckst mich und erzählst mir …"

„Es ist schon nach Mittag."

„… dass dir dein Traummann über den Weg gelaufen ist und du nicht mit ihm geschlafen hast. Kyra, das war nicht richtig. Das war verrückt."

„Ich bin eben vernünftig und verantwortungsbewusst." Kyra blieb stehen, wackelte mit den Zehen und grub winzige Löcher in den Sand. Die Wahrheit lautete, dass sie nach Intimate Fantasy gekommen war, um ihrem vernünftigen, verantwortungsbewussten Leben zu entfliehen. Aber das war leichter gesagt als getan. Wenn sie sich selbst nicht dazu bringen konnte, es zu tun, dann konnte Mona es vielleicht.

„Du bist ein Feigling."

„Ich weiß." Sie presste die Lippen zusammen. „Er gibt mir ein wundervolles Gefühl und macht mir gleichzeitig Angst. Wie kann ich am Ende einfach weggehen, wenn ich so empfinde?"

„Ich verstehe das Problem nicht", erwiderte Mona. „Hat dieser Michael dich gefragt, ob du ihn heiraten willst?"

„Sei nicht albern."

Mona seufzte, und Kyra stellte sich vor, wie sie die Augen verdrehte. „Du willst sachlich sein? Bitte sehr. Gehen wir die Sache auf deine analytische Art durch."

Kyra grinste. „Gut." Sie setzte sich an den Strand, das Telefon zwischen Ohr und Schulter geklemmt, um Muster in den Sand zeichnen zu können.

„Erstens: Du hast eine Menge Geld für diesen Urlaub ausgegeben. Dir die Verwirklichung deiner Träume entgehen zu lassen wäre unverantwortlich, was das Finanzielle angeht."

Kyra musste lachen. Mona war der letzte Mensch auf dieser Welt, mit dem man über den verantwortungsbewussten Umgang mit Geld reden konnte. Trotzdem hatte ihre Freundin wohl recht – wenn auch nur ein klein wenig.

„Zweitens bist du auf diese Insel geflogen, um ein wildes Abenteuer zu erleben. Sonne und Sex. Der vollkommene Inselurlaub. Du wolltest deinen vier Wänden und deinem überladenen Schreibtisch entfliehen und etwas erleben, oder?"

Kyras Wangen glühten, aber sie konnte es nicht leugnen. „Ja."

„Drittens hattest du noch nie eine heiße Affäre."

„Und weiter?" Frustriert warf Kyra eine Handvoll Sand in die Luft.

„Und deshalb wirst du es tun.

„Und was ist mit dem Weggehen? Ich habe es dir ja erzählt. Er hat mir das Gefühl gegeben …"

„Das spielt keine Rolle", unterbrach Mona sie. „Weil du ihn nicht kennst. Sprich mir nach: anonym. Du verlässt ihn nicht wirklich, weil es ihn gar nicht gibt. Hast du nicht selbst gesagt, du seist dir nicht einmal sicher, ob Michael sein richtiger Name ist?"

„Ja, schon." Danielle hatte ihr gesagt, die Mitarbeiter hätten keine Ahnung, und ein Michael befand sich nicht unter den Gästen. Auch wenn alles eine Lüge war, half Kyra das kaum weiter. „Ich weiß nicht …"

„Hör schon auf damit! Ich kenne dich besser. Du willst diesen Mann. Und du wusstest ganz genau, dass ich dir raten würde, es zu tun."

Kyra schloss die Augen und wollte die Wahrheit nicht sehen. „Ich fühle mich schuldig deswegen."

„Ach komm schon. Ich glaube dir ja, dass du dich schuldig fühlst, aber es ist albern. Du hast viel Geld für diesen Urlaub bezahlt, also kannst du auch etwas für dein Geld erwarten. Außerdem bist du der verantwortungsbewusste Mensch, den ich kenne. Du hast deine Familie und das Unternehmen zusammengehalten. Du wirst Harold heiraten …"

„Was du nicht gutheißt."

„Nein, das tue ich nicht. Aber es passt zu dir. Ich habe es aufgegeben, dich davon abbringen zu wollen. Aber bis dahin solltest du dich ein wenig amüsieren. Dafür hast du ja schließlich bezahlt, oder?"

„Vermutlich."

„Und wie ich schon die ganze Zeit sage – anonymer Sex mit einem Traummann, das, meine Liebe, nenne ich eine Fantasie ausleben."

Tony lag auf dem Bett, einen Eisbeutel unter dem Rücken, und starrte an die Decke, während er zu entscheiden versuchte, was er tun sollte. Er wollte diese Frau, fürchtete jedoch, dass sie sich erneut von ihm abwenden würde.

Jemand klopfte an seine Tür.

Stöhnend setzte er sich auf und massierte instinktiv seine schmerzenden Muskeln. „Herein."

Die Tür ging auf, und Stuart trat ein. „Ich gehe herum, um die Gäste darüber zu informieren, dass wir heute Nacht ein weiteres Unwetter bekommen."

„Ja, ich weiß. Das wird wohl die Strandparty ruinieren." Seit einigen Tagen hatte Tony die Flugzettel für die Party am Weststrand gesehen. Tony hatte nicht hingehen wollen, aber Michael. Wenn nicht zu der eigentlichen Party, dann wenigstens, um sie zu beobachten und aufzupassen, dass niemandem etwas Unvorhergesehenes passierte.

Stuart zuckte die Schultern. „Das Unwetter soll uns nicht vor zwei Uhr morgens erreichen. Merrilee hat vom Festland angerufen und gesagt, solange wir genug Jeeps und Fahrer haben, um die Gäste zu ihren Unterkünften zurückzufahren, falls das Unwetter doch eher losbricht, kann die Party ruhig stattfinden." Er schaute sich in der Hütte um. „Werden Sie kommen?"

„Vielleicht." Tony dachte an Kyra und fragte sich, ob sie auch da sein würde.

„Sie sollten kommen."

„Ich sollte?"

Stuart errötete ein wenig und schaute zur Frisierkommode, vor dessen Spiegel die schwarze Augenklappe lag. „Ja, das sollten Sie." Damit wandte er sich zum Gehen, blieb jedoch auf der Schwelle noch einmal stehen und grinste. „Und falls Sie es noch nicht gemerkt haben, die Party findet nur wenige Meter von Kyras Hütte entfernt statt. Sie sagt, sie wird auf jeden Fall da sein."

Merrilee und ihre Mitarbeiter verstanden es, eine Party zu veranstalten. Von ihrer Hütte aus beobachtete Kyra das Lagerfeuer und schlang die Arme um sich.

Für ein bevorstehendes Unwetter war es noch erstaunlich windstill. In geringer Entfernung zu ihrer Hütte spielte eine Band „Rock Around the Clock“, und sie schlenderte in diese Richtung bis zum größten der drei Lagerfeuer.

Am Grill fand sie C.J. und Stuart. C.J. trug eine albern aussehende Kochmütze, während Stuart fast so schnell Hotdogs verschlang, wie C.J. sie grillen konnte.

„Die Band ist toll, oder?“, begrüßte Stuart sie. „Wollen Sie tanzen?“

Kyra schüttelte den Kopf. „Ich sterbe vor Hunger. Tanzen Sie ruhig. Ich lasse mir von C.J. ein Hotdog zubereiten.“

Stuart nickte und verschwand, den Arm um eines der Collegemädchen gelegt, die im Restaurant kellnerten. Rasch mischten sie sich unter die Menge der Tänzer vor der Bühne.

„Wie möchten Sie Ihr Hotdog?“, erkundigte sich C.J.

„Mit Senf, Ketchup, Chili und Zwiebeln – warten Sie, ich nehme lieber doch keine Zwiebeln“, verbesserte sie sich rasch.

Er warf ihr einen wissenden Blick zu, und sie spürte, wie sie errötete. Sie schaute sich am Strand um und versuchte das Thema zu wechseln. „Es sieht aus, als seien alle auf der Insel hergekommen.“

„Ja, allerdings sehe ich Tony nirgends.“

„Tony?“ Sie versuchte den Namen unterzubringen. Dann fiel es ihr wieder ein. „Der Mann am Pool. Er machte einen sehr netten Eindruck. Wieso sollte er nicht kommen?“ Sie grinste. „Lebt er heute Abend eine romantische Fantasie aus?“

C.J. legte noch ein paar Hotdogs auf den Grill. „Das kann ich nur hoffen. Aber wahrscheinlich ist er nur zu gehemmt.“

Sie erinnerte sich an seine Reaktion, als sie sich miteinander bekannt gemacht hatten, die Art, wie er sich abgewandt hatte, um sein Gesicht im Schatten zu lassen. „Wegen seiner Narbe?“

„Nach allem, was ich hörte, ist sie noch sehr frisch.“

Kyra nickte langsam. „Es muss schwer sein, sein Gesicht über Nacht auf diese Weise völlig verändert zu sehen. Aber Narbe oder nicht, ich finde ihn gut aussehend.“ Sie dachte an seine breiten Schultern, sein Lächeln und fragte sich, wie eine Frau sich von ihm abwenden konnte wegen einer Narbe um sein Auge. „Er wirkt verwegen und zugleich fürsorglich. Es gibt sicher noch viele Frauen, die für ihn schwärmen.“ Sie hoffte, dass das stimmte.

„Sie eingeschlossen?"

„Ich gerate nicht so leicht ins Schwärmen." Diese Lüge ließ sie erneut erröten. Die Wahrheit lautete, dass sie *normalerweise* nicht so leicht ins Schwärmen geriet. Doch seit Michael war das anders. Sie lächelte C.J. an. „Ich bin eher ein nüchterner Typ."

Er gab ihr einen Hotdog mit allen Zutaten außer Zwiebeln. „Zu schade. Gerade auf einer Insel wie dieser ist es manchmal toll, sich spontan zu verlieben."

Kyra wollte nicht zugeben, dass ihr vermutlich genau das passiert war. Daher biss sie einfach in ihren Hotdog.

Der Wind frischte auf und ließ eine tanzende Funkensäule aufsteigen. Merrilee und Danielle gingen am Feuer vorbei auf den Grill zu. Kyra winkte ihnen.

Merrilee lächelte. „Wie schön, Sie hier zu treffen. Ich hatte gehofft, wir könnten ein wenig darüber plaudern, wie Ihnen Ihr Aufenthalt bis jetzt gefällt. Danielle erzählte mir, Sie hätten mich schon gesucht."

„Ja, das stimmt."

„Danielle, würde es dir etwas ausmachen?" Merrilee deutete durch eine Geste an, dass sie allein mit Kyra sprechen wollte.

„Absolut nicht." Die junge Frau ließ sich bereits von C.J. einen Hotdog zubereiten.

Kyra und Merrilee gingen zum Wasser hinunter. „Weswegen wollten Sie mich sprechen?"

Kyra kickte den Sand mit ihren Zehen. „Es ist nicht so wichtig. Nicht mehr, jedenfalls."

„Das Problem hat sich von selbst gelöst?"

„So könnte man es sagen." Kyra atmete tief durch und nahm ihren Mut zusammen. „Ich habe gekniffen. Ich habe die Chance, meine Fantasie auszuleben, nicht ergriffen." Sie presste die Lippen zusammen und fragte sich, ob sie Merrilee enttäuscht hatte. „Aber jetzt habe ich genug Mut gesammelt." Sie bückte sich, um eine Muschel aufzuheben und fuhr mit dem Finger über das spiralförmige Muster. „Es tut mir leid."

„Es tut Ihnen leid? Unsinn." Merrilee nahm ihre Hand und drückte sie sanft. „Sie brauchen Zeit. Das ist kein Grund, sich zu schämen."

„Ich hoffe nur, dass ich ihn wiedersehe und nicht alles ruiniert habe. Inzwischen hatte ich Zeit genug, um über alles nachzudenken, und jetzt bin ich bereit."

„Bravo, Kyra. Das klingt, als würde der Zauber der Insel allmählich auf Sie wirken."

„Zauber?"

„Natürlich. Ich möchte gern glauben, dass keiner meiner Gäste eine der Inseln verlässt, ohne das Leben aus einer neuen Perspektive zu betrachten. Ist das nicht ein wenig wie Zauberei?"

Kyra musste ihr Recht geben. Wenn jemand zaubern konnte, dann Merrilee.

„Danielle und ich sind gerade erst wieder zurück auf die Insel gekommen, und wir müssen uns auf morgen vorbereiten. Amüsieren Sie sich gut auf der Party." Damit verabschiedete sich Merrilee und ging den Strand hinauf dem Schein des Lagerfeuers entgegen. Doch sie blieb noch einmal stehen und drehte sich um. „An Ihrer Stelle würde ich mir keine Sorgen machen. Ich kann mir vorstellen, dass Sie Michael heute Abend wieder sehen."

Eine Welle der Erleichterung durchflutete Kyra. Lächelnd schaute sie Merrilee nach. „Wenn ich dich finde, Michael", flüsterte sie glücklich, „gehörst du für den Rest der Woche mir."

„Freut mich, das zu hören."

Erschrocken fuhr sie herum und stand ihm gegenüber. „Du hast mich zu Tode erschreckt." Ihr Herz pochte heftig, doch war sie nicht sicher, ob aus Furcht oder Begierde.

„Entschuldige." Er kam näher. Sein Blick war auf sie gerichtet. Eine Strähne seiner schwarzen Haare schaute unter der Kappe hervor und hing ihm in die Stirn. Kinn und Wangen waren mit frischen Bartstoppeln bedeckt. Wie ihr Vater schien er der Typ zu sein, der sich mindestens zweimal am Tag rasieren musste. Die dunklen Stoppeln verliehen ihm ein verwegenes, sexy Aussehen.

Benommen holte Kyra tief Luft.

Er fuhr mit den Fingern durch ihre offenen Haare und zog sie sanft zu sich heran, bis sie seinen Duft wahrnehmen konnte. Es war ein vertrauter Duft, den sie erst vor Kurzem gerochen hatte. Es dauerte einen Moment, bis sie darauf kam, was es war: Obsession for Men.

Sie lachte leise.

„Was ist denn?"

„Dein Eau de Toilette."

„Gefällt es dir nicht?"

„Ich liebe es. Ich stelle mir dich nur eher im Schatten und im Nebel vor, nicht im kalten Neonlicht eines Supermarktes."

„Und ich stelle mir dich im Kerzenschein vor."

„Ja?" Ihre Stimme war plötzlich heiser.

Er kam noch näher und flüsterte ihr ins Ohr. „Nackt im Kerzenschein." Seine Worte wühlten sie auf. Ihre Knie wurden weich.

Als würde er ihre intimsten Gedanken kennen, legte er ihr den Arm um die Taille und stützte sie. „Verrate mir, was du willst, Kyra. Sag mir, dass du mich begehrst und meine Fantasie wahr werden lassen willst."

Seine Fantasie?

Sie versuchte, seinen Blick zu deuten. Konnte ausgerechnet sie tatsächlich das Objekt einer Fantasie sein? Dieser Gedanke war ihr überhaupt nicht gekommen, und sie fand diese Vorstellung schmeichelhaft, ja sogar erregend.

Aber sie war sich nicht sicher, ob es stimmte. Sie war sich nicht einmal sicher, ob er tatsächlich ein Gast war und nicht zu den Angestellten gehörte.

Doch in seinem Gesicht las sie echte Begierde, so intensiv, dass es ihr den Atem raubte.

„Kyra?"

Sie nickte stumm und hatte Mühe, ihre Stimme wiederzufinden. „Ja", sagte sie schließlich. „Ja, ich will dich."

5. KAPITEL

Kyra begehrte ihn, und das gab Tony das Gefühl, der größte und stärkste Mann der Welt zu sein.

„Gehen wir zu dir oder zu mir?", fragte sie. Trotz ihres flirtenden Tons registrierte er ihre Nervosität. Doch ihr Zögern fachte sein Verlangen nur noch mehr an. Irgendwie hatte sie sich in ihn verliebt, und in gewisser Hinsicht gehörte sie zu ihm.

Diese Erkenntnis beschämte ihn. Sie teilte so viel mit ihm, vertraute ihm so sehr. Er nahm ihre Hand und drückte sie zärtlich.

„Zu dir", sagte er, wobei er darauf achtete, seine Stimme tiefer klingen zu lassen. „Das ist näher." Und da er seine Hütte mit seinem Alter Ego teilte, kam sie ohnehin nicht infrage.

Er drückte sie fester an sich und hielt sie automatisch mehr auf seiner linken Seite, damit er sie mit dem unbedeckten Auge sehen konnte.

„Wir werden die Party verpassen", sagte sie und sah über die Schulter zurück.

„Möchtest du bleiben?", fragte er, obwohl er nicht sicher war, wie er reagieren würde, wenn sie Ja sagte. Dann konnte er immer noch in ihrer Hütte warten. An der Party teilzunehmen kam für ihn jedenfalls nicht infrage.

„Nein!" Ihre Antwort kam rasch und entschlossen. Erleichterung durchströmte ihn. „Es sei denn, du möchtest bleiben."

„Ich bin an niemandem auf der Party interessiert, nur an dir."

Sie sah ihn kühn an. „Nackt im Kerzenschein, richtig?"

Er grinste und genoss ihre Ausgelassenheit. „Na ja, die Kerzen können wir auch auspusten."

„Hauptsache wir sind uns einig, was das Nacktsein betrifft."

„Oh, darin sind wir uns einig." So fantastisch ihr der sarongartige Rock mit dem geblümten Bikinioberteil auch stand, er würde sie lieber ohne alles sehen.

Sie hatten die Hütte fast erreicht, als Kyra stehen blieb. „Das gilt aber auch für dich."

„Was?"

„Das Nacktsein."

Er ließ seinen Blick über ihren Körper wandern. „Liebes, anders würde ich es auch gar nicht wollen."

„Bis auf …" Sie schluckte, die Hände zu Fäusten geballt.

„Was?“, fragte er. „Was ist denn?“

Sie holte tief Luft und sah ihm ins Gesicht. „Bis auf die Augenklappe.“ Sie befeuchtete sich die Lippen. „Ich will nicht, dass du die Augenklappe abnimmst. Und kein Licht. Nur Kerzenschein.“

„Einverstanden.“ Da er nicht die Absicht hatte, sich ihr zu erkennen zu geben, war ihre Bitte leicht zu erfüllen.

Sie legte den Kopf schräg. „Ist das in Ordnung? Es macht dir nichts aus?“

„Anders würde ich es auch nicht wollen“, wiederholte er noch einmal seine Worte. Er konnte sehen, wie sie begriff.

„Du willst mich“, meinte sie, „aber du willst nicht, dass ich weiß, wer du bist.“

Er zuckte die Schultern. „Kluges Mädchen.“

Er ahnte, dass ihr die unausweichliche Frage auf der Zunge lag: warum nicht? Aber sie stellte sie nicht.

Er hingegen war nicht so taktvoll. „Du willst, dass ich anonym bleibe.“

Sie nickte.

„Weshalb?“

„Ist das nicht klar?“

„Nein. Verrate es mir.“

Sie kam näher und schlang ihm die Arme um den Nacken. „Weil das ein Teil meiner Fantasie ist.“

Ehe sie es sich anders überlegen konnte, presste sie ihre Lippen auf seine, begeistert davon, dass sie so kühn und hemmungslos sein konnte. Michael war wie die Sünde selbst, sinnlich und berauschend, und sie genoss jede Sekunde mit ihm. Sie war benommen und überwältigt angesichts der Leidenschaft zwischen ihnen. Prickelnde Erregung durchströmte sie von Kopf bis Fuß.

Er knabberte an ihrer Unterlippe und spielte mit ihrer Zunge. Kyra schmolz dahin vor Entzücken und schmiegte sich herausfordernd an ihn, da sie es vor Verlangen kaum noch aushielt.

Er streichelte ihren Rücken. Seine Finger strichen über ihre Haut, während er mit den Daumen die Unterseite ihrer Brüste berührte. Mit den Bewegungen ihrer Hüfte signalisierte sie ihm unmissverständlich, dass er getrost weitergehen durfte, ja, dass sie sich danach sehnte, sich ganz der immer stärker werdenden Leidenschaft hinzugeben, damit sie nicht etwas Dummes tat und ihre Meinung änderte.

„Bitte“, murmelte sie, erstaunt, dass sie überhaupt etwas herausbrachte. „Berühre mich.“

Er schob die Hände zwischen ihre Körper und begann sie durch den dünnen Rock hindurch zu streicheln.

„Sag mir, was du willst“, flüsterte er.

Mehr. Sie formte das Wort mit den Lippen. Sie war wild, ungestüm und lüstern. Und es machte ihr Angst.

Nie zuvor hatte sie sich so benommen, nie zuvor um das gebeten, was sie wollte. Andererseits hatte sie noch nie einen Mann so sehr begehrt. Nicht so, wie sie Michael begehrte. Eine neue Welle der Angst packte sie. Jahre, in denen sie das brave Mädchen gewesen war, bremsten sie, sodass sie sich in seinen Armen versteifte.

Er strich ihr die Haare aus dem Gesicht und versuchte sie zu beruhigen. „Was immer du willst, Liebes. Und so langsam du es willst.“

Er hob ihr Kinn, und sie erkannte die Besorgnis in seinem Gesicht. Tony trat einen kleinen Schritt zurück, ohne jedoch ihre Hand loszulassen. „Wollen wir ein wenig am Strand spazieren gehen? Ich könnte dir schlechte Witze erzählen, und du könntest so tun, als seien sie lustig.“

Er wollte gehen, doch sie hielt ihn zurück. „Nein!“ Sie nagte an ihrer Unterlippe, als er stehen blieb und sie ansah.

„Ich verspreche, dass die Witze nicht allzu schlecht sind.“

Sie lachte, dankbar, dass er sie so leicht beruhigen konnte. „Ich möchte nicht reden.“ Sie schüttelte frustriert den Kopf. „Nein, so meinte ich das nicht. Reden ist gut. Nur jetzt nicht. Ich meinte vorhin …“

Sanft legte er ihr einen Finger auf die Lippen. „Ich begehre dich so sehr, wie ich seit langer, langer Zeit keine Frau mehr begehrt habe. Wenn du mir sagen willst, dass du mit mir in deine Hütte gehen möchtest, brauchst du nur zu nicken.“

Sie küsste seine Fingerspitze, und dann, ehe sie ihren zarten Mut verlieren konnte, nahm sie seinen Finger in den Mund, umspielte ihn mit der Zunge und genoss den salzigen Geschmack seiner Haut. Sie schloss die Augen und nahm den Finger tiefer in ihren Mund. Ihre Zähne streiften seinen Fingerknöchel.

Tony stöhnte auf, legte ihr die freie Hand um die Taille und zog Kyra an sich, bis ihr unmissverständlich klar war, wie sehr er sie wollte.

„Liebes, es sollte besser ein Ja sein, denn ich glaube nicht, dass ich es ertragen kann, falls dies deine Art einer sanften Zurückweisung ist."

Mit einem letzten Saugen ließ sie seinen Finger los. „Ja", hauchte sie und legte ihm einen Arm um den Nacken. „Es ist eindeutig ein Ja." Mit ungewohnter Kühnheit küsste sie ihn. Es war ein sanfter Kuss, doch die Wirkung war alles andere als sanft. Wie aufs Stichwort frischte der Wind noch stärker auf.

„Das Unwetter zieht auf", flüsterte Tony.

„Wir sollten hineingehen." Lächelnd fügte sie hinzu: „Rasch, bevor ich es mir anders überlege."

Er wickelte sich eine ihrer vom Wind zerzausten Strähnen um den Finger. „Ist das denn wahrscheinlich?"

„Was meinst du?"

„Ich meine, es ist Zeit, hineinzugehen. Denn ich habe so oder so nicht die Absicht, dich gehen zu lassen."

Tony beobachtete, wie sie mit dem Schlüssel hantierte, bis es ihr endlich gelang, die Tür aufzubekommen. „Tut mir leid. Ich bin ein wenig nervös." Kyra trat ein und blieb verlegen stehen. „Willkommen in meiner Hütte." Sie schaltete die Lampen nicht ein, doch dank des Mondlichts erkannte er, dass ihre Hütte schlicht, aber behaglich möbliert war. Es gab ein Bett, eine kleine Couch und eine gemütliche Frühstücksecke. Mit seiner Fülle an Fenstern und hellen Möbeln wirkte der Raum freundlich und einladend.

Kyra ging zur Küchenzeile und zog die Schubladen auf. „Keine Kerzen."

„In meiner Hütte sind sie unter dem Waschbecken im Badezimmer, zusammen mit dem Hurrikan-Vorrat."

„In deiner Hütte?", fragte sie aus dem Badezimmer. Sie kam mit zwei dicken Kerzen zurück. „Dann bedeutet das wohl, dass du hier auch Gast bist."

„Einige der Mitarbeiter haben ebenfalls Hütten. Nur die Saisonkräfte wohnen in der Gemeinschaftsunterkunft."

Sie lächelte. „Das ist zwar nicht direkt eine Antwort, aber mehr bekomme ich wohl nicht, oder?"

„Richtig." Er nahm ihr die Kerzen und die Streichhölzer ab. „Ich will ja nicht anmaßend sein, aber wieso zünden wir nicht schon eine neben dem Bett an?"

„Oh, klar. Na schön."

Grinsend ging er zum Nachttisch und zündete eine Kerze an, die den Raum in flackerndes Licht tauchte.

„Das ist doch viel romantischer, findest du nicht?“ Er zwang sich, Small Talk zu machen, obwohl er am liebsten sofort mit Kyra geschlafen hätte. Aber da sie nervös war, wollte er behutsam vorgehen. Alles sollte perfekt sein.

„Sehr romantisch.“ Sie kam näher, bis sie nur noch wenige Zentimeter von ihm entfernt war.

Ihre Haut schimmerte in dem sanften Licht, bat um seine Berührung, und er zeichnete mit der Fingerspitze die Linie ihres Halses und ihrer Schultern nach.

„Michael?“

„Ja?“

Sie atmete tief durch und öffnete ihr Top. „Ich bin nicht länger nervös.“ Sie konzentrierte sich auf den Knoten in ihrem Nacken. Fasziniert beobachtete er, wie das Bikinioberteil zu Boden fiel.

Sie war bezaubernd schön, und wenn sie ihn gelassen hätte, hätte er sie noch stundenlang betrachten können.

„Berühre mich“, flüsterte sie und kam in seine Arme.

Er konnte sich nicht erinnern, jemals einer Aufforderung so gern nachgekommen zu sein. Ihre festen Brüste passten perfekt in seine Hände. Mit den Daumen strich er über die harten Knospen. Laut seufzend warf Kyra den Kopf zurück, und Tony durchzuckte es heiß.

Er konnte ihren Pulsschlag in ihrem Hals sehen und neigte den Kopf, um sie dort zu küssen. Ihre warme Haut an seinen Lippen war verlockend. Bewusst langsam glitt er tiefer, und die sinnlichen kleinen Laute, die sie dabei ausstieß, fachte seine Erregung weiter an. Ihr Atem ging stoßweise, und als er seinen Mund um eine der hoch aufgerichteten Brustspitzen schloss, stöhnte sie laut auf.

Er sehnte sich nach mehr, brauchte mehr. Ihre heftige Reaktion wirkte wie das reinste Aphrodisiakum auf ihn, sodass er es vor Verlangen kaum noch aushielt. Er wollte jeden Zentimeter ihres Körpers erforschen.

„Küss mich.“

Ihre Forderung war kaum mehr als ein Flüstern, doch er gehorchte, presste seinen Mund auf ihren und versuchte ihr zu signalisieren, wie viel ihm diese Nacht bedeutete.

Während ihre Zungen sich zu einem erotischen Spiel fanden, glitten seine Hände in fieberhafter Eile über Kyras Taille, ihren flachen Bauch und hinauf zu ihren Brüsten. Zunächst massierte er sie behutsam, dann fordernder, ermutigt von ihrem gehauchten „Oh ja, mehr".

„Du bist wundervoll", murmelte er und fuhr mit der Zunge von ihrem Nabel bis zu ihren Brüsten.

„Oh Michael." Zufrieden registrierte er das Beben in ihrer Stimme. „Ich bekomme weiche Knie. Wollen wir ins Bett?"

Er richtete sich auf. „Noch nicht." Es war fast ein Jahr her, seit er zuletzt mit einer Frau zusammen gewesen war, daher war er nicht sicher, ob er sich noch würde beherrschen können, wenn sie erst im Bett lagen. Doch er wollte sich so lange wie möglich zurückhalten, um ihr Liebesspiel auszudehnen, und wünschte sich, dass diese Nacht nie endete.

Behutsam drängte er Kyra an die Wand und hob ihre Arme über ihren Kopf.

„Aber ich will dich berühren", protestierte sie.

„Später. Das verspreche ich dir. Jetzt schließ die Augen."

Sie gehorchte, und er küsste ihre Lider. Dann ließ er seine Hände hinunter zu dem Knoten an ihrer Hüfte gleiten und zog ihn auf. Ihr Rock fiel zu Boden, und beinah ehrfürchtig strich er über die Konturen ihres Slips. Als er die Hand über das dunkle Dreieck legte, stöhnte Kyra, bog den Rücken durch und spreizte die Schenkel für ihn. Tony streichelte sie durch den weichen Seidenstoff hindurch und spürte ihre Bereitschaft.

Seine Erregung war beinah schmerzhaft intensiv. Kyra gab einen leisen lustvollen Laut von sich, der seinen Puls beschleunigte. Doch als sie die Arme sinken ließ, um seine Haare zu streicheln, zog Tony sich sanft zurück und nahm ihre Hände zwischen seine.

„Noch nicht. Nur du. Vertrau mir."

Sie nickte, und er schob ihre Hände wieder auf die Wand. Ihr geschmeidiger, straffer Körper lag ausgestreckt vor ihm – wie eine Aufforderung an Tony, sie zu berühren und zu erforschen. Und er nahm die Einladung gern an. Er küsste ihr Ohrläppchen, glitt ihren Hals hinunter, über ihre Schultern und noch tiefer.

Behutsam begann er, an einer der hoch aufgerichteten Brustknospen zu saugen, während er gleichzeitig seine Hand in ihren Slip schob. Seine Finger suchten sich ihren Weg durch die seidigen Haare. Kyra schnappte nach Luft und warf den Kopf zurück.

Tony reizte die Knospe mit den Zähnen, und Kyra drängte sich mit sinnlichen Hüftbewegungen seiner Hand entgegen, bis seine Finger schließlich das heiße Zentrum ihrer Lust fanden. Ein Schauer durchlief ihn, und die Erkenntnis, dass sie sich ebenso unbändig nach ihm sehnte wie er nach ihr, erregte ihn mehr, als er es sich je hätte vorstellen können.

Zärtlich erkundete er ihren Körper, kostete das Salz auf ihrer Haut, tauchte die Zunge in ihren Bauchnabel.

Kyra lachte leise. „Das kitzelt." Dann hauchte sie: „Bitte, ich will dich berühren."

„Bald", versprach er.

Langsam kniete er sich hin, streifte ihr den Slip ab und spreizte ihre Schenkel. Sein Rücken spannte sich schmerzhaft an, doch er ignorierte es. Nichts sollte diesen Augenblick verderben. Er wollte hier vor ihr knien, ihren wundervollen Duft einatmen und ihren Körper ganz und gar erforschen.

Mit seinen Händen umschloss er ihren festen Po und tauchte hinunter. Er wollte die Innenseite ihrer Schenkel küssen, wo Frauen besonders sensibel waren. Kyra bildete da keine Ausnahme. Sie erbebte unter seinen Liebkosungen und ließ die Hände auf seinen Kopf sinken. Diesmal ließ er es geschehen.

Behutsam arbeitete er sich vor. Und als sie ihm die Kappe vom Kopf stieß, begann er, ihren intimsten Punkt mit der Zunge zu verwöhnen. Kyra wand sich und krallte die Finger in seine Haare. Ein stechender Schmerz durchzuckte seinen Rücken, und Tony drückte sie fester an sich, bis der Schmerz abklang.

„Michael." Ihre Stimme war heiser, unsicher und erfüllt von Leidenschaft. Für einen kurzen Moment überkam ihn Traurigkeit. Er hätte alles gegeben, um seinen richtigen Namen aus ihrem Mund zu hören. Aber das war unmöglich, daher würde er sich mit dem zufriedengeben, was er kriegen konnte.

„Bitte", sagte sie und umfasste sein Gesicht mit beiden Händen, damit er zu ihr aufsah. „Ich will dich ganz spüren. Komm zu mir."

Das war natürlich eine Forderung, der er sich nicht im Traum verweigern wollte. Doch angesichts seines schmerzenden Rückens wusste er auch nicht, wie er ihr nachkommen konnte.

6. KAPITEL

Tony richtete sich auf und ignorierte den Schmerz in seinem Rücken. Er war erfüllt von dem Verlangen, mit Kyra zu schlafen und ihnen beiden zu geben, wonach sie sich sehnten.

„Bitte", wiederholte sie. „Jetzt."

„Bald", flüsterte er.

„Du hast mir versprochen, ebenfalls nackt zu sein", murmelte sie und griff nach dem Knopf seiner Jeans. Sie öffnete den Reißverschluss und streifte seine Jeans herunter. „Ich mag es, wenn ein Mann sein Versprechen hält."

Tony hatte die Absicht, all seine Versprechen zu halten – die ausgesprochenen wie auch die unausgesprochenen. Er machte unfreiwillig einen Schritt auf sie zu und bemerkte die Jeans um seine Knöchel. „Ich glaube, du hast mich gefangen."

„Gut." Sie packte ihn am T-Shirt, zog ihn zu sich heran und küsste ihn stürmisch. Offenbar hatte Kyra beschlossen, das Kommando zu übernehmen, und er würde nur allzu gern ihre Wünsche erfüllen.

Sie schob sein T-Shirt hoch, und plötzlich lagen ihre Hände auf seiner Taille, weich und warm. Ihre Finger glitten höher, schoben das T-Shirt weiter hoch, während sie sich vorbeugte und seine entblößte Haut küsste.

Er versuchte sie festzuhalten, doch seine Arme waren in den Ärmeln über seinem Kopf gefangen. Kyra schmiegte sich an ihn, ihre Brüste streiften seine Brust. Er warf schwer atmend das T-Shirt zur Seite. Am liebsten hätte er sie jetzt und hier, im Stehen geliebt, bis sie einander erschöpft in die Arme sanken.

„Ins Bett." Seine Stimme war heiser vor Erregung.

„Ja." Sie küsste seinen Mundwinkel. „Aber du bist noch immer gefangen." Mit einem mutwilligen Grinsen ließ sie ihre Hände über seinen Oberkörper gleiten, seinen Bauch und weiter nach unten. Vor dem elastischen Bund seines Slips hielt sie kurz inne, und er bekam eine Vorstellung von den süßen Qualen, die er ihr vor wenigen Augenblicken bereitet hatte.

In der verzweifelten Sehnsucht nach ihrer Berührung hielt er ihre Hände fest und presste sie auf seine pulsierende Härte. „Ich will dich", flüsterte er.

„Das spüre ich." Kyra klang atemlos. Ihr Körper, dicht an seinem, schien zu glühen. Tony wollte in ihr sein, sich in diesem wundervollen Traum verlieren und nie mehr aufwachen.

Sie streichelte ihn und steigerte seine Erregung noch. Tony stöhnte auf.

„Darf ich weitermachen?", fragte sie ihn neckend.

„Ich werde umkommen, falls du es nicht tust."

Zärtlich glitten ihre Hände über seine muskulösen Oberschenkel, bis er es vor Begierde kaum noch aushielt. Als sie die Schnürbänder seiner Turnschuhe öffnete, trat er aus seiner Jeans. Dann zog er Kyra zu sich hoch, damit er ihr ins Gesicht sehen konnte. „Ins Bett", wiederholte er. „Jetzt."

Sie schüttelte mit einem frechen Lächeln den Kopf. „Wir sind noch nicht quitt." Sie ließ den elastischen Bund seines Slips zurückschnappen. „Ich will dich nackt, schon vergessen?"

Tony lachte leise. „Dir, meine Liebe, erfülle ich jede Bitte."

Er zog seinen Slip aus und drängte sie sanft gegen die Wand. Ihre Körper schmiegten sich perfekt aneinander. Kyra spreizte die Schenkel, eine stumme Einladung und Aufforderung. Er drängte sich an sie, spürte deutlich ihre Lust und überlegte für einen Moment, Kyra hier und jetzt zu nehmen. Doch er zwang sich zu warten, aus Furcht, sein Rücken könnte nicht mitspielen.

Sie protestierte, als er sich zurückzog und den Kontakt unterbrach, doch er nahm ihre Hand und führte sie zum Bett. Sie legte sich auf die Tagesdecke. Ihr Körper schimmerte im Kerzenlicht, ihre Augen waren groß und verträumt. Es war ein Bild reiner Sinnlichkeit, doch zugleich ging auch etwas Unschuldiges von ihm aus. Kyra war alles – süß und zugleich sinnlich, fordernd und doch gebend.

„Jetzt", flehte sie. „Ich habe Kondome im Nachtschrank."

Er konnte ein Grinsen nicht unterdrücken, als sie seine Hand nahm und ihn zu sich zog. Diese Frau war eine faszinierende erotische Kombination aus Scheu und Sinnlichkeit. Alles schien sich nur noch darum zu drehen, endlich eins zu sein mit ihr. Aber er konnte sich nur eine Möglichkeit vorstellen, wie sein empfindlicher Rücken diese Nacht überstehen würde.

Er legte sich neben sie, streichelte ihre Haare und küsste sie. Kyras Finger umschlossen ihn und fachten sein Verlangen weiter an.

„Jetzt", flüsterte er, ihre Worte wiederholend. Er rollte auf den Rücken und zog sie auf sich. „Bitte, Liebling, jetzt."

Kyra schluckte. Sie war zwar keine Jungfrau mehr, aber eine bestimmende Liebhaberin war sie auch nie gewesen. Doch offenbar wollte Michael, dass sie die Initiative übernahm.

Langsam kletterte sie auf ihn und beugte sich vor, um die Schublade des Nachtschranks aufzuziehen und eines der Folienpäckchen herauszunehmen, die sie mitgebracht hatte. Sie bog den Rücken durch, glitt seinen Körper entlang und fuhr mit den Händen über seine Brust. Gleichzeitig überzog sie seine Haut mit heißen Küssen und genoss seine Wärme.

Er weckte Gefühle in ihr, die sie nie zuvor empfunden hatte. Endlich wurde ihr Traum wahr.

„Ich will dich, Kyra." Er streichelte ihren Rücken und ihren Po. Seine Stimme war heiser, und zu wissen, dass sie diese ungestüme Begierde in ihm weckte, gab ihr ein berauschendes Gefühl der Macht. Sie spürte ihn groß und hart zwischen ihren Schenkeln. Mit quälend langsamen Bewegungen wand sie sich, in der Gewissheit, dass auch Michael sich nicht mehr lange würde zügeln können.

„Oh Kyra, du machst mich verrückt."

Sie küsste ihn zärtlich. „Tatsächlich?"

„Hexe", neckte er sie und umfasste ihren Po. Sie bewegte sich nach vorn, um sich von ihm streicheln zu lassen, dort, überall.

Als er mit einem Finger in sie eindrang, stöhnte sie lustvoll auf und drängte sich ihm entgegen, denn sie wollte ihn tiefer in sich spüren, wollte mehr von ihm, alles.

„Revanche, Liebling", sagte er und bereitete ihr süße Qualen, indem er den Finger zurückzog.

Sie sah ihm ins Auge, las die gleiche Leidenschaft darin, die sie durchflutete. Mit einem stummen Gebet, dass sie diesen erotischen Moment nicht zerstörte, öffnete sie das Päckchen und streifte Tony das Kondom über.

„Oh ja, bitte, jetzt."

Sie bog den Rücken durch, richtete sich ein Stück auf und ließ sich wieder herabsinken, wobei sie ihn tief in sich aufnahm. Er liebkoste ihre Brüste und rieb die harten Knospen.

Kyra bewegte sich in einem behutsamen Rhythmus und gab sich ganz dem überwältigenden Gefühl der Vereinigung hin.

„Du bist wundervoll", flüsterte er. „Küss mich."

Sie beugte sich herunter und gehorchte nur allzu bereitwillig. Der

Wind heulte um die Hütte, während Kyra von purer Ekstase erfüllt war. Ihre Bewegungen wurden schneller und schneller. Sie versuchte den Moment der Erfüllung hinauszuzögern, doch schließlich musste sie aufgeben. Auf dem Gipfel der Lust klammerte sie sich an Tony, während die Welt um sie herum in einem Wirbel von Farben zu explodieren schien.

Es dauerte eine ganze Weile, bis sie von ihrem sinnlichen Höhenflug in die Realität zurückfand. „Wow!", seufzte sie.

Tony lächelte zärtlich und streichelte ihr Gesicht. „Das trifft es ziemlich genau. Komm her."

Sie legte sich neben ihn. Ihre Körper waren schweißnass vom Liebesspiel. Er streichelte ihre Hüfte und sandte damit prickelnde Schauer über ihre Haut.

„Sei lieber vorsichtig", neckte Kyra ihn. „Sonst falle ich noch einmal über dich her."

„Ist das ein Versprechen?" Er küsste ihre Nase.

„Schon möglich."

„Womit habe ich so viel Glück verdient?"

„Glück?"

„Dich zu finden."

„Oh." Noch nie hatte ihr jemand das Gefühl gegeben, so wichtig und etwas Besonderes zu sein. Tränen traten ihr in die Augen. Sie blinzelte frustriert. „Wahrscheinlich mag ich heldenhafte Männer", erwiderte sie leichthin. „Rette mich von einem Baum, und ich gehöre dir."

„So funktioniert das also."

Kyra glaubte eine Spur Traurigkeit aus seinen Worten herauszuhören, aber vielleicht täuschte sie sich auch, weil sie so durcheinander war. Sie hatte das Richtige getan, indem sie sich auf dieses erotische Abenteuer eingelassen hatte. Davon war sie überzeugt. Irgendwie harmonisierten sie miteinander. Die kleinste Berührung von ihm genügte, um sie zu elektrisieren.

Doch mehr noch als die Erregung, die er in ihr zu entfachen verstand, hatte er tief in ihr etwas berührt, womit sie nicht gerechnet hatte. Er gab ihr das Gefühl, begehrenswert und weiblich zu sein. Und er wollte sie aufrichtig – nicht wegen ihrer Familie, ihres Unternehmens, nicht einmal, weil alle es erwarteten. Er hatte sie einfach gesehen und begehrte sie. Und sie begehrte ihn.

Aber es konnte natürlich nichts Dauerhaftes sein, denn eine dauerhafte Beziehung wartete bereits in Dallas auf sie. Michael würde sie nur diese Woche haben, die Erinnerung an ihn würde ihr jedoch für den Rest ihres Lebens bleiben.

Kyra schmiegte sich weich und warm an Tony. Sie war etwas Besonderes. Eine Zauberin. Wie sonst war es möglich, dass er sich wieder wie er selbst fühlte? Sie hatte ihn verzaubert, ihn den Schmerz in seinem Rücken vergessen lassen und durch Verlangen ersetzt.

Tony streichelte ihre Wange, und Kyra bewegte sich leicht. Ihre Lippen waren im Schlaf geöffnet. Vorsichtig, um sie nicht aufzuwecken, rutschte er zur Bettkante.

In ihren Armen zu liegen mochte eine therapeutische Wirkung gehabt haben, doch jetzt zahlte er den Preis dafür. Draußen tobte das Gewitter mit Blitz und Donner. Tony suchte nach den Streichhölzern und zündete die einzige Kerze wieder an, die sie vorhin ausgeblasen hatten. Vorsichtig stieg er aus dem Bett und ging zur Küchenzeile, um nach Eis für seinen Rücken zu suchen.

Er gab ein paar Eiswürfel in ein Küchenhandtuch und hielt sich den provisorischen Eisbeutel an die schmerzende Stelle, während er ziellos in Kyras Hütte umherwanderte.

Im Gegensatz zu ihm war Kyra ein ordentlicher Mensch. In seiner Hütte lagen überall verstreut Kleidungsstücke herum. Ihre hingegen hingen ordentlich im Kleiderschrank. Kein einziges schmutziges Kleidungsstück lag auf dem Boden, bis auf die Sachen, die sie letzte Nacht ausgezogen hatten.

Auf ihrer Frisierkommode befanden sich eine Bürste, eine kleine Dose, ein Parfumzerstäuber und ein Notizblock, der auf einer Seite mit einer fein säuberlichen Liste aufgeschlagen war. Er widerstand dem Impuls, ihre Notizen zu lesen, schnupperte jedoch am Spray. Es duftete nach Erdbeeren.

Das Badezimmer entsprach der übrigen Ordnung. Sogar ihre Handtücher hingen ordentlich gefaltet auf den Haltern, und im Waschbecken war nicht einmal ein Zahnpastaklecks zu sehen.

Auf dem Tisch neben der Tür entdeckte er die Karte für den Zimmerservice und stellte fest, dass sie eine Dauerbestellung für das Frühstück eingetragen hatte. Er grinste. Meistens war er froh, wenn er es schaffte, die Karte rechtzeitig rauszuhängen, um am nächsten Tag wenigstens noch Kaffee zu bestellen. Bis jetzt hatte er erst einmal daran gedacht. An den anderen Tagen hatte er sich sein Frühstück aus den Vorräten der gut ausgestatteten Küche selbst zubereiten müssen. Da er jedoch nur über geringe Fähigkeiten in der Küche verfügte, war der Kaffee bisher nicht trinkbar gewesen und Tony daher jeden Morgen ein später Gast im Restaurant am Pool.

Bei dem Gedanken an seine morgendliche Routine fiel ihm ein, dass er bei Sonnenaufgang verschwunden sein musste. Sie hatten sich im Licht einer einzigen Kerze geliebt, und er wollte nicht riskieren, dass sie sein Gesicht genauer betrachten konnte.

Andererseits verspürte er den Wunsch, sie aufzuwecken und ihr alles zu gestehen, um von ihr zu hören, sein Aussehen spiele keine Rolle. Aber das war nur eine Fantasie. Er schaute zur Uhr. Viertel vor fünf. Noch eine Stunde, bis die Sonne langsam über dem Ozean aufging.

Er sah zum Bett. Kyra hatte im Schlaf die Decke weggestrampelt. Ihre Haut schimmerte im Kerzenlicht. Erneut erwachte Begierde in ihm.

Leise ging er zu ihr, stellte die Kerze auf den Tisch und ließ das Handtuch mit den Eiswürfeln auf den Boden fallen. Vorsichtig, um sie nicht zu wecken, schlüpfte er wieder zu ihr ins Bett und blies die Kerze aus.

Sein Rücken schmerzte nach wie vor, doch seine Sehnsucht war stärker. Auch wenn er später dafür würde büßen müssen – er musste sie noch einmal lieben. Ihr Anblick allein erregte ihn heftig, und er sehnte sich danach, wieder eins mit ihr zu sein.

Zärtlich küsste er sie auf die Wange. Im Schlaf murmelnd drehte sie sich auf die Seite. Tony hielt inne, da er nicht wollte, dass sie jetzt schon aufwachte. Sie träumte, und er wollte, dass sie von ihm träumte.

Ein Arm lag über ihrem Kopf, die Beine waren gespreizt. Er kniete über ihr und begann, eine ihrer Brüste mit seinen Lippen zu liebkosen. Sie seufzte, und Tonys Herz zog sich zusammen, als sie seinen Namen flüsterte. Im Schlaf glitt ihre Hand nach unten und blieb auf ihrer Wange liegen. Mit der anderen Hand strich sie träge über ihre Hüfte, und Tony küsste jeden einzelnen Finger. Bei ihrem Zeigefinger hielt er inne.

Zärtlich saugte er daran und umspielte ihn mit der Zunge, bis Kyra langsam zu sich kam. Sie streckte sich und spreizte einladend die Schenkel. Mit seinen Fingern erforschte er sie auf erotische Weise und streichelte ihren intimsten Punkt.

„Ja“, hauchte sie und bog sich ihm entgegen. „Oh ja.“

Selbst im Schlaf wollte sie ihn. Diese Gewissheit steigerte seine Erregung noch. Ihre Augen waren geschlossen, und sie sah wunderschön aus. Behutsam drang er tief in sie ein, und für einen Moment öffnete sie die Augen. Der Ausdruck darin war sanft und zärtlich. Dann schloss sie sie wieder und flüsterte erneut seinen Namen.

Getrieben von ungestümem Verlangen, steigerte er das Tempo seiner Bewegungen, bis sie aufschrie und ihn anflehte, nicht mehr aufzuhören. Niemals.

Wie sehr wünschte er, dass das möglich sei. Wie schön wäre es, wenn Kyra und er einfach auf diese Weise immer miteinander verbunden bleiben könnten.

Mit jeder Bewegung kam er dem Gipfel der Ekstase näher. Er wollte, dass Kyra ihm ganz gehörte, auch wenn sie sich wieder voneinander gelöst hatten. Sie krallte die Fingernägel in seinen Rücken und bäumte sich auf, bis sie gemeinsam zu einem überwältigenden Höhepunkt gelangten.

Tony sank schwer atmend auf sie herab, und sie streichelte seine Haare.

„Was für eine schöne Art aufzuwachen“, flüsterte sie.

Er küsste ihre Wange und empfand eine nie gekannte Zärtlichkeit.

„Du gibst mir das Gefühl, wundervoll zu sein“, sagte sie.

„Du bist wundervoll“, erwiderte er und drückte sie fest an sich, ehe der Schlaf ihn zurück in die Dunkelheit holte.

Kyra erwachte allein.

Verschlafen streckte sie den Arm aus, suchte seine Wärme, fand jedoch nur einen kalten Abdruck auf dem Laken.

Erschrocken und orientierungslos setzte sie sich auf.

„Michael?“

Sie schaute sich im Zimmer um, doch von ihm war nichts zu hören. Sie wickelte die Decke um sich, stieg aus dem Bett und trat auf ein nasses Handtuch. Erstaunt stieg sie darüber hinweg, ging zur Tür und öffnete sie. Sie spähte hinaus, in der Hoffnung, ihn barfuß am Strand spazieren zu sehen. Andererseits rechnete sie bereits damit, den Strand leer und still vorzufinden.

So war es auch. Alles war ruhig. Auf dem Verandatisch stand das Tablett mit ihrem Frühstück. Sie presste die Lippen zusammen, entschlossen, nicht zu weinen. Stattdessen trat sie gegen die Fußmatte und versuchte, die tiefe Traurigkeit in Wut zu verwandeln.

Es war zwecklos. Und als die Matte bloß ein paar unbefriedigende Zentimeter weit flog, ließ Kyra sich auf den Verandaboden sinken, zog die Beine an die Brust und weinte.

Sie war sich nicht einmal sicher, weshalb sie weinte, doch konnte sie nicht mehr aufhören. Vielleicht beweinte sie ihr Leben in Texas, vielleicht das Glück, das sie auf dieser Insel gefunden hatte und nicht festhalten konnte. Sie wusste es nicht, und es war ihr egal.

7. KAPITEL

Am Morgen war das Gewitter vorbei, und alle Gäste schienen zur Feier dieser Tatsache herausgekommen zu sein. Nachdem Tony sich geduscht und rasiert hatte, ging er zum Restaurant hinunter. Alle Tische um den Pool waren bereits belegt, bis auf einen abseits gelegenen Tisch mit Sonnenschirm. Er setzte sich und war dankbar für den Schatten und die ungestörte Lage.

Er wollte in Ruhe seinen Kaffee trinken und an Kyra denken. In seiner Hütte hatte er seinen Rücken erneut mit Eis gekühlt, in dem Versuch, den Schaden einigermaßen wieder gutzumachen. Dann war er eingeschlafen und hatte von Kyra geträumt. Noch immer glaubte er ihren Duft auf seiner Haut wahrzunehmen und ihre Küsse auf seinen Lippen zu fühlen.

„Haben Sie etwas dagegen, wenn ich mich zu Ihnen setze?"

Er öffnete die Augen, und sie stand tatsächlich vor ihm. Lächelnd schaute sie auf ihn herunter und war so schön wie letzte Nacht. Eine Anspannung erfasste ihn, da er befürchtete, sie würde ihn wiedererkennen. Doch dann fiel ihm ein, dass er seine Verkleidung ja nicht mehr trug. Michaels grünes Auge und die Bartstoppeln waren verschwunden. Und seine Narbe war da, für alle Welt sichtbar.

Er hielt ihr die gute Seite seines Gesichts zugewandt. „Tut mir leid", sagte er, da er überhaupt nicht mitbekommen hatte, was sie gesagt hatte. „Ich bin …"

„Tony, richtig?" Sie zog sich einen Stuhl heran und setzte sich. „Es beruhigt mich, dass ich nicht die Einzige bin, die erst mittags frühstückt." Sie lächelte. „Ich bin übrigens Kyra. Wir haben uns gestern kennengelernt."

„Ach ja, natürlich."

„Ich störe Sie hoffentlich nicht?"

„Keineswegs. Bedienen Sie sich."

Sie goss sich einen Becher Kaffee aus der Thermoskanne auf dem Tisch ein. Dann schraubte sie den Deckel ab und spähte hinein. „Ich fürchte, es ist nichts mehr drin." Sie winkte der Kellnerin, damit sie eine neue Kanne brachte. „Danke, dass ich Ihnen Gesellschaft leisten darf. Es war kein Tisch mehr frei, und Sie sind der Einzige, den ich halbwegs kenne."

„Ich dachte, Sie würden in Ihrer Hütte frühstücken." Kaum hatte er die Worte ausgesprochen, erkannte er seinen Fehler.

Sie zog die Brauen zusammen. „Woher wissen Sie das?"

Er versuchte ein Grinsen, war jedoch nicht sicher, ob es ihm glückte. „Von Stuart", log er. „Er erzählte mir, dass alle Frauen in ihren Hütten frühstücken. Und von den Männern kaum einer. Wir fanden, das zeigt einen deutlichen Unterschied zwischen den Geschlechtern. Wir wissen nur nicht genau, warum."

„Aha." Sie runzelte die Stirn und dachte darüber nach. „Vielleicht frühstücken Frauen lieber in ihrer Unterwäsche als Männer."

„Schon möglich." Er wollte ihre Hand ergreifen, als ihm einfiel, dass er nicht mehr Michael war. Daher zog er sie rasch zurück und suchte verzweifelt nach etwas, was er sagen konnte, damit sie weiterredete und er dem Klang ihrer Stimme lauschen konnte. „Nun, Sie haben sich offenbar die Mühe gemacht, sich anzuziehen." Im Stillen verdrehte er die Augen über sich. Tolle Konversation, dachte er.

Sie schaute an ihrer Kleidung herunter, die aus einem geblümten Strandkleid und einem Strohhut bestand. „Na ja, so in Gesellschaft …"

„Wieso haben Sie sich herausgewagt?"

Sie errötete und rührte abwesend in ihrem Kaffee.

„Hatten Sie eine stürmische Nacht?" Natürlich fischte er nach Komplimenten, doch er konnte nicht anders. Wenn er den Tag nicht als Michael mit ihr verbringen konnte, dann wenigstens ein paar Minuten beim Frühstück als Tony.

Ihre Zähne gruben sich in ihre Unterlippe. Offenbar versuchte sie zu entscheiden, wie viel sie ihm anvertrauen sollte. Nach einigen Augenblicken beugte sie sich mit funkelnden Augen vor. „Eine spektakuläre Nacht." Sie lehnte sich wieder zurück und breitete die Serviette auf ihrem Schoß aus. „Das Tablett mit dem Frühstück muss wie immer um sieben gebracht worden sein. Aber ich bin erst um elf aufgewacht. Als ich das Tablett reinholte, war alles kalt."

„Das klingt wirklich, als hätten Sie eine tolle Nacht verbracht." Seine Miene blieb ausdruckslos, obwohl sein Alter Ego sich beglückwünschte. „Jemand, den Sie auf der Party kennengelernt haben?"

„Nicht direkt." Sie winkte der Kellnerin, die an ihren Tisch kam, Kyras Bestellung aufnahm und die Kaffeekanne auffüllte. „Waren Sie dort? C.J. und ich haben uns gefragt, ob Sie da waren."

„Sie waren dort?" Die Tatsache, dass sie an ihn – Tony – gedacht hatte, freute ihn. „Ich habe Sie nirgends gesehen."

„Oh, ich bin nicht sehr lange geblieben. Wenn Sie also erst später kamen …" Erneut errötete sie auf wundervolle Art.

„Ja, ich bin erst später gekommen."

„Tut mir leid, dass ich Sie verpasst habe."

„Na ja, jetzt haben Sie mich ja gefunden", sagte er, während die Kellnerin ein riesiges Zimtbrötchen auf ihren Teller legte. Kyra und er sahen sich an, und Tony glaubte, ein wenig von der Frau zu erkennen, mit der er die Nacht verbracht hatte. Doch sie senkte sofort den Blick, schnitt ihr Brötchen durch und bestrich es mit Butter.

„Ja, das habe ich", sagte sie leise, und als sie wieder aufsah, war ihr Lächeln warm und freundlich. Ihre Unbefangenheit seiner Narbe gegenüber erstaunte ihn. Andererseits hatte sie sein Gesicht auch noch nicht genau betrachtet.

Wie dem auch sei, sie saßen einfach zusammen und unterhielten sich freundschaftlich. Nur weil Michael sie als Geliebte irgendwann würde aufgeben müssen, hieß das ja noch lange nicht, dass Tony nicht weiter mit ihr befreundet sein konnte. Das war zwar nicht die perfekte Lösung, aber auf diese Weise konnte er wenigstens in ihrer Nähe sein. Konnte sie ansehen, mit ihr reden. Sicher, das war in gewisser Hinsicht ein falsches Spiel, doch er verdrängte jedes Schuldgefühl. Denn die Alternative wäre, ganz aus ihrem Leben zu verschwinden, und diese Möglichkeit gefiel ihm überhaupt nicht.

„Tony?" Ihre Stirn war gerunzelt, und über ihrer Nase erschien ein kleines V.

„Ich hatte vor, den Tag heute mit einem Buch am Strand zu verbummeln", erklärte er. „Sie haben sicher keine Lust, mir dabei Gesellschaft zu leisten, oder?"

„Einen ganzen Tag lang faulenzen?"

„Genau."

„Das klingt himmlisch."

Er registrierte das Zögern in ihrer Stimme. „Aber?"

„Na ja, ich habe meine Ersparnisse für diesen Urlaub ausgegeben."

„Ich kann Ihnen nicht ganz folgen."

Sie antwortete nicht sofort. Stattdessen biss sie von ihrem Brötchen ab. Offenbar war sie nicht sicher, wie viel sie ihm erzählen sollte. „Sind Sie wegen einer Fantasie hierher gekommen?", fragte sie schließlich.

„Ist es nicht gegen die Regeln, andere Gäste nach ihren Fantasien zu fragen?"

„Sie haben damit angefangen."

„Das stimmt." Das Ausleben einer Fantasie mit ihr war nicht geplant gewesen. Aber das konnte er Kyra schlecht anvertrauen. „Man könnte sagen, dass es meine Fantasie war, zu fliehen. Einer meiner Freunde fand, dass ich eine Auszeit brauchte, und schickte mich hierher."

„Netter Freund. Dieser Ort ist nicht billig. Wieso war er der Ansicht, dass Sie eine Auszeit brauchen?"

Erneut erfasste ihn eine Anspannung, und er zwang sich, ruhig zu bleiben. Sie waren schließlich nur Freunde, sonst nichts. Daher nahm er seine Willenskraft zusammen, drehte den Kopf und zeigte auf die Narbe um sein linkes Auge.

„Oh." Sie presste die Lippen zusammen. „Das tut mir leid. Es war eine dumme Frage. Ich wollte nicht ..." Sie schüttelte den Kopf. „Jedenfalls tut es mir leid."

„Das ist schon in Ordnung, wirklich." Erstaunlicherweise kümmerte ihn die Narbe in diesem Moment nicht mehr. Er wollte nur nicht, dass Kyra sich schlecht fühlte.

„Nun, Sie sind vielleicht hier, um sich zu entspannen. Ich hingegen bin wegen einer Fantasie hier." Sie biss sich auf die Unterlippe und kniff die Augen zusammen. „Versprechen Sie mir, dass Sie nicht lachen werden?"

„Ich verspreche es."

„Ich bin wegen eines Abenteuers hier." Sie zuckte ganz leicht die Schulter. „Es steckt noch ein bisschen mehr dahinter, aber das ist es im Wesentlichen."

Er stand auf, ging um ihren Stuhl und schaute unter den Tisch. Als er den Kopf wieder hob, sah sie ihn skeptisch an.

„Was um alles in der Welt tun Sie da?"

„Ich überprüfe Ihre Abenteuerkleidung. Ich bin nicht sicher, ob Sandaletten und ein Strandkleid die geeignete Kleidung ist für jemanden, der auf der Suche nach Nervenkitzel ist."

Lachend zerknüllte sie ihre Serviette und bewarf ihn damit. „Unsinn. Zufälligerweise ist meine Kleidung perfekt."

Während er staunend zusah, knöpfte sie die ersten fünf Knöpfe ihres Kleides auf und zeigte ihm den dunkelblauen Badeanzug darunter.

„Das heutige Projekt heißt Tauchen. Deswegen kann ich auch nicht mit Ihnen am Strand liegen und den ganzen Tag faulenzen."

Er setzte sich wieder. „Das klingt interessant. Wo tauchen Sie? An einem Riff? Einem Wrack?"

„Nicht ganz." Sie deutete hinter sich zum lagunenartigen Hauptpool. „Im Pool."

„Wow", meinte er mit ausdrucksloser Miene. „Sie suchen wirklich den Nervenkitzel."

Sie verdrehte die Augen. „Sehr witzig. Heute ist der Unterricht, und morgen ist der Ozean dran." Sie stützte die Ellbogen auf den Tisch und beugte sich vor. „Ich habe eine Idee. Wieso machen Sie nicht den Tauchkurs mit mir, statt am Strand herumzuliegen?"

Kaum hatte sie diese Einladung ausgesprochen, erkannte Kyra, wie sehr sie sich seine Zustimmung wünschte. Sie mochte Tony aufrichtig, und er tröstete sie bereits jetzt schon ein wenig über die Einsamkeit hinweg, mit der sie seit Michaels Verschwinden zu kämpfen hatte.

Tony sah allerdings nicht allzu begeistert aus. Sein Gesichtsausdruck schwankte zwischen Verwirrung, Unglauben und sogar der Andeutung von Nervosität.

Sie verkniff sich ein vergnügtes Lachen, da sie es nicht gewohnt war, dass Männer nicht den Macho spielten. „Also?", drängte sie ihn.

„Sie wollen wirklich, dass ich Tauchunterricht mit Ihnen nehme?"

„Es ist nicht so, als hätte ich Sie gebeten, mit mir über glühende Kohlen zu laufen", neckte sie ihn.

„Das hätten Sie ebenso gut tun können."

Plötzlich begriff sie und erkannte ihren Fehler. „Oh, tut mir leid. Können Sie nicht schwimmen?" Sie machte eine Handbewegung, die die Insel umfasste. „Das ist vermutlich dumm von mir gewesen, aber ich dachte, jeder, der auf einer Insel Urlaub macht, kann auch schwimmen."

„Ich kann schwimmen. Und tauchen. Und reiten. Und Ski fahren."

Angesichts seiner athletischen Figur glaubte sie ihm das gern. „Das alles können Sie, nur tauchen nicht?"

„Ich tauche", wiederholte er. Seine Miene war jetzt angespannt, und Kyra fand, dass er fast wütend aussah. „Zumindest habe ich es früher getan. Heute nicht mehr."

„Warum nicht?" Sie zuckte zusammen. „Verzeihung. Das geht mich ja wirklich nichts an. Hören Sie", fuhr sie rasch fort, um das Thema wieder auf neutraleren Boden zu lenken. „Ich sollte jetzt besser gehen. Vielleicht sehen wir uns ja mal wieder …"

„Deswegen", unterbrach er sie und deutete auf sein Auge.

Sie versuchte ihm zu folgen. „Wie bitte?"

„Es war ein Unfall. Ich war Feuerwehrmann, bis ich das abbekam und mein Rücken ziemlich schwer verletzt wurde."

„Deshalb nehmen Sie hier eine Auszeit." Diesmal war sie wirklich ins Fettnäpfchen getreten. „Bitte verzeihen Sie mir. Ich habe geredet, ohne nachzudenken. Es war nicht meine Absicht, alte Wunden aufzureißen."

Er drückte kurz ihre Hand, zog seine jedoch so rasch wieder zurück, als hätte er sich verbrannt. Die Berührung seiner Finger ließ ihre Haut prickeln und machte sie ein wenig traurig. Das war eine seltsame Empfindung, denn schließlich war er nur höflich gewesen.

Er schüttelte den Kopf. „Nein, mir tut es leid. Ich wollte all diese Sachen nicht rauskramen. Aber mit meinem Rücken ..." Er grinste. „Ich möchte ja gern mit Ihnen am Sportunterricht teilnehmen, aber ich habe eine Entschuldigung von meiner Mommy."

Sie lachte. „Sind Sie sicher? Ich dachte immer, Wassersport wäre nicht schlecht für Leute mit krankem Rücken. Wir könnten den Lehrer fragen."

Er sah zum anderen Ende des Pools, wo Stuart und ein größerer Mann Sauerstoffflaschen und Atemgeräte bereitstellten.

„Das könnte Spaß machen", versuchte sie ihn zu überreden. „Und ich hätte Sie wirklich gern bei mir."

„Ich schaue Ihnen von hier aus zu."

Sie war enttäuschter als sie sein sollte, drängte jedoch nicht weiter. „Vielleicht können wir danach zusammen an den Strand gehen."

„Gern."

In der nächsten halben Stunde plauderten sie über Belanglosigkeiten, und als Stuart winkte, stellte Kyra fest, dass sie gar keine große Lust mehr zum Tauchen verspürte. Viel lieber wäre sie hier bei Tony sitzen geblieben, um mit ihm zu lachen und zu reden. Sie fühlte sich vollkommen wohl bei ihm, und die Erkenntnis, dass sie einen neuen Freund gefunden hatte, hob ihre Stimmung beträchtlich.

„Kyra! Kommen Sie!"

Sie winkte Stuart zu und schenkte Tony ein entschuldigendes Lächeln. „Das ist mein Stichwort."

„Allerdings."

„Sind Sie sicher?"

„Ja." Er lächelte, ein wenig amüsiert, ein wenig gespielt. „Ich werde einfach hier sitzen und mir ansehen, wie ungeschickt Sie mit Ihrer Ausrüstung herumhantieren."

Ihre Augen weiteten sich. „Wie bitte? Na schön, Freundchen", meinte sie lachend. „Jetzt haben Sie den Fehdehandschuh geworfen. Sie werden eine der anmutigsten Sporttauchübungen sehen, die Sie sich überhaupt vorstellen können."

Er lehnte sich zurück in den Schatten, als wollte er es sich dort für den Rest des Nachmittags gemütlich machen. „Ich kann es kaum erwarten."

Natürlich irrte sie sich. Kyra stellte nicht nur rasch fest, dass Anmut und unförmige Tauchanzüge mit schweren Sauerstoffflaschen sich ausschlossen – besonders außerhalb des Wassers, wo die Grundübungen absolviert wurden –, sondern dass Tonys Beobachtung sie noch unsicherer machte.

Jedes Mal, wenn sie aufsah, lächelte er ihr amüsiert zu. Er wirkte vollkommen entspannt. Sein athletischer Körper füllte den Liegestuhl aus, als gäbe es nichts auf der Welt, was er lieber täte, als ihr zuzuschauen, wie sie Schwimmtechnik und kontrolliertes Auftauchen lernte.

Der Ausbilder, David, richtete sich auf und klatschte in die Hände, um die Aufmerksamkeit der Schüler zu bekommen. „Okay, Leute, Zeit, sich einen Partner zu suchen. Wir bilden Sie nicht bis zum Zertifikat aus, aber wir müssen zumindest ein paar grundsätzliche Übungen für den Notfall lernen. Daher üben wir jetzt das abwechselnde Atmen. Falls ihr Atemgerät ausfällt, können Sie an die Oberfläche gelangen, indem Sie sich mit Ihrem Partner ein Atemgerät teilen."

Kyra hatte bereits bemerkt, dass die meisten Leute im Kurs Paare waren – die sich vermutlich durch ihre Fantasien kennengelernt hatten. Doch einige machten den Kurs wie Kyra allein mit. Sie fragte sich, ob Merrilee sie mit einem der Männer zusammenbringen wollte, falls Michael nicht mehr auftauchte. Sich unter Wasser ein Mundstück zu teilen und sich aneinander festzuhalten und zum Überleben auf seinen Partner angewiesen zu sein … nun, das war sowohl abenteuerlich als auch intim.

Sie seufzte, und zum ersten Mal, seit sie mit Tony zusammengesessen hatte, kehrte ihre Traurigkeit von heute Morgen zurück. Sie war sich nicht sicher, ob sie mit dem sinnlichen Aspekt ihrer Fantasie fortfahren wollte, falls Michael nicht zurückkam. Sonne und Strand gern, aber Sex …

Sie schüttelte den Kopf. Sie hatte sich schwer in Michael verliebt, und wenn sie ihn nicht haben konnte, wollte sie lieber allein sein.

Am Beckenrand begann David, die Singles in Paare einzuteilen. Ein nett aussehender Mann mit Brille und roten Haaren lächelte ihr zu und nickte leicht. Sie wandte den Blick ab. Wahrscheinlich war er wirklich ein sehr netter Kerl, und er sah auch nicht schlecht aus. Nur war sie absolut nicht interessiert.

David deutete auf einen blonden Mann, um die Dreißig, mit vollkommen geformter Brust und der dazu passenden vollkommenen Bräune. Er kam von der anderen Seite des Pools auf sie zu. „Joe", rief David. „Wollen Sie nicht Kyras Partner sein?"

Joe musterte sie von oben bis unten, und Kyra unterdrückte das Bedürfnis, sich mit einem Handtuch zu bedecken. „Kein Problem", sagte er.

Auf keinen Fall. Viel lieber wollte sie mit Tony am Strand liegen. „Es hat sich erledigt", begann sie, „ich habe meine Meinung geändert …"

„Ich bin der Partner der Lady."

Sie drehte sich um und entdeckte Tony hinter sich. Auf dem einen Arm trug er die Ausrüstung, und mit der freien Hand schützte er unbeholfen sein linkes Auge.

Joe verschränkte die Arme vor seinem gewaltigen Brustkorb. „Der Tauchlehrer hat gesagt, dass ich ihr Partner bin."

„Der Tauchlehrer hat sich geirrt."

David schaute auf sein Klemmbrett. „Sie sind für diesen Kurs nicht eingetragen, Moretti."

„Der Tauchkurs interessiert mich nicht. Aber ich bin der Tauchpartner der Lady. Wenn sie tauchen übt, sollte sie mit mir üben."

Einen Moment lang starrten Joe und Tony sich feindselig an. Kyra befürchtete, es würde einen Streit geben, und sie war verblüfft, dass sie der Grund dafür sein würde. Einige Sekunden lang war die Atmosphäre spannungsgeladen wie vor einem Gewitter.

Dann hob Joe kapitulierend die Hände. „Was soll's, es lohnt sich nicht, um sie zu streiten."

„Deswegen bin ich ihr Partner", widersprach Tony. „Ich finde nämlich, dass es sich lohnt."

Er setzte sich neben sie auf den Poolrand und ließ die Beine baumeln. „Ich hoffe, es macht Ihnen nichts aus, dass ich mich so in den Kurs gedrängt habe."

„Im Gegenteil", sagte sie. „Ich bin froh darüber."

Schon bald waren Kyra und Tony perfekt aufeinander eingespielt und bewegten sich in stillschweigender Übereinstimmung. Tony registrierte glücklich das Vertrauen, das er in Kyras Augen las. Dies war die Frau, die er in so vieler Hinsicht wollte. Und sie wollte ihn.

Sie wusste es nur nicht.

Mit festem Griff hielt er die Weste gepackt, die sie über ihrem Badeanzug trug, und auf der die Sauerstoffflasche und das Atemgerät befestigt waren. Sie übten, sich ein Atemgerät zu teilen. Kyras Mundstück hing frei herunter. Mit geschürzten Lippen blies sie winzige Luftbläschen aus.

Durch die Säule der Luftblasen beobachtete sie Tony. Er konnte ihre Augen durch die Taucherbrille klar erkennen. Sie war jetzt ganz auf ihn angewiesen, und er sah, dass sie ihm vollkommen vertraute.

Er atmete ein zweites Mal ein und gab ihr das Mundstück zurück. Sie nahm es, wobei sie ihre Hand auf seine legte, und atmete zwei Mal ein, ohne den Blickkontakt zwischen ihnen zu unterbrechen.

Mit der freien Hand hielt er sie an der Weste fest. Er konnte ihre Brüste spüren, wenn sie einatmete, den sanften Druck ihrer Haut an seinen Fingern, der in ihm den Wunsch weckte, sie zu berühren. Er wünschte sich so sehr, dass sie wusste, wer er war, und dass sie ihn, Tony, ebenso begehrte wie Michael. Doch das war unmöglich.

Bei Amy hatte er auf schmerzliche Weise lernen müssen, dass Tony Moretti nicht als Liebhaber geeignet war. Und von Kyra hatte er natürlich auch keine Signale empfangen, dass sie an mehr als einer Freundschaft interessiert sein könnte. Er sollte sich glücklich schätzen, wenigstens mit ihr befreundet sein zu können.

Sie legte den Kopf schräg und machte mit den Fingern ein Okay-Zeichen. Er nickte und merkte, dass seine Gedanken abgeschweift waren. Sei dankbar für das, was du hast, sagte er sich. Waren das nicht auch die Worte des Arztes gewesen?

Vielleicht hatte Dr. Johnson ja recht. Vielleicht sollte er damit zufrieden sein, dass diese wundervolle Frau ihn in seiner wahren Identität als Tony als Freund betrachtete. Möglicherweise konnten sie sogar über diese Woche hinaus in Kontakt bleiben. Vielleicht eine freundschaftliche Korrespondenz über das Internet aufrechterhalten.

Ja, das war die beste Lösung – am Tage ihre Freundschaft entwickeln und sich zwingen, nachts von ihr fernzubleiben.

Sie gab ihm das Mundstück zurück und zeigte mit dem Daumen an die Oberfläche.

Er nickte, und sie hakten sich beieinander unter, um gemeinsam aufzutauchen. Auf dem Weg nach oben atmeten sie weiter abwechselnd, während sie sich so nah waren wie Liebende.

Es würde hart werden, die Nächte ohne sie zu verbringen. Doch sich am Ende in sie zu verlieben, während sie ihr Herz an sein Alter Ego verlor, würde noch viel härter sein.

„Sie haben mir noch immer nicht verraten, ob ich recht hatte", sagte Kyra. Tony und sie lagen in der Sonne und ließen sich bräunen. Das war nach allem, was sie in jüngster Zeit gelesen hatte, absolut ungesund. Aber es war ja schon fast eine Sünde, auf eine Insel zu fahren und nicht braun gebrannt zurückzukommen.

Tony stützte sich auf den Ellbogen. Seine Haut glänzte von der Sonnenmilch, seine Arm- und Schultermuskeln waren wohlgeformt. Eine Sonnenbrille verbarg die haselnussbraunen Augen, in denen sie unter Wasser so gut zu lesen gelernt hatte. Sie runzelte die Stirn und versuchte herauszufinden, an wen er sie erinnerte. Es lag ihr bereits auf der Zunge …

Doch dann nahm er die Brille ab, und der Erinnerungsfetzen war weg.

„Was?"

„Ich habe gerade überlegt, an wen Sie mich erinnern", gestand sie. „Fast wäre ich drauf gekommen."

Eine Sekunde lang wirkte er beinah besorgt. „Nein, ich meinte, womit hatte ich recht?"

„Ach so." Sie setzte sich auf, schwang die Beine über den Rand des Liegestuhls und vergrub die Zehen im Sand. „Es betraf Ihren Rücken. Hatte ich nicht recht, dass Ihr Rücken Ihnen im Wasser keine Probleme macht?"

„Ja, Dr. Cartwright, Sie haben mir die absolut richtige Behandlung verschrieben."

„Wirklich?"

„Wirklich. Es zwickte ein bisschen, als wir noch am Poolrand saßen, doch unter Wasser war alles fantastisch."

Seine Augen funkelten, sodass sie sich unvermittelt fragte, ob er nur von seinem Rücken sprach.

Sofort verdrängte sie diesen Gedanken. Offenbar hatte er vor kurzem traumatische Dinge durchlebt. Wahrscheinlich war er absolut nicht daran interessiert, sich mit einer Frau einzulassen.

Diese Quelle der Leidenschaft, die sie mit Michael entdeckt hatte, begann ihre Wahrnehmung aller Männer zu verändern. Sie musste das unter Kontrolle halten. Sie und Tony waren Freunde, und das war alles. Außerdem war sie an mehr auch gar nicht interessiert. Er war sehr real, kein geheimnisvoller Unbekannter. Mehr als Freundschaft kam nicht infrage.

Mit einer schwungvollen Bewegung nahm sie ihren Daiquiri von dem Tischchen zwischen ihnen. „Auf die Freundschaft!", sagte sie und hob ihr Glas.

Er nahm sein Glas, und sie stießen an. „Auf die Freundschaft!" Er trank einen Schluck und sah Kyra an. „So, Partnerin, haben Sie Lust, heute Abend mit mir zu essen?"

Sie dachte darüber nach. Ein Abend mit Tony, an dem sie sich Witze erzählten, die Zeit vertrieben und die Gesellschaft des anderen genossen. Normalerweise klang das nach einem tollen Abend.

Sie stellte ihren Drink wieder auf den Tisch. „Ich kann nicht."

„Was ist denn los?"

„Nichts." Außer dass sie mit diesem wunderbaren Mann am Strand saß und gleichzeitig dekadenten Fantasien über Michael nachhing.

„Aha." Er schaute nach unten.

Sie folgte seinem Blick und stellte fest, dass sie ihre Hände knetete. „Oh."

„Möchten Sie darüber sprechen?"

„Es ist nichts, ehrlich. Ich möchte mich nur ein wenig ausruhen und früh zu Bett gehen. Ich bin es nicht gewohnt, einen ganzen Tag in der Sonne zu verbringen."

„Aha."

„Ich bin wohl keine Frau, die abends gern ausgeht."

„Es scheint so." Seinem Ton nach zu urteilen, glaubte er ihr kein Wort. Außerdem hatte sie den Eindruck, dass er enttäuscht von ihr war.

Und ehrlich gesagt war sie selbst enttäuscht von sich. Es gab doch gar keinen Grund für sie, sich zu schämen. Und Tony hatte etwas Besseres als so eine saloppe Abfuhr verdient.

Sie holte tief Luft. „Ich habe gelogen."

„Was Sie nicht sagen."

„Hinter meiner Fantasie steckt mehr als die bloße Sehnsucht nach einem Abenteuer." Sie versuchte die richtigen Worte zu finden. „Oder vielleicht sollte ich sagen, dass ich nicht hier bin für die Art von Abenteuer, die Sie im TV-Abenteuerkanal finden."

„Damit wollen Sie mir also zu verstehen geben, dass Ihre Abenteuerlust sich eher am Playboy Channel orientiert?"

Sie errötete und bemerkte, dass sie ihre Hände in das Handtuch auf ihrem Schoß gewickelt hatte. „Dessen bin ich mir nicht ganz sicher. Aber bestimmt ist sie nicht ganz jugendfrei." Sie konnte ihm nicht in die Augen sehen. Mit einem Mann wie Tony über diese Dinge zu sprechen machte sie einerseits nervös und verursachte ihr andererseits Schuldgefühle.

„Nicht ganz?" Sein Ton war ungezwungen und neckend und keineswegs verurteilend.

„Na ja, vielleicht auch absolut nicht jugendfrei." Sie versuchte ihm ins Gesicht zu sehen, doch es endete damit, dass sie wieder auf ihre Hände starrte. „Ich meine, ich bin auch wegen einer Fantasie hier."

„Natürlich." Er stand von seinem Liegestuhl auf und setzte sich neben sie. Sie hielt den Atem an, beunruhigt durch seine Nähe. Aber wieder einmal war auch das nur auf ihre überaktive Libido zurückzuführen.

„Wahrscheinlich halten Sie mich für eine Frau mit einem lockeren Lebenswandel, die eine wilde Zeit auf einer tropischen Insel erleben möchte", sagte sie.

„Nein, dafür halte ich Sie nicht. Aber selbst wenn das Ihre Fantasie wäre – was wäre daran so schlimm?" Er kam näher. Kyra merkte, wie sie den Atem anhielt. „Ich finde, die Freuden puren Genießens werden häufig unterschätzt", flüsterte er verschwörerisch.

Sie hielt sich die Hand vor den Mund, um ein Lachen zu unterdrücken. Der Mann verstand es erstaunlich gut, ihr die Anspannung zu nehmen. „Bringen Sie mich nicht zum Lachen. Ich versuche ein ernstes Gespräch zu führen." Sie bedachte ihn mit einem gespielt strengen Blick, bei dem er sich aufsetzte und brüsk salutierte.

„Verstanden." Er nahm ihre Hand und legte sie in seinen Schoß.

Seine Finger schlossen sich warm und sicher um ihre. „Im Ernst, wollen Sie mir davon erzählen?"

„Ich habe noch niemandem davon erzählt, nicht einmal meiner besten Freundin."

Er drückte ihre Hand, und sie wünschte, etwas von seiner Kraft würde auf sie übergehen. „Ich will Sie nicht drängen. Sie sahen nur so aus, als wollten Sie darüber sprechen. Aber wenn Sie nicht ..."

„Nein." Sie sah ihm ins Gesicht. „Ich meine, ja, ich will es Ihnen erzählen. Ich weiß zwar nicht warum, aber ich will es."

„Das liegt vermutlich an meinem jungenhaften Charme." Das war ein schwacher Scherz, aber er durfte sich nichts anmerken lassen. Allein die Tatsache, dass sie den Wunsch verspürte, ihm etwas Persönliches anzuvertrauen, gab ihm das Gefühl, etwas Besonderes zu sein, und er wollte nichts Falsches tun oder sagen.

„Ich weiß nicht, wie ich das erklären soll, ohne dumm zu klingen", meinte sie. „Die Sache ist die, dass ich nicht viele Freunde habe. Ich bin wohl eher so etwas wie ein Einzelgänger. Meine Mom starb, als ich noch sehr klein war, und ich verbringe viel Zeit mit der Familie. Noch mehr Zeit verbringe ich jedoch mit der Arbeit, sodass für andere Dinge wenig bleibt."

„Ich weiß, was Sie meinen."

„Ja?" Sie kaute auf ihrer Unterlippe. Dann hob sie zögernd die Hand und fuhr mit der Fingerspitze über seine Narbe. Er hielt den Atem an, überzeugt, dass sie abgestoßen war. „Sie erwähnten, dass Sie das während Ihrer Arbeit davongetragen haben."

Er nickte, doch sie sprach bereits weiter, ohne auf seine Antwort zu warten.

„Wie dem auch sei, was ich zu sagen versuche, ist ... bei den Freunden, die ich habe, wie etwa Mona, war es so, dass wir uns auf Anhieb verstanden haben."

„Wie Liebe auf den ersten Blick."

Erneut errötete sie leicht. „Ja, in etwa könnte man das vergleichen." Kyra zog die Beine unter sich. „Die Sache ist die, dass ich bei Ihnen so ähnlich empfinde – was den freundschaftlichen Aspekt angeht", fügte sie rasch hinzu. „Klingt das sehr sentimental?"

„Keineswegs." Was er dachte, war, dass er sich in sie verlieben konnte. Aber das waren gefährliche Gedanken. „Mir geht es genauso." Er drückte ihre Hand, damit sie merkte, wie ernst es ihm damit war.

„Auf Anhieb war eine Verbindung da."

„Das ist ganz untypisch für mich. Ich bin der organisierteste Mensch, dem Sie je begegnet sind. Mona meint, ich sei ordnungsbesessen. Ich fertige für alles Mögliche Listen an. Es ist seltsam, dass ich all meine engen Freundschaften auf Anhieb geschlossen habe. Alles andere analysiere ich bis ins kleinste Detail." Sie lachte. „Das ist ziemlich jämmerlich, aber bis jetzt hat es mir immer geholfen."

„Und was analysieren Sie so sorgfältig, Miss Cartwright?", fragte er. „Was tun Sie, wenn Sie keine Freundschaften schließen, auf einer fernen Insel vor der Küste Floridas?"

„Meine Familie besitzt eine Kette von Radiostationen in Texas. Wir strahlen eine landesweite Show aus." Kyra erzählte ihm ein wenig von dem Programm und ihrer täglichen Arbeit.

„Ich kenne das Programm. Eine ausgezeichnete Show."

„Danke." Sie sah sich beinah zerstreut um und stand auf. „Möchten Sie ans Wasser hinuntergehen?"

„Gern." Er erhob sich ebenfalls, widerstand jedoch dem Wunsch, ihre Hand zu nehmen und folgte ihr hinunter ans Wasser. „Wollen Sie mir noch immer von Ihrer Fantasie erzählen?"

„Dazu komme ich noch. Ich glaube, ich wollte Ihnen nur klarmachen ..." Sie zuckte die Schultern. „Ich meine, wir kennen uns doch kaum und ..."

Er brachte sie zum Schweigen, indem er ihr den Zeigefinger auf die Lippen legte. „Ich verstehe." Mehr als er erklären konnte. Er kam Menschen nicht leicht näher. Vielleicht hatte Amy ihn sogar deshalb verlassen. Zumindest hatte er eine Verbundenheit, wie die zwischen Kyra und ihm, bei ihr nie empfunden. Der Trick bestand jedoch darin, herauszufinden, ob es echt war oder nur ein Ergebnis der Lust und des Inselzaubers.

Sie berichtete ihm von ihrer Fantasie. Von ihrem Wunsch nach einem sinnlichen Abenteuer und dem Grund dafür: ihr Vater, Harold und ihre Entscheidung, zu heiraten. Bei dem Wort „Heirat" zuckte er zusammen. Ihm war die ganze Zeit klar gewesen, dass es nichts außer Freundschaft zwischen ihnen geben konnte. Aber zu erfahren, dass sie praktisch verlobt war ...

„Wie denkt Ihr Dad darüber?"

Sie rollte leicht mit der Schulter, was, wie er festgestellt hatte, eine Angewohnheit von ihr war. „Er findet es natürlich wundervoll. Er und

Harold verstehen sich hervorragend. Mein Vater weiß, dass wir schon eine Weile miteinander ausgegangen sind, als ich in New York lebte. Außerdem wird sein zukünftiger Schwiegersohn seine Radiostationen retten." Sie lächelte. „Wie könnte er ihn da nicht mögen?"

„Ihr Dad weiß nichts davon, oder?", meinte Tony. Eine Kälte breitete sich in ihm aus.

„Was weiß er nicht?" Die Frage klang ganz unschuldig, doch ihre Miene verriet, dass sie ganz genau wusste, was er meinte.

„Dass Sie diesen Kerl aus Pflichtgefühl heiraten, nicht aus Liebe."

Ihre Augen funkelten. „Wie kommen Sie denn darauf?" Sie wandte den Blick ab. „Ich würde es in jedem Fall tun, ob ich Harold nun liebe oder nicht. Es geht um meine Familie. Alles, was wir je getan haben, drehte sich um dieses Unternehmen."

„Glauben Sie wirklich, Ihr Vater würde Ihr Glück für die Rettung seines Unternehmens eintauschen? Denn Sie werden nicht glücklich werden in einer Ehe, die auf einer Kosten-Nutzen-Rechnung basiert. Sie verdienen etwas Besseres."

Eine einzelne Träne rollte ihre Wange hinunter, und sie wischte sie mit dem Handrücken fort. „Ich habe meiner Mutter ein Versprechen gegeben", flüsterte sie. „Mein Urgroßvater hat das Unternehmen gegründet. Es ist wichtig für uns. Es ist mir wichtig. Es ist alles, was ich habe."

„Sie weichen aus. Lieben Sie ihn?"

Sie sah ihn an. Ihr Blick war kühl. „Ich werde ihn heiraten. Er liebt mich seit Jahren. Wir fingen an, uns zu treffen, weil er sich für das Unternehmen meiner Familie interessierte. Es wurde mehr daraus. Er ist sehr gut zu mir und zu meiner Familie." Sie presste die Lippen zusammen, und Tony drängte sie im Stillen, weiterzusprechen. „Aber es ist nicht so, wie ..."

„Nicht wie was?"

„Nicht so wie meine Fantasie", gestand sie leise, und er wusste sofort, dass sich das auf ihn bezog – besser gesagt, auf Michael.

„Wollen Sie mir davon erzählen?"

„Es kommt mir ein wenig seltsam vor, Ihnen solche Dinge zu gestehen."

„Das kann ich verstehen", meinte er. „Aber wir waren auf Anhieb Freunde, oder? Sie können mir also alles erzählen."

Sie nickte kurz und nahm ihren Mut zusammen. „Mein Traummann gibt mir das Gefühl, etwas Besonderes zu sein." Sie kämpfte mit den Tränen. „Es ist, als würde er mir ein Geschenk machen. Die Erinnerungen an die Stunden mit ihm sind alles, was ich mit zurücknehmen kann."

Sie beschrieb exakt das, was Tony auch empfand. Sein Magen zog sich zusammen. Am liebsten hätte er sie jetzt in die Arme geschlossen und festgehalten. Stattdessen setzte er eine höflich interessierte Miene auf. „Was für ein Mann! Haben Sie diese Fantasie ebenso gründlich analysiert wie Ihr übriges Leben?"

Sie wirkte ein wenig verlegen. „Nun ... ja." Sie setzte sich ein wenig aufrechter, als wollte sie sich verteidigen. „Als ich herauszufinden versuchte, ob ich Harold heiraten soll, fertigte ich eine Liste mit Vor- und Nachteilen an."

„Da Sie den Kerl heiraten werden, nehme ich an, dass die Vorteile überwogen haben."

„Ja. Ich vergab Wertpunkte, und die Vorteile gewannen mit einem Vorsprung von zweiundzwanzig Punkten. Daher bin ich überzeugt, das Richtige zu tun. Nur dass ..." Sie sprach den Satz nicht zu Ende.

„Nur dass einige der Punkte, die dagegen sprachen, recht interessant klangen."

Sie nickte. „Also erstellte ich eine zweite Liste. Diesmal von allem, was mir entgehen würde. Anschließend bewarb ich mich für einen Urlaub hier, um alles, was mir fehlen würde, hier zu erleben."

„Das hört sich nach einem vernünftigen Plan an."

„Danke", sagte sie. Offenbar entging ihr der Sarkasmus. Sie nahm seine Hand und drückte sie leicht. „Was die Abenteuer tagsüber angeht, bin ich sehr zufrieden. Und ich hatte zumindest ein gutes nächtliches Abenteuer." Sie ließ seine Hand los und schob ihre Hände zwischen ihre Knie. Es war eine beinah verlegene Geste. „Ich schätze, heute Abend werde ich mehr darüber wissen. Denn vielleicht kommt Michael nicht wieder." Sie biss sich auf die Unterlippe. „Falls es so ist, weiß ich nicht, ob Merrilee eine weitere Begegnung arrangiert." Sie verzog ein wenig das Gesicht, als hätte sie gerade etwas Unbekanntes gekostet und sei sich noch nicht sicher, ob sie es mochte.

„Ja", meinte er und begriff, dass er gerade eine komplette Kehrtwendung vollzog. Er hatte auf Distanz bleiben wollen, um seine Gefühle zu schützen. Jetzt fragte er sich, ob Michael heute Nacht überhaupt auftauchen musste. „Falls er nicht kommt, dieser Michael ... falls Ihnen jemand anderes begegnet ...“ Er holte tief Luft. „Was werden Sie dann tun?“

„Das weiß ich nicht“, antwortete sie traurig. „Um das herauszufinden, werde ich wohl bis zur Poolparty heute Abend warten müssen.“

Er schluckte, denn er konnte den Gedanken an einen anderen Mann, der sie berührte, nicht ertragen. „Ja, heute Abend werden Sie es wohl wissen.“

8. KAPITEL

Das von Fackeln erhellte Restaurant am Pool kam Kyra wie ein Märchengarten vor. Es fehlten nur noch die Feen, die einem Wünsche gewährten. Denn gerade jetzt hatte sie ein Dutzend Wünsche, zu denen nicht zuletzt gehörte, die Identität ihres geheimnisvollen Liebhabers zu kennen. Das Problem bei anonymen Begegnungen war nun einmal, dass man seinen Partner hinterher nicht mehr aufspüren konnte, um die Begegnung zu wiederholen.

Andererseits wollte sie natürlich seine Identität gar nicht wirklich kennen und hatte es bewusst vermieden, seinen Körper mit einem der Männer zu vergleichen, die sie auf der Insel sah. Anonymität war eine sichere Sache. Denn sie wüsste nicht, ob sie es fertigbringen würde, einen Mann zurückzulassen, den sie kannte. Für einen Moment tauchte Tonys Bild in ihren Gedanken auf, doch sie verdrängte es entschieden. Sie hatte kein Recht, auf diese Weise an ihn zu denken. Absolut kein Recht.

„Sie sehen aus wie eine Frau, die einen Drink braucht." C.J. trat neben sie und deutete zur Bar. „Kann ich Ihnen ein Bier ausgeben?"

Sie befreite sich aus ihrer Angst und lächelte ihn an. „Ich habe mir vorgenommen, nur exotisch klingende fruchtige Rumdrinks zu trinken."

„Das lässt sich bestimmt machen."

Sie folgte ihm an die Bar, die aus einer offenen Strohdachhütte bestand. C.J. bestellte ein gezapftes Bier und einen Razzmatazz.

Der Barkeeper gab Früchte, Eis und Alkohol in einen Mixer und stellte schließlich ein tief violettes Getränk vor Kyra. Sie begutachtete es skeptisch. „Was genau ist das?"

C.J. wandte sich an den Barkeeper. „Kevin?"

„Ein Geheimrezept. Ich könnte es Ihnen erzählen, aber dann müsste ich Sie umbringen."

C.J. schüttelte den Kopf. „Schon gut. Merrilee hat es nicht so gern, wenn man ihre Gäste umbringt." Er deutete auf ihren Drink. „Fühlen Sie sich abenteuerlustig?"

„Komisch, dass Sie es so ausdrücken." Zögernd tauchte sie einen Finger in die Flüssigkeit und probierte. Dann trank sie einen Schluck durch den schnörkeligen Strohhalm und war überrascht von dem intensiven, süßen Geschmack.

Lächelnd sah sie zu Kevin. „Es schmeckt wunderbar."

„Na ja, für *irgendein* Rezept bringe ich auch keine Gäste um."

Sie lachte und fühlte sich immer wohler. „Das ist gut."

C.J. umfasste ihren Ellbogen und führte sie zu einem Tisch am Pool. Unterwasserscheinwerfer, für diesen Anlass extra farbig, verwandelten ihn in etwas Wunderbares. Nicht, dass Kyra all die Lichter gebraucht hätte. An diesem Nachmittag hatte sie am Pool selbst etwas Wunderbares gefunden. Sie hatte so wenige enge Freunde, und einen Mann wie Tony kennenzulernen, war einfach etwas ganz Besonderes.

„Was denken Sie gerade?", wollte C.J. wissen.

Sie lächelte verlegen. „Verzeihung, meine Gedanken sind abgeschweift."

Er lachte leise. „Nein, verzeihen Sie mir die Frage. Aber Sie machen auf mich den Eindruck einer Frau, die über vieles nachdenken muss."

„Ich dachte, ich sehe aus wie eine Frau, die einen Drink gebrauchen kann."

„Wie ich schon sagte …"

Sie lachten, doch dann meinte Kyra: „Ich habe an Tony gedacht."

Etwas flackerte in C.J.s Augen auf. „Bahnt sich da eine neue Inselromanze an? Ich dachte mir schon, dass Sie beide sich auf Anhieb gut verstehen müssten."

„Nein, nein." Ihre Wangen glühten. Es war ihr unangenehm, an Tony im Zusammenhang mit einer Romanze zu denken. Tony war ihr Freund, zumindest hoffte sie das, während Michael ihr Liebhaber war. Und wenn sie ihre Gefühle schön unter Verschluss ließ, wie es sein sollte, würde sie bestens zurechtkommen.

Sie räusperte sich. „Ich meine, ja, es stimmt. Wir haben uns auf Anhieb gut verstanden. Aber es ist absolut keine Romanze. Wir sind einfach nur Freunde."

C.J. schien skeptisch. „Ich dachte, Sie finden den Jungen attraktiv. Wie haben Sie sich ausgedrückt? Er wirkt verwegen und zugleich fürsorglich?"

„Ich sagte, seine Narbe sei keine große Sache."

„Ist das ein Ja oder ein Nein?"

Verwirrt fragte sie: „Ja oder nein was?"

„Ob Sie den Jungen attraktiv finden." Er prostete ihr mit seiner Flasche Bier zu. „Sie müssen sich ans Programm halten, junge Lady."

Sie strich sich die Haare aus dem Gesicht und lehnte sich nach vorn, um noch einen Schluck von ihrem Razzmatazz zu trinken. „Jetzt ziehen Sie mich doch nur auf."

„Hübsch und clever. Eine Frau, mit der man rechnen muss."

Sie lachte und trank einen weiteren Schluck. Wenn sie weder mit Tony noch mit Michael zusammen sein konnte, war sie froh, den Abend mit diesem Mann zu verbringen, der sie so sehr an ihren Vater erinnerte, bevor es mit seiner Gesundheit bergab ging.

Ermutigt durch einen weiteren Zug am Strohhalm, meinte sie: „Die Wahrheit ist, ich finde ihn tatsächlich sehr attraktiv. Er hat wundervolle braune Augen und strahlt etwas Düsteres aus." Sie runzelte die Stirn. „Nur dass er gar nicht so düster ist. Vermutlich wirkt er nur so, weil er ständig diese Sonnenbrille trägt und sich im Schatten hält."

„Sie haben sich ja eine Menge Gedanken über ihn gemacht."

„So viel nun auch wieder nicht." In Wahrheit hatte sie tatsächlich viel über ihn nachgedacht. „Außerdem sind wir befreundet. Darf ich meine Freunde nicht analysieren?"

„Habe ich Ihnen nicht gleich gesagt, dass Sie beide sich gut verstehen würden?"

Das Wort gefiel ihr: Freunde. Und es gefiel ihr, wie Tony diese Rolle ausfüllte.

„Ja", entgegnete sie. „Wir verstehen uns großartig." Grinsend fügte sie hinzu: „Vermutlich verfügen Sie über hellseherische Fähigkeiten."

C.J. trank den letzten Schluck. „Nein, denn wenn ich ein Hellseher wäre, wüsste ich, wo Ihr Freund jetzt steckt." Dann wüsste er auch, wieso Tony eine so hübsche junge Frau auf dieser Party allein ließ.

„Tja, aber ich weiß, wo er ist." Sie beugte sich zu rasch vor, sodass sie fast das Gleichgewicht verloren hätte. C.J. fing sie aber gleich auf. „Er versteckt sich in seiner Hütte vor den vielen Leuten."

„Und lässt Sie allein? Nicht sehr galant."

„Ich bin ja nicht allein. Sie sind bei mir." Nach einem weiteren Schluck rückte sie ein wenig näher an ihn heran, als wollte sie ihm ein Geheimnis anvertrauen. „Und ich hoffe, dass noch jemand anderes kommt."

Jemand anderes? Plötzlich fürchtete er, dass seine Bemühungen, die beiden zusammenzubringen, doch erfolglos gewesen waren.

„Michael", flüsterte sie.

„Der geheimnisvolle Mann, von dem ich gehört habe? Der nachts umherstreift?"

Kyra nickte zufrieden. „Er ist Teil meines Abenteuers. Besser gesagt, er war es." Sie schaute sich am Pool um. „Ich hatte gehofft, er würde es wieder sein." Sie befeuchtete sich die Lippen. „Um ehrlich zu sein, ich bin deswegen ein bisschen nervös."

C.J. betrachtete ihr leeres Glas. „Was Sie nicht sagen." Immerhin hatte er es versucht. Für Tony tat es ihm leid, dass es offenbar nicht seine Stärke war, Männer und Frauen zusammenzubringen. „Leider muss ich los ins Büro." Er stellte seine leere Flasche auf den Tresen, klopfte Kyra noch einmal auf die Schulter und verschwand.

Als er sich noch einmal zu Kyra umsah, stieß er prompt mit Tony zusammen.

„Grundgütiger, Sie haben mich zu Tode erschreckt!"

„Tut mir leid." Tony wich zurück in die Dunkelheit, doch C.J. hatte bereits einen Blick auf sein Gesicht erhascht.

„Mir ist nie aufgefallen, dass Ihre Augen von unterschiedlicher Farbe sind", bemerkte er nachdenklich.

Tony zog seine Kappe tiefer ins Gesicht. „Das sieht im Licht nur so aus."

C.J. war nicht überzeugt. Außerdem registrierte er zum ersten Mal, dass Tonys mit Gel zurückgekämmte Haare dunkler aussahen. Und er brauchte dringend eine Rasur. Irgendetwas rührte sich in C.J.s Erinnerung, und er versuchte vergeblich, es festzuhalten. „Kyra ist dort drüben", sagte er. „Ich glaube, Sie würde sich freuen, Sie zu sehen."

Tony zögerte. „Ich weiß nicht, ob jetzt der richtige Zeitpunkt ist."

Plötzlich kam C.J. darauf, was ihn irritierte. Das unrasierte Gesicht und das grüne Auge. Er sah Tony ins Gesicht. „Der richtige Zeitpunkt, um Ihr Geheimnis mit ihr zu teilen?"

Einen Moment lang wirkte Tony erschrocken. Doch er erholte sich rasch wieder, und C.J. fragte sich, ob Kyra eine Ahnung hatte, dass ihr Freund und ihr Liebhaber ein und dieselbe Person waren. Noch mehr hoffte er jedoch, dass sie nicht verletzt sein würde, sobald sie die Wahrheit erfuhr. Jemanden zu täuschen war eine heikle Sache.

Geheimnisse … Tony schluckte und wich einen Schritt zurück. „Ich habe keine Geheimnisse."

„Sicher." C.J. deutete zur Bar. „Gehen Sie zu Kyra."

Tony wollte in diesem Moment nichts lieber. Nur leider war Tony Moretti nicht der Mann, auf den sie wartete. „Ich bin nicht der, den sie jetzt sehen will. Sie wartet auf jemand anderen."

C.J. musterte ihn von Kopf bis Fuß. „Ich weiß. Sie hat mir genau erzählt, auf wen sie wartet." Er tätschelte Tony im Vorbeigehen die Schulter. „Viel Glück, mein Sohn. Richten Sie Miss Cartwright meine Grüße aus."

Als der ältere Mann an ihm vorbeiging, fragte Tony sich, ob C.J. sein Spiel durchschaute. Diese Möglichkeit beunruhigte ihn nicht allzu sehr. Schließlich gehörte der Mann zu den Angestellten. Falls er also etwas ahnte, würde er sicher Diskretion wahren müssen. Außerdem wusste er, dass C.J. ihn mochte; er würde ihn nicht verraten.

Tony nahm die Augenklappe aus der Gesäßtasche seiner Jeans und band sie sich um. C.J. hatte recht – es war schwer zu entscheiden, wann der Zeitpunkt gekommen war, jemandem ein Geheimnis anzuvertrauen. Normalerweise. In Tonys Fall war die Antwort jedoch klar: nie.

Kyra hatte in Tony einen Freund, einen Liebhaber in Michael, und dann gab es noch den Verlobten, der in Texas auf sie wartete. Obwohl Tony beeindruckt davon war, wie sehr sie sich ihrem Vater verpflichtet fühlte, wollte er sie am liebsten anflehen, ihr eigenes Leben zu führen. Auch wenn er kein Teil dieses Lebens sein konnte, so wollte er doch, dass sie glücklich war. Sich aufzuopfern und einen Mann zu heiraten aus einem Pflichtgefühl der Familie gegenüber, war der sichere Weg ins Unglück.

Doch er hielt den Mund. Er war ihr Freund, nicht ihr Liebhaber. Nicht wirklich. Und wenn er weiter den Mund hielt, konnten sie möglicherweise über diese Woche hinaus Freunde bleiben. Wenn er ihr jedoch die Wahrheit sagte und ihre Pläne gefährdete, nur um sein Ego zu befriedigen ... nun, was zur Hölle konnte er tun? Er konnte ihr nicht helfen. Konnte ihr Unternehmen nicht retten, ihren Vater nicht heilen, konnte absolut nichts für niemanden tun.

Am Ende würde er alles verlieren. Vor allem aber würde er ihre Fantasie zerstören. Und er hatte nicht vor, Kyra in irgendeiner Weise wehzutun, ganz gleich, wie schmerzlich es für ihn war, nicht in ihr Leben einzugreifen.

Er kam nicht. Sie sollte aufhören zu warten und in ihre Hütte zurückkehren. Weiter auf der Party zu bleiben war dumm, da Kyra ohnehin nicht vorhatte, sich mit einem anderen Mann als Michael einzulassen. Und wenn Michael nicht an ihr interessiert war, hatte sie immer noch ihre Liebesromane, die sie vorsichtshalber eingepackt hatte. Sie würde ein ausgiebiges heißes Bad nehmen und sich von den Fantasien eines anderen entführen lassen.

„Darf ich Sie zu einem Drink einladen?“

Sie drehte sich um und stand Joe aus dem Tauchkurs gegenüber.

„Kyra, richtig?“

Sie nickte und verspürte den Impuls wegzulaufen. Doch das widersprach ihren guten Manieren. Verdammte Erziehung.

Er schaute auf ihren leeren Drink. „Sie haben schon von dem tollen Zeug gekostet, wie? Kevin macht einen klasse Razzmatazz.“ Er hob zwei Finger. „Noch einen Razzmatazz für die Lady, und ein Bier und einen Tequila für mich.“

Sie verzog das Gesicht. „Nein, vielen Dank, wirklich. Ich hatte genug. Ich möchte nur ein Wasser.“

Er kam näher und legte ihr den Arm um die Schulter. „Komm schon, Süße. Du hast den ganzen Tag mit diesem komischen Kerl verbracht. Jetzt kannst du ruhig ein bisschen Zeit mit mir verbringen.“

„Nehmen Sie die Pfoten weg!“, zischte sie mit zusammengebissenen Zähnen. Sie versuchte sich zu befreien, doch er drückte sie nur fester an sich, sodass sie seine Tequilafahne riechen konnte.

„Was ist denn los, Süße? Hast du keine Lust auf Doktorspiele?“

„Nicht mit Ihnen.“ Kurz entschlossen rammte sie ihm das Knie zwischen die Beine. Sofort ließ er sie los. „Und jetzt verschwinden Sie!“

Zusammengekrümmt und fluchend gelang es ihm immerhin, ihr noch einen vernichtenden Blick zuzuwerfen. Sie hielt seinem Blick stand, bis er sich schließlich abwandte und davonmachte.

„Idiot“, flüsterte sie leise.

„Du bringst mich noch um meinen Job.“

Die tiefe, sanfte Stimme ließ Kyras Herz höher schlagen. Mit einem strahlenden Lächeln drehte sie sich um.

„Wie soll ich meinen Ruf als edler Ritter aufrechterhalten, wenn die Maid sich selbst aus der Bedrängnis befreit?“

„Michael.“ Er war hier, direkt vor ihr, groß und geheimnisvoll, und sie wollte nichts sehnlicher, als sich in seine Arme werfen, um die Erinnerung an Joe auszulöschen. „Ich dachte, du würdest nicht mehr kommen.“ Sie presste die Lippen zusammen, denn ihr stiegen die Tränen in die Augen.

Er wischte ihr mit dem Daumen eine Träne fort. „Wein doch nicht.“

Sie wischte sich die Augen. „Das hat nichts zu sagen. Das ist nur der Stress mit diesem Kerl. Oder es sind die Hormone.“ Sie zuckte die

Schultern. „Ich weiß es nicht genau. Aber ich weine nicht wirklich. Ganz bestimmt nicht."

Lachend legte er ihr einen Arm um die Taille. „Das habe ich auch nicht angenommen."

Kyra schmiegte sich an ihn und fühlte sich sofort geborgen in seinen Armen. „Wieso wolltest du nicht kommen?"

Er küsste ihren Hals und führte sie fort vom Pool. „Ein Mann könnte sich in eine Frau wie dich leicht verlieben. Und das ist das Letzte, was ich gebrauchen kann", gestand er. „Aber dann fragte ich mich, was schlimmer wäre – dich am Ende einer fantastischen gemeinsamen Woche zu verlassen oder dich jetzt nicht mehr wieder zu sehen."

„Sich zu verlieben wäre für uns beide das Letzte, was wir gebrauchen können", meinte sie und versuchte, sich diese Wahrheit einzuhämmern. Sie wollte keine tieferen Gefühle. Dennoch sagte ihr eine leise Stimme, dass es keinen Sinn hatte, sich dagegen zu wehren.

Am Ende würde sie zwar gehen, weil sie es musste. Doch es würde unendlich wehtun.

„Zieh dich aus", bat Tony mit leiser, verführerischer Stimme.

Kyra sah ihn verblüfft an. „Wir sind hier unter freiem Himmel", erinnerte sie ihn.

„Das habe ich schon bemerkt." Er hatte sie von der Party zu einem kleineren Pool auf der anderen Seite des Hauptgebäudes geführt. „Aber hier ist niemand."

„Jemand könnte kommen."

Er legte ihr den Zeigefinger unters Kinn, damit sie zu ihm aufsah. Dann küsste er sie zärtlich. Zufrieden registrierte er, dass sie ihre Lippen öffnete, in Erwartung seines Kusses.

Ihr Atem ging rasch. „Jemand könnte uns sehen."

„Alle sind auf der Party. Und da der Pool um zehn geschlossen wird, hat niemand einen Grund, hier aufzutauchen."

Ihrem Blick entnahm er, wie fasziniert sie war. Das war gut, denn er wollte sie faszinieren.

Er strich ihr die Haare aus dem Gesicht und meinte leise: „Sag Ja, Liebes. Lass mich dich unter den Sternen lieben."

„Über meiner Hütte leuchten auch die Sterne." Ihre Worte waren als Protest gedacht, doch ihr Blick auf den schimmernden Pool sagte etwas anderes.

Langsam ließ er seine Hand über ihre Hüfte gleiten, über ihren knappen sexy Rock. Seine Finger wanderten die Innenseite ihrer Schenkel hinauf.

„Ein hübscher Rock. Sehr sexy."

Sie sog scharf die Luft ein und warf den Kopf zurück. Michael küsste ihren Hals und schob die Hände höher. Was er fand, raubte ihm den letzten Funken Selbstbeherrschung.

„Oh Liebes, du trägst keinen Slip."

Sie schluckte. „Ich sagte dir ja, dass ich gehofft habe, du würdest kommen."

„Und jetzt bin ich da." Behutsam streichelte er das Zentrum ihrer Lust. Kyra stöhnte und flüsterte seinen Namen, bis er ihr die Lippen mit einem glutvollen Kuss verschloss. „Ich hoffe, dir ist klar, was du getan hast", flüsterte er mit vor Erregung heiserer Stimme. „Denn jetzt wirst du mit mir ins Wasser gehen."

Sie küsste seine Nasenspitze. Dann befreite sie sich aus seinen Armen, wobei ihr Rock hochwirbelte und ihm einen verlockenden Blick bot. Lächelnd winkte sie ihn mit dem Finger heran.

„Folge mir."

Er gehorchte nur zu gern. Das Tor war nicht sehr hoch und leicht zu überklettern. Auf der anderen Seite lag der Pool. Michael dachte, dass kaltes Wasser jetzt das Letzte war, was er brauchte.

Doch Kyra lockte ihn zum heißen Whirlpool, wo sie ihre Sandaletten fortkickte und den Fuß hineinsteckte. „Es ist herrlich."

„Geh hinein."

Ohne den Blickkontakt zu ihm zu unterbrechen, zog sie den Reißverschluss ihres Rocks auf und ließ ihn zu Boden fallen. Dann streifte sie sich ihr T-Shirt ab und stand nackt vor ihm im Mondschein. „Was immer du willst." Ihr Lächeln war verführerisch und selbstbewusst, sodass er sich fragte, wer hier eigentlich wen verführte.

Kyra glitt ins Wasser. „Was ist mit dir?"

„Ich werde den Reglerkasten suchen." Er fand ihn neben den Umkleideräumen und schaltete die Düsen ein. Ein zufriedenes Lächeln erschien auf seinem Gesicht, als er Kyras fröhliches Kreischen hörte, sobald das Wasser um sie herum zu sprudeln begann.

Rasch zog Tony sich aus. Er konnte es kaum noch erwarten, sie zu spüren, bei ihr im Wasser zu sein und auf der eingebauten Bank zu sitzen, während sein Körper sich an den Temperaturwechsel gewöhnte. Ohne Aufforderung kam sie zu ihm, und es machte ihn froh, wie ungezwungen sie in seiner Gegenwart war. Sie hockte sich rittlings auf ihn, sodass sich ihre Knie zu beiden Seiten seiner Hüften befanden. Sein Körper reagierte prompt.

Er widerstand dem Verlangen, sofort tief in sie einzudringen und sich ganz dieser überwältigenden, sinnlichen Wärme hinzugeben. Stattdessen hob er sie an und drehte sie um, sodass er hinter ihr war. Das Wasser sprudelte um ihre Taille. Er legte eine Hand auf ihren zarten Nacken.

Sie stöhnte auf, und er ließ die Hände hinuntergleiten und umfasste ihre Taille.

„Komm hierher." Sanft schob er Kyra vor eine sprudelnde Düse.

Kyra schnappte nach Luft, als ihr klar wurde, was er im Sinn hatte.

„Aber ich will, dass du mich berührst."

Er legte seine Hände um ihre Brüste und drückte sie an sich, sodass sie seine pulsierende Härte an ihrem Oberschenkel spüren konnte. „Das tue ich auch." Dann legte er beide Hände auf ihre Hüften und schob sie ein Stück nach vorn, in der Gewissheit, dass die Düse sie bald um den Verstand bringen würde.

„Oh Michael, ich …"

„Pscht, lass dich einfach fallen. Lass dich vom Wasser liebkosen und von mir."

Er begann eine ihrer harten Brustknospen zwischen Daumen und Zeigefinger zu reiben. Kyra gab lustvolle Laute von sich und bewegte die Hüften in einem Rhythmus, den er inzwischen nur allzu gut kannte.

Sie blieben in dieser Position, in der das Wasser sie streichelte und Michaels Hände sie liebkosten. Ihre Atmung beschleunigte sich, und ihre Erregung packte ihn immer mehr. Schließlich stieß sie einen Schrei aus und ließ sich in seine Arme fallen.

Behutsam setzte er sie auf die Whirlpoolbank. Benommen lehnte sie sich an ihn und zeichnete mit dem Zeigefinger träge Muster auf seinen Oberschenkel. „Das war gut", seufzte sie.

„Müde?"

„Ja."

„Dann sollte ich dich wohl besser in deine Hütte und ins Bett bringen."

Sie hob den Kopf und sah ihm ins Gesicht. „Ins Bett? Ja. Schlafen? Nein." Sie streichelte seine Wange. „Noch bin ich nicht mit dir fertig."

Er lachte leise. „Ganz wie du willst. Ich bin da, um dir deine geheimsten Wünsche zu erfüllen."

9. KAPITEL

Ein neuer Morgen ohne Michael brach an.

Diesmal hatte Kyra jedoch damit gerechnet. Doch bis zum tatsächlichen Aufwachen hatte sie sich noch an die flüchtige Hoffnung klammern können, dass er vielleicht geblieben war. Dass er sie in den Arm nehmen und ihr seine Liebe gestehen würde, dass sie Harold nicht heiraten musste und alles wieder in Ordnung kam – ihr Vater, ihr Leben, einfach alles. Und dass Michael sie liebte.

Sie schnaubte verächtlich. Das war nun wirklich nur eine Fantasie, und so sollte es auch bleiben.

Frustriert warf sie das Laken zurück und schnappte sich ihren Bademantel. Dann machte sie sich auf die Suche nach dem blöden Handy. Letztlich war es ein gigantischer Fehler gewesen, auf die Insel zu kommen.

Denn wie sollte sie jetzt zu ihrem ruhigen, geordneten Leben mit Harold zurückkehren, nachdem sie ein so leidenschaftliches Abenteuer mit Michael erlebt hatte? Nachdem sie Tony kennengelernt hatte, einen Mann, mit dem sie sich wirklich unterhalten konnte? Die Zukunft lag bedrohlich vor ihr. Wo sie vorher Möglichkeiten für ihre Karriere und ihre Familie gesehen hatte, war jetzt nur noch Leere.

Zerknirscht öffnete sie eine Schublade nach der anderen. Sie brauchte dringend eine Schulter zum Ausweinen.

Natürlich fand sie das Handy dort, wo sie es zuletzt hingelegt hatte, und tippte Monas Nummer ein. Niemand meldete sich, nicht einmal der Anrufbeantworter, was bedeutete, dass er entweder voll war oder Mona ihren Computer in die Telefonleitung gestöpselt hatte. Wie auch immer, Kyra hatte kein Glück.

Aber wenn sie jemanden zum Reden brauchte, gab es auch noch Tony. Es sei denn …

Nachdenklich zog sie die Knie an die Brust und schlang die Arme darum. Aus irgendeinem Grund kam es ihr nicht richtig vor, erneut mit Tony über Michael zu reden.

Sie fuhr sich durch die Haare. Gestern hatte sie mit ihm über alles gesprochen. Warum sollte sie dann heute Hemmungen haben, ihm das Problem mit Michael auseinanderzusetzen?

Weil es kein Problem mit Michael gab.

Genau. Absolut richtig. Das musste es sein. Sie hatte das Problem längst gelöst und beschlossen, dass Michael lediglich ihre Fantasie-Episode war. Daher war es nur natürlich, dass ihr die Vorstellung seltsam vorkam, alles vor Tony auszubreiten. Außerdem gab es viel interessantere Dinge, über die sie sich mit Tony unterhalten konnte.

Wenn sie Glück hatte, erwischte sie ihn noch beim Frühstück. Die Aussicht, einen weiteren Tag mit ihm zu verbringen, munterte sie sofort auf. Sie duschte rasch und fragte sich, welches Abenteuer sie heute Nachmittag gemeinsam erleben würden.

„Wie wäre es mit Segeln?", schlug Kyra vor. Ihre Füße lagen auf einem freien Stuhl. Vor ihr stand ein halb leeres Glas Orangensaft, aus dem sie einen Schluck trank. „Es wird ein herrlicher Tag. Lassen Sie uns eines der Boote nehmen."

Tony war skeptisch. Segeln war für ihn passé, zumindest auf einem kleinen Boot, wo sein Rücken jeden Stoß abfangen würde. „Ich dachte, wir wollten zusammen tauchen."

„Wir sind dafür eingetragen. Aber unter Wasser können wir uns nicht unterhalten."

„Worüber wollen Sie sich unterhalten?"

Kyra zuckte die Schultern und lachte. „Nichts Bestimmtes. Ich bin nur gern mit Ihnen zusammen."

Er schluckte. Das unsichtbare Band zwischen ihnen wurde noch fester. Er versuchte sich nichts anmerken zu lassen und griff über den Tisch, um ihre Hand zu drücken. „Ich bin auch gern mit Ihnen zusammen." So deprimierend es auch war, aber die Frau, mit der er reden, der er sich öffnen konnte, würde niemals ihm gehören. Sie gehörte einem anderen Mann. In Zukunft diesem Harold. Und jetzt Michael.

Er räusperte sich, wohl wissend, dass er das Thema besser nicht zur Sprache bringen sollte. Doch die Neugier siegte. „Ist Ihr geheimnisvoller Mann gestern aufgetaucht?" Erneut kämpfte er gegen den Wunsch an, ihr alles zu gestehen. Er sollte es tun, denn alles andere wäre unfair. Aber das Risiko, sie daraufhin zu verlieren, war ihm zu groß. „Kyra", drängte er sie sanft. „War er da?"

Ihre Wangen waren ganz leicht gerötet, und sie widmete sich plötzlich äußerst fasziniert der Feuchtigkeit an der Außenseite ihres Saftglases.

„Ich deute das als Ja", meinte er.

Mit funkelnden Augen sah sie auf. „Ja, er war da."

„Und?“ Du liebe Zeit war das erbärmlich. Aber er musste es hören, und zwar aus ihrem Mund.

„Und es war wundervoll. Er ist wundervoll.“ Etwas huschte über ihr Gesicht, und sie trank einen weiteren Schluck. „Für eine kurze Affäre, meine ich.“

Tony winkte dem Kellner. Eigentlich wollte er nichts, doch er brauchte einen Grund, den Blick abzuwenden. Verdammt, er war tatsächlich eifersüchtig. Es entgleitet dir langsam, Moretti. Kyra schwärmte für Michael, und Tony war eifersüchtig auf sein Alter Ego.

Vielleicht hätte er doch zustimmen sollen, als der Psychologe eine Therapie vorgeschlagen hatte. Auf jeden Fall brauchte er dringend jemanden, der ihn wieder zur Vernunft brachte.

Sie räusperte sich. „Was ist nun mit dem Segeln?“

„Möchten Sie nicht lieber entspannen?“

„Was ist schon ein bisschen Arbeit für ein abenteuerlustiges Mädchen?“ Sie legte den Kopf schräg und rümpfte die Nase. „Oh, Tony, entschuldigen Sie. Das fällt mir jetzt erst ein. Ich wette, segeln ist die Hölle für Ihren Rücken.“

„Absolut nicht“, log er.

„Nein?“

„Nein“, erwiderte er mit Bestimmtheit. „Beim Segeln ist die Belastung für den Rücken nicht allzu groß.“ Noch eine Lüge.

„Ich finde, das hört sich nach Arbeit an. Kevin sagte, das große Boot fährt heute Nachmittag raus. Da brauchen wir nur an Deck zu liegen und Daiquiris zu trinken.“

„Aber das klingt nicht sehr abenteuerlich.“

„Stimmt“, räumte sie ein.

„Also gehen wir segeln“, beschloss er. „Der Rücken ist kein Problem.“ Er log, dass sich die Balken bogen. Aber er wollte nun mal kein Mitleid von ihr.

„Erzähl mir von deinem Tag“, forderte Michael Kyra auf. Seine Stimme war sanfter als das Kerzenlicht in dem kleinen Badezimmer.

Seufzend ließ Kyra sich tiefer in den Whirlpool sinken, bis das sprudelnde Wasser ihre Brüste erreichte. Michael saß hinter ihr und tropfte warmes Wasser aus einem Schwamm auf ihre Schultern. Es war himmlisch.

„Es war herrlich“, murmelte sie, und das stimmte. Tony kannte sich auf und um Intimate Fantasy sehr gut aus. Er hatte ihr alle möglichen geheimen Plätze gezeigt und sogar einen jungen Vogel aus einem Fischernetz befreit. Schließlich waren sie an einem Teich mit kristallklarem Wasser gelandet, tief in der Wildnis an der Nordseite der Insel. Dort hatten sie den Tag damit verbracht, Steine übers Wasser hüpfen zu lassen und über Gott und die Welt zu reden. Kyra hatte ihm erzählt, dass sie die Radiostationen erfolgreich führen wollte, damit ihr Vater stolz auf sie war. Tony hatte ihr von seinem früheren Leben als Feuerwehrmann erzählt. Und hatte ihr von seinem Traum berichtet, eines Tages etwas anderes tun zu können, um Menschen zu beschützen.

„Es war ein herrlicher Tag", wiederholte sie.

„Das freut mich zu hören." Michael tauchte die Hände ins Wasser und streichelte ihre Brüste, bis sie die Augen schloss und den Rücken durchbog, in dem stummen Verlangen nach mehr. „Mal sehen, ob diese Nacht ebenso herrlich wird."

„Solltest du nicht dort draußen sein und Kätzchen retten oder so etwas? Mir kommt es so vor, als seist du immer bei mir." Sie machte die Augen auf und grinste. „Nicht, dass ich mich beklagen will."

„Ich bin genau dort, wo ich sein möchte", erwiderte er.

„Gut." Sie legte den Kopf zurück und genoss die sinnlichen Liebkosungen seiner Hände auf ihren Brüsten und ihrem Bauch. „Weil auch du genau dort bist, wo ich dich haben möchte."

Auch am nächsten Tag gingen Tony und Kyra wieder segeln.

Das Boot glitt schnittig durch das leuchtend blaue Wasser. Die Segel blähten sich im Wind. Kyra stand am Bug, die Arme weit ausgebreitet.

Ihre Haare wehten ihr ums Gesicht, auf ihrer Nase schimmerte gelbe Zinkoxidpaste gegen die Sonne. Ihr von der Gischt nasses T-Shirt klebte an ihrem Oberkörper. Sie fühlte sich wunderbar, beinah ausgelassen. Lächelnd drehte sie sich zu Tony um, der am Heck des Bootes stand, wo er mit irgendetwas beschäftigt war.

„Das ist fantastisch!"

Tony sah auf und legte die Hand ans Ohr.

„Fantastisch!", wiederholte sie, und er nickte.

„Warte eine Sekunde", rief er. Sie blieb, wo sie war und unterdrückte den Wunsch, irgendetwas anzufassen, ehe er es ihr sagte. Außerdem fürchtete sie, von irgendeinem beweglichen Teil am Kopf getroffen zu werden, wenn sie jetzt versuchte, zu ihm zu gelangen. Daher begnügte sie sich damit, ihn bei der Arbeit zu beobachten. Sie mochte die Art, wie er sich bewegte und wie die Sonne seinen kräftigen Körper in goldenes Licht tauchte. Nach einigen Momenten verlangsamte das Boot seine Fahrt und hielt an. Die Segel hingen schlaff herunter, und Kyra erkannte, dass Tony den Anker geworfen hatte. Sie war so damit beschäftigt gewesen, ihn zu beobachten, dass sie gar nicht auf das geachtet hatte, was er eigentlich machte.

„Das scheint mir ein guter Platz für unser Picknick zu sein", erklärte er.

Sie hatte Mühe, in die Realität zurückzukehren, und schaute sich um. In der Ferne sah man das Ufer von Intimate Fantasy. Zu ihrer Linken – backbord, wie Tony es nannte – brachen sich schäumend Wellen auf einem Riff, das sich aus dem verlockend klaren Wasser erhob. Wolken zogen über den Himmel, gebauschte Watteberge, hinter denen sich ab und zu die Sonne versteckte. „Es ist herrlich hier. Ich hole den Korb."

Das Restaurant hatte ihnen das Mittagessen eingepackt. Kyra ging hinunter in die winzige Kabine unter Deck. Sie war entzückend – wie eine kleine Wohnung mit einem winzigen Fenster. Kyra öffnete es, um die Brise hereinzulassen. Dann nahm sie den Korb und ging wieder an Deck.

Tony hatte die Decke ausgebreitet und lag jetzt ausgestreckt in der Sonne. Die Sonnenbrille hatte er abgenommen. Einen Moment lang stand Kyra einfach nur da, fasziniert vom Anblick der glitzernden Schweißperlen auf seiner nackten Brust. In den wenigen gemeinsamen Tagen, die sie zusammen verbracht hatten, hatte sich seine Blässe in Bräune verwandelt. Ein Anflug von Traurigkeit überkam sie, weil dieser wunderbare Mann sich wegen eines dummen Unfalls, der ihm innere wie äußere Narben zugefügt hatte, vor der Welt versteckte.

Zum Glück verlor er allmählich seine Unsicherheit. Kyra registrierte erfreut, dass er die Sonnenbrille abgenommen hatte, denn das hieß, dass er ihr vertraute und wusste, wie wenig die vernarbte Haut um sein linkes Auge sie interessierte. Und dass er sich in ihrer Gegenwart so wohl fühlte, freute sie umso mehr.

Welch eine Ironie. Vor einer Woche noch war sie allein gewesen. Zumindest war es ihr so vorgekommen. Jetzt gab es zwei Männer in ihrem Leben, die ihr das Gefühl gaben, im Mittelpunkt des Universums zu stehen.

Sie verdrängte die aufkommenden Schuldgefühle. Sie hatte nie zu den Mädchen gehört, die mit zwei Jungen gleichzeitig gingen, und sie hatte die Mädchen auf der Highschool, die so etwas taten, auch nie verstehen können. Kyra hatte eine Beziehung nie so leicht nehmen können, um zwischen zwei Männern zu stehen. Doch in genau so einer Situation befand sie sich nun, und es war eigenartig und unangenehm.

Das war natürlich Unsinn. Denn ganz gleich, wie außergewöhnlich Michael auch sein mochte, er blieb eine Fantasie, ein Unbekannter. Und ganz gleich, wie wundervoll Tony war – zwischen ihnen existierte keine körperliche Beziehung. Sie waren nur Freunde, und mehr würde zwischen ihnen auch nie sein. Dieser Gedanke machte sie ein wenig traurig. Sie runzelte die Stirn und versuchte ihre melancholische Stimmung zu vertreiben.

Kyra ließ sich neben Tony auf der Decke nieder und begann den Korb auszupacken. Danach stieß sie sanft seinen Fuß an. „He, Schlafmütze, hast du Hunger?"

Er rollte sich herum und murmelte etwas. Plötzlich kam es Kyra vor wie ein Déjà-vu-Erlebnis – als sei sie schon einmal neben ihm aufgewacht. Sie hob die Brauen. Das war verrückt. Er hatte einfach nur die gleiche Figur wie Michael. Außerdem hatten sie so viel Zeit miteinander verbracht, dass ihr alles an ihm jetzt vertraut vorkam.

Noch einmal stieß sie seinen Fuß an, diesmal kräftiger. „Ich werde alles allein aufessen und dir nichts übrig lassen."

Verschlafen blinzelnd setzte er sich auf. „Auch meinen Schokoladenkuchen?"

„Tja", sagte sie und hielt den eingepackten Kuchen hoch.

Er kam näher. „Es ist gefährlich, einem Mann sein Dessert vorzuenthalten", flüsterte er, mit tiefer, bedrohlicher Stimme, die ihr seltsam vertraut war.

„Was soll das heißen?", fragte sie unschuldig und drückte den Kuchen an sich.

„Vorsichtig, kleine Lady." Er umfasste ihre Taille und kitzelte sie. Kyra schnappte nach Luft. Sie fühlte sich ausgelassen und erregt zugleich. „Komm schon, Süße, du weißt, dass du keine Chance hast."

Mit einiger Mühe gelang es ihr, sich auf ihr Spiel zu konzentrieren, statt auf den Aufruhr ihrer Gefühle. „Hilfe!", schrie sie. „Man will mir mein Dessert rauben!" Sie rollte nach hinten und zog ihn mit herunter, ohne den Kuchen loszulassen. Tony war ihr so nah, dass sie seinen Körper an ihrem spüren konnte und die Wärme seiner Haut. Ihr Atem ging stoßweise, und sie versuchte, das Durcheinander ihrer Gefühle in den Griff zu bekommen.

„Jetzt hab ich dich", sagte er. Seine Hände streiften ihre Brüste, als er ihr den Kuchen abzunehmen versuchte. Sein Gesicht war nur wenige Zentimeter von ihrem entfernt, seine Berührung und sein Duft willkommen und vertraut. Sie atmeten beide schwer. Einen Moment lang trat alles andere um sie herum in den Hintergrund – das Geräusch der Wellen, das Flüstern des Windes in den Segeln, die Schreie der Vögel über ihnen. Es schien nur noch sie beide zu geben.

Kyras Lippen öffneten sich. Es war eine unbewusste Einladung. Doch sie ertappte sich noch rechtzeitig dabei und machte den Mund rasch wieder zu. Plötzlich nervös verspürte sie den heftigen Wunsch, Tonys Nähe zu entkommen. Vielleicht empfand er ebenso, denn er richtete sich auf, lächelte ihr schwach zu und legte den Kuchen auf die andere Seite der Decke.

„Möchtest du ein Stück?", fragte er so ruhig, dass es sie irritierte. Spürte er das Knistern denn nicht? Oder spielte ihre überreizte Libido ihr wieder Streiche? „Er ist lecker", fügte er hinzu.

„Nein danke. Ich bin ganz zufrieden." Aber das stimmte nicht. Sie war alles andere als zufrieden, nur würde sie ihm das nicht verraten.

Nach einer Weile nahm sie sich eine Wasserflasche aus der Kühlbox und ging damit zum Bug des Bootes, wo sie sich vom auffrischenden Wind umwehen ließ, der ihre Frustrationen vertreiben sollte. Sie warf einen Blick über die Schulter, doch Tony war ihr nicht gefolgt. Stattdessen wandte er sein Gesicht mit geschlossen Augen der Sonne zu und schien mit sich und der Welt völlig im Einklang zu sein.

Unruhig schaute Kyra wieder aufs Wasser. Allein ihn anzusehen löste eine tiefe Wärme in ihr aus, die sie vom Kopf bis zu den Zehen durchströmte. Und diese Erkenntnis war beunruhigend.

Die Wellen brachen sich härter am Riff, das jetzt auch irgendwie näher schien. Kyra stutzte. Es war tatsächlich näher gekommen. Plötzlich schoben sich düstere, bedrohliche Wolken vor die Sonne. Etwas schlug gegen den Bootsrumpf, wie eine Warnung für sie, von hier zu verschwinden. Wie im Sommer in Texas brauten sich Gewitter in Florida sehr schnell zusammen, und dieses schien es in sich zu haben.

Sie wollte Tony rufen, als sie merkte, dass das Boot sich bewegte und immer mehr auf das Riff zutrieb.

„Tony!“

Er schaute bereits besorgt zu den Wolken hinauf. Dann richtete er seine Aufmerksamkeit auf Kyra und schaute in die Richtung, in die sie zeigte.

„Wir bewegen uns“, sagte sie. Der Wind fuhr inzwischen heftig über das Boot und wehte ihr die Haare ins Gesicht.

„Das ist schon in Ordnung. Wir ankern. Du fühlst nur den Wellengang im Boot. Wenn uns keine starke Bö erwischt, dürfte nichts passieren. Aber wir sollten unter Deck gehen. Ich glaube nicht, dass es lange dauern wird.“

„Nein“, schrie sie, um den Wind zu übertönen. „Es bewegt sich wirklich!“ Sie deutete auf das Riff. „Sieh selbst!“

„Verdammt! Du hast recht. Wir schleppen den Anker hinter uns her.“

Das Boot stieg mit den Wellen auf, die zunehmend höher wurden. Kyra hielt sich an der Seite fest, als der Bug wieder ins Wasser knallte und Gischt aufspritzte.

Tony balancierte über das schwankende Deck zu Kyra. Der Bug tauchte hinab, und eine zweite Welle überspülte das Boot, sodass Kyra nach vorn geworfen wurde. Tony fing sie auf.

„Ich muss den Anker hochholen.“

Sie wollte zum Bug gehen, wo das Seil von der Strömung gestrafft herunterhing. „Ich werde dir helfen.“

„Nein, ich brauche dich hier.“

Sie widersprach nicht, doch musste er ihre Verwirrung bemerkt haben. „Du musst den Motor anwerfen, damit das Tau etwas nachgibt und ich den Anker leichter hochholen kann.“ Wieder wurde das Boot herumgeworfen. Tony packte ihre Schultern, damit sie bei dieser heftigen, Übelkeit erregenden Bewegung auf den Beinen blieb. „Weißt du noch, wie das geht?“

Sie wischte sich die Gischt aus dem Gesicht und nickte. Vorsichtig balancierte sie zur Kajüte. Als sie sich noch einmal umdrehte, sah sie Tony ausgestreckt auf dem Bug liegen, um den Anker einzuholen. Doch es gelang es ihm nicht.

Das Boot stieg auf, und eine riesige Welle krachte aufs Deck, als der Bug wieder hinabtauchte. Kyra schrie, als eine Wasserwand über Tony hereinstürzte. Entsetzt hielt sie sich die Hand vor den Mund, bis er sich umdrehte und ihr signalisierte, dass mit ihm alles in Ordnung war.

Mit wehenden Haaren konzentrierte sie sich auf die Kontrollanzeigen und versuchte sich an den Crashkurs zu erinnern, den er ihr heute Morgen beim Auslaufen gegeben hatte. Nach anfänglichem Zögern brachte sie den Motor in Gang. Vorwärts, dann stoppen, damit die Leine Spiel hatte. Dann wieder vorwärts und wieder stoppen. Und immer so weiter, bis Tony und sie einen gemeinsamen Rhythmus gefunden hatten, ohne sich bei ihrer Arbeit durch Worte miteinander verständigen zu müssen.

Tony sicherte den Anker und ging über das Deck zu Kyra. „Gut gemacht." Er brachte das Boot auf Kurs und legte anschließend ihre Hände wieder auf das Ruder, damit sie steuerte. Dann hantierte er eine Weile mit den Segeln, ehe er zurückkam und das Ruder übernahm. „Ist alles in Ordnung mit dir?"

Sie nickte. Der Sturm flaute bereits wieder ab. Doch Kyras Puls raste noch immer so heftig. Außerdem war sie bis auf die Haut durchnässt und atemlos. Aber eigentlich ging es ihr bestens. Ja, sie fühlte sich sogar wunderbar.

„Wenn du einer Frau ein Abenteuer versprichst, dann hältst du dein Versprechen auch." Sie stellte sich spontan auf die Zehenspitzen, um Tony zu küssen und an sich zu drücken. Sie wollte, dass dieses wundervolle Gefühl der Verbundenheit andauerte.

Doch als sie sich Tony näherte, bemerkte sie seine Bestürzung. Es gelang ihr gerade noch rechtzeitig, sich zusammenzunehmen. Verlegen wich sie einen Schritt zurück und knetete ihre Hände.

„Kyra?"

Gekränkt hielt sie den Blick zu Boden gerichtet. „Ich habe unten das Fenster offen gelassen. Ich sehe lieber mal nach, ob wir die Kajüte geflutet haben."

Vorsichtig, um im Nieselregen nicht zu stolpern, eilte sie nach unten und warf sich aufs Bett. Sie schnappte sich einen Zipfel des Betttuches und wischte sich das Gesicht damit ab, nicht ganz sicher, ob es Tränen waren oder nur Wasser.

Sie musste sich unbedingt wieder in den Griff und ihre Gefühle unter Kontrolle bekommen. Es musste mit ihren Hormonen zu tun haben. Vielleicht wegen ihrer bevorstehenden Periode. Bestimmt lag es daran. Oder es war lediglich eine emotionale Reaktion darauf, dass sie gemeinsam den Sturm überstanden hatten.

Nichts hatte sich geändert. Zumindest nichts Wichtiges. In ein paar Tagen würde sie nach Texas zurückkehren und Harold sagen, dass sie ihn heiraten würde. Sie würde ihr Leben unter Kontrolle haben und sich um ihr Unternehmen und ihren Vater kümmern. Verdammt, sie hatte einen sehr guten, soliden Plan.

Die Gefühle für Michael verwirrten sie schon genug. Das Letzte, was sie jetzt brauchte, war, sich in Tony Moretti zu verlieben.

Tony ignorierte den Schmerz und konzentrierte sich ganz darauf, zurück zur Insel zu kommen. Erst als er den Anleger erreichte und das Boot festmachte, gestand er sich seinen unglaublichen Fehler ein.

Verdammter Idiot! tadelte er sich im Stillen. Niemals hätte er mit seinem Rücken in diesem Boot hinausfahren dürfen. Aber er konnte ja nicht auf seinen Verstand hören, was zur Folge gehabt hatte, dass sie fast auf ein Riff aufgelaufen wären.

Bei dem Versuch, den Anker zu lösen, hatte er das Letzte aus seinem Rücken herausgeholt. Wenn es ihm nicht gelungen wäre, den überwältigenden Schmerz zu ignorieren, und wenn Kyra nicht die Nerven behalten und sich nicht daran erinnert hätte, wie man den Motor anwarf …

Trotzdem, er hätte sie gar nicht erst in eine solche Gefahr bringen dürfen. Er hätte sie nicht anlügen dürfen hinsichtlich seiner Fähigkeiten, nur um sie zu beeindrucken. Stattdessen hätte er ihr die Wahrheit sagen und sie mit jemand anderem segeln lassen müssen.

Was war, wenn der Sturm schlimmer gewesen wäre? Wütend presste er die Lippen zusammen. Er hätte sie beide umbringen können mit seinem Leichtsinn. Und all das nur, weil er beweisen wollte, dass er noch so gesund war wie jeder andere Mann auch. So gesund, wie ihrem Glauben nach Michael es war.

Aber er war nicht gesund und würde es nie mehr sein.

Er ballte die Fäuste, vor Zorn auf das Leben, seine Lage, auf alles. Doch vor allem war er wütend auf sich, weil er sie in Gefahr gebracht hatte, diese Frau, die ihm inzwischen mehr bedeutete als jemals jemand zuvor.

Und er erinnerte sich daran, wie sie vor ihm zurückgewichen war, erschrocken und verlegen, statt ihn zu küssen.

„Tony?“, sagte sie. „Ist alles in Ordnung mit dir?“

Er sah sie an und erkannte die Besorgnis in ihren sanften grauen Augen.

Nein, es war nicht alles in Ordnung mit ihm. Schon seit fast einem Jahr nicht mehr. Und es wurde höchste Zeit, dass sich das änderte. Es wurde Zeit, dass er sein Schicksal akzeptierte und mit seinem Leben weitermachte.

10. KAPITEL

Liebe.

Als sie allein in ihrer Hütte war, verfolgte Kyra dieses Wort und raubte ihr den Schlaf. Konnte sie sich wirklich in Tony verliebt haben? Ihr Verstand sagte entschieden Nein, doch ihr Herz flüsterte Ja.

Der Rest von ihr war heillose Verwirrung.

Seufzend ließ sie sich wieder aufs Bett fallen und zog sich das Kissen über den Kopf.

Sie erlebte eine fantastische Zeit, nur mit zwei verschiedenen Männern, und das machte sie langsam wahnsinnig. Was sie sich mehr als irgendetwas sonst wünschte, war, dass der Mann, den sie am Tag liebte, der gleiche war, mit dem sie nachts schlief.

Sosehr sie es auch versuchte, die Wahrheit ließ sich nicht leugnen – sie liebte Tony.

Diese Erkenntnis machte sie so ausgelassen, dass sie tatsächlich kicherte. Sie war noch nie richtige verliebt gewesen, und es war ein himmlisches Gefühl, auch wenn es nicht von Dauer sein konnte. Als alte Frau würde sie auf ihr Leben zurückblicken und sich daran erinnern, dass sie einst echte, aufrichtige Liebe kennengelernt hatte.

Sie liebte Tonys Lachen und dass sie sich in seiner Nähe so wohl fühlte. Sie liebte es, dass sie so gut zusammenpassten und sich alles erzählen konnten. Und sie hatte es geliebt, wie sie auf dem Boot zusammengearbeitet und sich beim Tauchen ein Atemgerät geteilt hatten. Ja, sie liebte es allein schon, wie sie nur zusammen am Strand lagen.

Sie drückte das Kissen fester an sich. Sie war so darauf bedacht gewesen, sich gefühlsmäßig nicht in die Beziehung zu Michael zu verstricken, dass sie jene Bindung völlig vergessen hatte, die viel stärker war als Sex. Vertrautheit. Und der einzige Mann, der ihr jemals wirklich nahe gekommen war, war Tony.

Michael war süß und wundervoll, und sie hatte einige erstaunliche Dinge mit ihm erlebt. Doch wenn sie es genau betrachtete, fehlte dieser Beziehung etwas. Mit Tony hingegen verband sie etwas viel Tieferes. Er gab ihr Sicherheit und das Gefühl, etwas Besonderes zu sein. Möge der Himmel ihr beistehen, sie liebte ihn.

Nur schuf das ein kleines Problem, denn jetzt, wo sie Tony liebte, konnte sie natürlich nicht mehr mit Michael schlafen.

Erschrocken setzte sie sich auf, da ihr ein weiteres Problem einfiel: Wie, um alles in der Welt, konnte sie den einen Mann heiraten, wenn sie einen ganz anderen liebte?

Das war tatsächlich eine knifflige Frage, doch sie hatte bereits die Antwort darauf. Es war die gleiche Antwort, die sie ihr Leben lang auf alles gehabt hatte. An erster Stelle standen die Verpflichtung und die Verantwortung gegenüber der Familie.

Sie kämpfte gegen die aufsteigenden Tränen. Sie würde Harold heiraten, weil sie es tun musste. Und Tony würde einen Platz in ihrer Erinnerung bekommen.

War sie ursprünglich nicht genau deswegen zu Fantasies, Inc. gekommen?

Draußen versank die Sonne im Ozean und tauchte den Himmel in ein spektakuläres Farbenspiel in Orange und Violett. Kyra betrachtete es, bis jemand an ihre Tür klopfte.

Sie öffnete und hätte fast vor Schreck nach Luft geschnappt. Michael. Enttäuschung breitete sich in ihr aus. Natürlich gab es für sie keinen Grund, Tony zu erwarten. Trotzdem hatte sie irgendwie leise darauf gehofft. Er ging ihr jedenfalls nicht mehr aus dem Kopf, und die Aussicht, mit Michael zusammen zu sein, deprimierte sie – ganz gleich, wie sehr er es verstand, ihr Lust zu bereiten. Sie spürte, wie ihr die Tränen in die Augen stiegen.

Mit einer schwungvollen Bewegung warf er die Tür zu und schloss Kyra in die Arme. „He, Liebes, ganz ruhig. Was ist denn los?"

Obwohl sie sich dumm vorkam, konnte sie es nicht aufhalten. Also ließ sie den Tränen freien Lauf. Sie hielt das Gesicht an seine Schulter geschmiegt und atmete den vertrauten Duft seines Eau de Toilette ein. Er streichelte tröstend ihre Haare, bis sie sich entspannte und ihren Mut wiederfand.

Sanft legte er ihr die Hände auf die Schultern und hielt sie auf Armeslänge von sich. „Kyra? Was ist denn los?"

„Ich … ich glaube, ich kann das nicht mehr."

„Was meinst du?"

Sie löste sich von ihm und vollführte eine Armbewegung, die das ganze Zimmer umschloss. „Das alles. Du und ich. Ich kann es einfach nicht mehr." Eine Träne rollte ihre Wange hinunter, und sie wischte sie fort.

„Liebes, ich …"

Sie legte ihm einen Finger auf die Lippen. „Nein. Bitte. Es tut mir leid. Du machst wirklich erstaunliche Dinge mit mir." Sie schloss die Augen und nahm ihren Mut zusammen, auch wenn sie sich daran erinnerte, welche wunderbaren Gefühle er in ihr geweckt hatte. „Aber ich kann es nicht mehr." Sie sah ihm ins Gesicht. „Es tut mir leid."

„Warum?"

Sie holte tief Luft. „Weil ich erkannt habe, dass ich verliebt bin." Es tat gut, das auszusprechen, als würde es sie stärker machen, die Worte laut zu sagen. Als wäre Tony in diesem Moment bei ihr, damit sie aus seiner Nähe Mut schöpfen konnte.

Michael erstarrte. „Und wer ist der Glückliche?"

Er klang beinah ängstlich, und ein Schauer lief ihr den Rücken hinunter – ein weiteres seltsames Déjà-vu-Erlebnis. Und wieder verdrängte sie es und schob es auf ihre labile Verfassung.

Sie öffnete den Mund, um ihm zu sagen, dass sie Tony liebte. Sie wollte seinen Namen laut aussprechen und ihre Verbindung mit ihm auf diese Weise besiegeln.

Doch es gelang ihr nicht.

Sie konnte das Leben nicht ausschlagen, das Harold ihr angeboten hatte. Sie konnte nicht all das opfern, wofür ihre Familie so hart gearbeitet hatte, konnte das Versprechen nicht brechen, das sie ihrer Mutter gegeben hatte.

„Kyra", wiederholte er mit fester Stimme. „Sag mir, wen du liebst."

Sie sah ihm ins Gesicht. „Zu Hause wartet mein Verlobter auf mich. Ich werde ihn heiraten."

„Ist er der Mann, den du liebst?" Er klang ungläubig.

Sie presste die Lippen zusammen, nicht sicher, was sie darauf antworten sollte. Doch dann begriff sie, dass er die Wahrheit verdient hatte. „Nein. Ich mag ihn. Ich vertraue ihm und respektiere ihn." Sie versuchte ein Lächeln. „Es tut mir leid, Michael. Ich kann es einfach nicht mehr."

„Aber wenn du ihn doch nicht liebst? Wenn du jemand anderen liebst ..."

Eine weitere Träne lief ihre Wange hinunter. Sicher, ihre Beziehung war hauptsächlich körperlich gewesen. Trotzdem hatten sie so viel miteinander geteilt. Sie schuldete ihm wenigstens eine Erklärung. Schließlich hatte sie Tony von ihrer Fantasie erzählt, da sollte sie auch Michael gegenüber ehrlich sein.

„Ich habe dir nie meine Fantasie anvertraut", sagte sie. „Oder die Gründe, weshalb ich hier bin, und weshalb ich wollte, dass du für mich ein Unbekannter bleibst." Sie streichelte seine unrasierte Wange und fuhr mit dem Daumen unterhalb der Augenklappe entlang. „Ich habe Verpflichtungen der Familie gegenüber. Und ich brauche Harold." Mit einem Schulterzucken fügte sie sich in ihr Schicksal, wohl wissend, was sie aufgab, jedoch überzeugt, das Richtige zu tun. „Ich brauche ihn, und ich werde ihn heiraten."

Kyra stand vor ihm, in gerader Haltung und vollkommen ruhig. Doch sie hätte Tony ebenso gut einen Tritt versetzen und ihm das Herz aus der Brust reißen können. Schlimmer als jetzt hätte er sich dann bestimmt nicht gefühlt.

Sie liebte ihn, Tony. Davon war er überzeugt. Kyra sah nicht die Narbe, sondern sein Wesen. Und sie liebte ihn.

Aber das spielte jetzt keine Rolle mehr, denn Harold hatte gewonnen. Der gute alte Harold bekam sie und würde den Rest seines Lebens mit der Frau verbringen, die Tony liebte.

Er machte den Mund auf, um ihr zu widersprechen, um sie anzuflehen und zu überzeugen. Mehr als alles wollte er ihr sagen, dass er sie liebte und sie drängen, für immer bei ihm zu bleiben.

Doch er sagte nichts von all dem. Tony hatte nicht die richtigen Voraussetzungen. Harold hatte sie. Der gute alte Harry konnte sie retten. Tony dagegen hatte ihr nichts zu bieten. Nichts außer Liebe. Aber Kyra hatte ihm nun einmal zu verstehen gegeben, dass Liebe in ihrem Leben nicht den höchsten Stellenwert besaß. Daher war es besser, den Mund zu halten.

Es war besser, ihre Freundschaft fortzuführen, auch wenn das bedeutete, dass er innerlich sterben würde, wenn sie Harry heiratete. Es war besser, sie zu sehen, mit ihr zu lachen und Zeit mit ihr zu verbringen. Sie würde schließlich bald einen Freund brauchen. Und das war letztlich alles, was er für sie tun konnte. Ihr ein guter Freund sein. Zumindest Tony konnte es. Michael würde sie fortan wohl in Ruhe lassen müssen.

Er griff nach ihr, und nach kurzem Zögern kam sie in seine ausgebreiteten Arme. Er hielt sie fest an sich gedrückt und küsste sie auf den Kopf. Dann hielt er sie ein Stück von sich und sah in ihre roten verweinten Augen.

„Ich werde jetzt gehen."

Kyra nickte, und er verließ die Hütte. Er ging den Strand entlang zu seiner Hütte und blieb unterwegs nur einmal stehen, um einen Stein in die aufgewühlten Wellen zu schleudern.

Er fühlte sich benommen. Er hatte sie heute verloren. Seit dem Unfall hatte er stets erwartet, jede Frau zu verlieren, der er nahekommen würde. Doch mit diesem Verlauf der Dinge hatte er nicht gerechnet. Denn er hatte Kyra nicht wegen seiner Narbe oder seines Rückens verloren. Das war nicht das Problem. Er hätte wissen müssen, dass Kyra so etwas nicht wichtig war.

Dummerweise war das, was ihr wichtig war, für ihn unerreichbar.

Als er die Tür zu seiner Hütte öffnete, erklang die Titelmelodie von „Lone Ranger". Das war sein Handy. Es musste Alan sein, daher meldete er sich.

„Moretti."

„He, Tony. Amüsierst du dich gut mit den Mädels?"

„Sicher", erwiderte er.

„Geht es dir gut?" Alan hörte sich plötzlich ernst an.

„Bestens", sagte er. Dann: „Nein, es geht mir nicht gut. Absolut nicht."

Tony musste Alan zugutehalten, dass er seine sarkastischen Kommentare auf ein Minimum beschränkte und tatsächlich zuhörte, während Tony ihm alles berichtete.

„Deinem Rücken muss es ja besser gehen, wenn du schon als Zorro herumläufst", bemerkte Alan.

„Na und? Soll ich dem Einsatzleiter vielleicht sagen: ‚He, stell mich wieder ein, ich habe ein Kätzchen von einem Baum gerettet'?"

„Du hast mir eben gerade erzählt, das Kätzchen sei einfach davongelaufen."

„Sehr witzig." Aber Alan hatte recht. Seinem Rücken ging es tatsächlich besser. Zwar noch nicht richtig gut, aber es hatte gereicht, um den Helden zu spielen und seine Fantasie auszuleben.

„Du weißt, was ich meine", sagte Alan. „Was macht es denn schon, wenn du keine Einsätze mehr fahren kannst? Du kannst am Schreibtisch arbeiten. Oder dir einen anderen Job suchen. Was ist mit dieser Beratungsfirma? Die arbeiten landesweit. Du könntest überall leben, sogar in Texas", fügte er hinzu, auf seine typische Art Tonys eigentliches Problem ignorierend.

Tony fuhr sich durch die Haare. Vielleicht gab es wirklich andere Wege. Vielleicht musste er nicht unbedingt Feuer bekämpfen. Und vielleicht würde ihm die Arbeit am Schreibtisch sogar ein bisschen gefallen.

Aber das änderte nichts an den grundlegenden Fakten. „Ich kann ihr nicht helfen, Alan. Sie braucht jemanden mit Geld. Einen Geschäftsmann. Jemanden mit mehr Geld, als ich je gesehen habe. Jemanden, der das Erbe ihrer Familie am Leben erhalten kann." Frustriert ballte er die Faust. „Sie ist die Frau, die ich liebe, und ich kann nichts tun, um ihr zu helfen."

Doch noch während er das aussprach, fragte er sich, wieso er ihr seine Liebe nicht gestanden hatte. Waren seine Gründe wirklich so nobel, oder fürchtete er einfach nur den Schmerz, wenn sie ihn mit traurigen Augen ansehen und sich trotzdem für Harold entscheiden würde?

Es war ein Risiko. Möglicherweise wies sie ihn zurück und blieb bei ihrem törichten Plan. Aber verdammt, er musste es versuchen.

Tony holte tief Luft und verabschiedete sich von Alan.

Es wurde Zeit für Michael und Tony, sich mit der Frau zu unterhalten, die sie liebten.

Kyra wachte verwirrt und ganz und gar nicht erholt auf. Seltsame Gedanken und Bilder hatten sie in ihren Träumen verfolgt und ihr eine unruhige Nacht beschert. Sie wollte ihre Freundin Mona anrufen, aber die würde ihr auch nur erklären, dass ihre Schlaflosigkeit auf ein typisches Schuldgefühl zurückzuführen war – sie liebte den einen Mann, schlief mit einem anderen und plante, wiederum einen anderen zu heiraten.

Aber das allein war es nicht. Sie streckte sich, nahm ihren Notizblock vom Nachttisch und las die Liste, die sie vor dem Schlafengehen angefertigt hatte. Darin waren in der linken Spalte sämtliche Gründe aufgeführt, weshalb sie Harold heiraten sollte – ihre Familie, das Unternehmen, Sicherheit, Beständigkeit.

Auf der rechten Seite konnte sie nur einen einzigen Grund aufführen, Harold nicht zu heiraten – Tony.

Damit war das Pro und Kontra eigentlich eindeutig zugunsten von Harold entschieden. Dennoch zögerte sie, ihrer Liste zu folgen, statt ihrem Herzen.

Da war noch etwas anderes, das sie beschäftigte – jene Déjà-vu-Erlebnisse, die sie in den letzten Tagen mehrfach gehabt hatte.

Verärgert drehte sie sich um und vergrub den Kopf unter dem Kissen. Da sie das Bitte-nicht-stören-Schild rausgehängt hatte, war die Bettwäsche vom Zimmermädchen nicht gewechselt worden. Und so atmete sie jetzt Michaels vertrauten Duft ein.

Sehr vertraut.

Verwirrt setzte sie sich auf, da ihr eine Erinnerung kam. Das Boot. Als sie mit Tony um den Kuchen gerungen hatte. Der Duft. Sie kannte ihn, roch ihn jetzt in ihren Laken: Obsession for Men.

War das nur ein Zufall?

„Jetzt wirst du aber albern", tadelte sie sich. Offenbar spielte ihre Einbildungskraft verrückt.

Möglicherweise aber auch nicht. Sie suchte nach weiteren hilfreichen Hinweisen. Die Augenklappe über dem linken Auge und Tonys Narbe. Die abendlichen Bartstoppeln und Tonys frisch rasiertes Gesicht. Michaels Beharren, im Dunkeln zu bleiben.

Aber das war verrückt. Tony war an jenem Abend, an dem sie Michael kennengelernt hatte, gar nicht auf der Insel gewesen. Das hatte Stuart zumindest behauptet. War es etwa ein konstruiertes Alibi gewesen?

Vielleicht.

Nur dass Tony einen kranken Rücken hatte und sie und Michael sich bei ihrem Liebesspiel nicht gerade geschont hatten. Andererseits war Michael recht vorsichtig gewesen. Außerdem erinnerte sie sich an das nasse Küchenhandtuch, das sie nach der ersten gemeinsamen Nacht vor ihrem Bett gefunden hatte. War Eis darin gewesen? Denn selbst wenn er vorsichtig gewesen war, musste sein Rücken es gespürt haben.

Kyra setzte sich gerade auf. Ja, so musste es sein. Der Mann, den sie liebte und der, mit dem sie geschlafen hatte, waren ein und dieselbe Person.

Michael war Tonys geheime Identität. Und Tony Moretti war ihr Fantasie-Liebhaber.

Eine Welle puren Glücks durchströmte sie – nur um sofort von Zorn verdrängt zu werden.

Er hatte sie angelogen. Beide, Tony und Michael, hatten sie belogen.

Jeden Tag hatte sie Tony für ihren geheimnisvollen Liebhaber verlassen, und die ganze Zeit hatte er genau gewusst, zu wem sie ging. Und mit Michael hatte sie sich solche Mühe gegeben, eine unverbindliche Beziehung zu führen, bei der es nur um Sex ging. Dabei hatte er die ganze Zeit ihre kleinen Geheimnisse gekannt, jedes Detail, das sie Tony am Tag berichtet hatte.

Sie versuchte wütend zu bleiben, um die aufkommende Traurigkeit in Schach zu halten. Doch es war zwecklos.

Sie kannte Tony. Kannte ihn gut genug, um sich heftig in ihn zu verlieben. Und das wiederum bedeutete, dass sie wusste, wie tief verunsichert er war.

Er hatte ihr seine wahre Identität verschwiegen, aus Angst, sie würde sich von ihm abwenden. Er hatte sein Herz geschützt und es ihr ermöglicht, ihre heimlichen Fantasien auszuleben. Hatte sie ihm nicht selbst oft genug gesagt, wie wichtig ihr Anonymität war?

Nun, die hatte sie bekommen. Nur hatte sie nicht damit gerechnet, dass sich ihre Fantasie am Ende gegen sie wenden würde.

Darum sei vorsichtig mit dem, was du dir wünschst …

Sie zog die Knie an die Brust, und als die Tränen kamen, ließ sie ihnen freien Lauf.

So viel hatte sich in den letzten vierundzwanzig Stunden verändert. Sie hatte sich verändert. Und obwohl sie vorher so heftig gegen ihre Gefühle angekämpft hatte, wusste sie tief in ihrem Herzen doch, dass sie nicht nach Texas zurückkehren und Harold heiraten konnte.

Leider hatte sie auch keine Ahnung, wie sie ihr Unternehmen retten konnte, ob sie überhaupt dazu in der Lage sein würde. Aber Tony hatte recht, sie verdiente mehr als eine Ehe, die auf einer Kosten-Nutzen-Rechnung basierte. Und Harold verdiente eine Frau, die ihn aufrichtig liebte. Sie verdiente einen Mann, den sie liebte und der ihre Liebe erwiderte. Das, was ihre Mutter in ihrem Vater gefunden hatte.

Es war beängstigend, das Unternehmen aufs Spiel zu setzen, wo sie es doch so leicht retten konnte. Mit nur drei kleinen Worten – ja, ich will. Aber diese Worte konnte sie nicht ohne drei andere Worte sagen, nicht einmal ihrem Vater zuliebe. Vor einer Woche noch, ja. Doch jetzt hatten sich die Dinge geändert. Sie hatte sich geändert.

Sie hatte sich verliebt, und sie hatte es Tony zu verdanken, dass er ihr die Augen geöffnet hatte.

Sie musste es ihm sagen, und bei dieser Vorstellung lächelte sie … bis es ihr wieder einfiel – sie hatte es ihm ja schon gesagt.

Dort drüben hatte sie mit Michael gestanden und das magische Wort ausgesprochen – Liebe. Es musste ihm doch klar gewesen sein, wen sie damit meinte. Er wusste, dass sie Harold nicht liebte. Blieb also nur Tony.

Und dennoch hatte er seine Maske nicht fallen lassen oder Einspruch erhoben, als sie verkündet hatte, sie würde Harold heiraten.

Traurig musste sie sich eingestehen, dass die Liebe manchmal eine Einbahnstraße war. Wenn er sie nicht liebte, würde sie es trotzdem überleben. Nach einer Weile würde der Schmerz nachlassen, dann würden ihr immer noch die Erinnerungen bleiben. Das war mehr, als manch anderer in seinem ganzen Leben besaß. Sie sollte dankbar sein, aber sie war es nicht. Stattdessen war ihr nur nach weinen zumute.

Genau das wollte sie gerade tun, als die Tür geöffnet wurde. Blinzelnd sah sie auf und erkannte schwarze Jeans, ein T-Shirt und eine Augenklappe.

Sie hielt den Atem an. Michael. Tony. Wie auch immer, der Mann, den sie liebte.

Und verdammt, sie war noch nicht bereit, jetzt schon aufzugeben. Er hatte es vielleicht nicht gesagt, aber das hieß nicht, dass er sie nicht auch liebte.

Sie wusste es nicht. Zumindest nicht sicher. Aber sie hatte die Absicht, es herauszufinden.

„Ich musste dich sehen“, sagte Tony und hoffte, sie würde ihn nicht wegschicken. „Ich will mit dir reden.“ Er musste ihr alles gestehen und ihr sagen, dass er sie liebte.

„Ich bin froh, dass du gekommen bist.“ Sie lag im Bett unter der Decke. Er bemerkte die Shorts auf dem Fußboden und stellte sich vor, dass sie sehr wenig anhatte unter der Decke.

„Warum?“, fragte er.

Sie klopfte auf das Bett. Ihr Lächeln war ein wenig mutwillig. „Vielleicht habe ich beschlossen, dass ich noch eine Nacht mit dir will, ein weiteres erotisches Abenteuer.“

Sie ließ die Decke herunterrutschen, sodass er einen Blick auf ihr dünnes T-Shirt und ein gutes Stück ihrer nackten Beine bekam. Er schluckte – und widerstand der Versuchung. Erst musste sie die Wahrheit erfahren.

„Was ist denn los, Michael?“ Sie richtete sich auf die Knie auf, kam zu ihm und streichelte seine Wange. „Ich dachte, es würde dich vielleicht interessieren, dass ich beschlossen habe, nicht zu heiraten."

„Tatsächlich?"

„Ja." Ihr Finger umspielte seinen Mundwinkel. „Möchtest du nicht wissen, wieso?"

Da er kaum zu einem klaren Gedanken fähig war, nickte er nur.

„Ich habe über das nachgedacht, was du gesagt hast."

„Dass du deinen Verlobten nicht liebst?"

„Dass ich etwas Besseres verdiene und nicht glücklich werden würde in einer Ehe, die nur auf einer Kosten-Nutzen-Rechnung basiert." Sie sah ihm ins Auge. „Du hattest recht."

„Ja?" Plötzlich begriff er. Diese Worte hatte er vor einigen Tagen am Strand an sie gerichtet – als Tony. „Nein, das habe ich nie gesagt", flüsterte er.

Sie sah ihn an, streichelte sein Gesicht und fuhr mit dem Finger unter die Augenklappe. Ehe er es verhindern konnte, schob sie sie hoch. „Doch, das hast du."

Er erstarrte und fürchtete, sie würde wütend sein. Doch in ihren Augen las er nur Verständnis. „Es tut mir leid", sagte er. „Ich hätte es dir früher gestehen sollen."

„Schon gut. Ich verstehe, wieso du es nicht getan hast." Sie schaute nach unten und bemerkte, dass sie wieder ihre Hände knetete. „Aber da ist etwas, dessen ich mir nicht so sicher bin ..."

„Ich liebe dich." Er nahm ihre Hand. „Ich liebe dich, Kyra."

Erleichtert und mit Tränen in den Augen lächelte sie. Tony kam sich wie ein Idiot vor, dass er es nicht schon viel früher gesagt hatte.

„Ich hätte es dir viel früher gestehen müssen. Aber du warst so entschlossen, was Harold anging. Daher dachte ich, es sei einfacher, wenn du es nicht weißt."

Sie zog ihn neben sich aufs Bett herunter. „Und was hat deine Meinung geändert?"

„Ich dachte, du solltest die Wahl haben – entweder mit einem Mann zusammen zu sein, der dir die Welt zu Füßen legen kann, oder mit einem, der dir nur seine Liebe geben kann."

Sie strahlte, und einiges von seiner Anspannung fiel von ihm ab. „Nun, da muss ich nicht lange überlegen." Sie blinzelte ihm zu. „Ist das etwa ein Heiratsantrag, Mr Moretti?"

„Ja, das ist es." Zum ersten Mal wurde ihm klar, dass er diese Insel unter keinen Umständen ohne Kyra an seiner Seite verlassen konnte.

„Gut“, meinte sie und küsste ihn. „Dann ist das ein Ja.“

Sein Herz floss über vor Liebe. Doch durfte sie nicht vergessen, was sie damit aufgab. „Du weißt, dass ich dir bei deinem Unternehmen nicht helfen kann.“

„Doch, das kannst du“, widersprach sie mit ernster Miene. „Eine Weile wird es sehr schwer sein. Aber begreifst du nicht? Du wirst mir schon allein dadurch helfen, dass du da bist und meine Hand hältst.“

Genau das tat er jetzt, schloss seine Finger um ihre Hand und drückte sie zärtlich, bis sie seine Wärme und Kraft spürte. „Immer, Liebes. Das verspreche ich.“

Sie lagen einander in den Armen, benommen vor Glück und Liebe. Tony atmete tief ihren Duft ein und ließ die Wahrheit auf sich einwirken. Sie liebte ihn.

In den Monaten nach dem Unfall hatte er geglaubt, es so schlecht zu haben. Dabei war er ein Narr gewesen. Denn er hatte es keineswegs schlecht. Zumindest jetzt nicht mehr. Jetzt hatte er Kyra. Und das machte ihn zum glücklichsten Mann auf der Welt.

„Mein Bruder wird Verständnis haben“, fuhr sie fort. „Und Harold sicher auch. Bei meinem Vater wird es schwieriger, aber er wird sich mit der Vorstellung anfreunden, denn letztlich möchte er, dass ich glücklich werde. Was mich betrifft …“ Sie zuckte die Schultern. „Falls ich es allein schaffe, das Unternehmen am Leben zu erhalten, gut. Doch wenn nicht, wird es bestimmt jemanden geben, der mich einstellt.“

Tony schüttelte den Kopf. „Das wird nicht funktionieren.“

„Warum nicht?“

„Weil ich nicht zulasse, dass du es allein schaffen musst.“

„Nein?“ Sie schmiegte sich noch enger an ihn.

„Nein.“

„Versprochen?“

„Versprochen.“

Sie legte ihm die Arme um den Hals. „Danke“, flüsterte sie.

„Wofür?“

„Für alles. Dafür, dass du so bist, wie du bist und mir klargemacht hast, dass ich mein Leben nicht nach einer Liste mit Vor- und Nachteilen führen kann, sondern es leben muss.“ Zärtlich streiften ihre Lippen seine. „Mit dir.“

„Ich liebe dich.“

Sie gehörte wirklich ihm – nicht Harold. Sie liebte ihn, und sie wollte mit ihm zusammen sein. Seufzend drückte er sie an sich und streichelte ihren Rücken. Am Ende war es ihm doch irgendwie gelungen, die Frau zu retten, die er liebte.

Und das, dachte er, ist ein wahr gewordener Traum.

EPILOG

Merrilee beobachtete, wie das Flugzeug vom Wasser abhob. Sie hielt die Hand an die Stirn, um ihre Augen gegen die Sonne zu schützen. Im Fenster konnte sie Kyra und Tony zum Abschied winken sehen. Sie winkte zurück und schaute dem Flugzeug nach, bis es nur noch ein Punkt am Himmel war.

„Was für ein großartiges Happy End für die beiden", bemerkte Danielle.

„Oh, ja. Besser hätten wir es uns nicht wünschen können." Tony hatte eine Frau gefunden, die ihn so sehr liebte, dass er schließlich daran glaubte, ihre Liebe wert zu sein.

Und Kyra hatte bekommen, wonach sich jede Frau insgeheim sehnte – dass der geheimnisvolle Unbekannte und der Mann ihrer Träume ein und derselbe waren.

Sie erlaubte sich einen Moment der Melancholie, dann legte sie den Arm um Danielles Schulter und drückte die junge Frau herzlich an sich.

„Komm, gehen wir ins Büro und schauen uns die nächsten Bewerbungen an. Es wird Zeit, dass wir helfen, eine weitere Fantasie wahr werden zu lassen."

– ENDE –

Janelle Denison

Lustvolle Fantasien

Roman

Aus dem Amerikanischen von
Christian Trautmann

MIRA®

PROLOG

„Hier ist die Werbeanzeige für die diesjährige Wohltätigkeitsaktion auf Wild Fantasy, die Sie sich noch einmal ansehen wollten."

Lächelnd nahm Merrilee Schaefer-Weston die Unterlagen von ihrer Assistentin entgegen. „Sehr gut. Danke, Danielle."

Die Augen der jungen Frau leuchteten begeistert. „Wenn die früheren Jahre ein Anhaltspunkt sind, wird diese Veranstaltung ein voller Erfolg."

Merrilee nickte. Sie war ebenso optimistisch. „Das hoffe ich."

Danielle verließ das Büro, um sich anderen Aufgaben zu widmen, und Merrilee lehnte sich zurück, um die Überschrift der Anzeige zu lesen: *Wild Fantasy. Wo alles geht und alles möglich ist.*

Einschließlich der Liebe, dachte Merrilee. Ja, die ganz besonders.

Vor drei Jahren hatte sie festgestellt, dass sie aufgrund des enormen Erfolges ihrer Ferienanlagen – Fantasies Inc. – und der Erbschaft, die ihr Mann ihr hinterlassen hatte, über mehr Geld verfügte, als sie ausgeben konnte. Folglich hatte sie sich entschlossen, auf einer ihrer Urlaubsinseln etwas anderes auszuprobieren: einen Urlaub, der nicht nur ihren Gästen zugutekommen würde, sondern auch dem Leben anderer Menschen. Daraus entstand die Idee eines Wettkampfes für wohltätige Zwecke. Von den vier Inselrefugien, die sie besaß, schien ihr Wild Fantasy der perfekte Ort dafür zu sein.

Die Regeln waren einfach und klar. Singles taten sich zu Paaren zusammen, um eine Woche lang abenteuerliche Spiele zu absolvieren mit dem Ziel, Punkte zu sammeln und am Ende Geldpreise zugunsten einer bestimmten Wohltätigkeitsorganisation zu gewinnen. Zwar ging es vorrangig darum, sich zu amüsieren und mit seinem Partner auseinanderzusetzen, doch wuchs mit jedem gewonnenen Wettkampf der Schwierigkeitsgrad der Aufgaben. Beide Partner mussten daher zum Erreichen der Ziele zusammenarbeiten, oder sie hatten keine Chance.

Während des Wettkampfs entdeckten die meisten Leute ganz neue Seiten an sich. Körperliche Kräfte, auf die sie bisher nie angewiesen waren, und die innere Kraft, emotionale Schwächen zu überwinden.

Merrilees größte Hoffnung war, dass jeder ihrer Gäste die Insel mit neuem Respekt vor seinen eigenen individuellen Fähigkeiten und einem gewissen Stolz für das im Wettbewerb Erreichte verließ. Außerdem wünschte sie sich, dass ihre Gäste eine engere Verbindung zu ihrem Teampartner aufbauten. Manchmal wurde Liebe daraus, manchmal gingen die Paare auch nach den Wettkämpfen als gute Freunde auseinander.

Merrilee hatte viele Briefe erhalten von den Gästen, die an der Wild-Fantasy-Wohltätigkeitswoche teilgenommen hatten, in denen sie ihr nicht nur für ihre Großzügigkeit dankten, sondern auch dafür, dass sie jemand Besonderes in ihr Leben gebracht hatte. Seelenverwandte hatten sich kennengelernt und wollten auch nach dem Urlaub zusammenbleiben.

Merrilee seufzte. Sie wusste genau, wie es war, sich mit jemandem verbunden zu fühlen, der ein Teil der eigenen Seele war. Für sie war das Charlie Miller gewesen, der Mann, der ihr Herz erobert hatte und dann in Vietnam gestorben war, ehe sie ein gemeinsames Leben beginnen konnten. Der persönliche Verlust hatte eine tiefe Leere in ihr hinterlassen, die auch ihre Ehe mit Oliver Weston nicht hatte ausfüllen können.

Die Erinnerung an Charlie Miller lenkte ihre Gedanken auf C.J. Miller, den neuen Piloten von Fantasies, Inc., den sie kaum je zu Gesicht bekam. Dieser Mann weckte ein Verlangen in ihr, das sie seit unzähligen Jahren nicht mehr empfunden hatte. Gedankenverloren berührte sie die Kette mit dem herzförmigen Rubin, ein Geschenk eines heimlichen Verehrers, den sie ebenso wenig zu sehen bekam wie C.J. Miller.

Wild Fantasy. Wo alles geht und alles möglich ist.

Der Slogan ging Merrilee durch den Kopf und spornte ihre Fantasie an. Vielleicht war es für sie an der Zeit, herauszufinden, was möglich war und wer C.J. Miller eigentlich war.

Aufgeregt gab sie per Unterschrift ihre Zustimmung zu der Anzeige und heftete eine Notiz für Danielle daran, deren Wortlaut sie auch zu ihrem Motto machte: *Lasst die Fantasie beginnen.*

1. KAPITEL

Er würde die wilde honigblonde Mähne und den fantastischen Körper überall wiedererkennen.

Mitch Lassiter beobachtete die langbeinige Schönheit, die der Hostess durch den gut besuchten Restaurantbereich des Country Clubs folgte, wo er mit seiner Mutter zum Lunch verabredet war. In ihrem korallenroten Kleid, das ihre Bräune und ihre schlanke, athletische Figur hervorhob, zog sie mühelos die Aufmerksamkeit aller Männer auf sich.

Ihr Gang war selbstbewusst, ihr Hüftschwung von natürlicher Anmut. Sie quittierte die anerkennenden Blicke mit einem freundlichen Lächeln. Doch trotz ihrer Freundlichkeit und Wärme hatte sie etwas Unnahbares an sich, sodass Mitch sich immer wieder fragte, wie ihr wahres Gesicht hinter ihrer gelassenen, selbstbewussten Fassade aussah.

Nicole Britton. Unerschrocken und temperamentvoll, sexy wie die Sünde und mit einem enormen Ehrgeiz gesegnet. Mitch kannte sie, seit sich ihre Mütter vor sieben Jahren miteinander angefreundet hatten. Die Zielstrebigkeit, mit der sie ihre Ziele verfolgte, war ihm vor ein paar Jahren bei einem Familienfest aufgefallen, als sie ihn zu einer Partie Billard aufgefordert hatte. Für sie hatte nur der Sieg gezählt. Sie hatte energisch, aber beherrscht gespielt. Und sie hatte ihn abgelenkt, indem sie mit ihm flirtete. Am Ende hatte sie drei Mal hintereinander gewonnen.

Trotz seiner Niederlage war es einer der schönsten Abende seit Langem gewesen. Sein Autohandel und seine Verpflichtungen gegenüber der Familie hatten ihn seit dem Tod seines Vaters ganz in Anspruch genommen, sodass ihm keine Zeit für Vergnügungen oder gar eine Liebesbeziehung geblieben war. An jenem Abend aber hätte er beinah der unleugbaren Anziehung zwischen ihnen nachgegeben und Nicole um eine Verabredung gebeten. Aber dann war ihm aufgefallen, dass ihre Mütter sie ein wenig zu interessiert beobachteten. Es wäre ein Fehler gewesen, sie glauben zu lassen, die Bekanntschaft zwischen ihm und Nicole könnte zu etwas Ernstem und Dauerhaftem führen.

Damals war Mitch nicht auf der Suche nach einer festen Bindung gewesen. Nicole ebenfalls nicht. Ihre unbekümmerte, unverbindliche Art nach dem Ende ihrer Beziehung mit einem aufstrebenden Mitglied des Stadtrats ein Jahr zuvor deutete zumindest nicht darauf hin. Im Bruchteil einer Sekunde war ihm klar geworden, welche Belastung es für die Freundschaft ihrer Mütter darstellen würde, wenn es zwischen ihm und Nicole nicht klappte. Hinzu kamen die Erwartungen, die man im Fall einer Beziehung in sie setzen würde. Nach diesen Überlegungen war er zu dem Entschluss gekommen, sich mit einem lockeren, freundschaftlichen Verhältnis zu ihr zu begnügen.

Diese Entscheidung hatte ihn jedoch nicht davon abgehalten, sie zu begehren. Und es hatte Nicoles Neigung nicht gebremst, mit ihm zu flirten und ihn zu necken, wann immer sie zusammen waren – was die sexuelle Spannung zwischen ihnen noch erhöhte.

Mitch verdrängte gerade diese Gedanken, als Nicole den Kopf in seine Richtung drehte, wodurch ihre schulterlangen, seidig schimmernden Haare in Bewegung gerieten. Mit ihren lebhaften grünen Augen suchte sie den Raum ab und hielt abrupt inne, als sie ihn entdeckte, nur Sekunden, bevor die Hostess vor seinem Tisch stehen blieb.

Ein erstauntes Lächeln erschien auf ihrem Gesicht. „Nanu, du hier, Mitch?"

Er erwiderte das Lächeln und fühlte schon wieder das erotische Knistern zwischen ihnen, das sofort entstand, sobald sie sich trafen. „Schön, dich wieder zu sehen, Nicole."

Es war wirklich schön. Sie sah nicht nur umwerfend sexy aus, sondern duftete auch betörend nach Aprikosen.

Mitch hatte Mühe, seine Aufmerksamkeit auf die Hostess zu richten. „Ich bin hier mit meiner Mutter zum Lunch verabredet, Heather. Ich fürchte, Sie haben Miss Britton zum falschen Tisch geführt."

„Oh nein, Mr Lassiter." Die junge Frau legte eine weitere Speisekarte auf den Tisch. „Ihre Mutter und Mrs Britton haben einen gemeinsamen Tisch bestellt und mich gebeten, Sie beide schon hinzuführen, falls Sie vor ihnen da sind."

Mitch schaute Heather nach, die in den vorderen Teil des Restaurants zurückging. „Das ist ja interessant", murmelte er und richtete den Blick auf seine Tischgenossin.

Nicole wirkte ebenso perplex wie Mitch, nahm jedoch neben ihm Platz. „Das kann man wohl sagen. Eigentlich war ich mit meiner Mutter zum Lunch verabredet." Sie hängte ihre Handtasche über die Stuhllehne. „Sie hat mich heute Morgen angerufen und gesagt, sie müsste etwas Wichtiges mit mir besprechen."

„Das Gleiche hat meine Mutter auch zu mir gesagt“, entgegnete er. „Ich kann mir nicht vorstellen, was die beiden im Schilde führen.“

Ein freches Funkeln trat in ihre Augen, während sie die Stimme zu einem heiseren, Flüstern senkte, das nur für seine Ohren bestimmt war. „Wir beide allein, das wäre doch viel vergnüglicher, findest du nicht?“

Es durchströmte ihn heiß bei ihren Worten, und obwohl er wusste, dass sie wie üblich nur mit ihm herumflachste, ging er darauf ein. „Oh, ganz sicher. Was hältst du davon, wenn wir uns zur Hintertür hinausschleichen und unseren Hunger irgendwo stillen, wo wir ungestört sind?“

„Hm.“ Sie legte die Hand unters Kinn und tat, als dächte sie ernsthaft über seinen Vorschlag nach. „Das klingt verlockend. Allerdings glaube ich nicht, dass unsere Mütter über den Klatsch erfreut sein würden, den wir damit zweifellos auslösen würden.“

Er lachte. „Dein rebellischer Ruf eilt dir voraus, Nicole. Normalerweise schreckst du doch nicht vor Dingen zurück, die für Klatsch und Spekulationen sorgen.“

„Wer? Ich?“, rief sie unschuldig und befeuchtete sich die Lippen mit der Zunge, sodass Mitch sich unwillkürlich vorstellte, sie zu küssen. „Wie kommst du denn darauf?“

Er lehnte sich zurück und verschränkte die Arme vor der breiten Brust. „Na, mal sehen. Wie war es zum Beispiel vor drei Jahren, als du dich rundheraus geweigert hast, das äußerst großzügige Angebot deines Vaters anzunehmen, dich als Rezeptionistin in seiner Arztpraxis anzustellen?“

Sie verdrehte die Augen. „Du liebe Zeit! Dieses äußerst großzügige Angebot war der Versuch meiner Eltern, ein nettes, normales Mädchen aus mir zu machen, in einem netten, traditionellen Beruf, der für jemanden geeignet ist, der sanftmütiger und liebenswürdiger ist als ich.“ Sie schüttelte sich.

„Und da du kein nettes, normales Mädchen bist, hast du dir stattdessen einen Geschäftspartner gesucht und alle mit der Gründung deines eigenen Unternehmens für Sportbegeisterte geschockt.“ Auch ihren damaligen Freund, das Mitglied des Stadtrates. „All Seasons Outdoor Adventures, heißt es nicht so?“

Nach allem, was er wusste, stellten sie und ihr Partner, Guy Jacobs, nicht nur Abenteuer-Urlaube zusammen, sondern arbeiteten außerdem noch als Führer bei Wanderungen, Klettertouren, Wildwasserfahrten und sonstigen waghalsigen Unternehmungen.

„Ja, das stimmt alles." Sie hob das Kinn. „Das Unternehmen ist sehr erfolgreich. Nicht, dass mein Vater diesen Erfolg jemals zur Kenntnis genommen hätte."

Aus irgendeinem Grund war ihr die Anerkennung ihres Vaters offenbar wichtig, auch wenn sie so tat, als sei das nicht der Fall. Der schmerzliche Unterton war kaum zu merken, aber er war da. Das konnte auch ihr gleichgültiges Schulterzucken nicht überspielen. Offensichtlich verbarg sich hinter ihrer glatten Fassade eine sehr verletzliche Persönlichkeit.

„Ich kann mir dich ebenfalls nicht als Rezeptionistin vorstellen", sagte Mitch.

„Danke." Sie strahlte, als hätte er ihr ein großes Kompliment gemacht. Rasch trank sie einen Schluck Wasser. „Du kennst mich besser, als ich dir zugetraut hätte."

Und er wollte sie unbedingt noch besser kennenlernen.

Nicole beugte sich überraschend vor und legte ihre Hand auf seine. Sofort beschleunigte sich Mitchs Puls, und ihre weichen Fingerspitzen, kühl vom Wasserglas, das sie gerade berührt hatte, verursachten ein Prickeln auf seiner Haut.

Ihr sinnlicher Mund verzog sich zu einem mutwilligen Lächeln. „Wollen wir jetzt wie Liebende Hand in Hand aus diesem spießigen Country Club verschwinden und unsere Mütter ihre eigenen Schlüsse ziehen lassen?" Sie zog ihre perfekt geschwungenen Brauen hoch. „Das könnte sehr amüsant sein."

Mitch zwinkerte ihr zu. „Ich bin überzeugt, du könntest einen Heiligen zur Sünde verleiten. Wenn unsere Mütter nicht in diesem Augenblick in unsere Richtung kämen, würde ich dich beim Wort nehmen und herausfinden, wie weit du dein Spielchen wohl treiben würdest."

Bei der Erwähnung ihrer Mütter zog sie ihre Hand zurück und seufzte bedauernd. „Ich fürchte, darauf werden wir verzichten müssen."

Er grinste vielsagend. „Diesmal jedenfalls."

Nicole studierte ihre Speisekarte, war jedoch unfähig, sich zu konzentrieren. Während ihre Mutter und Joyce Lassiter über den fantastischen Schlussverkauf bei Bloomingdales heute Morgen plauderten, der auch der Grund war, weshalb sie sich verspätet hatten, drehten sich Nicoles Gedanken um aufregendere Dinge. Wie zum Beispiel um den anziehenden Mann neben ihr und die verräterische Reaktion ihres Körpers auf seine Berührung.

Sie atmete tief durch, was jedoch nicht half, ihre Erregung zu dämpfen. Mitch Lassiter gelang es stets, sie aus der Fassung zu bringen und auf eine Art zu beunruhigen, wie es noch keinem Mann vor ihm gelungen war. Er besaß die Fähigkeit, sie mit einem einzigen Blick zu erregen, einem charmanten Lächeln oder einfach nur mit seiner tiefen, klangvollen Stimme. Nicht, dass sie ihm dieses Geheimnis jemals anvertrauen würde.

Ihr Privatleben war genau so, wie sie es haben wollte, frei von den Einschränkungen und den komplizierten Emotionen, mit denen sie den Großteil ihrer Kindheit und Jugend zu kämpfen gehabt hatte. Das einzig Frustrierende war die Tatsache, dass ihre Eltern sie ständig mit ihrem jüngeren Bruder verglichen. Robert, der daran arbeitete, ein erfolgreicher Orthopäde zu werden, hatte vor Kurzem geheiratet – natürlich ein „nettes, normales Mädchen" – und würde demnächst Vater werden. Da Nicole die Ältere war und die einzige Tochter, drängten ihre Eltern sie seit Jahren, zu heiraten. Wenn es nach ihnen gegangen wäre, hätten sie sich für ihren Exfreund, Jonathan Gaines, entschieden. Als reicher Abgeordneter mit gesellschaftlichen Verbindungen war Jonathan exakt die Art von Mann, den ihre Eltern zu gern zum Schwiegersohn gehabt hätten.

Unglücklicherweise hatte Nicoles Meinung in dieser Sache keine große Rolle gespielt. Während ihre Beziehung zu Jonathan eher angenehm als aufregend gewesen war und sie seine Gesellschaft und seine Intelligenz geschätzt hatte, hatte er seinerseits bestimmte Erwartungen an sie gehabt. Erwartungen, die sie nicht erfüllen konnte. Wie alle anderen in ihrer Familie hatte er weder ihre Unternehmensgründung noch ihre Ideale gebilligt. Er nahm es ihr übel, dass sie einen großen Teil ihrer Zeit in All Seasons Outdoor Adventure investierte. Die Trennung hatte sie einerseits zwar erleichtert, ihr andererseits aber auch schmerzlich vor Augen geführt, dass Männer ihre Selbstständigkeit und ihren Ehrgeiz einschüchternd fanden.

Zusätzlich hatte sie mit dem Erstaunen ihrer Eltern über die Trennung von Jonathan zurechtkommen müssen. Besonders ihr Vater war enttäuscht gewesen. Er warf ihr vor, eine vielversprechende Zukunft für etwas sausen zu lassen, was er als „Männersache" bezeichnete. Die Trennung war für ihn nur eine weitere Enttäuschung in einer langen Reihe ähnlicher Vorkommnisse.

Doch trotz ihrer Vergangenheit und tieferer, unbefriedigter Sehnsüchte würde sie für niemanden ihre schwer erkämpfte Unabhängigkeit aufgeben. Nicht einmal für Mitch. Gegen ein bisschen Flirten war nichts einzuwenden, und solange ihre Begegnungen mit Mitch nicht über harmlose Neckereien hinausgingen, würde sie sich auch dabei wohlfühlen.

Von diesem Gedanken beruhigt, entschied sie sich für ein Sandwich und einen Eistee. Dann legte sie ihre Speisekarte auf den Tisch und wartete auf den Kellner. Alle vier bestellten, und nachdem der Kellner zum nächsten Tisch gegangen war, nahm Nicole ihre Leinenserviette, breitete sie auf ihrem Schoß aus und wandte sich an die beiden Mütter.

„Was war denn nun so wichtig, dass wir vier uns zum Lunch treffen mussten?", fragte sie.

Die älteren Frauen tauschten einen aufgeregten Blick. Rhea sprach als Erste. „Wir haben euch beide heute hierher bestellt, um euch um eure Hilfe für unsere Aktion zur Früherkennung von Brustkrebs zu bitten."

Mitch richtete sich sofort besorgt auf. „Ist alles in Ordnung mit dir, Mom?"

Nicole wartete ebenso gespannt auf Joyce' Antwort, denn bei Mitchs Mutter war vor sieben Jahren Brustkrebs diagnostiziert worden. Obwohl sie die Krankheit überstanden hatte, bestand immer die Möglichkeit des Wiederauftretens. Nicole wusste das alles nur zu gut, da die Schwester ihrer Mutter, Andrea, an der Krankheit gestorben war. Ihre Mutter und Joyce hatten zur gleichen Zeit eine Selbsthilfegruppe besucht und waren seither die besten Freundinnen. In ihrer Freizeit, über die beide reichlich verfügten, sammelten sie Geld für den wohltätigen Zweck, der ihnen am meisten am Herzen lag.

„Mir geht es ausgezeichnet, Mitch", versicherte sie mit einem strahlenden Lächeln. Mitchs Erleichterung war beinah fühlbar. „Diese Bitte kommt nicht von mir persönlich, sondern von unserer Organisation."

Als der Kellner ihre Drinks brachte, lehnte Mitch sich wieder zurück. „Du weißt, dass ich alles tun werde, um einen guten Zweck, der dir so sehr am Herzen liegt, zu unterstützen."

Joyce' Gesicht spiegelte mütterliche Zuneigung wider. Für eine

Frau Ende Fünfzig, die schon viele Höhen und Tiefen erlebt hatte – nicht nur die Krebserkrankung, sondern auch den Tod ihres Mannes – sah sie immer noch lebenssprühend und schön aus. „Ich wusste, dass ich auf dich zählen kann, mein Lieber." Sie tätschelte ihrem Sohn die Hand.

„Du weißt, dass für mich das Gleiche gilt, Mom." Nicole presste eine Zitronenscheibe aus und gab den Saft in ihren Eistee. „Was brauchst du? Eine Spende von All Seasons? Oder soll ich eine bestimmte Veranstaltung sponsern?"

„Das Angebot weiß ich zu schätzen", sagte Rhea und nippte vorsichtig an ihrem Kräutertee. „Aber hier geht es um etwas, was ihr beide für die Organisation tun sollt."

Nicole und Mitch sahen sich erstaunt an.

„Könntet ihr uns dazu Genaueres sagen?", fragte Mitch.

„Selbstverständlich." Joyce tupfte sich den Mund mit ihrer Serviette ab. „Rhea und ich sind auf eine Anzeige in der Denver Post gestoßen, in der ein Wettkampf zugunsten von wohltätigen Zwecken vorgestellt wird, und wir dachten sofort, wie toll es wäre, wenn ihr beide unsere Organisation repräsentieren würdet."

„Und weiter?", fragte Mitch misstrauisch.

Rhea spießte mit ihrer Gabel eine Tomate in ihrem Salat auf und fuhr an Joyce' Stelle fort: „Es gibt da diese Urlaubsinsel an der Südküste von Florida. Sie heißt Wild Fantasy, und dort findet jedes Jahr ein Wettkampf statt. Der Hauptgewinn sind hunderttausend Dollar, die von den Siegern für eine Organisation oder einen guten Zweck ihrer Wahl gespendet werden."

„Und ihr wollt, dass wir da mitmachen?", meinte Mitch.

Joyce nickte begeistert. „Exakt. Die Teilnehmer müssen Singles sein und in verschiedenen Wettkämpfen gegeneinander antreten. Die besten drei Teams erhalten einen Geldpreis."

„Hört sich an, als sei das was für mich", gab Nicole zu, bereits fasziniert von der Idee. „Und ich erfülle beide Voraussetzungen."

Mitch warf ihr einen amüsierten Blick zu. „Stimmt, du bist Single und liebst Wettkämpfe."

Sie grinste. „Und ich bin stolz auf beides, wie ich hinzufügen möchte."

„Ihr seid beide bestens qualifiziert. Wenn ihr mitmacht, haben wir sehr gute Chancen, das Geld für die Aktion zur Förderung der Früherkennung von Brustkrebs zu gewinnen." Joyce nahm sich ein Brötchen aus dem Brotkorb, brach es auf und bestrich beide Hälften mit Butter. „Aber es handelt sich nicht nur um einen Wettbewerb und eine Wohltätigkeitsveranstaltung. Es ist außerdem eine Pauschalreise. Ihr zwei werdet euch also in jedem Fall amüsieren."

Mitch hielt, die Gabel voll Pasta, auf halbem Weg zum Mund inne und starrte seine Mutter an. „Würdest du mir bitte erklären, was das mit der Pauschalreise zu bedeuten hat?"

Joyce winkte ab, als seien die Details nicht wichtig. „Wild Fantasy erfüllt in erster Linie die Fantasien seiner Gäste", erklärte sie. „Und da Fantasies, Inc. die Veranstaltung sponsert, kommen alle Teilnehmer in den Genuss der üblichen Annehmlichkeiten, die die Insel Urlaubern zu bieten hat. Laut Broschüre und den Informationen, die Rhea und ich vom Reisebüro erhalten haben, ist dieser Ort geradezu ein Paradies."

Ein Ferienparadies, das die Erfüllung der geheimsten Wünsche der Gäste versprach, das klang toll. Nicoles Fantasie arbeitete bereits auf Hochtouren. Auf keinen Fall wollte sie sich die Gelegenheit entgehen lassen, eine Woche Spaß, Sonne und Entspannung pur zu genießen ... und Wettkämpfe – welcher Art auch immer – mit Mitch. „Ich finde, das hört sich großartig an", verkündete sie. „Ich habe seit über einem Jahr keinen Urlaub mehr gemacht und kann sicher mit Guy absprechen, dass mich jemand in der Zeit vertritt." Sie sah fragend zu Mitch. Doch er schwieg nur nachdenklich.

Rhea nahm zwei Mappen aus ihrer Ledertasche und reichte sie Mitch und Nicole. „Da nur eine begrenzte Anzahl an Singles für die Wettkämpfe zugelassen sind und wir sichergehen wollten, dass ihr diese Gelegenheit nicht verpasst, haben wir uns die Freiheit genommen, für euch beide zu buchen. In den Mappen befinden sich Fragebögen und Anmeldungen, die ihr beide ausfüllen müsst, bevor ihr auf die Insel fliegt."

Nicole blätterte die farbige Broschüre durch, fasziniert von all den Dingen, die die Insel zu bieten hatte. Dann stieß sie auf den Fragebogen, aus dem ihr der verlockende Slogan *Wo alles geht und alles möglich ist* ebenso ins Auge sprang wie die intime Frage *Wie lautet Ihre Fantasie*?

Nicole biss sich auf die Unterlippe und überlegte. Wenn es um sündige, erotische Fantasien ging, dann entsprach der attraktive Mann neben ihr genau ihren Vorstellungen. Mitch Lassiter war seit Jahren ein Teil ihrer geheimen Träume.

Doch abgesehen von ihrer erotischen Lieblingsfantasie gab es einen sehnsüchtigen tiefen Wunsch, den sie seit ihrer Kindheit hatte. Plötzlich befiel sie eine Unsicherheit, die sie seit Jahren überwunden zu haben glaubte, nachdem sie erkannt hatte, dass sie niemals den Erwartungen ihres Vaters entsprechen würde, während ihrem Bruder Robert das mühelos gelang. Schließlich hatte sie es aufgegeben, es ihrem Vater recht machen zu wollen, und stattdessen nach ihren eigenen Vorstellungen und Regeln gelebt. Dennoch war da noch jenes verunsicherte Mädchen in der nach außen hin starken, selbstbewussten Frau, das sich Anerkennung wünschte, statt immer nur kritisiert zu werden. Wenigstens ein einziges Mal.

Ob sie gewann oder verlor – nur einmal wollte sie dafür geschätzt werden, wer sie war, nicht für das, was sie erreicht hatte. Das war ihre Fantasie.

Dieser Wunsch war ganz einfach und doch so vage, dass sie fast unmöglich zu verwirklichen war. Das hielt sie trotzdem nicht davon ab, sie niederzuschreiben – nur für sich, ohne dass jemand anderes davon erfuhr.

Sie klappte die Mappe zu und begegnete dem erwartungsvollen Blick ihrer Mutter. „Ich bin bereit für Wild Fantasy." Lächelnd wandte sie sich an Mitch. „Und wie steht es mit dir?"

Er schüttelte bedauernd den Kopf. „Mom, ich weiß ja, wie wichtig euch das ist, aber ich kann meine Arbeit nicht einfach für eine Woche unterbrechen."

„Natürlich kannst du das", widersprach sie und legte ihre Gabel auf den Teller. „Ich habe bereits mit deinem Bruder gesprochen. Er kümmert sich gern eine Woche um alles."

Mitch zog die Brauen zusammen.

„Mach nicht so ein finsteres Gesicht", meinte seine Mutter sanft tadelnd. „Ich weiß, dass du es nicht magst, wenn ich mich in deine Arbeit einmische. Aber Drew war auch der Ansicht, dass es höchste Zeit für dich wird, einmal Urlaub zu machen, da du seit dem Tod deines Vaters keine Ferien mehr gehabt hast. Und das ist jetzt neun Jahre her."

„Ich hatte zu viel zu tun", verteidigte er sich.

„Eben. Und zwar damit, mich zu unterstützen und dafür zu sorgen, dass dein Bruder und deine Schwester aufs College gehen können. Wie wäre es, wenn du jetzt zur Abwechslung mal etwas für dich tust? Und nebenbei könntest du damit auch etwas Großartiges für unsere Organisation tun."

„Na komm schon, Mitchell", versuchte Nicole ihn mit verführerischer Stimme zu überreden. „Das klingt doch gut, oder?" Sie streifte ihre Sandalette ab und schob ihren nackten Fuß unter sein Hosenbein, um seine muskulöse Wade mit ihren Zehen zu streicheln. „Oder hast du etwa Angst, bei den Wettkämpfen gegen mich zu verlieren?"

Das war eine unmissverständliche Herausforderung. Seine Augen verengten sich zu schmalen Schlitzen und sandten eine Botschaft, die nur sie verstehen konnte. Sie ging ein Risiko ein, und zwar in mehr als nur einer Hinsicht. Ihrer Ansicht nach war nichts dabei, ein wenig mit seinem sinnlichen Feuer zu spielen, solange sie nicht nahe genug herankam, um sich zu verbrennen.

Doch er setzte sie in Flammen, als er mit seinen langen, warmen Fingern ihre sensible Kniekehle streichelte, bevor sie ihr Bein wegziehen konnte. Die Berührung sandte einen prickelnden Schauer durch ihren Körper. Um ein Haar hätte sie erschrocken nach Luft geschnappt. Durch Mitch hatte sie gerade eine erogene Zone entdeckt, von der sie bisher nichts geahnt hatte.

Das zufriedene Funkeln in seinen Augen verriet ihr, dass er genau wusste, was er mit ihr machte, und dass sie mit ein wenig mehr Druck an den richtigen Stellen dahinschmelzen würde.

Allmählich dämmerte ihr, was für ein ernst zu nehmender Gegner er sein konnte, wenn er herausgefordert wurde. Ihr blieb nichts anderes übrig, als schweigend seine erregenden Liebkosungen und die Reaktionen ihres Körpers zu erdulden, um nicht durch ein Gerangel unter dem Tisch die Aufmerksamkeit auf ihre kleine Auseinandersetzung mit Mitch zu lenken. Daher gab sie sich völlig unbeeindruckt – ein Talent, das sie schon in sehr jungen Jahren perfektioniert hatte – und wartete, dass er ihre Herausforderung annahm.

Er enttäuschte sie nicht. „Das Letzte, wovor ich Angst habe, ist, irgendeine Art von Wettkampf gegen dich zu verlieren", erwiderte er mit einem provozierenden, selbstbewussten Grinsen. Mit einem letzten Streicheln seines Daumens an jener empfindlichen Stelle unter ihrem Knie – ein sanftes Streicheln, das wie ein heimliches Versprechen auf mehr war –, ließ er ihr Bein los und richtete seine Aufmerksamkeit wieder auf seine Mutter.

„Ich bin dabei", verkündete er mit festerer Stimme, als Nicole es in diesem Moment gekonnt hätte. „Plant mich für den Urlaub und die Wettkämpfe ein."

Joyce klatschte entzückt in die Hände. „Das ist fantastisch! Ist das nicht wunderbar, Rhea?"

„Absolut", stimmte Rhea ihr zu. „Wir haben die Flüge so gebucht, dass ihr getrennt auf der Insel eintreffen werdet. Ihr dürft nicht vergessen, das Spiel so zu spielen wie die anderen Teilnehmer. Ihr seid Fremde, bevor ihr euch für die Wettkämpfe zusammentut ..."

„Wieso müssen wir uns zusammentun?", unterbrach Nicole sie und fragte sich, ob sie einen wesentlichen Teil der Unterhaltung verpasst hatte, als sie die Broschüre durchgeblättert und an ihre Fantasie gedacht hatte.

Ihre Mutter sah sie an, als sei die Antwort auf diese Frage offensichtlich. Trotzdem erklärte sie es. „Ihr zwei werdet ein Team sein."

„Ein Team?", wiederholte sie verwirrt.

„Ja. Den Regeln zufolge bilden je zwei Singles ein Team. Beide Partner gewinnen je die Hälfte des Preises für den von ihnen genannten wohltätigen Zweck. Ihr zwei zusammen erhöht unsere Chancen auf den Gewinn der hunderttausend Dollar enorm."

Natürlich. Dieser Logik ihrer Mutter konnte Nicole kaum widersprechen. Allerdings hieß das, dass Mitch und sie Partner sein und nicht gegeneinander antreten würden.

„Alles oder nichts, Nicole. Was sagst du?", riss Mitch sie aus ihren Gedanken. Und diesmal klang er herausfordernd.

Alles oder nichts. Die Vorstellung, eine ganze Woche in ständiger Gesellschaft von Mitch Lassiter zu verbringen, brachte sie völlig aus der Fassung. Doch auf keinen Fall würde sie jetzt einen Rückzieher machen. Daher nahm sie sich zusammen. „Ich kann nur hoffen, dass du mithältst und mich bei den Wettkämpfen nicht bremst."

Sein Grinsen signalisierte ihr, dass das für ihn kein Problem sein würde. „Das ist das Letzte, worüber du dir Sorgen zu machen brauchst."

Vermutlich hatte er recht. Sie machte sich auch eher Sorgen um die Anziehung zwischen ihnen und darüber, wie es wäre, eine ganze Woche mit ihm zusammen zu sein.

2. KAPITEL

„Mal sehen ...“ Die üppige Rothaarige in dem hautengen pinkfarbenen Kleid leckte sich die Lippen, während sie Mitch von oben bis unten betrachtete. „Wenn ich raten soll, würde ich sagen, dass Sie Stripper sind.“

Mitch zuckte innerlich zusammen, da er innerhalb einer halben Stunde drei Mal für einen Stripper gehalten worden war. „Nein, ich bin Autohändler.“

„Mit dem tollen Körper? Was für eine Verschwendung!“ Die Frau, auf deren Namensschild „Rita“ stand, war offensichtlich enttäuscht, dass er seinen Lebensunterhalt nicht damit verdiente, sich auszuziehen.

Sie sah erneut auf die Liste von Hobbys und individuellen Interessen, die jeder Teilnehmer für die Kennenlern-Party angefertigt hatte. Diese Veranstaltung diente dazu, den Partner für den Rest der Woche auszuwählen.

Bis jetzt war Mitchs Aufenthalt auf Wild Fantasy nicht nur interessant und überraschend entspannend, sondern auch amüsant gewesen. Abgesehen davon, dass man ihn als potenziellen Partner und Spielzeug für die Woche abcheckte, genoss er die Annehmlichkeiten der Ferienanlage. Bis zu dem Moment, in dem er aus dem Flugzeug gestiegen war und diese paradiesische Insel betreten hatte, war ihm nicht klar gewesen, wie dringend er Urlaub brauchte.

Er war mit einem anderen Flug als Nicole angekommen. Den Nachmittag hatte er mit Auspacken und einem Rundgang verbracht, bei dem er die Schönheit der Insel auf sich wirken ließ und sich bewusst machte, dass dies der Ort war, wo sich sein heimlicher Traum erfüllen würde. Ein Traum, den niederzuschreiben ihm erstaunlich leicht gefallen war, nachdem er dieser Reise zugestimmt hatte.

Rita richtete wieder hoffnungsvoll ihren Blick auf ihn. „Sie sind in der Autobranche, richtig?“, fragte sie und wiederholte damit nur die Information, die er ihr gerade gegeben hatte. „Dann müssen Sie derjenige sein, der einen Ferrari besitzt!“

„Nein“, entgegnete er und beobachtete, wie ihr Interesse mit jeder Frage, die er verneinte, nachließ. „Ich fahre einen Ford Excursion.“

Sie runzelte die Stirn – offenbar bevorzugte sie schnelle Sportwagen – und schaute erneut in die Liste.

Noch eine Frage, dachte Mitch. Die Regeln sahen vor, dass man nach dem dritten Nein beim Raten weitersuchen musste, bis man auf jemanden traf, mit dem man auf gleicher Wellenlänge lag. Nun, was das betraf, brauchte er sich bei Rita zum Glück keine Sorgen zu machen.

Rita sah von der Liste auf und lächelte schlau. „Ich wette, Sie tragen gern Leder unter Ihrer Kleidung, oder?“

Wie unbequem, dachte Mitch und verzog das Gesicht. „Tut mir leid, ich trage grundsätzlich Baumwollunterwäsche.“

„Schade.“ Seufzend ging sie zu einem Gast, der lange Haare, einen Spitzbart und einen muskelbepackten Körper hatte. Die erste Frage aus ihrem Mund lautete: „Ich wette, Sie sind Stripper.“

Mitch schmunzelte über die unbeirrte Suche der Frau nach dem Stripper und mischte sich wieder unter die Gäste. Die verschiedenen Frauen, denen er begegnete, reichten vom lieben, schüchternen Typ bis zum direkten, forschen. Sie tauschten die Informationen auf ihren Listen aus, um mehr übereinander zu erfahren. Zwar waren einige Frauen darunter, die er sehr nett und sympathisch fand, aber keine von ihnen weckte in ihm mehr als oberflächliches Interesse.

Die einzige Frau, mit der er sich zusammentun wollte, war Nicole, und bis jetzt war es ihr erstaunlich gut gelungen, ihm aus dem Weg zu gehen. Doch als der Abend fortschritt und sich die ersten Paare für die Wettkämpfe eintrugen, entschied Mitch, dass es an der Zeit war, seinen Anspruch auf die Frau geltend zu machen, die er begehrte. Eine wunderschöne, temperamentvolle Frau, die eine Woche lang nur ihm gehören würde.

Er schlenderte in dem großen Innenhof umher, in dem der Empfang stattgefunden hatte, und suchte die Menge nach einer bestimmten blonden Schönheit ab. Fackeln erhellten den Innenhof und warfen ihr flackerndes Licht auf das kunstvoll angerichtete Büfett und die Tanzfläche, die bereits zur Hälfte mit Paaren gefüllt war, die sich gefunden hatten und nun zur sanften Rockmusik einer Live-Band tanzten. Der sanfte Wind, der durch die üppigen Blätter der Palmen strich, brachte den Duft tropischer Blumen mit.

Der vertraute Klang eines hellen Lachens löste etwas in Mitch aus – jene prickelnde Vorfreude, die in direktem Zusammenhang mit Nicole stand. Er sah nach links und entdeckte das Objekt seiner Suche, mit mehreren Männern flirtend, die um ihre Aufmerksamkeit wetteiferten.

In Anbetracht der Tatsache, wie frisch und energiegeladen sie trotz der langen Reise von Denver nach Florida aussah, konnte Mitch durchaus verstehen, weshalb sich diese Männer um sie geschart hatten. Sie trug ein, grobmaschiges weißes Oberteil, das Stücke ihrer makellos gebräunten Haut zeigte, die im Fackelschein schimmerte. Der runde Ausschnitt bot einen zwar verlockenden, aber auch unschuldig-provozierenden Blick auf ihre vollen, wohlgerundeten Brüste. Eine enge pinkfarbene Caprihose umschmiegte ihre Hüften, Schenkel und Waden und unterstrich ihre Modelfigur, während die hochhackigen Riemchensandaletten sie ein paar Zentimeter größer machten und ihre Beine endlos lang erscheinen ließen.

Einer der Männer flüsterte ihr etwas ins Ohr, was sie erneut zum Lachen brachte. Dann warf sie dem Mann einen scheuen Blick zu, und Mitch erfasste sofort Ärger über den Mann. Eifersucht zu empfinden war neu für ihn, aber nicht unangenehm. Tatsächlich war ihm diese Mischung aus Sehnsucht und Verlangen, die sie in ihm auslöste, sogar willkommen. Denn jetzt lag eine Woche vor ihm, in der er seine Begierde stillen konnte.

Mit einem letzten Blick auf die Liste mit Charaktereigenschaften, Hobbys und Interessen schlenderte er zu der Gruppe. Die drei Männer, die darauf hofften, Nicole als Partnerin zu gewinnen, sahen nicht allzu glücklich darüber aus, einen weiteren Rivalen zu bekommen.

„Haben Sie etwas dagegen, wenn ich mich zu Ihrer kleinen Gruppe geselle?", wandte er sich direkt an Nicole.

Sie musterte ihn von Kopf bis Fuß, doch ihre Miene verriet nicht, dass sie sich kannten. „Keineswegs. Je mehr, desto lustiger." Sie hielt ihm die Hand hin. „Ich bin Nicole Britton."

Mitch schüttelte ihre Hand. „Mitch Lassiter. Hat schon jemand herausgefunden, welche persönlichen Informationen auf Sie zutreffen?"

„Noch nicht." Sie warf den Kopf zurück und zählte die bisherigen Tipps auf. „Ich wurde für ein Model gehalten, einer dachte, ich reise gern ins Ausland, und ein anderer glaubte, ich sei mal bei einem Junggesellenabschied aus einer Torte gehüpft."

Sie sah grinsend zu den anderen Männern und schien es zu genießen, sie in Verlegenheit zu bringen. „Ich kann nichts davon für mich in Anspruch nehmen. Der letzte Punkt klang allerdings, als könnte es Spaß machen."

Mitch konnte sich sehr gut vorstellen, wie sie in heißen Dessous auf einer Junggesellenparty aus einer Torte sprang. „Haben Sie etwas dagegen, wenn ich auch einmal rate?"

„Nur zu", ermunterte sie ihn. „Versuchen Sie Ihr Bestes."

Offenbar konnte sie sich nicht vorstellen, dass es ihm gelingen würde, die auf sie zutreffende Information aus der Liste herauszufinden. Er hatte zwar keine Ahnung, ob das, worauf er tippte, zutraf, aber es passte zu ihrer ehrgeizigen, sportlichen Art am ehesten. „Sie haben an den Ausscheidungskämpfen für die olympische Schwimmmannschaft der Damen teilgenommen."

„Wow", meinte sie staunend. „Sie sind sehr gut."

„Das hat man mir schon gesagt", erwiderte er augenzwinkernd.

Sie bedachte ihre übrigen Bewunderer mit einem bedauernden Lächeln. „Es sieht so aus, als sei das der Mann für mich. Wenn Sie uns entschuldigen – ich würde Mr Lassiter gern näher kennenlernen."

Die drei Männer gaben sich geschlagen und machten sich auf die Suche nach anderen Partnerinnen. Der Bandleader kündigte eine Pause an und ermutigte die Gäste, vom Dessertbüfett und der Bar Gebrauch zu machen. Mitch folgte Nicole, die dieser Aufforderung nachkam und zu den mit verschiedenen Leckereien beladenen Tischen ging.

Nicole warf ihm einen verstohlenen Blick zu, nahm sich einen kleinen Teller und wählte einen Windbeutel mit Sahnefüllung und dicker Schokoladenglasur. „Woher hast du das gewusst?", fragte sie so leise, dass er die Frage fast nicht hörte.

„Woher habe ich was gewusst?"

„Dass ich an den Ausscheidungskämpfen für die olympische Schwimmmannschaft der Damen teilgenommen habe." Sie legte ein Stück Schokoladenkuchen mit Karamellschicht auf ihren Teller. „Die Ausscheidungskämpfe haben stattgefunden, bevor unsere Mütter sich kennenlernten und Freunde wurden. Meine Mutter kann es höchstens Joyce gegenüber einmal erwähnt haben, und Joyce hat es dann dir erzählt."

„Nein, meine Mutter hat es nie erwähnt. Daher glaube ich nicht, dass sie davon weiß. Ich habe einfach getippt. Du treibst gern Sport und bist sehr athletisch, daher schien mir die Vermutung nahe zu liegen."

„Wie ich schon sagte, du bist sehr gut und besitzt ein gutes Gespür." Sie leckte ein wenig Karamell von ihrem Daumen. Ihre Zunge entfernte die klebrige Süße auf eine Art, die Mitch sofort erregte.

Er wollte mehr über diese Frau wissen. Er wollte verstehen, was in ihr vorging. Auch ihren Antrieb und ihren Ehrgeiz. „Aber dieses Stück Papier verrät nicht, ob du es ins Team geschafft hast oder nicht."

Seine Frage war ihr sichtlich unangenehm. „Wieso willst du das unbedingt wissen?"

„Jetzt, wo wir beide ein Wettkampfteam sind, möchte ich dich einfach besser kennenlernen."

Sie blieb skeptisch. „Wieso?"

Er ließ den Blick schweifen und beobachtete die übrigen Paare, die miteinander lachten oder in Unterhaltungen vertieft waren. „Ist das nicht der Sinn dieses Abends?"

„Für diejenigen vielleicht, die einander tatsächlich besser kennenlernen wollen."

„Und wenn ich das auch will? Es ist doch nur eine einfache Frage, Nicole. Mit einem Ja oder Nein bin ich vollkommen zufrieden."

„Wie wäre es mit einem Ja und einem Nein?"

Er lachte leise und schüttelte den Kopf. „Du weichst mir aus."

Seufzend stellte sie ihren Teller ab. „Ja, ich habe es bis ins Olympia-Team geschafft", sagte sie und klang stolz auf diese Tatsache. „Aber eine Woche nach der Qualifikation brach ich mir bei einem Autounfall das Handgelenk. Der Heilungsprozess war qualvoll, und die Physiotherapie dauerte Monate. Als ich so weit war, wieder ins Team zurückzukehren, hatte man mich ersetzt."

„Das tut mir leid", murmelte er. „Das muss hart gewesen sein."

„Ja, es war sehr enttäuschend. Für mich und besonders für meinen Vater, der große Hoffnungen darauf gesetzt hatte, dass ich eine Medaille gewinne." Ihr schwaches Lächeln konnte nicht über ihre Wehmut hinwegtäuschen.

Mitch fragte sich unwillkürlich, ob sie diese Medaille gern für sich gewonnen hätte oder um den Erwartungen ihres Vaters gerecht zu werden. Doch bevor er sie danach fragen konnte, trat Merrilee trat ans Mikrofon und begrüßte ihre Gäste.

„Ich wünsche Ihnen allen einen guten Abend."

Die Menge verstummte, und sämtliche Blicke waren auf Merrilee gerichtet. Sie musste etwa Mitte fünfzig sein, war jedoch noch immer eine sehr attraktive Frau mit dunkelbraunem Haar, das nur von vereinzelten grauen Strähnen durchzogen war, und freundlichen grünen Augen, die Weisheit und Klugheit ausstrahlten.

„Willkommen auf Wild Fantasy, wo alles geht und alles möglich ist, wie es so schön in unserem Werbeslogan heißt", sagte sie. „Wir haben eine ganze Menge Wettkämpfe auf der Insel geplant, außerdem Fantasien, die es auszuleben gilt. Daher machen Sie diesen Slogan in dieser Woche zu Ihrem Motto."

Mitch stimmte ihr im Stillen zu – besonders, was Nicole betraf.

„Morgen beginnen die Wettkämpfe", fuhr sie fort. „Ich erinnere Sie noch einmal an die Regeln dieser Wohltätigkeitsveranstaltung. Sobald Sie sich heute am Ende dieser Party für einen Partner entschieden haben, werden Sie mit dieser Person den Rest der Woche zusammen sein. Falls Sie oder Ihr Teampartner sich zu irgendeinem Zeitpunkt aufgrund persönlicher Differenzen zu einer Trennung entschließen sollten oder einen der Wettkämpfe ablehnen, scheiden Sie aus dem Wettbewerb aus."

Die strenge Regel erschien Mitch absolut sinnvoll, denn sie würde Streitereien weitgehend verhindern. Sie zwang die Paare, Probleme und Differenzen gemeinsam zu lösen. Man musste kompromissbereit sein, was auch die Grundvoraussetzung für eine gute, solide Beziehung war.

„In ein paar Tagen werden nur noch sieben Teams im Rennen sein", erläuterte Merrilee weiter. „Dann beginnt die Endrunde, die viel schwieriger wird und den Teilnehmern mentale und physische Strategien abverlangt, um einen der drei Geldpreise zu gewinnen."

Sie machte eine kurze Pause und betrachtete die Gesichter vor ihr. „Doch ganz gleich, welchen Platz Sie bei diesem Wettkampf belegen – ich möchte, dass Sie sich hier wohlfühlen. „Und jetzt geht es weiter mit der Band. Genießen Sie den Rest des Abends, finden Sie einen Partner für den Wettbewerb und tanzen Sie."

„Bist du bereit, dich mit mir einzutragen?", wandte sich Mitch an Nicole.

„Noch nicht." Sie bedachte ihn mit einem provozierenden Lächeln. „Wenn ich schon eine ganze Woche an dich gekettet sein werde, will ich auch sichergehen, dass du dafür geeignet bist."

Überrascht hob er die Brauen. „Und wie genau möchtest du das herausfinden?"

Sie dachte einen Moment nach, bis ihr etwas einfiel. „Eine Partie Dart sollte mir einen guten Hinweis darauf geben, wie fähig du bist."

Sie drehte sich um, um die Party zu verlassen und den Pfad entlangzugehen, doch noch ehe sie den zweiten Schritt machen konnte, hielt

Mitch sie am Arm fest. Er umfasste ihr Handgelenk, und ein warmes Prickeln lief über ihre Haut. Ihre weiblichen Instinkte erwachten, und sie fragte sich, wie ein Mann eine solche Wirkung auf sie haben konnte.

Statt ihre Hand wieder loszulassen, wie sie es erwartet hatte, legte er ihre Handflächen zusammen und verflocht auf intime Weise seine Finger mit ihren. „Was ist mit deinen Fähigkeiten?“, konterte er.

Seine Stimme ließ die Frage wie eine erotische Herausforderung klingen, die alle möglichen sündigen Dinge mit einschloss. Vielleicht bildete Nicole sich diese Andeutung aber auch nur ein, weil sie sexuell ausgehungert war.

„Du wirst mir und meinen Fähigkeiten schon vertrauen müssen.“ Nicole zuckte gleichgültig die Schultern, obwohl sie ihm gegenüber alles andere als Gleichgültigkeit empfand. „Oder wir lassen das Dartspiel für sich sprechen.“

Grinsend neigte er den Kopf, sodass ihm eine Haarsträhne in die Stirn fiel. „Das ist kaum fair, da ich ein lausiger Dartspieler bin. Wie wäre es, wenn wir beide stattdessen unsere Fähigkeiten gemeinsam auf der Tanzfläche testen?“

3. KAPITEL

Nur einen Herzschlag später fand sich Nicole in Mitchs starken Armen wieder. Jede Hoffnung, ein wenig Abstand zwischen sich und ihn zu bringen, wurde zunichtegemacht, als er einen Arm um ihre Taille legte und sie fest an seinen muskulösen Körper drückte. Sie verkrampfte sich automatisch, doch ihre steife Haltung brachte ihn weder von seinem Vorhaben ab, noch vertrieb sie das Bewusstsein seiner Nähe.

Sie waren sich viel zu nah. Seine Schultern waren unglaublich breit, und ihre Brüste streiften seinen muskulösen Oberkörper, sodass sich ihre Knospen aufrichteten. Ihr Bauch war an seinen geschmiegt, und irgendwie gelang es ihm mühelos, seinen jeansumhüllten Oberschenkel auf eine Art zwischen ihre Beine zu schieben, die für diesen langsamen Tanz durchaus natürlich war.

Es war erregend, wie er sie an sich drückte, und der Takt der Musik steigerte Nicoles Verlangen, etwas ganz anderes zu tun, als nur zu tanzen. Der Anschlag auf ihre Sinne war beinah mehr, als sie ertragen konnte, und sie hatte Mühe, ihre körperlichen Reaktionen unter Kontrolle zu halten.

Seine freie Hand glitt unter ihr Haar, seine Fingerspitzen streiften ihren Nacken. „Entspann dich, Nicole", murmelte er.

Sie erschauerte und kniff die Augen zu. Dann holte sie tief Luft und suchte nach einer überzeugenden Erwiderung, ehe sie die Augen wieder öffnete. Sie wich zurück und begegnete seinem provozierenden Blick mit einem Grinsen. „Ich bin vollkommen entspannt, Mitchell."

Natürlich glaubte er ihr nicht. Er ließ seine Hand ihren Rücken hinuntergleiten und spreizte die Finger knapp oberhalb ihres Pos. Erneut durchlief sie ein Schauer. Seine Berührung ließ sie erstarren, was ihren Versuch, sich gleichgültig zu geben, zunichtemachte.

Ein wissendes Lächeln umspielte seine Mundwinkel. „Das ist wohl kaum die Reaktion von jemandem, der entspannt ist." Er drückte sie noch fester an sich. Sein Blick wurde intimer, seine Stimme sanfter. Trotzdem hatte sie keine Mühe, ihn über die Musik der Band hinweg hören zu können. „Mache ich dich etwa nervös?"

„Selbstverständlich nicht", log sie aus purem Selbstschutz.

„Dann beweis es. Hier beobachtet uns niemand, den wir kennen, also hör auf, dich gegen die Anziehung zwischen uns zu wehren. Entspann dich, und beweg dich mit mir zur Musik."

Nicole gab nach und schmiegte sich an ihn, wie er es verlangte. Als sie ihn verstohlen ansah, las sie leidenschaftliches Verlangen in seinen goldbraunen Augen.

„Nun, was denkst du, Mitch?", hauchte sie und fuhr mit den Händen über seine Brust. Zufrieden registrierte sie, wie sich seine Muskeln unter ihrer Berührung zusammenzogen. Sie warf den Kopf zurück und bog sich ihm aufreizend entgegen. „Ist das entspannt genug für dich?"

„Absolut." Er ließ seine freie Hand an ihrer Seite herabgleiten, über ihre Taille, bis sie schließlich auf ihrer Hüfte ruhte. Ein sinnliches Prickeln folgte dieser Liebkosung. „Wir sind sehr gut zusammen, findest du nicht? Wir sind beide fähig und kompetent."

Nicole schluckte hart. Sie empfand zu viel. Jede Berührung fachte das Feuer zwischen ihnen weiter an. Jedes Mal, wenn sein Körper ihren streifte, erwachte ein Verlangen in ihr, das nur gestillt werden konnte, wenn sie sich liebten. Es war sehr lange her, seit sie einen Mann so begehrt hatte.

Seine gemurmelten Worte ließen erotische Bilder in ihrer Fantasie entstehen. Sie sah ihn und sich nackt und eng umschlungen beim Liebesakt. Sah das perfekte Zusammenspiel ihrer Körper, spürte, wie er ihre Leere ausfüllte. Fühlte, wie ihre Beine seine Hüften schamlos umklammerten.

Ein Schauer überlief sie, eine Warnung, die sie abrupt aus ihrem süßen Traum riss. „Aufhören", hauchte sie, und Mitch hielt inne. Nicole sah ihm ins Gesicht und ärgerte sich, dass er sie nur mit Worten so erregen konnte. Sie atmete schwer, und ihre Haut fühlte sich fiebrigheiß an.

Sie konnte kaum glauben, dass sie sich von ihm beinah an einem öffentlichen Ort hatte verführen lassen, und versuchte nun, sich aus seiner Umarmung zu befreien. Doch er ließ sie nicht gehen. Offenbar sollte niemand sehen, welche Wirkung ihr Geplänkel auf ihn gehabt hatte. Nicole spürte ihn hart an sich, und ein weiterer Schauer durchfuhr sie.

Sie sah ihn wütend an. „Du spielst nicht fair."

„Aber du, nicht?", fragte er ironisch.

Sie hob rebellisch das Kinn. Ihr Herzschlag beruhigte sich wieder. „Du hast angefangen, nicht ich. Mir hätte es vollkommen gereicht, dich beim Dart zu schlagen."

Ein amüsiertes Lächeln huschte über sein Gesicht, und er begann wieder mit ihr zu tanzen, diesmal jedoch mit weniger Tuchfühlung. „Zumindest haben wir einen wichtigen Punkt bewiesen."

„Und welchen?"

„Wie gut wir zusammenpassen. Und dass du mich ebenso begehrst wie ich dich."

Sie verdrehte die Augen. „Wir passen wohl kaum zusammen." Auf die zweite Behauptung ging sie lieber gar nicht erst ein, aus Angst, er könnte sie mit Argumenten widerlegen, denen sie nicht gewachsen war. „Wir sind völlig gegensätzlich, Mitchell, und wäre es nicht wegen dieser Wohltätigkeitsveranstaltung, wären wir jetzt wohl kaum zusammen."

„Mitch", korrigierte er sie überraschend. „Nenn mich nur einmal Mitch."

„Mitchell passt viel besser zu dir", widersprach sie. „Es klingt nach Verantwortung, Respekt – und viel zu prüde für mich."

Ihr Kommentar sollte die großen Unterschiede zwischen ihnen unterstreichen und die dringend benötigte Distanz herstellen. Doch stattdessen riefen ihre Worte nur ein entschlossenes Funkeln in seinen Augen hervor.

Unvermittelt nahm er ihre Hand in seine und führte Nicole durch die Menge. Er zog sie hinter sich den einsamen Pfad entlang, der zum Strand führte. Sie hatte Mühe, auf ihren hochhackigen Schuhen mit seinen großen Schritten mitzuhalten. Als er endlich am Ende des Pfades bei einer der kleinen Hütten stehen blieb, wo sich die Gäste tagsüber Strandtücher leihen konnten, war sie benommen.

Abrupt drehte er sich zu ihr um. Silbernes Mondlicht ergoss sich über seine markanten, attraktiven Züge. Er war die pure sexuelle Anziehung, roh und ungezähmt, und ein wenig gefährlich. Doch nicht er war es, den sie fürchtete, sondern ihre Reaktion auf ihn.

In der Ferne hörte sie Musik von der Party und hinter sich das Rauschen der Wellen – oder war es das heftige Pochen ihres Herzen, das in ihren Ohren widerhallte?

Mitch trat auf sie zu. Sie wich hastig zurück und fand sich mit dem Rücken an der verschlossenen Tür der Hütte wieder. Er kam näher, und bevor Nicole ihm ausweichen konnte, legte er die Hände zu beiden Seiten ihrer Schultern auf das raue Holz, sodass sie gefangen war. Sie widerstand dem Impuls zu fliehen.

„Was tust du?“ Sie wünschte, sie würde überzeugender klingen, nicht so atemlos.

Er neigte den Kopf und fuhr mit seinem Mund ihre Wange entlang bis zu ihrer zarten Ohrmuschel. „Ich bin dabei zu beweisen, dass ich ebenso verwegen und herausfordernd sein kann wie du“, flüsterte er. Seine Stimme war weich wie Samt und so dunkel wie die Nacht um sie herum.

Nicoles Puls beschleunigte sich, als sie beobachtete, wie seine sinnlichen Lippen sich auf ihre zu bewegten, um seinen Worten Taten folgen zu lassen.

Nicole bereitete sich auf einen wilden, stürmischen Kuss vor. Stattdessen überraschte er sie mit einem zärtlichen Kuss, der wie geschaffen war, ihren Widerstand zu brechen. Obwohl sie wusste, dass sie ihn stoppen sollte, schloss sie die Augen und belohnte seine erotischen Bemühungen mit einem lustvollen Stöhnen, in dem keinerlei Protest mehr lag.

Mitch erkannte zufrieden den Moment, in dem sie kapitulierte. So keck und dreist sie war, konnte sie doch die Anziehung zwischen ihnen nicht mehr länger leugnen. Ihr warmer Atem streifte seine Lippen, und er fuhr mit seinen Fingern durch ihre seidigen Haare. Dann schmiegte er seinen muskulösen Körper an ihre sanften Rundungen. Heiß durchströmte es sie von ihren Brüsten bis zu ihren Schenkeln.

Diesmal war er es, der stöhnte, überwältigt vom Verlangen nach dieser Frau, die sich so gut anfühlte in seinen Armen. Endlich bereitete er den süßen Qualen ein Ende und presste seinen Mund auf ihren. Atemlos teilte sie ihre Lippen, bereit für das erotische Spiel seiner Zunge.

Mitch küsste sie mit einer besitzergreifenden Leidenschaft, bis Nicole sich ganz diesem Kuss hingab und ebenso entflammt war wie er.

Er konnte nichts tun, um ihre Bewegungen zu stoppen. Nicht, dass er das gewollt hätte. Nur steigerte sie seine Erregung allmählich ins Unerträgliche. Sie schob die Hände zwischen ihre Körper – aber nicht, um ihn wegzuschieben, sondern um seinen flachen Bauch zu streicheln, seine Hüften und seinen Rücken. Ihre Liebkosung fachte das Feuer in ihm noch weiter an.

Der Kuss wurde immer ungestümer. Mitch ließ eine Hand aus ihren Haaren zu ihrer zarten Halsbeuge herabgleiten und spürte ihren rasenden Puls unter seinem Daumen. Dann schob er seine Hand weiter herunter und umfasste eine ihrer vollen Brüste. Nicole stöhnte und bog sich ihm entgegen. Er spürte, wie sich ihre Brustspitze aufrichtete, und er vermutete, dass sie nur einen hauchdünnen BH trug. Aufregende Bilder entstanden in seiner Fantasie und brachten ihn zusammen mit dem, was er real erlebte, fast um den Verstand.

Mit dem Daumen rieb er die harte Knospe und wünschte, sie wäre nackt, damit er sie mit seiner Zunge umspielen und mit seinem Mund liebkosen konnte. Nicole umfasste seinen Po, krallte ihre Finger durch den Jeansstoff in seine festen Muskeln und presste die Hüften an ihn. Mitch stöhnte auf. Seine Erregung war beinah schmerzhaft und verlangte eine Entscheidung zwischen Erlösung oder Zurückhaltung, und zwar rasch, denn sonst würde sein Körper ihm diese Entscheidung abnehmen.

Was sie hier taten, war nicht annähernd verantwortungsbewusst oder prüde, wie sie ihm vorher vorgeworfen hatte. Er hatte bewiesen, dass er ebenso unverfroren und herausfordernd sein konnte wie sie. Doch es galt, ihr noch ein Zugeständnis zu entlocken, und er wollte auch diesen Triumph auskosten.

Schwer atmend unterbrach er schließlich den Kuss. Doch statt sich ganz zurückzuziehen, presste er die Lippen auf ihren Hals. Offensichtlich überwältigt von Leidenschaft, legte sie den Kopf zurück, während er eine Spur heißer Küsse von ihrem Hals zu ihrem Ohr hinauf zog.

„Nenn mich Mitch“, murmelte er heiser und sah ihr ins Gesicht. „Sag meinen Namen, Nicole.“

Sie befeuchtete ihre Unterlippe. „Mitch“, hauchte sie.

Mehr Nachgiebigkeit konnte er von ihr nicht erwarten, daher begnügte er sich fürs Erste damit. „Ich wusste, du kannst es, Liebling. Und da wir nun geklärt hätten, dass wir beide gleich fähig und kompetent sind und uns sehr gut ergänzen, bleibt uns nur noch eines zu tun.“

Als würde ihr erst jetzt bewusst werden, wo sich ihre Hände befanden, nahm sie sie von seinem Po und drückte sie gegen die Wand hinter ihr. Im silbrigen Mondlicht war deutlich zu sehen, wie sie errötete. „Und das wäre?“

Mitch grinste über ihre untypische Schüchternheit, besonders nach der Hemmungslosigkeit, die er noch vor wenigen Augenblicken an ihr erlebt hatte. „Wir müssen uns noch als Team eintragen, damit die Spiele beginnen können.“ Er zwinkerte ihr zu, nahm ihre Hand und führte sie zurück auf die Party.

Beim Ausfüllen der Formulare war Nicole ungewöhnlich still. Als

Mitch vorschlug, noch ein wenig zu tanzen oder sich anderswo auf der Insel zu amüsieren, lehnte sie höflich ab.

„Ich gehe lieber ins Bett“, erklärte sie und warf ihm einen kecken Blick zu. „Ich schlage vor, du gehst auch schlafen. Du wirst den Schlaf brauchen, um bei den Wettkämpfen morgen durchzuhalten.“

Er lachte über diese Bemerkung und war sehr erleichtert darüber, dass die neue Intimität zwischen ihnen keinen Einfluss auf Nicoles Temperament hatte.

Seine streichelnden Hände fühlten sich kühl und erregend an auf ihrer nackten Haut. Sie streckte die Hand nach ihm aus, um ihr verzweifeltes Verlangen zu stillen. Er flüsterte zärtlich ihren Namen und legte sich auf sie, während seine Lippen und seine Zunge ihre sensibelsten Punkte fanden. Ihre Knospen verhärteten sich, umspielt von den Liebkosungen seiner Zunge, und als er tiefer und tiefer hinunterglitt, zogen sich ihre Bauchmuskeln zusammen.

Die erotische Berührung seines Mundes an der Innenseite ihres Schenkels ließ sie erbeben. Das Spiel seiner Zunge sandte heiße Schauer der Begierde durch ihren Körper. Unruhig wand sie sich, um ihn ihrerseits verwöhnen zu können, doch er versagte ihr diese ultimative Erfüllung, eins mit ihr zu sein …

Erschrocken wachte Nicole auf und fand sich allein in ihrem Bett wieder. Sonnenstrahlen fielen durch die gläserne Schiebetür herein, durch die man zum Strand gelangte. Nicole war erregt und ein wenig außer Atem. Ihr ganzer Körper pulsierte aufgrund des ungestillten Verlangens, das Mitch gestern Abend in ihr entfacht hatte, und das auch der Schlaf nicht hatte vertreiben können.

Es ärgerte sie, dass sie aufgewacht war, bevor sie das Ende ihres erotischen Traumes hatte genießen können. Enttäuscht befreite sie sich aus ihren Laken und stieg aus dem Bett. Eine kalte Dusche würde ihr jetzt gut tun. Und etwas zu essen, um ihren Appetit zu stillen. Danach würde sie entscheiden, was sie wegen der sexuellen Begierden, die Mitch in ihr entfacht hatte, unternehmen würde.

Nachdem sie sich ihr Frühstück in die Hütte bestellt hatte, hob sie den Zettel auf, den jemand unter ihrer Tür hindurchgeschoben hatte. Es war die Liste mit den heutigen Wettkämpfen. Hauptsächlich handelte es sich um amüsante Spiele, die zum besseren Kennenlernen der Paare untereinander ebenso gedacht waren wie zum Punktesammeln für die Platzierung.

Ein dreibeiniges Rennen im Sand war vorgesehen. Das war ein Spiel, das Nicole in ihrer Kindheit auf den Geburtstagspartys ihrer Freunde gespielt hatte. Außerdem stand ein Tauziehen über einer Schlammgrube auf dem Plan, das Mitch und sie durch ihre Kombination von Kraft und Strategie gewinnen müssten. Die letzte Aufgabe schließlich lautete: „Wie oft können Sie Ihren Partner bei vierundzwanzig Versuchen im Tauchbecken versenken?“ Auch das würde kein Problem sein. Im Softballteam auf dem College hatte man sie um ihre Zielgenauigkeit und Wurftechnik beneidet. Sie grinste und freute sich schon auf den letzten Wettbewerb, bei dem Mitch zur Abwechslung mal ihr ausgeliefert war.

Offenbar waren sie und Mitch erst für die Wettkämpfe nach dem Mittagessen eingeteilt, sodass sie sich nach dem Frühstück ein wenig sonnen konnte. Rasch zog sie ihr Nachthemd aus und duschte. Zwanzig Minuten später saß sie in einem dunkelvioletten Bikini und einem dazu passendem Wickelrock auf ihrer Terrasse in der Sonne und genoss den fantastischen Blick aufs Meer, während sie frische Früchte, ein Croissant und hervorragenden Kaffee genoss.

Sie schob sich ein Melonenstück in den Mund und dachte an den leidenschaftlichen Kuss am gestrigen Abend. Erneut tadelte sie sich dafür, vor Mitch Schwäche gezeigt zu haben. Er verstand es allzu gut, die Barrieren, die sie um sich herum errichtet hatte, zu überwinden. Dabei hatte sie doch gelernt, dass man sich viel zu verwundbar machte, wenn man jemanden Macht über die eigenen Gefühle ausüben ließ.

Sie trank einen Schluck vom köstlichsten Kaffee, den sie je probiert hatte. Mitch war nicht nur äußerst attraktiv und sexy, sondern sie fand ihn auch sehr fürsorglich. Das war eine außergewöhnliche Kombination, die sie so faszinierte, da sie einem Mann mit all diesen Qualitäten noch nie begegnet war. Jonathan jedenfalls waren ihre Wünsche und Bedürfnisse egal gewesen.

Doch es gab noch etwas Wichtigeres, das sie zu Mitch hinzog, und das war die Tatsache, dass er sich im Gegensatz zu den meisten Männern nicht von ihrer Forschheit einschüchtern ließ, die ihr seit der Trennung von Jonathan zur zweiten Natur geworden war und ihr zum Selbstschutz diente. Mitch bot ihr Paroli und ließ sich weder von ihrem Ehrgeiz noch von ihrem Unabhängigkeitsdrang aus der Fassung bringen. Im Gegenteil, er schien ihre Wortgefechte zu genießen. Jetzt musste sie nur noch herausfinden, was sie hinsichtlich der gefährlichen Anziehung zwischen ihnen unternehmen sollte, um die Kontrolle über die Situation zu behalten und sich nicht kopfüber in eine neue Beziehung zu stürzen, die mehr von ihr verlangen würde, als sie geben konnte und wollte.

Um Komplikationen zu vermeiden, wäre es am vernünftigsten, die Anziehung zwischen ihnen zu ignorieren. Aber wann war sie bei waghalsigen Dingen je vernünftig gewesen? Nie! Wieso zögerte sie dann noch, sich zu erlauben, was sie wollte – eine Affäre mit Mitch, um ihre Begierde zu stillen.

Andererseits hielt sie nichts von kurzen Affären, auch wenn sie ansonsten gern unvernünftig war. Aber hier auf der Insel waren die Umstände nun mal andere, und es war kaum zu leugnen, dass sie und Mitch zusammen unglaublich waren. Sie ergänzten sich so gut, dass ihr Entschluss, ihm zu widerstehen, sich bereits verflüchtigt war. Letzte Nacht war er Merrilees Slogan mehr als gerecht geworden und hatte ihr auf eindrucksvolle Weise gezeigt, weshalb diese tropische Insel den Namen Wild Fantasy trug.

„Wenn alles geht und alles möglich ist", murmelte Nicole, „dann will ich Mitch Lassiter für diese Woche." Und zwar zu ihren Bedingungen, sodass sie die Kontrolle hatte.

Ein Lächeln umspielte ihre Lippen, als ihr eine dekadente Idee kam, die sie aufregend fand und die Mitch hoffentlich gefiel. Dazu musste sie allerdings erst einmal den Mut finden, sie ihm zu gestehen. Sie wollte, dass er in dieser Woche ihr persönlicher Liebessklave war. Eine wildere Fantasie konnte es wohl kaum geben.

Das ist der perfekte Plan, dachte sie begeistert. Auf diese Weise konnten sie ihr Verlangen nacheinander stillen, ohne dass Nicoles Unabhängigkeit bedroht würde und ohne falsche Erwartungen bei ihren Familien zu wecken. Sie würde die Affäre strikt auf diese eine Woche begrenzen. So würde sie die Kontrolle über ihre Gefühle haben und gleichzeitig Mitchs Aufmerksamkeiten genießen können. Nach Ablauf der Woche würden sie nach Colorado zurückkehren und wieder getrennte Wege gehen. Es würde weder Forderungen noch Verpflichtungen zwischen ihnen geben.

Ja, das war die perfekte Fantasie. Welcher Mann konnte der Gelegenheit widerstehen, erotische Spiele zu spielen und Teil der geheimsten Sehnsüchte einer Frau zu werden? Außerdem war ihr Vorschlag genau das, was Mitch von jemandem mit ihrem Temperament erwarten würde.

Sie nahm ihren Mut zusammen, um ihre Fantasie vorzutragen und hoffte inständig, dass Merrilee ihr eine zweite, weitaus intimere Fantasie gestatten würde. Sie atmete tief durch und ging in ihre Hütte, um Mrs Schaefer-Weston anzurufen und Mitch mit einer Herausforderung zu konfrontieren, der er hoffentlich nicht widerstehen konnte.

4. KAPITEL

Mitch saß an der Poolbar, einen Drink aus tropischen Früchten vor sich, und beobachtete heimlich die Frau, die ihm einen unglaublichen Vorschlag gemacht hatte. In dem Liegestuhl, mit von Sonnenmilch glänzender nackter Haut, sah Nicole aus wie eine Göttin. Sein Puls beschleunigte sich bei dieser passenden Beschreibung und der Vorstellung, auf welche Weise er ihren Körper anbeten würde.

Ihr Vorschlag, dass er eine Woche lang ihr Liebessklave sein sollte, würde ihm nämlich genau das ermöglichen. Vorausgesetzt, er ging darauf ein.

Als Merrilee ihn heute Morgen in seiner Hütte angerufen und gefragt hatte, ob sie ihn sprechen könnte, hatte er nicht geahnt, worum es bei dieser Unterhaltung gehen würde. Zuerst war er erstaunt gewesen über Nicoles Idee, besonders nachdem sie ihn gestern so abrupt verlassen hatte. Andererseits wusste er, dass er ihr mit dem Kuss einiges zu denken gegeben hatte. Es passte zu ihr, dass sie jetzt den Spieß umdrehte, damit sie die Kontrolle hatte.

Er sah, wie Nicole den Kellner heranwinkte und ihm ein betörendes Lächeln schenkte. Der junge Mann notierte sich ihre Bestellung und lachte über etwas, das sie zu ihm sagte. Dann eilte er zur Bar. Der Barkeeper mixte einen schäumenden Fruchtdrink und stellte das tulpenförmige Glas auf das Tablett des Kellners. Mitch glitt von seinem Hocker und hielt den Kellner auf.

„Hätten Sie etwas dagegen, wenn ich der Dame den Drink serviere?“ Als der Kellner ihn mit einem skeptischen Blick bedachte, zog Mitch ein paar Dollarnoten aus der Badehosentasche und warf sie auf den Tresen, um den Kellner für das Trinkgeld zu entschädigen. „Nicole und ich sind ein Team bei den Wettkämpfen, und ich würde gern einen guten Eindruck machen, falls Sie verstehen, was ich meine.“

Der Kellner hatte Verständnis und reichte ihm das Tablett.

Mitch bahnte sich seinen Weg zwischen den anderen Gästen hindurch und blieb vor Nicoles Liegestuhl stehen. Ihre Augen waren geschlossen, sodass er die Gelegenheit hatte, in aller Ruhe ihre vollen Brüste und ihre schlanke Figur in dem Bikini zu bewundern. Bevor seine Begierde nach dieser Frau für andere Gäste offensichtlich werden konnte, stellte er sich so hin, dass er einen Schatten auf sie warf.

Blinzelnd öffnete sie die Augen, doch das freundliche Lächeln für den Kellner verschwand, als sie stattdessen Mitch vor sich sah.

„Was machst du hier?“, fragte sie misstrauisch.

„Ich stehe Ihnen zu Diensten, Ma'am“, verkündete er in Anspielung auf ihre Fantasie. „Ich glaube, dies ist der Drink, den Sie bestellt haben.“

Erstaunt runzelte sie die Stirn. „Das stimmt. Danke.“ Sie setzte sich auf, nahm den Drink und probierte einen Schluck. Da er seinen Worten keine weitere Erklärung folgen ließ, fragte sie: „Hast du unseren Plan für heute gesehen?“

„Ja.“ Er stellte das Tablett auf den Tisch, zog einen Stuhl für sich heran, und schaute auf seine Uhr. „In einer Stunde sind wir mit dem dreibeinigen Rennen dran.“ Was ihnen noch genügend Zeit gab, um über Nicoles Vorschlag zu sprechen.

Sie grinste amüsiert. „Wie steht es mit deiner Koordinationsfähigkeit?“

Er lachte. „Falls du dir Sorgen machst, dass ich mit dir nicht mithalten kann, vergiss es. Du bestimmst die Geschwindigkeit, und ich verspreche dir, nicht aus dem Takt zu geraten oder uns ins Stolpern zu bringen.“ Er streckte seine Beine aus und schlug sie an den Knöcheln übereinander. „Aber wenn du kein Vertrauen in meine Fähigkeiten hast, können wir gern einen Probelauf machen.“

Sie schüttelte den Kopf. „Ich vertraue dir.“

„Das freut mich. Denn es gibt keinen Grund, es nicht zu tun.“ Er fragte sich, ob ihr klar war, wie wichtig es sein würde, dass sie ihm vertraute. Besonders beim Ausleben der Fantasie, die sie vorgeschlagen hatte.

„Gegenseitiges Vertrauen ist unumgänglich für die vor uns liegenden Wettkämpfe“, erklärte er. „Wir können es uns nicht leisten, gegeneinander zu arbeiten.“

„Du hast recht. Ich muss zugeben, dass ich nicht gern von jemand anderem abhängig bin“, gestand sie. „Besonders dann nicht, wenn es darum geht, einen Wettbewerb zu gewinnen. Aber du kannst dich in dieser Woche ganz auf meine Zusammenarbeit verlassen.“

Ein paar Tropfen Kondensationsfeuchtigkeit des eisgekühlten Glases fielen auf Nicoles Bauch. Erschrocken schnappte sie nach Luft, und Mitch beobachtete fasziniert, wie die Wassertröpfchen sich in ihrem Nabel sammelten. Bei dem Versuch, sie wegzuwischen, hinterließen ihre Finger eine feuchte Spur auf ihrer Haut.

Erneut wurde Mitch erregt. Um Nicole zu zeigen, was für ein aufmerksamer Sklave er sein konnte, nahm er die Cocktailserviette vom Tisch und schob ihre Hand beiseite, um die Tropfen aufzutupfen.

„Lass mich dir helfen", sagte er, ehe sie protestieren konnte. Die Serviette saugte die Flüssigkeit sofort auf. Mitch tauchte den Finger in ihren Nabel, um auch das letzte bisschen Wasser herauszubekommen. Nicole erschauerte bei dieser Berührung, und ein Blick zeigte Mitch, dass sich ihre Knospen unter dem Bikini-Oberteil aufrichteten.

„Ich ... ich glaube, jetzt ist alles weg", stieß sie atemlos hervor, schob seine Hand fort und holte tief Luft. „Ich nehme an, du hast heute Morgen mit Merrilee gesprochen?"

Mitch zerknüllte die Serviette, warf sie auf den Tisch und lehnte sich grinsend zurück. „Gut geraten."

„Dann darf ich davon ausgehen, dass du mit meinem Vorschlag einverstanden bist?"

„Merrilee hat mir davon erzählt." Entspannt faltete er die Hände hinter dem Kopf und genoss die Wärme der Sonnenstrahlen. „Ich habe ihr gesagt, dass ich mich zuerst mit dir unterhalten will, und sie meinte, alles, was wir von jetzt an besprächen, wäre eine Sache zwischen dir und mir."

„Ich weiß deine Diskretion zu schätzen. Aber was gibt es da noch zu besprechen? Mein Vorschlag war doch ziemlich klar."

Er lächelte. „Das stimmt – was deine Wünsche betrifft."

Sie musterte ihn misstrauisch. „Vergnügen und Leidenschaft sind bei dieser Fantasie garantiert. Gibt es denn noch etwas, was du im Gegenzug erwartest?"

„Fürs Erste nur ein paar Antworten. Zum Beispiel: Wieso hast du deine Meinung über uns geändert?"

Sie lachte und stellte ihr Glas ab. „Das ist doch wohl ziemlich offensichtlich. Besonders nach gestern Abend." Da er nicht reagierte, wurde ihre Miene ernst. „Mitch, du sollst wissen, dass ich nicht mit der Absicht, dich zu verführen, auf diese Insel gekommen bin."

„Das weiß ich."

„Und das Letzte, was ich will, sind die Komplikationen, die eine tiefer gehende Beziehung zwischen uns mit sich bringen würde. Erstens, weil unsere Mütter so gut befreundet sind, und zweitens, weil ich noch nicht bereit bin für eine feste Bindung. Mir gefällt mein Leben so, wie es ist, ganz gleich, was meine Eltern sich für mich wünschen." Abwesend strich sie mit den Fingern über die Plastiklehne ihres Liegestuhls, doch ihr Blick blieb fest auf Mitch gerichtet. „Wir wissen beide, dass es gelogen wäre, wenn ich behaupten würde, dass ich dich nicht begehre. Aber die einzige Möglichkeit für mich, dem nachzugeben, besteht darin, dass wir beide gewissen Bedingungen zustimmen."

„Und zu diesen Bedingungen gehört, dass du eine kurze Urlaubsaffäre willst." Obwohl es die beste Lösung für beide zu sein schien, kamen ihm Zweifel, ob eine Woche wohl ausreichen würde, um sein Verlangen nach ihr zu stillen.

„Das ist für uns beide sicherer und kommt uns entgegen", meinte sie.

Es ist für sie sicherer, dachte er. Und vor allem würde es ihr die Kontrolle über die Beziehung garantieren. „Ganz zu schweigen davon, wie aufregend die Vorstellung von einer Affäre ist", fügte er hinzu, wohl wissend, dass es einen Teil des Reizes ausmachte.

„Das auch", gab sie zu und errötete. „Das Beste daran ist jedoch, dass außer uns niemand erfahren wird, was auf dieser Insel geschehen ist. Alles ist möglich. Das Vergnügen kann für uns sogar ganz im Vordergrund stehen, abgesehen von unserem Ehrgeiz, bei den Wettkämpfen den ersten Preis zu gewinnen. Und wenn die Woche um ist, können wir nach Denver zurückkehren und unserer Wege gehen, ohne uns um unsere Familien Sorgen machen zu müssen. Oder um andere Dinge."

„Du schlägst also vor, dass ich eine Woche lang dein Liebessklave bin und wir eine Affäre haben, damit wir beide die Anziehung zwischen uns überwinden können?"

Ein mutwilliges Lächeln umspielte ihre Mundwinkel. „Ja, ich finde, die Sache mit dem Liebessklaven könnte Spaß machen."

Er lachte. „Dadurch behältst du die Kontrolle."

Sie zuckte nur die Schultern. „Ich dachte, die meisten Männer mögen Frauen, die beim Sex die Initiative ergreifen."

Er verdrehte die Augen. Vermutlich hatte sie diese Weisheit aus irgendeiner Frauenzeitschrift. „Wenn das so ist, gehöre ich nicht zur Mehrheit. Denn wenn ich mit einer Frau zusammen bin, erwarte ich ein ausgeglichenes Geben und Nehmen auf beiden Seiten, sowohl im Schlafzimmer als auch außerhalb. Aber das heißt nicht, dass ich einem kleinen aufregenden Rollenspiel abgeneigt wäre."

„Was schlägst du also vor?", frage Nicole.

„Gleichberechtigung. Ich werde dein Liebessklave sein und alles tun, was du verlangst, wenn du dich einverstanden erklärst, das Gleiche für mich zu tun. Ich finde, das ist eine faire Bedingung, da ich selbst ein paar Fantasien habe, die ich gern ausleben würde."

Mitch sah, dass sie mit der endgültigen Entscheidung zögerte, da es ihr schwerfiel, ihm auch nur das kleinste bisschen Kontrolle zuzugestehen. Aber sie wusste, dass er nicht zustimmen würde, wenn sie ihm nicht entgegenkam. „Abgemacht", sagte sie, obwohl sie über die zusätzlichen Bedingungen nicht gerade begeistert war.

Mitch hat keine Ahnung, was Fairness bedeutet, dachte Nicole, und dafür wird er bezahlen.

Sie nahm den Ersten von zwei Dutzend Wurfbällen, mit denen sie ihren Partner im Tauchbecken versenken sollte, und beobachtete, wie Mitch die Plattform über dem Wasser erklomm und sich in die kleine offene Kabine für die „Tauchkandidaten" setzte. Sie konzentrierte sich, strich mit dem Daumen über den festen Lederball und freute sich auf die Vergeltung, die sie bei dem letzten Wettbewerb des Tages bekommen würde.

Es war nicht damit getan gewesen, dass er seinerseits Bedingungen für das Ausleben ihrer Fantasie gestellt hatte. Zusätzlich hatte er sie während der Wettkämpfe auf raffinierte Weise ständig in Erregung versetzt. Möglicherweise war sie aber auch so auf ihn eingestimmt, dass schon die kleinste Berührung für sie eine sexuelle Bedeutung hatte.

Das erste Spiel, das Rennen auf drei Beinen, war ein überraschend sinnliches Erlebnis gewesen. Sie waren mit einem Band an den Knöcheln eines Beins zusammengebunden gewesen. Um zusätzlichen Halt zu haben, hatte Mitch ihr die Hand auf die nackte Taille gelegt, was eine sinnliche Ablenkung gewesen war. Immerhin hatte er sich ihrem Tempo angepasst, sodass sie sich in perfektem Einklang bewegten. Während die anderen Paare stolperten und aus dem Gleichgewicht kamen, wurden sie und Mitch bei allen drei Durchgängen Erste.

Danach war das Tauziehen an der Reihe gewesen, das sie ebenfalls mit vereinten Kräften gewonnen hatten. Doch auch hier hatte Mitchs Nähe Nicole fast aus dem Konzept gebracht.

„Willst du den ganzen Tag dort stehen, oder hast du auch vor, den Ball irgendwann mal zu werfen?", rief Mitch. „Mir wird ganz schön heiß hier oben in der Sonne. Komm schon, Süße", lockte er sie und spritzte mit dem nackten Fuß Wasser hoch. „Versuch dein Bestes."

Nicole nahm sich zusammen, peilte ihr Ziel an und warf. Entsetzt musste sie mit ansehen, wie er ein ganzes Stück über das Ziel hinausflog.

Sie konnte es nicht fassen, dass sie ein so leichtes Ziel verfehlt hatte. Das war alles Mitchs Schuld, weil er sie abgelenkt und provoziert hatte! Die anderen Frauen, die bei dem Wettkampf mitmachten, sprachen ihr tröstende Worte zu, da die meisten ebenfalls das Ziel nicht getroffen hatten. Doch es war Mitchs Lachen, das Nicole am meisten ärgerte.

„Ich weiß, das kannst du besser, Liebling." Sein dichtes schwarzes Haar glänzte in der Sonne und hob das Funkeln in seinen goldbraunen Augen hervor. „Du musst das Ziel schon treffen."

Sie verzog das Gesicht. „Sehr witzig." Sie nahm den nächsten Ball und konzentrierte sich. „Mach dich bereit für eine Abkühlung, Mitchell. Du wirst viel Zeit in dem Becken verbringen."

„Ja, ja", spottete er. „Lass deinen Worten mal lieber Taten folgen, und zeig mir, was du wirklich kannst."

Sie biss die Zähne zusammen und warf den Ball – diesmal genau ins Ziel. Ein lauter Summer ertönte, die Plattform gab nach, und Mitch fiel mit lautem Platschen ins Wasser.

Nicole stieß einen Freudenschrei aus und führte einen Siegestanz auf, während er die Strickleiter hinaufkletterte und sich für den nächsten Versuch bereit machte. Das Triumphgefühl über diese kleine Rache war berauschend. Von da an traf sie bei jedem Wurf und übertrumpfte den bisher Führenden mit sieben Punkten.

Als Mitch nach dreiundzwanzig Stürzen ins Wasser aus dem Becken herauskletterte, lachte er vergnügt.

Er streifte sich sein ärmelloses T-Shirt wieder über und kam auf Nicole zu. Seine fröhliche, unbekümmerte Art verwirrte sie. Sie hatte mit einer anderen Reaktion gerechnet, denn bisher hatten Männer ihre sportlichen Fähigkeiten stets als einschüchternd empfunden. Die Vorstellung, eine Frau könnte klüger, stärker und fähiger sein, gefiel ihnen nicht.

Mitch war da ganz anders. Er war selbstbewusst genug, um Nicole das Kommando zu überlassen. Zumindest bei ihren Wettkämpfen. Die Verführung war eine ganz andere Angelegenheit und, wie sie vermutete, ein permanenter Wettstreit, dem anderen voraus zu sein.

Nass, wie er war, umarmte er Nicole, was sie völlig überraschte. Ihr blieb gar keine Wahl, als sich an seinen kühlen, feuchten Schultern festzuhalten, während er sie herumwirbelte, bis ihr ganz schwindelig wurde.

„Ich wusste, du schaffst es." Endlich ließ er sie los. Seine wunderschönen Augen leuchteten, sein Mund war zu einem breiten Grinsen verzogen. „Du bist unglaublich, Nic. Ist dir klar, dass du uns heute in Führung gebracht hast?"

Ihre Gedanken hielten bei seinen begeisterten Worten inne: „Du bist unglaublich." Etwas schnürte ihr die Kehle zu, und ihr Herz schlug schneller. So verrückt es auch schien, seine Anerkennung und sein Lob bedeuteten ihr mehr als der Gewinn des Wettkampfes.

Sie zuckte die Schultern, da sie weder alles Lob für sich beanspruchen noch sich anmerken lassen wollte, wie sehr sie sich über seine Worte freute. „Es war Teamarbeit."

Er fuhr sich durch die feuchten Haare und wackelte mit den Brauen. „Dann hat es also geholfen, dass ich dich angestachelt habe?"

Das machte ihm offenkundig Spaß. „Es war jedenfalls ein Anreiz, dich wiederholt ins Wasser plumpsen zu sehen."

Amüsiert neigte er den Kopf und strich ihr mit dem Daumen zärtlich über die Wange. „Du bist nicht nur unglaublich, sondern auch einmalig."

Seine sanfte Berührung und seine aufrichtigen Worte verfehlten ihre Wirkung nicht. Sofort erwachte von Neuem jene Sehnsucht in ihr, für die es in ihrem Arrangement keinen Platz gab. „Ich habe das Mittagessen ausfallen lassen, und jetzt sterbe ich vor Hunger", sagte sie, das Thema wechselnd. „Wie ist es mit dir?"

„Ich könnte auch was essen."

„Es gibt ein Büfett im Speisesaal, das Restaurant oder das Barbecue unten am Strand", meinte sie. „Wofür entscheiden wir uns?"

Er breitete die Arme aus und deutete auf seine Kleidung, die aus Badehose und Träger-Shirt bestand. „Lass uns zum Barbecue gehen."

Fünfzehn Minuten später setzten sie sich an einen freien Tisch im Innenhof, wo es exotische Pflanzen, Vögel und sogar ein paar Reptilien in Käfigen gab. Ihre Teller waren beladen mit Rippchen, Kartoffelsalat, Hickorybohnen und frischen Früchten. Dazu gab es für jeden ein Glas frisch gepressten Orangensaft.

Nicole beobachtete, wie Mitch mit Appetit aß. Seine gute Laune verblüffte sie noch immer. „Für einen Mann, der gerade dreiundzwanzig Mal hintereinander untergetaucht wurde, machst du einen viel zu fröhlichen Eindruck. Ich finde, dir hat der letzte Wettkampf viel zu viel Spaß gemacht."

Er hob eine dunkle Braue. „Bist du enttäuscht?"

Obwohl sie ihn ursprünglich hatte bestrafen wollen, war sie eigentlich nicht enttäuscht. Im Gegenteil, sie war froh, dass er so viel Sportsgeist bewiesen hatte. Sie schüttelte lächelnd den Kopf. „Nein, um ehrlich zu sein, mir hat der ganze Nachmittag Spaß gemacht." Und Mitch war der Grund dafür, dass sie sich so gut amüsiert hatte.

„Du bist durch deinen Beruf solche Urlaubsaktivitäten gewohnt. Aber ich kann mich nicht erinnern, wann ich zuletzt so viel Spaß gehabt habe." Er nahm mit den Fingern ein Schweinerippchen, und seine Miene wurde nachdenklich. „Ich kann mich an Zeiten in meiner Kindheit erinnern, wo das Leben so unbeschwert war. Aber dann ging ich aufs College, mein Vater starb, und ich war plötzlich verantwortlich für das Familienunternehmen. Für einen Einundzwanzigjährigen hatte ich ziemlich viel Verantwortung zu tragen. In den letzten neun Jahren habe ich mich ausschließlich darauf konzentriert, mich um meine Mutter zu kümmern und dafür zu sorgen, dass mein Bruder und meine Schwester die Highschool und das College absolvieren konnten."

Nicole fand *ihn* unglaublich. Er hatte so viel aufgegeben, vermutlich sogar seine Träume, um seine Familie zu unterstützen. „Das klingt, als hättest du diesen Urlaub dringend nötig."

Er leckte sich ein wenig Barbecue-Soße vom Daumen und grinste schief. „Ich begreife langsam, was für eine Untertreibung das ist. Ich habe unterschätzt, wie schön es sein kann, die Arbeit mal zu vergessen und sich zu amüsieren."

Obwohl sie sich schon viele Jahre kannten, wusste sie kaum etwas über sein Privatleben. Sie stellte fest, dass sie mehr über ihn erfahren und ihm mehr von sich erzählen wollte. „Ich nehme an, du gehst nicht oft aus?"

„Wahrscheinlich nicht so oft, wie ich sollte." Er trank die Hälfte seines Orangensaftes und machte sich über seine Hickorybohnen her. „Ich spiele ein paar Mal die Woche Tennis mit einem Freund und jogge morgens vor der Arbeit. Aber das ist auch schon so ziemlich alles an Aktivitäten außerhalb der Arbeit."

Eine leichte Brise fuhr wie liebkosende Finger durch seine Haare. Nicole wünschte, es wären ihre Finger, die durch dieses weiche Haar strichen. „Du hast doch bestimmt gelegentlich ein Date."

Mitch wischte sich mit der Serviette den Mund ab und sah Nicole ins Gesicht. „,Gelegentlich' ist schon fast übertrieben. Die Frauen, mit denen ich mich in den letzten drei Jahren getroffen habe, kann ich an einer Hand abzählen."

„Aber wieso?", fragte sie überrascht.

Er hielt mit der Gabel auf dem Weg zum Mund inne. „Wieso was?"

„Wieso hast du so wenig Dates gehabt?"

„Na ja, es ist nicht so, als wäre ich nicht interessiert an Frauen", stellte er klar und klang ein wenig belustigt.

„Das bezweifle ich nicht", murmelte sie. „Aber an mangelndem Interesse der Frauen kann es auch nicht gelegen haben."

Er tat ihre Bemerkung mit einem Schulterzucken ab, als wäre er sich seiner Anziehungskraft nicht bewusst. „Ich hatte nie die nötige Zeit, um eine dauerhafte Beziehung aufzubauen. Und Halbheiten liegen mir nun mal nicht, weder beruflich noch privat."

Ein Kellner trat an ihren Tisch. „Sind Sie beide fertig?", erkundigte er sich.

„Ja", erwiderte sie mit einem Lächeln und stand auf, bereit, sich etwas anderem zuzuwenden. Ein Schmerz durchfuhr ihre Schulter und strahlte bis in ihren Ellbogen aus. Nicole stöhnte auf.

Sofort war Mitch an ihrer Seite und untersuchte behutsam ihren Rücken und ihre Schulter. „Ist alles in Ordnung mit dir?"

Sie wollte sich nicht an seine Besorgnis und seine zärtlichen Berührungen gewöhnen. Aber sie musste zugeben, dass es ihr gefiel. Und zwar viel zu sehr. „Ich fürchte, mein Arm ist mehr aus der Form, als ich gedacht habe", witzelte sie, doch in Wirklichkeit hasste sie es, auch nur die kleinste Schwäche zu zeigen.

„Die Wettkämpfe heute waren körperlich sehr anstrengend."

Und erregend, dachte sie, bei der Erinnerung daran, wie Mitch beim Tauziehen auf ihr gelandet war. Sofort verdrängte sie diesen Gedanken wieder.

„Ich hörte, wie jemand einen großartigen Masseur hier in der Anlage erwähnte. Ich gehe wohl am besten zurück in meine Hütte, dusche ausgiebig und versuche eine Massage zu bekommen." Sie drehte den Kopf, um die verspannten Muskeln zu lockern. „Wollen wir uns später auf einen Drink oder so treffen?"

Er fuhr mit den Fingern ihr Rückgrat hinunter und lächelte vielsagend. „Das ,oder so' klingt gut."

5. KAPITEL

Nachdem sie die Wettkämpfe des heutigen Tages überwacht, die Punkte der Teams bestätigt und die Planung der morgigen Veranstaltungen besprochen hatte, schlenderte Merrilee den Pfad zum Hauptgebäude der Ferienanlage entlang. Sie hatte in ihrem Privatbüro noch ein paar Unterlagen zu bearbeiten, bevor der Tag für sie vorbei war. Alles in allem war sie zufrieden mit dem bisherigen Verlauf der Veranstaltungen, ebenso mit den Romanzen und Beziehungen, die sich bei einigen Paaren anbahnten.

Wie bei Nicole Britton und Mitch Lassiter. Zwischen den beiden stimmt ganz eindeutig die Chemie, dachte Merrilee und atmete den süßen Duft des Jasmins ein, der den Pfad säumte. Es war die Art von elektrisierender, ursprünglicher Anziehung, der man nicht entfliehen konnte.

Merrilee betrat das Foyer des Hauptgebäudes. Als hätten ihre Gedanken sie herbeigerufen, entdeckte Merrilee Nicole, die gerade aus dem Hotel-Shop kam, eine Flasche Wasser in der einen Hand und eine Plastiktüte mit Snacks und Süßigkeiten in der anderen.

Merrilee winkte und blieb stehen. „Für Ihre Leistungen heute sind wohl Glückwünsche angebracht. Bis jetzt liegen Sie und Mitch in Führung."

Nicole strahlte. „Es hat Spaß gemacht. Aber ich bin sicher, die noch ausstehenden Wettkämpfe sind härter."

„Allerdings. Aber es wäre ja kein echter Wettstreit, wenn alle Aufgaben einfach wären."

„Das stimmt." Nicole lachte. „Ich freue mich schon darauf."

Merrilee lächelte. „Genießen Sie Ihren Aufenthalt auf der Insel?"

„Sehr. Dieser Ort ist überwältigend." Nicole vollführte eine Armbewegung, die die mit exotischen Blumen geschmückte Lobby einschloss. Sie zuckte vor Schmerz zusammen und ließ den Arm wieder sinken. „Ich glaube, ich habe mich heute Nachmittag überanstrengt. Ich habe gerade einen Termin mit dem Masseur vereinbart und hoffe, dass er meinen Nacken und die Schulter wieder hinbekommt."

„Bruce ist der Beste, den wir haben. Sie werden nicht enttäuscht sein." Merrilee musterte Nicole nachdenklich. „Wie lief es heute mit Mitch, falls Ihnen die Frage nichts ausmacht? Haben Sie mit ihm über Ihren Wunsch gesprochen?"

Eine leichte Röte deutete auf Geheimnisse hin, die Nicole nicht preisgeben würde. „Wir sind zu einem gegenseitigen Einvernehmen gekommen."

„Das freut mich." Merrilee hatte nicht die Absicht, nach Details zu forschen. Sie wollte nur sicher sein, dass beide zufrieden und glücklich waren.

„Genießen Sie die Erfüllung Ihrer Träume, Nicole. Darum geht es auf dieser Insel. Das Wichtigste aber ist, dass Sie Ihr Herz und Ihren Geist öffnen, wenn es so weit ist."

Nicole dachte einen Moment über diese weisen Worte nach. „Sie scheinen viel davon zu verstehen, was Ihre Gäste brauchen."

„Das ist mein Job." Lächelnd setzte Merrilee hinzu: „Außerdem war auch ich einmal jung und impulsiv und habe gelernt, dass man selten irrt, wenn man der Sehnsucht seines Herzens folgt." Unglücklicherweise hatte sie verloren, was sie sich ersehnt hatte, und daher wollte sie, dass ihre Gäste ihre Chancen wahrnahmen.

„Mrs Schaefer-Weston", unterbrach Danielle, ihre Assistentin, sie atemlos, die Arme mit Stapeln von Ordnern und Unterlagen beladen. „Es tut mir leid, Sie stören zu müssen, aber ich habe hier den Plan für morgen, um den Sie mich gebeten haben. Wir müssen die Zeiten und Veranstaltungen noch einmal durchgehen, bevor ich ihn kopiere und verteilen lasse."

„Das ist schon in Ordnung, Danielle. Nicole und ich sind fertig." Merrilee drückte freundschaftlich Nicoles Arm. „Genießen Sie Ihre Massage und den Abend."

Nicole grinste. „Oh, das habe ich vor."

Merrilee ging in ihr Büro und war nicht erstaunt, dort einen weiteren Strauß rubinroter Rosen auf ihrem Schreibtisch zu finden. Auf welcher der vier Inseln sie auch war, ob auf Wild Fantasy, Seductive Fantasy, Secret Fantasy oder Intimate Fantasy, ihr Verehrer schien es stets zu wissen und sandte ihr alle paar Tage Rosen oder ein kleines Geschenk. Sie brauchte nicht erst die Karte zu lesen, um zu wissen, was darauf stand: *Weil es Deine Lieblingsblumen sind*.

Sie verdrängte die Gedanken an diesen geheimnisvollen Mann vorerst und verbrachte die nächste halbe Stunde damit, den Plan für den morgigen Tag mit Danielle durchzusehen und ein paar kleine Änderungen vorzunehmen, bevor sie ihr Okay gab. Als sie fertig waren, sammelte Danielle ihre Unterlagen ein und wandte sich zum Gehen.

Dabei löste sich ein ledergebundenes Buch aus dem Stapel und fiel zu Boden. Merrilee bückte sich, um es für ihre Assistentin aufzuheben, die beide Hände voll hatte, und erstarrte, als sie den vertrauten Titel der alten Ausgabe las – ein Titel, der seit über dreißig Jahren in die tiefsten Winkel ihres Herzens und ihrer Seele eingemeißelt war.

Etwas in ihr zog sich schmerzhaft zusammen, als die Erinnerung lebendig wurde, wie so oft in letzter Zeit. Das Buch, das sie in Händen hielt, war eine seltene Ausgabe von William Shakespeares Sonetten. Diese Tatsache allein war schon erstaunlich, da diese besondere Ausgabe nicht mehr gedruckt wurde und ein Sammlerstück war. Noch unheimlicher war jedoch, dass sie zum letzten Mal eine solche Ausgabe an dem Tag gesehen hatte, an dem Charlie Miller den Bus bestiegen hatte, um nach Vietnam geschickt zu werden. Mit Tränen in den Augen hatte sie ihm ihr geliebtes Buch in die Hand gedrückt, damit es ihn daran erinnerte, dass sie in Gedanken immer bei ihm sein würde, ganz gleich, wie viele Meilen sie trennten.

Sein Tod schmerzte sie so sehr, als hätte sie ihn erst gestern verloren statt vor Jahrzehnten. Und obwohl sie ihr Lieblingsbuch in den einsamen Jahren oft vermisst hatte, hatte sie sich nie dazu durchringen können, eine andere Ausgabe zu kaufen, da zu viele traurige Erinnerungen an dem Buch hingen.

Sie holte tief Luft und fuhr mit den Fingern über die Goldprägung auf dem Einband, die vom Alter verblasst war. Das Buch, das sie Charlie gegeben hatte, hatte ganz genau so ausgesehen … abgegriffen, mit Eselsohren versehen, geliebt von seinem Besitzer. Auf das Vorsatzblatt hatte sie eine Widmung für ihren Geliebten geschrieben. Ein Schauer lief ihr über den Rücken, als sie sich fragte, ob sie wohl die alte Widmung vorfinden würde, wenn sie das Buch aufschlug …

„Mrs Schaefer-Weston, ist alles in Ordnung mit Ihnen?“

Danielles besorgte Stimme holte Merrilee zurück in die Realität. „Es geht mir gut“, versicherte sie ihrer Assistentin und lächelte zum Beweis. „Ich hatte keine Ahnung, dass Sie Shakespeare lesen.“

„Oh, das Buch gehört nicht mir“, erwiderte Danielle. „Es gehört C.J. Miller. Er hat heute hier im Restaurant zu Mittag gegessen, nachdem er ein paar Gäste hergeflogen hatte, und das Buch auf dem Tisch liegen gelassen. Die Kellnerin gab es mir und bat mich, es ihm zu geben, wenn er das nächste Mal auf der Insel ist.“

Merrilees Gedanken wirbelten durcheinander. Das Buch gehörte also C.J. Sie fand diese Information beunruhigend und war zugegebenermaßen fasziniert, dass er die gleiche Art von Poesie mochte wie sie.

Und es erstaunte sie nicht, dass sie ihren Angestellten erneut verpasst hatte. Aber dieses Buch und die Tatsache, dass er ihr jedes Mal entwischte, bestärkte sie nur in ihrem Entschluss, ihm endlich von Angesicht zu Angesicht gegenüberzutreten.

„Ich werde ihm das Buch zurückgeben", erklärte sie. Und um sicherzugehen, dass sie sich diesmal auch wirklich treffen würden, würde sie ihm eine besondere Einladung zukommen lassen, die er nicht ausschlagen konnte. „Wären Sie so freundlich, Mr Miller eine Nachricht zu überbringen mit der Bitte um seine Teilnahme am letzten Wettbewerb und der Abschlussfeier am Ende der Woche?"

Danielle nickte und kritzelte eine Notiz auf ihren Papierstapel. „Ich werde ihm die Nachricht gleich morgen früh persönlich überbringen."

Erst nachdem Danielle gegangen war, fand Merrilee den Mut, das Buch aufzuschlagen und nach der Widmung zu sehen, die sie für Charlie geschrieben hatte. Sie lachte, denn natürlich war sie nicht da.

Das ist albern, tadelte sie sich. Aber eigentlich war es kein Wunder, dass ihre Fantasie ihr Streiche spielte und die Erinnerung an den einzigen Mann erwachte, den sie je geliebt hatte. Denn da war C.J. Miller, der ihr auswich; ihr heimlicher Verehrer, der ihr ihre Lieblingsblumen und andere Dinge schickte, die sie besonders mochte. Und jetzt das Auftauchen dieses seltenen Buches …

Charlie war tot, in diesem Leben für immer für sie verloren.

C.J. hingegen lebte.

Auf keinen Fall würde Mitch zulassen, dass ein anderer Mann Nicole anfasste – nicht einmal ein professioneller Masseur. Nein, dieses besondere Vergnügen würde ihm zukommen und am Ende hoffentlich auch Nicole.

Nachdem sie sich heute Nachmittag getrennt hatten, war er in seine Hütte gegangen, hatte geduscht und sich Jeans und ein sauberes Hemd angezogen. Dann hatte er beschlossen, Bruce einen Besuch abzustatten, um den Termin mit Nicole abzusagen und ihn um ein paar Tipps zur Kunst der Entspannungsmassage zu bitten.

Jetzt, ausgerüstet mit reichlich Wissen und einem kleinen Matchbeutel mit einigen notwendigen Sachen, die er im Hotelshop gekauft hatte, klopfte er an Nicoles Tür.

Sekunden später öffnete sie. Sie trug eine bequeme weite Jogginghose und ein Baumwolltop. Die Haare hatte sie hochgesteckt, sie wurden von einem großen Clip gehalten. Ein paar Strähnen, noch feucht vom Duschen, hatten sich daraus gelöst und umwehten ihren Hals. Ihr Gesicht war ungeschminkt, und sie sah schöner aus als jede andere Frau, die er kannte.

Nicole betrachtete ihn mit einer Mischung aus Amüsiertheit und Erstaunen. „Ich dachte, wir würden uns erst später in der Lounge treffen. Oder habe ich etwas falsch verstanden? Ich habe einen Termin mit dem Masseur, und er müsste jede Minute hier sein."

„Du hast nichts falsch verstanden, obwohl ich einiges zwischen uns offen ließ, als ich sagte, das ‚oder so' klinge gut." Ein verführerisches Grinsen umspielte seine Mundwinkel. „Im Übrigen steht dein Masseur vor dir."

Sie musterte ihn von Kopf bis Fuß. „Du machst Witze."

„Keineswegs. Ich fand, es ist meine Aufgabe, wenn ich dein Liebessklave sein soll." Er verschwieg ihr lieber, dass die Vorstellung, ein anderer Mann könnte sie anfassen, heftige Eifersucht in ihm weckte.

Bevor sie etwas erwidern konnte, streckte er die Hand aus und streichelte ihre Wange. Dann ließ er seine Finger ihren Hals hinuntergleiten, über ihr Schlüsselbein und folgte schließlich dem schmalen Träger ihres Tops zur sanften Wölbung ihrer Brüste. Sie trug keinen BH – das war offensichtlich an der Art, wie sich ihre Brustspitzen unter dem Baumwolloberteil abzeichneten.

Mitch liebte es, wie sie auf seine Berührungen reagierte, so offen und echt. Wenigstens würde es bei ihrer Affäre keine körperliche Zurückhaltung oder Hemmungen geben, und das war sehr gut.

„Möchtest du lieber die Hände eines Fremden auf deinem Körper spüren oder meine?", fragte er leise.

Unter seinen Fingern, die noch immer auf ihrer Brust ruhten, direkt oberhalb ihres pochenden Herzens, fühlte er, wie ein Schauer sie durchlief. Ihre Augen verdunkelten sich angesichts der unterschwelligen Herausforderung in seiner Frage und nahmen die Farbe dunklen, samtweichen Mooses an. „Mir gefällt deine Art zu denken."

Er zwinkerte ihr zu und flüsterte heiser: „Ich verspreche dir, dass meine Hände auf deinem Körper dir noch besser gefallen werden."

„Ich wäre dumm, wenn ich mir dieses Vergnügen entgehen ließe." Sie packte ihn am Hemd und zog ihn in ihre Hütte.

Offenbar war sie bereit, das provozierende Spiel mitzumachen und neugierig auf das, was er vorhatte. Sie legte die Hände auf ihre schlanken Hüften und grinste spöttisch. „Wo möchtest du es denn machen?", fragte sie, ihr Ton so frech wie immer.

Die in der Frage verborgene Anspielung regte sofort Mitchs Fantasie an. Er räusperte sich und entgegnete mit derselben Zweideutigkeit: „Am besten und bequemsten wäre es wohl auf dem Bett. Also geh voran."

Das tat sie, und Mitch folgte ihr durch eine kleine Sitzecke ins angrenzende Schlafzimmer, das in sanften Grün-, Gold- und Lilatönen gehalten war. Er legte seinen Matchbeutel auf das große Doppelbett, zog den Reißverschluss auf und kramte nach ein paar Dingen, die er extra für Nicole gekauft hatte.

Er fand, was er suchte – einen kurzen Morgenmantel aus Seide mit dazu passendem Slip, beides in hellem, schimmerndem Pink und mit Spitzenbesatz. Der Morgenmantel war dazu gedacht, dass sie sich nicht ganz nackt fühlte, wenn sie aus dem Badezimmer kam. Der Anblick des Slips an Nicole würde ihm süße Qualen bereiten.

Er reichte ihr die Kleidungsstücke. „Bitte sehr."

Sie betrachtete die sexy Wäsche. „Wozu ist die?"

„Für dich." Er legte die Hände auf ihre nackten Schultern und ließ sie in einer prickelnden Liebkosung zu ihren Armen hinuntergleiten, wobei er ihr fest in die Augen sah. „Ich möchte so wenig wie möglich zwischen meinen Händen und deiner Haut haben, ohne dass du vollständig nackt bist." Damit sie sich nicht völlig ausgeliefert fühlte. Der Slip würde ihr zumindest noch ein wenig das Gefühl von Sicherheit geben, solange sie es wollte. „Was den Morgenmantel angeht, dachte ich, du würdest dich fürs Erste darin wohler fühlen, wenn du aus dem Bad kommst."

Sie nickte dankbar. Offenbar wusste sie diese rücksichtsvolle Geste zu schätzen, und Mitch gefiel diese gewisse Scheu, die ein Widerspruch war zu ihrer sonst so draufgängerischen Art.

Während Nicole sich umzog, bereitete Mitch das Schlafzimmer vor. Er schaltete das Licht aus und verwandelte das Zimmer in eine verführerische Höhle mit sanfter, romantischer Musik aus dem Radio auf dem Nachtschrank und einem halben Dutzend flackernder Kerzen, die die Luft mit einem Vanilleduft erfüllten. Er zog die Schiebetür auf, damit sie den Ozean hören konnten, und eine sanfte Brise bewegte die dünnen Vorhänge. Das alles verstärkte die erotische Atmosphäre noch. Er wollte, dass Nicole sich völlig entspannte und ihre Sinne erwachten.

Kurz darauf kam sie in dem seidenen Morgenmantel, der ihren halb nackten Körper verbarg, aus dem Badezimmer. Erstaunt registrierte sie das Ergebnis von Mitchs Vorbereitungen. „Wow, ich fühle mich wie in eine andere Welt versetzt."

„Wir sind in einer anderen Welt", erklärte er. „An einem Ort, wo es nur uns beide gibt und deine wildesten Fantasien wahr werden." Er verbeugte sich tief vor ihr. „Und als dein persönlicher Liebessklave stehe ich dir zu Diensten, auf jede von dir gewünschte Art."

Er sah die Vorfreude in ihren Augen aufflackern und die Bewegung ihrer Brüste unter dem fließenden Stoff des Morgenmantels. „Das klingt gut."

Mitch zog die Tagesdecke vom Bett. „Dann komm her, und leg dich auf den Bauch, damit wir anfangen können."

Sie gehorchte seinem sanften Befehl und kam näher. Als sie mit dem Rücken zu ihm vor dem Bett stand, löste sie den Gürtel und ließ den Morgenmantel zu Boden gleiten, ehe sie sich auf den Bauch legte und den Kopf auf die Arme bettete.

Mitchs Finger kribbelten angesichts der gebräunten nackten Haut, die auf seine Berührung wartete. Der Anblick ihres sexy Pos in dem perfekt sitzenden Slip faszinierte ihn. Er zügelte sein erwachendes Verlangen jedoch, um sich ganz darauf zu konzentrieren, ihres zu wecken.

Er hockte sich rittlings über ihre Hüften, um die richtige Position zu haben, gab etwas von dem duftenden Massageöl in seine Handflächen und rieb sie aneinander, damit sich das Öl anwärmte.

Er begann an ihrem Hals und bewegte sich von dort knetend über ihre Schultern und ihren Rücken hinunter. Mit langsamen Bewegungen, die beruhigen und die Verspannungen lösen sollten, bearbeiteten seine Hände ihren Rücken. Das Öl verbreitete den erregenden Duft reifer Aprikosen.

Mitch hatte mehrere Duftöle zur Auswahl gehabt, sich jedoch für dieses entschieden, weil es ihn daran erinnerte, wie herrlich Nicole stets duftete. Er spürte, wie sie sich unter seiner geschickten Massage allmählich entspannte. Ihr zufriedenes Seufzen verriet ihm, dass sie es genoss.

„Das fühlt sich wundervoll an."

Die flackernden Kerzen verliehen ihrer Haut einen goldenen Schimmer. „Das soll es auch“, sagte er.

Dann herrschte wieder Stille, in der Mitch sich ganz der Massage widmete. Seine Hände schienen zu zaubern. Ein heißes Prickeln durchlief Nicole, und ihre Verspannungen lösten sich vollständig.

Nicole unterbrach als Erste das Schweigen. „Ich habe nachgedacht nach unserer Unterhaltung heute Nachmittag“, murmelte sie schläfrig. „Da du zugegeben hast, mal Urlaub zu brauchen, solltest du dir überlegen, eine Tour bei All Seasons Outdoor Adventures zu buchen.“

Er überlegte einen Moment. „Aber nur, wenn du meine Führerin bist.“

„Hast du keine Angst, dass ich dich bei einer Wildwasserfahrt ertrinken lasse?“ Sie klang amüsiert und ein klein wenig herausfordernd.

Lachend rutschte er ein Stück tiefer, sodass seine Beine ihre Oberschenkel einschlossen und er sich auf viel zu intime Weise an ihren Po schmiegte. Mit einiger Mühe gelang es ihm, das tiefe Pulsieren in ihm zu ignorieren. „Auch wenn du mich heute so oft in dem Becken versenkt hast, würde ich dir bei einer Wildwasserfahrt mein Leben anvertrauen.“ Behutsam, aber fest fuhr er mit seinen Daumen über ihr Kreuz und widmete sich ausgiebig ihrem Po. Er genoss den vielsagenden Schauer, der sie durchlief.

„Du bist ein mutiger Mann und hast mehr Vertrauen zu mir als die meisten Männer. Die sehen mich an und befürchten, ich sei irgendeine hilflose Frau, die keine Ahnung von Wildwasserfahrten hat, oder was für einen Trip sie sonst gebucht haben.“

Ihre Frustration war nicht zu überhören. Mitch hatte Verständnis dafür. „Was machst du, wenn sie deine Fähigkeiten infrage stellen?“

„Zum Glück habe ich Guys volle Unterstützung, wenn dieses Problem mal auftaucht.“ Sie stöhnte erneut auf, als er nun die verspannten Muskeln unterhalb ihrer Schulterblätter massierte. „Wenn ein Kunde Zweifel an meiner Kompetenz äußert, bleiben ihm zwei Möglichkeiten – entweder vertraut er sich mir als ausgebildetem Profi an oder er verlangt sein Geld zurück.“

Neugierig fragte Mitch: „Wie oft kommt so was vor?“

„In den drei Jahren seit der Gründung unserer Reiseagentur gab es drei Männer, die auf ihre Tour verzichtet haben, weil ich die Führerin war. Außerdem gab es noch ein paar, die anfangs Zweifel an meinen Fähigkeiten geäußert haben, im Verlauf des Trips aber mein Können und meine Erfahrung anerkannten.“

Mitch grinste über den Stolz und die Entschlossenheit in ihrem Ton und ließ die Fingerspitzen zu ihren Seiten und zu ihrer schmalen Taille hinabgleiten. „Es überrascht mich nicht im Mindesten, dass es dir gelungen ist, die Skeptiker zu überzeugen."

„Danke. Ich habe den Großteil meines Lebens damit verbracht, zu beweisen, dass ich eine fähige, intelligente Frau bin, die man nicht hätscheln muss. Daher ist es umso frustrierender, wenn ein Kunde einen nicht für voll nimmt."

Diese Bemerkung erklärte zu einem Teil ihren Ehrgeiz, aber nicht den eigentlichen Grund dafür. „Wenn ich also eine Tour bei All Seasons buche, was würdest du einem Anfänger wie mir da empfehlen?"

„Hm." Sie hob den Kopf, stützte das Kinn auf die Hände und dachte über seine Frage nach. „Wie wäre es mit Bungee-Jumping oder Fallschirmspringen?"

Er verzog das Gesicht, sowohl bei der Vorstellung des freien Falls als auch der Höhe und der Geschwindigkeit. Für Extremsportarten hatte er nun einmal nichts übrig. „Wie wäre es mit Skifahren oder Angeln, oder meinetwegen auch Segeln?"

„Du hast überhaupt keinen Sinn für Abenteuer, Mitchell."

„Ich habe jede Menge Sinn für Abenteuer, wenn es um bestimmte Dinge geht." Wie zum Beispiel um sie und die Anziehung zwischen ihnen. Ja, das war etwas, dem er gern bis ins Extrem nachgehen wollte. Er strich mit den Fingern über ihre Kniekehlen. Er hörte sie nach Luft schnappen und machte sich daran, ihre Waden zu massieren. „Ich habe nur keine Lust, mein Leben für so einen künstlichen Nervenkitzel aufs Spiel zu setzen."

„Hast du nicht gesagt, du würdest mir als Führerin vertrauen?"

Mitch runzelte die Stirn. „Ich glaube, Vertrauen ist etwas, was man sich verdienen muss."

Und genau das würde er heute Nacht versuchen. Er wollte intime Bande zwischen ihnen knüpfen, die über jeden Zweifel oder jede Unsicherheit ihrerseits erhaben waren.

Da er mit ihrem Rücken fertig war, stieg er von ihr herunter und stellte sich ans Fußende des Bettes. Er beschloss, den Einsatz zwischen ihnen zu erhöhen. „Wenn ich in dieser letzten halben Stunde dein Vertrauen erworben habe, möchte ich, dass du dich jetzt umdrehst, damit ich mit der Massage fortfahren kann."

6. KAPITEL

Und was nun, Nic?", fragte Mitch leise hinter ihr. „Drehst du dich um, oder willst du für heute Schluss machen?"

Er überließ zwar den nächsten Schritt ihr, doch Kneifen kam nicht infrage. Sie hatte sich eine Affäre mit Mitch gewünscht. Sie hatte ihn gebeten, ihre erotische Fantasie zu verwirklichen. Sie wollte erleben, was immer diese Nacht und diese Woche mit Mitch für sie bereithielt. Daher nahm sie all ihren Mut zusammen und drehte sich auf den Rücken.

Mitch betrachtete sie ausgiebig, ließ den Blick von ihren schlanken Beinen zu ihrem Bauch und dann zu ihren wohlgerundeten Brüsten gleiten. Er liebkoste sie mit seinen Blicken, die durch den goldenen Kerzenschein noch sinnlicher wurden. Nicoles Brustspitzen richteten sich auf, in Erwartung eines intimeren Kontaktes.

Nicole löste den Clip aus ihren Haaren und schüttelte sie, sodass sie sich um ihr Gesicht und ihre Schultern seidig auffächerten. Sie warf den Clip beiseite, ließ die Arme entspannt neben dem Kopf liegen und nahm eine bewusst verführerische Position ein. Ein Blick auf seine Jeans verriet ihr, dass Mitch ihr Spielchen ebenso sehr genoss wie sie.

Nicoles Lider waren halb geschlossen, und ein sinnliches Lächeln umspielte ihre Lippen. „Beende, was du begonnen hast, Sklave."

Er erwiderte ihr Lächeln mit der gleichen Mutwilligkeit. „Ja, Herrin."

Erneut verrieb er duftendes Öl zwischen seinen Handflächen und begann diesmal bei ihren Füßen, indem er die Daumen auf ihren Spann presste. Von dort arbeitete er sich langsam zu ihren Waden hoch. Nicole erschauerte, als seine Finger ihre Kniekehlen streiften und ihre Begierde weiter anfachten.

Sehr zu ihrer Enttäuschung verweilte er nicht lange bei dieser erogenen Zone. Stattdessen setzte er seinen Weg nach oben fort, über ihre Schenkel zu ihrer Taille, bis er sich schließlich wieder auf sie setzte. Er stützte sich mit den Knien zu beiden Seiten ihres Körpers ab, sodass er sich rittlings über ihren Hüften befand.

Er ließ seine Finger über ihren Bauch gleiten und dann um ihre Brüste herum, bis er die harten Knospen streifte, die sich noch weiter aufrichteten. Er neckte sie und bereitete ihr süße Qualen. Nicole biss sich auf die Unterlippe, als er weitermachte, ohne diese besondere

Lust zu stillen, doch es gelang ihr nicht, ein frustriertes Aufstöhnen zu verhindern.

Unbeeindruckt rieb Mitch ihre Arme und sogar ihre Hände und Finger mit dem aufregend duftenden Öl ein. Mit langsamen, sanften Bewegungen verwöhnte er sie überall, außer dort, wo sie sich am meisten nach zärtlicher Berührung sehnte. Mit jeder erotischen Bewegung seiner Hände auf ihrer heißen Haut steigerte er ihre Lust, bis sie es kaum noch ertragen konnte und sich ungeduldig unter ihm wand.

„Mitch … bitte." Ihre Stimme war heiser und flehend, aber das war ihr inzwischen egal.

„Sag mir, was du willst", forderte er sie auf.

Sie befeuchtete sich die Lippen mit der Zunge und sah ihn an. „Ich will, dass du mich berührst."

Seine Hände umfuhren ihre Brüste. „Aber das tue ich doch, Liebling."

„Du weißt genau, was ich meine."

„Ich fürchte, nein." Er musste ein Lachen unterdrücken. „Es gibt so viele verschiedene Stellen, an denen ich dich berühren könnte, auf mindestens zwei Dutzend verschiedene Arten. Du wirst deine Wünsche also schon genauer formulieren müssen. Verrate mir, wo und wie ich dich berühren soll." Er zeichnete mit den Fingern träge Kreise auf ihrem flachen Bauch, die sie erschauern ließen. „Ich stehe dir zu Diensten und tue alles, worum du mich bittest."

Sie schluckte hart und flüsterte: „Streichle meine Brüste."

Sein Grinsen wurde breiter. Er nahm die Flasche mit dem Öl und tröpfelte eine schmale Spur zwischen ihre Brüste und auf ihren Bauch. Dann fing er die Flüssigkeit mit den Handflächen auf, ehe sie herunterlaufen konnte. Ihre Blicke trafen sich in dem gedämpften Licht, während er das Öl auf ihrer Haut verrieb. Nicole seufzte dankbar, als er sich endlich ihren Brüsten widmete und mit den Daumen über die hoch aufgerichteten Brustspitzen strich.

Dann überraschte sie ihn, indem sie ihre Hände auf seine legte und ihn damit vertraut machte, auf welche Weise sie liebkost und gestreichelt werden wollte. Seufzend schloss sie die Augen, dirigierte seine Hände ihren Hals entlang, fuhr mit seinen Fingern über die rosigen Knospen ihrer Brüste und von dort hinunter zu ihrem Bauch.

Sie war geschmeidig, schlank und anmutig, außerdem wohlgerundet an all den richtigen Stellen. Tief atmete Mitch den Aprikosenduft ein.

Ihre Haut schimmerte vom Öl und vom Kerzenlicht.

Als ihre vereinten Hände seine Oberschenkel streiften, über die sich der dunkle Jeansstoff spannte, öffnete sie die Augen.

„Ich finde, du hast noch viel zu viele Sachen an“, hauchte sie.

„Und?“, fragte er.

Ein zärtliches Lächeln umspielte ihre Lippen. „Ich will, dass du dein T-Shirt ausziehst, damit ich dich auch berühren kann.“

Ungeduldig begann sie, ihm das T-Shirt aus der Jeans zu ziehen. Da ihre Position ihre Reichweite begrenzte, übernahm er es schließlich, sich das Baumwoll-T-Shirt über den Kopf zu ziehen und warf es auf den Fußboden.

Sofort waren ihre sanften Hände wieder auf ihm und glitten über seinen Oberkörper. Forschend fuhren ihre Finger über seine breite Brust, folgten den weichen schwarzen Härchen, die sich unterhalb seines Nabels zu einer schmalen Linie verjüngten und im Bund seiner Jeans verschwanden. Er stöhnte auf, als ihre Hand ihn durch den Jeansstoff hindurch umschloss.

Instinktiv schob er sich ihr entgegen, erkannte jedoch seinen Fehler, als diese Bewegung ein Verlangen in ihm weckte, das nach Erfüllung drängte. Ein Schauer überlief ihn und warnte ihn, nicht die Kontrolle zu verlieren.

Er umfasste ihr Handgelenk und zog sanft ihre Hand fort. „So gut sich das auch anfühlt“, brachte er mühsam hervor, „ich möchte nicht, dass der Abend schon endet. Du etwa?“

Sie schüttelte den Kopf. Ihre Wangen waren gerötet. „Nein, ich will noch mehr.“

Er wartete, um ihr zu verstehen zu geben, dass sie auch diesmal präziser sein sollte. Er wollte, dass sie heute Nacht jede Scheu verlor.

Sie schob die Finger durch die Gürtelschlaufen seiner Jeans und versuchte, ihn zu sich heranzuziehen. „Komm her und küss mich.“

Er gehorchte, streckte sich neben ihr aus und schob ein Bein zwischen ihre Schenkel. Mit den Fingern der einen Hand fuhr er durch ihre seidigen, offenen Haare, während er die andere Hand auf ihren Bauch legte.

Dann küsste er sie, langsam und zärtlich zunächst, dann immer stürmischer und ungestümer.

Das Vergnügen war zu viel und zugleich nicht genug. Mitch löste sich von ihr, glitt mit seinen Lippen ihre Wange entlang und hinunter zu ihrem Hals. Schwer atmend griff sie ihm in die Haare, um ihn nach unten zu schieben. Doch vergebens.

„Mitch", meinte sie frustriert. „Ich will …" Sie schluckte, bevor sie ihren neuesten Wunsch aussprach. „Ich will deinen Mund auf meinen Brüsten spüren."

Im nächsten Moment war er dort und erfüllte ihren Wunsch, indem er die Lippen um eine ihrer harten Knospen schloss und mit der Zunge umkreiste. Dabei stellte er fest, dass das Öl tatsächlich auch nach reifen Aprikosen schmeckte. Was seinen Appetit auf Nicole noch steigerte und sein Verlangen, sie überall zu kosten und mit seinen Lippen zu verwöhnen.

Seine erotischen Aufmerksamkeiten entlockten ihr einen Aufschrei. Rastlos wand sie sich unter ihm, packte seine Hand, die noch immer auf ihrem Bauch ruhte, und schob sie nach unten, in den elastischen Bund ihres Slips, bis seine Finger das Zentrum ihrer Lust fanden. Doch so sehr ihn sein Instinkt auch drängte, sie dort zu streicheln – er widerstand. Ihr Vertrauen zu gewinnen war wichtiger, als seinen Impulsen nachzugeben.

Mit einer letzten Liebkosung seiner Zunge hob er den Kopf und begegnete ihrem glühenden Blick. Er sagte nichts. Worte waren nicht länger nötig. Sie wusste, was er wollte.

Ungeduldig presste sie sich an seine Hand, die zwischen ihren gespreizten Schenkeln lag. Doch er kam dieser stummen Aufforderung nicht nach.

„Mitch."

Es klang mehr wie ein Fluch statt wie ein Flehen, aber das störte ihn jetzt nicht. Sie biss die Zähne zusammen, und jeder ihrer Muskeln schien sich anzuspannen. Offenbar vergaß sie, dass sie diejenige war, die die Kontrolle besaß. Ihr gehörte die Macht, er würde alles tun, was sie ihm befahl.

„Sag es, Nicole", drängte er sie sanft.

Ihr Atem ging flach, während sie heftig mit sich rang. Nachdem lange Minuten verstrichen waren, wurde ihr Bedürfnis nach Erlösung größer als ihr Wunsch, diese kleine Schlacht zu gewinnen.

„Streichle mich, bis ich komme", flüsterte sie.

Er belohnte ihr Nachgeben, indem er mit dem Finger in sie eindrang und sie behutsam so liebkoste, wie sie es ersehnt hatte. Nicole stöhnte auf und wand sich ohne jede Hemmung. Ein heißer Schauer durchlief

Mitch. Obwohl seine Erregung fast nicht mehr zu ertragen war, genoss er es, Nicoles Reaktion zu beobachten und die überwältigende Lust, die sich auf ihren Zügen widerspiegelte.

Ein ekstatisches Beben erfasste sie, und auf dem Höhepunkt krallte sie die Finger in seine Oberarme. In diesem Moment bot sie den schönsten Anblick, den Mitch je gesehen hatte. Er hielt sie fest in den Armen, bis sie wieder zu sich fand.

Benommen und ehrfürchtig schaute sie zu ihm auf. Er verstand, denn er empfand dasselbe. Er strich ihr ein paar Haare aus dem Gesicht und lächelte.

„Gibt es sonst noch etwas, das Sie möchten, Herrin?" Das Spiel war erst vorbei, wenn sie es wollte.

„Ja." Diesmal kostete sie die Antwort keine Überwindung. „Ich will, dass du mit mir schläfst."

„Habe ich dich nicht gerade erst mit meinen Händen liebkost?" Er fuhr ihr mit den Fingerspitzen über die Lippen. „Natürlich wären da noch mein Mund, meine Zunge ..."

„Wie wäre es mit allem Genannten?", neckte sie ihn, ehe sie besorgt hinzufügte: „Sag mir, dass du Kondome mitgebracht hast."

„Ich bin schließlich ein verantwortungsbewusster und zuverlässiger Sklave", erwiderte er, damit sie begriff, dass seine spießigen Charakterzüge manchmal von Vorteil waren. „Ich habe im Hotel-Shop welche gekauft. Sie sind in meinem Matchbeutel."

Sie atmete erleichtert auf. Dann schenkte sie ihm ein verführerisches Lächeln, das ihm durch und durch ging. „Tu mir einen Gefallen. Behalte ein oder zwei ständig in deiner Tasche. Auf einer großen Insel wie dieser kann man nie wissen, wann man eines braucht."

Er lachte leise, stand vom Bett auf und fand die Vorstellung aufregend, dass sie überall und jederzeit miteinander schlafen konnten. „Dein Wunsch sei mir Befehl", sagte er und nahm die Kondome aus dem Matchbeutel.

Dann zog er sich aus.

Nicole lag zufrieden da und weidete sich an seinem Anblick, während er sich rasch seiner Jeans und des Slip entledigte und sich das Kondom überstreifte, damit er sich zu einem heikleren Zeitpunkt nicht mehr darum kümmern musste. Sie winkte ihn mit dem Zeigefinger zu sich, um ihn so zu streicheln und zu verwöhnen, wie er es mit ihr getan hatte. Doch er schüttelte den Kopf.

„Diese Bitte werde ich dir leider abschlagen müssen. Wenn du mich anfasst, werde ich mich nicht mehr zurückhalten können." Er stand am Fußende des Bettes, beugte sich über sie und zog ihr den Slip die endlos langen Beine herunter, sodass sie nun vollständig nackt war. „Zumindest nicht beim ersten Mal."

„Dann eben beim nächsten Mal", hauchte sie.

„Beim nächsten Mal ganz bestimmt." Er nahm ihren Fuß, hob ihn an die Lippen und küsste die Innenseite ihres Knöchels. Sein Mund arbeitete sich langsam hoch und liebkoste die sensible Kniekehle, bis Nicole sich erneut wand und ihn anflehte, aufzuhören.

Mitch gehorchte, aber nur, weil er noch unbekannteres Terrain zu erforschen hatte. Behutsam drängte er sich zwischen ihre Schenkel und begann ihren intimsten Punkt mit seinen Lippen und seiner Zunge zu liebkosen.

Innerhalb kürzester Zeit stand Nicole vor dem nächsten berauschenden Höhepunkt. Doch diesmal wollte er ein Teil von ihr sein, wenn sie zum Gipfel gelangte. Daher legte er sich auf sie, umrahmte ihr Gesicht mit den Händen und küsste sie voller Leidenschaft.

Sie stöhnte und schlang die Beine um seine Hüften, um endlich mit ihm eins zu werden. Mitch konnte sich ihr nicht länger widersetzen. Endlich gab er nach und drang geschmeidig in sie ein.

Vorübergehend benommen von der Intensität ihrer Vereinigung, hob er den Kopf und sah auf Nicole herunter. Sie wirkte ebenso überwältigt wie er. Und dann, als befürchte sie, er könne zu viel in ihren Augen sehen, senkte sie die Lider.

Frustration und einige andere unerklärliche Empfindungen breiteten sich in ihm aus. Keine Frau hatte je eine solche Begierde in ihm geweckt. Auch wenn er nicht damit gerechnet hatte, dass die wilde, störrische Nicole ihn so tief innerlich berühren könnte, würde er sich gegen diese Gefühle nicht wehren. Ebenso wenig würde er zulassen, dass sie ihn ausschloss, um nicht verunsichert zu werden.

Er streichelte ihre zarten Wangen mit den Daumen und küsste sie zärtlich auf die Lippen. „Öffne die Augen, und lass mich dich ansehen", bat er mit vor Erregung heiserer Stimme. „Lass mich teilhaben an deinen Gefühlen."

Es dauerte so lange, bis sie reagierte, dass er schon fast nachgeben wollte. Doch dann schlug sie die Augen wieder auf, sodass er das Erstaunen darin sehen konnte.

„Niemand hat sich je so für meine Gefühle interessiert."

Mitch spürte, dass sich diese Äußerung nicht nur auf körperliche Empfindungen bezog. Das weckte seinen Drang, sie zu beschützen. „Ich schon, Nicole. Schließlich betrifft das was, was wir tun, uns beide."

„Das hört sich gut an." Sie ließ die Hände über seinen Rücken bis hinunter zu seinen Hüften gleiten. Als sie lächelte, wirkte sie verletzlicher, als er es je bei ihr erwartet hätte. „Liebe mich, Mitch."

Und das tat er. Jeder war so sehr ein Teil des anderen, dass es über die körperliche Vereinigung weit hinausging. Langsam steigerte Mitch den Rhythmus seiner Bewegungen, wurde schneller und fordernder, während Nicole sich ihm geschmeidig entgegen hob.

Ein Beben durchlief ihren Körper, und als sie auf dem Höhepunkt seinen Namen schrie und ihre Fingernägel in seinen Rücken krallte, war es auch mit seiner Beherrschung vorbei.

Mit plötzlicher Klarheit begriff Mitch, dass trotz ihrer Abmachung nach dieser Woche zwischen ihnen nichts mehr so sein würde wie vorher.

„Mr Miller, warten Sie! Ich habe etwas für Sie."

Beim Klang der entschlossenen Stimme hielt C.J. inne. Er wollte gerade in sein Wasserflugzeug steigen, um ein paar Gäste aus Miami abzuholen und nach Secret Fantasy zu bringen. Danielle, Merrilees Assistentin, kam über den Anleger auf ihn zu und winkte mit einem Blatt Papier.

Als sie vor ihm stehen blieb, war ihr Gesicht vom Rennen gerötet. Sie hielt sich die Seite und lachte. „Junge, Sie sind wirklich schwer zu erwischen."

Er zuckte mit den Schultern, obwohl er genau wusste, worauf sie anspielte. Denn er hatte die letzten Wochen damit zugebracht, sich unsichtbar zu machen – um sicherzugehen, dass er das Richtige tat, wenn er nach so vielen Jahren der Trennung wieder in Merrilees Leben trat. „Ich fliege zwischen vier Inseln hin und her, und mein Flugplan ändert sich ständig."

„Ja, ich weiß", räumte sie ein. „Dieser Wettbewerb für wohltätige Zwecke fordert auch von mir mehr Zeit, als ich erwartet hätte. Deshalb bin ich schon froh, dass ich nicht den ganzen Tag damit zubringen muss, Sie aufzuspüren."

Ihr Anliegen schien dringend zu sein. Er kniff hinter seiner Pilotenbrille die Augen zusammen. „Gibt es ein Problem?"

„Ich habe eine Nachricht für Sie von Mrs Schaefer-Weston." Sie hielt ihm das Blatt Papier hin.

Zögernd nahm er es entgegen, überflog es rasch und sah erstaunt wieder Danielle an. „Sie will, dass ich beim letzten Wettkampf und der Abschlussveranstaltung dabei bin?"

Danielle nickte und lächelte verschmitzt. „Ich weiß, das hört sich merkwürdig an. Aber ich glaube, Mrs Schaefer-Weston hat allmählich den Eindruck, dass Sie ihr absichtlich aus dem Weg gehen. Ich finde, Sie sollten sich diesmal wirklich die Zeit nehmen und dort sein, um der Gäste willen ebenso wie Merrilee zuliebe."

Grinsend setzte er sich seine Kappe wieder auf. „Das klingt nicht, als hätte ich noch eine Wahl."

„Wir alle haben die Wahl, wie Merrilee immer wieder betont", erwiderte Danielle. „Es kommt nur darauf an, die richtige Wahl zu treffen."

C.J. holte tief Luft und atmete schwer aus. Er wusste, wie seine Wahl aussehen würde, und dass der Moment der Wahrheit für ihn und Merrilee endlich gekommen war. Vorbei war die Zeit der heimlichen Geschenke, des Abstandhaltens und Sich-Versteckens hinter einer verspiegelten Pilotenbrille und einer zerschlissenen Air-Force-Kappe. Selbst der Schnauzbart, den er sich hatte wachsen lassen, um sein Aussehen zu verändern, würde für die entscheidende Begegnung verschwinden müssen.

Er würde so zu Merrilee zurückkommen, wie er sie verlassen hatte, an jenem schicksalshaften Tag, als er nach Vietnam aufgebrochen war. Er würde ihr wieder als Charlie Miller gegenübertreten, mit all seiner Liebe und der Hoffnung auf eine bessere Zukunft.

Erinnerungen, so frisch, als sei das alles erst gestern geschehen, überkamen ihn. Merrilee und er waren so verliebt gewesen und hatten geglaubt, weder die Zeit noch die Entfernung könnten sie trennen. Doch der Tod war eine andere Sache, und als sein Kampfflugzeug abstürzte, hatte er seine Erkennungsmarke gegen die eines getöteten Offiziers vertauscht, um als Kriegsgefangener noch eine Überlebenschance zu haben. Diese Entscheidung bedeutete aber auch, dass man ihn zu Hause für tot erklären würde.

Sein Entschluss hatte ihn Merrilee gekostet, die ihn für gefallen hielt und daraufhin während Charlies Gefangenschaft einen Kollegen ihres

Vaters geheiratet hatte. Bei seiner Rückkehr beschloss Charlie, Merrilee nicht noch mehr Kummer zu bereiten und die Dinge auf sich beruhen zu lassen. Damit blieb Merrilee weiter in dem Glauben, er sei im Krieg gefallen.

Sie hatten verschiedene Wege eingeschlagen. Er hatte Evelyn kennengelernt, geheiratet und zwei Töchter mit ihr bekommen. Obwohl C.J. und seine Frau eine gute Ehe führten, hatte er nie seine erste wahre Liebe vergessen. Ein Jahr nach Evelyns Tod hatte der Gedanke an Merrilee ihn nicht mehr losgelassen, und mit ein paar Nachforschungen über das Internet hatte er herausgefunden, dass ihr Mann ebenfalls gestorben war und sie als reiche Frau zurückgelassen hatte.

Merrilee war schon immer ein großzügiger Mensch gewesen, daher erstaunte es ihn nicht, dass sie ihre Millionenerbschaft in vier Urlaubsinseln investiert und das Konzept entwickelt hatte, in exklusiver Umgebung die geheimen Sehnsüchte ihrer Gäste zu erfüllen. Um Merrilee nah zu sein und herauszufinden, ob es eine Möglichkeit gab, ihre frühere Leidenschaft wieder aufleben zu lassen, hatte er sich von Fantasies, Inc. als neuer Pilot einstellen lassen. Die letzten Wochen hatte er sie als heimlicher Verehrer umworben und sie auf seine Rückkehr vorbereitet.

Jetzt war es an der Zeit, Farbe zu bekennen.

Ein Gefühl von Endgültigkeit überkam C.J. Diesmal würde er alles richtig machen. Er wollte Merrilees geheimste Fantasie wahr werden lassen und ihnen beiden ein Happy End bescheren.

Lächelnd wandte er sich an Danielle. „Richten Sie Mrs Schaefer-Weston aus, dass ich da sein werde."

7. KAPITEL

Nicole konnte Mitch nicht länger aus dem Weg gehen. Obwohl sie keine Uhr trug, deutete die untergehende Sonne das nahe Ende des Tages an. Dann sollten alle Teilnehmer sich zum Abendessen versammeln, bei dem Merrilee die sieben Teams, die sich für die Endrunde qualifiziert hatten, bekannt geben würde.

Unwillkürlich rekapitulierte sie den heutigen Nachmittag, an dem sie drei von fünf Wettkämpfen verloren hatten. Beim Ersten hatten sie noch gut im Rennen gelegen. Es war ein lustiger, flotter Wettbewerb gewesen, bei dem die Merkmale des Partners erraten werden mussten. Die Aufgabe lautete, verschiedene Körperteile zu identifizieren – Brust, Bauch und Oberschenkel. Da sie die Nacht und den Morgen mit Mitch verbracht hatte, fiel es ihr nicht schwer, ihn jedes Mal aus der Gruppe von Männern herauszufinden.

Sie erhielten bei dieser Aufgabe die maximale Punktzahl, doch von da an ging es bergab. Das zweite Spiel hieß „Triff das Feigenblatt am Prachtkerl". Obwohl Nicole eine gute Auffassungsgabe und einen ausgezeichneten Orientierungssinn besaß, verfehlte sie ihr Ziel weit. Mit verbundenen Augen waren in ihrem Kopf sofort wieder Bilder von Mitch entstanden, nackt, auf sie wartend. Dadurch hatte sie ihre Konzentration verloren und jede Chance, noch vernünftig zielen zu können.

Einen so leichten Wettbewerb zu verlieren, hatte sie enorm frustriert. Sie war auf sich selbst wütend gewesen, dass sie sich von Mitch hatte ablenken lassen. Pure Entschlossenheit und ihr Ehrgeiz hatten es ihr anschließend ermöglicht, den Sieg beim Sackhüpfen davonzutragen. Doch beim „Kleiderwechsel" hatte sie schon wieder eine Niederlage hinnehmen müssen. Eigentlich hätte es ein Riesenspaß sein sollen, doch für Nicole war es zur reinsten Katastrophe geworden. Sich in einer Umkleidekabine bis auf Slip und BH auszuziehen, hatte für sie kein Problem dargestellt. Ebenso wenig, diese Kleidungsstücke über die Trennwand Mitch zuzuwerfen, der sie sich anziehen und dafür T-Shirt, Shorts, Schuhe und Socken in ihre Kabine werfen musste.

Nein, das Problem fing erst an, als sie sich sein noch warmes T-Shirt überstreifte und seinen wundervollen Duft einatmete, der sie augenblicklich an die leidenschaftlichen Stunden mit ihm erinnerte. Vor Erregung war sie zu keiner klaren Handlung mehr fähig gewesen. Diese zusätzlichen zehn Sekunden, in denen sie sich der erotischen Erinnerung hingegeben hatte, kostete sie die Chance, den durch den ersten Wettkampf angerichteten Schaden wieder gutzumachen.

Die größte Schlappe hatte Nicole jedoch beim Orangentrick einstecken müssen. Dabei mussten die Paare mit auf den Rücken gebundenen Händen ein Dutzend Orangen fünf Meter weit zu einem leeren Eimer transportieren – wobei sie lediglich Kinn und Hals benutzen durften. Wie um alles in der Welt sollte sie sich auf ihre Aufgabe konzentrieren, wenn ihr Kinn seines berührte, wenn sein warmer Atem ihr Ohr kitzelte und ihre Brüste ständig seine Brust streiften? Drei Mal verlor sie die Orange, sodass sie in der Punktezahl immer weiter zurückfielen. Am Ende des Tages war sie den Tränen nahe gewesen und tief enttäuscht von sich, weil sie sich nicht besser im Griff hatte.

Nicole atmete tief durch. So, wie sie die Lage einschätzte, konnten sie sich glücklich schätzen, wenn sie nach diesem Tag in die Endrunde kamen. Allein die bloße Vorstellung, sie könnten es nicht geschafft haben, lastete wie ein bleiernes Gewicht auf ihr. Es fiel ihr nicht schwer, für dieses Versagen die Schuld auf sich zu nehmen. Viel schwieriger würde es sein, es ihrem Vater und ihrer Mutter zu erklären, die von ihr erwarteten, dass sie den ersten Preis gewann. Ihre Fantasie hatte gelautet, dass sie um ihrer selbst willen anerkannt werden wollte, nicht für das, was sie erreichte. Und doch fürchtete sie jetzt, Kritik statt Anerkennung zu ernten.

Sie schob diese Unsicherheiten beiseite, warf einen letzten Blick auf den herrlichen Sonnenuntergang und sprach sich selbst Mut zu. Nach der kurzen Auszeit von Mitch würde sie sich dem Problem stellen, wie sie es stets tat. Und dazu würde sie als Erstes die Oberhand in ihrer Affäre zurückgewinnen.

Sie machte sich von ihrer Hütte auf den Weg zum Restaurant, wo sie fünfzehn Minuten vor der verabredeten Zeit eintraf. Mitch war noch nirgends zu sehen. Nicole entschied sich für einen runden Tisch für zehn, an dem noch einige Plätze frei waren. Eine hübsche Frau mit kurzen brünetten Haaren und freundlichen braunen Augen lächelte ihr zu.

„Sind diese Plätze schon belegt?“, erkundigte sich Nicole und deutete auf die leeren Stühle.

„Nein, sie sind frei. Setzen Sie sich ruhig zu uns“, forderte die Frau sie auf. „Ich heiße Penny“, erklärte sie und wandte sich ein wenig schüchtern an den blonden Mann neben ihr. „Und dies ist mein Partner, Graham.“

Nicole bemerkte die leichte Röte auf Pennys Wangen und sah, dass die beiden Händchen hielten. „Ich bin Nicole, und es freut mich, Sie beide kennenzulernen.“

„Wo ist Ihr Partner?“, wollte Graham wissen. Seine haselnussbraunen Augen hinter der Drahtgestellbrille blickten neugierig.

„Er müsste jeden Moment da sein.“ Nicole hielt Ausschau, entdeckte Mitch jedoch nirgends. „Nach den Veranstaltungen heute Nachmittag ist jeder in seine Hütte gegangen, um sich auszuruhen. Wir wollten uns erst zum Abendessen wieder treffen.“

Penny nickte verständnisvoll. „Graham und ich verbringen eine so tolle Zeit miteinander. Bis jetzt haben die Wettkämpfe Spaß gemacht, aber ich muss zugeben, dass ich nicht gerade das beste Koordinationsvermögen besitze. Einige Aufgaben waren eine echte Herausforderung für mich.“

„Da sind Sie bestimmt nicht die Einzige“, versicherte Nicole ihr. Zwar hatte sie keine Probleme mit ihrem Koordinationsvermögen, dafür hatte sie feststellen müssen, dass Ablenkung sie so aus dem Takt bringen konnte, als hätte sie zwei linke Füße.

„Siehst du, das habe ich dir doch gesagt“, wandte sich Graham sanft tadelnd an Penny und sah dann zu Nicole. „Ich nehme an, dass jeder sich unter Druck setzt, die Endrunde zu erreichen, und allein deshalb schon Fehler macht.“

„Ich hoffe trotzdem, dass wir es ins Finale geschafft haben.“ Penny warf ihrem Partner einen besorgten Blick zu. „Es ist so wichtig für meinen Bruder.“

„Was ist mit ihm?“, hakte Nicole nach.

„Tim wurde mit einem Herzfehler geboren. Meine Eltern wussten, dass er unter Umständen eines Tages eine Herztransplantation brauchen würde.“ Pennys Stimme verriet ihren Schmerz, doch es gelang ihr, sich zusammenzunehmen. „Vor anderthalb Monaten erklärte der Arzt ihm und meinen Eltern, dass er sterben würde, falls er nicht innerhalb der nächsten sechs Monate ein gesundes Herz transplantiert bekäme.“

Mit tränenerstickter Stimme fuhr Penny fort: „Er ist erst achtzehn und hat noch das ganze Leben vor sich, und ich will alles tun, was ich kann, um meinen Eltern zu helfen, die Operationskosten und die Kosten für die Medikamente aufzubringen, die sich am Ende alles in allem auf mehrere Hunderttausend Dollar belaufen werden. Deshalb bin ich hier auf Wild Fantasy und versuche mein Bestes, einen der Geldpreise zu gewinnen."

Nicole empfand tiefes Mitgefühl für das, was Pennys Familie durchgemacht hatte. „Das mit Ihrem Bruder tut mir sehr leid, und ich hoffe, dass sich für ihn alles zum Guten wendet."

„Danke." Penny sah lächelnd zu ihrem Partner. „Falls wir gewinnen, will Graham seinen Anteil am Gewinn ebenfalls für Tim zur Verfügung stellen."

„Das ist wunderbar."

Graham legte Penny den Arm um die Schulter. „Ich finde, Penny ist wunderbar."

Penny errötete noch ein wenig mehr und wandte sich an Nicole. „Was ist mit Ihnen? Für welchen wohltätigen Zweck sind Sie hier?"

Nicole erläuterte es kurz.

Penny drückte ihre Hand. „Das ist eine großartige Organisation. Ich wünsche Ihnen viel Glück, dass Sie es in die Endrunde schaffen."

Nicole erwiderte das Lächeln. Sie mochte diese Frau. „Das wünsche ich Ihnen auch."

Mitch erschien erst, als der Kellner schon den ersten Gang auftrug. Er setzte sich zu Nicole und fragte leise: „Und? Wo hast du dich in den letzten Stunden versteckt?"

„Hast du mich vermisst?", neckte sie ihn.

„Ja, ich glaube schon." Er widmete sich dem Essen, ehe er sie wieder ansah. „Ich habe mehrmals versucht, dich in deiner Hütte anzurufen, aber du hast dich nicht gemeldet. Ich muss gestehen, dass ich neugierig bin, wo du nach den Wettkämpfen gewesen bist."

Sie zuckte scheinbar gleichgültig die Schultern. „Ich habe einen Spaziergang am Strand gemacht und mich eine Weile in einer der vielen Hängematten ausgeruht."

„Die hätte ich gern mit dir geteilt."

Sein sinnlicher Ton erinnerte sie an all die Dinge, die sie vergangene Nacht miteinander erlebt hatten. Und daran, weshalb sie ihre Gefühle für Mitch dringend wieder unter Kontrolle bringen musste. „Ich brauchte ein wenig Zeit für mich."

„Ich habe mir Sorgen um dich gemacht, weil wir so schlecht abgeschnitten haben. Du warst sehr aufgebracht. Ist alles in Ordnung mit dir, Nic?"

„Wenn wir es trotz allem in die Endrunde geschafft haben, ja."

„He, hast du jemals davon gehört, dass Gewinnen nicht alles ist?"

„Ja, den Spruch kenne ich. Nach diesem Motto habe ich allerdings nie gelebt."

„Vielleicht solltest du es mal probieren", schlug er vor. „Siegen ist wirklich nicht alles. Manchmal können Niederlagen auch zu großartigen Dingen führen."

Seltsamerweise war sie gar nicht so abgeneigt, ihm zuzustimmen. Andererseits war es schwer, alte Gewohnheiten über Bord zu werfen.

Sehr ruhig sagte sie daher: „Diesen Wohltätigkeitswettbewerb zu gewinnen ist sehr wichtig für mich."

„Aber es geht dir nicht ums Geld, oder?"

„Schon möglich", räumte sie ein und wünschte, sie würde sich in diesem Moment nicht so verwundbar fühlen. „Allerdings erwarte ich nicht, dass du die Gründe verstehst, Mitch."

Ein nachsichtiges, wissendes Lächeln umspielte seine Mundwinkel. „Vielleicht verstehe ich mehr, als du denkst."

In diesem Moment verstummten die Gäste, da Merrilee das Podium betrat, um die Teilnehmer der Endrunde zu verkünden. Spannung lag in der Luft.

„Ich weiß, dass Sie alle es kaum erwarten können, zu erfahren, wer die sieben Finalisten sind. Aber bevor ich es verkünde, möchte ich allen gratulieren, die es bis hierher geschafft haben." Merrilee lächelte, und ihre Züge wirkten im Kerzenschein weicher. „Einige Teams sind ausgeschieden, und für die anderen wird es von jetzt an schwieriger. Die sieben Finalisten werden zwei Tage lang zu einer Überlebensübung in die Wildnis auf der anderen Seite der Insel geschickt. Um diese achtundvierzig Stunden voller Entbehrungen durchzustehen, werden Sie und Ihr Partner zusammenarbeiten und sich auf die Stärke des anderen verlassen müssen."

Diese überraschende Ankündigung löste ein Raunen unter den Gästen aus, hauptsächlich unter den Frauen, die keine Lust hatten, auf den Luxus der Ferienanlage zu verzichten.

„Sie bekommen eine einfache Campingausrüstung und eine Karte, auf der eine Grenze eingezeichnet ist, innerhalb derer Sie campieren dürfen", fuhr Merrilee fort. „Sollten Sie außerhalb dieser Grenze gesehen werden, sind Sie disqualifiziert. Sie erhalten außerdem ein Walkie-Talkie für den Notfall. So können Sie jederzeit gerettet werden oder die Sache abbrechen. Aber wenn Sie das Walkie-Talkie benutzen, aus welchem Grund auch immer, scheiden Sie aus dem Wettkampf aus."

„Müssen wir uns wegen Bären Sorgen machen?", fragte jemand, was allgemeines Gekicher zur Folge hatte.

„Ich verbürge mich dafür, dass es keine Bären auf der Insel gibt", erwiderte Merrilee mit einem mutwilligen Grinsen. „Es gibt allerdings jede Menge anderer Tiere, die Campern gern zusetzen."

Eine sehr schick Gestylte an ihrem Tisch rutschte nervös hin und her. Die Aussicht, zwei Tage lang ihren Lebensraum mit Nagetieren und anderen Wildtieren teilen zu müssen, gefiel ihr offenbar gar nicht. Nicole amüsierte sich über die Zimperlichkeit dieser Frau.

„Wer diese zwei Tage übersteht, wird die allerletzte Runde bestreiten, in der die drei Gewinner der Geldpreise ermittelt werden. Ich schlage vor, dass Sie diese Zeit nutzen, um sich besser kennenzulernen, da die letzte Aufgabe ein Frage-und-Antwort-Spiel ist." Merrilee machte eine kurze Pause und ließ den Blick über die Gäste schweifen. „Als Warnung möchte ich Ihnen mit auf den Weg geben, dass ich die Wettervorhersage für die nächsten zwei Tage gehört habe. Es kommt ein Unwetter auf uns zu, das uns morgen am frühen Nachmittag erreicht haben dürfte."

Noch mehr widrige Umstände, dachte Nicole. Das würde die Fähigkeiten der Teilnehmer auf eine harte Probe stellen, wie sie aus ihrer Erfahrung auf ähnlichen Touren wusste.

„Und hier sind nun die sieben Teams mit der höchsten Punktzahl, die morgen Mittag die Ferienanlage verlassen, um zwei Tage in der Wildnis zu überstehen." Merrilee zog ein Stück Papier aus einem Umschlag und begann die Finalisten vorzulesen.

Nicole lauschte, wie Merrilee die Siebt- und Sechstplatzierten vorlas, und merkte gar nicht, wie sie den Atem anhielt, bis sie hörte, dass sie und Mitch an fünfter Stelle lagen. Erleichtert atmete sie auf. Ihr war klar, dass sie es nur aufgrund der hohen Punktzahl von gestern geschafft hatten.

Umso entschlossener war sie, diese zweite Chance nicht zu vermasseln. Campen in der Wildnis war ihr Spezialgebiet, wodurch sie für die nächsten zwei Tage wieder die Oberhand haben würde.

Penny und Graham hatten Platz vier erreicht, und nachdem alle Teams verlesen waren, sprang Penny auf und umarmte Nicole mit Freudentränen in den Augen. Das löste etwas in Nicole aus und warf die Frage auf, wie wichtig der Sieg tatsächlich für sie war, wenn jemand anders das Geld viel dringender brauchte als die Organisation ihrer Mutter.

„Ich habe in meinem ganzen Leben noch nicht gezeltet", gestand Penny lachend. „Aber unter keinen Umständen werde ich das Walkie-Talkie benutzen!"

„Ich bin überzeugt, Sie werden sich hervorragend schlagen", versicherte Nicole ihr. Sie brachte es nicht übers Herz, ihr zu sagen, dass sie mit Abenteuern in der Wildnis ihr Geld verdiente, da sie die Begeisterung der Frau nicht dämpfen wollte.

„Da sind Sie nicht die Einzige", meldete sich Mitch mit einem schiefen Lächeln zu Wort. „Ich bin ein Stadtmensch durch und durch."

Nicole hob fragend eine Braue. „Du warst noch nie zelten?"

„Nein." Er zwinkerte ihr zu, was sofort ein Kribbeln in ihrem Bauch auslöste. „Wir können das also als unser erstes gemeinsames Abenteuer in der Wildnis betrachten."

Zufriedenheit breitete sich in ihr aus. Bei seiner Unerfahrenheit würde er sich ganz auf sie verlassen müssen, sodass sie eindeutig wieder die Oberhand gewann.

Seine Finger strichen über ihren Rücken, und er flüsterte ihr ins Ohr: „Was hältst du davon, wenn wir irgendwo hingehen, wo wir ganz ungestört feiern können?"

„Ich glaube, ich passe", erwiderte sie, und das Bedauern in ihrer Stimme war aufrichtig. „Wir haben letzte Nacht nicht viel Schlaf bekommen, und ich brauche für den morgigen Tag unbedingt acht Stunden Schlaf."

Er nickte verständnisvoll. „Du hast recht."

Als sich die Veranstaltung langsam dem Ende näherte, begleitete Mitch Nicole zurück zu ihrer Hütte. Beide schwiegen auf dem Rückweg. Vor ihrer Tür küsste er sie so zärtlich auf die Stirn, dass in Nicole die Sehnsucht erwachte, ihn festzuhalten und nie mehr loszulassen.

Erschrocken über dieses unerwartete, überwältigende Gefühl wich sie zurück. „Gute Nacht, Mitch."

„Gute Nacht." Seine Stimme war so zärtlich wie sein Lächeln. „Wenn ich schon die Nacht nicht mit dir verbringen kann, träum wenigstens von mir."

Und das tat sie – die ganze Nacht lang.

8. KAPITEL

Was meinst du?", fragte Mitch und deutete auf die kleine grasbewachsene Lichtung in einem Wäldchen. „Ist dieser Platz zum Übernachten geeignet?"

Nicole schüttelte den Kopf, während sie in die Karte sah, die sie bekommen hatten, bevor sie heute Mittag aufgebrochen waren. „Ich möchte einen höher gelegenen Platz finden, damit wir bei Regen nicht weggeschwemmt werden. Lass uns diesen Pfad noch ein wenig weiter hinaufgehen." Sie schaute auf den Kompass in ihrer anderen Hand und marschierte in östlicher Richtung los.

Mitch rückte die gepolsterten Träger seines Rucksacks zurecht und warf einen skeptischen Blick hinauf zu den bleigrauen Wolken über ihnen, die sich in der letzten Stunde rasch zusammengezogen hatten. Die Luft war schwer und schwül, erfüllt vom Geruch warmer, feuchter Erde und üppiger Vegetation. „Es sieht aus, als hätten wir nicht mehr viel Zeit, bevor das Unwetter losbricht."

Sie winkte ab, obwohl es in der Ferne bereits donnerte. „Wir haben noch jede Menge Zeit."

Widerstrebend beugte er sich ihrer Halsstarrigkeit. „Na schön, du bist die Expertin."

Sie setzten ihren Weg fort, und Mitch tat sein Bestes, um mit Nicoles unerbittlichem Tempo mitzuhalten. Sie führte sie mit Leichtigkeit durch das wegsame Gelände.

Schließlich machten sie doch Halt, und Nicole verkündete, dass sie den perfekten Ort zum Zeltaufschlagen gefunden hatte – eine hoch gelegene Grasfläche mit einem kleinen Bach in einigen Metern Entfernung. Und keinen Augenblick zu früh, denn schon landete der erste Regentropfen auf ihrer Nase. Innerhalb weniger Sekunden setzte ein beständiger Regen ein.

Mitch verkniff sich klugerweise einen Kommentar. Sie setzten ihre Rucksäcke ab und begannen schweigend mit dem Aufbau des Zeltes.

Der warme Regen wurde stärker und durchnässte allmählich ihre T-Shirts und Shorts. Mitch versuchte Nicole zu helfen, doch es wurde rasch klar, dass er nicht die leiseste Ahnung hatte, was er da tat. Er behinderte sie eher, was zum Teil auch daran lag, dass sie ihm keine Anweisungen gab.

Sie verzog frustriert den Mund und hob schließlich eine Hand, um ihn zu stoppen. „Es geht schneller, wenn ich es allein mache."

Danach nahm ihre Behausung für die nächsten beiden Tage rasch Gestalt an. Das Dreieckszelt bot mehr Raum, als Mitch erwartet hatte, und hatte sogar ein kleines Vorzelt. Nachdem das Zelt aufgebaut war, warf Nicole die Rucksäcke hinein, kroch hinterher und rollte den Boden aus, über den sie eine Schaumgummimatte zum Schlafen legte. Als sie damit fertig war, steckte Mitch den Kopf ins Zelt und kroch ebenfalls hinein, inzwischen völlig durchnässt.

Das war Nicole auch, wie er beim Anblick ihres jetzt fast durchsichtigen T-Shirts, das an ihren vollen Brüsten klebte, registrierte. Ihr dünner Spitzen-BH schimmerte ebenso durch den Stoff wie ihre aufgerichteten Brustspitzen. Zwar war die Luft noch warm und feucht, doch hatte der Regen Nicole und Mitch abgekühlt. Aber mit jeder Sekunde, die Mitch die Reaktion ihres sinnlichen Körpers betrachtete, wurde ihm wärmer.

Nicole setzte sich unbekümmert und band ihre Stiefel auf. Offenbar hatte sie nicht bemerkt, worauf sein Blick gerichtet war. „Du solltest deine nassen Sachen auch ausziehen, sonst wirst du die ganze Nacht nicht trocken, und alles andere wird auch feucht."

Sie gab sich wieder so ernst und beinah militärisch forsch. Dabei wusste er, dass sie eine viel sanftere Seite besaß. Unfähig, seine Belustigung noch länger zu verbergen, lachte er.

Nicole kniff die Augen zu schmalen Schlitzen zusammen, zog sich einen Stiefel samt Socke aus und widmete sich dem anderen, als Mitch sich auf die bequeme Schlafunterlage setzte und ihrem Beispiel folgte. „Worüber lachst du, Mitchell?"

Unbeeindruckt von ihrem steifen Ton und der Tatsache, dass sie ihn wieder mit seinem vollen Namen anredete, erwiderte er nur knapp: „Über dich."

Sie fand diese Antwort offenkundig nicht sehr amüsant. „Was habe ich getan, das du so lustig findest?" Sie hob ihre Stiefel und Socken auf und kroch auf allen vieren zum Eingang, um die Sachen in das Vorzelt zu stellen.

Das Trommeln des Regens auf dem Boden draußen passte zu seinem beschleunigten Puls, den der Anblick ihres niedlichen Pos ihm bescherte. Ihre nasse Shorts umschmiegte reizvoll ihren Po, und Mitch malte sich unwillkürlich aus, sie in dieser Stellung zu lieben.

Er zog seinen zweiten Stiefel aus und beantwortete ihre Frage. „Du bist manchmal einfach zu störrisch."

Sie nahm seine Schuhe und stellte sie draußen neben ihre. Dann zog sie den Reißverschluss des Innenzelts zu, sodass sie im warmen, intimen Inneren des Zeltes geborgen waren, das plötzlich kleiner geworden zu sein schien. „Ist das ein Problem für dich?", fragte sie provozierend.

„Nein, eigentlich nicht. Ich glaube, es ist eher ein Problem für dich."

„Was soll denn das heißen?", brauste sie auf.

Er blieb ganz geduldig. „Das bedeutet, dass es nicht schaden kann, wenn du ab und zu auch mal nachgibst und dir eine Last abnehmen lässt." Und jemanden nah genug an dich heranlässt, um deine Ängste und Sorgen mit ihm zu teilen, fügte er im Stillen hinzu. Ohne das Warum näher ergründen zu müssen, wusste er, dass er dieser Mensch für sie sein wollte.

Nicole entrollte schwungvoll ihren Schlafsack. „Falls du auf das Zeltaufbauen anspielst, kann ich nur sagen, dass es einfacher für mich war, es allein zu machen."

„Ich weiß ja, dass ich beim Campen und vielen anderen Dingen, die zu deinem Leben gehören, nicht viel Erfahrung besitze. Aber ich bin bereit zu lernen, wenn du ein wenig Geduld aufbringst und dir die Zeit nimmst, mir zu zeigen, was ich wissen muss."

Sie hockte sich auf die Knie, fuhr sich durch die nassen Haare und meinte in sehr sanftem, aufrichtigem Ton: „Es tut mir leid."

„Ich will keine Entschuldigung, sondern dass du ein bisschen Vertrauen in mich hast. Das ist alles neu für mich", erklärte er und meinte damit sowohl die Wildnis als auch die Fantasien und die Beziehung zwischen ihnen. Zärtlich streichelte er ihre Wange. „Ich möchte wirklich, dass es funktioniert, aber dazu musst du mir entgegenkommen. Meinst du, du bekommst das hin? Wenigstens für die nächsten paar Tage?"

Sein Blick suchte ihren im dunkler werdenden Inneren des Zeltes. Plötzlich wurde dieser Moment sehr bedeutsam. In den Tiefen ihrer samtgrünen Augen lag zunächst eine Angst, an deren Stelle aber eine Stärke und Sehnsucht trat, die Mitch bewegte.

Schließlich gab sie nach und nickte. „Ja, das kann ich."

Erleichterung durchströmte ihn. „Gut. Und jetzt sollten wir unsere nassen Sachen ausziehen." Er streifte sein T-Shirt ab und warf es in eine

Ecke des Zeltes. Sobald das Gewitter vorbei war, würde er es draußen zum Trocknen aufhängen.

Nicole rührte sich nicht. Ihr Blick war fest auf seine nackte Brust gerichtet. Verlangen packte ihn. Sie betrachtete ihn mit einer solchen Begierde, dass es ihm durch und durch ging. Draußen zuckten Blitze, gefolgt von tiefem Donner. Auch im Innern des Zeltes schien die Luft elektrisch geladen.

„Wenn du nicht aufhörst, mich anzusehen, als würdest du mich am liebsten mit Haut und Haaren verschlingen, falle ich gleich über dich her", warnte Mitch sie.

„Nicht, wenn ich zuerst über dich herfalle", konterte sie und warf sich auf ihn.

Da er völlig überrumpelt war, gelang es ihr, ihn auf den Rücken zu werfen und sich rittlings auf ihn zu setzen. Ihre Miene war triumphierend, und in ihren Augen lag ein amüsiertes, sexy Funkeln. Diese Ausgelassenheit war genau das, was sie beide nach diesem Tag voller Anspannung brauchten.

Nicole rieb ihr Becken an seinen Hüften, und die Mitch stöhnte auf. Er wäre mühelos imstande gewesen, sie auf den Rücken zu werfen, aber sie hatte diese Runde nun mal gewonnen. Außerdem wollte er herausfinden, was sie mit ihm vorhatte.

Sie stützte sich mit den Händen zu beiden Seiten seines Kopfes ab und beugte sich so weit herunter, dass ihre feuchten Haare seine Wangen und seine Brust kitzelten. Ihr Gesicht war gerötet, und sie lächelte ihn verführerisch an. „Diesmal werde ich dich dazu bringen, um das zu betteln, was du willst."

Es fiel ihm nicht schwer, seine Wünsche zu äußern. Ganz und gar nicht. Auch zu betteln würde ihm keine Probleme bereiten. Er zerrte ihr T-Shirt aus dem Bund ihrer Shorts, wobei seine Finger ihre vom Regen kühle Haut streiften. „Ich will, dass du deine Sachen ausziehst. Und meine auch", murmelte er mit vor Erregung heiserer Stimme.

Sie setzte sich wieder auf, drückte die Knie an seine Seiten und schmiegte ihren Po an seine pulsierende Härte. „Ja, mein Gebieter", hauchte sie und übernahm jetzt die Rolle als demütige Liebessklavin, so wie er vor zwei Nächten die Rolle des Sklaven gespielt hatte.

Sie nahm seine Hände fort, und er ließ seine Arme sinken. Er hatte beschlossen, zuzusehen, wie Nicole sich für ihn auszog und dabei gleichzeitig ihre Hemmungen ablegte. Provozierend langsam zog sie sich das nasse T-Shirt über den Kopf und warf es zu den anderen Sachen in die Ecke. Mit einem mutwilligen Grinsen hakte sie ihren BH auf und bot ihre wohlgeformten nackten Brüste seinem hungrigen Blick dar. Sie fuhr mit den Fingern über die harten Knospen und gab ein Stöhnen von sich, das sein Blut noch mehr erhitzte.

Mitch wollte sie liebkosen und Teil ihrer Lust sein, hielt sich jedoch unter Aufbietung all seiner Kräfte zurück, um ihre erotische Verführung nicht zu unterbrechen. Er rührte sich vorerst nicht, sondern genoss Nicoles Bewegungen, die trotz der Enge des Zeltes sehr anmutig waren, als sie aufstand, um sich die Shorts und den Slip abzustreifen. Sie gab Mitch nicht viel Gelegenheit, ihren wundervollen nackten Körper zu bewundern, denn sofort begann sie, ihm seine Shorts und den Slip mit einem einzigen entschlossenen Ruck auszuziehen.

„In der Tasche ist ein Kondom", sagte er, bevor sie die Hose in die Ecke warf. Er hoffte, dass sie es zu schätzen wusste, dass er ihre Bitte erfüllt hatte, ständig ein Kondom bei sich zu tragen. Weitere Kondome befanden sich im Rucksack.

Ihr sinnliches Lächeln verriet ihm, dass sie tatsächlich sehr froh war. Sie fand die kleine Folienverpackung und legte sie in Reichweite, ehe sie sich zwischen seine gespreizten Schenkel kniete. Sie beugte sich über ihn, und als ihre Lippen seinen flachen Bauch liebkosten und sie die Zunge in seinen Nabel tauchte, stöhnte Mitch vor Lust laut auf. Ihr warmer Mund fuhr über seine Haut, und sie reizte ihn mit den Zähnen auf dem unaufhaltsamen Weg nach unten. Dort angekommen, schloss sie die Finger um seine Härte, schmiegte ihre Wange an ihn und liebkoste ihn mit der Zunge. Auf ihre typische Art erregte sie ihn und bereitete ihm gleichzeitig süße Qualen. In wenigen Augenblicken gelang es ihr, ihn fast um den Verstand zu bringen.

Unfähig, noch länger passiv zu bleiben, fasste Mitch in ihr Haar und bog sanft ihren Kopf zurück, damit sie ihn ansah. „Nicole ..."

Mit der Zungenspitze befeuchtete sie sich die Lippen und meinte: „Ich bin keine Gedankenleserin, Mitch. Du musst mir schon sagen, was genau du möchtest."

Er biss die Zähne zusammen, als sie ihn erneut streichelte. Ein Beben durchlief seinen Körper. Sie war eine Hexe, deren magischer Kräften er nicht widerstehen konnte.

„Ich will, dass du mich mit dem Mund verwöhnst", brachte er mühsam hervor, überwältigt vom Verlangen nach diesem puren erotischen

Vergnügen, das Nicole ihm bereiten konnte.

Ohne zu zögern, folgte sie seiner Bitte, und im nächsten Moment umschloss ihn ihr warmer Mund. Mitch sog scharf die Luft ein und nahm sich zusammen, damit dieser Abend noch nicht endete, schon gar nicht, ehe er sich revanchiert hatte. Mit heftig pochendem Herzen fand er endlich die Kraft zu sprechen und schob Nicole von sich. „Stopp, Nic …"

Auf seine nächste Bitte wartend schaute sie auf.

„Komm her", flüsterte er, und als sie nur fragend eine Braue hob, ohne sich zu rühren, gab er ihr, wonach sie verlangte. „Ich will dich küssen. Überall."

Sie grinste schamlos. „Überall, was? Dann bist du ja für den Rest der Nacht beschäftigt."

Er beobachtete, wie sie nach dem Folienpäckchen neben seiner Hüfte griff und es mit den Zähnen aufriss. „Das hatte ich gehofft."

Mit konzentriertem Gesichtsausdruck streifte sie ihm das Kondom über. „Aber jetzt beschäftige ich mich erst mit dir."

Und dann arbeitete sie sich küssend seinen Körper hoch, presste ihre Lippen auf seinen Bauch und seine Brust. Dann setzte sie sich rittlings auf ihn. Die flaumigen Haare, die ihren intimsten Punkt verbargen, kitzelten seinen Bauch, während Nicole mit der Zungenspitze seine flachen Brustwarzen umspielte. Schließlich küsste sie seinen Hals und flüsterte ihm unanständige Dinge ins Ohr, die ihn erneut aufstöhnen ließen. Dann fanden sich ihre Lippen endlich zu einem leidenschaftlichen Kuss, der nicht mehr enden zu wollen schien.

Aber nach einer Weile war Mitch an der Reihe, ihren Körper zu kosten und zu erforschen. Er tat es in umgekehrter Reihenfolge, indem er zunächst an ihrem Hals knabberte, um sich anschließend zu ihren Brüsten hinunterzubewegen. Behutsam begann er, erst an der einen, danach an der anderen hoch aufgerichteten Brustspitze zu saugen, bis Nicole sich ihm wild entgegenbog. Da er wusste, was sie wollte, ließ er seine Hände über ihre Seiten gleiten, umfasste ihre Hüften und küsste ihren Bauch.

Er dirigierte sie zu sich, und als seine Lippen die Innenseite ihrer Schenkel liebkosten, begriff Nicole, was er vorhatte. Diese erotische Position hatte sie nicht erwartet, doch zu seiner Erleichterung verweigerte sie sich ihm nicht.

Sein Mund und seine Zunge waren begierig und zärtlich, heiß und unnachgiebig. Nicole atmete gepresst, während er sich mit ganzer Hingabe ihrem intimsten Punkt widmete, bis sie auf dem Gipfel der Lust wieder und wieder erschauerte.

Bevor dieses Gefühl ganz verebben konnte, packte er ihre Hüften und schob Nicole wieder zurück, bis sie sich langsam auf ihn herabsenken und er in sie eindringen konnte. Sein Rhythmus war ungestüm und schnell. Doch dann hielt er inne und tadelte sich dafür, sie mit so wenig Finesse zu lieben, weil seine Begierde seinen Verstand besiegt hatte. Sie so ungezügelt zu nehmen war rücksichtslos.

„Nic", flüsterte er. „Ist alles in Ordnung mit dir?"

Draußen zuckte ein Blitz und erhellte das Innere des Zeltes. Lächelnd erwiderte Nicole: „Es ist alles bestens. Ich bin nur ein wenig … überwältigt."

Er verstand nur zu gut, was sie meinte. In ihren Augen las er jedoch etwas, das er nicht deuten konnte. Es war ein wehmütiges Sehnen, gemischt mit einem wachsenden Drängen. Aber dann spielte das alles keine Rolle mehr, denn sie setzte sich auf, sodass er noch tiefer in sie eindringen konnte. Während sie sich mit den Händen auf seinem Bauch abstützte, vollführte sie mit den Hüften langsame wellenförmige Bewegungen. Die wilde, temperamentvolle Seite ihres Charakters kam wieder zum Vorschein.

Sie war wie heiße Seide um ihn, und er umfasste ihre vollen Brüste, strich mit den Daumen über die harten Knospen und genoss Nicoles Schönheit und ihre Leidenschaft. Mit erschreckender Klarheit erkannte er, dass er dabei war, sich hoffnungslos in diese Frau zu verlieben – diese extrem unabhängige Frau, die sich weigerte zu glauben, dass sie mehr brauchte als eine kurze Affäre.

Mitch spürte die sich steigernde Heftigkeit des Unwetters, das ihr Liebesspiel noch zu beflügeln schien. In fieberhafter Eile glitten seine Hände über Nicoles nackte Haut. Nicole schloss die Augen und passte sich seinem Rhythmus an. Ihre Bewegungen wurden schneller und heftiger, bis sich ihr leidenschaftliches Liebesspiel in einem überwältigenden Höhepunkt entlud, untermalt von lautem Donnergrollen.

Erschöpft ließ Nicole sich auf ihn herabsinken. Mitch schlang die Arme um sie und hielt sie fest an sich gedrückt.

Er hatte ihren Körper. Jetzt wollte er ihr Herz und ihre Seele.

Und ihm blieben nur noch wenige Tage, um einen Weg zu finden, beides zu bekommen.

Zufriedenes Seufzen erfüllte das Zelt. Das Unwetter war abgeflaut, und das leise Prasseln des Regens auf dem Zeltdach unterstrich die Ruhe, die dem tropischen Gewitter folgte.

Nicole sah zu Mitch und betrachtete ihn im Licht der batteriebetriebenen Laterne, das faszinierende Schatten auf sein attraktives Gesicht zeichnete und seiner breiten Brust einen bronzefarbenen Schimmer verlieh. Sie lagen beide auf der Seite einander gegenüber, erschöpft vom Liebesspiel. Sie fühlten sich miteinander auf eine Art wohl, die Nicole erstaunte. Einer der flanellgefütterten Schlafsäcke, den sie geöffnet hatten, bedeckte sie zur Hälfte, während sie in einer Plastikdose mit Marschverpflegung wühlten. Mitch mochte die Nüsse und getrockneten Aprikosen. Nicole dagegen bevorzugte die Rosinen und die M&Ms – eine perfekte Ergänzung, die die Harmonie zwischen ihnen nach einem angespannten Vor- und Nachmittag widerspiegelte.

Ja, Zufriedenheit ist das passende Wort, dachte Nicole lächelnd. Vor weniger als einer Stunde hatte sie sich Mitch hingegeben, und er hatte sie zu Höhen der Leidenschaft geführt, von denen sie nicht einmal etwas geahnt hatte. Andererseits hatte sich auch nie ein Mann so sehr darauf konzentriert, ihr Lust zu bereiten oder sich ihren Bedürfnissen zu widmen. Es war berauschend, auf so wunderbare Weise von einem Mann wie Mitch geliebt zu werden.

Aber es kam nicht nur vom großartigen Sex, dass sie so glücklich war. So erschreckend die Erkenntnis auch war, es hatte mit Mitchell selbst zu tun, dass sie sich so wohl fühlte. Seine umgängliche Art stärkte ihr inneres Gleichgewicht. Außerdem musste sie ihm seine Fähigkeit zugutehalten, ihre Launenhaftigkeit zu ertragen und ihr hitziges Temperament sogar amüsant zu finden.

Nicole nahm eine getrocknete Aprikose und fütterte Mitch damit.

Mit einem mutwilligen Grinsen packte er ihr Handgelenk und leckte ihre Fingerspitzen ab. „Hm, davon könnte ich süchtig werden."

Ein prickelnder Schauer lief ihr den Rücken hinunter. „Wovon? Mit Trockenobst gefüttert zu werden?"

„Das auch. Und mit dir zu schlafen." Er küsste ihre Handfläche, ehe er sie losließ. „Und träge und sorglos mit dir herumzuliegen, ohne ein schlechtes Gewissen deswegen zu haben", fügte er hinzu.

Nicole steckte sich ein M&M in den Mund. „Weswegen solltest du ein schlechtes Gewissen haben?"

Er lächelte schief. „Na ja, du weißt ja, dass das Unternehmen meines

Vaters bei seinem Tod auf mich überging, obwohl ich nie vorhatte, Autohändler zu werden."

Sie erinnerte sich an die Unterhaltung mit Mitch vor ein paar Tagen und nickte.

„Aber ich fühlte mich verantwortlich für meine Familie", fuhr er fort. „Also dachte ich nicht lange nach und übernahm das Unternehmen. Plötzlich lastete sehr viel Verantwortung auf mir. Es waren Rechnungen zu bezahlen, Ausgaben für die Familie und Studiengebühren. Die wenigen Male, wenn ich einen Tag freinahm, bekam ich ein schlechtes Gewissen, weil mir ja ein Verkauf entgehen könnte und wir das Geld dringend brauchten."

„Aha, daher kommen also deine Schuldgefühle."

„Genau." Er kramte in der Schale nach ein paar Nüssen, fütterte Nicole dabei mit Rosinen und schob sich dann die Cashewnüsse in den Mund. „Ich habe mir wirklich Sorgen gemacht, ob ich den Laden für eine Woche meinem Bruder überlassen kann, um diesen Urlaub anzutreten. Aber Drew hat alles so gut im Griff, und mir ist endlich klar geworden, dass er auch allein zurechtkommt, ohne dass ich ihm ständig im Nacken sitze. Außerdem habe ich erkannt, dass ich jetzt viel mehr Freiheit habe als damals nach dem Collegeabschluss."

Mit dem Einsetzen der Dämmerung strich kühle Luft über Nicoles Haut. Sie zog den Schlafsack über ihre Brüste. „Das klingt, als hättest du so viel Zeit damit verbracht, dich um andere zu kümmern, dass du dich dabei ganz vergessen hast."

„So kann man es auch betrachten." Er stützte den Kopf in die Hand. „Möchtest du wissen, was meine ganz spezielle Fantasie ist? Ich meine die, die ich auf Anmeldeformular eingetragen habe?"

Nicole zögerte einen Moment, da sie nicht erwartet hatte, so intime Dinge von ihm zu erfahren. Außerdem sollte er nicht glauben, dass sie ihm im Gegenzug ihre Fantasie verriet, denn sie war nicht bereit, ihm ihren größten Schwachpunkt zu offenbaren. „Aber nur, wenn du es mir wirklich sagen willst."

Er lächelte. „Ehrlich gesagt ist es ziemlich einfach und langweilig. Ich wollte mich entspannen, mich amüsieren und diesen Urlaub sorgenfrei genießen."

Er drängte sie nicht, ihre Fantasie preiszugeben, und dafür war sie dankbar. „Und bist du zufrieden?"

Er blinzelte träge, doch das plötzliche Aufflackern in seinen Augen strafte seine Gelassenheit Lügen. „Es übertrifft meine kühnsten Erwartungen."

Sein Blick verriet, dass sie dazu beitrug, und diese Erkenntnis sandte einen warmen Schauer durch ihren Körper. In dem Wunsch, mehr über ihn zu erfahren, fragte sie: „Bereust du die Entscheidungen, die du getroffen hast? Immerhin musstest du in einem Job arbeiten, den du dir nicht ausgesucht hast."

„Nein", erwiderte er, ohne zu zögern. Er rollte sich auf den Rücken, schob die Hände unter den Kopf und beobachtete die Schatten auf der Zeltplane. „Damals habe ich getan, was ich tun musste. Jetzt kenne ich nichts anderes als das Autogeschäft. Mir macht meine Arbeit Spaß, ich bin gut darin und kann mir nicht vorstellen, etwas anderes zu machen." Er schwieg für einen Moment, und das sanfte Tröpfeln des Regens war erneut das einzige Geräusch in der Stille, bis Mitch Nicole ansah und weitersprach. „Die Richtung, die mein Leben genommen hat, bedaure ich nicht. Aber allmählich wird mir klar, dass ich mehr will vom Leben als nur Arbeit."

„Und was?", fragte sie neugierig.

„Ich glaube, meine Mutter liegt mit ihren ziemlich unmissverständlichen Andeutungen, ich möge endlich heiraten, schon ganz richtig." Er klang nachdenklich. „Wenn ich die Arbeit aus der Gleichung herausnehme, habe ich nichts weiter als ein schönes Haus, in das ich nach Feierabend heimkehre. Ein schönes, großes, aber leeres Haus. Und in letzter Zeit habe ich mich gefragt, wie es wohl wäre, jemanden zu haben, der mich nach einem langen Arbeitstag zu Hause begrüßt und mir einen Grund gibt, abends nach Hause zu kommen."

In Nicole zog sich etwas so heftig zusammen, dass sie kaum atmen konnte. Es war eine Mischung aus ihrer Angst, an jemanden gebunden zu sein, und der Angst davor, Mitch könnte eine andere finden. Verzweifelt suchte sie nach einem humorvollen Aspekt, um diese seltsame Reaktion auf seine Worte zu vertreiben. „Hast du jemals daran gedacht, dir einen Hund anzuschaffen?"

Er lachte, und es klang sexy und sehr männlich. „Ich dachte eher daran, mir eine Frau zu suchen und mit ihr eine Familie zu gründen. Und erst dann vielleicht einen Hund anzuschaffen."

Erneut zog sich überraschend etwas in ihr zusammen, und diesmal meldete sich eine lebenslange Sehnsucht in ihrem Herzen, die sich direkt auf Mitch richtete. Sie versuchte diese unerwarteten Gefühle zu verdrängen. Er würde sie nicht fragen, ob sie diejenige sein wollte, die ihm einen Grund gab, abends nach Hause zu kommen. Ganz abgesehen davon, dass sie das auch überhaupt nicht wollte.

Denn erstens wollte sie an nichts außer ihr Unternehmen gebunden sein, und zweitens wusste sie aus ihrer eigenen Erfahrung mit Männern – besonders mit einem –, dass sie niemals die Frau sein könnte, die Mitch brauchte. Er brauchte eine Frau, die häuslicher, ruhiger und zurückhaltender war als sie. Jemand, der kein freches Mundwerk hatte und störrisch war, sondern eine, die den Erwartungen ihres Mannes an eine Ehefrau entsprach. Jemand, der seine Tage und Nächte nicht auf Abenteuer-Touren verbrachte und dadurch wenig Zeit für die Beziehung aufbrachte.

Zwischen Mitch und ihr reichte es für eine Affäre, nicht mehr. Das war alles, was sie beide wollten und abgemacht hatten. Und sie würde gut daran tun, das nicht zu vergessen.

9. KAPITEL

Mitch atmete tief die frische, saubere Luft ein, als er Nicole bei einer Wanderung am frühen Nachmittag folgte, auf der sie bestanden hatte, um sich ein wenig zu bewegen und die Natur zu genießen.

Auf den Regen der letzten Nacht war ein strahlend schöner, warmer Morgen gefolgt. Sehr zu Mitchs Erstaunen hatte er fast bis neun geschlafen und war erfrischt und ausgeruht aufgewacht. Draußen vor dem Zelt erhitzte Nicole in einem kleinen Topf Wasser über einem Campingkocher. Sie war bereits vollständig bekleidet und begrüßte ihn mit einem wunderschönen Lächeln, von dem er sich leicht vorstellen konnte, es jeden Morgen zu sehen – besonders nach einer Nacht mit leidenschaftlichem Sex und tiefen Gesprächen.

Als wüsste sie genau, was er brauchte, um den Tag zu beginnen, reichte sie ihm einen Becher heißen Kaffee, bevor sie für sie beide ein Frühstück zubereitete. Während sie ihre faden, aber sättigenden Haferflocken aßen, beobachteten sie belustigt zwei Eichhörnchen, die sich um die Nüsse zankten, die Nicole ihnen hinwarf. Nachdem sie ihren Zeltplatz aufgeräumt hatten, waren sie zu ihrem Ausflug aufgebrochen.

Bis jetzt gefiel Mitch alles an der Wanderung – das entspannte, stressfreie Gehen durchs Gelände, die freundschaftliche Unterhaltung, Nicoles fröhliches Lachen und sogar die Art, wie sie immer wieder stehen blieb, um Pflanzen, Blumen oder Insekten zu bewundern. Sie liebte die Natur und durch sie entdeckte Mitch eine völlig neue Welt, viel größer und vielschichtiger als die, in der er lebte.

Die warme Sonne schien durch die Blätter und Äste und ließ die Luftfeuchtigkeit sofort ansteigen. Mitch und Nicole machten nahe an einem Bach Rast und aßen die Müsliriegel, die Nicole in die Tasche gesteckt hatte. Eine gute Stunde saßen sie da und redeten über alles Mögliche, wie zum Beispiel ihre Vorlieben und Abneigungen, aber auch über persönlichere, intimere Dinge, wobei sie entdeckten, dass sie mehr gemeinsam hatten, als ihnen klar gewesen war. Sie mochten beide Pizza mit Peperoni und Pilzen und eiskaltes Bier, waren beide Fans alter Alfred-Hitchcock-Filme und vertraten ähnliche Ansichten in politischen Dingen.

Während einer angenehmen Pause in ihrer Unterhaltung schlenderte Nicole zu dem seichten Bach und tauchte die Hände in das kristallklare Wasser. „Es wird langsam richtig heiß." Sie strich mit den nassen Händen über die Strähnen, die sich aus ihrem Pferdeschwanz gelöst hatten, und verteilte die Feuchtigkeit an ihrem Hals und ihrem Nacken.

Mitch ging zu ihr und fand die Wassertemperatur sehr erfrischend. „Vielleicht musst du dich ein wenig mehr abkühlen", sagte er und spritze sie mit einer Handvoll Wasser nass.

Erschrocken schnappte sie nach Luft, als das kalte Wasser ihr T-Shirt durchweichte, sodass es wie eine zweite Haut an ihren Brüsten klebte. Sie warf ihm einen tadelnden Blick zu, zupfte an ihrem T-Shirt, schien aber nicht wütend zu sein. Im Gegenteil, ihr Blick verriet Mutwillen. „Das war nicht sehr nett, Mitchell."

Er lachte über ihren strengen Ton und war sicher, dass sie bereits die Rache plante. „Aber es tut sicher gut."

„Das muss ich zugeben." Ihre vorwurfsvolle Miene wich einem hintergründigen Lächeln, als sie die Finger ins Wasser tauchte. „Allerdings kann ich mir ein paar Sachen vorstellen, die noch angenehmer sind."

„Ach ja?" Er fragte sich, was sie im Schilde führte. „Was denn, zum Beispiel?"

„Zum Beispiel, dass wir beide in der Lagune schwimmen, an der wir gestern vorbeigekommen sind, und die in dem für uns vorgesehenen Gebiet liegt. Die mit dem Wasserfall", sagte sie mit rauer Stimme, die ihn sofort zu ein paar erotischen Fantasien anregte.

Er schaute sich um und versuchte vergeblich einzuschätzen, wo, von ihrem Standpunkt aus gesehen, sich die Lagune befand. „Ich habe keine Ahnung mehr, wie wir dorthin gelangen."

Ihr sinnliches Grinsen neckte ihn noch mehr. „Ich aber."

Er wäre ein Narr, eine solch verlockende Einladung auszuschlagen. „Dann geh voran. Ich folge dir." Er wollte sich aufrichten.

Nicole hielt ihn am Arm fest, sodass sie beide weiter am Ufer des Baches hockten. „Was hältst du davon, wenn wir das ein wenig lustiger und interessanter gestalten?"

Dem herausfordernden Funkeln in ihren grünen Augen nach zu urteilen, kam jetzt ihre Lust auf Rache ins Spiel. „Und wie?"

Sie leckte sich verführerisch die Lippen. „Wenn es dir gelingt, mich zu finden und zu fangen, kannst du mit mir machen, was du willst."

„Du willst Verstecken spielen?" Er grinste schief und fuhr sich über das unrasierte Kinn. „Ich habe ja schon gesagt, dass ich nicht mehr genau weiß, wo sich die Lagune befindet. Willst du, dass ich mich verlaufe?"

„Nein, das würde ich nicht zulassen. Sonst riskiere ich noch, dass wir disqualifiziert werden. Geh einfach den Pfad entlang. Ich werde eine Spur hinterlassen, der du folgen kannst." Sie zwinkerte ihm verspielt zu. „Und um sicherzustellen, dass ich einen Vorsprung bekomme und du dich bei dem Versuch, mich zu finden, nicht überhitzt, werde ich dir schon mal etwas Abkühlung verschaffen."

Bevor ihm die Bedeutung ihrer Worte klar wurde, gab sie ihm einen Stoß, sodass er das Gleichgewicht verlor und in den Bach fiel.

„Auf Wiedersehen!", rief Nicole und lief den Pfad hinunter, den sie ihm vorher gezeigt hatte.

„Das werde ich dir heimzahlen!", drohte er, doch es klang nicht einschüchternd. Es machte ihm viel zu viel Spaß, um wütend zu sein.

Sie lachte übermütig. „Dazu musst du mich erst mal kriegen." Und damit verschwand sie.

Mitch schleppte sich aus dem Bach und folgte ihr auf dem Pfad, der durch dichteres Buschwerk führte. Als er an eine Weggabelung gelangte, entdeckte er tatsächlich einen Hinweis – Nicoles nasses T-Shirt hing an einem Ast in der nach links führen Abzweigung.

Grinsend zupfte er das Kleidungsstück vom Baum und ging weiter. Unterwegs fand er weitere Wegweiser – ihren Spitzen-BH, der an einem Zweig baumelte, ihre Shorts auf einem Felsen, erst einen Schuh mitten auf dem Pfad, dann den anderen. Inzwischen konnte er den Wasserfall schon hören.

Er fand ihre Socken auf einem Busch und schließlich ihren Seidenslip, bevor er die Lagune betrat – eine atemberaubende Grotte, umgeben von Felsen, üppiger Vegetation, tropischen Blumen und einer Wand aus schimmerndem Wasser, die dem Ganzen eine beinahe mystische Atmosphäre verlieh.

Doch es war die sinnliche Frau, die nackt und träge auf dem Rücken schwamm, was seine Aufmerksamkeit fesselte und seine Begierde weckte. Sie war anmutig und wunderschön – ihre Schenkel, die vollen Brüste mit den dunklen Knospen, ihr flacher Bauch und die honigblonden Locken zwischen ihren Schenkeln.

Nicole grinste, als sie ihn erblickte. „Ich habe mir schon Sorgen gemacht, dass du dich doch verlaufen hast."

„Das war kaum möglich bei den interessanten Hinweisen." Er warf ihre Kleidungsstücke auf ein trockenes Grasstück und streifte seine Schuhe ab. „Du hast meine Fantasie ziemlich auf Touren gebracht."

„Das war auch meine Absicht", erwiderte sie und wackelte mit den Hüften, sodass das Wasser über ihren Bauch wogte. „Jetzt hast du mich zwar gefunden, aber du musst mich immer noch kriegen."

Sie drehte sich auf den Bauch und tauchte in die Tiefen des Wassers. Mitch blieb ein letzter Blick auf ihren wundervoll geformten Po hoch in der Luft und die langen Beine, die langsam im Wasser verschwanden.

In den nächsten fünfzehn Minuten jagte er Nicole. Zuerst spielerisch, dann zunehmend verbissener. Dank ihres früheren Trainings für die Olympiade war sie eine sehr gute und schnelle Schwimmerin, die ihm mit Leichtigkeit immer wieder entwischte.

Endlich gelang es ihm jedoch, sie in eine Ecke nahe des Wasserfalls zu drängen. Natürlich hätte sie ihm auch weiterhin entwischen können, doch ihr Blick verriet ihm, dass sie gefangen werden wollte.

Langsam näherte er sich ihr. Rasch kletterte sie das kleine Stück bis zum Wasserfall hinauf und ließ das Wasser über ihre Haare und ihren sexy Körper fließen. Mitch schluckte hart. Heftiges, ungezähmtes Verlangen erwachte in ihm beim Anblick ihrer glänzenden nassen Haut.

Bis er ihr nachgeklettert war, war sie schon hinter dem Wasserfall verschwunden. Mitch trat durch den schimmernden Vorhang aus Wasser und entdeckte sie nur wenige Schritte entfernt. Sie wartete auf ihn und betrachtete seinen nackten Körper. Er war bereits heftig erregt, ohne dass sie ihn bis jetzt auch nur berührt hätte.

Er atmete tief den Duft nach Wasser und Erde ein. „In weniger als dreißig Sekunden habe ich dich, und dann gehörst du mir", murmelte er. „Dann darf ich mit dir machen, was ich will."

Sie unternahm weder einen Fluchtversuch, als er sich ihr näherte, noch wehrte sie sich, als er sie umdrehte, einen Arm um ihre Taille legte und sich eng an sie schmiegte, sodass sie ihn groß und hart am Po fühlte.

Ein Schauer der Lust durchlief sie. Sie hob die Hand und berührte die Bartstoppeln an seiner Wange. Er küsste ihren Hals und fuhr mit der Zunge über ihre Haut. Nicole sog scharf die Luft ein und gab ein leises Stöhnen von sich, als er eine ihrer Brüste umschloss und die hoch aufgerichtete Brustspitze mit dem Daumen reizte. Die andere Hand wanderte hinunter zwischen ihre Schenkel und begann, ihren intimsten Punkt zu liebkosen.

Der kühle Sprühregen des Wasserfalls perlte von ihrer Haut, während Mitch Nicole auf äußerst erotische Weise streichelte. Aufstöhnend warf sie den Kopf zurück. Mitch drängte sie behutsam, sich auf den moosbedeckten Boden zu knien.

Mit pochendem Herzen folgte er ihr. Seine Hüften und Schenkel schmiegten sich an ihre, seine Brust an ihren Rücken, sodass sie seinen warmen Atem im Nacken spürte.

„Ich will dich, Nicole", flüsterte er mit vor Erregung heiserer Stimme und spreizte ihre Beine mit dem Knie noch weiter, um sie in dieser Stellung lieben zu können.

Sie erschauerte vor Entzücken. „Ja", hauchte sie.

Ihm wurde klar, was sie ihm alles geben würde – nicht nur ihren Körper, sondern auch ihr Vertrauen. Denn sie würden ohne Kondom miteinander schlafen, und er kannte Nicole gut genug, um zu wissen, dass sie so etwas nicht zulassen würde, wenn er ihr nicht ebenso viel bedeuten würde wie sie ihm.

Die Gefühle, die mit dieser Erkenntnis über ihn hereinbrachen, waren überwältigend. Er drang tief in sie ein. Nicole schnappte zunächst nach Luft und stöhnte dann vor Lust auf. Langsam steigerte Mitch das Tempo seiner Bewegungen zu einem ungestümen, wilden Rhythmus, der der Intensität seiner Begierde entsprach.

Zärtlich biss er ihr in den Nacken, während er gleichzeitig ihren intimsten Punkt streichelte, bis sie sich ekstatisch wand und ihn anflehte, ihr zu geben, was sie wollte. Mitch spürte, wie auf dem Gipfel der Lust ein heftiges Beben ihren Körper durchfuhr, und angespornt von ihrer Reaktion, gelangte er ebenfalls zum Höhepunkt.

Auf dem Rückweg zum Zelt pflückte Nicole eine Wildblume und drehte den Stängel zwischen den Fingern, während sie Mitch einen Seitenblick zuwarf. „Ich hätte nie gedacht, dass jemand, der so korrekt und spießig ist wie du, Sex mitten in der Natur genießen würde."

Ein Lächeln umspielte seine Lippen. Er trat einen Kiesel. „Schlepp einen Stadtmenschen in die Wildnis, und du wirst staunen, wie rasch er sich den Umständen anpasst." Er hakte einen Finger in die Gürtelschlaufe ihrer Shorts, zog sie an sich und sah ihr in die Augen. „Dir scheint der neue Schauplatz für unser Lieblingsspiel doch auch gefallen zu haben. Oder bist du es gewohnt, es in der freien Natur zu tun?"

Er klang amüsiert, und sie hätte ihm ebenso neckend Antworten können, um ihn im Zweifel zu lassen. Doch sie empfand ein unerklärliches Bedürfnis, ihm die Wahrheit zu sagen. Plötzlich war es ihr sehr wichtig, dass er wusste, dass diese kurze Zeit mit ihm für sie zu einer ganz besonderen Erinnerung werden würde.

„Ich glaube, was Sex in der freien Natur angeht, war es für uns beide ein erstes Mal“, gestand sie, befreite sich von ihm und lief den Pfad hinunter, ehe er weiter fragen konnte. Bevor er einen Einblick in ihr Herz bekommen konnte und sah, dass ihr etwas unglaublich Dummes passiert war. Bevor er entdecken konnte, dass sie sich in ihn verliebt hatte.

Sie hatte immer geglaubt, Mitch sei das absolute Gegenteil von ihr, und in vielen Dingen war er das auch. Dennoch hatte er ihr in den vergangenen fünf Tagen gezeigt, wie viel sie tatsächlich gemeinsam hatten und wie sehr sich außerdem ihre Unterschiede ergänzten. Abgesehen vom fantastischen Sex und der körperlichen Anziehung zwischen ihnen war ihr Verhältnis von Zärtlichkeit und Respekt geprägt, wie sie es bei keinem anderen Mann je erlebt hatte. Es waren diese erstaunlichen Gefühle, die sie am Ende ihrer abenteuerlichen Tage die Einsamkeit, die sie lebte, infrage stellen ließ. Aber wie üblich, wenn sie melancholisch war, erinnerte sie sich daran, dass Einsamkeit und ihr Single-Dasein der Preis waren für ihre Freiheit und Unabhängigkeit, die ihr so viel bedeuteten.

Sie ignorierte den plötzlich aufblühenden Schmerz und fand zum Glück etwas, was wie ablenkte. „Sieh mal hier, Mitch“, sagte sie und deutete auf einen Ast. „Dort, auf dem zweiten Ast zwischen den Blättern.“

Er schaute in die Richtung, in die sie zeigte. „Eine Eidechse.“

Nicole lachte und setzte ihren Weg fort. Sie lief rückwärts, um Mitch ansehen und mit ihm sprechen zu können. „Nein, es ist ein Chamäleon. Im Moment ist es bläulich-grün, aber es kann seine Farbe in weniger als einer Minute wechseln, um sich seiner Umgebung anzupassen oder wenn es Gefahr wittert …“ Ihre Stimme schwankte, da sie mit dem Absatz an einer aus dem Boden ragenden Baumwurzel hängen blieb und stolperte. Mit rudernden Armen versuchte sie, das Gleichgewicht zu behalten.

Mitch registrierte erschrocken, was geschah und sprang vor, um sie aufzufangen. Doch es ging alles viel zu schnell. Instinktiv versuchte

Nicole den Sturz mit den Händen abzufedern, als sie auf den harten Boden prallte.

Sie schrie auf, da ein betäubender Schmerz vom Handgelenk hoch zur Schulter schoss. Mit schmerzverzerrtem Gesicht, den Arm an die Brust gedrückt, wälzte sie sich auf die Seite.

Sofort kniete Mitch neben ihr. „Was ist los, Nic? Wo tut es weh?"

Benommen vom Schmerz brachte sie nichts außer einem Stöhnen heraus, das sogar in ihren Ohren mitleiderregend klang. „Mein Handgelenk", keuchte sie schließlich und versuchte sich aufzusetzen.

Er stützte sie. „Ist es etwa dasselbe, das du dir damals beim Autounfall gebrochen hast?"

Sie nickte heftig und konnte nicht verhindern, dass ihr eine Träne über die Wange lief. Eilig wischte sie sie mit der Schulter fort und hasste es, sich so hilflos zu fühlen. „Ja, es ist dasselbe Handgelenk."

Er stieß einen Fluch aus und fuhr sich mit besorgter Miene durch die noch feuchten, zerzausten Haare. „Schaffst du es zurück zum Zelt?"

Schwer atmend antwortete sie: „Ja, das schaffe ich."

Fünfzehn Minuten später erreichten sie das Zelt. Nachdem Mitch sie auf einen Baumstamm gesetzt hatte, kroch er ins Zelt und kam mit dem Walkie-Talkie für Notfälle wieder heraus.

Ohne nachzudenken, sprang Nicole auf und biss die Zähne zusammen, da diese abrupte Bewegung einen neuen heftigen Schmerz auslöste. „Was hast du mit dem Walkie-Talkie vor?", wollte sie wissen.

Mitch ging zu ihr. Seine Miene drückte Entschlossenheit aus. „Ich rufe Hilfe", erklärte er knapp.

Panik erfasste sie. Wenn sie das Walkie-Talkie benutzten, würden sie aus dem Wettkampf ausgeschlossen werden. Und das würde sie nicht riskieren, nicht, solange sie eine reale Chance hatte, den Wettstreit zu gewinnen. „Nein!"

Mitch hielt inne, den Finger auf dem Einschaltknopf. „Aber du bist leichenblass und hast starke Schmerzen."

Ihr war außerdem übel und schwindelig, doch das würde sie ihm nicht auf die Nase binden. „Wage es nicht, das Walkie-Talkie einzuschalten!"

Er sah sie finster an. „Du könntest dir das Handgelenk gebrochen haben."

„Verdammt, Mitchell, es geht mir gut. Wir werden uns nicht melden, denn ich bin nicht bereit aufzugeben."

„Das ist jetzt nicht der richtige Augenblick, um störrisch zu sein", erklärte er und zeigte mit der Antenne auf sie, um seinen Worten Nachdruck zu verliehen.

„Es ist ein Risiko, das ich bereit bin einzugehen. Bis morgen früh halte ich auf jeden Fall durch." Sanfter fügte sie hinzu. „Ich werde nicht aufgeben, Mitch, nicht so kurz vor dem Ziel. Und falls du das Walkie-Talkie einschaltest, werde ich dir den Rest deines Lebens zur Hölle machen."

Ein zaghaftes Lächeln hob einen seiner Mundwinkel. „Jetzt habe ich aber Angst."

„Das solltest du auch." Ihre Streitlust erlahmte, und plötzlich fühlte sie sich schwach und erschöpft. „Bitte, Mitch. Lass mich versuchen, diese Nacht durchzuhalten."

Er hob drohend den Finger. „Du bist wirklich die starrköpfigste Frau, die mir je begegnet ist. Und ich bin absolut nicht einverstanden mit dem, was du tust …"

Sie hob die Hand, um seine Tirade zu stoppen, und war froh, dass sie ihn hatte umstimmen können. „Du brauchst weder einverstanden zu sein noch es zu verstehen. Allerdings wäre ich dir dankbar, wenn du mir helfen könntest, das Handgelenk irgendwie zu schienen."

Er starrte sie einen langen Moment an. Dann schüttelte er den Kopf. „Ich werde diesen Streit ja ohnehin nicht gewinnen, ganz gleich, wie sehr ich es versuche. Bleib sitzen, wo du bist. Ich werde mal schauen, ob ich es provisorisch schienen kann. Es kann sicher nicht schaden, wenn du in der Zwischenzeit dein Handgelenk im Fluss kühlst."

Sie berührte seinen Arm. „Danke." Dieses Wort schien fast zu wenig für das, was er für sie aufgab – sein Verantwortungsbewusstsein und seine Gewissenhaftigkeit.

„Gern geschehen", sagte er angespannt und resigniert, warf das Walkie-Talkie ins Zelt und machte sich murrend auf den Weg.

Zehn Minuten später kehrte er mit besserer Laune und einem Zweig zurück. Er kniete sich neben Nicole, zog ihre Hand aus dem kalten Wasser und untersuchte vorsichtig den Arm und das Handgelenk. Sie verzog das Gesicht und biss die Zähne zusammen.

„Es fühlt sich nichts gebrochen an", verkündete er.

„Meiner Hand geht es auch schon besser", behauptete sie in unbeschwertem Ton.

Doch sein Blick verriet, dass er ihr kein Wort glaubte.

Sie verdrehte die Augen, was er nicht mitbekam, da er sich schon wieder um ihre Verletzung kümmerte. „Es ist zwar geschwollen und tut weh, aber ich kann meine Finger ein wenig bewegen." Zum Beweis führte sie es vor und schaffte es sogar, vor Schmerz nicht aufzustöhnen. „Ich wette, es ist nur verstaucht."

„Was auch immer, wir müssen es ruhig stellen, bis ein Arzt bestätigt, dass nichts gebrochen ist. Vor allem, da dein Handgelenk schon einmal gebrochen war."

Er legte ihre Hand für einen Moment auf ihr Knie. Dann zog er sein T-Shirt aus und zerriss es in schmale Streifen, mit denen er die behelfsmäßige Schiene an ihrem Handgelenk befestigte. „So, das müsste für heute Nacht reichen."

Nicole überprüfte beeindruckt seine Arbeit. „Du bist ziemlich einfallsreich. Das gefällt mir an einem Mann." Sie wackelte mit den Brauen, um die Stimmung zwischen ihnen aufzuheitern.

Das entlockte ihm ein Lächeln, doch in seinen Augen las sie noch etwas Ernsteres. „Verrate mir eines, Nic. Wieso ist es so wichtig für dich, diesen Wettbewerb zu gewinnen? Ich meine, sieh dir nur mal an, was du dafür auf dich nimmst."

Sie machte eine abwehrende Geste mit der gesunden Hand. „Ich habe dir schon gesagt, dass es mir gut geht."

„Vielleicht stimmt das wirklich", räumte er ein und klang schon zuversichtlicher als vor dem Schienen des Handgelenks. „Aber weich mir nicht aus, und beantworte meine Frage."

Sie tat gelangweilt. „Glaub mir, das ist eine lange, langweilige Geschichte."

„Wir haben noch gut achtzehn Stunden vor uns. Das ist reichlich Zeit zum Reden." Er stand auf und führte sie zum Zelt. „Komm hierher und setz dich. Während ich uns ein Eintopfgericht warm mache, kannst du erzählen."

„Ich helfe dir beim Essenkochen."

Doch er schüttelte den Kopf, holte einen der Schlafsäcke aus dem Zelt und breitete ihn für sie aus. „Setz dich und erzähl."

„Ich habe schließlich noch eine gesunde Hand", konterte sie.

Er nahm ihr unverletztes Handgelenk und küsste zärtlich ihre Handfläche. „Ist dir eigentlich klar, dass man sich ruhig einmal auf jemanden verlassen darf, wenn man Hilfe braucht? Deswegen bleibst du trotzdem eine starke, unabhängige Frau."

„Ich bin es nicht gewohnt, dass sich jemand um mich kümmert“, erklärte sie.

„Dafür bist du ja auch viel zu sehr damit beschäftigt, störrisch und rechthaberisch zu sein und alles und jeden um dich herum unter Kontrolle zu halten.“ Er milderte seine Bemerkung ab, indem er sie auf die Stirn küsste. „Heute Abend habe ich das Kommando, und falls dir das nicht gefällt, kannst du gern in die Ferienanlage zurückkehren.“

„Dann bleibt mir wohl keine andere Wahl.“ Sie setzte sich auf den weichen Schlafsack. „Na schön, ich werde dir zuschauen, wie du unser Essen warm machst, und erzählen.“

10. KAPITEL

„Warum ist es so wichtig für dich, diesen Wettbewerb zu gewinnen?" Eine einfache Frage mit einer sehr komplizierten Antwort. Daher fing Nicole am Anfang an.

„Schon als ich geboren wurde, war ich nicht das, was mein Vater sich erhofft hatte", berichtete sie und sah zu, wie Mitch den kleinen Campingkocher mit mehr Geschick aufbaute, als sie ihm zugetraut hätte. „Mein Dad wollte einen Sohn. Zwei Jahre nach meiner Geburt bekam er ihn."

Mitch zündete den Gaskocher an. „Ich dachte, Väter lieben ihre kleinen Töchter."

„Meiner nicht." Sie kreuzte die Beine und legte den verbundenen Arm in die Armbeuge des anderen Arms, dankbar für die Unterhaltung, die sie vom pochenden Schmerz ablenkte. „Ich kann mich daran erinnern, dass mein Vater meinem Bruder schon mehr Aufmerksamkeit schenkte, als wir noch Kleinkinder waren. Robert war der Erste, den er sehen wollte, wenn er von der Arbeit nach Hause kam. Mir tätschelte er höchstens den Kopf. Robert nahm er an den Wochenenden mit zum Golfspielen und zum Ballspielen in den Park, während ich zu Hause bei meiner Mom blieb. Nie fragte er mich, ob ich mit wollte. Und als ich einmal darum bettelte, mitgenommen zu werden, sagte er, sie würden ‚Jungssachen' machen, und dass kleine Mädchen nicht Ball spielen und sich ihre Hände oder Kleider schmutzig machen."

„Ich nehme an, daraufhin hast du genau das getan", meinte Mitch amüsiert und öffnete die Konservendose mit einem Schweizermesser.

„Dadurch bekam ich jedenfalls die Aufmerksamkeit meines Vaters, wenn auch nur in Form seiner Missbilligung. Aber immerhin war es mehr, als ich je zuvor von ihm bekommen hatte. Mit acht rebellierte ich schon heftiger. Ich hasste die Rüschenkleidchen, die meine Mutter mir kaufte, und schlich mich in das Zimmer meines Bruders, um seine T-Shirts und Jeans anzuziehen. Vor allem weigerte ich mich, ein braves, nettes Mädchen zu sein, das man zwar sehen, aber nicht hören durfte."

Mitch lachte. „Das klingt wirklich nach Meuterei."

Nicole grinste. „Ja, das war wohl meine Art zu protestieren. Von da an tat ich alles, was mein Bruder auch tat. Nur war mein Hauptziel, in jeder Hinsicht besser zu sein als er."

Mitch gab das Bohnengericht mit Rindfleisch in einen Topf und stellte ihn auf den Kocher. „Aha, daher dein Ehrgeiz."

Sie zuckte die Schultern und schämte sich nicht, die Wahrheit zuzugeben. „Wie sich herausstellte, mochte ich nicht nur Sport, sondern war auch gut darin. Besser als mein Bruder. Ich spielte Softball und Football. Aber am meisten liebte ich das Schwimmen, was mein Bruder hasste. Im Sommer verbrachte ich Stunden im öffentlichen Schwimmbad. Dort entdeckte mich ein Schwimmtrainer und begann mit mir zu arbeiten. Bald darauf brachte er mich mit einem anderen Trainer zusammen, und ich trainierte für die Olympiade. Und wie die Geschichte endete, weißt du ja."

Er wartete darauf, dass sie weitererzählte und rührte im Topf. Der köstliche Bohnenduft wehte in ihre Richtung und brachte ihren Magen zum Knurren. Erst jetzt merkte sie, dass sie viel hungriger war, als sie ursprünglich gedacht hatte.

„Ich glaube, zum Teil war mir schon klar, dass ich es mehr für meinen Vater tat als für mich. Denn dadurch interessierte er sich endlich für mich. Er kam zu den Veranstaltungen und Wettkämpfen und ermutigte mich, noch härter zu trainieren, eine Medaille zu gewinnen ..." Sie verstummte und zupfte einen Fussel vom Schlafsack. „Es war herrlich, ihn zur Abwechslung mal ganz für mich zu haben und im Zentrum seiner Aufmerksamkeit zu stehen. Als ich nach dem Unfall im Team ersetzt wurde, verlor er natürlich wieder das Interesse an mir."

Sie rollte die steifen Schultern. „Und dann lernte ich Jonathan kennen. Beide, mein Vater und meine Mutter, waren begeistert, dass ich eine so gute Partie machen würde. Er stammte aus einer prominenten Familie und war ein aufstrebender Abgeordneter. Meine Eltern ermutigten ihn in seinem Interesse für mich." Sie beobachtete, wie Mitch den Eintopf auf zwei Blechnäpfe verteilte. „Wir waren ungefähr ein Jahr zusammen. Überraschenderweise dauerte meine Beziehung zu Jonathan damit länger als jede andere, die ich bis dahin gehabt hatte."

„Wie meinst du das?"

„Die meisten meiner Beziehungen zu Männern waren nur sehr kurz." Es erstaunte sie, wie leicht es ihr fiel, die Ursache einer ihrer größten Unsicherheiten laut auszusprechen. „Es fing schon auf der Highschool an. Jemand bat mich um ein Date, und sobald der Junge feststellte, wie sportlich und ehrgeizig ich war, fühlte er sich eingeschüchtert von mir und machte Schluss. Dafür hatte ich viele rein kameradschaftliche Beziehungen zu Jungs. Das war einfacher und weniger schmerzhaft."

„Es waren Jungs, Nicole. Natürlich fühlten sie sich von einem Mädchen bedroht, das im Sport besser war als sie." Mitch ging zu ihr und hob vorsichtig den Arm zur Seite. Dann legte er ihr eine Ecke des Schlafsacks auf den Schoß und stellte den Napf darauf.

„Die meisten Männer sind genauso", widersprach sie aus eigener Erfahrung. „Es passt ihnen nicht, womit ich meinen Lebensunterhalt bestreite. Oder es ist ihnen unangenehm, dass sie bei anstrengenden Touren nicht mit mir mithalten können."

„Fühlte sich Jonathan durch deine Fähigkeiten bedroht?"

„Er weigerte sich, mich auf meinen Touren zu begleiten und erklärte, so spartanisch zu leben entspräche nicht seiner Vorstellung von Spaß." Sie aß einen Löffel voll von dem Eintopf, der erstaunlich lecker war. „Er nahm mir übel, dass ich so viel Zeit in All Seasons steckte. Wie schon mein Vater und andere Männer missbilligte er mein Unternehmen und hatte gewisse Erwartungen an mich, denen ich niemals hätte gerecht werden können. Wir trennten uns in gegenseitigem Einvernehmen, aber mein Vater warf mir vor, dass ich mir die Chance auf eine solche Ehe entgehen ließ."

„Offensichtlich hast du Jonathan nicht geliebt."

„Nein, das habe ich nicht", gestand sie leise. „Wir hatten unterschiedliche Vorstellungen, und wenn wir geheiratet hätten, hätten wir uns nur gegenseitig unglücklich gemacht. Zur Freude meiner Eltern erfüllte mein Bruder ihre Erwartungen. Er ist auf dem besten Wege, ein erfolgreicher Orthopäde zu werden und ist mit einer sehr traditionsbewussten, lieben Frau verheiratet, die demnächst ein Kind erwartet." Sie aß einen weiteren Löffel voll und lächelte trotz des Gefühls der Unzulänglichkeit, das sich wieder in ihr ausbreitete. „Dass nimmt den Druck ein wenig von mir. Fürs Erste jedenfalls."

Ein nachdenkliches „Hm" war Mitchs einzige Reaktion.

Als sie gegessen hatten und Mitch abgewaschen hatte, war die Dunkelheit hereingebrochen und hatte kühle Luft mitgebracht. In der Ferne waren das Zirpen der Grillen und andere nächtliche Geräusche zu hören. Mitch holte den zweiten Schlafsack aus dem Zelt und öffnete ihn, um ihn als Decke zu benutzen.

„Was hast du vor?"

„Es ist ein so klarer Abend. Ich dachte, wir bleiben noch eine Weile hier draußen." Er zog seine Stiefel aus und streckte sich neben ihr aus. „Die Sterne leuchten so hell und schön."

Nicole schaute zum Himmel, an dem die Sterne wie auf schwarzem Samt funkelten. „Ja, das stimmt."

„Ich habe noch nie einen Abend in der Natur verbracht, und ich glaube, einen besseren Zeitpunkt für ein erstes Mal wird es nicht geben." Er klopfte auf den Schlafsack neben sich. „Komm her und leg dich neben mich, Nic."

Sie zog ihre Schuhe aus und rutschte vorsichtig zu ihm. Mitch legte den Arm um sie und zog den Schlafsack bis zu ihrer Taille hoch. Ihren verletzten Arm legte er sich auf den Bauch, um ihn zu schonen.

Kurz darauf merkte Nicole, dass er statt der Sterne sie beobachtete. „Du siehst ja gar nicht mehr zu den Sternen hinauf."

„Na ja, ich bin eben von etwas viel Schönerem abgelenkt."

Bei ihm fühlte sie sich tatsächlich wunderschön und begehrenswert. Das war ein neues Gefühl, das sie genießen wollte, solange es dauerte. „Mit deinen Schmeicheleien kommst du immer durch, Mitchell."

„Das will ich hoffen." Sein mutwilliges Grinsen beschleunigte ihren Puls. „Aber du hast meine ursprüngliche Frage noch immer nicht beantwortet."

Sie runzelte die Stirn. „Welche?"

Er veränderte seine Position ein wenig, damit sie es beide bequemer hatten. „Weshalb es für dich so wichtig ist, den Wettkampf zu gewinnen?"

Sie stöhnte. „Jetzt sind wir also wieder bei dem Punkt angelangt."

„Genau." Er fuhr ihr mit dem Finger über den Nasenrücken. „Sosehr mich deine Vergangenheit auch interessiert, durch die ich dich besser verstehe, möchte ich doch eine Antwort auf meine eigentliche Frage. Und sobald wir das geklärt haben, würde ich für heute Nacht gern wieder dein Liebessklave sein und deine geheimsten Fantasien wahr werden lassen."

Er ahnte ja nicht, dass er ihr schon mehr gegeben hatte, als sie je für möglich gehalten hatte. Abgesehen von unbeschreiblichen erotischen Freuden hatte er ihr Lachen und Leidenschaft gegeben. Und er löste Gefühle in ihr aus, die sie in so vieler Hinsicht beunruhigten. Und in zwei Tagen würden sie wie vereinbart wieder getrennte Wege gehen. So, wie es das Beste für sie war.

Trotz dieses schmerzlichen Wissens wäre sie dumm, eine weitere leidenschaftliche Nacht in seinen Armen abzulehnen. „Das sind aber knallharte Bedingungen, Mitchell."

Er lachte leise. „Hauptsache es funktioniert. Und jetzt raus damit."

Sie wich seinem Blick aus, schaute zum nächtlichen Sternenhimmel hinauf und entdeckte den Kleinen Bären. „Ich will meine Mutter nicht enttäuschen, die von uns erwartet, dass wir für ihre Wohltätigkeitsorganisation gewinnen", erklärte sie. Dann nahm sie ihren Mut zusammen und fügte aufrichtiger hinzu: „Und einmal, wenigstens einmal, möchte ich die Anerkennung und den Respekt meines Vaters haben, statt ihn ständig zu enttäuschen und von ihm kritisiert zu werden."

Mitch beugte sich über sie und hob ihr Kinn, damit sie ihn ansah. „Vielleicht musst du den Wettkampf für niemanden gewinnen außer für dich selbst."

Ihre schriftlich formulierte Fantasie fiel ihr wieder ein: Ob Sieg oder Niederlage, sie wollte um ihrer selbst willen anerkannt werden, nicht für das, was sie erreichte. Trotzdem hatte sie sich vorrangig auf den Sieg konzentriert, und zwar so sehr, dass sie ihre eigene Fantasie aus den Augen verloren hatte. Trotz allem suchte sie nach wie vor die Anerkennung ihres Vaters, seine bedingungslose Akzeptanz.

Wie widersprüchlich und verwirrend das alles war! Inzwischen war sie nicht mehr sicher, was ihr wichtig war. So viele Dinge hatten sich in dieser Woche verändert – das Ziel ihres Aufenthaltes auf Wild Fantasy und vor allem ihre eigenen Ziele. Ihre neuen Sehnsüchte richteten sich auf genau das, was sie früher ganz und gar nicht gewollt hatte.

Eine plötzliche Verzweiflung überkam sie und gab ihr das Gefühl, dass sie am Ende dieser Woche etwas sehr Wichtiges verlieren würde. Etwas Kostbareres als ihre Unabhängigkeit oder die Anerkennung ihres Vaters. Sie stand im Begriff, diesen einfühlsamen, fürsorglichen Mann zu verlieren, in den sie sich verliebt hatte.

Sie hielt den Atem an, da sie jenes Gefühl, das sich seit zwei Tagen seinen Weg an die Oberfläche bahnte, endlich benennen konnte. Die Erkenntnis war so verblüffend wie beängstigend: Sie liebte Mitch.

Aus Furcht vor einer so tiefen Empfindung versuchte sie sich abzulenken. Mit der unverletzten Hand umfasste sie seinen Nacken, zog ihn zu sich herunter und gab ihm mit einem sinnlichen Kuss zu verstehen, was sie von ihm wollte und brauchte – ein letztes Mal geliebt und verwöhnt zu werden. Und diesmal bat er sie nicht, ihre Wünsche auszusprechen. Stattdessen kommunizierten sie mit ihren Körpern, ihren begierigen Liebkosungen, hemmungslosen Berührungen und stürmischen, leidenschaftlichen Küssen.

Mitch half ihr, das T-Shirt auszuziehen, die Shorts und die Unterwäsche. Dann zog er sich rasch aus, und diese kurze Trennung fachte Nicoles Begierde noch weiter an. Er kehrte zu ihr zurück, drückte sie sanft auf den weichen Schlafsack herunter, wobei er sorgsam darauf achtete, nicht gegen ihr verletztes Handgelenk zu stoßen, und deckte sich und Nicole zu.

Ihre glühenden Blicke trafen sich. Mitch legte sich auf sie und drang so langsam in sie ein, dass sie beide lustvoll aufstöhnten. Für keinen von beiden war ein langes Vorspiel nötig; sie waren beide längst bereit. Nicole winkelte die Knie an und schlang die Beine um seine Taille, während sie gemeinsam ihren einzigartigen Rhythmus fanden.

Er berührte und liebte sie auf eine Art, von der sie vorher nicht einmal etwas geahnt hatte. Sie war fasziniert und gebannt. So viele Jahre lang hatte sie vor sich selbst ihre Bedürfnisse geleugnet und ihre Sehnsucht, zu jemandem zu gehören.

Jetzt leugnete sie vor sich selbst nichts mehr.

Mit zitternden Fingern ihrer unverletzten Hand streichelte sie Mitchs raue Wange und sah ihm tief in die Augen. Liebe mich, dachte sie. So wie ich bin, mit all meinen Fehlern, Unzulänglichkeiten und Unsicherheiten. Liebe mich … wenigstens heute Nacht.

Als besäße er eine direkte Verbindung zu ihren Gedanken, tat er genau das. Er liebte ihren Körper und ihre Seele, gab ihr Vergnügen und Leidenschaft, ohne auch nur das Geringste im Gegenzug zu verlangen. Nach und nach spürte sie, wie sich die Gefühle zwischen ihnen verschoben, sah die Hoffnung auf die Ewigkeit in seinen unglaublichen Augen aufscheinen und fürchtete, was sie sah. Außerdem hatte sie Angst, niemals Mitchs Erwartungen entsprechen zu können, zu denen sicherlich keine störrische und eigensinnige Frau gehörte, der ihre Unabhängigkeit über alles ging.

Heute Nacht erlaubte er ihr nicht, sich in Ängste oder Zweifel zu flüchten. Nein, dafür würde später noch genug Zeit sein. Zum Beispiel morgen.

Offenbar kannte er sie inzwischen besser als sie sich selbst, denn er lenkte sie mit einem aufregenden Kuss ab, der ihre Begierde noch größer werden ließ. Ein heißer Schauer überlief ihre Haut, und sie wand sich unruhig unter ihm, während seine Bewegungen heftiger und schneller wurden und sie hinauftrugen zum Gipfel der Lust.

Nicole bewahrte diesen Moment, diese Erinnerung und diesen Mann, der all das möglich gemacht hatte, in ihrem Herzen, so fest, wie sie Mitch die ganze Nacht hindurch hielt.

„Warum dauert das denn so verdammt lange?", knurrte Mitch.

Frustriert und wütend fuhr er sich durch die frisch gewaschenen Haare und lief in dem kleinen Wartezimmer auf und ab. Nicole hatte ihn hier vor fast einer Stunde allein gelassen und befand sich jetzt im Sprechzimmer des Arztes der Ferienanlage. Nach allem, was sie in den letzten Tagen miteinander geteilt hatten, ärgerte es ihn, dass sie ihn bei der Untersuchung nicht dabeihaben wollte.

Sie waren aus der Wildnis zurückgekehrt und hatten sich zusammen mit drei anderen Teams für die entscheidende Runde qualifiziert. Zwei Paare hatten aufgegeben, weil sie das Leben in der rauen Natur keine zwei Tage durchhielten. Ein Drittes musste aufgeben, weil einer von ihnen von einer Spinne gebissen worden war und daraufhin an einer allergischen Reaktion litt.

Die letzten vier Teams hatten zwei Stunden Zeit, um sich umzuziehen und auszuruhen für das Frage-und-Antwort-Quiz, das die Gewinner der Geldpreise ermitteln würde. Obwohl Mitch vorgeschlagen hatte, dass Nicole umgehend zum Arzt gehen sollte, hatte sie darauf bestanden, zuerst zu duschen und sich frische Sachen anzuziehen. Da er inzwischen gelernt hatte, dass es sinnlos war, mit ihr zu streiten, wenn sie sich einmal etwas in den Kopf gesetzt hatte, hatte er nachgegeben und sich mit ihr im Wartezimmer des Arztes verabredet – nur um dann ausgeschlossen zu werden und sich besorgt zu fragen, was hinter der geschlossenen Tür vorging.

Weitere zehn Minuten vergingen, bis Nicole endlich herauskam.

Mitch ging zu ihr. „Ist alles in Ordnung?"

Sie hob den eingegipsten Arm. „Soweit die Dinge in Ordnung sein können mit einem gebrochenen Handgelenk."

Er verzog das Gesicht bei der schmerzhaften Vorstellung und war froh, dass sie es gestern Abend noch geschient hatten. „Ach, Nic, das tut mir leid. Wie lange musst du den Gips tragen?"

Sie zuckte gleichgültig die Schultern und lehnte sein Mitleid ab. „Der Arzt meint, nach vier bis sechs Wochen müsste es wie neu sein. Aber sobald ich zu Hause bin, werde ich zusätzlich meinen Arzt konsultieren. Es sieht so aus, als müsste ich eine Weile am Schreibtisch arbeiten.“ Ihre klanglose Stimme verriet nichts über ihre Gefühle. Sie warf einen Blick auf die Uhr an der Wand und wechselte rasch das Thema. „Wenn wir uns nicht beeilen, verpassen wir noch die letzte Runde.“

Mitch stemmte die Hände in die Hüften und starrte sie an. Der Wettkampf. Natürlich war das ihre Hauptsorge. Ihm konnte der Wettkampf momentan gestohlen bleiben.

Aber ihr war er wichtig, das wusste und verstand er.

„Du hast recht“, sagte er, und sein gereizter Ton verriet deutlich seine schlechte Laune. Er umfasste den Ellbogen ihres unverletzten Arms und führte sie zum Ausgang. „Wir müssen ja einen Wettkampf gewinnen.“

Und wenn sie schon sonst nichts von ihm nahm, konnte er wenigstens sein Bestes dafür geben, dass sie den Hauptpreis gewannen, damit sie die Anerkennung ihres Vaters bekam, nach der sie sich so sehnte.

„Was ist die Lieblingsfarbe ihres Partners?“, fragte Danielle, Merrilees Assistentin, die Kandidaten der letzten vier Teams, zu denen auch Penny und Graham gehörten.

Nicole schrieb eilig auf die Karte, die jeder erhalten hatte, wie Mitchs Antwort lauten würde. Dann legte sie den Stift nieder, zum Zeichen, dass sie fertig war, und sah zu den Männern, die den Frauen in drei Meter Entfernung gegenübersaßen. Mitch sah sie durchdringend an. Auch er hatte die Frage beantwortet, und während sie darauf warteten, dass die anderen ebenfalls fertig wurden, schien er Nicole fragen zu wollen, weshalb sie nach dieser unglaublichen Woche plötzlich so distanziert war.

Die Antwort war kompliziert. Sie hatte so viele Jahre für ihre Unabhängigkeit gekämpft, nur um innerhalb weniger Tage mit Mitch völlig die Kontrolle über ihre Gefühle zu verlieren. Niemals hätte sie es für möglich gehalten, dass eine Affäre mit ihm in ihr den Wunsch nach so viel mehr wecken könnte.

Sie hatte sich stets davor gefürchtet, jemanden so nah an sich heranzulassen wie Mitch, und jetzt kannte sie auch den Grund dafür. Sie befürchtete, nicht die Art von Frau zu sein, die er in seinem geregelten, verantwortungsbewussten Leben brauchte. Sie war wild, temperamentvoll und manchmal sogar rebellisch. Er dagegen war beständig wie ein Fels, sachlich und allzu vernünftig. Sie liebte die Abenteuer in der freien Natur; er war eher ein vorsichtiger Typ. Wenn man vom unglaublichen erotischen Aspekt ihrer Beziehung einmal absah, passten sie absolut nicht zusammen. Schon gar nicht auf Dauer, wie sie aus ihrer eigenen Erfahrung mit dem prominenten, respektierten Jonathan gelernt hatte.

In dem verzweifelten Versuch, ihr Herz zu schützen, ohne Mitch zu sehr wehzutun, hatte sie heute Morgen begonnen, die Barrieren um sich herum wieder aufzubauen. Natürlich verwirrte ihn das, aber morgen würden sie nach Colorado zurückkehren und wieder getrennte Wege gehen. Dann würde er begreifen, dass sie ihm einen großen Gefallen getan hatte.

Vorher aber mussten sie noch diesen Wettbewerb gewinnen.

Während sie und Mitch gemeinsam mit zwei anderen Teams ihre Lieblingsfarben richtig geraten hatten, schied ein Team aus. Jetzt waren nur noch drei Paare übrig, denen jeweils ein Geldpreis sicher war. Die Höhe des Preises hing jedoch von der Platzierung in dieser letzten Runde ab.

Penny, die neben Nicole saß, rutschte unruhig auf ihrem Sitz herum und wartete auf die nächste Frage. Nicole lächelte ihr ermutigend zu.

Danielle stellte die nächste Frage. „Wie viele Geschwister hat Ihr Partner?"

Diesmal gelang allen Teams die richtige Antwort, doch die Fragen wurden zunehmend schwieriger. Die nächste lautete: „Was ist die Lieblingsmusik ihres Partners?"

Nicole hatte Mitch ständig damit aufgezogen, wie verschieden sie waren, unter anderem in ihrem Musikgeschmack – er liebte Countrymusic, sie dagegen Rock. Daher fiel ihnen auch diesmal die Antwort leicht.

Penny gab einen erstickten Laut von sich. Nicole warf ihr einen besorgten Blick zu. Penny starrte panisch zu Graham, der ruhig und gefasst dasaß, um seine Partnerin stumm dazu zu ermutigen, ihr Bestes zu versuchen und so gut wie möglich zu raten. Penny schloss die Augen, nahm ihren Stift und schrieb die Antwort auf. Nicole hatte keinen Zweifel, dass Penny einfach auf gut Glück geraten hatte.

Nicole kam der flüchtige und irgendwie beunruhigende Gedanke, dass Penny gegen sie und Mitch verlieren würde. Ihr Magen zog sich vor Bedauern zusammen, und sie wünschte, sie besäße die Macht, den Ausgang des Wettkampfes zu Pennys Gunsten zu beeinflussen. Schließlich brauchte sie die hunderttausend Dollar so verzweifelt, für einen wirklich bewundernswerten, noblen Zweck – um das Leben ihres Bruders zu retten. Obwohl selbstverständlich auch die Organisation ihrer Mutter den Preis verdiente, wurde Nicole plötzlich klar, dass ihr Ehrgeiz auf den völlig falschen Motiven basierte. Auf selbstsüchtigen Motiven, verglichen mit Pennys.

Danielle forderte die Paare auf, die Antwortkarten hochzuhalten, und als Penny sah, dass sie und Graham richtig geraten hatten, stieß sie einen Freudenschrei aus.

Jetzt kämpften nur noch zwei Teams um den Hauptpreis.

Zunächst war Nicole geschockt. Doch dann wich diese Empfindung einer Dankbarkeit. Denn durch pures Glück oder göttliche Einmischung – welches von beidem zutraf, war ihr egal – hatte sie die Chance bekommen, einen besonderen Menschen von finanziellem Druck zu befreien und die Zukunft des Bruders dieses Menschen ein wenig besser aussehen zu lassen. Denn Pennys Absichten waren so vollkommen selbstlos und nur durch Liebe motiviert.

Zuerst mussten Nicole und Mitch jedoch verlieren.

Sobald sich der Applaus der Zuschauer gelegt hatte, räusperte sich Danielle und las eine weitere Frage vor. „Welches Haustier hat Ihr Partner lieber? Einen Hund oder eine Katze?"

Fast hätte Nicole laut aufgestöhnt. Sie hatte auf eine Frage gehofft, auf die sie die Antwort nicht wussten, dann hätten sie ganz legitim verloren. Zu Beginn der Woche hatte Mitch ihr gegenüber erwähnt, dass seine Mutter sich um seine Katze kümmerte, solange er im Urlaub war. Und sie hatte ihm erzählt, dass das einzige Haustier, das für sie jemals infrage käme, ein Golden Retriever war.

Nicole kaute unsicher auf ihrer Unterlippe und sah zu Mitch hinüber, der gerade seine Antwort auf die Karte schrieb. Nachdem er fertig war, zwinkerte er ihr zu, um anzudeuten, dass sie diese Runde ganz gewiss gewinnen würden. Nicole schaute zu ihren Konkurrenten. Das breite Lächeln auf Pennys Gesicht und das triumphierende Leuchten in Grahams Augen verriet ihr, dass auch das andere Paar sich bei den Antworten einig war. Hin und her gerissen schrieb sie schließlich ihre Antwort auf die Karte.

Penny und Graham waren diesmal zuerst an der Reihe, und ihre Aufgeregtheit war spürbar, als ihre Antworten passten. Mitch rief

„Katze!" – genau das, was Nicole geraten hatte. Dann war sie an der Reihe, ihre Vorliebe zu verraten. Ihr Herz pochte heftig, und ihre rechte Hand wurde feucht, während alle auf ihre Antwort warteten. Da sie sich nicht darauf verlassen konnte, dass Penny und Graham aus eigener Kraft die nächste Runde gewinnen würden, kam sie zu dem Schluss, dass ihr keine andere Wahl blieb, als den Wettbewerb jetzt zu beenden. Sämtliche Zweifel beiseiteschiebend rief sie: „Katze!"

Mitch starrte sie mit offenem Mund an und drehte fassungslos seine Karte um, auf dem die eigentlich richtige Antwort stand: „Hund." Damit waren Penny und Graham die Hauptgewinner. Sie jubelten und brüllten vor grenzenloser Freude, und die Gäste stimmten applaudierend und pfeifend ein. Nicole wandte den Blick ab von Mitchs noch immer benommenem Gesichtsausdruck. Sie stand auf und gratulierte Penny zum Gewinn der hunderttausend Dollar.

Die andere Frau umarmte sie überschwänglich. Nicole erwiderte die Umarmung und zuckte zusammen, als der Gips dabei einen Stoß bekam.

„Herzlichen Glückwunsch, Penny", sagte Nicole, nachdem die andere sie losgelassen hatte. „Ihre Familie wird stolz auf Sie sein."

„Vielen Dank, Nicole." Penny strahlte über das Kompliment. „Mein Bruder bedeutet mir so viel, und dieses Geld wird ihm sehr helfen bei der Herztransplantation."

„Ich weiß." Nicole lächelte. „Er kann sich wirklich glücklich schätzen, eine Schwester wie Sie zu haben."

Pennys Freude war ansteckend und machte Nicole stolz, das Richtige getan zu haben. Diesen Wettkampf absichtlich zu verlieren, war für sie die schwierigste und zugleich befreiendste Entscheidung gewesen, die sie je getroffen hatte. Doch gab sie sich keinen Illusionen hin, dass die Konsequenzen unangenehm sein würden. Angefangen mit Mitch. Ihr blieben nur noch wenige Sekunden, bis er den überfüllten Raum durchquert hatte und sie zur Rede stellte.

Nicole berührte Pennys Arm, um noch einmal ihre Aufmerksamkeit zu bekommen für eine weitere rebellische Entscheidung.

„Penny … ich würde gern meine Hälfte des zweiten Preises für den Treuhandfonds für Ihren Bruder spenden."

Penny schnappte überrascht nach Luft. „Oh, Nicole …" Tränen der Dankbarkeit füllten ihre Augen. „Das ist unglaublich großzügig. Ich weiß nicht, was ich sagen soll."

„Da gibt es nichts zu sagen", erwiderte Nicole. „Ich möchte es spenden, und ich werde Merrilee veranlassen, dass die fünfundzwanzigtausend an den Fonds überwiesen werden."

Graham trat zu ihnen und unterbrach die beiden mit seinem Jubel. „Wir haben es geschafft!" Er hob Penny hoch und wirbelte sie herum.

Im nächsten Moment stand Mitch vor Nicole. Ihr Mut sank angesichts seiner finsteren Miene und dem Funkeln in seinen Augen.

Er verschränkte die Arme vor der Brust. „Möchtest du mir vielleicht mal erklären, was hier eigentlich los ist?"

Sie hob das Kinn. „Ich weiß nicht, was du meinst."

Seine Wangenmuskeln zuckten, seine Augen verengten sich zu schmalen Schlitzen. „Du weißt verdammt gut, was ich meine. Du hast die letzte Frage absichtlich falsch beantwortet. Wir hatten jede Chance zu gewinnen, und du hast mit Absicht verloren. Ich fasse es nicht."

Natürlich würde er ihre Gründe nicht verstehen, wo sie doch einzig und allein auf dieser Insel gewesen waren, um diesen Wettbewerb zu gewinnen.

„Es tut mir leid." Das war die einzige Antwort, die sie ihm jetzt geben konnte. Das Durcheinander der Gefühle in ihr schaffte sie. Sie schluckte hart und betete, wenigstens noch ein paar Augenblicke lang die Fassung bewahren zu können. „Ich fühle mich nicht gut. Würdest du mir bitte einen großen Gefallen tun und für uns den Preis für den zweiten Platz entgegennehmen?" Ohne ihm die Möglichkeit zur Ablehnung zu geben, schob sie sich an ihm vorbei und mischte sich unter die Gäste, sodass er ihr nicht folgen konnte.

„Nicole!"

Sie hörte ihn ihren Namen rufen, doch sie blieb nicht stehen. Denn sie würde es nicht ertragen können, seine Enttäuschung zu sehen.

11. KAPITEL

Mitch leerte sein zweites Bier, schob die Flasche über den Tresen und bestellte ein Drittes von dem Mann, der bei der Abschiedsparty die Drinks serviert. Eine Stunde war vergangen, seit Nicole ihn verlassen hatte, und er konnte sich noch immer keinen Reim darauf machen, wieso sie absichtlich die letzte Runde verloren hatte. Nachdem sie die ganze Woche so hart gearbeitet hatte, machte sie ihre Bemühungen plötzlich zunichte. Das widersprach völlig ihrem Charakter.

Mitch hatte zwar wie von ihr gewünscht für sie beide den Preis entgegengenommen, brachte jedoch für die anschließende Feier keine Begeisterung mehr auf. Nicht ohne Nicole. Und so abrupt, wie sie verschwunden war, hätte es auch keinen Sinn gehabt, ihr nachzulaufen. Aber schon vor der Niederlage war sie sehr distanziert gewesen.

„Ärger mit einer Frau?"

Erschrocken über die tiefe männliche Stimme, die ihn aus seinen Gedanken riss, hob Mitch den Kopf. Zunächst erkannte er die Person nicht, die ein Stück von ihm entfernt mit einem Drink in der Hand im Schatten stand. Doch dann sah er, dass es sich um C.J. Miller handelte, den Piloten. Nur trug er jetzt keine Kappe und Fliegerbrille mehr wie sonst. Auch der graue Schnauzbart war verschwunden, und die Haare waren kurz geschnitten, was ihm ein beinah vornehmes Aussehen verlieh.

Mitch trank einen großen Schluck von dem Bier, das der Barkeeper ihm hingestellt hatte, und wandte sich mit einem schiefen Grinsen an C.J. „Ist mir das so deutlich anzusehen?"

C.J. lächelte. „Ich muss zugeben, ich habe Ihre Partnerin vorhin davonlaufen sehen. Und dass Sie an der Bar sitzen, ist auch kein gutes Zeichen."

Mitch hob eine Braue. „Da Sie selbst mit einem Drink hier stehen und sich unauffällig verhalten, nehme ich an, dass Sie ebenfalls Ärger mit einer Frau haben."

„Das weiß ich noch nicht. Aber ich werde es bald herausfinden." Er hob das Glas und schwenkte die bernsteinfarbene Flüssigkeit darin. „Ich muss mir erst ein wenig Mut antrinken."

Neugierig fragte Mitch: „Und wofür brauchen Sie Mut?"

„Um endlich für das zu kämpfen, wonach ich mich schon so lange sehne, um die Frau, die ein Teil meines Herzens ist, seit ich gelernt habe, was Liebe überhaupt ist." Er zögerte, und sein Blick wanderte zu jemandem in der Menge. „Ich habe sie gehen lassen, obwohl ich hätte um sie kämpfen müssen, und jetzt habe ich eine zweite Chance bekommen, alles richtig zu machen, wieder gutzumachen, dass ich beim ersten Mal so dumm gewesen bin. Nur bin ich nach all den Jahren der Trennung nicht sicher, wie sie reagieren wird."

Mitch folgte dem Blick des Piloten und war erstaunt, wem C.J.s Aufmerksamkeit galt. „Sie sind in Merrilee verliebt?"

„Ja, das bin ich", gestand der andere offen. „Ich bin ihr in den letzten Wochen aus dem Weg gegangen, seit ich als Pilot für die Inseln eingestellt wurde. Aber heute Abend ist der Moment der Entscheidung gekommen."

Mitch trank einen weiteren Schluck Bier und bemerkte C.J.s Unsicherheit. Das ließ auf eine lange, interessante Geschichte zwischen diesen beiden verwandten Seelen schließen. „Ich nehme an, Sie haben selbst eine wilde Fantasie, die Sie hoffen ausleben zu können, wie?"

C.J. nickte. „Ja, so könnte man sagen. Aber genug von mir und meinen Problemen. Mir scheint, als könnten Sie einen Rat brauchen von einem alten Mann, der seine Erfahrungen mit Frauen gemacht hat."

Mitch zuckte die Schultern. „Ich bin ganz Ohr."

„Haben Sie keine Angst, etwas zu riskieren und um das zu kämpfen, was Sie wollen. Wichtiger ist jedoch, dass Sie nicht mehr Zeit als nötig vergeuden, denn dadurch wird es nur schwieriger, die Distanz zwischen ihnen zu überwinden."

Offenbar sprach der Mann aus seiner Erfahrung mit Merrilee. Aber Nicole war ein ganz anderer Typ. „Die Sache ist nur die, dass sie diejenige ist, die auf Distanz geht."

„Es sieht aber auch nicht gerade danach aus, als würden Sie viel dafür tun, sie zu überwinden", konterte C.J. und leerte sein Glas.

Mitch runzelte die Stirn. „Sie ist störrisch, selbstbewusst und mag es gar nicht, wenn man ihr sagt, was sie tun soll ..."

„Und Sie lieben sie", stellte C.J. fest.

Als würde es jetzt noch einen Unterschied machen, ob er sie liebte oder nicht. „Ja, das tue ich."

„Weiß sie es?"

Mitch schüttelte den Kopf. „Nein." Wenn er ehrlich war, hatte er Angst davor, dass sie ihn zurückweisen könnte.

„Dann müssen Sie mit Ihr reden, mein Sohn. Lassen Sie sie nicht kampflos ziehen, sonst werden Sie es für den Rest Ihres Lebens bereuen." C.J. stellte sein leeres Glas auf die Bar und grinste. „Und jetzt gehe ich und befolge meinen eigenen Rat."

Mitch prostete C.J. zu. „Viel Glück."

„Ihnen auch." C.J. klopfte ihm freundschaftlich auf den Rücken. „Ich hoffe, wir kriegen beide die Frau, die wir lieben."

Mitch sah dem Piloten nach, der den dunklen, nur von Fackeln beleuchteten Pfad hinunterging, der zum Haupthotel der Anlage führte. Da er einen ruhigen Ort zum Nachdenken darüber brauchte, was er als Nächstes tun sollte, trank er sein Bier aus und beschloss, zum Strand zu gehen.

Gerade als er aufstand, kam Graham an die Bar, entdeckte ihn und winkte ihn zu sich. „He, Mitch, wo steckt Nicole? Ich habe sie schon gesucht, aber sie scheint hier nirgends zu sein."

„Sie fühlte sich nicht gut und ist früh zu Bett gegangen", entgegnete er, indem er Nicoles Erklärung benutzte. „Ich vermute, ihr Handgelenk hat ihr zu schaffen gemacht."

„Zu schade, dass sie die Abschiedsparty verpasst." Graham gab seine Bestellung beim Barkeeper auf und wandte sich wieder Mitch zu. „Ich hatte gehofft, ihr persönlich dafür danken zu können, was sie für Pennys Bruder getan hat."

Mitch nahm seine Brieftasche, legte ein paar Scheine Trinkgeld auf den Tresen und dachte über Grahams seltsame Bemerkung nach. „Wie bitte?"

Graham schob mit dem Zeigefinger seine Brille hoch. „Hat sie es Ihnen nicht gesagt?"

Mitch hatte keine Ahnung, was los war. Aber er würde es herausfinden. „Was gesagt?"

„Sie hat ihre Hälfte vom Preis für den zweiten Platz Pennys Bruder gespendet."

Mitch hatte das Gefühl, als hätte ihm jemand in den Magen geboxt. „Nein, das wusste ich nicht." Wieso hatte sie ihm das nicht erzählt?

„Sie ist unglaublich." Graham nahm seinen Drink vom Barkeeper entgegen und trank einen Schluck. „Ich kenne nicht viele Menschen, die so etwas für einen Fremden tun würden. Da haben Sie eine ganz besondere Frau."

Mit diesen Worten kehrte Graham zu Penny und der Party zurück. Mitch stand allein da und dachte über Grahams Bemerkung nach. Ganz allmählich dämmerte es ihm. Plötzlich ergab es einen Sinn, weshalb sie auf den Sieg verzichtet hatte: Sie wollte sichergehen, dass Penny den Hauptpreis für ihren Bruder gewann. Und dafür hatte sie selbst etwas aufgegeben, wonach sie sich ihr ganzes Leben lang gesehnt hatte – die Anerkennung ihres Vaters.

Mitch schob die Hände in die Taschen seiner Shorts und ging zum Strand hinunter. Er hatte Respekt vor Nicoles Großzügigkeit, aber sie erstaunte ihn nicht. Ihre Selbstlosigkeit war nur ein Grund, weshalb er sich in sie verliebt hatte. Ihre menschlichen Qualitäten waren es, die sie für ihn so einzigartig machten. Um nicht verletzt zu werden, gab sie sich nach außen hin hart. Doch dieser Abend hatte bewiesen, wie sanft und selbstlos sie im Grunde war.

Er fand einen Liegestuhl und setzte sich, um den Wellen zu lauschen und das silberne Mondlicht auf dem Wasser zu beobachten. Er hatte keine Ahnung, wie er die Sache mit Nicole angehen sollte, obwohl C.J. ihm einen vernünftigen Rat erteilt hatte. Aber wie sollte er mit ihrem Unabhängigkeitsdrang umgehen? Er wusste es einfach nicht. Alles, was er wusste, war, dass er nichts tun wollte, um sie zu ändern. Nur glaubte sie das offenbar.

Was eine weitere Frage aufwarf: Konnte er mit einer Frau leben, die darauf bestand, sich auf niemanden außer auf sich selbst zu verlassen? Er war so daran gewöhnt, sich um jeden um ihn herum zu kümmern. Sie dagegen war vollkommen unabhängig und eigensinnig.

Trotzdem war die Antwort ein eindeutiges Ja. Er konnte sie so akzeptieren, wie sie war, wenn sie lernen würde, sich selbst zu akzeptieren. Und das war etwas, was er nicht kontrollieren konnte. Sie musste die Kraft finden, an ihn zu glauben, ihm zu vertrauen und wissen, dass er immer für sie da sein würde – in guten wie in schlechten Zeiten.

Er holte tief Luft, lehnte sich auf dem Liegestuhl zurück und faltete die Hände hinter dem Kopf. Vorerst musste er dem Impuls, zu ihr zu gehen, widerstehen. Er würde ihr bis morgen Zeit geben, um zu erkennen, dass er ein Mann war, von dem sie alle Liebe und Anerkennung bekommen würde, die sie brauchte.

Und falls sie es bis dahin nicht eingesehen hatte, würde er sie davon überzeugen müssen.

Nicole kaute auf ihrem Daumennagel und starrte nervös auf das Telefon. Ewig würde sie das Unausweichliche nicht aufschieben können.

Sie musste ihre Eltern anrufen und ihnen sagen, dass sie nicht nur nicht den ersten Preis gewonnen, sondern auch noch ihre Hälfte des Preises für den zweiten Platz jemand anderem gespendet hatte.

Es war vor allem die Reaktion ihres Vaters, die sie fürchtete. Erstens seine Enttäuschung über die Niederlage. Dann seine Kritik, weil sie ihr gewonnenes Geld weggegeben hatte. Inzwischen erwartete sie nur noch allgemeine Ablehnung von ihm. Nur machte es das nicht leichter für sie. Aber wie stets in ihrem Leben, wenn sie in ähnlichen Situationen steckte, würde sie auch diese überstehen.

Sie holte noch einmal tief Luft, um sich zu beruhigen, dann nahm sie den Hörer ab und wählte die Nummer ihrer Eltern. Beim zweiten Klingeln meldete sich ihre Mutter mit einem leisen „Hallo?"

Nicole brachte ein Lächeln zustande, obwohl niemand es sehen konnte.

„Nicole, Liebes", rief ihre Mutter aus, offenbar erfreut, von ihr zu hören. Nicole hörte, wie ihre Mutter ihrem Vater etwas zurief, ehe sie sich wieder an ihre Tochter wandte. „Ich habe gerade an dich gedacht und mich gefragt, wie es auf Wild Fantasy läuft. Ist der Wettbewerb vorbei?"

Nicole schluckte, da ihr Hals wie zugeschnürt war. „Ja, Mom, er ist vorbei."

„Hat sie gewonnen?", polterte ihr Vater im Hintergrund.

Nicole verzog das Gesicht und kämpfte gegen das vertraute Gefühl des Versagens an, das langsam wieder in ihr hochkroch.

„Halt dich zurück, Larry", meinte ihre Mutter tadelnd, um dann wieder in den Hörer zu sprechen. „Wie ist es für dich und Mitch gelaufen?"

„Wir sind Zweite geworden." Niemand außer Mitch brauchte je zu erfahren, dass sie absichtlich verloren hatte und warum. Weder ihre Mutter, noch Penny, nicht einmal Merrilee. Es war ganz allein ihr Geheimnis.

„Das ist doch fantastisch!" Die Begeisterung ihrer Mutter war echt. „Einer der drei Gewinner zu sein ist doch schon eine große Leistung!"

„Da ist noch etwas, was ich dir sagen muss", meinte Nicole und fuhr rasch fort, ehe sie es sich anders überlegen konnte. „Ich habe meine Hälfte des Gewinns einem anderen wohltätigen Zweck gestiftet."

„Oh", war zunächst alles, was ihre Mutter darauf erwiderte.

Nicole schloss die Augen und schwor sich, sich nicht verunsichern oder die Freude nehmen zu lassen, die sie empfunden hatte, als sie den Wettkampf gegen Penny verloren hatte. „Das Geld geht an einen wirklich guten Zweck", erklärte sie und wickelte die Telefonschnur um ihren Finger. „Es ist für einen achtzehnjährigen Jungen, der eine Herztransplantation braucht, und das Geld geht in einen Treuhandfonds, aus dem die Operation und die Behandlungskosten bezahlt werden. Seine Schwester ist hier auf der Insel und hat versucht, den Wettbewerb für ihn zu gewinnen. Sie hat den ersten Platz gewonnen, aber da ich wusste, dass das Geld noch nicht ausreichen würde ..."

„Liebes", unterbrach ihre Mutter sie sanft. „Ich gebe zu, dass ich für einen Moment perplex war. Aber was du getan hast, war sehr lobenswert. Das Preisgeld gehörte dir, und du konntest damit tun, was du für richtig hieltest. Ich stehe voll und ganz hinter deiner Entscheidung. Es wird noch andere Veranstaltungen für meine Organisation geben, aber dieser Junge hat nur eine Chance. Ich bin sehr stolz auf dich."

Die Tränen, die sie bisher so tapfer zurückgehalten hatte, liefen jetzt angesichts dessen, was ihre Mutter ihr gegeben hatte – Lob für eine gute Tat und bedingungslose Unterstützung. „Danke, Mom, für dein Verständnis", flüsterte sie.

„Was hat Nicole diesmal angestellt?", fragte Larry irgendwo aus dem Hintergrund.

Es fiel Nicole plötzlich leichter als in der Vergangenheit, die Stimme ihres Vaters zu ignorieren. Sie brauchte nicht mit ihm zu sprechen. Nicht, weil seine Meinung ihr egal war, sondern weil sie endlich stolz auf sich selbst war. Sie war nicht länger das kleine Mädchen, das den Segen seines Vaters brauchte, sondern eine erwachsene Frau, der bereits ein guter Mann den Rücken stärkte. Der beste Mann. Mitch.

Es war ein sehr langer Tag gewesen, doch schließlich wünschte Merrilee Danielle eine gute Nacht, als die Abschiedsparty zu Ende war. Dann ging sie zu den Fahrstühlen, die sie zu ihrer Suite hinaufbringen würden.

Der letzte Wettbewerb war spannend gewesen, und sie hatte sich gefreut, den Gewinnern die Preise überreichen zu können. Alles in allem war die Woche ein voller Erfolg gewesen. Viele Partner hatten dabei zusammengearbeitet, um ihre persönlichen Stärken zur Geltung zu bringen und Schwächen zu überwinden. Es hatte einige romantische Verbindungen gegeben und sehr viele ausgelebte Fantasien, was am Ende der Veranstaltung immer eine schöne Sache war.

Merrilee drückte den Knopf, wartete auf den Fahrstuhl und hoffte, dass sich die Dinge zwischen Nicole und Mitch klärten. Ihr war eine Veränderung zwischen den beiden aufgefallen, nachdem sie aus der Wildnis zurückgekehrt waren. Auch während des Frage-und-Antwort-Spiels war eine Angespanntheit zwischen ihnen zu spüren gewesen. Außerdem war es ganz sicher kein gutes Zeichen, dass Nicole die Veranstaltung unmittelbar nach dem Quiz verlassen hatte.

Zuerst hatte Merrilee angenommen, Nicole sei wegen ihrer Verletzung verschwunden. Doch dann hatte sie Mitch beobachtet und die typischen Anzeichen eines Mannes gesehen, der sich wegen einer Frau grämte. Irgendetwas war zwischen ihnen vorgefallen. Obwohl Merrilee gern die Vermittlerin gespielt hätte, um ihnen ein Happy End zu ermöglichen, wusste sie doch, dass es hier um eine Fantasie ging, die nur die beiden sich erfüllen konnten. Merrilee glaubte an das Schicksal, und wenn es so sein sollte, würden Nicole und Mitch einen Weg zueinanderfinden.

Die Fahrstuhltüren öffneten sich leise, und Merrilee betrat die Kabine. Endlich konnte sie ihrer eigenen Enttäuschung freien Lauf lassen. Heute Abend war das Schicksal eindeutig nicht auf ihrer Seite gewesen. Den ganzen Tag lang hatte sie ein unterschwelliges Gefühl der Vorfreude verspürt, da sie sicher war, auf der Abschiedsparty endlich C.J. näher kennenzulernen. Doch dann war ihre Hoffnung zunichtegemacht worden, denn er tauchte nicht auf.

Es hätte sie nicht überraschen dürfen, dass er sie wieder versetzt hatte. Seit Wochen ging er ihr nun schon aus dem Weg, und allmählich begann sie sich zu fragen, ob der Mann vielleicht eine Art Zauberkünstler war oder ein Phantom.

Jetzt war es zu spät, etwas gegen ihren Piloten zu unternehmen, der ihre Anweisungen missachtete. Aber gleich morgen früh werde ich ihn in mein Büro zitieren und ihm unter Umständen wegen Arbeitsverweigerung seine Papiere aushändigen, dachte sie und wusste zugleich, dass sie sich von ihrer Frustration hinreißen ließ. Sie war ehrlich genug, sich einzugestehen, dass beruflicher Ärger nicht der Hauptgrund für ihre Enttäuschung war. Es war eher etwas Persönliches.

Sie musste noch immer das Buch mit Shakespeares Sonetten zurückgeben. Inzwischen hatte sie es sich zum Ritual gemacht, C.J.s Buch abends mit ins Bett zu nehmen. Jeden Abend einige der romantischen Sonette zu lesen, brachte ihr die wundervolle Erinnerung an ihren geliebten Charlie zurück und füllte die Leere in ihr, mit der sie schon so lange lebte. Und deshalb hatte sie C.J. heute Abend treffen wollen – privat, nicht als Pilot –, denn er hatte ihr die Erinnerung an Charlie zurückgebracht und in ihr eine unbewusste Hoffnung auf die Zukunft geweckt. Eine Hoffnung, die er wieder zerstört hatte, als er sein Versprechen brach und sich auf der Abschiedsparty nicht blicken ließ.

Die Klingel kündigte die Ankunft des Fahrstuhls im obersten Stockwerk des Hotels an, und Merrilee trat hinaus und ging den langen Flur zu ihrer Suite hinunter. Der Duft von Rosen stieg ihr in die Nase, und sie runzelte überrascht die Stirn. Jetzt spielte ihre Wahrnehmung ihr schon Streiche. Gedankenverloren berührte sie das Rubinherz an ihrer Kette, die sie nicht abgenommen hatte, seit sie sie von ihrem heimlichen Verehrer erhalten hatte, der sich noch immer nicht zu erkennen gegeben hatte. Sie schüttelte den Kopf. Allmählich fragte sie sich, ob sie vielleicht Urlaub brauchte.

Sie lachte über ihre Dummheit, nahm die Magnetkarte aus ihrer Hosentasche und öffnete ihre Tür. Drinnen war es dunkel, und erneut nahm sie den Rosenduft wahr, nur stärker diesmal.

Verwirrt und verblüfft schaltete sie das Licht ein und schnappte beim Anblick ihrer Suite erschrocken nach Luft. Der ganze Flur und das, was sie von ihrem Wohnzimmer sehen konnte, war voll mit Dutzenden und Dutzenden rubinroter Rosen. Buchstäblich Hunderte bedeckten jede freie Fläche. Sogar der Teppich war mit den samtigen Blütenblättern bestreut.

Merrilee wusste nicht, was sie davon halten sollte. Vorsichtig trat sie näher und blieb abrupt stehen, als sie einen Mann in ihrem Sessel im Wohnzimmer sitzen sah. Ein Mann, der aussah wie C.J., allerdings ohne Kappe, Sonnenbrille und Schnauzbart. Ein Mann, der außerdem eine unheimliche Ähnlichkeit mit Charlie besaß. Es waren vor allem seine Augen, die sie fesselten – sie waren von einem tiefen, klaren Blau und schienen direkt in ihre Seele zu blicken.

Er lächelte und deutete auf die Blumen. „Weil es deine Lieblingsblumen sind“, sagte er mit tiefer und beklemmend vertrauter Stimme.

Merrilee schüttelte heftig den Kopf, doch er blieb dort, wo er war. Er musste ein Traum sein. Ein Geist. Eine Erscheinung. Irgendetwas in der Art, denn auf keinen Fall konnte dieser Moment Wirklichkeit sein. „C.J. … Charlie?“ Sie fühlte, wie sich der Raum um sie drehte. Dennoch gelang es ihr irgendwie, die Fassung zu bewahren.

Er wollte aufstehen, doch sie hob die Hand, um ihn aufzuhalten.

„Bleiben Sie, wo Sie sind", forderte sie ihn mit Bestimmtheit auf und war froh, dass er gehorchte. „Wer sind Sie?"

Er sah sie unverwandt und aufrichtig an. „C.J. Miller … und Charlie Miller."

Oh Gott! Woher wusste er von Charlie? Wütend über die Vorstellung, dass jemand Spielchen mit ihr trieb, straffte sie die Schultern. „Falls das irgendein grausamer Streich sein soll …"

„Es ist kein Streich, Merrie", versicherte er ihr, indem er sie mit dem Namen ansprach, den nur Charlie benutzt hatte. „Ich bin es. Charlie."

Zorn und Ungläubigkeit schnürten ihr die Kehle zu. „Aber das ist unmöglich! Charlie ist vor über dreißig Jahren im Krieg gefallen!"

„Ja, ein Teil von ihm starb im Krieg", erklärte er, ohne den Blick von ihr abzuwenden. „Aber der beste Teil von ihm lebt … der Teil, der nie aufgehört hat, dich zu lieben."

Ihr Herz zog sich zusammen, und Tränen unvernünftiger Hoffnung stiegen ihr in die Augen. Sie wollte ihm glauben und konnte die Ähnlichkeit, die auch nach dreißig Jahren noch vorhanden war, nicht leugnen. Dennoch ergab das alles keinen Sinn, denn sie hatte in der Gewissheit gelebt, die einzig wahre Liebe ihres Lebens verloren zu haben.

So viele Fragen wirbelten ihr durch den Kopf, doch alles, was sie herausbrachte, war: „Wie … warum?"

Die zwei Wörter drückten alles aus, was sie wissen musste, und er verstand. Und so begann er ganz von vorn seine Geschichte zu erzählen, während sie vor ihm stand, unfähig, sich zu bewegen, und ihm zuhörte. Er berichtete vom Schrecken des Krieges, seinem verzweifelten Versuch, sein Leben zu retten und von seiner Kriegsgefangenschaft. Davon, wie er zurückgekehrt war und feststellen musste, dass sie Oliver geheiratet hatte. Dass er es für das Beste gehalten hatte, sich nicht in ihr neues Leben und ihre neue Beziehung einzumischen. Er erzählte ihr von seiner Ehe mit Evelyn, seinen zwei Töchtern, die er sehr liebte, und dass er trotzdem nie aufgehört hatte, an Merrilee zu denken und sie zu lieben. Nach dem Tod seiner Frau hatte er erfahren, dass Merrilee ebenfalls verwitwet war und eine Kette exklusiver Ferienanlagen besaß.

Er hatte bei ihr als Pilot angeheuert, um in ihrer Nähe zu sein, hatte ihr als heimlicher Verehrer all die Geschenke gesandt, einschließlich des Bandes mit den Sonetten Shakespeares, um ihre Erinnerung zu wecken. Es war tatsächlich das Buch, das sie ihm vor so vielen Jahren gegeben hatte, und es hatte ihm in den dunkelsten Stunden geholfen. Die Widmungsseite war von einer rachsüchtigen Wache herausgerissen worden. Seine Geschenke und jeder Schritt, den er unternommen hatte, dienten dazu, herauszufinden, ob und was zwischen noch war.

Überwältigt von allem, was auf sie eingestürmt war, vergrub Merrilee ihr Gesicht in den Händen und ließ ihren Emotionen freien Lauf. Sie bebte am ganzen Körper, während sie all das beweinte, was sie verloren hatten. Aber nach und nach wurden ihre Tränen der Trauer ersetzt durch Freudentränen über die zweite Chance, die sie erhalten hatten.

Sie fühlte seine Arme um sich, vertraut und stark, und endlich schmiegte sie sich an ihn, klammerte sich an ihn, als würde sie ihn nie mehr loslassen. Das wollte sie tatsächlich nicht, aus Angst, alles könnte nur ein schöner Traum gewesen sein. Doch seine Umarmung war beruhigend, die Wärme seines Körpers echt.

„Es tut mir so leid, Merrie", murmelte er und streichelte ihren Rücken, um das Zittern zu beruhigen, das sie noch immer durchlief. „Ich habe dir niemals wehtun wollen. Wenn ich die Zeit zurückdrehen und alles anders machen könnte, würde ich es tun. Aber eines ist wahr geblieben und wird es immer sein, und das ist meine Liebe zu dir."

Sie löste sich ein Stück von ihm, um ihn anzusehen, und sprach die Worte aus, von denen sie geglaubt hatte, sie nie wieder zu sagen. „Ich liebe dich auch, Charlie."

Er küsste sie, und es war, als wären sie nie getrennt gewesen. Ihre Umarmung drückte Zärtlichkeit, Leidenschaft und Verlangen aus. Es war alles da, zusammen mit einer tiefen Verbindung, die die Jahre der Trennung überdauert hatte.

Der Kuss endete, doch Charlie hielt sie fest an sich gedrückt. „Weißt du, mir gefällt dein Unternehmen inzwischen. Anscheinend gelingt es mir, ein gutes Verhältnis zu deinen Gästen aufzubauen." Er grinste mutwillig. „Und ich hoffe doch sehr, dass du mich behältst."

Sie lachte und fühlte sich wie das fröhliche, unbekümmerte Mädchen, das er in ihrer Jugend gekannt hatte. „Vor ein paar Stunden war ich schon so weit, dass ich dich feuern wollte."

Er grinste. „Du vergisst, wie unwiderstehlich ich sein kann."

„Ich erinnere mich sehr schnell wieder daran, und ich bin sicher, dass du mich überzeugen kannst, dich zu behalten."

Seine Miene wurde ernst. „Vielleicht ist das ein wenig voreilig von mir, aber ich möchte eine Zukunft mit dir, Merrie. Ich möchte ein Teil deines Lebens sein, und zwar ständig. Ich will das, was uns so viele Jahre lang verwehrt geblieben ist."

Sie betrachtete sein Gesicht und wagte nicht zu hoffen. „Was willst du mir damit sagen?"

Er ließ sie los, und sofort vermisste sie seine Wärme. „Ich schwöre, dass ich es diesmal richtig mache." Mit einem nervösen Lachen zog er ein kleines schwarzes Schmuckkästchen aus der Hosentasche. „An dem Tag, an dem ich aus dem Krieg heimkehrte, kaufte ich dir diesen Ring. Da wusste ich noch nicht, dass du verheiratet bist. Aber ich gab den Ring nicht zurück. Stattdessen träumte ich von diesem Augenblick."

Er öffnete das Kästchen, in dem ein Verlobungsring aus Weißgold mit einem Dutzend funkelnder Diamanten lag. Der Stil war zeitlos und klassisch, und damals musste der Ring ihn ein Vermögen gekostet haben.

Er kniete nieder, nahm ihre Hand und sah ihr tief in die Augen. „Merrilee Schaefer-Weston, wirst du mir die Ehre erweisen, meine Frau zu werden? Mit mir alt zu werden und mich derjenige sein zu lassen, der dir deine Wünsche und Sehnsüchte erfüllt?"

„Oh ja", hauchte sie, benommen vor Glück.

Und als ihre einzige und wahre Liebe ihr den Ring auf den Finger schob, erfüllte sich Merrilees schönster Traum.

Mitch konnte nicht länger warten. Nachdem er die Nacht am Strand verbracht und über seine Beziehung mit Nicole gegrübelt hatte, ging er im Morgengrauen zu ihrer Hütte, um C.J.s Rat zu befolgen. Er würde kämpfen und keine Zeit mehr vergeuden.

Er wollte ihr sagen, was er empfand und ihr seine Liebe gestehen. Und falls sie dann immer noch vorzog, ihre Gefühle zu ignorieren und getrennt von ihm nach Colorado zurückzukehren, würde sie sich dabei wenigstens so elend fühlen wie er.

Zufrieden mit seinem Plan klopfte er an ihre Tür, laut und wiederholt, bis er ihre verschlafene Stimme hörte. „Ich komme ja schon." Die Tür ging auf, während Nicole noch ihren seidenen Morgenmantel zuband. „Mitch!"

Bevor sie ihn wegschicken oder ihm die Tür vor der Nase zuschlagen konnte, schob er sich an ihr vorbei.

Sie folgte ihm und musterte ihn. „Wo bist du gewesen? Du siehst ja grässlich aus."

„Ich habe die Nacht auf einem Liegestuhl am Strand verbracht. Wir müssen uns unterhalten, und ich gehe nicht eher, bis wir ein paar Dinge geklärt haben."

Ihre Miene verriet Wachsamkeit. Aber sie wies ihn nicht ab. „Na schön."

Dass sie so schnell nachgab, verblüffte ihn für einen Moment. Er stemmte die Hände in die Hüften. „Erstens, ich weiß, wieso du den letzten Wettkampf absichtlich verloren hast."

„Ach ja?"

„Ja. Graham kam zu mir, nachdem du die Party verlassen hattest. Er sagte, er wolle dir dafür danken, dass du deine Hälfte des Geldes für den zweiten Preis dem Treuhandfonds für Pennys Bruder spendest."

Sie strich sich die vom Schlaf zerzausten blonden Haare hinter die Ohren. Ihre Miene blieb weiterhin misstrauisch. „Ja, das stimmt", sagte sie leise.

„Und dann fing ich an, darüber nachzudenken, weshalb du beim Quiz absichtlich falsch geantwortet hast, obwohl du die Antwort hättest wissen müssen." Langsam kam er auf sie zu und blieb einen halben Meter vor ihr stehen. „Du hast es für Penny getan, nicht wahr? Damit sie den ersten Preis für ihren Bruder gewinnt."

Sie hob das Kinn. „Ja. Sie brauchte das Geld dringender als wir."

Er unterdrückte ein Grinsen und war froh, die störrische, unabhängige Frau wieder zu erleben, die er liebte. „Da stimme ich dir zu. Und indem du den Wettbewerb absichtlich verloren hast, hast du auch auf die Chance verzichtet, die Anerkennung deines Vaters zu erringen."

Sie wandte den Blick ab. „Zu dem Zeitpunkt habe ich daran nicht gedacht."

Nein, aber er war sicher, dass sie seither darüber nachgedacht hatte, und er fragte sich, ob sie ihre spontane Entscheidung inzwischen bereute. Mit einer zärtlichen Berührung gewann er ihre Aufmerksamkeit zurück. „Wieso hast du mir nicht gesagt, wieso du gegen Penny verloren hast, statt einfach so wegzulaufen?"

„Ich hatte Angst."

„Wovor?"

Sie schluckte. „Ich konnte deine Enttäuschung über mich nicht ertragen."

Er schüttelte ungläubig den Kopf. „Wenn du mich in dieser Woche kennengelernt hättest, hättest du gewusst, dass du mich niemals enttäuschen könntest. Frustrieren und auf die Palme bringen, ja. Aber niemals enttäuschen."

Sie biss sich auf die Unterlippe und flüsterte: „Ich weiß."

„Und wieso weißt du es jetzt und hast es gestern Abend noch nicht gewusst?"

Sie ging an ihm vorbei und zog die Vorhänge auf, um die Morgensonne hereinzulassen. Dann schaute sie solange auf das Meer hinaus, bis er dachte, sie würde nicht mehr antworten.

„Ich habe gestern Abend mit meiner Mutter telefoniert", sagte sie schließlich mit fester Stimme. „Im Hintergrund hörte ich meinen Vater fragen, ob ich gewonnen hätte. Alles in mir krampfte sich zusammen, weil ich ihm nicht nur gestehen musste, dass ich nicht den ersten Preis gewonnen habe, sondern meine Hälfte vom zweiten Preis auch noch weggegeben habe. All diese Unsicherheit kehrte plötzlich wieder ..." Sie drehte sich zu ihm um. Die Finger ihrer unverletzten Hand spielten mit dem Gürtel des Morgenmantels. „Also erzählte ich meiner Mutter alles. Natürlich war sie verblüfft, dass ich mein Geld einem anderen Zweck gespendet habe. Aber weißt du was?"

„Was?"

„Sie sagte mir, dass sie meine Entscheidung unterstütze. Und da wusste ich, dass auch du es tun würdest. Plötzlich spielte es für mich keine Rolle mehr, was mein Vater dachte. Ich fühlte mich so gut wegen dem, was ich für Penny getan hatte, dass ich das Lob meines Vaters zur Bestätigung einer Entscheidung, die ich mit dem Herzen getroffen hatte, nicht mehr brauchte." Ein Lächeln erschien auf ihrem Gesicht. „Ich bin nicht mehr die gleiche Person, die ich war, als ich vor einer Woche zum ersten Mal diese Insel betreten habe. Jetzt kehre ich heim mit etwas, das viel wichtiger ist als die Anerkennung meines Vaters."

„Und was ist das?"

„Nach allem, was ich je erreicht habe, bin ich endlich stolz auf mich. Und ich muss dir dafür danken, dass du mir den Mut gegeben hast, mich so zu akzeptieren, wie ich bin, ob ich nun gewinne oder nicht. Du hast mir beigebracht, dass gewinnen nicht alles ist, dass eine Niederlage auch ein Gewinn sein kann." Lächelnd umfasste sie seine unrasierten Wangen. „Denn ich habe dadurch meinen Seelenfrieden gewonnen. Meine Selbstachtung. Die Kraft, zu sagen, dass ich gut genug bin für dich. Und – das Wichtigste von allem – meine Liebe zu dir."

„Ach verdammt", murmelte er gespielt schmollend. „Das wollte ich doch zuerst sagen."

Nicole lachte. „Du liebst mich wirklich?"

„Wie könnte ich das nicht, nachdem wir diese Woche miteinander verbracht haben? Ich kann mir mein Leben nicht mehr ohne dich vorstellen."

„Bist du dir sicher, dass du es mit mir aushalten wirst? Ich kann manchmal ganz schön rechthaberisch sein …"

Er hob eine Braue. „Manchmal?"

„Und ein bisschen störrisch …"

Er lachte. „Ein bisschen?"

Sie verzog das Gesicht. „Du kennst all meine Fehler."

„Ja, die kenne ich", bestätigte er. „Und ich liebe dich trotzdem."

„Und ich kenne deine Fehler."

Er machte ein skeptisches Gesicht. „Ich wusste gar nicht, dass ich welche habe."

„Doch, deine verantwortungsbewusste, anständige, spießige Art."

Er seufzte und zog sie an sich. „Tja, dann muss ich mich wohl an dich halten, damit mein Leben immer aufregend und abenteuerlich genug ist."

„Ja, ich glaube, wir ergänzen uns ganz gut."

Daran hatte er keinen Zweifel. Er hob sie auf die Arme und trug sie den kurzen Flur hinunter zum Schlafzimmer.

„Was hast du vor?"

„Was ich schon die ganze Zeit tun will, seit wir aus der Wildnis zurückgekehrt sind", erwiderte er. „Ich werde mit dir in einem großen, weichen Bett schlafen." Vorsichtig legte er sie auf das zerwühlte Bett und streckte sich neben ihr aus, wobei er auf ihr Handgelenk achtgab. Dann band er ihren Morgenmantel auf, unter dem ein Seidenhemd mit dazu passendem Slip zum Vorschein kam. „Uns bleiben noch ein paar Stunden, bevor unsere Liebessklavenfantasie endet, und mir schweben ein paar sexy Dinge vor, die ich gern mit dir ausprobieren würde, wenn du einverstanden bist."

„Oh, absolut." Er schob das Oberteil über ihre Brüste, beugte sich über sie und begann, an einer der hoch aufgerichteten Knospen zu saugen. Nicole stöhnte vor Lust. „Ich wünschte, wir müssten diese Insel nicht verlassen", hauchte sie atemlos. „Zumindest noch nicht."

Er hob den Kopf und sah sie an. „Dann lass uns bleiben."

Mit einer Hand zerrte sie sein T-Shirt hoch, und er zog es für sie aus. Ihre Finger glitten über seine Brust, hinunter zu seinem Bauch. „Das ist eine wundervolle Idee. Aber wir können nicht bleiben."

„Und weshalb nicht?" Er ließ ihr keine Gelegenheit zu antworten, da er ihr das Hemd und den Slip auszog und sich anschließend seiner restlichen Sachen entledigte, sodass auch er nackt war. „Mit deinem gebrochenen Handgelenk kannst du ohnehin kaum arbeiten. Und ich fühle mich rebellisch genug, um meinen Bruder anzurufen und ihm zu sagen, er soll sich noch eine Woche um die Geschäfte kümmern." Es erstaunte ihn, wie angenehm ihm diese Vorstellung war, nachdem er sich so viele Jahre um alles gekümmert hatte. Jetzt war es an der Zeit, sich um sich selbst und seine eigenen Bedürfnisse zu kümmern. Und sein Glück begann mit dieser unglaublichen Frau, die nun sein war.

„Noch eine Woche?", meinte sie. „Wow, du fühlst dich aber wirklich rebellisch."

„Allerdings." Er fuhr ihr durch die weichen Haare und drängte sanft ein Bein zwischen ihre Schenkel. „Wollen wir etwas ganz und gar Impulsives tun, das alle zu Hause schockiert?"

„Du weißt, dass du mich so etwas nicht zwei Mal fragen musst", entgegnete sie amüsiert. „Was hast du denn vor?"

„Heirate mich, Nicole. Hier auf Wild Fantasy."

Sie blinzelte erstaunt. „Das kann nicht dein Ernst sein."

„Und ob." Er hob ihre rechte Hand und legte sie auf sein Herz. „In meinem Herzen habe ich das Gefühl, dass es das Richtige ist. Ich habe immer etwas für dich empfunden, aber ich brauchte diese Woche, um zu erkennen, dass ich schon seit Jahren in dich verliebt war. Ich liebe dich, und die Zeit wird daran nichts mehr ändern."

Ihre Augen füllten sich mit Tränen der Freude. „Du bist verrückt."

„Vielleicht bin ich das." Er wischte ihr eine Träne aus dem Augenwinkel. „Für dich würde ich am Bungeeseil von der höchsten Brücke der Welt springen. Ich würde Fallschirmspringen für dich. Ich …"

Lachend hielt sie ihm den Mund zu. „Wie könnte ich ablehnen? Ja, ich werde dich heiraten. Hier auf Wild Fantasy und so schnell wie möglich." Sie winkte ihn mit dem Finger zu sich. „Aber jetzt komm her, und halte dein Versprechen, Sklave."

„Ja, Herrin." Er grinste mutwillig, zog den Seidengürtel aus dem Morgenmantel und ließ ihn vielsagend durch die Finger gleiten. Seine erotischen Absichten machten sie neugierig und erregten sie.

Und als sie sich liebten, wusste Mitch, dass ein Leben mit Nicole die wildeste Fantasie von allen sein würde.

EPILOG

Eine Woche später

„Und damit erkläre ich beide Paare zu Mann und Frau." Der Pfarrer, der die private Zeremonie abhielt, lächelte den Frischvermählten zu, die unter einem Bogen aus Rosen, grünem Farn und Schleierkraut standen. „Charlie Miller und Mitch Lassiter, sie dürfen Ihre Braut jetzt küssen."

Im Hintergrund applaudierten die wenigen Gäste, die an der Zeremonie teilnahmen. Mit einem zufriedenen Seufzen legte Mitch nach dem Kuss seine Stirn an Nicoles und lächelte. „Jetzt muss ich dich wohl mit unseren Eltern teilen, wie?"

„Nur für eine Weile, Mitchell. Ich kann immer noch nicht glauben, dass es dir gelungen ist, sie zur Hochzeit hierher zu bekommen. Aber Merrilee hat für uns alle eine wunderbare Feier arrangiert."

Nicole war noch immer gerührt und erstaunt von der Geschichte, die Merrilee ihr und Mitch über C.J. erzählt hatte. Als Mitch darum gebeten hatte, auf Wild Fantasy getraut zu werden, hatte Nicole eine Doppelhochzeit vorgeschlagen.

Sie küsste Mitch noch einmal. „Ein paar Tänze, ein kleines Essen, ein Stück von der Hochzeitstorte, dann verschwinden wir in unsere Hochzeitsnacht."

Damit drehten sie sich um und gingen über den roten Läufer zu ihren Eltern, die als Überraschung von Mitch hergeflogen waren. Ihre Mütter umarmten sie und waren außer sich vor Glück, dass ihre beiden ältesten Kinder sich ineinander verliebt hatten. Dann wandte sich Nicole ihrem Vater zu, auf dessen Gesicht ein freundliches Lächeln lag. Außerdem schimmerten Tränen in seinen Augen, was so untypisch war für diesen Mann.

Er umarmte sie und küsste sie auf die Wange. „Du siehst wunderschön aus."

„Danke, Dad."

Larry schüttelte Mitch die Hand. „Passen Sie gut auf meine Tochter auf, Lassiter", ermahnte er ihn barsch.

„Ja, Sir." Mitch legte Nicole den Arm um die Schulter. „Wollen wir Charlie und Merrilee gratulieren?"

Nicole nickte, und sie überließen ihre Eltern für einen Moment sich selbst, um über den Rasen zu der Frau zu gehen, für die sich heute auch eine Fantasie erfüllt hatte. Mitch flüsterte Nicole ins Ohr: „Ich glaube, dein Vater wird ein wenig sanftmütiger."

„Ja", erwiderte sie, wohl wissend, dass er noch einen langen Weg vor sich hatte. Aber seine Anwesenheit an diesem Tag war schon ein großer Schritt. „Ich glaube, er ist froh, dass ich endlich geheiratet habe, wie es sich für eine anständige Frau gehört. Außerdem hilft es, dass er dich mag. Ein Enkel wird ihn noch sanftmütiger machen."

Mitch hob eine Braue. „Höre ich da eine Herausforderung heraus?"

„Es ist eine Einladung, mit dem Üben anzufangen, und zwar so oft wie möglich", erwiderte sie mit einem frechen Grinsen. „Aber wer weiß? Vielleicht ist das Baby schon unterwegs."

„Würde es dir etwas ausmachen?"

„Mit dir an meiner Seite wäre ich glücklich darüber."

Von der anderen Seite des gepflegten Rasens sah Merrilee Mitch und Nicole auf sie und Charlie zukommen. Die junge Frau strahlte ebenso wie sie vor Glück. Und verantwortlich dafür war der einzigartige Mann neben Merrilee.

Charlie hatte darauf bestanden, seine beiden Töchter mitsamt ihren Familien zur Hochzeit hier zu haben, und mit der herzlichen Aufnahme schloss sich für Merrilee ein Kreis. Charlies kleine Enkelin, die Merrilee auf dem Arm hatte, war jetzt auch ihre Enkelin. Er hatte außerdem noch einen süßen vierjährigen Enkel, der ganz aufgeregt war, seine neue Grandma kennenzulernen. Merrilee hatte keine Kinder bekommen können, doch jetzt hatte sie wenigstens Enkelkinder, die sie verwöhnen konnte. Und sie liebte jede Minute der kindlichen Umarmungen und des unaufhörlichen Geplappers des Vierjährigen.

Merrilee gab der Mutter das Baby zurück, damit sie Mitch und Nicole gratulieren und sie umarmen konnte. „Ich danke Ihnen, dass Charlie und ich diesen Tag mit Ihnen teilen durften."

„Anders hätten wir es gar nicht gewollt." Nicole und Mitch tauschten einen liebevollen Blick. „Sie haben uns mit dieser Hochzeit einen Herzenswunsch erfüllt, und wir freuen uns, dass Sie beide ein Teil davon sind."

Charlie hob Merrilees Hand an die Lippen. „Von jetzt an werde ich dafür sorgen, dass all deine Träume wahr werden."

Merrilee errötete und wandte sich lächelnd an ihre Gäste. „Wieso habe ich das Gefühl, dass ich mit diesem Mann alle Hände voll zu tun haben werde?"

Charlie zwinkerte ihr zu. „Wir beide haben viel nachzuholen, Liebling."

Sie lachte, und Mitch und Nicole stimmten in das Lachen ein. Es gab keinen Zweifel daran, dass Charlie absolut perfekt für sie war. Und für ihr Unternehmen. In ihren vier gut gehenden Ferienanlagen würden sie noch vielen ihrer Gäste beim Ausleben ihrer Fantasien helfen müssen. Und wie Mitch und Nicole und viele andere vor ihnen bewiesen hatten, stieß man selbst an den unwahrscheinlichsten Orten auf die Liebe.

–ENDE –